APR 6 2011

D1564992

La Elegida
de la Muerte
(Öiyya)

LA ELEGIDA
DE LA MUERTE
(Öiyya)

Virginia Pérez de la Puente

ROUND LAKE AREA
LIBRARY
906 HART ROAD
ROUND LAKE, IL 60073
(847) 546-7060

EDICIONES B
GRUPO ZETA

Barcelona • Bogotá • Buenos Aires • Caracas • Madrid • México D.F. • Montevideo • Quito • Santiago de Chile

1.ª edición: junio 2010

© Virginia Pérez de la Puente, 2010
© Ediciones B, S. A., 2010
    Consell de Cent 425-427 - 08009 Barcelona (España)
    www.edicionesb.com

Printed in Spain
ISBN: 978-84-666-4401-3
Depósito legal: B. 17.557-2010

Impreso por S.I.A.G.S.A.

Todos los derechos reservados. Bajo las sanciones establecidas
en el ordenamiento jurídico, queda rigurosamente prohibida, sin
autorización escrita de los titulares del *copyright*, la reproducción
total o parcial de esta obra por cualquier medio o procedimiento,
comprendidos la reprografía y el tratamiento informático, así como
la distribución de ejemplares mediante alquiler o préstamo públicos.

La serpiente alzará la cabeza.
La isla azul, el hielo verde, el resto se cubrirá de arena.
La Dama de Ahdiel morirá sin descendencia,
su Ciudad desaparecida, su mundo muerto.
Lo que se separó jamás volverá a unirse,
lo real será ilusorio, la ilusión realidad.
Y ya no habrá Muerte.
Del Abismo se alzarán los olvidados, el Tiempo con el Tiempo.
El que no tiene nombre surgirá de la Ciudad de Arena
y su nombre será el que subyugue el Mundo.
El Ocaso será el Amanecer.
El Final será el Principio.

Profecía del Segundo Ocaso

OCÉANO
NÁRVICO

HORDRAV

SIERRA DE MERR
Öthav

CORDILLERA DE FLOTRAAG
EL FIORDO
HOMBRES
GRISES
Körhag
FERDRA

OCÉANO
LEYANO

Khrivÿ
HOMBRES DE
LA LUNA

MONTES ABBÏÏE
PIEDRA
OSCURA

Maâvia

VIASHKA
TRÏGA
Jëvraad

Urhuv
LOBOS
BLANCOS
VALLE
SECO
MONTAÑAS HÜROV

MONTES DIKRÖÖVÄ
HILAA
Attö
ESTRECHO DRINIANO
Drine
Lakran
REGIÓN DE
HONGARRE

Daakua
CORDILLERA DE SALDEHENA
Vinania
Cornor

Rätkrig
DRÖSTIK
Näk
SEÑORÍO
DE TEILHIL
Ilhah
Kianlê
Venver
Fev
SEÑORÍO DE
VENVER

LLANO
ARDIENTE
ISLAS
HATERDAG
Namoda
MAR DE
TRISEMA
SEÑORÍO DE
LAURVAT
SEÑORÍO DE
LENVANIA
Lenvê

SIERRA DE VIHALA
SEÑORÍO DE
TEUNE
TEUNE
PHANOBIA
LANHAV
Istas
NOVANA

SEÑORÍO DE
DALMENDIA
Vierla
SEÑORÍO DE
PHENDARA
SEÑORÍO DE
SOLIGNA
Soligna
SEÑORÍO DE
SENDALA

CORDILLERA DE LOGAVA
Darana
Lorma
SEÑORÍO DEL
SALDELLAL
MONTAÑAS TLANHAYE
SEÑORÍO DE
KOHONSA
Vuniha
CORDILLERA
MONTES DIVIH

SEÑORÍO DE
CAHRAD
Cahrad
SEÑORÍO DE
ABAHAÊA
Lunhada
DE EKOHÁ

MAR DE
AVSIS
TILHIA
Halavia

SEÑORÍO DE
VAHIRAD
DALMAVIHA

Cuhor
MONTAÑAS DE LAMBHUARI
Ahdiel SKONJE
SEÑORÍO DE
VOHHIO
SVONDA

THALEDIA
CORDILLERA DE
SEÑORÍO DE
TALAMN
CERHANEDIN
TULA
MAR DE
TERNIA

MAR DE
HINDLEZEN
COHAYALENA
BLAKHA-SCILKE
ESTRECHO DE YINTLA
SEÑORÍO DE
CINNAMAL
Yintla

YINAHAII
Qouphu
YINAHIA

MONMOR
Quento
QOHU
Yuvhiahe

Yulemha
MONTES AHAHLIOS
MONTAÑAS DE
Vulenhe

MONTES EUHOI
Zahayha
SIERRA DE VAHIYA
DEPAYIH
DEPAYIHIA

EUHOI
Continente de Ridia
Año 569 desde el Ocaso

Sahalia
PLANICIE
DE CAREDNE
VAHIYI

N

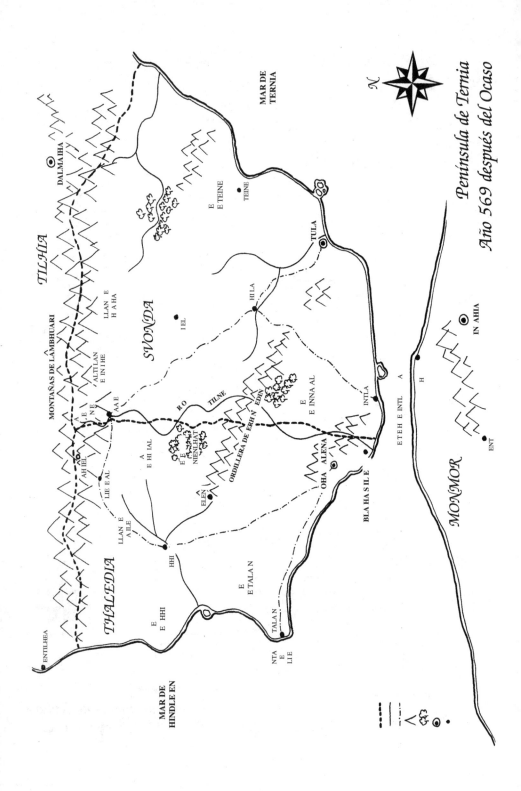

Península de Ternia
Año 569 después del Ocaso

LLANOS DE KHUVAKHA (SVONDA)

Tercer día desde Elleri. Año 569 después del Ocaso

> Allí donde la Muerte es Señora, allí la Öiyya
> halla solaz, y hace del reino de la Muerte su propio
> reino.
>
> *Regnum Mortis*

El mundo era gris.

Bajo sus pies la tierra seca crujía al ritmo desacompasado de sus pasos. El sonido se clavaba en sus oídos en el silencio absoluto que cubría la llanura; un silencio que empapaba el mundo como el agua, como la sangre.

Gris era la tierra, gris el cielo. Grises las nubes que volaban a toda prisa encima de su cabeza. Parecían querer huir de la llanura, pasar lo más rápidamente posible sobre ella. Ni siquiera las nubes debían de estar seguras de querer ver aquello.

Grises eran las montañas que se recortaban contra el horizonte, de un gris tan oscuro que casi parecía negro. Sus picos se erguían, amenazadores, dominando la llanura y cubriéndola de sombras, que se alargaban raudas conforme el pálido sol se escondía tras la cordillera. «Se está haciendo de noche.» Quizás el sol se había apiadado de ellos y había preferido dar paso a la oscuridad, a las sombras que cubrían los llanos como una mortaja. O él tampoco podía soportar ver la escena, como las nubes, y ocultaba su rostro para que nadie pudiera verlo llorar.

A su alrededor, el mundo estaba cubierto de cadáveres grises.

Los fuegos casi extintos que ardían aquí y allá, diseminados por toda la llanura, podrían ser los mismos que habían ardido tres días antes, la noche de Elleri, cuando los que ahora yacían entre el polvo habían bailado alegremente alrededor de las hogueras, cantando, bebiendo hasta hartarse y perdiéndose entre los arbustos ralos y la oscuridad en compañía de alguna de las muchas mujeres que seguían al ejército como un enjambre. ¿Cuántas de ellas habrían conseguido convertirse en elleri´ia?, ¿cuántas habrían creído asegurarse un año de prosperidad y de seguridad junto a un esposo? Temporal, sí, pero un esposo, algo que para una prostituta era inalcanzable... ¿Y cuántos de aquellos cuerpos grises habían jurado amor y fidelidad por un año, sólo por un año, a una mujer, la noche de Elleri?

Pero las hogueras de Elleri, que festejaban la abundancia de la próxima cosecha, no se parecían en nada a aquellos fuegos casi apagados, humeantes, que no ofrecían ni luz, ni calor, ni consuelo, ni color. También los rescoldos eran grises, ocultas las escasas ascuas por las cenizas que asimismo revoloteaban por el aire, amortiguando la ya de por sí fría y mortecina luz del sol. A su lado, un estandarte arrugado y manchado ardía débilmente, revoloteando, grisáceo, bajo la brisa vespertina.

—Ya ni siquiera se distinguen los colores —murmuró Issi, ausente. «Y qué importa, a estas alturas.» Si es que había importado en algún momento. Svondenos o thaledii, daba lo mismo; todos eran ahora muertos grises, todos iban a servir en pocas horas de alimento a los carroñeros, a los buitres, a los cuervos y a los otros, los de dos patas, que se arracimaban también sobre los ejércitos igual que las prostitutas pero que, a diferencia de éstas, sólo hacían su trabajo cuando los soldados habían muerto o estaban a punto de morir.

Las lanzas erizaban el horizonte como espinas clavadas en la carne del mundo. Lo que horas antes había sido un bosque de árboles erguidos, verticales, desafiantes, ahora llenaba la llanura desordenadamente; las conteras hundidas en la tierra, los mástiles haciendo ángulos extraños, sin manos que sujetasen las lanzas, partidas algunas, llenas de sangre otras, aquí y allá los restos de una banderola ondeando desmayada, ceniciente. «Sin un blasón que se pueda reconocer.» Aunque no hubiera nadie vivo para reconocerlo. Grises, los estandartes de Thaledia y de Svonda. Ambos idénticos tras la matanza, sin rastro de los brillantes colores que horas atrás habían mostrado orgullosos ante el enemigo.

Una neblina pegajosa se enroscaba alrededor de sus tobillos, como si quisiera impedirle avanzar mientras caminaba entre las lanzas y los muertos. Issi esquivó una espada profundamente clavada en la tierra; del pomo aún se agarraba la mano de un hombre arrodillado en el polvo grisáceo con la cabeza hundida hacia delante. Con toda probabilidad había muerto al intentar levantarse apoyándose en la espada. «Porque en estos tiempos una espada es el único apoyo que un hombre puede encontrar, lo único en lo que un hombre puede confiar. O una mujer.» Sonrió, irónica, llevando la mano descuidadamente a la empuñadura de su propia arma mientras se agachaba para estudiar el rostro ceniciento del cadáver. A los pies del muerto, asomando bajo la rodilla que aún tenía clavada en tierra, un estandarte desgarrado hacía débiles intentos por liberarse del peso del cuerpo, ansioso por dejarse llevar por el viento que barría los llanos. Entre las manchas de polvo gris todavía se adivinaba el azul y plata de la tela original. «Los únicos colores que hay en todo este maldito cementerio.» El único, excepto el color de la sangre.

—Y si no hubiera sido por este imbécil, mi sangre también estaría ahora manchando el suelo, mezclándose con la suya. Qué asco —murmuró Issi, propinando una patada al cadáver, que tembló y cayó lentamente hasta yacer de lado sobre el polvo, arrastrando consigo la espada que tenía sujeta con fuerza entre los dedos rígidos—. Supongo que debería darle las gracias —añadió, y, dejándose llevar por una furia repentina, le dio otra patada. El muerto no protestó.

«Porque sabes que te lo mereces, jodido idiota —pensó Issi, rabiosa—. Si Dagna no le hubiera escuchado, si no hubiera creído, él también, que mi precio era demasiado elevado para ser una mujer...»

¿Qué habría ocurrido? ¿Habría cambiado algo? «Sí —se dijo levantando la mirada hacia el horizonte—. Habría un cadáver más tendido en el suelo.» Porque si no había sobrevivido nadie, no podía esperar haber sido precisamente ella la única excepción. Aunque creer que no había sobrevivido nadie era tan absurdo como creer que Thaledia y Svonda iban a firmar la paz al día siguiente. Siempre había alguno. Oculto, huido, deshonrado, condenado a muerte, pero vivo.

«Un precio demasiado elevado...» Issi contuvo una risa histérica. Si el silencio que cubría los llanos era aterrador, más temible le parecía perturbarlo. «Deja descansar a los muertos, y los muertos no te molestarán a ti.» El único momento del año en el que las gentes se permitían ignorarlo era en la noche de Yeöi, la Noche de los Muertos. «Pero aún falta mucho para Yeöi...» Repentinamente amedrentada, se alejó del cadáver desplomado junto a su espada y siguió andando, intentando contener el impulso de taparse la nariz para ahuyentar el hedor a sangre, a muerte y a descomposición.

Un poco más allá yacía un caballo desmoronado sobre su jinete, las patas torcidas como las de una marioneta sin hilos. Sus entrañas desparramadas se mezclaban con la tierra y con la sangre del hombre atrapado bajo su enorme cuerpo. Los belfos del equino estaban retraídos en una horrenda mueca que dejaba a la vista sus grandes dientes, una mueca muy similar a la del jinete muerto, cuyos ojos, muy abiertos, estaban fijos en el cielo. La horrenda imagen no era muy distinta de la que podía ver en cualquier lugar donde posase la mirada. Cuerpos en todas las posturas imaginables, y la sangre empapando la tierra y la hierba rala, brotando, densa, de las mismas entrañas del mundo, cubriendo lentamente las huellas que Issi dejaba en el polvo...

«Contrólate, idiota —se dijo a sí misma, perturbada—. Has visto cosas parecidas muchas veces...» Pero no era cierto. Había visto muertos, sí, muchos: torturados, despedazados, desollados, abiertos en canal, decapitados. Había matado a muchos de ellos. Pero nunca había visto tanta muerte en el mismo lugar.

Ni por el triple de lo que Dagna le había ofrecido en un principio habría deseado librar aquella batalla. «Reconócelo: casi le debes un favor a ese cretino de Nix.» Y se lo habría pagado, si no fuera porque el muy imbécil ya estaba muerto.

Suspiró, deteniéndose en mitad de la desoladora estampa. Por un momento se arrepintió de no haber seguido el impulso que, tres noches antes, la había hecho montar en su yegua y alejarse de aquellos idiotas hasta que dejó de oír sus risas y cantos, hasta que dejó de ver el resplandor de las hogueras de Elleri. La curiosidad, maldita curiosidad... ¿Qué la había impelido a regresar hasta donde el ejército libraba la batalla que todos aquellos estúpidos anhelaban desde hacía meses? ¿El deseo de participar en ella?

—Yo no trabajo gratis —murmuró, elevando la mirada al cielo, que se oscurecía veloz.

Y, gracias a Nix, Dagna había rectificado el precio que habían convenido días antes. «Una mujer no puede cobrar más de diez cobres. ¡Si probablemente se dejará matar en la primera carga!» Y Dagna le había rebajado el precio de doscientos oros svondenos a diez cobres. «Diez cobres.» ¿Cuánto creían que le costaba sólo dar de comer a *Lena*? Por no hablar de darse de comer a sí misma... Bufó, enojada, y contuvo la súbita necesidad de regresar junto al cadáver de Nix y propinarle un par de patadas más.

Sobre su cabeza el cielo se había transformado en un lago negro como la tinta. Las nubes ocultaban las estrellas, que aparecían y desaparecían como velas agitadas por la brisa. Ni siquiera el viento producía sonido alguno.

Issi no podía permitirse el lujo de arriesgar la vida por diez cobres, pese a que necesitaba el dinero. Si un ejército la contrataba por esa miseria, el siguiente no pagaría mucho más, quizás incluso ofrecería menos por su espada, sus brazos y su yegua. Pero hacía ya meses que *Lena* y ella vagaban de pueblo en pueblo, buscando infructuosamente un encargo que les permitiese, siquiera por una noche, dejar de dormir al raso, comer algo caliente, sabroso, que no hubiera tenido que matar ella misma. *Lena* se moría por un poco de grano, ella, por una sopa, un guiso especiado, algo que no fuese conejo o ciervo asado sin sal ni condimento alguno. A veces soñaba con los pastelitos de miel de la vieja Anyeta. Sólo un bocado, sólo uno... La miel derramándose por la barbilla, y Anyeta refunfuñando y augurando una buena paliza para la niña que se había manchado de hojaldre y miel el vestido de la Fiesta de los Brotes.

Un gemido la sacó de su ensimismamiento. Dio rápidamente la vuelta desenvainando a medias la espada. No llegó a sacarla del todo de la vaina colgada de su espalda. A pocos pasos, un cuerpo se rebulló y volvió a quedarse inmóvil.

—Cállate —le espetó con brusquedad, enojada consigo misma y con el moribundo—. Ya te queda poco, así que relájate y disfruta, chico.

Era sólo un muchacho; no tendría más allá de catorce o quince años, y su rostro imberbe aún no había perdido las líneas suaves de la niñez. Por su aspecto daba la impresión de ser un escudero, el paje de alguno de los numerosos caballeros que habían aportado hombres al ejército del rey. Se agarraba con fuerza a una espada mellada. No parecía tener ninguna herida: simplemente estaba allí tumbado, como si una pesadilla hubiera perturbado su por lo demás plácido sueño. Issi se acercó, curiosa. No estaba herido, pero el tono de la piel, las arrugas alrededor de los ojos y los labios decían a las claras que estaba a punto de morir. «Los cuervos se pelean ya por sus ojos», como solía decir Anyeta para referirse a los que tenían un pie más allá de la frontera de la muerte.

El muchacho suspiró y se quedó inmóvil.

—¿Lo ves? —murmuró Issi agachándose a su lado. No había daño alguno en la parte visible de su cuerpo, ni en su armadura de cuero, de piezas desparejadas, muy grandes algunas, demasiado pequeñas otras. El casquete de cuero se le había resbalado de la cabeza y había rodado unos palmos sobre la tierra manchada de sangre—. ¿A que no te ha dolido nada? —preguntó, y, cuando el chico no contestó, se encogió de hombros. No sabía si morirse dolía o no porque, afortunadamente, no se había muerto nunca. Pero tenía la vaga sensación de que aquello podía consolar a los que se enfrentaban cara a cara a la muerte. Algo por lo que esperaba no tener que pasar en un futuro cercano.

«Éste ya no necesita mucho consuelo, Issi.» Se incorporó y miró a su alrededor sin mucho interés. No había duda alguna de cómo había muerto el resto de los cadáveres: en todos se veían heridas, amputaciones, la causa de la muerte clara como la misma muerte. Pero no en aquel muchacho. «¿Qué demonios lo habrá matado? ¿El miedo?» A unos pasos de los despojos del joven había otro cuerpo. Parecía mirarlo, con una mano extendida hacia él, como si su último aliento lo hubiera empleado en pedirle ayuda, o en maldecirlo.

Si el cadáver del chico le había llamado la atención, éste la dejó boquiabierta.

Era el cuerpo de una niña. Pequeña, de nueve o diez años; se cubría con un delicado vestidito azul, manchado de polvo y sangre, y alrededor de su rostro se arremolinaba una larga melena lisa de un brillante color negro azulado.

Desconcertada, Issi se aproximó a ella y se inclinó para mirarla más de cerca.

—¿Qué hace una puta niña en un campo de batalla? —exclamó, desagradablemente sorprendida.

Los llanos de Khuvakha estaban muy alejados de cualquier población: no había una sola granja desde los pies de las Lambhuari hasta Cidelor. No había habitantes en muchas leguas a la redonda. Aquella chiquilla no podía haberse escapado de casa para unirse al ejército, como había deseado hacer ella misma tantos años atrás. Con ese vestido y ese pelo la habrían descubierto y devuelto a casa en una hora como máximo. Probablemente menos sana y menos virgen de lo que había salido de ella, pero al menos la habrían devuelto a su familia; desde luego no se la habrían llevado con ellos a la guerra. Como mucho, la habrían matado después de divertirse con ella y su cuerpo habría acabado abandonado a pocos pasos de su casa.

Issi volvió a encogerse de hombros. A lo mejor era la hija de alguno de los soldados, y el muy gilipollas no había sido capaz de separarse de ella y la habría guiado de la mano hasta la muerte. O, más probablemente, era el capricho de uno de aquellos idiotas que regaban el llano con su sangre y sus vísceras. Quizás era una de las seguidoras del ejército: a esa edad una niña ya podía ejercer la prostitución, si la aceptaban o la obligaban. Los escrúpulos de las profesionales del amor eran casi tan inexistentes como los de muchos de los hombres que se jugaban la vida en las guerras. Y era una niña bonita, pensó Issi mientras escrutaba su rostro con detenimiento. Tal vez había conseguido que aquel muchacho de rostro suave que yacía a un paso de ella la convirtiera en su elleri'ia, los dos juntitos delante de una hoguera, durante la Noche de la Abundancia.

La niña abrió los párpados de pronto, y ella dio un brinco, sobresaltada. «Idiota, idiota —se dijo, sin poder apartar sus propios ojos de los enormes lagos plateados de la cría aquella—. ¿Desde cuándo confundes a una niña viva con una muerta...?»

Tampoco debía de faltarle mucho para morir. La niña jadeó, abrió la boca y se agitó, torciendo la cara en una mueca de dolor. Tenía una horrible herida abierta en el estómago de la que ya ni siquiera brotaba sangre. Debía de estar toda en su vestido y en la tierra sobre la que temblaba. Issi volvió a inclinarse sobre ella. Sin saber por qué, pensó que no era conveniente intentar consolar a aquella chiquilla del mismo modo que al joven que había muerto minutos antes frente a sus ojos.

—Vale —dijo al cabo de un momento. La niña seguía mirándola insistente, implorante—. De acuerdo... Mira, no pasa nada, ¿eh? Es como... como dormirse, ¿no? O eso creo —añadió para sí, insegura—. Tú sólo... No, no hagas eso... —intentó apartarse de ella cuando la niña alargó una mano temblorosa para tocarla. La manita helada se posó sobre la suya—. Maldita sea —musitó, sintiendo un extraño rechazo por el roce de la piel cubierta de sangre y de sudor—. Oye, no sé si...

Calló cuando la niña hizo un brusco movimiento con la cabeza. Abrió la boca y dijo algo, pero en voz tan baja que Issi fue incapaz de distinguir las palabras. Renuente, Issi se acercó un poco más.

—¿Qué? —preguntó.

La niña no volvió a hablar. Levantó despacio la mano y, sin dejar de mirarla fijamente, posó un dedo sobre la frente de Issi. Su piel estaba tan helada que abrasaba. Issi trató de alejarse de su contacto, pero el dedo de la niña parecía pegado a su frente, estar soldándose, piel con piel, al rojo vivo, en ese momento. Quiso protestar, arrancarse su dedo de la piel, arrancarla a ella de la faz del mundo a golpes. La niña seguía clavando la mirada en la suya. Y entonces habló:

—Öi —dijo.

Y a su alrededor, la llanura, las montañas, el cielo y la tierra, los muertos, todo se desvaneció hasta que en el mundo sólo quedaron los ojos de aquella niña. Los iris plateados tiraron de ella y la absorbieron, implacables; las pupilas se hicieron más y más grandes, hasta que su negrura cubrió la tierra como un manto frío y sin estrellas. A Issi le dio la sensación de haber cerrado los ojos, de haberse quedado ciega de repente. Luchó por abrir los párpados, que no recordaba haber cerrado. La oscuridad era inhóspita, aterradora, una nada en la que Issi flotaba, incorpórea, en la que lo único que existía era la horrible quemazón en la frente. Al fin, abrió los ojos.

Y todo el Universo estalló en su mente.

Girando de forma vertiginosa en un *collage* sin sentido, todos los paisajes, todas las ciudades, todos los lugares que había visto en su vida y muchos otros que jamás había llegado a imaginar se arremolinaron en su cabeza. Colores imposibles, luces indescriptibles, imágenes tan bellas que cortaban el aliento y tan espeluznantes que harían morir de miedo o asco al caballero más templado, y todas ellas brillando a uno y otro lado de un sendero tan luminoso que era incapaz de verlo, tan amplio que en su superficie no le habría cabido ni un pie, tan largo que su final estaba allí mismo, a la vista, indeciblemente alejado, a sus mismos pies.

Issi abrió la boca para gritar, pero de su garganta congelada no surgió sonido alguno.

Echó la cabeza hacia atrás. Una oleada de calor, de luz, recorrió todo su cuerpo. Su mente era incapaz de contener todo un mundo, todo un universo. Era demasiado, era imposible, era abrumador... Gimió, impotente, y cayó en un pozo oscuro, sin fondo, y el mundo dejó de girar a su alrededor.

Se desmayó.

EL SANTUARIO

Tercer día desde Elleri. Año 569 después del Ocaso

> Si hay algo que puede prevalecer sobre el deseo de vivir es el deseo de vivir con poder. El hombre es el único ser capaz de sacrificar su vida por poder. El hombre y los dioses.

> *El triunfo de la Luz*

La mujer se irguió como picada por un insecto. A su alrededor, el cristal retorcido relucía en todos los colores del espectro: el azul se superponía al amarillo, el rojo al verde, y todos ellos se unían para formar un bosque onírico, irreal, que hechizaba por su belleza.

—Hnvdit —murmuró, con los ojos muy abiertos y una expresión de incredulidad y de alarma pintada en el rostro—. ¡Hnvdit! —gritó.

—¿Qué ocurre, Iannä? —preguntó el hombre que se sentaba a sus pies, un hombre sin edad, como ella misma. Su rostro curtido podía tener treinta, sesenta o noventa años: en realidad, su edad no importaba en absoluto.

—¿No lo has sentido, Ifen? —preguntó la mujer. Si algo así hubiera sido posible, se habría dicho que estaba trastornada—. ¡Hnvdit!

Él se la quedó mirando un momento, entornando los ojos. Después asintió.

—Ah. —No pareció impresionado en absoluto—. Ya. ¿Y el Öi?

La Iannä lo miró con el ceño fruncido. Su mente no estaba en el laberinto de cristal: había viajado muchas, muchas leguas, muy lejos del Santuario. Al cabo de un instante suspiró de alivio.

Ifen hizo una mueca.

COHAYALENA (THALEDIA)

Tercer día desde Elleri. Año 569 después del Ocaso

> Si hay algo que los reyes no soportan es saber que hay alguien más poderoso que ellos. Pero eso no es nada comparable con lo que sienten cuando saben que hay alguien que posee exactamente el mismo territorio, las mismas fuerzas, el mismo poder que ellos.
>
> *Breve historia de Svonda*

—Majestad.

Adelfried levantó la cabeza y miró al lacayo que acababa de entrar, casi a hurtadillas, en el desierto Salón del Trono. Frunció el ceño al ver el blasón real estampado en su sobrevesta, pero no dijo nada: si intentase obligarle a vestir como un simple zapatero, probablemente el lacayo cogería el cuchillo de trinchar que tuviese más a mano y se abriría las venas. El hombre, un ser delgaducho y enclenque, demasiado alto para la poca carne que cubría sus huesos y que daba la impresión de haber sido estirado por los brazos y las piernas hasta que su cuerpo hubo adquirido esa desmesurada longitud sin músculo ni piel suficiente para cubrirla, avanzó hacia él con andares desgarbados y se inclinó profundamente ante su rey.

—¿No podrías ir un poco más discreto, hombre? —preguntó Adelfried al fin sin poder contenerse. Como temía, la expresión del rostro de su siervo reflejó unos sentimientos que hacían suponer que Adelfried le había infligido el ultraje más hondo, el mayor agravio que nadie podía ocasionarle, mayor aún que pedirle prestada a su esposa para divertimento de sus tropas. El rey de Thaledia chasqueó la lengua—. Es igual. Lo va a saber toda Cohayalena en cuanto abras esa puerta. —Señaló con desgana la entrada de la estancia—. ¿Sabes lo que tienes que hacer?

—Sí, Majestad. Debo ir a Blakha-Scilke y entregar vuestra carta al lakh´a para que él elija al asesino que...

—¡De acuerdo, de acuerdo! —le interrumpió en un susurro apresurado—. No es necesario que lo propagues a los cuatro vientos. Vete.

El lacayo hizo una reverencia que unió su cabeza con sus rodillas y, con un equilibrio envidiable, se enderezó y comenzó a retroceder hacia la puerta sin darse la vuelta.

—Ya podría ser un poco más productivo y dejarse de tanta floritura —comentó Adelfried consigo mismo, esbozando una mueca de fastidio. Si ese hombre iba vestido con la librea de palacio, hasta las ranas del delta iban a enterarse de que Cohayalena quería algo de Blakha-Scilke. Y todo Ridia sabía cuál era el servicio que ofrecía la ciudad de la desembocadura del Tilne. La única duda que tendría cualquiera que viera al lacayo real acudir a Blakha-Scilke sería quién quería el rey de Thaledia que... desapareciera.

Apoyó el codo en el brazo del trono y se sacó de la manga el rollo de pergamino que un asistente le había entregado momentos antes.

A Su Majestad Adelfried Quinto, Rey de Thaledia, Señor de Adile y Shisyial, Señor de Vohhio, Señor de Talamn, Conquistador de Cerhânedin y Nienlhat, Emperador de Qyueli y las islas de Idonhi´hen, de Nuestra Majestad, Klaya, Reina de Tilhia y Huari, Gloriosa Soberana de Ternia, Vinheder y Breduto:

En respuesta a la misiva enviada a Nos en nombre de Adelfried Quinto, Rey de Thaledia...

La sensación de fastidio se intensificó.

—Bla, bla, bla, bla —masculló—. Tanta palabrería para decir tan poco. ¿Es tan difícil decirle al escriba que ponga «Vale, me interesa. ¿Cuándo quieres que invada Svonda?», y ya está? ¿O es que esa chiquilla no sabe lo que significa el término «concreción»?

Pensativo, Adelfried enrolló el pergamino y se quedó mirando al infinito. Lo importante no eran las formas: lo verdaderamente importante era el contenido. Y el contenido de la carta de Klaya era contundente. Tilhia había accedido a firmar una alianza con Thaledia en la guerra contra Svonda.

—Si quieres avanzar rápido, ve solo. Si quieres avanzar mucho, ve acompañado —murmuró, ausente, observando sin ver en realidad cómo se abría de nuevo la puerta del Salón del Trono para dar paso a otro hombre, un noble vestido de seda y brocado como él mismo.

El señor de Talamn hizo una reverencia que agitó sus cabellos claros y lisos, y se dirigió rápidamente hacia su rey. Adelfried asintió en respuesta, sin esforzarse por prestarle una atención excesiva, sabiendo que con ese noble en concreto no era necesario que fingiese nada en absoluto. Kinho de Talamn era lo más parecido a un amigo que el rey de Thaledia se había atrevido a tener, pese a ser bastante más joven que él, pese a estar felizmente casado, pese a contar con una esposa a la que adoraba y en la que confiaba el gobierno de su señorío, a diferencia de él. Sacudió la cabeza, apartando a su reina de sus pensamientos, y volvió a mirar el pliego que se enrollaba por voluntad propia en su regazo.

«Si Klaya de Tilhia invade Svonda por el norte, y yo por el suroeste... Si Svonda está tan débil como creo, pese a las apariencias...»

—Si Carleig de Svonda pierde a la Öiyya... —musitó, sonriendo mientras seguía a Kinho de Talamn con la mirada todo el recorrido desde la puerta hasta el trono en el que se sentaba.

Nadie había sabido decirle qué era en realidad aquella niña; en Thaledia parecía no haber una sola persona que supiera algo que no fuera el nombre, título o apodo que había que darle. Pero se diría que era importante para el rey de Svonda y eso bastaba para que Adelfried quisiera que desapareciese lo más discretamente posible.

—Carleig confía en ella para ganar de una maldita vez esta guerra. Oh —Adelfried emitió un suspiro preñado de burla y sonrió al hombre que se apresuraba a subir el escalón de la tarima de piedra—, qué terror, Kinho... Svonda nos lanza un ejército de crías. ¿Bastará un scilke para asesinar a una niñita con un vestido de flores? —preguntó, irónico.

LLANOS DE KHUVAKHA (SVONDA)

Tercer día desde Elleri. Año 569 después del Ocaso

> En seis siglos de guerra, los hombres de Svonda
> y de Thaledia han dejado de distinguir amigo de ene-
> migo, hermano de vecino, hombre o mujer de bestia.
> La única que sabe, que siempre sabe, es la Muerte.

El Ocaso de Ahdiel y el hundimiento del Hombre

Fue despertando poco a poco, como de un plácido sueño. Lentamente fue tomando conciencia de su cuerpo, del olor a descomposición, del frío, de la manta de lana basta que la cubría, que picaba y olía a caballo; del leve crepitar de un fuego cerca de ella, del sonido de la brisa sobre la llanura. Se desperezó con languidez, estirando los músculos bajo la manta. Notó un breve latido de dolor en la frente, abrió los ojos bruscamente y se incorporó, dejando caer la frazada.

Al instante tuvo que volver a tumbarse, cuando su mente empezó a dar vueltas más y más rápidas. El dolor se incrementó hasta que se hizo tan agudo que sintió como si unos dientes afilados se hubieran hundido en su frente y estuvieran royendo hasta el hueso, abriéndose paso hacia el cerebro. La agonía le nubló la mente e hizo que la llanura girase a velocidad de vértigo. Cerró con fuerza los ojos y, sin poder contenerse, echó la cabeza a un lado y vomitó.

—Iba a preguntarte qué tal estabas, pero ya veo que no muy bien —dijo una voz alegre a su lado.

Issi rodó sobre sí misma para ponerse boca arriba y se pasó el dorso de la mano por la frente empapada en sudor helado. El dolor, que tan repentinamente había aparecido, se había convertido en un pulso sordo, casi imperceptible. Se tocó la piel: no había ninguna herida, ninguna marca, nada.

Volvió a abrir los ojos. Torció la cabeza y vio una silueta recortada contra el fuego. No sonrió. Tampoco preguntó la identidad del extraño: no le hacía falta. Conocía aquella voz tan bien como la suya propia.

—Keyen —murmuró débilmente.

—Issi —respondió el hombre, y sonrió. Issi no había olvidado tampoco esa sonrisa. Cuando era niña creía que no podía haber nada más alegre, más maravilloso, que aquella sonrisa.

Abrió la boca y volvió a cerrarla. Tenía la lengua seca como un trapo y la garganta en carne viva, como si hubiera gritado durante días enteros. Notaba un sabor a bilis, a vómito, a putrefacción.

—Toma —dijo Keyen, adivinando sin necesidad de que ella dijese nada y tendiéndole un tazón de estaño lleno de agua.

Issi cogió el vaso y bebió con avidez. Estaba fresca, y sabía a metal. Hacía mucho tiempo que no probaba nada tan sabroso como aquello.

El hombre le quitó el tazón de entre las manos y lo dejó a un lado. Después se volvió hacia ella, sin dejar de sonreír.

—Estás hecha un asco —afirmó.

Ella asintió. Así se sentía, al menos. Como si hubiera recibido una paliza. «Maldita niña.» De pronto lo recordó todo: los muertos, el hedor, el gemido del joven moribundo, el rostro implorante de la niña del pelo negro azulado. El dedo en su frente.

Giró la cabeza. A su lado, inerte como una muñeca rota, estaba la niña, con su vestidito azul lleno de polvo y sangre. Muerta. Cerró los ojos y suspiró.

—¿Qué haces aquí, Issi? —preguntó Keyen mientras le pasaba un brazo por detrás de la espalda para ayudarla a incorporarse del todo.

El olor a leña, a hierba fresca, a cuero y a las hojas de menta que tanto le gustaba masticar le trajo recuerdos que hacía mucho tiempo que creía haber olvidado. El olor era el mismo, y también el escenario: Keyen y ella rodeados de muertos, junto a una alegre hoguera, despreocupados, preparando algo para comer mientras imaginaban el dinero que iban a conseguir al día siguiente, cuando llegasen al pueblo más cercano...

Negó con la cabeza, sin saber muy bien qué contestar. Porque no sabía tampoco muy bien qué estaba haciendo allí, en realidad.

—Creía que los campos de batalla no eran lo tuyo —continuó él, alargando una mano para atizar el fuego, sobre el que una liebre escuálida se churrascaba ensartada en un palitroque—. Al menos, no después de terminar la batalla.

—A veces me quedo un rato —contestó Issi tratando de parecer igual de indiferente que él—. Ya sabes, a descansar, a ver el panorama...

—Oh, sí, un paisaje precioso —dijo Keyen, apartándose de ella y tumbándose sobre la tierra polvorienta. Colocó los brazos detrás de la cabeza en una postura indolente y observó el cielo, como si fuera lo más interesante del mundo—. No me extraña que remoloneases aquí. Es de esos panoramas que no se olvidan. Aunque en lo de quedarte a descansar te has pasado, Issi —continuó en el mismo tono conversacional—. La próxima vez procura no dormirte tan profundamente. Cualquier cuervo podría confundirte con un cadáver, y tú podrías despertarte sin ojos. Y sin tripas.

Issi gruñó como toda respuesta y apartó la manta de un manotazo. Se levantó con cautela, pero el dolor había desaparecido y ya no se sentía mareada ni débil, como si nada hubiera pasado, como si no se hubiera encontrado con aquella cría. Estiró los músculos y dio un par de patadas al suelo para devolver la circulación a sus piernas entumecidas. El estómago le rugió de hambre.

—¿Te largaste antes de la batalla? —preguntó Keyen sin dejar de mirar al cielo.

—Has acertado —dijo ella al fin. Caminó en círculos alrededor de la hoguera y del hombre tumbado, sorteando los cadáveres diseminados en derredor. Poco a poco fue entrando en calor; el aroma de la liebre acrecentó su hambre, y se descubrió a sí misma relamiéndose anticipadamente, percibiendo ya en el paladar el sabor de la carne del animal.

—Chica lista. No ha debido de ser muy divertida, a juzgar por las caras de todos éstos. —Keyen señaló con un ademán a los miles de cuerpos que cubrían la llanura—. ¿Y a qué has vuelto? ¿A ver si adivinabas quién ha ganado?

—Ya sé quién ha ganado —le espetó ella. «La Muerte.» Se acercó más al fuego cuando un escalofrío recorrió toda su espina dorsal.

—Ya, claro. —Keyen se incorporó y la miró.

De pronto, Issi fue consciente del tiempo que había pasado desde la última vez que lo vio. Keyen ya no era un niño, algo que quedaba patente desde el revuelto pelo moreno hasta la punta de las botas de caña alta. Se veía en la barba de varios días, en las arruguitas que enmarcaban sus ojos y su boca, en las manos llenas de callos, en las piernas largas, en los brazos que apoyaba sobre el suelo, que ya no eran los palos delgaduchos que Issi recordaba. Sólo los ojos eran los mismos: pequeños, chispeantes, burlones, de un brillante color verde salpicado de motitas doradas—. Déjame que adivine —continuó él, indiferente ante el escrutinio al que Issi le estaba sometiendo sin ningún tipo de pudor—. Has vuelto a ver si podías ayudar a los moribundos.

Issi respondió con un bufido y se sentó en el suelo con tanta brusquedad que se clavó una piedra en la rabadilla. Contuvo un gañido de dolor y se frotó la base de la espalda.

—No, claro —sonrió Keyen—. A ti los moribundos te importan lo mismo que a mí, o sea, nada. De modo que has tenido que venir a cobrar... Pero —fingió cavilar un instante, con la vista clavada en ella—, si te has marchado antes de la batalla, no hay nada que cobrar, ¿verdad...?

Issi suspiró, fastidiada.

—Si tanto te interesa, me contrató el idiota de Dagna, uno de los capitanes del ejército de Svonda. Pero por culpa de otro idiota, rebajó el precio a diez cobres. Y yo me largué antes de que me diera el punto de meterle los diez cobres y la espada por el culo.

Keyen rio alegremente. Se rascó la nariz con el dorso de la mano y la miró, risueño.

—Ah. Entonces está clarísimo por qué has vuelto, desde luego. Cristalino.

Issi frunció el ceño.

—¿Adónde quieres ir a parar, Keyen? —inquirió—. Y date prisa en decirlo. Tengo hambre.

—Sírvete —ofreció él encogiéndose de hombros y señalando la liebre brillante de grasa y dorada por las llamas—. Déjame un poco, que yo tampoco he cenado. En cuanto a adónde quiero ir a parar... —Sonrió, travieso, y le guiñó un ojo—. Lo sabes tan bien como yo.

Ella cogió el improvisado espetón con la mano desnuda y apartó la liebre del fuego. Una gota de grasa salpicó el dorso de su mano. No le importó. El dolor de estómago era en ese momento mucho más importante que una quemadura. Buscó con la mirada y pronto encontró una escudilla de madera que Keyen había dejado cerca de la hoguera; se chupó un dedo y, con una rapidez nacida de la experiencia, desensartó el animal del palo empujándolo con un movimiento brusco con el dedo, lo dejó sobre el plato y lanzó a un lado el palo manchado de grasa.

—Vamos, reconócelo, Issi —dijo Keyen con una amplia sonrisa, al tiempo que le tendía una daga de acero que había sacado de la vaina sujeta al cinturón—. Tú también venías a ver si podías conseguir algo de valor, aprovechando que toda esta gente está seca y ya no le van a hacer falta los... bienes materiales.

—No —contestó ella, sin mirarlo. Comenzó a trinchar la liebre con la daga de Keyen: estaba bastante afilada, y parecía limpia.

—¿No...? Entonces, ¿por qué has vuelto? ¿Para ver si, en el fragor de la batalla, tu Dagna reconsideraba su oferta? ¿O porque de repente elegiste un bando y decidiste luchar por uno de los dos países?

—Yo no trabajo gratis.

—No. —Keyen soltó una risita burlona—. Por diez cobres no ibas a pelear en esta batalla, eso está claro. Y Dagna no te iba a dar más de diez cobres. Entonces, ¿qué haces aquí? —La miró, con los ojos chispeantes de risa—. Venga, Issi, que a mí no me engañas: te conozco demasiado bien. Has venido a rapiñar. Y no me parece mal. —Se encogió de hombros—. Al fin y al cabo, yo he venido a lo mismo.

Issi frunció el ceño y no dijo nada.

—Si quieres —continuó Keyen—, mañana en cuanto amanezca podemos registrar juntos este campo de batalla. Cuando vendamos las cosas de todos estos tipos seremos ricos, preciosa.

—No me llames «preciosa» —gruñó ella—. Y puedes guardarte tu propuesta donde te quepa, Keyen. Hace mucho que dejé de ser un maldito parásito.

La sonrisa de Keyen no vaciló. Issi le acercó la escudilla para que cogiera la mitad de la liebre.

—Claro —dijo él—. Claro, ahora eres respetable. Ahora ya no eres una carroñera: no, eres algo mucho mejor. Eres una mercenaria.

Issi le lanzó una mirada fulminante.

—Sí —contestó—. Sí, soy una mercenaria. Y bien contenta de serlo. Por lo menos ahora me gano la vida decentemente.

Keyen soltó una carcajada.

—Si en tu caso decir que ahora eres mercenaria es decir que te has convertido en una persona decente, imagina lo despreciable que serías antes.

Ella apretó los labios, cogió un enorme trozo de liebre asada y se lo embutió en la boca. La carne estaba correosa, seca, pero aun así le supo a gloria después de pasar un día entero sin comer absolutamente nada. Tragó con dificultad y cogió de nuevo el tazón de estaño, en el que aún quedaba un dedo de agua. Bebió despacio y después volvió a dejar el vaso en el suelo.

—A ti no te parecía despreciable —murmuró al cabo de un rato.

—Yo a ti tampoco —dijo Keyen—. ¿Qué es lo que ha cambiado? Yo robo a los muertos, tú a los vivos.

—Yo no robo a nadie.

La sonrisa de Keyen se llenó de ironía.

—Les robas la vida por dinero. ¿Te parece poco?

Issi mordisqueó con desgana otro pedazo de liebre. Ahora recordaba por qué nunca había regresado al lado de Keyen: porque no podía soportarle. No porque le importase poco o nada tener que despojar a los muertos de sus pertenencias. Ellos estaban vivos, y los objetos que cogían les iban a prestar un servicio mucho mejor que a los cadáveres. Si alguna vez tenía dudas, las apartaba con un encogimiento de hombros. Pero para Keyen no existía duda alguna. Para Keyen, ser un carroñero era el mejor destino del mundo, la única ocupación digna de alguien como él. Y a Issi aquello no le parecía digno en absoluto. Necesario, quizá, pero no digno.

—Por cierto —siguió diciendo Keyen—, bonito tatuaje.

Issi se limpió los dedos con la lengua y dejó a un lado la escudilla de madera. Lo miró, indiferente.

—¿El qué? —preguntó, estirando las piernas junto al fuego. Con el estómago lleno, el sueño comenzó a invadirla de nuevo, como si no hubiera despertado unos minutos antes.

—El tatuaje —repitió él, señalando su rostro con un hueso—. Antes no lo tenías. ¿Qué es, una letra, un nombre?

Issi frunció el ceño.

—¿De qué me estás hablando, Keyen?

Él tiró el hueso al fuego y la miró con una mueca divertida en los labios manchados de grasa de liebre.

—¿Qué te pasa, Issi? —preguntó, y soltó una risita—. ¿No me lo puedes decir? ¿Qué es, una promesa a un hombre, o algo? ¿O es una frase obscena? —Aquella idea pareció divertirle aún más, porque se echó a reír mientras volvía a tumbarse en la tierra reseca—. ¿Una mala borrachera? ¿Te despertaste un día con una resaca tremenda y un tatuaje en la frente que decía: «Tengo las tetas más grandes de toda Thaledia», y no recordabas habértelo hecho? —Rio con más fuerza todavía.

Ella siguió mirándolo con incredulidad.

—¿Dónde demonios ves que tenga un tatuaje como ése, imbécil? —exclamó al fin cuando él continuó riendo sin dar señas de ir a parar—. ¡Como si me sobrase el dinero, para ir a regalárselo a un barbero para que me escriba semejante tontería! ¿Y a ti qué te importa el tamaño de mis tetas? —añadió, repentinamente furiosa.

Keyen calló de golpe y la miró como si creyese que se había vuelto loca. Después volvió a sonreír.

—Soy un amante de la belleza, ya lo sabes —contestó, inclinándose sobre una alforja de cuero gastado y abriéndola de un tirón. Comenzó a rebuscar en su interior sin dejar de hablar—. No es que tamaño equivalga a hermosura, pero ayuda, ¿no es cierto...? —Rio bajito entre dientes y sacó un objeto de la bolsa, que no se molestó en cerrar—. Ayuda en todos los casos. Toma, bonita: mírate. —Y le tendió un espejito redondo, gastado y manchado por la intemperie, que probablemente utilizaba para afeitarse cuando se acordaba de que tenía que hacerlo. Issi lo miró como si fuera una serpiente venenosa—. Cógelo, que no muerde —dijo Keyen, agitando el espejito ante sus ojos.

Issi lo tomó con la mano temblando de rabia y se miró. Y soltó una exclamación.

No solía mirarse demasiado en los espejos. Su aspecto físico le importaba menos que nada, y sabía que cuanto menos atractiva estuviera, menos problemas tendría. Al fin y al cabo, su trabajo consistía en convivir con gran número de hombres hambrientos, y ella, por muy diestra que fuera con las armas, era una mujer sola. Peinarse y preocuparse por su aspecto era no sólo una pérdida de tiempo, sino algo potencialmente peligroso. Quizás habían pasado meses desde la última vez que observó su propio reflejo en el agua, años desde que se miró en un espejo de verdad.

Le devolvió la mirada un rostro casi desconocido. Estaba muy pálida, y también ella, como Keyen, tenía arrugas alrededor de los ojos azules, que la observaban desorbitados desde el otro lado del espejo. El pelo, cortado desigual alrededor de las orejas, le enmarcaba la cara en un conglomerado de rizos castaños despeinados, llenos de polvo y sangre. Pero lo que más llamó su atención fue su frente. Era lisa, curtida por el viento y el sol, y justo en el centro, donde la maldita cría la había tocado, se veía un símbolo grabado en la carne, de un plateado tan puro como si en vez de un dibujo fuera una joya.

Issi se quedó boquiabierta, incapaz de apartar la mirada de las líneas curvas que formaban el signo justo encima de su nariz, sobre el arco de las cejas. Tan estupefacta estaba que ni siquiera se percató de que Keyen se había acercado hasta que éste habló detrás de ella, mirando por encima de su hombro a la imagen reflejada en el espejito.

—En Monmor están muy de moda —dijo alegremente. Como si aquello fuera a servirle de consuelo—. Todas las mujeres llevan un tatuaje. Los hombres no: se considera algo afeminado. —Resopló, burlón.

—¿En serio? —preguntó Issi, más por decir algo que porque en realidad le interesase la respuesta—. ¿Y todas las mujeres llevan el tatuaje en mitad de la puta frente?

—Bueno... no —reconoció Keyen de mala gana, sin dejar de sonreír—. Pero quién sabe, igual si te ven empiezan todas a hacerse dibujos en el entrecejo como posesas. Puedes crear una moda, bonita.

—Es lo que siempre deseé —bufó ella. Movió el espejo a un lado y al otro, tratando de captar su reflejo desde todos los ángulos posibles—. Y encima de color plata. Como si no llamase ya bastante la atención.

—Issi —dijo Keyen, repentinamente serio. Todo lo serio que era capaz de ponerse, que no era mucho—. Issi, ¿en serio no recuerdas cuándo te lo has hecho? ¿Acabas de darte cuenta de que llevas ese tatuaje?

—Sí —asintió ella sin dejar de mirarse en el trocito de vidrio. Keyen soltó un silbido prolongado.

—Nunca has sabido beber. —Rio su propio chiste.

Ella le fulminó con la mirada y volvió al espejo. Suspiró, desalentada.

—Jodida niña —repitió por enésima vez—. ¿Cómo coño me habrá hecho esto?

—¿Qué niña? —preguntó él con curiosidad.

—Ésa. —Issi señaló con la cabeza al vestido azul que revoloteaba cerca de sus pies. Chasqueó la lengua, irritada, y dejó el espejito sobre su regazo.

—¿Ésa? —repitió Keyen, incrédulo—. ¿Dices que esa cría te ha hecho un tatuaje? ¿Cómo? ¿Y cuándo? ¿Y por qué la has matado, porque querías una calavera y te ha dibujado una flor?

—No me lo recuerdes —dijo Issi con voz tenebrosa—. Y yo no la he matado: se ha muerto ella solita. Aunque ahora que me he visto la mataría una o dos veces —añadió apretando los labios.

Keyen no dijo nada. Ella se quedó inmóvil un rato, incapaz de pensar en nada que no fuera el tatuaje que brillaba, incomprensiblemente, en mitad de su frente. «¿Cómo?», era lo único que podía pensar. ¿Cómo lo había hecho? Sólo le había puesto un dedo en la cara... ¿Desde cuándo los dedos podían escribir? Más aún, se dijo, cogiendo otra vez el espejo y mirándose. ¿Desde cuándo los dedos podían grabar imágenes en la carne, como si fueran un hierro al rojo vivo, para después cubrir la cicatriz de plata?

Negó con la cabeza, desconcertada, y también un poco asustada. Incluso a ella le resultaba evidente que allí había algo oculto, algo mágico; incluso a ella, que sólo había tenido contacto con lo sobrenatural la noche de Yeöi, y aun entonces había participado en los festejos de forma renuente, le resultaba obvio. «No se puede hacer esto con un dedo. A menos que seas una bruja», añadió, alicaída.

—Es bonito —comentó Keyen al fin, alentador—. Te queda bien. Te pega con los ojos —añadió, un poco inseguro.

Issi levantó el espejito y se miró. Sí, el dibujo plateado reflejaba el color azul brillante, oscuro, parecido a los zafiros, de sus ojos. «Pero maldita sea si es un consuelo.»

—Yo no quería llevar un tatuaje —baló tristemente—. Y menos en la frente.

Keyen se quedó callado, mirándola con una expresión indescifrable. Issi le alargó el espejo, y él lo cogió y bajó la mirada hacia él, hacia su regazo. Parecía no saber muy bien qué decir. Keyen sabía de sobra el rechazo que Issi sentía por todo lo desconocido, por todo lo que tuviera aunque fuese una ínfima parte de sobrenatural. «Y con razón, si a la mínima te dibujan una jodida flor en la jodida frente.» Súbitamente rabiosa, se levantó, fue hacia el cadáver de la niña y le propinó una fuerte patada en la cabeza.

—Maldita hija de puta —gruñó. Y qué poco consuelo había obtenido. Tuvo ganas de patearla otra vez.

—Issi —dijo Keyen con voz suave—. Así no vas a quitarte ese tatuaje. Deja en paz a los muertos.

Se sentó, enojada, y cruzó los brazos sobre el pecho. De pronto sintió frío. Buscó la manta con la mirada y la encontró arrugada al lado de la niña, enredada con el vestidito azul lleno de tierra. La cogió bruscamente, se la echó encima y se tumbó en el sitio donde estaba, sin preocuparse de las piedras que se le clavaban en el hombro y en la cadera, de los cadáveres que la rodeaban. Cerró los ojos para no tener que ver el cuerpo de la niña, el fuego casi apagado, a Keyen.

Al cabo de un rato él suspiró y se acercó a ella. Se sentó a su lado y acarició con la mano la frente tatuada, apartando los rizos que se obstinaban en cubrir el dibujo plateado.

—Duérmete, anda —dijo, e Issi se preguntó cómo sabría que no estaba dormida todavía—. Yo vigilaré por si acaso. Aunque aquí los únicos vivos somos nosotros —comentó, más para sí que para los oídos de ella.

Oyó cómo Keyen estiraba las piernas, cómo avivaba el fuego que mantenía a raya las sombras y el frío de la noche. Poco a poco el sueño fue venciéndola, y se fue hundiendo en la inconsciencia.

TULA (SVONDA)

Cuarto día desde Elleri. Año 569 después del Ocaso

Seiscientos años. Seiscientos años desde que el primer rey thaledi se enfrentó a Svonda. Y en seiscientos años nada ha cambiado: Thaledia sigue al oeste del Tilne, Svonda al este, y la frontera continúa partiendo el sur de las montañas de Lambhuari en dos mitades prácticamente exactas, desde el Paso de Skonje hasta la ciudad libre de Blakha-Scilke.

Enciclopedia del mundo

Carleig de Svonda sonrió con malicia sin apartar la mirada del enorme tapiz que cubría una pared entera del Salón del Consejo. Una habitación tan grande que podría haber albergado tranquilamente el palacete del gremio de alfareros, y aún habría sobrado espacio para que los curtidores pudieran juntarse allí a echar una partida de *kasch*.

—Adelfried no sospecha que ya hemos reunido otro ejército, ¿cierto? —preguntó por tercera vez.

Laureth de Cinnamal negó pacientemente con la cabeza.

—No, Majestad. El rey de Thaledia sigue pensando que el único ejército que tenemos es el que va a luchar en los llanos de Khuvakha.

—Que ya estará luchando, a estas alturas —le corrigió Carleig mirando el tapiz, que era, en realidad, un detallado mapa de la península que compartían, no de buen grado, Adelfried de Thaledia y él—. Bien. Supongo que nos masacrarán: la proporción era de dos a uno a su favor, creo.

—Tres a uno, mi señor —dijo Laureth respetuosamente. No parecía escandalizado por la indiferencia que mostraba su rey al hablar de la muerte de sus soldados.

—Tres a uno. Bueno... Confío en que esos imbéciles le hagan todo el daño que puedan antes de irse a la Otra Orilla todos juntos.

Laureth de Cinnamal guardó silencio un momento, escrutando el mapa tejido que colgaba sobre la pared. Miró la zona amarillenta que representaba los llanos de Khuvakha, en la parte del tapiz que rozaba el techo, justo debajo de una franja marrón y blanca que pretendía ser las montañas de Lambhuari.

—Eh... Majestad —dijo, vacilante—. ¿Y la Öiyya...?

—¿Qué pasa con ella? —preguntó vagamente Carleig—. ¿Te gusta? Te la regalo, si quieres. Cuando ya no la necesite, claro.

—No, Majestad. Me honráis, pero no me gustan las niñas tan pequeñas —se apresuró a decir Laureth—. No, quería decir que si esperáis que ella muera también.

Carleig tardó un rato en contestar. Parecía absorto en sus pensamientos, con la mirada fija en una puntada del tapiz justo delante de sus ojos.

—Espero que ella acabe con todo el ejército de Adelfried. Con todos los ejércitos de Adelfried —contestó con voz suave—. No, no espero que muera. Mi esposa dice que no puede morir —añadió, pensativo—. Aunque, si las cosas no salen como pensamos, espero que sí pueda, por su propio bien.

—La reina tiene muchos conocimientos, mi señor. —Laureth hizo una reverencia.

—Ya, sí. —Carleig hizo un gesto despectivo—. Demasiados. Laureth, necesito que me traigas al capitán de ese barco, cómo se llama...

—¿El *Terniano*, Majestad? —aportó Laureth de Cinnamal rápidamente—. El capitán Persor de...

—Lo que sea. Pregúntale cuánto pediría por ir a Monmor en nombre de su rey. Ah, no te olvides de insinuarle que cualquiera en su lugar haría el viaje gratis —agregó sin apartar la vista del mapa—. No me sobra el dinero precisamente.

—¿Monmor...? Sí, Majestad —se apresuró a decir cuando Carleig le lanzó una mirada de reojo.

—Monmor. Dile que necesito que viaje por mar a Qouphu y después por tierra a Yinahia, a ver al emperador. Le daré mi sello para que llegue entero —hizo una mueca desdeñosa—, si le da miedo viajar por el Imperio sin protección.

—Sí, Majestad.

—Si te pregunta, dile que no necesita saber que voy a proponerle a Monmor que se una a mí, como familia que somos, a cambio de un paso abierto a Tilhia —dijo con una mirada significativa, que quería decir exactamente lo que quería decir.

Laureth, un experto en comprender lo que era necesario que comprendiese, hizo otra reverencia.

LLANOS DE KHUVAKHA (SVONDA)

Cuarto día desde Elleri. Año 569 después del Ocaso

El Ocaso trajo muerte, la muerte trajo enfermedad, la enfermedad trajo hambre. Y el hambre cambió
al hombre, de águila a buitre, de cazador a carroñero.
Ahdiel se hundió en el Abismo y se llevó consigo el
alma del Mundo.

El Ocaso de Ahdiel y el hundimiento del Hombre

Issi durmió mal aquella noche. Los miles de cadáveres que la
rodeaban se alzaron en su mente y extendieron las manos hacia ella,
implorantes, furiosos, buscando su calor o su consuelo, o quizá su
vida. Al frente de todos ellos estaba la niña del vestido azul, con el
enorme agujero sanguinolento abierto en el estómago, las entrañas
palpitantes a la vista; a su lado, el muchacho muerto sin herida alguna la observaba, desconcertado, exigiendo su comprensión, exigiendo una explicación. Una estrella fugaz cruzó el cielo negro sobre los muertos. Cayó directamente hacia Issi, y chocó contra su
frente, y ella comenzó a arder, el dolor tan agudo que deseó estar
tan muerta como aquellos que se reunían alrededor de su cuerpo.
   Cuando despertó estaba tan cansada que por un momento
creyó que no sería capaz de levantarse. El corazón seguía palpitando apresuradamente en su pecho; los muertos seguían estando muertos, tirados en el suelo, y en su frente no ardía ninguna

estrella, ni sentía ningún dolor. Sin embargo, de alguna manera sabía que el tatuaje, el extraño dibujo plateado, no se había borrado con el amanecer.

—*Lena* —fue lo primero que dijo. Se incorporó de un salto y miró a su alrededor, frenética. «Tonta, tonta...» Se había olvidado por completo de su yegua, que había dejado esperando pacientemente al borde del campo de batalla, pensando, «idiota de mí», que regresaría al cabo de unos pocos minutos...

Se calmó al instante cuando vio a *Lena* mordisqueando tan tranquila una brizna de hierba a una braza de donde Keyen y ella descansaban. A su lado, el penco gris de Keyen subía y bajaba la cabeza, como bailando al son de una música imaginaria. «Tan loco como su amo», pensó Issi, chasqueando los labios. Volvió la cabeza para mirar a Keyen, y no se sorprendió al ver que tenía los ojos abiertos y la observaba sin pestañear, todavía tumbado en la dura tierra y cubierto por una manta tan apolillada como la que le había prestado a ella.

—*Imre* la trajo cuando estabas dormida —explicó sin esperar a que ella pronunciara la pregunta.

Siempre la había molestado el talento de Keyen para leer sus pensamientos. Enseñó los dientes en una parodia de sonrisa y se agachó para recoger la manta arrugada.

—Sólo un cretino puede llamar a un jamelgo como ése «Gran Rey» —bufó sin mirarlo—. *Imre*. Qué valor.

—Sólo una cretina llamaría «Ángel» a una bestia como ésa —contraatacó Keyen, los labios temblando por el ansia de curvarse en una sonrisa—. *Lena*. Muy poco adecuado, ¿sabes?

—En svondeno, tal vez. En thaledi significa «demonio». Y en la lengua de Tilhia, esa que nunca te has molestado en aprender, significa «alcahueta» —sonrió Issi.

Keyen parpadeó, incrédulo, y después se echó a reír, apartando la manta de un manotazo y levantándose con esfuerzo.

—Alcahueta. —Sacudió la cabeza y estiró los músculos—. Eso sí que es apropiado, mira. Porque supongo que la habrás enseñado a traértelos y después mirar sin decir nada... —agregó con una mueca que pretendía ser insinuante.

Issi le sacó la lengua y le dio la espalda, andando hacia donde su yegua castaña se relamía y buscaba con la mirada otra brizna de hierba entre los cadáveres diseminados por todo el terreno.

—Es una yegua thaledi —dijo sin mirar atrás, y abrió una de las alforjas que colgaban de la silla de *Lena*.

—Como tú, entonces —se burló Keyen—. Potranquita de Thaledia —canturreó.

—Idiota —dijo ella sin levantar la voz—. La conseguí en Cohayalena.

Keyen silbó.

—¿Cohayalena? Te costaría una fortuna...

Ella se volvió a medias y le guiñó el ojo.

—Me salió tan bien de precio que le puse el nombre en honor a la maldita ciudad. *Cohayalena*. Pero *Lena* es más fácil —explicó innecesariamente.

—Y también abre más temas de conversación. O sea, que la robaste —dijo Keyen, indiferente, posando una mano sobre el hombro derecho y girando el brazo hasta que se oyó crujir la articulación. Hizo una mueca de dolor.

—Deberías ir a un curandero a que te mire ese hombro —señaló Issi con la atención puesta en su alforja—. Hace siglos que deberías haber ido. Y no, no la robé. Digamos que... me la dieron, en pago por un trabajito.

«Más que un trabajito, una idiotez», pensó mientras rebuscaba en su bolsa. Una idiotez y una temeridad. Y cuando lo hizo, pensaba que lo hacía gratis. Pero si hubiera sabido que gracias a aquello iba a conseguir a *Lena*, no se habría sentido tan estúpida.

—Mi hombro está perfectamente —dijo Keyen masajeándoselo con cautela—. Pero dormir al raso me deja un poco anquilosado.

—Y a quién no —suspiró Issi. Sacó un lienzo y un pellejo de la alforja.

—Ey, si eso es vino, yo quiero —se interesó repentinamente Keyen acercándose a ella por detrás.

—No es vino, bobo: es agua. Voy a lavarme —contestó con

brusquedad al tiempo que lo apartaba de un empellón. Miró a un lado y al otro y juró por lo bajo.

—¿Qué buscas? —preguntó él.

—Un poco de privacidad, si es que eso es posible en este maldito llano.

Keyen se encogió de hombros.

—Todos los hombres que pueden verte están muertos, preciosa. ¿En serio quieres andar leguas y leguas para buscar un arbusto?

Issi lo miró con los ojos entrecerrados.

—Tú no estás muerto —dijo, e hizo una mueca—. Aunque eso se puede arreglar, claro.

—¿Me matarías para que no viera las tetas más grandes de toda Thaledia? —preguntó él fingiendo escandalizarse—. No tienes corazón, Issi.

—Y tú sólo tienes lo que te cuelga entre las piernas.

—¡Pero si te he bañado yo solito cientos de veces! —protestó él.

—Eso era cuando todavía no tenía tetas. —Issi recorrió de nuevo el campo de batalla con la mirada. Maldijo entre dientes, suspiró y volvió a esconder el lienzo en la alforja. Después de pensarlo un momento, abrió el pellejo, dio un sorbo para enjuagarse la boca y lo guardó. Procuró escupir el agua a los pies de Keyen.

—Desalmada —sonrió él apartándose de un salto para no mojarse las botas.

—Obseso —contestó ella y, a su pesar, le devolvió la sonrisa.

Pronto fue evidente que Keyen quería que Issi le ayudase a despojar a algunos de los cadáveres que se pudrían en la llanura. Como si no le hubiera dejado claro que ya no era una carroñera, y que no iba a volver a serlo nunca, Keyen parecía convencido de que, puesto que el destino los había reunido otra vez, todo volvería a ser como había sido años atrás, antes de que Issi se hartase de aquella vida y se alejase de él. Mientras masticaban un pedazo de pan seco y un par de manzanas que él guardaba en sus alforjas, Keyen hacía planes a voz en grito, paladeando ya los manjares, el vino y el aguardiente que comprarían en cuanto vendiesen un par de botas y alguna daga, y lo que podrían adquirir si lograban llevarse de aquella llanura los suficientes objetos.

Cuando Issi le desengañó sin demasiado tacto, recogió sus cosas inmune a su mirada suplicante y montó en la grupa de *Lena*, Keyen se la quedó mirando, inmóvil, tan estupefacto que no acertaba a decir ni una palabra.

Ni siquiera respondió cuando ella le dio las gracias por su ayuda, por la manta y por la comida. Tampoco hizo movimiento alguno cuando ella se inclinó desde la silla y le dio un breve beso en la mejilla. Simplemente permaneció allí, de pie, contemplándola con expresión dolorida mientras ella se alejaba trotando entre los cadáveres, que ya empezaban a descomponerse bajo la brillante luz del sol estival.

Ya había dejado muy atrás los llanos, y la silueta recortada de las montañas de Lambhuari apenas se distinguía en la lejanía cuando Issi se arrepintió de no haberse quedado al menos a registrar el cadáver de la niña de azul. Tal vez habría podido descubrir algo, cualquier cosa, acerca del estúpido tatuaje que ahora relucía en su frente, y del que tenía intención de deshacerse en cuanto encontrase un barbero competente que le garantizase que no iba a dejarle una cicatriz demasiado horrible.

A lo mejor la niña aquella también tenía un tatuaje. Estuvo a punto de obligar a *Lena* a dar la vuelta, pero se contuvo al escuchar en su mente la risita socarrona de Keyen cuando la recibiera en el campo de batalla, convencido de que había regresado arrepentida de haber rechazado sus imaginarias riquezas. «La cría tenía la frente limpia», se dijo, haciendo un esfuerzo por recordar los detalles. Pero sólo se acordaba de sus ojos plateados y del maldito vestido azul.

«Olvídalo, Issi —se dijo, espoleando a *Lena* para alejarse cuanto más rápido mejor de los llanos de Khuvakha, de los muertos de ambos ejércitos, de la niña y de Keyen y su *Imre*—. ¿A quién le importa si llevo o no un tatuaje en la frente? ¡Como si me pinto la cara de verde! Mientras siga teniendo más huevos que ellos, tendrán que contratarme, con tatuaje o sin tatuaje.»

Y siempre podía decir que se lo había hecho en Monmor. Al Imperio sólo viajaban los nobles excéntricos y los mercaderes ricos que deseaban poder alardear de haber pasado una temporada en las famosas fuentes termales de Quento. Una mercenaria que podía permitirse hacer un viaje de placer era una mercenaria muy, muy rica, y una mercenaria rica era una mercenaria muy, muy buena.

—A lo mejor hasta consigo que suban el precio —murmuró, esperanzada.

El cambio de actitud de Dagna le había costado doscientos oros svondenos: necesitaba urgentemente una guerra, un grupo de mercaderes deseosos de protección o un poblado aterrorizado por los bandidos, o tendría que reconsiderar su postura y regresar con Keyen para no morirse de hambre durante el invierno.

Se dirigía a Cidelor, como podría haberse encaminado a cualquier ciudad de Svonda o de Thaledia. En cualquiera de ellas podía estar gestándose una batalla, cualquiera de ellas podía estar amenazada por los incontables grupos de asaltantes que proliferaban desde la primera invasión de Monmor. «La guerra trae hambre, el hambre, necesidad, la necesidad acaba con los escrúpulos de la gente.» Un caldo de cultivo ideal para los ladrones, asesinos a sueldo y estafadores. «Y para los mercenarios.» Esbozó una sonrisa irónica. También para los carroñeros, como atestiguaban las ropas resistentes, de buena calidad, y el caballo de Keyen. «Para ellos, más que para nadie.» Los carroñeros eran los únicos que habían prosperado de verdad desde que las torres de Ahdiel se derrumbaron sobre sí mismas.

Monmor preparándose para volver a invadir, y Thaledia y Svonda, entretanto, peleándose por el Paso de Skonje... Un valle helado, abrupto, que Issi sólo había tenido la desgracia de visitar en una ocasión, y al que había prometido no regresar jamás. «Mucho tendrían que pagarme», pensó una vez más, como había pensado millones de veces. Montañas y más montañas, a cuál más alta, el valle cubierto de musgo y el maldito Tilne recién nacido saltando y chapoteando de piedra en piedra, mojando el ambiente con sus salpicaduras y calando hasta los huesos a los viajeros que atravesaban el Paso. Si por ella fuera, el Paso de Skonje podría hundirse en el Abismo detrás de Ahdiel, o incluso más hondo.

«Y eso que es bueno para los negocios», se recordó no por primera vez mientras viajaba hacia el sur, siempre hacia el sur. Sin el conflicto del Paso de Skonje, los mercaderes que lo utilizaban como única entrada a Thaledia y Svonda desde el norte no pagarían guardianes a sueldo para asegurarse de evitar los malos encuentros, los bandidos no tendrían posibilidad de asaltar sus caravanas ni los poblados que la leva y la guerra iban dejando desprotegidos; los muchachos descerebrados no podrían convertirse en soldados y morir por su país y por un paupérrimo salario. Los mercenarios no obtendrían moneda alguna por luchar contra otro ejército, los bandidos, los animales salvajes, las gentes de otros pueblos. Y los carroñeros se morirían de hambre sin los despojos esparcidos por todos los caminos, llanuras, praderas y laderas. El Paso de Skonje también iba a beneficiar al Imperio de Monmor, que encontraría, si se decidía a invadir una segunda vez, unas Thaledia y Svonda debilitadas y enfrentadas la una a la otra. Sí, el Paso y el conflicto que había provocado eran buenos para todos, excepto para los de siempre: mujeres, niños, ancianos. Y para los idiotas de los gobernantes de Thaledia y Svonda; pero ésos, para Issi, no contaban.

El sol se elevó poco a poco sobre la llanura: una enorme bola blanca que ardía, inclemente, sobre su cabeza. Ni un árbol, ni una roca, ni un simple matorral bajo el que cobijarse en las horas más cálidas del día; sólo la monótona superficie de los llanos, rota únicamente a sus espaldas por la silueta abrupta de las montañas de Lambhuari, negruzcas en la lejanía pero aún imponentes contra el cielo azul desvaído. Issi se cubrió la cabeza con el lienzo y obligó a *Lena* a avanzar más despacio para evitar que la yegua se extenuase antes de que ambas lograsen salir del árido paraje.

No encontró un pozo en todo el día, ni un animal que llevarse a la boca: ni pájaro, ni mamífero, ni siquiera un reptil o un insecto. Todos debían de haberse cobijado bajo alguna sombra que a ella le resultase invisible, esperando pacientemente a que el sol implacable se acercase al horizonte. Pero Issi ya había hecho antes aquel camino, en sentido inverso, y sabía que sólo tenía que aguantar un día y una noche: los llanos, infinitos como parecían, no eran en realidad tan extensos. Sólo unas leguas de tierra reseca y estéril que separaban las montañas de Lambhuari de la comarca de Cidelor, heladas desde la noche de Yeöi hasta la Fiesta de los Brotes, requemadas por el sol y el intenso calor el resto del año.

Conforme se alejaba de las Lambhuari, las señales de la batalla iban haciéndose menos frecuentes y numerosas: un cadáver aquí o allá, trozos diseminados de armaduras, armas caídas, un caballo muerto de sed o de cansancio. Un hombre caído junto a una bolsa que, a juzgar por la parte de su contenido que se había derramado por el suelo, estaba llena de manzanas rojas y de aspecto dulce y jugoso. Issi vaciló. Durante un momento, sólo durante un momento, pensó en coger la fruta para engrosar sus no demasiado abundantes provisiones. Pero en vez de eso incitó a *Lena* a avanzar un poco más aprisa. Quizás a aquel hombre las manzanas ya no le iban a servir de nada, y acabarían podridas, secas, reducidas a polvo sobre la tierra grisácea; pero hacía mucho que Issi había jurado no volver a coger nada que perteneciera a un muerto, y no iba a romper su promesa por un saquete de manzanas.

COMARCA DE CIDELOR (SVONDA)

Quinto día desde Elleri. Año 569 después del Ocaso

> Thaledia esperaba una guerra rápida, fácil. Como
> reino recién nacido, orgulloso, pensaba que le sería
> sencillo vencer a Svonda. Sólo que no contó con la
> opinión de Svonda a la hora de decidirlo.
>
> *Breve historia de Svonda*

Hizo noche en un pequeño pueblo, tan pequeño que ni siquiera habían considerado necesario darle un nombre, justo al borde de los llanos de Khuvakha, donde la llanura se convertía en una suave pendiente cubierta de vegetación y los sembrados y bosquecillos sustituían la monótona tierra resquebrajada y la deprimente hierba rala que se extendía, leguas y leguas, hasta el pie de las montañas de Lambhuari.

En realidad eran cuatro casas desvencijadas rodeadas de campos de trigo, y sus habitantes estaban tan deteriorados como sus viviendas. Pero permitieron que *Lena* y ella durmiesen en un destartalado granero, que aguardaba, vacío, al día de Ebba y a que con la fiesta comenzase la cosecha. E incluso compartieron con ella su magra comida, un insípido guiso de zanahorias, patatas, nabos y grandes pedazos de pan que a ella, sin embargo, le supo maravillosamente y, para su inmensa felicidad, un postre a base de pastelitos de hojaldre y miel acompañados de aguardiente de zarzamora. Tanto el granero que la esperaba como la acogedora casita en la que cenaba, la mesa desgastada por los innumerables fregados, el fuego que ardía alegremente bajo un agujero practicado en el techo de paja humedecida, la compañía, la comida y la bebida formaban un agudo contraste con la tierra seca, el polvo, el frío, el hambre y la sed de la noche anterior, que *Lena* y ella habían pasado en Khuvakha, rodeadas de la nada.

A cambio, ella accedió a relatarles lo que había visto y oído en los llanos de Khuvakha; a aquellas gentes sencillas no les interesaba demasiado la política, pero los llanos estaban lo suficientemente cerca como para preocuparles la posibilidad de verse envueltos en la guerra. Por eso escucharon con atención a la estrafalaria joven vestida de cuero y adornada con una espada de aspecto letal y un tatuaje extranjero, y corearon su relato con las suficientes exclamaciones ahogadas y maldiciones susurradas como para que Issi se sintiera satisfecha de su audiencia.

—Mala cosa es, muy mala cosa —comentó un hombre tan curtido y arrugado por el sol que era difícil adivinar su edad, aunque Issi dedujo que era mayor que el resto de los que se sentaban a la misma mesa que ella—. Si la batalla ha bajado del Skonje hasta los llanos, pronto los tendremos luchando en nuestras propias casas. —Hizo señas a una mujeruca gruesa vestida con un insulso traje de lana marrón. Ésta se acercó presurosa y le sirvió más aguardiente, y dejó la jarra de barro cocido encima de la mesa para que el resto se sirviera si quería.

—La moza ha dicho que están todos muertos, Larl —dijo otro, que parecía más joven, con el pelo castaño desteñido por el sol y las manos gruesas y encallecidas—. No quedan más para seguir peleando. Yo digo que son buenas noticias.

—¿Y cuándo has visto que falten soldados para seguir luchando, alcornoque? —le espetó el hombre mayor, y se bebió el vaso de aguardiente de un sorbo—. De ésos no faltan, te lo digo yo. Y si no hay voluntarios, pues se los buscan. ¿O no te acuerdas de la última vez? Moza, no has probado el aguardiente...

Issi parpadeó y bajó la mirada hacia su vaso lleno hasta los bordes del denso líquido rojizo. Se parecía mucho a la sangre.

Pero el olor era seductor: dulce, embriagador, repleto de promesas de un sabor delicioso y un aturdimiento aún más delicioso. Se encogió de hombros, levantó el vaso en un gesto de saludo y bebió un sorbo.

El aguardiente le abrasó la garganta y la tráquea. Se atragantó.

—¡Arggg! ¡Su... uta madre! —tosió, provocando las risas de todos los hombres que se sentaban con ella a la mesa y aun las de las mujeres que correteaban de un lado a otro de la casa. El hombre más joven le palmeó con fuerza la espalda, sonriendo ampliamente.

—Fuerte, el licorcillo, ¿eh? —rio el que respondía al nombre de Larl—. Lo hace Antje. Tiene talento para destilar orujo —agregó, señalando a una muchacha que permanecía de pie junto a la puerta.

La joven sonrió, ruborizada, y se echó hacia atrás las dos largas trenzas rubias. Era bonita, y llevaba su vestido de lana verde como una princesa llevaría sedas y tules. Si la guerra realmente alcanzaba aquel lugar, más le valía esconderse bien o acabaría abierta de patas en el mismo granero en el que *Lena* descansaba ahora tan tranquila. «Claro que no hace falta ser tan bonita para acabar montada por medio ejército», se dijo Issi, devolviéndole la sonrisa a la muchacha. Sólo hacía falta que te vieran.

—Igual no le vendría mal una espada —murmuró, posando el vaso sobre la mesa.

—¿Qué? —inquirió Larl inclinándose junto a ella para oír mejor.

Issi comprendió que había expresado sus pensamientos en voz alta.

—Nada —se apresuró a responder. Lo último que necesitaban aquellos hombres era que les recordasen los horrores que traía consigo la guerra: no sólo la muerte, sino también la destrucción, el fuego, la violación, la tortura, el hambre. La crueldad, el salvajismo.

—La última fue distinta, Larl —intervino un tercer hombre, continuando la conversación que el aguardiente e Issi habían interrumpido—. La última vez subieron a los chicos a luchar contra Monmor.

—¿Y qué importa Monmor o Thaledia? —inquirió otro hombre, que aún no había abierto la boca—. ¿No llevan espadas y lanzas igual, mendrugo? ¡También harán falta soldados, digo yo!

—Pero la otra vez eran ellos los que venían a luchar aquí. Ahora somos nosotros los que vamos a guerrear allí lejos, a las montañas.

—Habla por ti —dijo Larl bruscamente—. Yo desde luego no pienso moverme así me amenacen con meterme la lanza por lo estrecho. Y da igual que la guerra venga o vaya: siempre acaban luchando los que tendrían que estar cosechando o cuidando del ganado.

—Eres demasiado viejo para que te recluten, Larl —se burló un muchacho, moreno y de rostro agradable, que a veces miraba a Issi como si fuese un milagro y otras veces como si temiese que le fueran a salir cuernos y patas de cabra—. A ti te dejarán aquí a prepararles la comida y hacerles la cama.

—Y si te descuidas, tú tendrás que calentarles esa cama, Mir —resopló el hombre mayor—. Con esa carita de niña, no sabrán si te prefieren a ti o a Antje.

Mir frunció el ceño y cruzó los brazos, ultrajado.

—No estaré aquí esperándolos. Para cuando lleguen me habré ido hace mucho.

—Oh —dijo Larl, enarcando una ceja—. No me digas. Y seguro que vendrás con ellos, ¿verdad? Mir, el perfecto soldadito —añadió socarrón—. Dispuesto a morir por Svonda y por su rey, bendito sea. —Escupió en el suelo e ignoró el bufido de protesta de la mujer mayor, la que vestía de marrón y se sujetaba las trenzas en dos gruesos rodetes enroscados con esmero en la nuca—. Escúchame bien, chico: si te obligan, si te llevan a la guerra a rastras, entonces no tendré nada que decir, salvo desearte una muerte rápida y poco dolorosa. Pero nunca vayas por voluntad propia. Te mueres igual, y encima te sientes como un imbécil.

Mir murmuró algo que Issi no entendió. Se encogió de hombros y cogió la jarra para echar un dedo de aguardiente en su vaso vacío. Probablemente, Issi acabaría acostumbrándose a aquella bebida. Probablemente, lo que Mir había murmurado se parecía mucho a «Y tú qué sabrás».

Larl debió de imaginar lo mismo, porque dejó el vaso encima de la mesa con un fuerte golpe y miró al muchacho con expresión dura.

—Carleig quiere el Paso de Skonje —dijo severamente—. Pues que lo conquiste él. Que se maten el uno al otro, si quieren, Carleig y ese maricón de Adelfried. Pero no: nos envían a luchar a nosotros. ¿Y crees que les importa que hayan muerto todos, allá en los llanos de Khuvakha? —Señaló a Issi con un dedo retorcido y surcado de venillas azules—. Qué va. Vendrán y se llevarán a todos los que sean capaces de luchar. Y cuando éstos mueran, vendrán a por más, hasta que ya no quedemos ninguno. Y entonces se joderán a nuestras mujeres y quemarán nuestras casas, y a nosotros no nos importará, porque estaremos todos muertos.

Cogió el vaso y lo vació ruidosamente. Después se secó la boca con la manga.

—¿Y por qué quiere el rey quedarse con el Paso de Skonje? —preguntó de pronto Antje, la muchacha de las trenzas doradas, avanzando a pasitos cortos para cambiar la jarra vacía por una llena.

Larl la miró sin ocultar su sorpresa. La mujer mayor, cuyo nombre Issi no conocía, soltó una exclamación y dio un paso hacia la joven; Larl la detuvo con un brusco ademán y miró a Antje con los ojos entrecerrados.

—¿Qué sabes tú del Skonje, chiquilla? —preguntó.

Antje torció los labios en un gracioso mohín.

—Que está arriba, en las montañas, y que no tiene nada de especial —contestó—. Yo no llegué a subir nunca, pero mi padre me dijo que sólo era un valle, nada más. Hace mucho frío. Y allí nace el Tilne.

Larl hizo una mueca y alargó el vaso para que la muchacha le sirviera más licor. Miró a Issi y se encogió de hombros.

—Antje vivía en Khuvakha —explicó ante su mirada interrogante—. Pero se vino al sur cuando llegaron tus soldados. Chica lista. —Sonrió a Antje—. Dices que allí nace el Tilne... Pues por eso lo quieren todos. Porque es el mejor lugar para empezar a librar una guerra. Un lugar estratégico, lo llaman.

—Venga ya, Larl —rio el hombre de mediana edad, el que creía que la masacre de los llanos era una buena noticia—. Tú no sabrías lo que es un lugar estre... de ésos ni aunque entrase por la puerta y te diese una patada en el culo.

—¡Serás capaz de decir algo con sentido, carajo! —gruñó Larl—. ¡Te estoy diciendo que los reyes quieren el Paso de Skonje porque es un sitio estratégico, y tú te callas porque no tienes ni idea de lo que significa eso!

—¿Y tú lo sabes? —inquirió el hombre torciendo la boca.

—¿Pues no te lo estoy contando? Mira, Antje —continuó Larl, lanzando una última mirada furibunda al hombre más joven—, seguro que tu padre te contó que el Skonje es el único paso por el que los norteños, los de Tilhia y los de más arriba, pueden llegar a Thaledia y a Svonda por tierra. Claro que podrían venir por mar, pero el mar es mucho más peligroso que la tierra firme, con tanta tormenta, remolino, pirata y monstruo suelto. —Dirigió una rápida mirada a Issi cuando ésta resopló, incrédula, pero no le dijo nada y volvió a centrar su atención en la muchacha de las trenzas—. Si los de Tilhia quieren venir a comerciar, tienen que pasar por el Skonje. Y a nosotros nos interesa que vengan.

—¿Por qué?

—Pues porque ellos tienen cosas que nosotros no —intervino el hombre de mediana edad, escurriendo en su vaso las últimas gotas de licor que quedaban en el fondo de la jarra—. Diles a las dueñas de Tula que ya no pueden comprarse las telas que llevan y las joyas: ésas te montan una guerra sólo por ponerse de colores como las amapolas.

—Las telas vienen de Monmor, Ran —le corrigió Larl sin mirarlo—. Y joyas hacen de sobra en Cidelor, en Zaake y en la misma Tula. Lo que viene de Tilhia es dinero. Pero verás, moza: sin los dineros de los mercaderes, los reyes y los nobles, los mercaderes de aquí no serían tan ricos. Por eso Carleig desea conservar el Skonje. Y por eso Thaledia lo quiere.

—Dinero ya hay en Tula —dijo con desdén el hombre de mediana edad, al que Larl había llamado Ran. No parecía llevarse demasiado bien con Larl; Issi lo estudió con cautela, pero el hombre aparentaba ser tan sólo un campesino más, un simplón de los miles que poblaban los campos de Svonda, cultivando sus tierras, paciendo sus bestias y trayendo niños al mundo a que hicieran exactamente lo mismo.

—¿Cuántas mulas pueden pasar por el Skonje al día? —preguntó Larl, molesto—. ¿Trescientas? ¿Y cuánto colecta Carleig por cada mula que entra en Svonda? ¿Diez oros, doce?

—Así, a ojo —aceptó a regañadientes Ran—. ¿Y qué?

—A diez oros por mula, son tres mil al día. ¿Qué puedes tú comprar con tres mil oros, Ran? ¿Las murallas de Cidelor? ¿Tula entera? ¿Ves ya por qué es un lugar estratégico, bruto?

—¿Sólo por dinero? —preguntó Antje, sorprendida—. Pero...

—El dinero es lo único por lo que se guerrea, chica. Y para hacer la guerra hay que tener dinero. Svonda y Thaledia necesitan a esos mercaderes y a sus mulas y carretas. Y además, necesitan el Skonje para la guerra.

Antje pareció más desconcertada que antes. Se acercó a Larl, sin preocuparse por la mirada asesina que le lanzó la mujer de los rodetes en la cabeza, y se agachó a los pies del hombre, posando la mano en el respaldo de la silla.

—Pero, Larl —dijo con el ceño fruncido—, has dicho que hacían la guerra precisamente por el Skonje... ¿Por qué iban entonces a querer el Skonje para hacer la guerra?

Larl acarició con la palma encallecida los cabellos color trigo de la muchacha.

—Si no fuera por el Paso, ésos se matarían por otra cosa. Thaledia y Svonda llevan a golpes desde el Ocaso de Ahdiel: por las orillas del Tilne, por su desagüe, por Khuvakha, por la cordillera de Cerhânedin. Por los impuestos sobre el comercio, por las cargas, por las tasas del trasbordador que cruza el Tilne.

Por los öiyin, por quién de los dos tuvo más culpa en el Hundimiento de Ahdiel. El caso es matarse. —Larl agitó el vaso pidiendo más aguardiente. Issi no pudo evitar mirarlo con admiración. ¿Cuánto orujo podía beber ese hombre y seguir estando sobrio?—. Y el Skonje es una breva para una guerra.

Antje se sentó en el suelo y cruzó las piernas bajo la falda verde. Cuando levantó la mirada hacia Larl pareció muy joven, tanto que por un instante Issi sintió lástima de ella. Demasiadas veces había visto lo que un ejército, un grupo de ladrones o un único proscrito podía hacerle a una mujer. Demasiadas veces les había visto haciéndolo.

—No le hagas caso, mozuela —intervino Ran, negando con la cabeza con un gesto de burla—. Montañas, más montañas y un río dando revueltas por entre ellas. Nada más tiene el Skonje. Puto sitio, así se hunda.

Issi levantó el vaso y sonrió al hombre, que la miraba con una media sonrisa. No podía estar más de acuerdo con él.

—Un río que pasa entero por la linde de los dos países, imbécil —le espetó Larl mirándolo con los ojos pardos llenos de desprecio.

—¿Y qué? Pues más motivo para no pegarse por ello. Si está en medio, que esté. Para los dos y ya está. ¿A qué matarse?

Larl chasqueó la lengua con impaciencia.

—A que si el río es para los dos, el que tenga donde nace el río tiene el agua, memo. Del Tilne cogen agua los de Thaledia y los de Svonda. Y si Carleig quiere, puede emponzoñar el agua, y todos los ganados y algunos hombres a tomar por lo estrecho. Le echas veneno arriba, y todo el trozo norte del Tilne a la mierda. Para eso sirve un río, y no sólo para espiar a las mozas cuando se bañan.

—Pero... —comenzó Antje, y se interrumpió, pensativa. Sus enormes ojos azules miraban insistentemente a Larl. Su curiosidad hizo sonreír a Issi, que ocultó los labios tras el vaso—. Pero si echan una poción en el agua, matarán a los thaledii y también a nosotros...

Larl se encogió de hombros, indiferente, y después suavizó

el gesto con una sonrisa amable. Volvió a pasar la mano sobre los cabellos de la muchacha.

—Nadie ha dicho que la guerra sea justa —contestó—. Pero ¿entiendes lo que te he contado? El Skonje les da el dinero para hacer la guerra, y es un arma para la guerra. Y los que riñen siempre tienen que tener un arma —añadió y, sin apartar la mano de la cabeza de Antje, torció el rostro y clavó los ojos en Issi.

BLAKHA-SCILKE

Sexto día desde Elleri. Año 569 después del Ocaso

> En muchas ocasiones se ha dicho que los asesi-
> nos de Blakha-Scilke son más civilizados que los
> mismos reyes. Al menos, ellos saben cuál es su lugar
> en el mundo: los reyes matan porque creen que el
> mundo es suyo.
>
> *Enciclopedia del mundo*

De los lugares vedados a hombres y bestias, Ahdiel era, sin
duda, el más terrorífico, el más desconocido, el único que evita-
ban todas y cada una de las criaturas vivas, independientemente
del país en el que hubieran nacido.

El segundo lugar más peligroso era Blakha-Scilke.

Situada en el delta del Tilne, edificada en la isla que bifurcaba
en dos el río antes de que éste llegase al mar, la ciudad de Blakha-Scilke no pertenecía ni a Thaledia, en cuyo territorio supuestamente
se hallaba, ni a Svonda, dentro de cuyas fronteras había estado infinidad de veces. Blakha-Scilke sólo se pertenecía a sí misma.

Pese a todo, Rhinuv no se asombró al ver la librea del hombre
que permanecía de pie ante él, con evidentes signos de nerviosismo.
El león dorado temblaba tanto como el mensajero que se hallaba
debajo de la tela. Rhinuv esperó un rato antes de alzar la mirada y
posarla en los ojos huidizos del hombre, y no hizo ningún comen-

tario cuando el mensajero empezó a retorcerse las manos con tanta ansiedad que parecía querer arrancarse sus propios dedos.

—¿Y qué es lo que quiere Adelfried de mí? —inquirió al fin.

El hombre tuvo que hacer varios intentos antes de ser capaz de pronunciar una palabra y, cuando finalmente lo hizo, lo que emitió fue un gañido agudo. Carraspeó.

—Su Ma-Majestad, Adelfried Quinto, rey de Thaledia, señor de Adile y Shisyial, conquistador de...

—Ya, vale, ahórrame los títulos, ¿quieres? —gruñó Rhinuv, sin dejar de pasar la piedra de amolar por la hoja de la daga.

El mensajero tragó saliva, asintió frenéticamente y, de entre los pliegues de su ropa, extrajo una carta doblada y sellada. Rhinuv dejó a un lado la hoja y la piedra y alargó la mano para cogerla. Sonrió cuando el hombre retiró los dedos con tanta prisa que la carta cayó, planeando, hasta posarse con suavidad en el suelo empedrado.

El lacre también tenía la estampa del león real. Rhinuv lo miró con los ojos entrecerrados, torció la carta para verlo desde todos los ángulos. «Bueno, es un león porque ellos lo dicen, porque visto desde aquí parece una grulla...» En el suelo, delante de él, los pies del mensajero se frotaban el uno contra el otro, soportando primero uno, luego el otro, el peso del cuerpo que tenían encima. Gruñó otra vez, impaciente: los pies se quedaron clavados al suelo al instante.

Abrió la carta sin romper el sello, rasgando el papel justo por encima del botón rojo medio derretido y solidificado de nuevo. Después tendría que llevar el papel al lakh'a: nadie se guardaba una prueba que pudiera ser utilizada como defensa o como chantaje, nadie la tiraba o la destruía. Y el sello real de Thaledia era algo demasiado peligroso y demasiado útil como para arriesgarse a dañarlo lo más mínimo.

Leyó la carta sin pestañear. El mensajero parecía incómodo. «¿No esperabas que un asesino supiera leer?», se preguntó con sorna. Paseó la mirada por el pliego una, dos veces, absorbiendo las palabras hasta que se grabaron en su mente. Palpó el papel con cuidado con los dedos, admirando la superficie lisa y suave. Era un papel grueso pero con un acabado perfecto, un papel de los que sólo la nobleza podía permitirse utilizar. Volvió a alzar la vista.

—¿Sabe el lakh'a lo que Adelfried quiere? —preguntó en voz baja.

El mensajero se apresuró a asentir.

—Sí, mi señor. Sí, él fue quien dijo a Su Majestad, Adelfried Quin...

—Bien. —Hizo un breve gesto con la mano. Probablemente era cierto. Incluso un ratón como aquél sabría que ningún asesino que hubiera ascendido al rango de scilke movería un dedo siquiera sin consultar al lakh'a. Los que aceptaban encargos sin contar con el señor de Blakha-Scilke no vivían lo suficiente como para poder añadir a sus nombres el sufijo «-ke», mucho menos el «scilke» completo—. ¿Y sabes qué más me pide Adelfried en esta carta?

El mensajero frunció el ceño, desconcertado. Abrió la boca para contestar, pero no llegó a emitir ningún sonido. Con un movimiento seco y rápido, Rhinuv lanzó la mano hacia su cuello y la retiró al instante, como una cobra atacando a su presa y volviendo a su posición original. Impasible, clavó los ojos en la mirada sorprendida del lacayo y observó cómo las pupilas dilatadas por la sorpresa se iban velando conforme la sangre que manaba a borbotones por la finísima herida del cuello empapaba la librea con el león de Thaledia, enturbiando sus pupilas. El mensajero, paralizado, pareció pugnar por huir de allí, pero sólo logró agitar las manos y los párpados espasmódicamente. Cada latido de su corazón hacía manar una gran cantidad de sangre espesa, debilitándolo ante Rhinuv, que no cambió de expresión cuando el hombre se desplomó despacio y cayó a sus pies. Fue entonces cuando soltó el primer gemido, convertido en un gorgoteo por la sangre que inundaba su garganta.

Rhinuv esperó pacientemente hasta que el mensajero quedó en silencio, y volvió a mirar el pliego sellado, en cuyo borde destacaba una única gota de sangre.

—«Una joven con un tatuaje plateado en la frente» —leyó en un murmullo. Volvió a plegar el papel y jugueteó con él, ausente—. No son muchos datos —se dijo a sí mismo, frunciendo el ceño—. Quinientos oros... —El lakh'a querría que pidiese cinco mil, o más. No sólo había de matarla, también tenía que encontrarla. Y, según la misiva, podía estar en cualquier parte.

Pero ¿quién regateaba con un rey?

—El lakh'a —se contestó a sí mismo. Suspiró y se puso en pie. Aunque el mensajero hubiera asegurado que el rey supremo de Blakha-Scilke conocía el contenido de la carta, tenía que acudir a su presencia y pedirle permiso para partir a cumplir el contrato.

En Blakha-Scilke, los acuerdos se firmaban automáticamente, en cuanto el asesino leía las órdenes de su empleador. Por eso Rhinuv había matado al mensajero, como exigía Adelfried de Thaledia en su misiva. Si una carta llegaba a manos de un habitante de la ciudad del delta, era porque el lakh'a ya tenía conocimiento de su contenido: era el lakh'a quien se encargaba de dirigir los pasos del portador de la misiva hacia uno u otro de sus asesinos. Todos los habitantes de Blakha-Scilke debían obediencia a la ciudad. Y el lakh'a, que había ascendido hasta ese rango por méritos propios, *era* la ciudad.

Rhinuv nunca había incumplido una norma, ni había desobedecido una orden. Por eso podía hacerse llamar Rhinuv Scilke, el siguiente en la jerarquía de Blakha-Scilke, justo debajo del propio lakh'a. El rango, sin embargo, sólo hacía que para él fuese mucho más importante cumplir las normas y obedecer las órdenes: su muerte, si no lo hiciera, sería mucho más horrible que la de un simple asesino sin apellido. Se miró la marca de la golondrina, la *scilke*, tatuada en el dorso de su mano. La mayor distinción que alguien como él podía llegar a alcanzar, a excepción de la golondrina coronada que adornaba la mejilla del lakh'a. ¿Y no había sido él mismo quien había elegido Blakha-Scilke como hogar, su forma de vida como vida propia?

Una joven con un tatuaje plateado en la frente... Rhinuv se encogió de hombros. «Que los reyes decidan a quién quieren matar —pensó—. Que sean ellos quienes piensen.» Blakha-Scilke se limitaba a convertir esos pensamientos en realidades.

COMARCA DE CIDELOR (SVONDA)

Sexto día desde Elleri. Año 569 después del Ocaso

> El hombre es enemigo de la Muerte, y como tal debe odiar la Muerte y amar la Vida. No hay en el hombre otro instinto más fuerte que el de proteger la vida, la suya propia y la de aquellos que de él dependen. La Öiyya es el único ser capaz de hacer que el hombre cambie sus inclinaciones naturales. Y por eso es un ser contra Natura, y la Natura ha de luchar contra la Öiyya y tratar por todos los medios a su alcance de acabar con ella.
>
> *Regnum Mortis*

Soñó que estaba en mitad de una cordillera. Las montañas recortadas contra el cielo le resultaban extrañamente familiares. Había pasado horas allí de pie, con la vista fija en una losa rectangular, donde había unas marcas grabadas que era incapaz de leer. Más allá, casi oculta por la suave pendiente de la colina, sobresalía una torre de aspecto frágil, esculpida en piedra blanca, que reflejaba la luz del sol y brillaba, plateada, entre las enormes montañas verdes y blancas.

El recuerdo de la cena de la noche anterior ya se había difuminado casi por completo cuando salió del granero, entrecerrando los ojos y haciendo visera con la mano para protegerse de la luz deslumbrante del sol, que acababa de aparecer tras los árboles. No así el recuerdo del aguardiente de Antje: éste se le adhería a la lengua y al paladar y se aferraba con garras afiladas a su cabeza, embotando su mente. No había nada que desease más que tener cerca un pozo para beber agua hasta llenarse el cuerpo de líquido, tirarse de cabeza para refrescarse y después ahogarse, no necesariamente por ese orden.

Pese a lo indecentemente temprano de la hora, el pueblo sin nombre hervía de actividad. Aún quedaban muchos días para la Fiesta de la Cosecha, pero en aquella zona, tan al norte de Svonda, los campesinos tenían que adelantar la recogida de una parte importante de ella: en cualquier momento el traicionero clima de las regiones más cercanas a las montañas de Lambhuari podía cambiar con brusquedad, y el cereal se ahogaría con el exceso de agua y los frutos más débiles morirían congelados. De modo que el exterior del granero donde Issi y *Lena* habían dormido estaba tan transitado como las calles de Cohayalena, la capital de Thaledia, un día de mercado. Hombres adormilados caminando con paso cansino hacia el exterior del pueblo, mujeres circulando con brazadas de leña, enormes cántaros de agua o leche y cestos hábilmente trenzados en los que transportaban huevos, fruta, nabos con sus hojas rugosas asomando por los bordes e incluso algún que otro bebé dormido con el pulgar en la boca. Niños que trajinaban arriba y abajo, los mayores acarreando agua desde el arroyo, los pequeños persiguiendo a sus madres, a las gallinas que cacareaban y correteaban con libertad por entre las casas y a otros niños, riendo y revolcándose por el suelo mientras los adultos los esquivaban vociferando improperios. Y aún había otros habitantes de la aldea que se habían congregado a las puertas del granero para ver partir a la estrafalaria mujer que viajaba sola y portaba una espada en una vaina sujeta a la espalda. La observaron con curiosidad mal disimulada mientras ella salía a la luz tirando de las riendas de *Lena* y cargaba las alforjas en la silla sin mirarlos más que de soslayo.

Larl se separó de la pequeña multitud y avanzó hacia ella con paso firme. A la luz del día parecía menos anciano que por la noche, iluminado sólo por las llamas que llenaban de sombras la estancia en la que habían cenado. Las arrugas eran consecuencia del sol y del frío, no de los años; las manchas no eran tales: tal vez habían sido sombras de las mismas sombras que producía el fuego. Se detuvo junto a *Lena* y esperó pacientemente a que Issi terminase de acomodar los fardos sobre el lomo de la yegua. Parecía querer decir algo, pero también daba la impresión de no saber muy bien cómo expresarlo. Abrió y cerró la boca varias veces sin llegar a pronunciar palabra. Issi lo ignoró.

—No vayas a Cidelor, muchacha —le aconsejó repentinamente, mirándola con seriedad mientras ella montaba en *Lena* y recogía las riendas—. Allá no vas a encontrar nada para ti. Se han encerrado detrás de sus murallas, y al que se acerca le meten un flechazo y después, si les quedan ganas, le preguntan. Ve al Skonje: allí es donde tienes que ir.

Issi posó una mano sobre el cuello de la yegua, acariciándola con firmeza.

—¿Cómo sabes que voy a Cidelor? —preguntó.

Larl esbozó un amago de sonrisa.

—Vas al sur. Y no hay nada al sur, excepto Cidelor.

—Hay muchas más cosas al sur —replicó Issi—. Pero no importa. Iré adonde tenga que ir, y sobreviviré a las flechas, como siempre he hecho. —Se rascó el hombro en un gesto elocuente—. Y si no sobrevivo, pues se acabó —añadió, encogiéndose de hombros con indiferencia.

Larl no respondió. Ella se irguió en la silla, esperando, pero el hombre se limitó a dar un paso atrás, despidiéndola silenciosamente, inexpresivo. Issi lanzó una última mirada al grupito concentrado ante el granero, a los hombres y mujeres que la miraban sin parpadear bajo el sol blanquecino.

Grises. Todo rostros grises, muertos. Ojos blancos, cuencas vacías, rostros sin labios, dientes podridos. Carne gris, descompuesta, sin sangre regando las venas de vida. Huesos quebrados, sobresaliendo entre la piel rasgada. Miembros calcinados. Todos muertos. Mirándola.

Dio un alarido de terror. Ellos no dejaron de mirarla. Ojos

disueltos por el calor, piel quebradiza, sangre seca en el hueso, bajo las destrozadas mandíbulas. Entrañas surgiendo de entre los huesos blanqueados. Y su mirada fija, insistente, implorante, despiadada.

Espoleó a *Lena*, y cabalgó, enloquecida, entre los cadáveres que caminaban con las cabezas gachas hacia los campos sin cosechar.

Fue *Lena* la que al fin redujo el paso a un trote lento cuando se cansó de su galope frenético por la pradera arbolada. Issi intentó hacerla cabalgar un poco más, pero la yegua se obstinó en ralentizar el ritmo, hasta que al cabo de un rato su desquiciada cabalgata se convirtió en un paseo lento, exasperantemente lento, y al fin se detuvo, sudorosa, extenuada.

Issi resbaló de la silla y cayó al suelo, y se quedó allí, tirada sobre la hierba áspera y medio seca, con el pie todavía en el estribo y la muñeca enredada en las riendas de *Lena*. Su respiración agitada tardó un buen rato en calmarse; pero las imágenes... las imágenes no desaparecieron de su cabeza ni siquiera cuando se desenganchó de la yegua y se tumbó de espaldas, dejando que el sol acariciase su piel y aplacase el pánico que aún la abrumaba, paralizando su mente y convirtiéndola en una masa temblorosa y estremecida.

—Me cago en la puta —murmuró. Se estremeció. De repente, sin saber muy bien por qué, se sintió avergonzada de haber salido despavorida de aquel lugar, de no haberse quedado, aunque sólo fuera para asegurarse de que habían sido sus ojos, enrojecidos por la resaca y deslumbrados por el sol, los que le habían jugado una mala pasada... Pero los apresurados latidos de su corazón, el sudor frío, el temblor que le impedía levantarse del suelo, su cuerpo le decía que no habían sido sus ojos, y su mente asentía con ímpetu. Respiró hondo y trató de calmarse.

La sensación de irrealidad se fue diluyendo bajo los rayos del astro. No así las figuras de las decenas de cadáveres, cuyas miradas todavía sentía por todo su cuerpo, clavadas en ella, enviándole un mensaje... ¿De qué?

Al cabo de un rato empezó a notar el roce de la hierba contra su piel, el sudor resbalándole por la frente y el cuello, el escozor de sus miembros, resentidos por la furiosa cabalgata. Suspiró y cruzó un brazo sobre los ojos para protegerlos de la intensa luminosidad del sol, que ascendía por el cielo, bañando la pradera. Cerca de ella, un pájaro comenzó a trinar. *Lena* piafó y se lanzó a mordisquear las briznas de hierba que cubrían la tierra amarillenta. «Pero estaban vivos.» Issi cerró los ojos y dobló una rodilla. Estaban vivos... Y sin embargo, los había visto a todos muertos.

No había sido una alucinación. Tampoco podía echarle la culpa al aguardiente de zarzamora: por mucha resaca que le hubiera producido, Issi las había pasado peores, y jamás había visto nada parecido. Lo máximo que le había ocurrido tras una noche de jarana había sido ver el cielo de color morado y la hierba de un malsano tono marrón parduzco; nunca los vivos la habían mirado desde el otro lado de la puerta que separaba el mundo del Abismo. Y el miedo...

El miedo también había sido real.

No se dio cuenta de que se había quedado dormida hasta que despertó de golpe y se encontró allí tumbada, con *Lena* pastando tranquilamente a pocos pasos de ella. La sombra de la yegua, casi inexistente la última vez que la miró, se había alargado hasta convertirse en una réplica deformada y grotesca del animal. Hacía mucho que había pasado el mediodía. La tarde caía, como atestiguaba la luz dorada; hacía brillar el aire como si éste estuviera lleno de motitas de oro; lo rodeaba todo con un aura mágica. Se incorporó, dolorida y entumecida, sacudió la cabeza para despejarse y contuvo una exclamación de dolor. Se sentía todavía peor que aquella mañana, cuando había salido del granero y el sol se le había clavado en los ojos, asaetándola con su hiriente mirada.

El sueño había limpiado su sangre y había hecho desaparecer de su cuerpo el malestar producido por el aguardiente. También había desbaratado las imágenes que tanto horror le habían producido por la mañana, y el horror mismo. Ahora sólo quedaba la vergüenza, y un leve rastro de intranquilidad. ¿Había sido real, o lo había imaginado todo? ¿Y si era cierto? ¿Cuándo la habían engañado su mente y sus sentidos?, ¿esa misma mañana, o durante la noche, cuando había cenado y charlado amistosamente con los que luego se habían mostrado ante ella como cuerpos putrefactos, exinanidos, macilentos? ¿Y ahora? ¿Serían personas vivas, las mismas gentes sencillas con las que la noche anterior había compartido varias jarras de aguardiente de zarzamora, o muertos andantes, capaces de ocultar su verdadera apariencia por algún tipo de magia maligna, de cuya existencia Issi no había oído hablar? Lanzó una mirada preñada de inquietud hacia el lugar del que había llegado cabalgando sobre *Lena*. Y soltó una exclamación.

A lo lejos, en el cielo pintado de oro y violeta, se elevaba una columna de humo negro.

Los recuerdos de aquella jornada se fueron borrando de su mente exhausta casi en el mismo momento en que sus ojos veían, su nariz olía, su piel se erizaba de espanto. De algún modo, lo que vio en el pueblo sin nombre fue peor, mucho peor, que todos los campos de batalla regados de muertos que había visitado en su vida, que todos los comerciantes asesinados, que todas las mujeres maltratadas y torturadas. Piadosamente, las imágenes se desvanecieron en su cabeza; su mente se negaba a evocar la terrorífica escena, y cuando intentaba desenterrarlas sólo podía ver detalles fugaces. Recordaba con nitidez las casas abrasadas, los carros destrozados, las cestas volcadas, su contenido desparramado y pisoteado, pero algo parecía bloquearse en el interior de su cabeza cuando intentaba visualizar los cadáveres calcinados, mutilados, tendidos sobre la tierra humeante.

Recordaba el olor dulzón de la carne quemada, y el hedor débil, casi imperceptible, de la sangre. El rostro de Mir, el joven con aspiraciones a soldado, con la mitad de la cabeza hundida por un golpe que había dejado a la vista la masa encefálica. A

Ran, casi irreconocible, con una expresión de terror y dolor que le desfiguraba las facciones, los ojos desorbitados mirando hacia el cielo, el torso abierto en canal y las entrañas derramadas sobre el suelo. A la mujer que le había servido la cena, cuyo nombre no había llegado a oír, desnuda y con todo el cuerpo ennegrecido y abrasado. Como las decenas de cadáveres que se amontonaban en las calles, algunos aovillados en un rincón, otros tirados en la tierra revuelta, otros separados en pedazos que yacían aquí y allá, deslavazados.

Se recordaba a sí misma, sola en medio de la devastación más absoluta, observando los restos achicharrados del granero. De algún modo, la destrucción del lugar que le había servido de refugio hizo que un escalofrío recorriera toda su columna.

Y recordaba el sonido apagado de un gemido.

Recordaba haber reconocido al instante al único ser vivo que había visto hasta entonces en la aldea sin nombre. La habrían dejado para el final, y después ya no habrían tenido ganas de seguir matando. O habría llegado el momento de continuar adelante. O la muchacha les habría satisfecho tanto que le habían perdonado la vida en reconocimiento. Recordaba haberse acordado de su predicción del día anterior, y haber estado a punto de echarse a llorar ella también, o de vomitar, o ambas cosas.

Antje estaba acurrucada junto a lo que hasta aquella mañana había sido su casa. Gemía suavemente y se balanceaba hacia delante y hacia atrás, con los ojos vidriosos fijos en ninguna parte. El pelo del color del trigo maduro, que la noche anterior estaba peinado de manera impecable en dos graciosas trenzas, caía ahora sobre su rostro amoratado e hinchado, lleno de tierra, de saliva y de mocos. Ni siquiera había intentado juntar los retazos desgarrados del vestido verde para cubrirse; la piel blanca estaba llena de moratones, arañazos y cortes. Issi distinguió la señal inconfundible de un mordisco en el hombro. Un mordisco humano. Un fino reguero de sangre manchaba la parte superior de sus muslos.

A sus pies, un perro grande, de esos que los pastores utilizan para proteger el ganado, gañía lastimosamente, mientras le lamía los pies. Antje ni siquiera parecía darse cuenta de su presencia.

Recordaba haberse acercado despacio a la llorosa muchacha, haber luchado por contener a duras penas la angustia y el dolor de ver su rostro inexpresivo, sus ojos vacíos. Recordaba haberla oído murmurar:

—Rodeada de muerte... Muerte —Con la mirada perdida, los ojos desenfocados mirando sin ver el rostro de Issi, la plata del Signo reflejándose en sus iris.

Recordaba haberle tendido la mano para ayudarla a levantarse. Y haber acariciado su frente, apartando el cabello desgreñado de la carita surcada de lágrimas. Pero no podía recordar el camino de vuelta hasta donde *Lena* esperaba, nerviosa por el olor a humo y a sangre. Tampoco se acordaba de haber sacado la manta de debajo de la silla de la yegua, ni haberla colocado sobre los hombros de la temblorosa muchacha. No recordaba haber caminado hacia el arroyo, sosteniendo a Antje con un brazo y las riendas de *Lena* con la otra mano; ni haberla ayudado a lavarse los restos de sangre, sudor, semen y saliva; ni haberla secado cuidadosamente con un lienzo; ni haberla vestido con su propia camisa. Era como si todo hubiera desaparecido, como si nada hubiera sucedido desde que se aproximó a Antje hasta que el perro ladró con fuerza y la despertó como de un sueño.

Agitó la cabeza y el mundo volvió a aparecer ante sus ojos. El sol, mordido por las colinas, bañaba de luz sanguinolenta las ruinas humeantes del poblado, la pradera cubierta de hierba, los árboles, el agua. Todo parecía tan tranquilo como si nada hubiera ocurrido. «Tan tranquilo como una tumba.» Y en eso se había convertido la aldea: en una enorme tumba repleta de cuerpos.

Lena piafó y empujó su espalda con el morro. Issi sonrió tristemente y le acarició el costado de la cabeza.

—Ya lo sé, *Lena* —murmuró, mirando a Antje—. Ésta no se ha librado, como tu antigua dueña. No sé lo que me pasa —añadió para sí, forzando el tono hasta convertirlo en un gruñido indiferente—, pero cada vez que ayudo a una chica, consigo un animal a cambio. —Y chasqueó la lengua hacia el perro lanudo, que olfateaba con curiosidad las ancas de *Lena*, arriesgándose a recibir un pisotón.

Montó a Antje delante de ella y rodeó su cintura con un brazo para impedir que cayera de la grupa de la yegua. La joven estaba apática, insensible: no parecía importarle caerse o no del caballo. Issi dio un leve taconazo sobre la piel del animal, y *Lena* empezó a trotar suavemente, como si supiera que un paso brusco podría hacer caer a sus dos jinetes, a la muchacha que montaba flácida como un fardo y a su ama, que la sujetaba como podía.

Y entonces Issi descubrió qué era lo que la había estado molestando desde que abandonaron el pueblo sin nombre, y maldijo en voz alta. Antje no reaccionó.

No había visto el cadáver de Larl.

También eso lo apartó de su mente como se aparta a una mosca que zumba alrededor de la cabeza. Larl estaría, probablemente, entre las decenas de muertos irreconocibles, entre las montañas de miembros apilados sin orden ni concierto, o entre los cadáveres calcinados, reducidos a los mismos huesos. Nadie había escapado de la matanza, excepto Antje. El único enigma que había que resolver era a quiénes había que culpar por ella, si a los thaledii o a los svondenos. «Y a quién coño le importa.» Svonda y Thaledia, lo mismo daba. Tanto para los unos como para los otros, el poblado habría sido un simple modo de descargar su ira por la derrota, o festejar la victoria, o aligerar el ánimo para la batalla siguiente. Demasiadas veces había visto cómo los hombres se convertían en bestias cuando formaban parte de un ejército, cuando se disponían a matar y a morir. Encontrar un pueblo lleno de gente a la que asesinar y mujeres a las que violar era para los soldados como encontrar de pronto una taberna con existencias ilimitadas de cerveza, hombres pendencieros y putas. Y gratis.

No. Mientras trotaban hacia la frontera de Thaledia, en busca de otro poblado o incluso una ciudad, en la que Antje pudiera localizar a alguien que quisiera ocuparse de ella hasta que recuperase las fuerzas y la cordura, a Issi no le preocupaba quiénes habían sido, ni por qué. Lo segundo ya lo sabía, y lo primero era indiferente. Lo que hacía que se le erizasen los pelos de la nuca era el hecho de haber visto los cadáveres cuando todavía no se había producido la carnicería.

ZAAKE (SVONDA)

Décimo día desde Elleri. Año 569 después del Ocaso

Aun tras el horror del Ocaso, el Paso de Skonje continuó siendo la unión entre el sur y el norte. Unión geográfica, que no de facto: Thaledia y Svonda entraron en guerra por y en él, Tilhia propició esa guerra porque le era más rentable un paso inseguro que uno en paz. Y el comercio prosperó, y bajo el ala de las montañas surgió una ciudad en la que el intercambio de monedas era la única religión, la única filosofía, el único rey.

Enciclopedia del mundo

Zaake vivía del comercio. Más concretamente, de los comerciantes que tenían que detenerse a la fuerza en ella tras el difícil viaje por las montañas de Lambhuari y el no menos peligroso Paso de Skonje. Las posadas y tabernas de Zaake estaban siempre llenas de tilhianos cansados y aturdidos por las altísimas tasas que habían de pagar para entrar en Svonda, o de svondenos que aprovechaban su última noche en lo que denominaban «territorio civilizado» para intercambiar noticias, comer y beber algo en buena compañía e incluso subirse a una ramera a la habitación antes de descansar para emprender el viaje a las tierras del norte, a Tilhia o incluso más allá. También había algún que otro comerciante thaledi, aunque éstos escaseaban: después de casi seis siglos de guerra, los habitantes de Zaake no los acogían precisamente con los brazos abiertos, y desde luego les cobraban el triple que a cualquier otro, cuando no se limitaban a echarlos de forma más o menos violenta de sus establecimientos.

En Zaake había sobre todo taberneros y posaderos, pero no eran los únicos. También había muchos que vivían de los caballos, vendiéndolos, comprándolos, cambiándolos e incluso sanándolos cuando alguno llegaba a la ciudad en mal estado después del largo camino. Había bastantes que se encargaban de las carretas, especialistas en cambiar ruedas, poner tablas nuevas y arreglar desperfectos en general, y no faltaban los que las vendían nuevecitas, al menos en apariencia. Había unos pocos que vivían allí para comprar sin pasar por intermediarios ni pagar precios desorbitados a causa del largo viaje de los comerciantes hasta las grandes ciudades comerciales: artesanos, joyeros, sastres. Había también otros que compraban los productos para después venderlos en Tula, Cidelor, Delen, Cohayalena, incluso en Yinahia y Quento, en el Imperio de Monmor. Y había otros tantos que se ganaban la vida ocupándose de los propios comerciantes y demás viajeros: barberos, remendones, zapateros, sacamuelas y sanadores, boticarios, juglares, adivinas y charlatanes. Había una importante colonia de mercenarios, que ofrecían sus servicios a los comerciantes, a los que se dirigían al Skonje y a los que bajaban de las montañas. Todos ellos necesitaban guardias, los unos para atravesar el Paso, los otros para recorrer a salvo el cada vez menos seguro camino del sur. Y tanto en el paso montañoso como en el llano había deserciones, enfados entre empleador y empleado, incluso alguna muerte o mutilación que hacía necesario cambiar al guardián al mismo tiempo que cambiaban las ruedas de los carros. Había asesinos a sueldo, dispuestos a acabar con el competidor comercial, con el amante de la mujer de cualquiera de los viajeros o con la misma esposa; la mayoría de ellos no había pisado jamás Blakha-Scilke, pero nadie sabía si aquello los hacía menos letales o todavía mucho más peligrosos. Había ladrones, que aprovechaban la enorme cantidad de caravanas que salían y entraban de la ciudad para enriquecerse de forma ilícita. Y había también muchos que llegaban a Zaake simplemente para disfrutar de los muchos servicios que ofrecía, servicios de todo tipo y a todo tipo de hombres y mujeres, siempre que pudieran pagarlos.

Keyen no encajaba en ninguna de esas categorías, pese a lo cual visitaba Zaake con regularidad, tanto que muchos de sus habitantes le saludaban como si de veras viviera allí con ellos. Si alguien le hubiera preguntado dónde vivía, si hubiera tenido que decir un lugar, probablemente habría sido Zaake, pese a que jamás había poseído una casa en la ciudad, ni había pasado allí más de dos o tres noches seguidas. Pero Zaake le resultaba tan familiar como si hubiera nacido y crecido allí. Y era posible que así fuera, al menos lo primero; Keyen no tenía ni idea de dónde había nacido. Ni le importaba lo más mínimo.

—¡Eeeh! ¡Keyen, cagüen la puta! ¿De qué estercolero has salido ahora, hijo de mala madre?

Keyen se volvió, sonriente, hacia el hombre que lo saludaba con grandes aspavientos desde una concurrida esquina, bajo el cartel ilegible que anunciaba una de las decenas de tabernas de Zaake. Un hombre grueso, rubicundo, que sostenía en alto una navaja de aspecto letal. A su lado, otro hombre, también grueso pero con una apariencia menos tosca, se sentaba en lo que quizá varios siglos antes había sido un taburete, pero ahora no pasaba de ser un conjunto de astillas estratégicamente colocadas para clavarse en todas y cada una de las pulgadas del trasero de los incautos clientes del barbero.

—No sé si mi madre era mala o buena, Bred, pero si algún día lo averiguo, ya me encargaré de que lo sepas.

—No, si yo ya lo sé —dijo Bred, mostrando las encías en una sonrisa marrón y llevándose la mano libre a la entrepierna—. Ayer mismo le di lo suyo. Es buena, buenísima —añadió, y se rio tan fuerte que la navaja empezó a oscilar violentamente a un dedo del rostro de su arrepentido cliente.

—Qué pena que no la haya conocido, entonces —contestó Keyen deteniéndose a su lado y dándole una fuerte palmada en el hombro.

—¡Ajjj! ¡Con tu propia madre! —Bred escupió en el suelo entre los pies del hombre sentado. El guiño que dirigió a Keyen demostraba que no estaba escandalizado en absoluto—. Keyen, maldito hijo de puta, invítame a un trago y te cuento todos los detalles.

—Más tarde, tal vez —respondió él, saludando con una inclinación de cabeza al cliente a medio rasurar y acomodándose el peso de las alforjas sobre el hombro—. Ahora tengo algo que hacer.

—Ya. Bueno, vuelve luego y me cuentas todos los detalles. —Y soltó una carcajada con la que estuvo a punto de cercenarle la oreja al sufrido hombre sentado en el taburete.

Zaake era hermosa, a su abigarrada manera. Encaramada en la ladera del Fêrhaldhel, el pico más alto de la parte sur de las Lambhuari, sus tejados rojos y paredes amarillentas contrastaban bellamente con la montaña siempre verde y su cima siempre blanca. Nadie sabía quién había construido la primera casa, quién había decidido utilizar tejas rojas o encalar las paredes de piedra con pintura anaranjada, pero los que llegaron después lo imitaron en todos los detalles, uno detrás de otro, hasta levantar una ciudad uniforme en sus edificios y heterogénea en todo lo demás. De lejos era un charco de oro y sangre en la hierba y bajo la nieve; de cerca, un deslumbrante conjunto de gentes, animales grandes y pequeños, carros, carretas, basura y agua sucia, barro, ropa tendida en los lugares más insospechados, cestas y muebles tirados en mitad de las calles, gritos más o menos pintorescos, cacareos, mugidos, risas, golpes y algún que otro gemido ahogado; y los olores...

El olor de Zaake era único. El aire límpido y helado de la montaña se mezclaba con el sudor rancio, los alimentos putrefactos, el agua descompuesta, las hierbas de los boticarios, barberos y dentistas, la comida recién hecha y la cerveza derramada, y de todo aquello surgía un olor indescriptible, que sólo podía identificarse con Zaake, que sólo podía aspirarse en sus calles.

El lugar más emblemático, el que reunía todas las características de Zaake y las exponía con descaro, aumentándolas hasta el absurdo, era el mercado.

Keyen había visitado pocos lugares más ruidosos, más pestilentes, más abarrotados y, por supuesto, más peligrosos que el mercado de Zaake. No se trataba de un mercado en sí, en el sentido organizado del término: era más bien un conjunto de puestos, tiendas, tablas colocadas en precario sobre cajas o barriles, mantas tendidas al descuido en el suelo, hombres que eran en sí mismos su propia tienda y que cargaban con su mercancía abiertamente o de forma encubierta, dependiendo del negocio al que se dedicasen. Una amalgama de colores, olores, gritos y llamadas, rumor de conversaciones, música, y sobre todo el tintineo de las monedas al cambiar de manos, abierta o subrepticiamente.

En un rincón del mercado era donde Bred se afanaba en esquilar a todo aquel que se avenía a ponerse bajo sus garras, y desde donde Keyen volvió a entrar en la atestada plaza por segunda vez aquella misma mañana.

Una de las ventajas de conocer prácticamente a todo el mundo en Zaake era la rapidez. Keyen había llegado a la ciudad el día anterior, y a esas alturas ya había conseguido intercambiar casi todo lo que había arrastrado desde el campo de batalla de los llanos de Khuvakha por relucientes monedas, la mayoría de oro. Un buen negocio para él, y también, a la larga, un buen negocio para sus compradores. Así era como a Keyen le gustaba hacer las cosas: sin necesidad de arriesgarse, sin miedo a que algún cliente insatisfecho le esperase cualquier noche en un callejón para explicarle el motivo de su descontento. Eso contribuía a aumentar sus esperanzas de vida, y lo contrario sólo habría incrementado su fortuna en unos pocos oros svondenos; demasiado poco para arriesgar el pellejo.

Además, un cliente satisfecho era un cliente fijo. Era más seguro no sólo para su salud sino también para su modo de vida. De modo que Keyen vendía sus productos a un precio justo, y a cambio recibía no sólo ese precio sino la seguridad de no ir a tropezarse casualmente con su propio cuchillo en cualquier calleja inmunda y la certeza de tener un comprador asegurado para la siguiente batalla, para el siguiente ataque de salteadores, para el siguiente cadáver dispuesto a dejarse despojar de sus pertenencias.

Esta vez, sin embargo, Keyen no iba al mercado a vender. Para eso ya había ido aquella mañana, y la tarde anterior, y para eso también había pasado media noche bebiendo en una taberna: para hacer negocios. Ahora acudía a la abarrotada plaza para saciar su curiosidad.

Atravesó el amplio espacio abriéndose camino por entre la gente sin muchos miramientos. Le había costado un buen rato, pero, una vez que se había decidido a hacerlo, no pensaba retrasarlo más. Quizá porque a cada momento que pasaba aumentaba la incómoda sensación de estar haciendo el ridículo más espantoso. Y, aunque Keyen no era orgulloso —cómo podía serlo, dedicándose a desnudar cadáveres para ganarse la vida—, no le gustaba ser el bufón de nadie.

En un lateral de la plaza, incrustada en la pared amarillenta y casi invisible entre una pequeña armería mugrienta y un rinconcito en el que un hombre servía del contenido de un enorme barril a los sedientos paseantes, había una tienda. No era fácil reconocerla como tal: pasaba prácticamente desapercibida, pese a que, con su puerta pintada de negro y su fachada semioculta bajo un cúmulo de tapices y paños de color oscuro, destacaba entre los edificios amarillos y rojos como un cancro. Pero nadie parecía percibirlo; los viandantes, compradores y vendedores, pasaban de largo ante ella sin siquiera dirigirle una mirada, como si simplemente no estuviera allí.

Keyen no vaciló en la entrada, no dirigió suspicaces miradas a izquierda y derecha antes de apartar el trapo grisáceo que ocultaba la puerta para abrirse paso hasta el interior. Puesto que nadie veía la tienducha, nadie se fijaría en quién entraba y salía de ella. Y, de cualquier forma, en esos momentos le resultaba indiferente quién pudiera verlo entrar. Sólo sabía que sentía curiosidad, una curiosidad obsesiva, enfermiza, y que tenía que saciarla. Y si había alguien capaz de saciarle en esos momentos, ese alguien estaba en aquella tienda.

Le recibió una penumbra repleta de aromas: el olor dulce y fresco del cilantro, el laurel, la mejorana, la menta y el trébol, el perfume arcilloso y picante del antimonio, el azufre, el plomo, el hedor grasiento y dulzón de la podredumbre. En la semioscuridad se adivinaban formas y siluetas que Keyen sabía por experiencia que era mejor no ver a plena luz. El aire mismo hablaba de cosas ocultas, de poderes apenas vislumbrados, de puertas que más valdría no cruzar. Un ambiente estudiado para atemorizar, repeler y atraer al mismo tiempo a los visitantes, como sólo el ser humano puede sentirse a la vez asqueado y fascinado por una misma cosa.

—Vaya, vaya... Si es Keyen de Yintla, en persona... Qué honor.

Keyen sonrió ampliamente hacia la densa oscuridad.

—Más bien, Keyen de Ninguna Parte —contestó sin asomo de amargura en su voz—. Me alegro de verte, Tije. Estás estupenda.

Una risita traviesa.

—Ni me has visto, ni puedes por tanto decir cómo estoy. Pero te agradezco el cumplido, Keyen.

Ante él se encendió una débil llamita azul, que en lugar de iluminar sólo hizo más espesa la oscuridad. La llama ardía en la palma de una mano; la propietaria de la mano la acercó a una vela, que prendió al instante. A la primera candela siguieron otras, hasta que la mujer quedó en medio de un charco de luz titilante.

—Yo también puedo jugar a ser adivino, Tije —dijo Keyen, avanzando con cuidado por la habitación—. Y he acertado, que es más de lo que se puede decir de ti.

La mujer enarcó una ceja en un gesto de burla. Allí, en la penumbra, entre las sombras temblorosas, su impresionante belleza se veía extrañamente acentuada. A la luz de las velas, su pelo brillaba como el cobre bruñido, y los ojos irisados parecían cambiar de color a cada instante.

—Estás estupenda —repitió Keyen sin necesidad alguna.

Ella rio, con una risa grave, profunda. Se levantó; el perenne vestido de terciopelo negro se confundía con las sombras, ora brillando, ora apagándose como una estrella oscura. Se acercó a él con movimientos lentos, estudiados, sin apartar los ojos de los suyos; alzó la mano, la misma en la que un momento antes había ardido una llama azul, y le acarició la mejilla.

—Tú también estás estupendo, Keyen de Dondequiera Que Seas —ronroneó.

Él rio brevemente y le apartó la mano con suavidad. Tije arqueó la otra ceja, divertida, y, sin darse la vuelta, retrocedió y volvió a sentarse en la silla de madera labrada, ahora visible a la luz de las velas. Lo miró, recostada, con las manos en los brazos de la silla, como una reina miraría a un súbdito que le resultase levemente entretenido.

—¿Qué quieres saber, Keyen? —preguntó al fin, bajando la mirada hacia sus cuidadas uñas, largas y tan pulidas que incluso a esa distancia podía verlas relucir.

—¿Cómo sabes que quiero saber algo? —La sonrisa de Keyen no vaciló. Tanteando en la oscuridad halló un pequeño taburete, lo arrastró hasta dejarlo junto a la silla de Tije y se sentó—. ¿Cómo sabes que esto no es una simple visita de cortesía? Y no me vengas con que te lo han contado los espíritus, o los dioses, o los duendecillos verdes del jardín. —Rio—. Te conozco demasiado bien como para tragármelo. Y además, no tienes jardín.

—Aaah, qué poca fe —respondió ella, alzando la mirada sin levantar la cabeza. Los ojos multicolores brillaron entre las espesas pestañas—. No subestimes a los duendecillos, Keyen de Cualquier Sitio Donde Haya Difuntos A Los Que Aligerar De Su Carga Cuando Parten Hacia La Otra Orilla. Algún día podrías llevarte una sorpresa. Pero no: no han sido ellos los que me lo han dicho.

—¿Entonces...?

Tije puso los ojos en blanco y echó la cabeza hacia atrás.

—Normalmente vienes aquí en busca de... alegría, llamémoslo así. Nunca me has preguntado nada, ni me has pedido nada más que eso, ni siquiera por mera curiosidad. Pero hoy te he tocado y me has apartado la mano. De modo que debes de estar buscando otra cosa, algo que no puedo darte con mi cuerpo, porque ni siquiera lo has mirado dos veces. No hace falta ningún duendecillo para darse cuenta de eso, idiota —finalizó, suavizando las palabras con una sonrisa alegre—. Así que repetiré la pregunta: ¿qué quieres saber?

Keyen inclinó la cabeza en un gesto de reconocimiento. Después, se metió la mano en el desgastado jubón y sacó un papelito doblado. Se lo tendió sin una palabra. Tije lo cogió, lo desdobló y lo miró, interesada.

—Vaya —murmuró—. ¿Y esto? ¿De dónde lo has sacado? ¿Lo has dibujado tú?

—Sí.

Tije sonrió.

—Ignoraba que supieras escribir, Keyen —dijo, volviendo a doblar el papelito y devolviéndoselo con un gesto elegante de sus manos finas y alargadas—. De lo que se deduce que los hombres, todavía hoy, pueden llegar a sorprenderme. Interesante.

Cruzó las manos sobre la falda de terciopelo negro y esperó. Keyen aguantó su mirada un rato, unos momentos interminables, hasta que finalmente se rindió.

—Issi lo tiene tatuado en la frente —respondió a la pregunta que Tije no había llegado a formular—. Sólo quiero saber lo que significa, nada más.

—Ah. —Tije rio con una risa cantarina, como un cascabel—. Issi.

—Sí —admitió Keyen, desafiante. «A Tije le gusta burlarse de mí», pensó, burlarse de todos, de la vida, del mundo entero con todos sus habitantes dentro. Contuvo el aliento, esperando, sabiendo lo que ella iba a decir.

—Creía que hacía eones que no pensabas en tu Issi, pero —lo miró sin pestañear, con una mirada intencionada, burlona— ya veo que no es así.

Él no dijo nada. Porque también sabía que Tije no esperaba una respuesta.

—De modo —continuó ella, estirando las piernas hasta meter los pies debajo del taburete en el que él se sentaba— que tu Issi tiene eso tatuado en la frente. —Hizo un gesto hacia el papel que él doblaba y desdoblaba inconscientemente entre sus dedos. Apoyó la mejilla sobre la palma de su mano, y se dio un golpecito con la uña en los labios—. ¿Y hace cuánto te has dado cuenta de eso? ¿O siempre lo ha tenido, y ahora es cuando te han entrado ganas de saber lo que significa?

—Hace siete días —contestó él—. La vi en... bueno, la vi —rectificó, tratando de ocultar lo que sabía que no podía ocultarle a Tije—. Y antes de que me lo preguntes, sí, hacía años que no sabía nada de ella.

—No iba a preguntártelo, cachorrillo. Pero si te sientes mejor contándomelo, me siento honrada. —Tanto en su voz como en su expresión como en la mano que posó con delicadeza sobre la rodilla de él había un sarcasmo que Tije no se molestaba en encubrir. Más bien parecía disfrutar mostrándolo abiertamente.

—Ella tampoco parecía haber visto antes ese signo —continuó Keyen, ignorando el último comentario, como sabía que se esperaba de él—. Se sorprendió mucho cuando le dejé un espejo.

—Ah, es cierto, lo había olvidado —exclamó Tije, fingiendo acordarse de pronto—. Tu Issi es esa que no se mira nunca al espejo ni se peina. Esa a la que parece que le gusta vestirse de hombre... —Hizo un gesto que abarcaba su propio cuerpo, y le guiñó un ojo, traviesa—. Y a ti también parece gustarte, por lo que veo.

—Siempre me ha gustado vestirme de hombre —contestó Keyen bruscamente.

Tije rio, regocijada.

—Bien —dijo, apartando la mano de su rodilla y recostándose una vez más en la silla con aspecto de trono—. Así que quieres saber qué es ese signo. ¿Y cómo sabes que significa algo? ¿Cómo sabes que no es un simple dibujo? —preguntó, remedando el tono casual que había utilizado él un poco antes.

Keyen se encogió de hombros, sin saber qué contestar. Porque ni siquiera él mismo sabía por qué sentía tanta curiosidad, por qué no había querido creer, sencillamente, que el tatuaje era un dibujo curioso, nada más. Por qué de algún modo sabía que era importante.

—Bueno —dijo Tije, y se inclinó de nuevo hacia él—. ¿Y qué piensas darme a cambio?

—¿A cambio? —repitió Keyen, sorprendido. No había pensado en eso. Nunca había pagado a Tije, ella jamás le había pedido nada a cambio de... de nada.

—A cambio, sí —insistió ella con expresión de fastidio—. La información se paga, Keyen. Saciar tu curiosidad, también. ¿Y qué tienes para darme a cambio de saciar tu curiosidad?

Keyen abrió los brazos y se encogió de hombros.

—Pon tú el precio, Tije —respondió—. Te pagaré cuanto quieras.

Ella rio, socarrona.

—Cuanto... qué palabra más desagradable. —Posó de nuevo la mano sobre su rodilla—. Hagamos una cosa: yo sacio tu curiosidad, y tú... tú me sacias a mí. —Finalizó con una caricia inequívoca.

A su pesar, Keyen sintió un deseo repentino, un ansia por tocar el cuerpo que tan bien conocía y que se insinuaba bajo el vestido negro. El perfume denso y dulce de ella se le subió a la cabeza. Se debatió un instante con sus propios instintos, pero esta vez, como siempre que se enfrentaba a Tije, perdió la batalla. Derrotado, asintió y tragó saliva, luchando por permanecer inmóvil.

—De acuerdo —dijo ella. Se levantó bruscamente, apoyándose en él al pasar a su lado, y se dirigió hacia la penumbra más allá del charco de luz titilante. De algún modo la luz de las velas se intensificó sin que ella hiciera gesto alguno, y los objetos que antes eran invisibles aparecieron de pronto frente a sus ojos. Keyen se apresuró a apartar la mirada.

Tije cogió algo de encima de una mesa que Keyen no había visto a escasos palmos de donde él se sentaba. Después, se arrodilló en el suelo. Pese a la postura, parecía más digna y más distinguida que nunca. Extendió un dedo: el cuchillo de plata de aspecto letal y el candelabro del mismo material que había cogido yacían a su lado, olvidados. Con el dedo, Tije comenzó a recorrer la piedra grisácea que cubría el suelo. Por donde su dedo pasaba se dibujaba una fina línea negra.

—Tije —dijo Keyen en voz baja mientras ella se afanaba en dibujar lo que parecía un círculo en la piedra—. Tije, ¿realmente es necesario todo esto?

Ella levantó la mirada y sonrió, traviesa.

—No —admitió—. Pero así es mucho menos aburrido, ¿no crees?

Keyen soltó una exclamación de incredulidad.

—Mira —dijo, impaciente—. Puedo soportar aburrirme un poco, ¿vale? Pero dime de una vez lo que...

—Eres impaciente, cachorrillo. —Tije chasqueó la lengua, se levantó e hizo un gesto descuidado con la mano. El dibujo del suelo desapareció como si nunca hubiera existido—. Está bien. Lo haremos a tu manera.

Se dirigió hacia el otro extremo de la habitación. Cuando la luz de las velas se intensificó aún más, Keyen vislumbró una pared cubierta desde el suelo hasta el techo de libros, ordenadamente colocados sobre unos estantes de madera, apilados sobre el suelo, amontonados contra la misma piedra de la pared. Allí habría cientos, quizá miles de libros.

—El tatuaje de tu Issi es el Öi —dijo Tije mientras alargaba la mano y cogía uno de los libros, sin vacilar un instante, como si supiera exactamente dónde estaba la información que pretendía Keyen. Volvió a su lado y se sentó en la silla, hojeando las páginas hasta que encontró la que buscaba. Y, sin una palabra más, le tendió el libro abierto. Keyen alcanzó a ver el signo que encabezaba la página que Tije le mostraba.

Sacudió la cabeza.

—No sé leer, Tije —tuvo que admitir.

Ella sonrió y cogió el libro.

—Ya. Sólo quería enseñarte el símbolo, nada más. ¿Estás seguro de que el que tenía tu Issi era así? ¿Exactamente así?

Keyen volvió a mirar el dibujo.

—Sí.

—Bien. —Tije carraspeó y comenzó a leer—: «De los muchos

demonios que habitan nuestra tierra, los öiyin son, sin duda alguna, los peores. Sanguinarios, brutales, poco dados a hablar y prestos a la violencia y a la masacre, los öiyin adoran a la Muerte y pertenecen a la Muerte en cuerpo y alma. Siguen al símbolo del Öi, y la Öiyya, la Portadora del Öi, es el diablo, la reina de los demonios, la misma Muerte que vive por y para la Muerte.»

Fue un único párrafo, apenas tardó unos instantes en leerlo de principio a fin. Keyen no pudo evitarlo: se quedó con la boca abierta, los ojos desorbitados, incapaz de apartar la mirada de Tije mientras ella cerraba el libro con un golpe sordo y levantaba el rostro hacia él.

—¿Qué... qué significa? —preguntó al fin. De pronto, sin saber muy bien por qué, un escalofrío trepó por su espalda y le erizó el pelo de la nuca: deseó que Tije no respondiera, deseó no haberle preguntado nada, deseó no estar allí en absoluto.

—Significa —contestó ella lentamente, saboreando cada palabra— que tu Issi tiene un problema. De los gordos —añadió, paladeando el término inhabitual en sus labios acostumbrados a las palabras rebuscadas, a las sonrisas socarronas y a los besos.

Keyen no supo qué decir. Abrió la boca y la volvió a cerrar, desconcertado.

—¿Quieres saber algo más? —preguntó ella con brusquedad—. Ve a ver a los öiyin. Seguro que ellos estarán encantados de contarte todos sus secretos.

No dijo nada más. Se levantó, fue de nuevo hacia la pared cubierta de estantes y depositó el libro en el mismo lugar del que lo había cogido. Después se volvió y lo estudió detenidamente a través de la penumbra amortiguada por la luz de las velas. Su mirada escrutadora hizo que Keyen se encogiera de aprensión. El Öi. La reina de los demonios. La misma muerte.

—¿Qué...? —comenzó otra vez, pero se detuvo antes de hacer la pregunta. «¿De verdad quiero saberlo?» Sacudió la cabeza, aturdido. No estaba seguro. No estaba seguro de nada.

Tije lo miraba fijamente. Al cabo de un rato, suspiró.

—Me has sorprendido, Keyen. Conociéndote, pensaba que me pedirías información acerca de otra cosa.

—¿Qué cosa? —inquirió él, sin darse cuenta siquiera de que estaba hablando.

Ella se encogió de hombros.

—Según tengo entendido, Thaledia pagaría una importante suma por el cadáver de cierta niña... y, si no me equivoco, ese cadáver debía de estar exactamente donde tú has conseguido todo eso que has estado vendiendo en el mercado esta mañana.

Keyen tardó un rato en aprehender el sentido de las palabras de Tije, pero cuando lo hizo se quedó aún más boquiabierto que antes.

—¿Cómo...? —empezó, pero se interrumpió de nuevo antes de pronunciar la frase completa. Tije sabía, Tije siempre sabía, y sus métodos eran cosa de ella. Keyen había pedido información acerca del tatuaje de Issi, no de las fuentes de Tije. Eso le habría costado mucho más de lo que le iba a costar el párrafo sobre el Öi.

—Pero no has traído el cadáver de la niña —continuó ella, ignorando de forma premeditada la pregunta de Keyen—. O no sabías que era importante, o el tatuaje de tu Issi ha conseguido nublar tu mente. O ambas cosas. —Rio, sentándose en la silla. Cruzó las piernas y alzó la cabeza sin dejar de mirarlo, en un gesto tan claramente provocador que él sintió que el suelo oscilaba bajo sus pies.

Suspiró, resignado. No iba a luchar contra su propio deseo: no sólo estaba condenado a perder la batalla, sino que además le había prometido a Tije justo aquello a cambio de información sobre el extraño dibujo en la frente de Issi. Y, para ser sincero consigo mismo, no iba a ser un pago desagradable en absoluto. Recordaba perfectamente lo que se ocultaba bajo el vestido de terciopelo negro, y la reacción de su propio cuerpo todas y cada una de las veces que lo había visto.

Tije se apartó el cabello rojizo del rostro y chasqueó la lengua, divertida. Posó la mano sobre la de él y le acarició con suavidad.

—Lárgate de aquí, Keyen —dijo, esbozando una amplia sonrisa—. Yo no disfruto cuando el otro no disfruta, no deseo cuando el otro no desea. Y tú ahora mismo no tienes ninguna gana de mí.

Keyen no protestó. En vez de eso inclinó la cabeza, aliviado, y le apretó la mano en un gesto de agradecimiento. Se levantó y, sin una palabra de despedida, se dirigió a la salida oculta por el paño grisáceo.

—Y ve a por tu Issi —añadió Tije cuando él ya apartaba la cortina y parpadeaba ante el brillante sol que iluminaba, cegador, la plaza, ante la cacofonía de sonidos, y la mezcla aturdidora de olores—. El Öi sólo puede darle problemas. A ella, y a todos.

Keyen giró la cabeza, la miró una última vez, sonrió y cerró la cortina. Después respiró profundamente una, dos, tres veces, para acallar el rugido del monstruo del deseo en sus entrañas y el grito aún más fuerte de algo que se parecía mucho al terror. Intentando calmarse, se internó entre los vendedores vociferantes y los no menos bulliciosos compradores.

Tije se quedó sentada en la silla de madera labrada, observando pensativa el paño que ocultaba la entrada hasta que éste al fin dejó de oscilar y se quedó quieto. Con un gesto apagó las velas, y se arrellanó en su asiento, sin dejar de sonreír.

—Keyen, Keyen... —Rio quedamente—. Hay que ver qué previsibles sois todos los hombres en este mundo. —Paseó las pupilas dilatadas por toda la estancia, y frunció levemente los labios en un mohín al ver el taburete en mitad de la habitación, rompiendo el estudiado desorden. Con otro gesto lo envió hasta la pared cubierta de libros—. Y en todos los mundos, ya que estamos a ello.

Volvió a reír.

—Y el Öi de tu Issi... ¿Sabes? —continuó, como si Keyen todavía se hallase en la tiendecita, sentado en el taburete que acababa de apartar—. No se trata de una maldición, ni de una elección: ni de ella, ni del Öi, ni de su dueña. Isendra, tu Issi, ni ha resultado elegida ni se ha hecho merecedora del Signo.

Un gato negro ronroneó a sus pies, el gato negro que todos

sus clientes esperaban encontrar en un establecimiento como aquél. La sonrisa de Tije se hizo más amplia y, a la vez, más enigmática. En la oscuridad, los ojos brillaron, multicolores.

—Me pregunto si alguien llegará a darse cuenta de que ha sido simplemente el azar.

ALDEA DE CIDELOR (SVONDA)

Undécimo día desde Elleri. Año 569 después del Ocaso

> La mujer es, a todas luces, un ser inferior. Debe
> pues buscar la protección del hombre, que es su se-
> ñor, y servirlo en todo cuanto el hombre le pidiera,
> pues no es sino ése el sentido de su vida. La mujer
> existe para el hombre. Y la que olvide esta verdad
> debe encontrar su justo castigo.
>
> *Liber Vitae et Veritatis*

Larl había tenido razón: en Cidelor habían blindado las murallas y se habían encerrado en el interior de la enorme fortaleza, aislándose por completo del mundo exterior, sometiéndose
a sí mismos a un asedio voluntario. Pero sólo los nobles y los
ricos, los que habían podido comprarse un lugar intramuros,
bien a cambio de favores o influencias, bien pagándolo con monedas de oro y plata. Los señores, los comerciantes, los artesanos que habían medrado lo suficiente como para hacerse im-
prescindibles para los dos primeros grupos. El resto se había
quedado fuera.

Cidelor, como algunas de las grandes ciudades que habían
crecido a partir de una fortaleza, tenía dos partes: la ciudad en sí
misma, la que se ocultaba entre la muralla exterior y la que protegía la fortaleza que se alzaba en el centro, y la ciudad exterior, no

más que una aldea amontonada contra la gruesa pared de piedra. Completamente desprotegida, la aldea, construida a base de adobe, paja, madera y arena, era el feudo de los campesinos, los albañiles, los artesanos menos afortunados; los ganaderos, los desarrapados, los ladrones y mendigos, los desechos de la sociedad cideloriana. Los que no tenían sitio en el interior de la ciudad de piedra.

—Los mercenarios no —murmuró Issi, cepillando a *Lena* con fuerza junto a una de las cabañas de adobe y barro, a la vista de las puertas metálicas cerradas, el rastrillo bajado, los guardias apostados justo encima, entre las almenas—. Los mercenarios tienen un lugar en la ciudad. Pero hoy no me van a permitir entrar. Hoy no —repitió, levantando la mirada hacia la imponente mole de piedra de la fortaleza, que sobresalía desde detrás de la muralla.

A su lado, sentada en la tierra en la entrada de la casita, Antje se balanceaba hacia delante y hacia atrás, moviendo la boca como si estuviera canturreando, pero sin emitir ningún sonido. Todavía tenía la mirada perdida y seguía ausente, indiferente al mundo que la rodeaba y a sí misma. Si no fuera por Issi, ni siquiera estaría vestida, su pelo seguiría enredado y lleno de coágulos, y la sangre menstrual todavía mancharía sus muslos.

—Al menos, tú tienes algo que agradecer —le había dicho Issi cuando vio la mancha carmesí extendiéndose por su falda—. No estás muerta, ni herida, ni desfigurada, ni mutilada. Y tampoco estás embarazada. Has tenido suerte.

Antje no reaccionó ante aquellas palabras. Issi tampoco lo había esperado. Pese al lamentable estado en que la había encontrado, la muchacha estaba viva, aunque los moratones, cortes, heridas y arañazos no acababan de curarse; pero algo se había roto dentro de ella. Parecía haber cortado todos los hilos que unían su mente con la realidad, y haber comenzado a vivir en otro mundo, un mundo que le pertenecía por completo.

«Y quién no querría poder hacer lo mismo —suspiró Issi por enésima vez—. Quién no querría poder olvidarse de que vive en este jodido mundo.»

Guardó el cepillo en una de las alforjas, se apartó de *Lena* y se sentó junto a Antje, estirando las piernas y apoyando la cabeza en la pared arcillosa.

—Ahora vas a estar bien —le dijo, continuando una conversación que nunca había ido más allá del monólogo y que en realidad nunca había comenzado—. Aquí vas a estar igual que en tu aldea, ya lo verás. Incluso mejor, porque aquí está Cidelor, y Cidelor protege a sus habitantes. —Hizo un gesto hacia las murallas, escéptica—. A lo mejor incluso encuentras un marido decente. Porque tú necesitas un marido, ¿sabes? No como yo —murmuró—. Yo me he asegurado de no necesitar para nada a un hombre.

Se masajeó la rodilla, que tenía resentida desde que se había caído de *Lena* la tarde que recogió a Antje del poblado lleno de cadáveres. Hizo una mueca.

—El problema que tengo yo con los hombres —siguió diciendo a la ausente Antje— es que los que me gustan me tienen miedo, y los que no me gustan se creen con derecho a llevarme detrás de un matorral, abrirme de patas y después pagarme con monedas de cobre. —Sonrió—. Pero tú no tienes por qué tener ese problema —le dijo, dándole una breve palmadita en el hombro—. Eres joven, guapa, y todo lo mujer que yo aparento no ser. Tú no tendrás ninguna dificultad con los hombres, ya lo verás.

Antje se estremeció imperceptiblemente. Issi suspiró. En los últimos tiempos se pasaba el día suspirando, desde aquella tarde, desde antes incluso. Había salido de los llanos de Khuvakha con el cuerpo plagado de suspiros y una maldita flor pintada en la frente. Se la tocó de forma inconsciente, como hacía a menudo, también desde aquella tarde; maldijo en voz baja y se levantó de un brinco.

Antje no reaccionó.

—Bonito regalo nos has traído, Issi —gruñó un hombre, asomando la cabeza por la entrada de la choza. Tuvo que inclinar la espalda para salir por la puerta sin darse con el dintel. Era un hombre alto, fornido, de aspecto feroz; la horca que cargaba parecía un arma letal en sus manos, pese a que Issi sabía que sólo la utilizaba para lo que el apero estaba concebido. A menos que le obligasen.

—Te quejas demasiado, Haern. La chica es fuerte y está sana. Puede trabajar duro.

—Es idiota —dijo Haern mirando a Antje con desagrado—. Ni habla, ni se mueve, ni hace nada. Un mueble, eso es lo que es. Un mueble que no come aunque le den de comer, y no duerme aunque le digan que tiene que dormir.

—Y hace un aguardiente de zarzamora que haría pecar hasta al triasta de Tula —le tentó Issi con una sonrisa.

Haern bufó.

—Para eso tendría que acordarse de qué son las zarzamoras. Idiota del todo, ya te digo. ¿Por qué la has traído, Issi?

Ella volvió a suspirar, y después gruñó. «Parezco una puta princesita, con tanto suspiro.» Se apoyó en el quicio de la puerta y levantó la cabeza para mirar a Haern.

—¿Y qué otra cosa iba a hacer? —preguntó, más para justificarse ante sí misma que para responder a Haern—. ¿Dejarla allí, rodeada de muertos, y con el cuerpo hecho polvo después de que se la jodiera medio ejército svondeno? ¿Para qué, para que la otra mitad pudiera encontrarla cuando tuviera ganas?

—El rey dice que tenemos que prestar todo nuestro apoyo a los valientes muchachos de la soldadesca. —Haern apoyó todo el peso de su cuerpo en la horca, cuyo mango se hundió unas pulgadas en el suelo arcilloso—. ¿Y cómo sabes que fue el ejército de Svonda?

Ella se encogió de hombros.

—Estamos en Svonda —dijo innecesariamente—. Si eran los restos del ejército que luchó el otro día en los llanos de Khuvakha, eran los restos del ejército svondeno: los thaledii no se habrían replegado hacia el enemigo. Si era otro ejército, no atravesaría este país a menos que Thaledia se hubiera decidido a invadir Svonda de una maldita vez. Yo no me preocupo mucho por la política —añadió, con un gesto de indiferencia—, pero no creo que Thaledia tenga fuerza suficiente para tratar de conquistar Svonda, del mismo modo que Svonda no puede invadir Thaledia. Eso ha sido así durante seiscientos años, y va a seguir siendo así.

—Hasta que cambie —resopló Haern—. Pero sí, supongo que tienes razón. Aunque a ella —miró a Antje a través de las puntas de la horca— eso le da igual.

Issi levantó la mano para apartarse el pelo del rostro. Ella también miró a Antje: la joven no había dejado de canturrear, y se retorcía el extremo de una de sus dos trenzas entre los dedos rígidos y crispados.

—Haern —dijo Issi en voz baja, desviando la mirada para no ver los ojos vidriosos de Antje—, se recuperará. Ya lo verás. Sólo es cuestión de tiempo. Y entonces...

—Entonces, se fugará con el primer juglar medianamente limpio que le cante un par de cancioncillas a la luz de la luna —refunfuñó Haern—. Ya, Issi. Ya sé que tú no puedes hacerte cargo de ella. Pero es que Naila y yo...

—Naila y tú siempre os habéis quejado de que necesitáis ayuda cuando llega la cosecha —le interrumpió ella—. Bueno, pues aquí está. Antje se recuperará, Haern —insistió, deseando con todas sus fuerzas poder creerlo.

Él asintió, e Issi no pudo evitar que una sonrisa asomase a sus labios. Haern era un poco brusco, y bastante bruto en según qué ocasiones, pero era buena persona. Aunque si alguna vez oía que alguien se refería a él en esos términos se ponía hecho una furia. «Idiota», pensó Issi con afecto.

—Si para la fiesta de Ebba sigue teniendo la mente de un hongo, te la llevas, ¿me has oído, Isendra? —le espetó Haern ásperamente, y ella supo que había ganado la guerra. Haern bufó y partió a grandes zancadas hacia el extremo de la aldea más alejado de las murallas.

Issi chasqueó la lengua y se dejó caer en el suelo al lado de Antje. Dobló la rodilla, hizo una mueca, y apoyó el brazo sobre su pierna, tratando de relajarse un momento. El sol estaba alto, casi encima de sus cabezas: todavía quedaba mucho día. Todavía podían recorrer muchas leguas, *Lena* y ella.

Pero ¿hacia dónde? ¿Siguiendo las huellas del mismo ejército que había matado a todos los habitantes del poblado de Antje? ¿O en sentido opuesto, hacia el mar, donde la relativa paz haría que se muriese de hambre? ¿Había llegado el momento de volver a Thaledia, y buscar un lugar entre los soldados, o algo distinto, un trabajito para algún noble, para algún mercader, para el rey? Porque en Cidelor no iba a conseguir un trabajo: en eso también había tenido razón Larl. Y ella necesitaba urgentemente un encargo, después del fracaso de Khuvakha y de que Dagna decidiera ahorrarse doscientos oros svondenos.

—Debería volver al Skonje —murmuró. Sería lo más sensato. Allí siempre había trabajo para un mercenario. Pese a todo, sabía que no iba a hacerlo: hacía mucho que había jurado no volver a poner los pies en el Paso de Skonje, ni en todas las montañas de Lambhuari.

«Pero he de comer...» Y tenía tantas ganas de beberse un par de jarras de cerveza que se le hacía la boca agua de pensarlo. Y la noche que había pasado en casa de Haern sólo le había provocado un ansia mayor por dormir un par de días más bajo techo. O quizás incluso tres.

—Antje —dijo, cerrando los ojos y disfrutando por un momento del sol cálido de la mañana—, vas a quedarte con Haern y Naila. Hasta la cosecha, ¿de acuerdo? Luego... luego ya veremos —agregó, insegura. No tenía intención de volver a por ella: ¿para qué necesitaba ella a una niña sorda, muda, ciega y tonta? Pero a Antje no le hacía ninguna falta saber eso.

Para la respuesta que obtuvo de Antje, podía haberse ahorrado el aliento y el cargo de conciencia.

—Quizá podría ir a Zaake —se dijo, meditabunda—. Algún mercader habrá que necesite protección para bajar por el Camino Grande, o por la orilla del Tilne. O incluso para cruzar a Thaledia.

Pero Zaake vivía a la sombra de las Lambhuari, incómodamente cerca del Paso de Skonje...

Y sin embargo, tenía que comer.

—Zaake —repitió, asintiendo con la cabeza—. Y despúes, si no hay nada para mí excepto el Skonje, siempre puedo ir a Thaledia. En Cerhânedin nunca faltan gilipollas dispuestos a recorrer la cordillera como si fuese el patio de su casa. Y un gilipollas en Cerhânedin es un gilipollas que necesita un guardia.

COHAYALENA (THALEDIA)

Undécimo día desde Elleri. Año 569 después del Ocaso

> La Historia no se escribe en los salones del trono, ni en los campos de batalla. Donde realmente tiene lugar la Historia es en los dormitorios.
>
> *Thaledia: seis siglos de historia*

Adhar de Vohhio, señor de todas las tierras del noroeste de Thaledia entre las montañas de Lambhuari, el río Tutihe y la costa del mar de Hindlezen, entró en la ostentosa habitación y se detuvo un instante para contemplar las paredes cubiertas de tapices, las sillas de madera oscura labradas con formas sinuosas, las lujosas alfombras monmorenses cubiertas de cojines de seda. Como el noble más poderoso y rico de Thaledia que era, el lujo no hacía mella en su ánimo, ni lograba sobrecogerlo o hacerle sentirse inseguro, como probablemente era la intención del que diseñó las habitaciones privadas de la reina; los muebles, los cortinajes, las comodidades que rodeaban a la esposa de Adelfried no eran más apabullantes que las que él mismo poseía en su propio hogar, allá en la fortaleza de Vohhio. Sin embargo, siempre resultaba cortés fingir una expresión impresionada, y así lo hizo, antes de inclinar brevemente la cabeza hacia Beful.

—¿Sigues vivo, bufón? —preguntó, arqueando una ceja—. ¿El rey todavía no ha descubierto que eres el amante de su reina?

El enano rio con fuerza, esbozó una mueca lasciva e hizo una serie de cabriolas delante de Adhar, que estuvo a punto de tropezar con su cuerpecillo rodante. Lo esquivó, sonriente.

—Ándate con ojo, Beful —le advirtió con una mueca risueña—. Adelfried puede llegar a creérselo si sigues pasando más tiempo con la reina que él.

—Sal, Beful —dijo la reina desde la ventana—. El señor de Vohhio tiene noticias que darme, si no me equivoco.

—Ciertamente, mi reina —contestó Adhar con una reverencia—. Hice lo que me pedisteis, y os traigo la respuesta de Adanna de Talamn, tal como os prometí.

Beful dejó de hacer cabriolas y salió de la estancia con aire abatido. Adhar conocía a la perfección esa expresión del enano: era la que siempre asomaba a su rostro cuando la reina de Thaledia le expulsaba de sus habitaciones. El bufón dependía hasta tal punto de su señora que casi podría decirse que lo que Adhar había insinuado era cierto, al menos por parte del enano. Imaginar siquiera que la reina pudiera sentir por el hombrecillo contrahecho la misma pasión que éste le profesaba resultaría ofensivo hasta a las mentes más perversas. Y la de Adhar era inocente, comparada con las mentes de algunos de los cortesanos que perdían el tiempo orbitando alrededor de la corte de Cohayalena.

El señor de Vohhio miró a su soberana mientras la puerta se cerraba sin ruido a su espalda. A la reina de Thaledia le gustaba mirar más allá de su palacio, ver las calles de Cohayalena, las montañas que rodeaban la capital de su reino. Enmarcada por la ventana, con la luz del exterior perfilando su silueta y mostrando sin lugar a dudas su avanzado estado, era una visión realmente perturbadora. Adhar no pudo evitar que sus ojos se detuvieran en la redondez que se adivinaba bajo las sedas y tules: a juzgar por su tamaño, la reina daría a luz al heredero de Adelfried alrededor de la fiesta de Yeöi. Un buen augurio.

—Mi reina —dijo, acercándose lentamente a ella—, Su Majestad me ha preguntado si querríais...

—Ah, ¿habéis estado con mi esposo, señor? —preguntó ella, volviéndose para mirarlo. Adhar contuvo el aliento. Los ojos de la reina brillaban dorados a la luz del crepúsculo. Parecían hechos de miel, como los cabellos sujetos en la nuca con una redecilla de hilos de oro—. ¿Os ha dicho algo que me interese saber, o simplemente se ha cansado de jugar con sus capitanes y quiere... eh... que vos os unáis a ellos? —inquirió con toda la intención.

Adhar frunció el ceño.

—No, mi señora —murmuró—. Quería saber si teníais previsto bajar a cenar con la corte, o si preferíais comer aquí. Nada más.

—Y supongo que os ha llamado sólo para eso —dijo ella con voz dura.

—No, mi reina. No me ha mandado llamar. Me he cruzado con Su Majestad en el patio.

La reina soltó un bufido muy impropio de su posición.

—A saber adónde iría. No, no me lo digáis: no quiero saberlo. —Se volvió hacia la ventana, y Adhar pudo volver a respirar con normalidad—. ¿Cenaréis conmigo, señor de Vohhio? —preguntó con voz suave.

—Si ése es vuestro deseo, mi reina...

Ella torció la cabeza para mirarlo. Y sonrió.

—¿Queréis saber cuál es realmente mi deseo, señor de Vohhio? —dijo. Dio media vuelta y se apoyó contra el alféizar de la ventana.

Adhar recorrió en dos pasos la distancia que le separaba de la reina. Antes de darse cuenta de lo que estaba haciendo la había estrechado entre sus brazos, y la besaba con todo el deseo que había acumulado en los quince días que había estado fuera de Cohayalena. No sólo estaba hecha de miel, sino que sabía a néctar.

—Thais —musitó.

Ella le mordisqueó el labio, juguetona, y suspiró cuando Adhar apoyó todo su peso sobre ella, que a su vez se sostenía en la pared que tenía detrás. La redondez de su estómago, lejos de molestarle, no hacía sino enardecerle aún más.

—A veces sueñas que eres mi esposa —susurró él contra su

cuello, acariciando con los labios el lóbulo de su oreja—. Finjamos que lo eres. —Sus manos se posaron sobre sus pechos hinchados por el embarazo. Los rozó suavemente con la palma, y recorrió también el redondo abdomen; lo excitaba tanto o más que los pechos que reaccionaban bajo sus caricias debajo del corpiño que los ocultaba. Los dedos se crisparon sobre la seda; encendido, bajó la mano y aferró la tela para alzarle la falda, sin dejar de besar la suave piel de su mentón.

Thais gimió cuando los dedos de Adhar encontraron la calidez de su entrepierna, y asintió.

—Sí —murmuró, aferrándose a él y abriendo las piernas—. Sí, tu esposa. Esposo mío.

ZAAKE (SVONDA)

Undécimo día desde Elleri. Año 569 después del Ocaso

> Los öiyin desaparecieron tras el Ocaso, se hundieron en el Abismo junto con su ciudad, Ahdiel, y su culto a la Muerte. Y en su lugar florecieron dos religiones: la primera, la de la Tríada, dioses desconocidos hasta el Ocaso que se ganaron el amor del pueblo en los horribles años que siguieron al Hundimiento de Ahdiel y que, finalmente, conquistaron a los reyes. La segunda, la de los ianïe, los enemigos del Öi, que mitigaron en la gente el dolor y el horror del Ocaso por el sencillo método de permitirles bañar en sangre öiyin el recuerdo de Ahdiel.
>
> *El triunfo de la Luz*

—Te has tomado tu tiempo para volver, ¿eh, hijoputa? ¡Anda, ven acá, siéntate! ¡Blaz, pon un par de cervezas aquí! ¡Blaz!

El dueño de la taberna gruñó algo ininteligible y le ignoró, continuando con la aparentemente apasionante tarea de extender el polvo y la mugre por un vaso que frotaba con el paño más sucio que Keyen había visto en mucho tiempo, y eso que acababa de volver de un campo de batalla encharcado en sangre y tripas. Apartó la mirada mientras evitaba pensar en el vaso en el que estaba a punto de meter la boca. «La has metido en sitios peores, así que ahora no te pongas melindroso», dijo en su cabeza una vocecita que se parecía sospechosamente a la de Issi. Se acercó a la mesa en la que Bred se sentaba, esbozando una amplia sonrisa.

—Me han retenido, Bred —se disculpó sin sentirlo en absoluto y sin molestarse en fingir lo contrario. Se sentó en la silla vacía que había junto al enorme barbero, y estiró las piernas, recostándose en el respaldo de madera astillada, que crujió ominosamente. A su lado, un bullicioso grupo de hombres chillaba, gritaba y lanzaba maldiciones al aire, enzarzado en una apasionante partida de cartas.

—Ya. Menudo pedazo de cabrón —contestó Bred vaciando de un trago la jarra de barro, que tenía más de un codo de alto—. ¡Blaz! ¿Quieres que muramos de sed, o qué, maldito? ¡Cerveza! Tienes que contarme todos los detalles, Keyen —añadió en dirección a su compañero de mesa, haciéndole un burdo guiño y soltando una fuerte carcajada—. ¡Un día y medio! ¿Qué has estado, con toda una familia de putas? —Y volvió a reír de forma estentórea.

—Si te cuento todos los detalles, tardaría otro día y medio —contestó Keyen tranquilamente—. Gracias, Blaz. —El tabernero volvió a gruñir, dejó las dos jarras llenas sobre la mesa y se alejó arrastrando una pierna.

—¡Doble *kasch*! —gritó de repente uno de los hombres de la mesa de al lado, al tiempo que daba un fuerte golpe sobre su mesa—. ¡Dama, bufón, bruja y juglar de arados! ¡Y tres de flechas! ¡Ajajajaja! ¡Supera eso, Jinder, y te pago el orujo hasta la noche de Yeöi!

—¡Doblo y sexta a granos!

—¡Me ca...! ¡Trae acá esas cartas!

—¿Me estás llamando tramposo, Gers, hijo de la gran puta? —gritó otro de los hombres, levantándose de un brinco.

—¡Que traigas he dicho! No hay tantos granos en la bara... ¡Pero si eso no es un bufón de granos, es un retrato de tu madre!

Voló una silla. Keyen agachó la cabeza y aprovechó para beber un sorbo de cerveza, sin inmutarse.

—¡Bueno! —exclamó Bred, limpiándose el bigote con el

dorso de la mano y posando la jarra en la mesa con un golpe que lanzó cerveza a diestro y siniestro—. ¿Y qué ha sido, entonces? ¿Un día ajetreado?

—Digamos que sí —dijo Keyen. Separó con esfuerzo los codos de la superficie de la mesa: se le habían quedado pegadas las mangas a la pulgada de mugre, cerveza, salsa y otros componentes que más valía no analizar—. ¿Y tú? ¿Conseguiste afeitar a ese hombre sin rebanarle el cuello, o está enterrado en el sótano de Blaz?

—Mejor no preguntes —sonrió el hombretón.

Keyen se llevó la jarra a los labios y volvió a beber. El sabor amargo y aceitoso se le pegó al paladar. Carraspeó. Estaba tibia y tenía una capa de grasa en la superficie, que podía emanar de la cerveza o pertenecer al mismo vaso. Keyen prefirió no indagar demasiado.

—¿Un cuatro de bueyes? —bramó uno de los hombres de la mesa contigua—. ¿Me tiras un cuatro de bueyes, Kenko, maldito estúpido? ¿Y ahora qué hago yo con un cuatro de bueyes?, ¿me monto una caravana y me voy a vender cintas para el pelo a Yinahia?

—¡Cállate y juega, Gers, joder! ¡Que me tienes harto ya con tus gilipolleces!

—¡Pues échame algo decente, coño! ¡Que parece que estés recogiendo flores en el campo!

—¡Con el cuatro y un juglar puedes hacer un *kine*, imbécil! —gruñó el hombre que estaba frente a Gers—. ¡Arrastra de una puta vez!

—¿Arrastrar? ¡Arrastraré cuando me dé la gana!

—¿No arrastras? ¡Triple a bueyes! —exclamó otro hombre, el llamado Jinder.

—¡Eh! ¡Que no he dicho que no arrastre! ¡Arrastro!

—Ya no vale. «Pasa la tanda y el siguiente manda.»

—¡Te voy a decir yo dónde te puedes meter la jodida tanda!

—¿Juegas al *kasch*? —preguntó Bred señalando con la jarra hacia la mesa donde los exaltados jugadores amenazaban una vez más con ponerse a lanzarse sillas los unos a los otros.

Keyen giró la cabeza, los miró un momento sin mucho interés y se encogió de hombros.

—A veces. Cuando no tengo nada mejor que hacer, me sobra el dinero o me aburro soberanamente. O cuando tengo ganas de partirle la cara a alguien.

—O sea, casi todos los días. —Bred echó el cuerpo hacia un lado para esquivar una bota que volaba por el aire a una velocidad sorprendente—. Bueno, no tenía un pie dentro —comentó, señalando la bota que se estrellaba en esos momentos en la pared justo detrás de su oreja—. Deben de ser amigos.

—O no se han jugado mucho dinero —aportó Keyen, indiferente.

—O eso —aceptó Bred con una amplia sonrisa—. Ayer vino un grupo de soldados. Si llegas a ver lo que se hicieron cuando uno de ellos cantó triple *kasch*, se te habrían quitado las ganas de volver a comer menudillos. Ajjj —escupió, sin perder la sonrisa.

Keyen rio quedamente desde detrás de su cerveza.

—¿Y qué hacía aquí un grupo de soldados? —preguntó en tono casual. Zaake no era muy amiga de acoger miembros del ejército: seguía prefiriendo conservar su apariencia neutral. Los zaakeños creían que era mejor para los negocios.

Bred sacó la lengua.

—Ni idea. Dicen que Carleig está concentrando un gran ejército en el norte. Pero eso no es nada nuevo... Y también dicen que no, que lo está concentrando en el sur. Habría que preguntarles a los de Yintla si allí también hay soldados jugándose los oros al *kasch*. —Hizo una mueca—. Si es que en Yintla saben jugar al *kasch*, claro.

—El ejército del norte cayó hace casi diez días en Khuvakha —comentó Keyen, paseando la mirada por la taberna llena de humo. En el rincón opuesto adonde Blaz se empeñaba en ensuciar todas las jarras y vasos que caían en sus manos ardía un fuego. Cuando construyeron la taberna no se habían molestado en abrir un hueco para que el humo saliera de la habitación principal. Éste se extendía por todo el salón y se escapaba hacia la noche por las ventanas entreabiertas.

—Ah, no, éste es otro ejército —contestó Bred—. Dicen que es el ejército más grande que Svonda ha reunido desde los tiempos de Brandeis.

—Brandeis el Ciego —murmuró Keyen, y sonrió—. Un buen rey. Fue el primero que logró conquistar el Paso de Skonje a Thaledia, ¿lo sabías?

—Me importa un carajo. ¿Y lo llamaban el Ciego? No lo sabía... ¿Por qué? —preguntó Bred, indiferente.

Keyen se encogió de hombros.

—Porque era cojo.

Bred lo miró un momento, parpadeando, y después se echó a reír a carcajadas.

—¡Porque era cojo! —rio. Levantó la mano y se enjugó los ojos con el dorso, extendiéndose por todo el rostro la cerveza, las lágrimas de risa y el hollín que cubría todas las superficies de la taberna—. Qué gilipollez. Bueno, este ejército dicen que va a ser por lo menos igual de grande que el del cojo ese. —Volvió a reír—. Aunque no se tardan diez días en hacer un ejército. Está llegando poco a poco, supongo que Carleig lleva reuniendo soldados desde Dietlinde, por lo menos.

—Voluntarios, claro —se burló Keyen.

—Claro. —Bred le guiñó el ojo—. Pero no creo que venga a reclutar a Zaake. Si se lleva a todos los svondenos, la ciudad quedaría en manos de Tilhia...

—Tilhia es neutral —apuntó Keyen.

—Y Zaake también —replicó Bred—. ¡Blaz, más cerveza! ¡Que aquí estamos más secos que tu difunta! Dime, Keyen —se inclinó sobre la mesa y preguntó en un susurro confidencial—, ¿de dónde has sacado la pulsera que le vendiste ayer a Anzer? ¿A qué cadáver se la has quitado?

Keyen no dijo nada; se recostó en el respaldo de la silla y esperó a que Blaz volviera a alejarse, renqueando, después de colocar otras dos jarras de cerveza delante de ellos. Miró a Bred con los ojos entrecerrados.

—¿Cómo sabes que he vendido una pulsera? —preguntó al fin, cuando estuvo seguro de que los gritos de los jugadores ocultaban sus palabras. El tono grave de Bred le había dado casi peor espina que las agoreras predicciones de Tije.

—Me lo ha dicho Anzer, claro —respondió Bred, como si fuera la cosa más obvia del mundo. Se llevó la jarra a los labios, pero no bebió—. Se la va enseñando a todo Zaake, el muy imbécil. Dice que tienes que habérsela robado al rey. Y que se la va a regalar a Leyna, a ver si la saca de El Jardín y la convence para que se case con él.

—¿Por qué?

Bred hizo una mueca.

—¿Y yo qué sé? Porque le gustará cómo lo hace, o se habrá enamorado de ella, Anzer es lo suficientemente estúpido como para...

—¡Que por qué dice que se la he robado al rey! —exclamó Keyen, impaciente y a la vez divertido.

—Ah. —Bred rio—. Para Anzer, todo lo que no sea de madera o de cuero es del rey. Y esa pulsera es de plata, Keyen.

—A mí me lo vas a decir. Esa cosa brillaba más que una luciérnaga, ¿sabes?

Bred se bebió media jarra de un trago.

—La plata no brilla tanto, Keyen —dijo, y eructó ruidosamente—. Aunque la pulsera era bonita, eso sí que te lo admito. El problema es que a los ianïe también se lo parece. Vando me ha dicho esta mañana que uno de ellos ha estado interesándose mucho por una joya de plata con forma de flor.

—Los ianïe —repitió Keyen con voz átona. Los Sacerdotes Negros.

—Sí. —Bred dejó la jarra medio vacía, apoyó los codos en la mesa y lo miró sin pestañear—. Keyen —dijo, y parecía tan preocupado que éste se asustó y apartó su propia jarra sin llegar a beber—, no te habrás metido en líos con los ianïe, ¿verdad...? Porque...

—Pero ¿qué dices? —le interrumpió Keyen con una sonrisa forzada—. ¡Si hace años que no piso un santuario! No tengo nada que ver con los Sacerdotes Negros, Bred. Y no le robé esa pulsera a ningún maldito druida. Será... será una pulsera parecida, o algo. —Se encogió de hombros y bebió, fingiendo indiferencia.

Bred lo miró fijamente, pensativo. Al cabo de un rato hizo una mueca y cogió de nuevo la jarra.

—Si los ianïe descubren que le robaste la pulsera a uno de los suyos, te van a dejar el culo como a un mandril. —Levantó la jarra en una parodia de brindis y la vació.

—Ya. Claro —murmuró Keyen, y esta vez permitió que su voz mostrase un leve rastro de la inquietud que sentía. ¿Los Sacerdotes Negros buscando una pulsera de plata? ¿Por qué? ¿Y para qué?

—¿Y vas a quedarte mucho tiempo en Zaake? —preguntó Bred en tono casual, sin apartar los ojos de él. Levantó las cejas en un gesto intencionado.

Keyen sacudió la cabeza.

—No. Me gusta mi culo como está, muchas gracias —contestó—. Además —añadió en voz alta—, aquí en Zaake la vida militar se va a convertir en una epidemia, y yo no me quiero contagiar. Me voy mañana.

Bred asintió brevemente y se echó hacia atrás en la silla.

—Mejor. Bueno, pues habrá que cogerse una última curda antes de que vuelvas a desaparecer. ¡Blaz! ¡Cerveza!

Blaz gruñó desde su rincón. Keyen gimió, recordando de pronto la cantidad de alcohol que Bred era capaz de tragar antes de caer debajo de la mesa, que era el momento en el que solía dejar de beber, más que nada porque le resultaba imposible pedir otra copa.

—¿La bruja de flechas? ¿La bruja de flechas? Pero ¿tú qué quieres, que te arranque la nariz de un guantazo, jodido idiota? —gritó Gers detrás de él.

COHAYALENA (THALEDIA)

Undécimo día desde Elleri. Año 569 después del Ocaso

> Tras el Ocaso de Ahdiel, sin embargo, muchos renunciaron a los dioses y se refugiaron en otras deidades que ellos mismos crearon: la violencia, la muerte, el orgullo, el honor.
>
> *Enciclopedia del mundo*

Adelfried suspiró.

—Puedes retirarte, Beful —dijo, apoyando la cabeza en el respaldo del trono. Contrajo el gesto cuando se golpeó con más fuerza de la que había previsto. «Este maldito asiento es capaz de descalabrar a cualquiera», gruñó en silencio.

El bufón salió, encogido, sin atreverse a hacer una sola cabriola. Adelfried tamborileó los dedos en el brazo del trono y dejó que sus ojos vidriosos se posasen en un lugar indeterminado del enorme salón, un estandarte colgado encima de la puerta que Beful acababa de cerrar.

—¿Vais a hacer algo, mi señor? —preguntó Kinho de Talamn.

El rey parpadeó y lo miró sin cambiar de postura; el señor de Talamn parecía verdaderamente preocupado por su soberano. Adelfried sonrió.

—Voy a hacer lo mismo que llevo haciendo un año. O sea,

no voy a hacer nada —contestó. Kinho abrió mucho los ojos: su sorpresa aparentaba ser genuina. «¿Por qué no iba a serlo? ¿O es que toda Cohayalena sabe que el rey sabe que es un cornudo?»

—Pero... Majestad...

—Kinho —le interrumpió sin ceremonias, y puso los ojos en blanco—. Hace siglos que sé a qué se dedica Thais con Vohhio en su tiempo libre. ¿Crees que, si tuviera intención de hacer algo, habría esperado hasta que su embarazo fuera tan evidente? ¿No habría sido más sencillo mandarla al cuerno antes de que Riheki me llenase las calles de banderolas anunciando el próximo nacimiento de mi heredero? —preguntó, sardónico.

Kinho sonrió.

—Tenéis razón, señor —admitió con una graciosa reverencia—. Y lamento que fuera precisamente mi esposa quien empujó al señor de Vohhio a los brazos de la vuestra.

—Fue sin querer, estoy seguro —dijo Adelfried con una mueca, girando el cuerpo para cambiar de postura en el incómodo trono.

—Pero sigo pensando que deberíais deshonrar el león de Vohhio.

El rey hizo una mueca, aburrido.

—Eso sólo le daría una alegría al gremio de costureras, Kinho. ¿Y de qué me serviría cortarle las pelotas al estandarte de Adhar, si voy a acabar regalándole el trono al crío que ha salido de las suyas? —agregó, apoyando la mejilla en la palma de la mano.

—Al menos, todo el reino sabría que ha caído en desgracia...

—Sí —bufó Adelfried—. Y que ha ido a caerse justo entre las piernas de mi mujer. Eso sería estupendo, desde luego.

Kinho guardó un respetuoso silencio. «Mejor», se dijo Adelfried, hastiado.

ZAAKE (SVONDA)

Duodécimo día desde Elleri. Año 569 después del Ocaso

> Cuando el destino llame a tu puerta, no te ofrecerá nada a cambio de hacer lo que debas hacer. La suerte sólo llamará una vez, y puede pedirte u ofrecerte lo que sea su capricho. Elige bien a quién le abres la puerta.
>
> *Proverbios*

El Jardín era uno de los edificios más concurridos de Zaake. Para un observador casual, aquello podía resultar cuando menos curioso, teniendo en cuenta que era exactamente igual que el resto de los edificios de la ciudad de las montañas; el continuo entrar y salir de hombres y el paño azul anudado como al descuido en la barandilla del balcón que colgaba justo encima de la puerta eran los únicos elementos que lo diferenciaban de las casas que se apretaban a ambos lados, lo único que anunciaba a los transeúntes el tipo de comercio que se desarrollaba tras la puerta pintada de rojo.

No entraban mujeres en El Jardín. Sólo las que trabajaban y vivían allí, y éstas salían y entraban poco y siempre por la puerta de atrás. Sin embargo, nadie dijo una palabra ni mostró extrañeza o sorpresa cuando Tije atravesó la puerta del prostíbulo y, sin una mirada a ninguno de los concurrentes, se dirigió directa hacia la escalera que conducía al piso superior. Nadie conocía realmente a Tije, pero todo el mundo sabía que, si estaba en algún sitio, era porque tenía todo el derecho a estar allí. Y a nadie se le ocurriría preguntarle por sus motivos. Como tampoco se les ocurrió a los hombres que había en esos momentos en El Jardín seguirla siquiera con la mirada.

Abrió de golpe la puerta de una de las habitaciones de arriba y entró en el pequeño habitáculo sin molestarse en pedir permiso.

La muchacha que yacía sobre la estrecha cama le lanzó una mirada lánguida y sonrió.

—Vaya —murmuró—. Hacía mucho tiempo que no me pedían un servicio tan extraño... Por este tipo de cosas cobro cincuenta platas, ¿sabes?

Tije cerró la puerta con un fuerte golpe que hizo temblar las paredes y se acercó a la cama.

—Sin bromas, pequeña idiota. Y haz el favor de vestirte —añadió con voz cortante, señalando las ropas colocadas descuidadamente sobre el respaldo de una silla que descansaba junto a la ventana—. A no ser que quieras que te obligue a salir de aquí tal y como estás.

La joven se estremeció apenas y se incorporó de un brinco. Su expresión había cambiado: los ojos marrones brillaban, alertas, y en los labios ya no bailaba la sonrisa que tanto dinero le había hecho ganar con los hombres de Zaake.

—Sí, Tije —murmuró, sumisa, levantándose a la carrera y yendo hacia la ventana—. Lo siento.

Mientras se pasaba la blusa blanca por encima de la cabeza, Tije se apoyó en la puerta y la observó atentamente.

—Tienes pulsera nueva —comentó en tono casual, señalando la joya que brillaba en la muñeca derecha de la muchacha. Ella la miró, sorprendida, y después sonrió.

—¿Te gusta? Es bonita, ¿verd...?

—Yo no diría precisamente «bonita» para referirme a ella, pero lo es, sí. Dámela.

La joven permaneció inmóvil, desconcertada. La falda de

paño marrón, que se estaba subiendo en esos momentos, cayó al suelo y se quedó a sus pies, rodeando sus tobillos como un charco de agua cenagosa.

—¿Que te la...?

—Leyna —atajó Tije, sin cambiar aparentemente de postura ni de expresión. La muchacha, sin embargo, se encogió a ojos vistas—. Hace unos días viniste a verme. ¿Recuerdas lo que te dije entonces? —La joven asintió y le lanzó una mirada implorante, pero aun así Tije siguió hablando—: Dame esa pulsera. Y coge todas tus cosas y lárgate de aquí.

Leyna tragó saliva. Se agachó, cogió la cinturilla de la falda y se cubrió con un rápido movimiento; se calzó los zuecos de madera mientras ataba con una lazada torpe el cordón que sujetaba la falda a su cintura. «Probablemente está más acostumbrada a desvestirse que a ponerse la ropa», pensó Tije con sorna. Cosa que a ella, desde luego, le importaba más bien poco.

La joven prostituta fue hacia un rincón y abrió el pequeño arcón de madera donde guardaba todas sus posesiones. Que no eran muchas, según comprobó Tije al ver que sacaba tan sólo una capa de lana malva, un curioso sombrerito picudo, de estilo monmorense, y una bolsa bastante abultada donde debía de guardar las monedas y chucherías que le habían ido dando todos los hombres que habían pasado por esa habitación en los últimos años.

—¿Por qué? —se atrevió a preguntar al fin Leyna, ajustándose la bolsa a la cintura.

Tije se apartó de la puerta y fue hacia ella. Alargó la mano para aferrar su muñeca, y la obligó a levantar el brazo: la pulserita de plata brillaba débilmente a la luz del sol que entraba por la ventana, una fina joya afiligranada, tallada en forma de flor. De muchas flores. La corola de una besaba la corola de la siguiente, el tallo se unía al tallo de la que tenía al otro lado, hasta formar una hilera que rodeaba con delicadeza la muñeca de Leyna.

—Esta pulsera no pertenece a ninguna mujer mortal, chiquilla —respondió Tije en voz baja, pasando una de sus pulidas uñas por la plata tallada—. Y cualquier mujer que la lleve sin permiso corre peligro. Y también cualquier hombre, por supuesto —admitió, girando entre sus manos el brazo de Leyna para poner ante sus ojos la cara interna de su muñeca. El broche de la pulsera era invisible a simple vista, pero los ojos multicolores de Tije lo encontraron al instante: la abrió con un chasquido y se la quitó. Después alzó la mirada y la clavó en los ojos inseguros y llenos de aprensión de Leyna—. Ve a buscar a Anzer. Y marchaos los dos. Viajad lo más lejos de Zaake que se os ocurra. A Teine, o incluso más allá del mar de Ternia.

Leyna la miró con los ojos desorbitados, y bajó el brazo. Los labios le temblaban. Tije podía causar esa reacción por mucho menos: las personas temblaban cuando se dirigía directamente a ellas, ya fuera de miedo, de cólera o de deseo.

—Pero... ¿por qué? —repitió la joven, que parecía más aturdida a cada momento que pasaba—. Ya te he dado la pulsera. Ya no corro peligro, ¿no es cierto? —suplicó, más que preguntar.

Tije asintió apenas con la cabeza.

—Los Sacerdotes Negros buscan esta pulsera —contestó, guardándosela entre los pliegues de su vestido—. Y los ianïe no son conocidos por su clemencia, ni por su justicia.

Leyna dio un respingo y abrió la boca. Volvió a cerrarla sin emitir ningún sonido. Tragó saliva. Con los labios perfectos, pintados de rojo, formó la palabra «ianïe».

—¿Tienes miedo? —inquirió Tije—. Pues deberías tener aún más. Por capricho, por amor, si lo prefieres —resopló—, os habéis metido en un campo de espárragos. Y más os vale salir antes de que aparezcan los muchos labriegos que se disputan su posesión. —Sonrió, irónica.

La muchacha se echó la capa sobre los hombros y, manoseando el sombrerito, se plantó delante de Tije.

—¿Y tú? —preguntó en un murmullo, agachando la cabeza y posando la mirada en algún lugar junto a los pies de Tije—. Tú tienes ahora la pulsera. ¿Estás en peligro tú también?

Tije rio, muy bajito, y levantó la mano para darle una suave palmadita en la mejilla.

—Preocúpate por ti, Leyna. Y por Anzer. Pero no por mí. No —insistió, conduciéndola a la puerta y abriéndola con lentitud—. Si hay alguien que necesite tu preocupación, no soy precisamente yo.

«Y no deja de ser curioso que la primera persona que se inquieta realmente por mi seguridad, por mí, y no por mi presencia o mi ausencia, haya sido esa infeliz.» A Tije aquello no le importaba ni poco ni mucho. Recostada en la cama de Leyna, se llevó la mano al rizo rojizo que le caía sobre uno de los hombros y jugueteó con él con estudiada indiferencia, observando al hombre de pie en el umbral de la puerta, que la observaba con una expresión interrogante en el rostro intemporal.

—¿Leyna? —preguntó éste al cabo de un rato, entrando en el dormitorio y acercándose a la cama con paso lento.

Tije negó con la cabeza.

—Lo siento, chico, pero la liebre se te ha escapado. —Sonrió—. Aunque lo que te importaba no era la liebre, sino la zanahoria que llevaba consigo, ¿me equivoco...?

El hombre se detuvo junto al lecho y frunció el ceño. A despecho del sudor y el polvo que manchaban su rostro y su pelo despeinado y largo, sus ropas negras estaban impolutas, sin una arruga, sin una mota, sin un desgarrón. Ella lo miró de arriba abajo y volvió a reír sin molestarse en disimular.

—Me habría encantado ver la cara de los de abajo cuando han visto entrar a un sacerdote negro en un prostíbulo —sugirió Tije con voz burlona—. Supongo que hoy la Tríada ha conseguido más creyentes en Zaake de los que ha obtenido en los últimos quinientos años.

El hombre parecía desconcertado, más que Leyna un rato antes. «¿Y por qué no, si esperaba encontrar a una prostituta con una pulsera de plata y, en cambio, se ha encontrado conmigo?» Soltó una risita aguda. Y aún la divirtió más ver el sobresalto en el rostro del sacerdote cuando al fin se fijó en sus ojos.

Retrocedió, y después apretó los labios.

—Tú —murmuró, entrecerrando los párpados.

Tije subió y bajó la cabeza.

—Sí, yo —dijo innecesariamente—. Llegas tarde, ianïe. Qué mala suerte. —La risita pareció sacar de quicio al hombre de negro, que apretó los puños y cerró con fuerza la boca antes de inspirar hondo.

—¿Y la pulsera? —inquirió con voz tensa.

Tije enarcó una ceja.

—¿Y todavía pretendes encontrarla, seguidor del Ia? —preguntó, haciendo énfasis en la última palabra, dándole una entonación hiriente.

Él acusó el impacto: se tambaleó de forma casi imperceptible, y después se dejó caer, sentado, sobre la cama. Tije apartó las piernas a tiempo y le dirigió una mirada mohína.

—Cuidado, muchacho: a vosotros no se os conoce por vuestra clemencia, pero mi tolerancia tampoco es legendaria, precisamente.

—No —admitió el sacerdote negro, mirándola de reojo—. A ti se te conoce por ser caprichosa, voluble, inconstante, impredecible.

—Y atractiva —aportó ella.

Él no rio. Torció la cabeza y la miró de frente. El rostro, que no mostraba edad alguna, tampoco mostraba ninguna emoción, no desde que se había recuperado de su primera impresión al reconocerla. De nuevo parecía indiferente, quizás incluso superior.

—Dame la pulsera —exigió de pronto, girando el cuerpo para ponerse de cara a ella—. Si sabías que iba a venir a por ella y estás aquí, entonces debes de tenerla tú.

La sonrisa de Tije le hizo parpadear. Bien. «Ni siquiera vosotros sois inmunes, ¿cierto?» Chasqueó la lengua.

—La pulsera no te pertenece, Ifen. Ni a ti, ni a tu Señora. Puedes decírselo de mi parte, ianïe. De hecho, si hay alguien que no tenga derecho a llevarla, es ella.

El sacerdote hizo una mueca.

—No pertenece a mi Señora, es cierto —concedió—. Pero tú tienes aún menos derecho a ella. Tú ni siquiera deberías tocarla.

Esta vez la carcajada de Tije debió de oírse desde el piso inferior; no debía de ser un sonido inhabitual en El Jardín, porque ni hubo risas en respuesta, ni silencio, ni acudió nadie a curiosear.

—Veo que la Iannä te ha aleccionado bien, sacerdote —dijo, risueña—. Lo hace con todos sus seguidores, ¿verdad? ¿Y por qué no —se encogió de hombros—, si sois los únicos que lo sabéis todo sobre la vida? —Volvió a reír, esta vez entre dientes.

El ianïe se irguió, irritado.

—Habla con más respeto de la Iannä, mujer —le espetó.

La sonrisa de Tije se amplió.

—Respeto —repitió, paladeando la palabra. La saboreó y después decidió que no le gustaba—. El respeto lo merece quien se lo gana —escupió, y rio de nuevo al ver la expresión horrorizada del sacerdote—. Y la Iannä no ha hecho nada para ganarse el mío. Además, ¿quién ha dicho que yo tenga que respetar algo o a alguien?

La mirada furibunda del sacerdote le gustó.

—Veo que todavía eres humano —dijo de pronto, desconcertando al hombre vestido de negro. Pestañeó rápidamente, procurando mostrar todo el brillo de sus ojos multicolores en una mirada insinuante—. Me miras, Ifen. Te pongo furioso, pero a la vez me deseas, ¿no es cierto? —Inclinó el cuerpo hacia él—. ¿Te tiento, ianïe? —inquirió, y su risa llenó la habitación.

—Estoy vivo —replicó él, cortante—. Y la vida es lo único que necesito.

—Ah, la vida —sonrió Tije—. Pero también la vida puede depender de mí... si así lo quiero. ¿Y ni siquiera así te tiento? —insistió, haciendo un puchero.

—Cuando conoces a la Iannä, ya no puedes sino ser suyo —murmuró el ianïe—. Nadie la ha mirado a los ojos y ha dado la espalda al Signo.

Tije enarcó una ceja.

—¿Nadie? —repitió, escéptica—. ¿Nadie? ¿Qué me dices de tu hijo, ianïe? ¿No abandonó el culto al Ia? Y eso que él es un ianïe de nacimiento... —La sonrisa intencionada golpeó al hombre como una maza. Retrocedió de forma imperceptible.

—¿Cómo sabes...? No importa. —Hizo un gesto brusco con la mano—. No es de tu incumbencia. Y no fue a la Iannä a quien dio la espalda.

—No. Le dio la espalda a su madre. Y a ti, de paso. —Tije rio suavemente—. Pero no va a volver al Ia, ¿sabes...? Por mucho que hayas puesto a tu soldadito a hacerle de niñera.

—Kamur no es una niñera —gruñó el ianïe.

Tije lo ignoró. Se incorporó a medias y lo miró fijamente, tanto que el hombre cerró la boca de golpe y se quedó mudo.

—Hiciste algo más que enseñar a tu hijo a tocar la vihuela —continuó, implacable—. Le mostraste una verdad absoluta, inflexible, y después dejaste que su madre intentase arrebatársela. ¿Y te extrañas de que lo haya abandonado todo y se haya refugiado en el ejército? —Negó con la cabeza—. Nadie puede servir a las dos Señoras a la vez, ianïe. No me extraña que el pobre chico esté hecho un lío. —Soltó una carcajada dura—. Vete de aquí. Y dile a la Iannä que deje de buscar la pulsera. No sea que me haga enfadar de verdad.

COMARCA DE ZAAKE (SVONDA)

Duodécimo día desde Elleri. Año 569 después del Ocaso

> Los vivos deberían cantar. Los muertos ya no pueden hacerlo.
>
> *Reflexiones de un öiyin*

Había amanecido hacía ya mucho cuando Keyen salió de Zaake tirando de las riendas de *Imre*, que relinchaba suavemente, aliviado por el cambio de carga. Las monedas de oro, plata y bronce, claro está, pesaban mucho menos que las corazas, espadas, cascos, botas y jubones varios que había tenido que transportar hasta la ciudad.

—No voy a llevarlo yo, ¿verdad? —le había preguntado Keyen al caballo cuando éste protestó por el peso, allá en los llanos de Khuvakha. *Imre* lo miró con reproche: él no era un caballo de carga. O, al menos, nadie le había informado de que lo fuera.

Ahora *Imre* parecía mucho más conforme con la alforja y la pequeña bolsa tintineante que Keyen le había colgado de la silla. Y éste se sentía mucho más alegre de lo que había creído cuando, la noche anterior, se había quedado dormido con la mejilla adherida a la pegajosa superficie de la mesa. El sol trepaba por las cumbres más altas de las Lambhuari, bañando de luz las escarpadas laderas, los arroyos saltarines, las peñas como colmillos aguzados, como dedos que señalaban el cielo, de un azul tan puro, tan vivo, que se mezclaba con el violáceo y formaba un tono único, visible sólo a aquella altura. Y dominando el paisaje, el altísimo pico de Fêrhaldhel, a cuyo pie se acurrucaba Zaake; no buscando su protección, sino como un parásito agarrado a la falda de la montaña casi vertical, disfrutando de su sombra y del eterno caudal de agua que bajaba por las laderas en forma de arroyos espumeantes. Y arriba, muy arriba, tanto que para verla había que echar la cabeza atrás hasta que la nuca rozase la espalda, la blanca cumbre de Fêrhaldhel, que rozaba el cielo color añil.

Keyen dejó atrás Zaake por el ancho camino que bajaba hacia el valle; a su derecha, la frontera de Thaledia. Las Lambhuari cubrían el horizonte a sus espaldas como una hilera de dientes afilados en la sonrisa del enorme monstruo que era Tilhia, una sonrisa maligna dirigida ininterrumpidamente hacia Svonda y Thaledia, cual si Tilhia fuese el tiburón y los dos países del sur fueran los dos náufragos que se pelean por una tabla cubierta de lapas sin adivinar la presencia de la amenazadora aleta triangular dando vueltas a su alrededor.

La tabla, sonrió Keyen, era el Paso de Skonje.

Conforme la sonrisa de Tilhia, las Lambhuari, iban quedando atrás, el camino se fue haciendo más y más llano. Los barrancos profundos y las rocas escarpadas desaparecieron, sustituidos por árboles cubiertos de hojas, mares de hierba esmeralda, colinas como olas en el océano verde intenso salpicado aquí y allá de espuma amarilla. A su paso los pájaros trinaban, gorjeaban, chillaban, formando una algarabía digna de la partida de *kasch* más disputada. El olor picante de la nieve, que portaba la brisa proveniente de las montañas, se mezcló con el aroma dulce de las flores tardías y de las frutas de los árboles, el olor seco de los campos de cereal que se extendían más allá de la arboleda, el hedor a humedad y a cieno del río Tilne.

—El ejército de Carleig se está reuniendo al pie de las montañas, entre los llanos y la comarca de Zaake —le había explicado Bred el día anterior, mucho antes de desplomarse encima de su propia jarra de cerveza—. Si yo fuera tú, iría hacia el sur.

—Tengo que ganarme la vida, Bred —respondió Keyen negando con la cabeza—. El sur está en paz.

—Y tú necesitas la guerra —dijo Bred con desagrado—. Pero este ejército no te va a servir, Keyen. No hasta que no se reúna entero. Hasta entonces estarán todos vivos, y a ti un ejército de vivos te resulta tan útil como a mí un ejército de calvos rasurados.

«Por el momento —pensó Keyen, paseando junto a *Imre* por el camino flanqueado de árboles frutales—. Por el momento, están vivos.» Quizá no sería tan mala idea dirigirse hacia el sur mientras Carleig se decidía a atacar de nuevo. A unas pocas leguas, el sendero se convertía en el Camino Grande, que atravesaba Svonda desde el Paso de Skonje hasta Shidla, donde se bifurcaba para llegar por el este hasta Tula y por el sur hasta Yintla; pero en el mismo punto en el que la senda alcanzaba el Camino Grande, el Tilne hacía un meandro y se introducía de lleno en Thaledia. Y quizás a Keyen le interesaría cruzar la frontera. En Thaledia, los Sacerdotes Negros tenían mucha menos influencia que en Svonda, donde Carleig los toleraba e incluso les había otorgado una cierta inmunidad frente a los ataques de los triastas, los sacerdotes de la religión oficial. En Thaledia, los ianïe no eran tolerados, mucho menos protegidos. Y Keyen todavía guardaba en sus alforjas un par de armas de manufactura claramente svondena que no se había atrevido a intentar vender en Zaake; si los zaakeños no tenían reparos en comprar pertrechos de los caídos thaledii, en Thaledia tampoco ponían pegas a las armas de sus enemigos muertos.

Tije le había dicho que fuera en busca de Issi, y en principio a él le había parecido una buena idea. Pero eso había sido antes de saber que los ianïe querían el brazalete de la maldita niña del vestido azul. La niña que le tatuó el Öi a Issi. Incluso Keyen, que jamás se había preocupado por las luchas entre las distintas religiones que se extendían por el continente, era capaz de ver las implicaciones de aquello.

Tije decía que el Öi era el símbolo de los öiyin. Y si algo sabía de los ianïe, era que se declaraban enemigos acérrimos de los öiyin, de su culto a la Muerte y del recuerdo de Ahdiel. Entonces, ¿por qué buscaban un brazalete labrado con la forma del Öi? Y, lo que era aún más inquietante, ¿qué harían si descubrían que había una mujer con esa misma marca tatuada en la frente?

«Pero Issi sabe cuidarse solita —se dijo Keyen mirando fijamente una enorme manzana roja que colgaba de la rama de un árbol—. A eso se dedica. Yo, sin embargo...»

Él, sin embargo, sólo podía cuidar de sí mismo cuando se trataba de enfrentarse a los muertos. Si eran vivos los que le buscaban... Entonces, lo mejor era esconderse hasta que dejasen de buscarlo o hasta que estuvieran muertos.

Estaba tan atento a sus propios pensamientos que no se dio cuenta de la presencia de los soldados, vivos, hasta que *Imre* se detuvo para no tropezar con ellos.

—¿Un desertor? —preguntó en tono peligroso el primero de ellos, cuando Keyen todavía no se había recuperado de la sorpresa de ver el camino bloqueado—. ¿Tú sabes lo que les hacemos a los desertores?

Keyen abrió la boca para responder, pero un segundo soldado se adelantó, poniéndose a la altura del primero, y lo miró fijamente.

—Les metemos un palo por el culo —contestó a la pregunta que el primer soldado había dirigido a Keyen. Rio—. El rey dice que los desertores no se merecen una muerte digna.

—Y no hay nada digno en morir con un palo metido por el culo, eso te lo puedo asegurar —dijo un tercer soldado—. Duele de cojones.

—¿Y bien? —preguntó el primero de ellos, levantando la mano para indicar al resto que permaneciesen atrás—. ¿Eres un desertor?

Keyen parpadeó deprisa, paseando la mirada por la decena de soldados que ocupaban todo el ancho del camino en dos hileras. Buscó frenéticamente su voz.

—N-no —respondió al fin, encontrándola no sabía dónde—. No, no soy un desertor.

—Eso dicen todos —rio el soldado risueño, el que se había

detenido junto al que parecía el jefe—. Pero luego chillan pidiendo piedad cuando Liog se pone a afilar la estaca. Y lo sueltan todo, corderillos. Como si eso los fuera a salvar.

—Pero... —Keyen tragó saliva. *Imre* resopló—. ¡Pero es que yo no soy un desertor! No he luchado en...

—¿De dónde vienes? —preguntó bruscamente el primer soldado—. ¿De Khuvakha? ¿O del Skonje?

—No, yo... —Keyen se pasó la lengua por los labios, que se le habían quedado secos de repente. ¿Sería preferible decirles la verdad? ¿O mentir? Si decía que venía de los llanos de Khuvakha, lo colgarían por desertar en la batalla que se había librado unos días atrás; si decía que venía del Paso de Skonje, lo colgarían por intentar escapar de la leva masiva de hombres que, según Bred, habían llevado a cabo entre los guardianes y los mercenarios que se apostaban en el nacimiento del Tilne. En ambas circunstancias se asegurarían de empalarlo antes, como amablemente le había informado el soldado alegre. Por aquel camino sólo podía venir del norte o de Thaledia... Y decir que venía de Thaledia era, sin duda, la peor respuesta que se podía dar a aquellos hombres. Así que sólo le quedaba el recurso de decir la verdad—. De Zaake. Vengo de Zaake.

—Zaake. Ya. —El primer soldado, el jefe, frunció el ceño—. ¿Comerciante? —inquirió, lacónico.

«¿Tengo pinta de comerciante?», pensó desesperadamente Keyen. Lo mirara por donde lo mirase, *Imre* y él no podían ser más distintos de las caravanas de los mercaderes. La escuálida alforja que colgaba de la silla del caballo no parecía contener nada de valor, nada que un comerciante honrado pudiera vender. «Pero tampoco tengo pinta de desertor...»

—No —contestó, y se obligó a esbozar una sonrisa bobalicona—. Soy un juglar, señor mío. Un simple juglar...

Y rezando a todos los dioses cuyo nombre hubiera oído en algún momento de su vida, se acercó a *Imre* y rebuscó en la alforja con cuidado de no revelar la presencia de las armas que había recogido en Khuvakha. «Sólo me faltaba eso: un montón de espadas y dagas svondenas. ¿Acaso podían querer más pruebas de que soy un desertor, y un ladrón, para más señas?» Tomó aire y sacó una delgada flauta de hueso de la alforja, se volvió y se la mostró al soldado, sonriendo ampliamente.

—Hummm... —El que llevaba la voz cantante se lo quedó mirando con los ojos entornados. Parecía algo interesado; de hecho, parecía mucho más interesado de lo que Keyen había esperado—. Así que un juglar, ¿eh? ¿Y adónde vas, si se puede saber? Zaake es el mejor lugar para...

—Ah, pero es que últimamente en Zaake no hay más que brutos e incultos, señoría —le interrumpió Keyen con una exagerada reverencia—. Nadie que sepa apreciar el arte en todo lo que vale. En Tula, sin embargo...

—¿Vas a Tula? —inquirió uno de los soldados.

—Sí, señoría. Tula es una ciudad cultivada, llena de poetas y de...

—No has estado nunca en Tula, ¿verdad? —bufó otro.

—Y va a tener que esperar para ver ese nido de víboras —dijo el jefe—. El rey nos ha ordenado que seamos diez mil hombres cuando lleguemos al pie de las Lambhuari. Si no eres un desertor, y parece que no lo eres —añadió con una mueca—, vas a tener la oportunidad de demostrar lo bien que es capaz de luchar un juglar.

Dio media vuelta e hizo una seña a sus soldados; la mitad de ellos avanzó hasta adelantar a Keyen, la otra mitad se quedó frente a él, mirándolo fijamente. El que parecía el jefe giró la cabeza y también lo miró.

—Anímate, juglar —le dijo fingiendo alegría y esbozando una sonrisa irónica—. ¿Qué mejor lugar para encontrar temas para tus rimas que el sitio donde se producen las grandes batallas, los grandes actos de valor, donde se escribe la Historia?

—¿Te has comido una flor, Kamur? —preguntó otro de los soldados, burlón.

—Los hay que escuchan lo que cantan los juglares —rio un tercer soldado—. Kamur se queda embobado cuando alguien canta una canción. Sobre todo si luego se lo puede tirar. Yo que tú tendría cuidado, cantante —añadió guiñándole el ojo a Keyen.

—Cállate, imbécil —dijo bruscamente Kamur, y se volvió

hacia Keyen—. El rey quiere que todos los svondenos defendamos Svonda. Y tú eres joven y estás sano, y encima tienes un caballo, de modo que eres justo lo que el rey busca. Andando.

Rodeó a Keyen y se puso al frente de los soldados que ya habían comenzado a avanzar, dejando a Keyen entre ellos y los cinco hombres que se habían quedado un poco atrás. *Imre* pateó el suelo, nervioso. Keyen lo acarició para tranquilizarlo. «¿Y quién me tranquiliza a mí?», gritó en silencio cuando uno de los soldados le clavó amablemente el pomo de la espada en los riñones, instándolo a andar.

«Yo no quiero luchar por Svonda —gimió para sí—. Ni siquiera quería quedarme en Svonda.» ¿Qué mejor lugar que Thaledia para esconderse de los ianïe, para ganar un poco de tiempo y de dinero, y para encontrar, si se dejaba encontrar, a una mercenaria thaledi...?

Se encogió de hombros. «Míralo por el lado bueno. Donde hay un ejército, tarde o temprano habrá muertos... Cosa que me viene bien, siempre que yo no sea uno de ellos. Y en la última batalla, Issi quería luchar con los svondenos. Issi es tan thaledi como Carleig. Claro que también es tan svondena como Adelfried... o sea, absolutamente nada.»

«O sea, que puede estar en cualquier parte.»

Suspiró, al tiempo que tiraba de las riendas de *Imre* y seguía al soldado de la sonrisa irónica y el alma anhelante de música.

TULA (SVONDA)

Decimonoveno día desde Elleri.
Año 569 después del Ocaso

> Algunos gobernantes prefieren perder una batalla, si con ello han de ganar la guerra. Pero ¿quién les asegura que van a lograr una victoria definitiva? ¿Merece la pena arriesgarse?
>
> *Política moderna*

Carleig asintió con el rostro inexpresivo.

—¿Y la niña? —preguntó—. ¿La habéis llevado al altiplano de Sinkikhe después de la batalla, como os ordené?

El mensajero vaciló. Los estallidos de ira del rey de Svonda eran conocidos por todos sus súbditos, como sus extrañas explosiones de hilaridad. Y ninguno sabía qué era preferible, si su risa o su furia, a la hora de enfrentarse con él.

—Majestad... —comenzó. Tragó saliva de una forma tan ostensible que a Carleig le dolió la garganta sólo de verlo—. Majestad, la niña también está muerta. Encontramos su cadáver en la llanura, junto con los de los miles de soldados que...

—Ya —desechó Carleig con un aspaviento—. La parte de los muertos ya me la conozco. De acuerdo. Retírate.

El mensajero se apresuró a salir de la estancia. Carleig hizo un mohín.

—Bueno —suspiró—, al menos Adelfried no ha podido poner las garras en ella —se consoló, levantándose del trono y estirando la espalda—. Esta maldita silla va a acabar sacándome una joroba. Laureth, recuérdame que la próxima vez que Giarna vaya a venir a Tula le pida uno de esos sillones que regalan todos esos idiotas que tiene por pretendientes. Si tuviera que sentarse en todos ellos, se le quedaría el trasero como el de mi esposa.

—La señora de Teine estará encantada de ofreceros uno de sus sillones, Majestad —respondió Laureth, inclinándose tanto que Carleig pensó que iba a barrer el suelo con el pelo.

—Déjate de reverencias —gruñó—. Y dile a mi esposa que venga. Tengo que preguntarle algo —masculló entre dientes; sólo pensar en Drina le daba ardor de estómago—. Que se traiga a la bruja esa de su acompañante, si le apetece. Creo que ésa sabe todavía más que la desgraciada que tengo por reina.

«Y maldita sea si sé por qué», añadió para sus adentros. Drina, reina de Svonda, era monmorense de origen; y los habitantes de Qouphu, «imbéciles místicos», se vanagloriaban de saber cosas que el resto de los mortales habían olvidado, o jamás habían conocido. Minade, por el contrario, era tan sólo una nodriza que Giarna de Teine había enviado a Tula para hacer compañía a Drina cuando ésta cometió el error de creerse embarazada. El niño no había llegado, y Minade se había quedado en la corte, envenenando a la reina con cuentos de miedo e historias que hacían juego con las que ésta había aprendido de niña, allá en el Imperio de Monmor. «¿De dónde las habrá sacado?», se preguntaba a menudo Carleig, que ya estaba bastante aburrido de los estúpidos rituales que a veces su esposa celebraba en la privacidad de su alcoba. Entendía las tonterías de Drina, criada entre viejas supersticiosas y hombres velados, pero Minade era svondena...

—Bien podría haberle enviado un sillón, y haberse guardado la nodriza para ella —gruñó Carleig—. Pienso decírselo a Giarna la próxima vez que se le ocurra aparecer por Tula.

—Como queráis, Majestad. Haré venir a la reina y a su dama. —Laureth de Cinnamal comenzó a hacer una nueva reverencia, y se quedó congelado a mitad; a Carleig le entró un ataque de risa al verlo. Se atragantó, y contuvo un hipido.

—Si te viera así, seguro que Giarna no te aceptaba un sillón, ¿eh, Laureth? —Rio alegremente—. Igual te ordeno que le hagas ese paso de baile la próxima vez que venga. A ella también le sentaría bien reírse un rato.

—Como queráis, Majestad —repitió Laureth de Cinnamal, incorporándose poco a poco con expresión adusta.

Carleig rio con más ganas aún.

ALTIPLANO DE SINKIKHE (SVONDA)

Vigésimo día desde Elleri. Año 569 después del Ocaso

> Los ianïe sirven a la Vida, y la Vida les otorga una
> comprensión de sí misma superior a la de los demás
> mortales. Ellos ven lo que otros no ven, entienden lo
> que otros no entienden, y, a cambio, Ella hace suya su
> vida para hacer con ella su voluntad. Los öiyin tenían
> esa misma comprensión de la muerte, pero, por fortu-
> na, ya no quedan öiyin en el mundo.
>
> *El triunfo de la Luz*

El teniente Kamur ocultó su sonrisa cuando vio al juglar rechazar por enésima vez la invitación de sus hombres y sentarse
lejos del fuego guardando un silencio hosco. El bardo, Egis, decía que se llamaba, siempre reaccionaba así cuando los soldados
le pedían una canción: negándose categóricamente a cantar para
ellos y apartándose de su compañía. Lo extraño, se dijo Kamur,
era que nadie le hubiera acusado todavía de mentir, cuando tan
obvio era que no tenía de juglar ni las hebillas del jubón.

Al principio a Kamur le había divertido ver los esfuerzos
que hacía el tal Egis de Cidelor por fingir ser lo que no era. Más
adelante, sin embargo, aún le había divertido más. Fue cuando
descubrió quién era en realidad, qué había vendido en Zaake, de
dónde lo había sacado. Y, sobre todo, a quién conocía.

«Keyen de Yintla.» El nombre no le decía nada: un hombre anónimo, un ser insignificante, tan poco importante que casi constituía pecado de orgullo intentar ocultar su identidad. Pero si algo había aprendido Kamur durante su vida, era que hasta el insecto más diminuto podía convertirse en un dragón. Eso le había ocurrido a él, cuando Ella había cogido a un pastor de cabras de las Lambhuari y le había encumbrado hasta donde ahora estaba, con la promesa de llevarlo aún más alto si lograba hacer lo que Ella quería que hiciera; y eso mismo podía ocurrirle a Keyen de Yintla, llamado Egis el Juglar entre los soldados del ejército de Svonda. Un insecto, un gusano reptante que, no obstante, podía ayudar a Kamur a conseguir lo que su Señora le había ordenado conseguir.

—Canta, Egis —murmuró, mirando al hosco soldado sentado de espaldas al fuego—. Cántanos una epopeya. Compón una canción sobre lo que hiciste, sobre lo que hizo ella, y dime adónde ha ido.

DALMAVIHA (TILHIA)

Vigesimoprimer día desde Elleri. Año 569
después del Ocaso

> Las sucesivas batallas libradas por Svonda y Thaledia en las dos orillas del Tilne, a lo largo de toda la frontera entre ambos países, no lograron más que adentrar a uno u otro unas leguas en el territorio de su enemigo, sin que supusiera un cambio real en la situación geográfica de ninguno. Al cabo de los siglos, la lucha se centró casi exclusivamente en el Paso de Skonje, que cambió de bandera tan a menudo como de ocupantes cambiaban los tronos de uno y de otro país.
>
> *Enciclopedia del mundo*

Su Majestad, Klaya, reina de Tilhia y Huari, gloriosa soberana de Ternia, Vinheder y Breduto, contuvo un bostezo y esperó pacientemente a que su consejero terminase de exponer los motivos por los que no debía hacer lo que ya había decidido hacer. Luchó por mantener su mente en la tierra. «Oh, pero es que este hombre es tan aburrido...» Cambió de postura para devolver la circulación a su pierna derecha. Cogió la pluma que descansaba sobre la mesa, jugó un rato con ella haciéndola pasar entre sus dedos, se rozó la nariz con el extremo y estornudó.

—Disculpadme, señor —murmuró ante la mirada furiosa del consejero.

«¿Cómo se llamaba?», pensó, estrujándose furiosamente las meninges. Al rato se aburrió también de intentar adivinar el nombre del anciano. Ya había sido consejero de su madre, Su Majestad Yila, reina de Tilhia y de un montón de sitios más. Suspiró, cansada. Volvió a cambiar de postura. Ocultó otro bostezo tras la palma de la mano. Parpadeó aprisa para apartar de sí las telarañas del sueño.

—¿Luz del Norte? —preguntó el consejero.

Klaya sacudió la cabeza, atontada.

—¿Sí, señor? —dijo cortésmente—. ¿Qué deseáis?

El consejero frunció los labios en una mueca que estuvo a punto de dar al traste con el autocontrol de Klaya. Fingió reflexionar acerca de lo que el hombre acababa de explicar tan extensamente, de una forma tan prolija en detalles, y escondió sus intentos de contener una sonrisa tamborileando los dedos sobre la boca.

—Me alegra ver que habéis dedicado tanto tiempo a considerar mi propuesta, señor —«¿Cómo se llama, demonios?»—, pero ya os he explicado que envié mi respuesta a Thaledia el día doce desde Cheloris, de modo que la decisión está tomada, y bien tomada. —Sonrió para quitar hierro a sus palabras—. El rey Adelfried debe de haberla recibido hace días.

—Aun así, Luz del Norte, creo que...

—Ya os lo he explicado, señor —«Como-te-llames», pensó, impaciente—. Invadir Svonda nos aseguraría un aliado en el sur, una frontera segura en las Lambhuari y un tapón ante una posible invasión de Monmor.

—Si Monmor quisiera invadirnos, lo haría por mar, Luz del Nor...

—En ese caso, Adelfried también tendría que venir en nuestra ayuda. Lo pone en el tratado —insistió, exasperada—. Dejadlo ya, señor. No me vengáis otra vez con eso de que la guerra entre Thaledia y Svonda nos beneficia. Ni es buena para mis comerciantes, ni es buena para mis caminos, ni es buena para mi estado de ánimo, y eso basta.

—Pero eso impide que cualquiera de ellos decida atacarn...

—He dicho basta —le cortó Klaya—. Ya he cursado la orden al comandante, y a estas alturas ya debe de tener medio pie fuera de su barracón, o dondequiera que duerma ese hombre. No voy a echarme atrás.

El consejero se quedó inmóvil un momento, lívido, y después inclinó la cabeza. Parecía tan envarado que a Klaya le dieron ganas de echarse a reír de verdad.

—Como ordenéis, Luz del Norte —contestó. «Chiquilla malcriada», decían sus ojos. Klaya lo miró, desafiándolo a decirlo en voz alta.

TULA (SVONDA)

Vigesimoprimer día desde Elleri. Año 569
después del Ocaso

No te enfrentes a los dioses. No saben perder.

Axiomas

Carleig de Svonda ahogó una exclamación exasperada, giró sobre sus talones y miró al sacerdote, furibundo.

—¿Queréis dejar de hablar como si fuera un niño que acude a vuestras sesiones de adoctrinamiento, triasta? —le espetó con brusquedad—. ¿Creéis que me importa algo lo que decís? ¿Herejía? ¿Y?

El triasta de Tula, cabeza de la Iglesia de la Tríada en todo el continente de Ridia y uno de los hombres más poderosos del mundo, dio un paso atrás.

—Pero, Majestad —dijo, compungido—, vuestra alma...

—Dejad mi alma en paz, que sabe cuidarse solita —escupió Carleig en tono de advertencia—. ¿Qué sabéis?

—Señor —baló el sacerdote—, los libros... Esos libros heréticos...

«Maldito pusilánime», pensó Carleig, furioso.

—Saltaos los calificativos e id al grano, hombre —exclamó.

El triasta se encogió como un animalillo asustado.

—Los libros... Dicen que... que el Öi... —Se besó la uña del pulgar. Carleig torció la boca. «¿Y eso no es herejía?», pensó. «¿Ahuyentar la mala suerte no es herejía?»—, que el Öi puede traspasarse, de una mujer a otra...

—¿De una Öiyya a otra? —preguntó con curiosidad—. ¿Cómo? Creía que sólo había una...

—Había una —asintió el triasta—. Y *hay* una. Los libros dicen que... que siempre tiene que haber una —musitó.

Carleig se mordió el labio. «Qué estúpido puede llegar a ser este hombre», se enfureció. Para ostentar el poder de los dioses en la tierra, se parecía demasiado a un conejillo tembloroso. No imponía miedo, ni respeto, nada que no fuera lástima.

—¿Y cómo, si puede saberse? —inquirió—. Si la cría esa murió en un campo de batalla, rodeada de hombres...

El triasta se encogió de hombros.

—No lo sé, Majestad —confesó—. Pero Minade asegura que le han llegado rumores de una mujer con un signo idéntico al que tenía la Öiyya. Un tatuaje de plata en la frente.

—Ya. Lo he visto, no necesito que me lo describáis otra vez. —«Minade. Maldita arpía»—. Y si Minade dice que le han llegado rumores, hay que darle crédito, ¿no es cierto? —murmuró—. ¿Cómo lo hará para enterarse de las cosas antes de que pasen? ¿O para saberlo todo?

—Brujería, Majestad —afirmó el triasta, vehemente—. Habría que...

—Os he dicho que os ahorréis vuestros sermones —le advirtió Carleig. El triasta reculó perceptiblemente—. Minade es útil, hombre. ¿O creéis que sabríamos la mitad de lo que sabemos si esa bruja no tuviera su red de chismosas esparcida por toda Svonda?

—Majestad...

—Callad. —Carleig hizo un esfuerzo por pensar. La mera presencia del triasta le sacaba de quicio. «Si no tuviera que respetar a la Tríada, hace mucho que te habría enseñado lo que es un rey muerto de asco»—. Marchaos, triasta —dijo al fin, con toda la suavidad de que fue capaz—. Acordaos de enviar aviso al triasta de Yintla: no quiero entrar en una de mis ciudades sin que me reciba por lo menos un centenar de triakos. Y decidle a Laureth que venga. Quiero hablar con él.

—¿El señor de Cinnamal? Pero... Como queráis, Majestad —rectificó enseguida al ver los ojos relampagueantes de Carleig, y salió a toda prisa.

Carleig apretó los puños. «Sí, al señor de Cinnamal. Y a un secretario que sepa escribir», añadió para sí.

«A Tianiden, Comandante de Nuestros Ejércitos, a veintiuno desde Elleri, en el Año del Ocaso de quinientos sesenta y nueve —redactó mentalmente—. Dos puntos. Blablablá, todos los títulos habituales... Hemos recibido información que asegura que la Öiyya puede estar escondida en una zona cercana a la posición de Nuestros Ejércitos del Norte...»

ALTIPLANO DE SINKIKHE (SVONDA)

Vigesimosegundo día desde Elleri. Año 569
después del Ocaso

Si hay algo que comparte toda creencia es la sumisión. En eso, por mucho que clamen lo contrario,
no son mejores que nosotros: todos tienen que obedecer ciegamente a su dios, y, antes incluso que a él,
a su líder.

Reflexiones de un öiyin

Era un hombre extraño, el tal Keyen de Yintla. Por lo que
Kamur sabía de él, no era más que un carroñero, un saqueador,
un ladrón que no respetaba ni a los muertos. Sin embargo, a los
soldados parecía gustarles, pese a su insistencia en no acceder a
sus deseos: seguía sin entonar ni una sola nota, ni un solo verso.
Era agradable. Más que eso: era simpático. Kamur tenía que
reconocer que le caía bien. Había intentado acercarse a él, buscando la información que su Señora le había exigido, y se había
descubierto a sí mismo riendo ante algunas de las ocurrencias del
supuesto juglar, e incluso hablando con él, hablando de su vida,
de su pasado, de lo que esperaba de aquella batalla que se avecinaba. Curiosamente, aquel hombre era capaz de sonsacar mucha
más información de la que ofrecía. Y Kamur, que se enorgullecía
de haberse convertido en un oficial del ejército y, como tal, en un

personaje muy por encima y aislado de sus subordinados, tenía que hacer verdaderos esfuerzos para no confesarse ante el carroñero de Yintla. Él, que siempre había tratado de ser un hombre hermético...

—Será que echo de menos las Lambhuari —murmuró, sacudiendo la cabeza. Hablar de su lugar natal despertaba una nostalgia en su interior muy poco apropiada para su puesto y, más aún, para la misión que Ella le había encomendado.

Aunque sí podía ser útil. Sobre todo, si mostraba una debilidad que, en realidad, estaba muy lejos de sentir.

COMARCA DE ZAAKE (SVONDA)

*Vigesimoquinto día desde Elleri. Año 569
después del Ocaso*

> Fueron muchos los que aseguraron, cuando Ahdiel se hundió en el Abismo y comenzó el Año del Terror, que la suerte había abandonado al Hombre, y que, sin fortuna, la esperanza estaba condenada a morir. Fueron muchos los que olvidaron que la suerte no es más que el nombre que los hombres dan al Azar.
>
> *El Ocaso de Ahdiel y el hundimiento del Hombre*

Detuvo a *Lena* con un breve tirón de las riendas y aguzó el oído.

Nada. Sólo los pájaros, trinando alborozadamente, y el débil roce de la brisa entre las hojas. Issi se encogió de hombros y azuzó a *Lena* para que siguiera avanzando al paso, con la mente todavía perdida en sus propios sueños, que cada noche se hacían más extraños.

Había entrado en la ciudad de las montañas mirando a su alrededor con asombro. Los edificios eran de piedra blanca y negra; el negro relucía como el azabache, el blanco brillaba como la plata más pura. Sus pies pisaban grandes losas de la misma piedra iridiscente, negra y blanca, como un tablero de *jedra* de casillas redondeadas. Quería quedarse admirando las altas torres, las fuentes cantarinas, las calles rectas y amplias, pero algo tiraba de ella y la obligaba a seguir andando hacia la ladera de la montaña a cuyos pies descansaba la ciudad. La gente, figuras sin rostro vestidas de negro y plata, se inclinaba a su paso. Al despertar, todavía notaba el tirón que la llevaba hacia la ladera de una montaña que sólo existía en sus sueños. Y ahora se descubría oteando el horizonte en busca del perfil de la altísima cumbre nevada que la llamaba por su nombre.

Creía haber oído pasos. Muchos. El tipo de ruido que hacía un pelotón, por lo menos, al avanzar por un camino de tierra arcillosa, exactamente como aquél. Pero una vez más se había equivocado. «Como rastreadora no tengo precio», se burló de sí misma. Y cuán cierto se había hecho el dicho, que nunca encuentras lo que buscas cuando lo buscas. Si se hubiera tropezado con alguno de los grupos de soldados que, según se decía, se dirigían hacia el norte por todos los caminos principales, reclutando luchadores por el camino... Entonces quizás, y sólo quizás, habría encontrado lo que buscaba. O lo que buscaba la habría encontrado a ella. «Siempre que Dagna no estuviera con ellos, claro.» O alguien como Dagna. «Maldito hijoputa.» Si todos los mandos de los ejércitos fueran como él, Issi se habría muerto de hambre hacía mucho.

Hacía seis días que había llegado a Zaake, y habían pasado otros dos desde que había salido de allí. En total, quince días desde que dejó a Antje en Cidelor, al cuidado de Haern y Naila, sorda, muda, ciega, indiferente al mundo que la rodeaba. «Pero viva», se repitió Issi no por primera vez. Viva, entera y hermosa, pese a las heridas que no sanaban. Antje tenía mucho que agradecer. Sólo hacía falta que se diese cuenta.

A Antje no había parecido importarle que Issi la dejase allí, en Cidelor, rodeada de gente desconocida y a la sombra perenne de las murallas. No había respondido a sus intentos de entablar una conversación, ni la había mirado. Por lo que Issi sabía, la muchacha de las trenzas doradas ni siquiera había advertido que había pasado a su lado seis días.

«Se recuperará.» Todas lo hacían. Sacudió la cabeza. Al menos, Antje podía estar segura de que iba a comer aquella noche. O casi. Issi todavía tenía que recuperarse de la última decepción, la que la esperaba en Zaake.

Por primera vez desde el Ocaso, las calles de Zaake estaban vacías. Excepto por los soldados: ésos estaban por todas partes. Habían acaparado la plaza del mercado, las tabernas, las posadas, los prostíbulos. Incluso algunas casas particulares. Issi había oído a una mujer quejarse de ello en la fuente, uno de los pocos lugares a los que los soldados no se acercaban. «Habiendo cerveza y aguardiente, ¿quién quiere beber agua?», pensó Issi, socarrona. Tampoco la usaban para lavarse, como atestiguaba el olor que emanaba de muchos de ellos.

Los hombres de Zaake no se atrevían a salir a la calle. Probablemente por miedo a que los obligasen a seguirlos a la guerra; no era ningún secreto que Carleig necesitaba como el aire incrementar su número de soldados. «Los dioses les dan pan a quienes no tienen dientes», se dijo Issi, furiosa. Tanta necesidad tenía ella, tantas ganas de que la reclutasen... y los soldados ni la miraban. Ni siquiera con deseo. Sus ojos parecían resbalar sobre ella como si fuera invisible. Curiosamente, eso la enfurecía todavía más.

—Vienen de paso —murmuró en su oído una mujer, una de las dos tardes que Issi decidió hacer compañía a las matronas, ya que los hombres parecían haber desaparecido de la faz de la tierra—. Vienen de paso, de camino a la guerra. No van a quedarse.

Issi la miró, escéptica.

—Pues casi se diría que os han invadido y han instaurado un toque de queda —respondió—. ¿Es esto lo que hacen los soldados que llegan a una ciudad a pedir ayuda, hombres y alimentos? ¿Ocuparla como si fueran chinches?

La mujer se encogió de hombros. Parecía asustada. Tenía los ojos muy abiertos, hablaba en voz muy baja y retorcía constantemente un trapo que llevaba colgado del cinturón.

—No van a quedarse —repitió.

—Sí, se irán —dijo otra mujer a su lado.

La matrona del pañuelo arrugado dio un respingo y se alejó a toda prisa, como si de pronto se hubiera asustado aún más: por Issi, sus ropas de cuero, su olor a caballo, su espada y su inequívoco aire beligerante, o por la mujer que había hablado detrás de ella. Issi se volvió.

La otra mujer sonrió. Era bonita. Más que bonita, hermosa. Issi la miró sin mucho interés: pelirroja, ojos brillantes, de un color indefinido. Vestido negro, pese al intenso sol vespertino que caía a plomo sobre la plazoleta; rasgos exóticos. Quizá tuviera sangre monmorense: no sabía demasiado acerca de los habitantes del sur, pero tenía la vaga impresión de que no eran exactamente igual que ellos.

—Se irán —repitió la mujer, mirándola sin parpadear. Issi tuvo la molesta sensación de que no la miraba a los ojos, sino a la frente. Se llevó la mano al Signo tatuado y se lo frotó, incómoda. La sonrisa de la mujer se ensanchó—. Se irán, mas tú no te irás con ellos, mercenaria.

Ella frunció el ceño. Abrió la boca para replicar, pero la mujer soltó una risita cantarina y se sentó a su lado en el borde del pilón, sin miedo a mojarse la falda de terciopelo negro. Parecía una mujer noble, o la esposa de un rico comerciante. Por un momento, Issi se preguntó qué haría allí.

—Aquí no vas a conseguir que te den trabajo, Isendra —dijo la mujer; Issi se quedó boquiabierta, lo cual provocó otra risita burlona de la mujer—. ¿Te extraña que sepa tu nombre? ¿Por qué? ¿Hay muchas mujeres que se ganen la vida matando hombres con una espada?

Se miró las uñas. Issi no pudo sino darse cuenta de que tenía unas manos perfectas. Limpias, suaves, de uñas pulidas, sin una callosidad ni una rojez. Como si no hubiera empuñado una azada, no hubiera hecho una colada, no hubiera transportado un balde en su vida.

—Y, lo que es más importante, ¿hay muchas mujeres que lleven un tatuaje plateado en la frente?

Issi se quedó tan estupefacta que creyó que sería incapaz de volver a pronunciar palabra. Y la maldita mujer no ayudaba nada: la miraba fijamente, con una ceja enarcada, la sonrisita irónica más enervante bailando en los labios carnosos.

—No hace falta que abras la boca como un pez, cachorrita —se burló—. La verdad es que es muy visible. No hay que ser muy perspicaz para darse cuenta de que está ahí.

—P-pero... pero... —balbució Issi, desconcertada—. ¿Cómo...?

—Ah, está bien. —La mujer estiró las piernas y levantó el rostro hacia el sol, cerrando los ojos—. No eres la única que conoce a Keyen. Y a él le gusta mucho contarme cosas, ¿sabes? —comentó, mirándola de reojo con los párpados casi cerrados. Se sonrió—. Y preguntármelas. Es capaz de lo que sea con tal de que responda a sus preguntas, si entiendes lo que quiero decir. —Y volvió a reír.

Sin poder evitarlo, Issi sintió que el desconcierto cedía ante la rabia. Apretó los dientes y contuvo su mano, que se había movido inconscientemente hacia el cuchillo que guardaba atado al muslo.

—No te pongas tan colorada. Nunca se ha quejado —siguió diciendo la mujer—. Yo me sentiría halagada si un hombre fuera capaz de acostarse con otra sólo por descubrir si yo corro peligro o no.

«¿Y a ti no te importó que lo hiciera sólo por eso, maldita puta?», se encrespó Issi. Pero no se atrevió a decirlo en voz alta. En aquella mujer había algo que la amedrentaba.

—No —contestó ella, entornando los párpados. Issi se sobresaltó tanto que estuvo a punto de caerse de espaldas al agua—. No, no me importó. Y me llamo Tije, por si quieres insultarme con nombre propio. Pero por mucho que me insultes, vas a salir de Zaake sin un trabajo.

Torció la cabeza y abrió los ojos para mirarla. Issi retrocedió de forma inconsciente: los iris de aquella mujer eran imposibles, de todos los colores y a la vez de ninguno.

—¿Por qué? —fue capaz de articular después de varios intentos.

Tije no parpadeó.

—Para un mercenario, encontrar un encargo —dijo— es cuestión de suerte.

Todavía entonces, tres días después, Issi no sabía por qué había seguido el consejo de aquella extraña mujer y se había marchado de Zaake. Sólo sabía que Tije había dicho que debía acudir al grueso del ejército para pedir al comandante mismo que contratase su espada: los soldados que acampaban en Zaake tenían permiso, incluso órdenes, de llevarse consigo a todos los hombres capaces de luchar. Pero nadie les había dicho nada de las mujeres.

Además, Tije había hablado de Keyen. «Es posible que haya mentido», dijo una voz en su mente. Ella asintió. Pero Tije sabía quién era, sabía que Keyen conocía a una mercenaria llamada Isendra con un tatuaje en la frente. Eso implicaba muchas cosas: entre ellas, que Keyen había estado en Zaake después del día de Elleri, después de la batalla de los llanos. Y que Keyen había hablado con Tije de Issi y de su tatuaje. ¿Para qué?

«¿Para descubrir si yo corro peligro o no, como dijo Tije?»

¿De qué iba todo aquello? ¿En qué podía resultar peligroso ese tatuaje? Era horrible, sí, pero de ahí a que fuera peligroso... ¿O se refería a otro tipo de peligro? «¿Una vez más, Keyen se ha creído mi padre y ha decidido que esta vida que llevo es demasiado arriesgada?»

¿Y realmente se había acostado con aquella mujer a cambio de información? Issi bufó. «Menuda excusa.» Keyen no necesitaba una justificación para tirarse a todo lo que llevase faldas: guapas, feas, listas o tontas. Y Tije, mal que le pesara a Issi, era espectacular. «Habría babeado por ella con o sin información. Rijoso de mierda. —Agachó la cabeza para esquivar la rama de un árbol que invadía medio camino—. Y seguro que lleva babeando por ella al menos desde el Ocaso.»

Aun así, había seguido los consejos de Tije. *Lena* y ella se dirigían al este, alejándose del Tilne y de la frontera de Thaledia. Ante ella se extendía el altiplano de Sinkikhe, y, justo detrás, los llanos de Khuvakha, donde todavía debían de pudrirse los miles de soldados que habían muerto días antes.

—¿Quieres saber, cachorrita? —había preguntado Tije, mirándola con esos ojos irisados, cambiantes—. Sirve a la Muerte —había dicho simplemente.

Ni siquiera había intentado entenderla. Sin saber muy bien por qué, aquello la había enfurecido.

—No quiero servir a nadie. Y menos a Ella.

Tije se había echado a reír.

—Ah, pero tú llevas sirviéndola toda la vida. Desde aquella primera vez, ¿recuerdas?

Issi lo recordaba.

—Yo no maté a aquel hombre.

—No —había aceptado Tije—. Pero tú fuiste la causa de su muerte. No la culpable, pero sí la causa. Y desde entonces... ¿A cuántos has matado? ¿Llevas acaso la cuenta?

—Habrían muerto igual, tarde o temprano. Todos mueren. Todos morimos.

—Sí. Habrían muerto. Todos mueren. Pero tú has sido el brazo que los ha matado. El brazo de la Muerte. —Y había vuelto a reír, animada. Issi tuvo que contener el deseo de estrangularla.

—Maldita zorra —murmuró.

Y aun así, había seguido el camino que ella le había señalado con sus dedos largos de uñas pulidas.

A lo lejos el aire se teñía de gris. Igual que había hecho un día antes de Elleri, Issi oteó el horizonte y se permitió esbozar una sonrisa: por la cantidad de humo que se veía sobre Sinkikhe, el ejército que se estaba reuniendo debía de ser enorme. Y ejércitos enormes se preparaban para enormes batallas, se dijo animadamente. Después de tantos siglos de guerra, después de la sangría de los llanos de Khuvakha, y pese a la leva masiva de hombres ordenada por Carleig, un ejército así siempre necesitaba una espada más. Aunque la empuñase una mano femenina.

Cuando faltaba una jornada para la fiesta de Elleri, había pensado que era un buen augurio hallar justo entonces un ejército preparándose para luchar. «La Fiesta de la Abundancia

—pensó, irónica—. Creí que iba a obtener un buen precio por mi brazo, que el ejército de Svonda iba a obtener una victoria aplastante.»

Al final había habido abundancia, sí. Pero de cadáveres. Svondenos y thaledii.

Todavía quedaban veinticinco días para Ebba, la Fiesta de la Cosecha. Se encogió de hombros: quizá la Cosechadora esperaría hasta entonces para recolectar sus vidas, o tal vez a la Cosechadora le daba igual la fecha. Era posible que Elleri no hubiera tenido nada que ver con la abundancia de muertos. Era probable que a la Muerte no le importase que la fecha dedicada a la cosecha aún quedase lejos en el calendario. «Augurios.» Issi agitó la cabeza para apartarse el pelo de los ojos y espoleó a *Lena*. Si algo había aprendido, era que no había augurio, predicción o hechizo que pudiera con una buena espada. Y si el augurio se refería a dos espadas... entonces vencía la mejor.

«El mundo es mucho más simple de lo que la gente quiere creer. Gana quien más personas mata. Gana el que sobrevive.» La niña cuyo cuerpo debía de estar sirviendo de alimento a los gusanos, una vez que los cuervos se hubieran dado por satisfechos, era un ejemplo perfecto: «Tanta magia, tanto augurio, y está tan muerta como todos los demás, con un agujero en el estómago.» Lo único que había conseguido hacer con sus trucos era dibujarle a Issi una flor en la frente. Rio secamente.

—Vamos allá, ¿de acuerdo, preciosa? —dijo, dándole a *Lena* una palmadita en el cuello. La yegua piafó—. Con un poco de suerte, el comandante será capaz de ver más allá de lo que tengo entre las piernas y nos ofrecerá un buen precio.

«Y ni siquiera me pedirá que duerma esta noche en su tienda —añadió para sus adentros—. Qué asco de hombres. No son capaces de pensar en otra cosa ni siquiera cuando los buitres y los cuervos vuelan dando vueltas alrededor de ellos.»

—No es despreciable utilizar tu cuerpo para lograr que un hombre haga lo que tú quieras —le había dicho Tije, estudiando atentamente su rostro para ver su reacción—. Pero es mucho más divertido que el hombre utilice su cuerpo para conseguir de ti lo que él quiere. Y mucho más placentero. Dónde va a parar —añadió con su eterna risita burlona.

«Puede utilizar el cuerpo de Keyen todas las veces que quiera —se dijo Issi apretando los labios—. Y Keyen puede hacer lo que quiera con su cosita. Pero yo no pienso abrir las piernas para conseguir que me contraten.»

Todavía no tenía tanta hambre.

El sol se elevaba delante de ella, cegándola.

ALTIPLANO DE SINKIKHE (SVONDA)

Vigesimoquinto día antes de Ebba. Año 569
después del Ocaso

Muchos esgrimen la Muerte como un arma. No alcanzan a comprender que la Muerte no es el medio, sino el fin. El fin de todas las cosas.

Reflexiones de un öiyin

Keyen partió un trozo de pan, correoso y compacto, y se lo metió en la boca.

—¿En los llanos de Khuvakha? —repitió, mirando al soldado y enarcando las cejas—. Entonces vamos a estar todo el rato tropezándonos con los muertos.

Masticó lentamente el pan grumoso, aderezado con trozos de garbanzo y otros tropezones que prefería no identificar. Al menos, servía para aplacar el hambre; hacía días que no comía en condiciones. «Desde que esos cabritos me obligaron a venir», pensó con rencor. Ahora mismo podría estar en Delen hartándose de oveja asada con miel. La oveja asada de Delen era famosa, e incluso en Svonda admitían que no tenía parangón. «El mejor plato de todo el continente.» Y en vez de eso estaba allí, peleando a muerte con un trozo de pan mal cocinado que amenazaba con asfixiarlo al menor descuido.

—¿Qué sabes tú de los muertos de Khuvakha, juglar? —inquirió el soldado, suspicaz, echando un par de ramitas al fuego y frotándose las manos para limpiarse el polvillo de madera que se le había quedado adherido a las palmas. Keyen tragó con dificultad.

—¿Crees que iba a desaprovechar una ocasión así de escribir una saga? —preguntó, fingiendo sorpresa—. ¡Mil muertos, el campo cubierto de sangre, los grajos chillando, las nubes cubriendo el cielo! ¡Seré famoso, y el rey me abrirá las puertas del palacio de Tula y me dará de comer ostras y pavo con sus reales deditos!

—Oigámosla —interrumpió la voz del soldado que había reclutado a Keyen, el que ahora sabía que ostentaba el rango de teniente.

Keyen levantó la cabeza y miró hacia arriba. Kamur lo observaba con el ceño fruncido, pero, igual que habían hecho cuando le dijo que era un juglar, sus ojos brillaban con un interés fuera de lo común en un soldado curtido como él. Keyen se atragantó con el pan ázimo, tosió y carraspeó.

—Sólo es un proyecto, teniente... —se excusó, pero Kamur hizo un gesto brusco y Keyen enmudeció al instante.

—Oigamos tu proyecto, entonces —dijo en un tono que no admitía réplicas—. Quizás alguno de nosotros pueda echarte una mano con las rimas. Nern, dale tu vihuela.

El tal Nern, un soldado joven de aspecto ausente, pareció despertar como de un sueño. Se sentaba un poco aparte del grupo, tañendo con aire soñador un instrumento que de vihuela sólo tenía el nombre: un palo torcido y burdamente lijado, una caja de resonancia llena de bollos y bultos extraños y que recordaba de forma sospechosa a un melón vaciado, un número indeterminado de cuerdas, cada una de las cuales sonaba como buenamente los dioses le daban a entender cuando el chico las frotaba con el arco redondeado, que tenía más cerdas sueltas que sujetas a uno y otro extremo. Y, sin embargo, el muchacho lograba sacar de aquello una melodía bastante agradable. «Debe de estar enamorado», se burló Keyen para sí, alargando la mano para coger el deforme artefacto.

Pellizcó una cuerda al azar, y sonó un «boeeennnggg» irreconocible. Trató de poner cara de experto mientras manipulaba la clavija, poco más que un trozo de palitroque inserto en un agujero practicado en el mango. «Pongamos como hipótesis que esto es un la...»

Jugueteó con las astilladas clavijas hasta que se rindió. «Tendré que conformarme con esto», suspiró. No se le daba demasiado bien improvisar, pero al menos no sería la primera vez que cantaba. En las tabernas solía cantar a menudo. A menudo, también, acababa con una jarra de cerveza derramada sobre la cabeza. Carraspeó sin atreverse a mirar a nadie, con los ojos clavados en la vihuela, que parecía sonreír con anticipación. «Piensa, piensa...» ¿Cómo demonios se componía una égloga? ¿Rimaban todas las frases, sólo las pares, sólo las impares, sólo las que encontrasen por casualidad una rima con otra palabra anterior...?

Se mordió el labio. «A lo mejor vuelvo a tener suerte», se dijo, no muy convencido. Hasta ese momento no había tenido ningún problema para hacerse pasar por un juglar. Sólo tenía que quejarse mucho y buscar el favor de los mandos: era lo que hacían todos los juglares. Cogió el arco y empezó a tocar la vihuela, buscando la mejor forma de empezar la canción.

Las palabras acudieron a su mente como si alguien se las dictase al oído. Y ese alguien, curiosamente, tenía voz de mujer.

El sol se oculta, casto, tras las cumbres
de nieve llenas, blancas, altas, negras
y la hora llega de encender las lumbres.
Mas allá do mira la luna plena,
la vista aparta, triste, afligida,
y deja el manto negro de la pena.
Bajo el llanto de la luna encogida
los cuervos negros hallan su sustento,
carne muerta, palpitante, ungida.
Los muertos yacen tibios bajo el viento,
la sangre empapa, roja, la llanura,
y sólo queda Ella con el Tiempo.
Avanza entre ellos con holgura,
se detiene, mira, elige a uno,
¡y le da una patada, la muy burra!

Un coro de carcajadas acogió la última frase. Keyen se interrumpió bruscamente, y dejó la melodía en una nota falsa, que resonó unos instantes en la noche antes de perderse. «Idiota, idiota...» ¿Cómo iba a seguir asegurando que no había estado allí, si sabía tantas cosas de aquella jornada, cosas que sólo podía saber quien hubiera visto el campo de batalla? Como por ejemplo, Issi... Si alguno de aquéllos conocía a Issi, la habría reconocido al instante. Sus patadas eran legendarias.

—Aquí me he quedado —se disculpó, y le devolvió la vihuela a su propietario con una inclinación de cabeza.

—Es un final digno de la corte del rey, juglar —dijo el hombre que se sentaba a su lado, todavía riendo. Le tendió un vaso lleno de cerveza.

Keyen lo cogió, agradecido, y bebió un sorbo.

—¿Quién era la mujer? —preguntó un soldado. Las llamas se reflejaban en sus ojos muy abiertos, dándole una expresión absorta muy apropiada para el momento.

—La Muerte —respondió Keyen sin vacilar. Cogió otro trozo de pan y se lo embutió en la boca. Aquello, al menos, le daría tiempo para pensar si empezaban a llover las preguntas incómodas. Masticó con parsimonia, dando las gracias internamente a todos los dioses conocidos y desconocidos por haberle dotado de una buena voz y un poco de desparpajo.

—La Muerte es algo demasiado serio como para hacer chanzas con ella, juglar —dijo otro hombre, lanzándole una mirada asesina y besándose la uña del pulgar para ahuyentar la mala suerte.

—Pero a todos acabará dándonos la patada —rio el soldado que le había pasado el vaso de cerveza—. Venga, Liog, no seas aguafiestas. ¿Prefieres pasarte la noche temblando porque vas a morir?

—No voy a morir —dijo Liog con voz tensa, y volvió a posar los labios sobre su uña.

—Las rimas no son demasiado buenas —comentó Kamur. Pero sonrió amistosamente mientras lo decía.

«¿Acabo de ganarme su confianza?», se preguntó Keyen. Después de días y días de intentar convencer al teniente de que en verdad era un juglar, de que nunca, jamás, había estado en un campo de batalla, de que la sola visión de la sangre podía hacerle perder la compostura... «¿Ahora me cree? ¿O realmente le ha gustado?»

—Nunca dije que fuera un buen juglar —se excusó.

Kamur empujó a un lado al soldado que Keyen tenía a su derecha y se sentó.

—No, no dijiste que fueras un buen juglar —admitió, sin dejar de sonreír—. Dime, mal juglar: ¿estuviste en los llanos de Khuvakha? ¿Viste las montañas, la luna, la sangre? ¿Viste los muertos?

Keyen gimió internamente.

—No, teniente —contestó, vacilante, buscando con la mano otro trozo de pan con el que ocultar su zozobra—. Pero todo el mundo sabe que allí murieron muchos hombres...

—¿Y cómo sabes que allí había una mujer? —inquirió Kamur con voz tranquila.

Keyen pestañeó, aturdido.

—Ya os he dicho que la mujer de mi canción era la Muerte, teniente... Una alegoría... —comenzó. No pudo terminar de explicarse.

—Alegría, la que le daría yo si me la encontrase —rio uno de los soldados.

El que estaba a su lado le dio un puñetazo amistoso.

—Alegoría, no alegría, imbécil —dijo—. Un símbolo, o algo así. Es como lo dice la gente culta.

—¿Y qué sabe el cantante este de la gente culta? Si dice que era una mujer, era una mujer y punto. Gilipollas.

—¿Una mujer? —resopló el soldado que había compartido su cerveza con Keyen—. Joder. Ahora llaman «mujer» a cualquier cosa.

Keyen frunció el ceño. Entre el malestar y la inquietud que habían provocado la pregunta de Kamur se coló inopinadamente un absurdo arrebato de cólera: ¿quién se creía que era aquel hombre contrahecho? Issi podía no ser femenina, ni digna de un poema a la luz de la luna, pero era una mujer, y eso nadie podía ponerlo en duda. Y mucho menos aquel remedo de hombre.

—Una niña, eso es lo que era —expuso otro soldado, al que

Keyen reconoció como el que le había explicado días atrás lo que se sentía cuando le empalaban a uno—. Con un precioso vestido azul. Al teniente se le cambiaba la cara cada vez que la veía —se burló alegremente.

—Una niña... —murmuró, soñador, el muchacho de la vihuela. Remarcó sus palabras con un nostálgico rasgueo de cuerdas, los ojos súbitamente brillantes, alertas. Por un instante pareció temblar; al momento siguiente ocultó el rostro bajando la cabeza hacia su instrumento.

Keyen frunció el ceño.

—¿Todos estuvisteis en Khuvakha? —preguntó, tratando de que su voz sonase casual, indiferente.

El muchacho, Nern, asintió sin levantar la mirada.

—El teniente, Reinkahr, Gernal y yo. Y Liog, claro. Una estupidez, eso es lo que fue —contestó sin dejar de tocar la vihuela, sin molestarse en usar el arco—. Llevarla a un campo de batalla... Rodeada de Muerte.

—Cállate, Nern —le espetó Kamur con brusquedad.

—Un arma, decía el comandante que era —rio Gernal, el que tanto sabía acerca de empalamientos—. Una puta cría, eso es lo que era en realidad. Eso sí, calladita. No decía ni esta boca es mía. Seguro que el comandante la había llevado allí para divertirse.

—Gernal...

—O para que se divirtiera el teniente, ¿no creéis? —intervino el soldado de la cerveza, el que, al parecer, respondía al nombre de Reinkahr—. ¡Cuéntanos, teniente! ¿Te la trajinaste, o sólo mirabas mientras se la trajinaba el comandante?

—No —respondió Gernal en lugar de Kamur—. Se trajinó al comandante mientras la cría miraba.

Keyen se apartó para que Kamur no le golpease a él en su ansia por alcanzar a Gernal. Ignoró el ruido de golpes, gritos, carcajadas y el sempiterno lamento de las cuerdas de la vihuela, y se volvió hacia el hombre que se sentaba a su izquierda, y que también parecía indiferente a los golpes, mordiscos y aullidos que surgían del otro lado de la hoguera.

—¿Un arma? —repitió en voz baja.

El hombre gruñó.

—Yo no estuve en Khuvakha —dijo—. Pero todos dicen que Carleig confiaba en esa niña para ganar la guerra. —Se encogió de hombros sin levantar la mirada hacia Keyen—. Una mamonada como otra cualquiera. A veces, los reyes escuchan demasiado a las brujas. Estas cosas no pasarían si les sacasen las tripas a todas.

Escupió en el suelo y continuó desmigajando un trozo de pan.

—Seguro que fue idea de la reina —continuó el hombre. Parecía tener ganas de compartir su punto de vista con alguien, y Keyen, con su pregunta, se había convertido en el oyente perfecto—. El triasta de Tula debería hacer algo con esa hembra, te lo digo yo: mucho libro es lo que ha leído la reina. Mucho libro. —Meneó la cabeza y volvió a escupir.

«Vaya. Un berenita», pensó Keyen, conteniendo el impulso de alejarse de él. Los berenitas, los seguidores del profeta Beren y su *Liber Vitae et Veritatis*, eran, a decir de muchos, aún peores que los öiyin. Aunque esos mismos que criticaban las enseñanzas de Beren aplicaban después la mayoría de los preceptos recogidos en el *Liber*: era posible que aquel soldado ni siquiera hubiera oído hablar de Beren, y mucho menos del libro que difundía sus mandatos, pero sus palabras olían a distancia a berenismo.

De repente algo captó su atención más allá del perímetro iluminado por el fuego. Al ver la esbelta silueta deteniéndose en seco ante uno de los soldados que hacían guardia creyó reconocerla al instante; sin embargo, cuando oyó el bramido ya no le cupo la menor duda.

—¡Deja de mirarme con esa cara, jodido imbécil! ¡Y llévame a ver a tu comandante, si no quieres que te arranque las pelotas!

Keyen sonrió ampliamente, y sacudió la cabeza.

ALTIPLANO DE SINKIKHE (SVONDA)

Vigesimoquinto día antes de Ebba. Año 569
después del Ocaso

El hombre sensato desoirá la llamada de la Öiyya.
Porque atender a la voz de la Öiyya sólo produce sufrimiento, dolor, muerte.

Regnum Mortis

Cuando entró en el campamento ya era noche cerrada. La última media legua la había recorrido guiada por el fuerte resplandor de los cientos y cientos de hogueras que ardían en la planicie,
el intenso olor a carne asada, humo, excrementos y humanidad, y
la heterogénea mezcla de sonidos, de risas, gritos, canciones mal
entonadas, relinchos de caballos, susurros, y, dominando por encima de todos ellos, el sonoro, interminable y omnipresente cricrí
de los grillos.

Era el ejército más grande que había visto en su vida. Y aún
habría de crecer más: igual que ella salía de las sombras del Camino del Este para acercarse a la muchedumbre reunida al am-
paro de las Lambhuari, grupos de hombres hacían lo mismo
desde todas las direcciones, convocados por el anuncio que Carleig había hecho correr por todo el territorio de Svonda, obliga-
dos por los pelotones de soldados que acudían al altiplano con
órdenes de arrastrar con ellos a todos los hombres capaces. En

total, más de diez mil almas se amontonaban en la meseta, a juzgar por el número de hogueras que había podido contar desde una colina: quizá fuesen más. La mañana se lo diría.

Cuando buscaba con la vista una tienda lo bastante grande como para albergar a alguno de los altos mandos de aquella tropa, un hombre se metió en su campo de visión, tapándole la imagen de prácticamente todo el campamento. Molesta, Issi chasqueó la lengua. El soldado se cuadró.

—¿Qué vienes a hacer aquí, mujer? —preguntó sin demasiada cortesía, apoyándose en la lanza y esbozando un gesto que pretendía pasar por amenazador.

«Ya estamos», gruñó Issi para sí. Se irguió en toda su altura, que no era mucha, y lo miró, desafiante.

—Lo mismo que tú, soldado. Vengo a luchar. —La risa incrédula del hombre ahogó el final de la frase—: Por dinero, claro; no soy tan idiota como algunos. —Issi puso los ojos en blanco, impaciente.

El soldado la recorrió con la mirada de arriba abajo, de abajo arriba, y soltó una carcajada que más pareció un resoplido. A su alrededor, los hombres sentados junto a las hogueras empezaron a interesarse por la escena, demasiado para el gusto de Issi.

Con un rápido movimiento empuñó la daga que llevaba siempre en una vaina atada al muslo y posó la punta suave, casi amorosamente, en el bajo vientre del hombre. Levantó el rostro, ardiendo de furia y de vergüenza.

—¡Deja de mirarme con esa cara, jodido imbécil! —le espetó entre dientes, en voz más alta de lo que pretendía—. ¡Y llévame a ver a tu comandante, si no quieres que te arranque las pelotas!

El soldado asintió frenéticamente. Parecía mucho más joven que ella, tan sólo un muchacho en plena pubertad: por un momento, mientras él la conducía entre las hogueras diseminadas por toda la planicie y entre los hombres que reían al verlos, Issi se preguntó, curiosa, si habría acudido a la guerra reclutado a la fuerza o si habría ido voluntariamente, con la cabeza llena de sueños de gloria, riquezas, princesas y canciones. «Yo podría contarte un par de verdades —pensó sin dejar de mirarle a la nuca mientras caminaban—. Terror, dolor, sangre, vísceras, excrementos y muerte: eso es lo que es la guerra. No hay dignidad en eso: no hay honor.»

El joven soldado la condujo hasta un pabellón que destacaba, como un grano en la mejilla de una quinceañera, entre los fuegos, los hombres sentados o aovillados y las mantas colocadas sobre precarios postes. De dudoso gusto, la enorme tienda se elevaba al menos cuatro varas de altura, y la lona de color crema estaba cubierta de colgaduras de terciopelo y seda, con los estandartes azules y plateados bordados en hilo de seda y oro, ondeando pesadamente al viento. El puma rojizo de Svonda, con las fauces siempre abiertas en un rugido congelado, parecía moverse con sigilo por la tela, un efecto óptico producido por la brisa. El brillo de las lámparas se filtraba a través de la tela, confiriéndole un brillo fantasmagórico. Por la entrada entreabierta del pabellón asomaba una alfombra monmorense manchada de barro, los colores brillantes apagados por la suciedad de las múltiples pisadas.

Issi no era muy amante de los lujos; se trataba de una cuestión de supervivencia. ¿Qué iba a hacer una mercenaria pobre y sin trabajo, si gastaba lo poco que tenía en ostentaciones como aquélla? Sin embargo, consideraba una monstruosa pérdida de dinero hacer algo así con una alfombra de Monmor, y un cretino al que tuviera la cara de exigir una pieza de al menos dos mil oros svondenos para llenarla de barro. «Y además, la pobre alfombra no tiene la culpa de nada», se dijo con sorna.

Sin embargo, la pisó con las botas llenas de tierra rojiza cuando entró en el pabellón. «Tal vez, una deferencia a mi condición femenina», pensó Issi sin saber muy bien si enojarse o sentirse halagada. No era normal que un guardia condujera a cualquiera directamente hasta el interior de la tienda de mando, no sin antes preguntar al comandante si quería o no recibir a ese alguien, si era o no digno de ser recibido, si en vez de eso merecía una patada en el culo o una soga alrededor del cuello. «Idiota. ¿Qué sabrás tú si quiero realmente alistarme al ejército, o soy una espía de Thaledia que quiere asesinar a tu comandante?»

Issi hizo una mueca. De hecho, ella era thaledi. ¿Quién se atrevía a asegurar que sus lealtades no estaban con su país natal?

Esperó junto a la entrada del pabellón mientras el soldado levantaba, vacilante, un tapiz que dividía la tienda en dos estancias. El interior era tan grotescamente suntuoso como el exterior; la profusión de tapices, cortinajes, alfombras, baúles, sillas repujadas y mesitas auxiliares apenas dejaba espacio para moverse.

—¿Qué? —sonó una voz desde detrás del tapiz.

—U-una mujer, señor —tartamudeó el soldado. Issi no podía verle la cara, pero supuso que estaba rojo como una manzana—. Dice que ha ve-venido a luchar...

Se oyó una carcajada.

—Me pregunto qué tipo de lucha tendrá en mente esa desvergonzada —dijo una voz que Issi conocía. Cerró los ojos y contuvo una maldición.

—Averigüémoslo, ¿de acuerdo? Hazla pasar —ordenó otra voz. El soldado sacó la cabeza de detrás del tapiz e hizo un gesto hacia Issi, que ya había empezado a acercarse. La voz autoritaria añadió en tono más bajo—: Siempre es posible que no quiera conformarse con los inútiles que cenan allí fuera.

—Ah, eso seguro. Las hay ambiciosas...

El soldado apartó el tapiz para que Issi entrase en el espacio interior del pabellón.

Si el otro cubículo estaba recargado, no era nada comparado con aquella estancia: parecía sacada de los sueños febriles de cualquier emperador con el gusto desviado. La inconmensurable cantidad de objetos brillantes cegó momentáneamente a Issi; la exuberancia de telas de colores lustrosos, vivos, ofuscó sus sentidos durante lo que le parecieron horas. Por eso no fue capaz más que de parpadear al oír la exclamación incrédula de uno de los ocupantes del pabellón.

—¡Vaya, vaya! ¡Isendra de Liesseyal, nada menos!

Issi sonrió con desgana.

—Dagna —se limitó a decir, torciendo la cabeza—. Así que saliste vivo de los llanos.

—¿Una noble thaledi? —inquirió el comandante, irguiéndose en su asiento. Más que un asiento era una especie de diván, cubierto de cojines de aspecto mullido. Tan mullido como el propio comandante, cuya tripa redondeada demostraba casi más a las claras su pasión por la comida que la copiosa cena servida en la mesita baja de bronce.

—Sólo de nombre, señor —explicó Dagna sin dejar de mirar a Issi como si aún no pudiera creer lo que veían sus propios ojos—. Esta perra tiene de noble lo que las putas que trabajan en el puerto de Tula. Y ha luchado por Svonda más veces que vos y que yo.

—¿En serio? —El comandante pareció interesado. Miró a Issi enarcando una ceja. Ella no se movió—. ¿Y por qué es leal a Svonda, habiendo nacido en Liesseyal?

—¿Quién ha dicho que sea leal a Svonda? —preguntó Issi con brusquedad.

Dagna rio despectivamente.

—Por dinero, señor. Es leal a quien más pague.

—Ah. Una mercenaria. —El comandante sorbió ruidosamente vino de una copa de un metal brillante, broncíneo, con la vista fija en ella. Su interés parecía haberse acrecentado. «¿Y por qué no? ¿A cuántas mujeres con espada habrá visto este patán?»—. ¿Y cuánto cobras por cada... servicio, moza?

—Isendra —aportó Dagna acomodándose en su propio diván—. La última vez me pidió doscientos oros. Aunque debo decir que los vale. La he visto pelear: es una fiera.

Issi sorbió aire por la nariz y levantó la cabeza, orgullosa.

—La última vez —respondió con voz dura— quisiste darme diez cobres, Dagna. Y yo no trabajo gratis.

—Yo no llamaría «gratis» a diez cobres, mujer —le espetó Dagna.

—¿Diez cobres? ¿Valiendo doscientos oros, Dagna? —preguntó el comandante—. ¿Y cómo es eso?

Dagna se encogió de hombros.

—Es una mujer —contestó simplemente—. ¿Acaso merecía más? Si quería doscientos oros, que se los hubiera ganado.

La risita restó credibilidad a su tono aparentemente agraviado; Issi tuvo que morderse la lengua para no responderle con un insulto.

—Ya sé lo que tenías en mente cuando me rebajaste el precio, Dagna —dijo en voz baja y desdeñosa—. Pero para eso habrías tenido que ofrecerme al menos dos mil oros. Y ni aun así habría fingido satisfacción.

—A la moza le gusta jugar con otro tipo de espadas, Dagna: eso es evidente —rio el comandante sirviéndose más vino. Torció la cabeza cuando el tapiz que los ocultaba de la vista del campamento se alzó de nuevo, y sonrió—. Ah. ¿Otra vez aquí, juglar? ¿Qué quieres, volver a suplicar un poco de vino?

—No estaría mal, mi señor —respondió el hombre que acababa de entrar en el cubículo—. Siempre he dicho que vuestro vino es el mejor que un hombre puede probar en todo el continente.

—¡Pero si lo probaste por primera vez hace dos días! —exclamó risueño el comandante. Estaba claro que el hombre contaba con su favor, o que, al menos, le hacía gracia su presencia—. Moza... Éste es Egis, un juglar que bebe mucho y no canta nada. Ella es Isendra de Liesseyal, una mercenaria que no es capaz de conseguir que le paguen lo que vale. —Señaló a Issi con la copa—. Curioso, ¿no es cierto? Qué dos personajes tan... desaprovechados. —Rio.

—Desde luego, mi señor —contestó el hombre, mirando a Issi e inclinando la cabeza burdamente ante ella, de modo que el guiño resultase invisible a los otros dos hombres.

La boca de Issi formó una O perfecta. Trató de hablar, pero él la interrumpió antes de que pudiera pronunciar una sílaba.

—¿Sois una mercenaria, señora? —dijo, lanzándole una mirada que contenía a la vez advertencia y súplica—. ¡Oh, pero tenéis que contarme todas vuestras aventuras! Compondré una canción sólo para vos...

—Déjate de canciones, Egis —gruñó Dagna mientras Issi procuraba por todos los medios reponerse de la sorpresa de ver a Keyen allí, entre tanto ser vivo, convertido en un bufón.

—Sí, ya habrá tiempo en otro momento —asintió el comandante—. Aquí la moza ha venido a pedir un puesto en el ejército. Doscientos oros, nada menos. Y yo me pregunto: ¿deberíamos decirle que sí, y aprovechar sus evidentes dotes para la... batalla? —se burló, mirando a Issi directamente a los pechos—. ¿O deberíamos decirle que no, y enviarla lejos de Sinkikhe, a buscar otro ejército, u otra guerra?

—¿Cuántas guerras hay ahora mismo en todo Ridia, mi señor? —preguntó intencionadamente Keyen.

—¿Y cuántas mujeres merecen doscientos oros, sea lo que sea lo que den a cambio de ellos? —inquirió el comandante recostándose en los cojines.

—Ésta los merece, mi señor —dijo Keyen con humildad, agachando la cabeza—. No tenéis más que mirarla a la cara.

Y eso hicieron los tres. Issi hervía de rabia: «"¿Cuántas mujeres merecen doscientos oros?" ¿Y cuánto pagaría cualquiera por vosotros, cabrones apoltronados?» Dagna había sobrevivido a Khuvakha; probablemente, por el sencillo método de no participar en la batalla.

—¿Dónde te has hecho ese tatuaje, Isendra? —preguntó Dagna mientras miraba su frente con la burla bailando en los labios.

—En Monmor —dijo ella de forma automática.

—¿Y te ha dado tiempo a ir y volver de Monmor en veintitrés días? —exclamó Dagna, incrédulo.

—Soy muy rápida —gruñó Issi con una mueca.

El comandante la miró con interés.

—¿Qué significa? —inquirió, curioso.

Ella desvió la mirada de Dagna y clavó los ojos en los del comandante.

—«Tengo las tetas más grandes de toda Thaledia» —contestó, irguiendo la espalda en un gesto orgulloso.

Keyen soltó una carcajada aguda; a Dagna se le desorbitaron los ojos. El comandante, por el contrario, rio alegremente y se levantó. Cogió la jarra metálica, sirvió vino en una copa recargada y se la tendió con una amplia sonrisa.

—Me alegro de saberlo —dijo—. Pero, por desgracia, no puedo pagar doscientos oros a ningún luchador, por muy grandes que tenga las tetas. Que la Tríada te acompañe, Isendra de Liesseyal —añadió, levantando la copa en un brindis.

No hacía falta saber mucho de modales cortesanos para darse cuenta de cuándo la mandaban a una a la mierda, eso sí, educadamente. Issi vació la copa de un trago, la dejó sin ceremonias sobre la mesita repleta de alimentos y giró sobre sus talones.

—¿No se te olvida algo, bonita? —preguntó una voz a sus espaldas, cuando ya se alejaba del agobiante pabellón a grandes zancadas.

Issi no se detuvo. Siguió andando sin molestarse en esperar a Keyen. Él se puso a su altura y la miró sin dejar de andar.

—¿Qué quieres, Keyen? —dijo ella—. ¿Que te dé las gracias? ¿O quieres cantarme esa canción que dices que me merezco?

—No. Sólo quería que me saludases como es debido, nada más.

Issi se detuvo en seco y se enfrentó a él.

—Hola, Keyen —dijo con voz tensa—. Ya está.

Y volvió a andar apresuradamente, dirigiéndose a ningún lugar en concreto.

—¿A eso lo llamas un saludo? —insistió Keyen, manteniendo su ritmo—. Mujer, no esperaba que te me lanzases al cuello, pero...

—¿Y qué esperabas? ¿Que te estuviera tan agradecida por haberte puesto de mi lado que accediera a irme contigo a lo oscuro? No ha servido para nada. No me han contratado, de modo que lárgate y déjame en paz. Yo no pago los servicios que no he pedido y que han resultado inútiles.

—Estás enfadada —afirmó Keyen, adelantándola e impidiéndole el paso.

Ella volvió a detenerse.

—Qué perspicaz —contestó cortante—. Pero no es contigo, así que no te preocupes. No eres lo suficientemente importante. Y ahora lárgate y déjame largarme a mí también. Tú a jugar a los soldaditos —dijo con desprecio y rabia contenida—, yo a buscar una bonita ciudad donde me dejen jugar a las cocinitas. Que es lo que me merezco, ¿no? ¿Dedicarme a cocinar, a limpiar y a parir hijos? ¿No es ése el único pago que voy a conseguir, la vida con la que se supone que tengo que conformarme?

En el rostro de Keyen había tanta lástima, tanta conmiseración, que Issi no pudo contenerse: cerró el puño y le golpeó, con fuerza, en el hombro. Él emitió un quejido, pero no se apartó.

—Issi —dijo con voz suave, frotándose el hombro: el mismo hombro que se había herido tantos años atrás, y que nunca había llegado a curar del todo—, lo que quiero pedirte, si es que me dejas hablar en algún momento, es que te vayas de aquí. E irme yo contigo, por supuesto. No detrás de un matorral: lejos de Sinkikhe —murmuró, mirando a derecha e izquierda para asegurarse de que nadie podía oírlo.

Issi entornó los ojos. ¿Cuántas veces podía llegar a contradecirse ese hombre antes de quedarse mudo de una vez por todas? Abrió y cerró los dedos. Le estaban dando ganas de volver a pegarle. Una o dos veces, nada más.

—¿Por qué dices ahora que quieres que me vaya? Tú querías que me contratasen. Ese par de imbéciles. —Hizo un gesto con la cabeza hacia el pabellón.

—No. Yo quería que no metieras la pata. Si hubiera dicho que te conocía, ellos podrían haber sospechado que no soy un juglar. Todavía tengo una estaca con mi nombre apuntándome al culo, Issi —explicó Keyen—. Dije lo que tenía que decir para que no supieran quién soy. Pero no quería que te quedases aquí. Quería que te fueras. Y yo contigo.

—Pero... Pero dijiste...

Keyen sonrió.

—Dije que no había más que mirarte a la cara —asintió—. Y es verdad: tienes una cara de bruta que tira de espaldas. Pero eso ahora es lo de menos, ¿no crees? Escúchame, Issi —bajó la voz aún más, hasta convertirla en apenas un susurro—. Esa cría, la que murió en los llanos...

—¿Qué pasa con ella? —ladró Issi.

—¡Déjame hablar! La niña no estaba en Khuvakha porque fuese el juguete de ningún soldado, como yo creía y estoy seguro de que tú también —explicó—. Esa niña era un arma. O eso comentan los soldados.

—¿Esa niña era...? ¡Pero si no levantaba dos palmos del suelo! —exclamó Issi, incrédula.

Keyen se encogió de hombros y gimió al mover la articulación resentida. Hizo una mueca.

—Supongo que será cosa de magia. Una bruja, o algo. A ti te hizo un dibujo en la cara con un dedo, ¿no...? El caso es que los hombres dicen que la usaban en la guerra contra Thaledia. Y en los llanos murió.

Issi sonrió, sardónica.

—No hace falta que me lo jures. Yo estaba allí, ¿recuerdas?

—Sí. Y le diste un par de patadas, por si acaso no estaba bien muerta. —Keyen levantó la mano y la posó sobre la frente de Issi, exactamente encima del tatuaje plateado. Ella dio un paso atrás—. Issi —continuó él, bajando la mano—, tú misma viste el cadáver. Y viste al chico que había junto a ella.

Issi asintió.

—El chico murió sin ninguna herida —murmuró, haciendo memoria. Le había parecido extraño cuando lo vio, y le parecía aún más raro ahora.

—Sí. Y con una espada en la mano. ¿A cuántos escuderos les darías tú una espada, si van a permanecer en la retaguardia? —preguntó Keyen—. Y es donde siempre luchan los escuderos... en la retaguardia.

Issi comprendió al instante lo que quería decir.

—Sólo le darías una espada al que sepas que es posible que la necesite —musitó.

—¿Para defenderse? —inquirió Keyen—. ¿Para defender a su señor? ¿Para atacar al enemigo?

Ella negó con la cabeza.

—Si hubiera atacado al enemigo, o se hubiera defendido de él, habría estado herido... pero él estaba intacto.

Keyen abrió la boca para decir algo, pero la volvió a cerrar al instante. Repentinamente, de forma casi imperceptible, los músculos de la mandíbula se le tensaron. Issi percibió que se le endurecía todo el cuerpo, mientras, con esfuerzo evidente, esbozaba una sonrisa lasciva.

—Eso tenemos que discutirlo, preciosidad —dijo en voz alta, alzando la mano y acariciándole el brazo en un gesto tan burdo, tan obviamente lujurioso, que Issi se quedó atónita, incapaz de reaccionar.

—Pero ¿qué haces, idiota? —exclamó entre dientes.

Keyen la miró sin ocultar su deseo; pero en los ojos brillantes Issi creyó leer un ruego, o quizá la muda petición de que, al menos, se estuviera quieta.

—Sígueme el juego —murmuró sin dejar de acariciarle el brazo. Torció el rostro para mirar justo por encima del hombro de Issi—. ¡Hola, teniente! —dijo en un tono demasiado jovial como para resultar natural.

—¡Eh, juglar! —dijo una voz detrás de Issi—. Veo que no pierdes el tiempo... ¿Ya has encontrado una oyente para tu égloga?

—¡Y creo que le ha gustado, teniente Kamur! —rio Keyen, apretándole el brazo.

Issi giró la cabeza y sonrió al soldado alto y de rostro anguloso que los observaba a apenas un paso de distancia. Incluso a ella le pareció que, más que una sonrisa, lo que estaba haciendo era enseñar los dientes como un perro rabioso.

—Egis tiene mucho talento, general —contestó en lo que esperaba con todas sus fuerzas pudiera ser interpretado como un tono provocativo—. Su canción me ha emocionado. Casi me echo a llorar...

El teniente asintió con aire de aprobación, y sonrió intencionadamente en dirección a Keyen.

—Espero que disfrutes del resto del recital, moza —dijo con una mueca de burla, sin dirigirle una segunda mirada—. Juglar, al amanecer quiero verte en el extremo oeste del campamento con tus compañeros. Aunque tengas que venir arrastrándote.

—Que será lo más probable, general —añadió Issi alegremente cuando el teniente giró sobre sí mismo y se alejó a paso rápido. Ella esperó hasta que se perdió entre los muchos ocupantes del altiplano, las hogueras, las risas y las chanzas. Después se volvió hacia Keyen y se sacudió su mano violentamente del brazo—. ¿Era necesario que me hicieras quedar como una vulgar fulana? —le espetó, apretando los dientes.

—Ah, Issi, tú nunca podrías parecer vulgar —respondió él, conciliador—. Si acaso, has sido tú la que me has hecho quedar como un chico con suerte...

—Una simple puta, eso es lo que me has hecho parecer —murmuró ella, sin saber muy bien si la situación la enojaba o la divertía—. ¿Quién me va a tomar en serio ahora cuando vaya a pedir doscientos oros por luchar con un ejército?

—Escucha —dijo él, y su sonrisa se deshizo como el hielo al sol—. Tanto tú como yo tenemos que largarnos de aquí cuanto antes. ¿Preferías que Kamur supiera que eres una mercenaria, que yo soy un carroñero, que nos conocemos desde hace tiempo? ¿No será más fácil desaparecer si creen que te estoy ofreciendo un par de canciones a cambio de llevarte detrás de un matorral?

—¿Y por qué se supone que tengo que tener prisa por marcharme? —preguntó ella—. Que no me hayan contratado no quiere decir que no pueda quedarme a cenar, por lo menos...

—Issi. —Keyen la agarró de la muñeca, sin apretar, y se acercó a ella fingiendo abrazarla. En vez de eso, susurró—: Hay muchos ojos, y muchos oídos. Ven conmigo.

Rodeó su cintura con el brazo y la obligó a caminar apoyada sobre él, a trompicones, hasta llegar a un extremo del campamento. Allí donde las sombras vencían al resplandor de los fuegos y antorchas del ejército la reseca planicie parecía mucho más amplia, más ruidoso el viento, más imponentes las montañas que ocultaban de la vista las estrellas. En esa zona los soldados no habían arrancado los escasos y ralos arbustos que crecían entre el polvo, lejos del río que correteaba por el otro extremo de la meseta donde habían acampado las fuerzas del rey Carleig. Aquí y allá se alzaban grupos de matorrales de ramas retorcidas. Del más próximo surgió de pronto la figura de un hombre, que se acercó a toda prisa hacia ellos.

—¿Quiénes..? ¡Ah, juglar! —exclamó, y miró fijamente a Issi. Ni siquiera sonrió. Señaló al matorral del que acababa de

salir—. No elijas ése. Un poco más allá hay otra mata más cómoda. Y más limpia.

Y, sin hacer otro comentario, se alejó en dirección al resplandor que señalaba la situación del ejército.

Issi resopló. Keyen, por el contrario, rio quedamente.

—Hay otras mujeres en el campamento —explicó él sin necesidad alguna.

—Siempre acaban apareciendo donde hay tanto hombre
junto —replicó ella, desdeñosa, dejándose conducir hacia los arbustos que el soldado les había indicado.

Keyen la arrastró hasta uno de los matorrales más tupidos,
miró detrás como si quisiera asegurarse de que no estaba ocupa-
do por nadie más, y, tirando de ella, la obligó a sentarse. Se dejó
caer a su lado.

Permanecieron en silencio un buen rato.

—¿Tienes frío? —preguntó Keyen al fin.

—No.

—¿Tienes hambre?

—No.

Keyen rio.

—¿Tienes algo, Issi?

Ella lo miró de reojo.

—Ahora mismo tengo muchas ganas de estrangularte, Keyen de Yintla —contestó. Levantó la cabeza para mirar al cielo.
Siempre le había gustado observar las estrellas: cuando titilaban,
le daba la sensación de que podía ver cómo le hacían guiños a
ella, sólo a ella, y, si se fijaba lo suficiente, estaba convencida de
que acabaría descubriendo el rostro de las estrellas.

—¿Por qué? —preguntó Keyen suavemente.

Issi se abrazó las rodillas y apoyó la cabeza en las manos.

—Porque en un momento has destrozado mi vida.

Keyen no dijo nada. Ella cerró los ojos y se acunó a sí misma.
En realidad, había mentido. Sí que tenía frío. Pese a que Ebba se
acercaba cada vez más, el verano se resistía a marcharse en el sur de
Svonda y de Thaledia; pero allí arriba, tan cerca de las montañas
de Lambhuari, el viento era frío y sabía a hielo. Se estremeció.

—Muchos de estos hombres sobrevivirán a esta batalla —continuó en voz baja—. No todos, quizá ni siquiera la mitad, pero sí muchos de ellos. Mañana todos los que están en ese campamento sabrán que vino una mujer exigiendo que la dejasen luchar a su lado a cambio de dinero. Y también sabrán que conoció al juglar, al bufón del campamento, y se fue con él detrás de un matorral. Dime, Keyen —levantó la cabeza y lo miró. Los ojos de él relucían como trozos de vidrio verde a la luz de la luna creciente—. ¿Qué hombre pagará doscientos oros por que utilice mi espada, si cree que puede comprar mi cuerpo por una oda?

Él suspiró.

—Todavía no te has dado cuenta de lo que pasa, ¿verdad, Issi? —susurró—. ¿No eres capaz de ver que ya no se trata de que ganes dinero o no, sino de que sigas viva?

Ella no apartó los ojos de él. Por un momento le pareció que Keyen había desaparecido, y que estaba hablando con un extraño, un hombre moreno, de ojos verdes y dorados, cuyo rostro serio y preocupado apenas era capaz de reconocer.

—Ese muchacho tenía una espada para matar a la niña —continuó Keyen—. Una niña que era un arma. Si vas a perder una batalla, nunca permitas que tu enemigo se haga con tus armas más poderosas, o es muy posible que acabes perdiendo la guerra.

Estiró las piernas y miró al horizonte. Issi lo imitó. A lo lejos, ante ellos, se extendían las inmensas praderas que señalaban el final de la puna de Sinkikhe y el inicio de las tierras de Cidelor; por encima, el cielo negro cubierto de estrellas parecía tan enorme, tan ilimitado, que de pronto Issi se sintió muy pequeña, muy perdida y muy sola. Tembló.

—Si la cría esa pudo hacerte un tatuaje con el dedo —murmuró Keyen—, bien pudo matar al chico sin dejarle señal alguna. Y él tenía órdenes de matarla a ella si las cosas se ponían difíciles para Svonda.

—No me gusta la magia —se lamentó Issi, apretándose contra sus rodillas.

—A mí tampoco. Pero la niña te hizo eso. —Keyen la miró a la frente—. Quieras o no, eso huele a magia a distancia.

—Sólo es un tatuaje —musitó Issi, más para sí que para que Keyen la oyese. Se dio cuenta de que estaba balanceándose hacia delante y hacia atrás, exactamente igual que Antje. Sin saber muy bien por qué, aquello la hizo tener ganas de echarse a reír.

—La niña era un arma. Y la mataron. —Keyen se giró para sentarse de cara a ella—. ¿Se te ha ocurrido pensar que alguien puede creer que tú —señaló el brillante tatuaje con los ojos— también eres un arma?

Issi se lo quedó mirando con la boca abierta.

—¿Me estás diciendo que alguien puede querer matarme a mí también? —preguntó en voz baja—. ¿Por un puto tatuaje?

Se llevó la mano a la frente y se rascó. El dolor insoportable que había sentido cuando la niña del vestido azul posó el dedo sobre su piel había desaparecido tan repentinamente como había surgido, y no había vuelto a sentirlo desde aquel día, en los llanos de Khuvakha. Pero ahora notaba una quemazón, un picor, como si de alguna forma el dibujo quisiera recordarle su presencia.

Keyen cerró los ojos, pensativo, y después volvió a abrirlos y los clavó en los suyos.

—Si la niña era un arma que Svonda estaba utilizando contra Thaledia, también pueden intentar utilizarte a ti —razonó—. Si Svonda mató a la niña por miedo a su poder, también puede intentar matarte a ti. ¿Quién sabe si con ese tatuaje esa cría te hizo algo, no sé —torció la boca en una mueca—, entregarte su poder o algo parecido? —Sacudió la cabeza—. Pero ¿qué poder? ¿El de hacer que todos los tíos te miren a los pechos?

Issi lo miró con incredulidad y después se echó a reír a carcajadas. Rio hasta que la tensión desapareció de sus músculos, hasta que sintió la cabeza ligera y las lágrimas le corrieron por las mejillas. Y siguió riendo un rato después, con tanta gana que hasta cayó de espaldas sobre la tierra y se quedó allí tumbada, riendo todavía.

Keyen se echó hacia atrás y se tumbó a su lado, con la cabeza apoyada en las manos. Volvió a suspirar.

—Sea como sea, no tenemos más remedio que marcharnos

de aquí. Tú eres una mercenaria sin trabajo. Y yo —sonrió tristemente—, yo sólo soy un carroñero disfrazado de juglar.

Giró el cuerpo para tumbarse de lado y la miró.

—Issi —dijo en voz muy baja, casi un susurro. Ella parpadeó por toda respuesta, sin dejar de observar el cielo estrellado—. Issi... ¿Quieres oír una canción?

Ella gruñó.

COHAYALENA (THALEDIA)

Vigesimoquinto día antes de Ebba. Año 569 después del Ocaso

En ocasiones, un buen gobernante es aquel que sabe cuándo debe mirar hacia otro lado. Siempre que recuerde mantener los oídos en su sitio.

Política moderna

Thais suspiró y se apretó contra el cuerpo de Adhar. Le gustaba quedarse muy quieta después de hacer el amor, y sentir cómo los latidos del corazón de él se ralentizaban poco a poco, al mismo ritmo que los del suyo, hasta que ambos se dejaban vencer por el sueño. Últimamente, además, notaba los movimientos frenéticos del bebé que jugaba en sus entrañas: parecía agradarle que su madre y su padre siguieran amándose por las noches, aunque por el día tuvieran que fingir que apenas se conocían, y sólo se atrevieran a intercambiar unos pocos saludos corteses.

—Tu esposa —musitó—. Esposo mío.

Adhar se agitó a su lado.

—¿Cuándo? —murmuró Thais. Adhar se tumbó de lado y pasó un brazo por encima de ella. La besó suavemente en el punto donde el cuello se unía al hombro. Ella sonrió.

—Cuando tú lo desees —dijo él en voz baja—. Si quieres, ahora mismo.

—Ahora no: tengo sueño —rio Thais, cubriendo la mano de él con la suya.

—Vamos a Vohhio —la tentó él con un susurro en su oído—. Allí, tu marido tendría que sitiarnos para obligarte a volver. Y no puede hacerlo, porque la mitad de sus hombres son *mis* hombres.

—Eso es lo que te mantendrá vivo si nos descubre —dijo ella. Adhar acarició su vientre con la mano. El niño se removió en su interior, y, por un instante, Thais pensó que podía oírlo gorjear de contento—. Esposo mío —continuó, cerrando los ojos para disfrutar de la sensación de su mano en el estómago, su aliento en el oído—. Vohhio es hermoso, pero ni Adelfried iba a permitir que su esposa y su hijo se recluyeran allí, ni todos esos nobles traviesos que quieren su cabeza en una pica iban a dejar que la esposa y el hijo del rey siguieran con vida, aunque estuvieran fuera de la corte. Además... ¿no querrías que tu hijo fuese rey de Thaledia...?

Adhar pareció considerarlo un momento.

—¿Y de Svonda? —aportó.

Ella se quedó inmóvil, sorprendida.

—¿Svonda? —repitió.

—¿Tu esposo no va a volver a intentar llegar hasta Tula? —preguntó Adhar, repentinamente serio—. Después del fracaso de Khuvakha, nos ha ordenado enviar a todos nuestros hombres al sureste.

—¿Aquí? —inquirió Thais, desconcertada—. ¿A Cohayalena? ¿Para qué?

—Aquí no. A la frontera. Creo que tiene intención de entrar en Svonda por Cinnamal.

Thais guardó silencio un momento, pensativa. Adhar siguió acariciando su vientre con la palma cálida, buscando la patada del niño que, a todos los efectos, era hijo de su rey.

—Adelfried se ha aliado con Tilhia —dijo ella al fin. La mano de Adhar se quedó quieta sobre su piel—. La reina Klaya va a atacar Svonda desde el Skonje.

—¿Cómo...?

—¿Cómo lo sé? —sonrió ella—. Cuando un esposo ni siquiera se percata de la presencia de su esposa, ésta puede pasar tan desapercibida como un gatito. Adelfried nunca me ha hecho ningún caso. ¿Por qué iba a preocuparse ahora de si estoy o no estoy?

Adhar retomó sus caricias, mirándola con el semblante inexpresivo.

—Si Thaledia ataca por el sur, y Tilhia por el norte, Carleig no tiene nada que hacer —reflexionó—. Svonda caerá antes de Kertta. Y para entonces, Adelfried ya tendrá un heredero —añadió.

A Thais no se le escapó la amargura que empañaba su voz. Alzó la mano y le acarició el revuelto cabello castaño.

—Y el heredero —dijo—, concebido en Tihahea, la Fiesta de la Vida, y nacido en Yeöi, la Noche de los Muertos, será hijo del señor de Vohhio —sentenció.

Adhar se inclinó y la besó tan suavemente que apenas rozó sus labios.

—¿Adelfried lo sabe? —preguntó al fin.

Thais abrió los ojos, sorprendida.

—¿Que si lo sabe? —repitió—. ¿Que no es suyo? ¿Y cómo iba a serlo, si todos sus esfuerzos por hacerle un hijo a alguien se han centrado en el capitán de su guardia? —resopló.

Adhar volvió a besarla, esta vez más prolongadamente.

—¿Sabe que es hijo mío? —susurró.

Thais negó con la cabeza.

—Por lo que Adelfried sabe —murmuró—, podría ser hijo de Beful. Podría ser hijo de cualquiera.

—Pero no lo es, ¿verdad? —preguntó él, y volvió a besarla—. Es mío.

—Tuyo, sí —suspiró ella, rodeándole el cuello con los brazos—. Tuyo. Tu hijo, esposo mío.

ALTIPLANO DE SINKIKHE (SVONDA)

*Vigesimocuarto día antes de Ebba. Año 569
después del Ocaso*

> En el corazón de la mujer florece el engaño como en ningún otro campo de cultivo. El hombre que escuche a una mujer debe saber que la falsedad clava hondas raíces en su mente, pues nada cierto puede salir de los labios de una mujer, y por ello es menester que el hombre mantenga la boca de su hembra cerrada.
>
> *Liber Vitae et Veritatis*

Al lado de la montaña, la ciudad era pequeña. La inmensa cumbre se elevaba hasta rozar el cielo, y su sombra caía sobre los edificios negros y blancos, pero, contrariamente a lo que Issi habría pensado, no le restaba brillo, sino que realzaba sus formas y su elegante simpleza, su majestuosidad, que emanaba no de los edificios sino de la misma montaña, derramándose sobre las calles y las torres, sobre las gentes que hacían reverencias cuando ella pasaba. El pavimento blanco y negro se extendía hasta el pie de la montaña, formando un camino de losas regulares y lisas allí donde ya no había ciudad.

Issi despertó, decepcionada. La montaña seguía llamándola. Y, en esos momentos, no había nada que desease más que responder a su llamada.

El amanecer tiñó la meseta con su luz grisácea, despertando los colores de lo que hasta ese momento había sido sólo negrura. Aparecieron repentinamente, apagados, opacos, pero tan vivos en contraste con la oscuridad que reinaba instantes atrás que los ojos tardaban en acostumbrarse a ellos. Era como estar sumergido en un mar de tinta y ver de pronto cómo de entre las aguas brotaba el paisaje, limpio y colorido, como recién lavado. El mundo parecía nuevo, las montañas, la meseta, los arbustos, todo parecía recién nacido, recién creado; las nubes blancas se mezclaban con la esponjosa nieve de las cumbres más altas de las Lambhuari, y el cielo, que un momento antes era morado, se coloreó bruscamente de violeta, después de azul, más tarde de celeste, y por último de un deslumbrante tono rojo sangre.

El soldado se apoyaba sobre una lanza. Quizá porque alguien le había explicado que, para hacer guardia, había que tener una lanza, que era absolutamente necesario para imponer lo suficiente a propios y, sobre todo, a extraños.

Aquel soldado no imponía nada. Desplomado sobre la lanza, cuya contera se había hundido varias pulgadas en la tierra seca de la planicie, tenía la cabeza caída sobre el pecho y los ojos cerrados. El amanecer le había sorprendido medio dormido en la postura que había adoptado para hacer su guardia.

Issi detuvo a *Lena* delante del soldado. La yegua emitió un relincho apagado que sobresaltó al hombre hasta el punto de hacerle soltar la imprescindible lanza. El arma osciló un instante en el aire y cayó a tierra con un golpe sordo. El soldado también se tambaleó, desorientado, y después levantó la mirada vidriosa hacia la yegua y su jinete.

—¿Q-quién va? —preguntó, parpadeando rápidamente, sobresaltado. Al ver a Issi se tranquilizó de forma perceptible. Los ojos se le entrecerraron de nuevo, y la expresión de su rostro pasó de la alarma al hastío sin transición alguna—. Ah —dijo, aburrido. Se agachó despacio y recogió la lanza. Después se irguió y, con un bostezo, la clavó en tierra y miró a Issi con aire adormilado—. Mujer —añadió, como si no fuera evidente que lo era—. ¿Adónde te crees que vas?

Issi bajó la mano y palmeó el cuello de *Lena*. Sonrió con serenidad. El guardia, un muchacho joven de rostro suave y expresión soñadora, le devolvió el gesto de forma involuntaria. Y de repente dio un respingo y abrió mucho los ojos. Tal vez fueran imaginaciones de Issi, pero le dio la impresión de que se había sobresaltado al mirarla a la frente. Hizo un leve movimiento para que el pelo le cayese sobre el símbolo plateado.

—Creía que sólo tenías que impedir que la gente entrase en el campamento, soldado —contestó ella—. ¿Qué problema hay en que yo salga?

Él sacudió la cabeza para despejarse.

—No... No se puede salir —dijo, atontado, con los ojos fijos en un punto encima de la nariz de Issi, y finalmente se acordó de enarbolar la lanza y apuntar con ella a *Lena*.

Issi enarcó una ceja.

—¿No?

—No —repitió él. La lanza temblaba violentamente. ¿De frío, de aprensión, o sólo porque el muchacho todavía estaba medio dormido?—. Hay... hay soldados que no quieren... y el teniente ha dicho...

Issi contuvo el impulso de echarse a reír. El joven parecía perdido, inseguro. Se apoyó el mango de la lanza en la cadera para evitar que siguiera dando bandazos, y desvió la mirada, como si fuera incapaz de mirar directamente a Issi a los ojos.

—¿Qué llevas ahí? —preguntó, señalando el bulto informe atravesado en la grupa de la yegua, delante de la silla.

—¿Esto? —Issi palmeó con fuerza la manta de paño marrón—. Mi manta, mis cosas... Dos alforjas, una espada, un arco y un par de botas viejas. ¿Por qué? —inquirió, acordándose de esbozar una sonrisa carnal, obvia—. ¿Quieres registrarme, soldado?

El muchacho se puso como la grana. Parecía tan desconcertado, tan perplejo, que Issi sintió lástima por él.

—¿Qué ocurre?

Ella cerró los ojos y ahogó una maldición. Desde detrás de *Lena* surgió sin anunciarse el teniente con quien habían tropezado la noche anterior, el mismo al que Keyen había llamado Kamur. Avanzó por el flanco de la yegua, se detuvo entre Issi y el joven y la miró primero a ella y después a él.

—Señor —dijo el muchacho, intentando hacer un saludo marcial y golpeándose con fuerza la cabeza con su propia mano. Soltó un ligero gemido.

El oficial sonrió y se volvió hacia Issi.

—¿Dónde has dejado al juglar, mujer? —preguntó. Ella rio, burlona.

—Está agotado, general —contestó acentuando la sonrisa libidinosa—. No creo que hoy puedas sacar gran cosa de él. Ya lo saqué yo todo ayer.

El teniente sonrió.

—Estoy seguro de ello. —Miró al azorado y medio dormido muchacho—. Déjala marchar, Nern —dijo en un tono que a Issi se le antojó demasiado benevolente—. Mejor que se vaya, o acabará agotando a todos nuestros hombres.

—Pero... teniente... —balbució el soldado, confuso—. Tú mismo dijiste...

—¿Crees que debería retenerla aquí? —inquirió el teniente con el ceño fruncido—. ¿Que va a ir corriendo a ver al comandante del ejército de Thaledia para contarle todos nuestros secretos, nuestro número, posición y estrategia?

—N... yo...

—Thaledia ya sabe dónde estamos —insistió el teniente—. Y cuántos somos. Eso es evidente para cualquiera. Y no tenemos armas secretas —añadió intencionadamente.

El muchacho tragó saliva.

—No, señor —dijo con toda la firmeza que fue capaz de reunir.

Kamur miró a Issi con los ojos entrecerrados, como evaluándola. Al cabo de un rato asintió imperceptiblemente.

—Vete, mujer —dijo con voz neutra. Palmeó con fuerza el flanco de *Lena*, que relinchó y empezó a trotar de espaldas al sol naciente.

Issi sujetó las riendas y lanzó una última mirada hacia atrás.

El teniente seguía allí de pie, junto al confundido soldado, mirándola de forma insistente. Incómoda, se enderezó en la silla y espoleó a *Lena* para que aumentara la velocidad, mientras posaba la mano, con las riendas entre los dedos, sobre el bulto atravesado en la grupa del animal.

ALTIPLANO DE SINKIKHE (SVONDA)

Vigesimocuarto día antes de Ebba. Año 569
después del Ocaso

> Lo que entonces era sabido hoy se ha olvidado.
> Öi, Ia... El Ocaso borró del recuerdo de los hombres
> la verdad acerca de los Signos, y ahora nadie com-
> prende siquiera qué son.

> *Reflexiones de un öiyin*

Nern se había quedado petrificado al ver el Öi plateado en la frente de la mujer. Por un instante había sido incapaz de articular palabra. Ella lo miraba con una expresión de fastidio, impaciente, pero nada más: ni odio, ni malignidad, ni la vileza que, sabía, debía ocultarse tras aquellos ojos intensamente azules, bajo el símbolo de plata labrado en la piel.

«Öiyya.»

Ni siquiera recordaba lo que había balbuceado en respuesta a sus palabras. Sabía que había enarbolado la lanza, pero no comprendía muy bien por qué. ¿Un palito, contra la Öiyya? Se estremeció.

«Y, sin embargo, tienes sangre öiyin. En tus venas. Bombeando desde tu corazón hasta las partes más alejadas de tu cuerpo. Öiyin. Öiyin.»

Temblando de la cabeza a los pies, siguió a la Öiyya mientras se alejaba del campamento. Una parte de sí mismo sintió el impulso de ir tras ella. El resto reprimió el impulso, sintiendo una repulsión que amenazaba con asfixiarle.

—La Antigua Sangre —murmuró—. La sangre ianïe. La sangre öiyin.

«Y tú las tienes ambas. Ambas.»

La voz hablaba en su mente en ianii. La Antigua Lengua. La Antigua Sangre. Ianïe: los seguidores del Ia, del Signo de la Vida. Los que había creído que eran sus familiares. De los que había huido al descubrir quién era en realidad.

Öiyin. Seguidor del Signo de la Muerte.

Y también ianïe, también seguidor de la Vida. «Ambos.» No se dio cuenta cuando soltó la lanza y se llevó las manos a las sienes. De nuevo, la sensación de estar dividido, de que sus dos mitades tiraban de él en direcciones opuestas, desgajándolo, rompiendo su mente y su cuerpo. Öiyin. Ianïe.

—No.

Lo mismo que había dicho al saber quién era su madre. Öiyin. Entre ianïe. «Muerte, Muerte, seguidora del Signo de plata.» La única viva de su estirpe, la única que conservaba el recuerdo de la gloria de Ahdiel. Y quería que Nern también lo honrase, el Öi, el Signo de la Muerte.

«Ambos. Vida, y Muerte. En ti. En ti, Nern.»

Nern no había podido soportar la vergüenza. Había huido de los ianïe, de la Öiyya, y había buscado un refugio en el que a nadie le importase quién era su madre. Pero no había podido huir de su propia sangre. Y el Öi le había seguido hasta allí, hasta Svonda, hasta el ejército.

La Öiyya. Un escalofrío recorrió su espalda mientras se volvía para no ver las ancas de la yegua, que se alejaba con la reina de los demonios.

—Enviaré a Liog para que te releve.

Nern miró al teniente, que lo observaba con una expresión indescifrable en el rostro. Había olvidado que estaba allí. Murmuró una disculpa apresurada y se agachó para recoger la lanza que había resbalado de entre sus dedos. Se irguió y saludó. Kamur le devolvió el saludo, lo estudió un instante, pensativo, y sonrió.

—Hay cosas que es mejor olvidar, Nern —susurró—. Y otras que hay que asumir antes de que lo vuelvan loco a uno. Recuerda que no todo es blanco, ni negro. —Y, con un nuevo saludo, giró sobre sus talones y se encaminó al centro del campamento.

Nern abrió la boca, asombrado.

El teniente lo sabía. Quién era él. Y quién era ella. Y la había dejado marchar. A la Öiyya. Sintió un escalofrío. Demonio... tan hermosa...

Confuso, Nern se quedó mirando a Kamur mientras caminaba hacia el resto de sus subordinados.

ALTIPLANO DE SINKIKHE (SVONDA)

Vigesimocuarto día antes de Ebba. Año 569
después del Ocaso

> El hombre pasa toda su vida huyendo. De sus
> enemigos, de sí mismo, de la Muerte. Pero todo
> aquello de lo que huye acaba corriendo a su lado.
>
> *Enciclopedia del mundo: Comentarios*

Lena cabalgó hasta mediodía sin aflojar el ritmo, y hasta primera hora de la tarde sin necesidad de detenerse. Para entonces ya habían llegado al extremo occidental de la puna, y las montañas de Lambhuari se habían empequeñecido considerablemente a su derecha. Ante Issi, la enorme explanada de tierra seca y agrietada desaparecía de forma abrupta sobre un frondoso bosque, unas veinte varas por debajo de los cascos de *Lena*, del que sólo veía las esponjosas copas de los árboles, de un verde esmeralda intenso e impactante tras la monotonía marrón y anaranjada de la meseta. Un escarpado sendero serpenteaba por el sinuoso terraplén que constituía el límite y la frontera del altiplano de Sinkikhe.

La yegua pateó el suelo y se quedó quieta.

—¿Ya? —murmuró una voz, amortiguada por la lana basta de la manta—. ¿Ya no nos ven?

—Hace horas que no nos ven —contestó Issi desmontando

de un salto y estirando los músculos. Bostezó, con los brazos extendidos hacia el cielo, y gimió cuando la espalda le crujió audible, placenteramente.

Keyen asomó la cabeza por debajo de la manta y clavó en ella unos ojos adormilados y acusadores.

—¿Por qué no me has avisado? —protestó. Tenía el pelo tan revuelto que más bien se diría un puñado de plumas de cuervo totalmente negras—. Se me ha quedado el cuerpo doblado...

Issi esbozó una sonrisa malvada.

—Parecías tan a gusto ahí debajo que me ha dado pena molestarte... —dijo, forzando la voz en un tono falsamente tierno.

Keyen renegó por lo bajo, se desembarazó de la manta con un movimiento espasmódico y cayó del lomo de *Lena* al suelo. Soltó un quejido ahogado. La yegua le hociqueó el cuello y resopló.

—Podrías ser un poco más amable, aunque sólo fuera a ratos —se quejó él; se incorporó frotándose el hombro—. Qué golpe me has dado... ¿Era necesario que te ensañases con la pobre manta cuando te ha preguntado ese idiota de Nern?

—Oh, venga ya —Issi puso los ojos en blanco—, una palmadita de nada y te quejas como si te hubiera sacado las tripas. ¿No te ha dolido más el suelo?

—Ahora que lo mencionas, sí —murmuró Keyen, y se levantó, renqueando—. Podrías haber parado en un sitio más blando.

Issi resopló, imitando a *Lena*.

—Si tanto daño te has hecho, siempre puedes volver al campamento a que te cure tu amigo Kamur. —Rio—. Parecía tenerte mucho aprecio... ¿Tantas baladas le has cantado, para que pregunte por ti a todas horas?

—¿Kamur? —preguntó Keyen—. No, ¿por qué?

Ella sonrió, sardónica.

—En cuanto te descuides, ése te pone mirando a Tula. —Soltó una carcajada malévola.

Keyen se estremeció. Inconscientemente, se giró y protegió su espalda con el cuerpo de *Lena*. Eso sólo hizo que las carcajadas de Issi arreciasen.

Keyen esbozó una mueca y se alejó de la yegua. Oteó el horizonte. A un lado, las Lambhuari, de color gris azulado en la distancia. Tras ellos, la infinita planicie de Sinkikhe. A su izquierda, la pradera verde y amarilla, las tierras de Cidelor. Y ante ellos el bosque que rodeaba el Tilne, al sur de Zaake.

—¿Y qué pasa con *Imre*? —preguntó Issi al rato mirando a su alrededor con un gesto interrogante.

Keyen se encogió de hombros.

—Ya vendrá cuando le dé la gana. Siempre acaba viniendo. A veces me parece que, más que ser él mi caballo, yo soy su humano. —Sonrió—. ¿Y bien, mercenaria? ¿Adónde vamos? —preguntó, con un amplio gesto que señalaba a la vez los cuatro puntos cardinales.

—¿Vamos? —repitió Issi—. ¿Crees que vamos a ir juntos? —bufó—. Pues no tengo otra cosa mejor que hacer, cargar con un bufón que se pasa el día quejándose...

—No seas tan bruta, cariño —dijo Keyen alegremente—. ¿No te aburre viajar sola? Pues para eso estoy yo, para darte conversación. —Hizo una parodia de reverencia.

—Casi mejor cállate —gruñó ella. Miró al frente, a la superficie cubierta de árboles y vegetación que se extendía varias leguas y ocultaba a la vista la cinta azul sinuosa del Tilne—. Allí está Thaledia —murmuró.

Keyen dirigió la vista hacia el punto indeterminado que ella observaba con la mirada perdida.

—¿Quieres ir a Thaledia? —preguntó. Ella se encogió de hombros. Él la imitó—. Pues a Thaledia será, entonces. Hace tiempo que no cruzo la frontera —agregó animadamente.

—Tan bueno es un lugar como otro —musitó Issi, indiferente.

ALTIPLANO DE SINKIKHE (SVONDA)

Vigesimocuarto día antes de Ebba. Año 569
después del Ocaso

> Cuántas cosas oculta el corazón del hombre...
> Está tan lleno de mentiras y engaños que apenas que-
> da en él espacio para la verdad.

Epitome Scivi Tria

El rostro rubicundo del comandante parecía a punto de re-
ventar en mil pedazos. El teniente Kamur cerró los ojos y contuvo una maldición.

«De modo que así están las cosas —pensó—. Lo saben.» Tan
pronto...

Suspiró, abrió los ojos y se adelantó un paso.

—Con vuestro permiso, mi comandante —dijo con voz firme, tratando por todos los medios de no mirar a los ojos a Tianiden: no había nada que molestase más al orondo mando del
ejército svondeno; no soportaba que alguien le sostuviera la mirada—. Si deseáis que la traiga de vuelta, partiré enseguida. Dad-
me dos hombres y tres caballos...

—¿Quién ha dicho que deseo que la traigas de vuelta? —ladró el comandante con el rostro granate de rabia—. ¿Y por qué
la habéis dejado marchar? ¿No os habíais fijado en que tenía el
mismo jodido signo en la frente? ¿No os dije que vigilaseis a la

niña? ¿No se os ocurrió que teníais que vigilar también a esa putita?

«¿No te fijaste tú, maldito imbécil? ¿O es cierto que no eres capaz de encontrarte el culo con un mapa?» Kamur carraspeó.

—Disculpadme, señor, pero es una mujer libre...

—¿Quién ha dicho que sea una mujer libre? —Tianiden parecía demasiado furioso, demasiado confuso como para razonar.

«Y no es de extrañar. De ésta, Carleig puede enviarlo de mensajero a la frontera de Thaledia, o peor, a Monmor.» Sonrió ante la perspectiva de ver al grueso hombre correteando bajo las flechas de los monmorenses.

—Hasta que el rey emita una orden de...

—¡Conozco el procedimiento! —exclamó Tianiden. Después, tan repentinamente como había estallado, su enojo desapareció, sustituido por una expresión de súplica muy poco frecuente en su rostro—. Teniente —dijo—. Teniente, si crees que puedes traerla... Enseguida, quiero decir. Antes de que el rey... de que el rey...

«Se entere de que la has tenido bajo tus zarpas y se te ha escapado como un ratoncillo.» Kamur inclinó la cabeza.

—Os la traeré, señor —contestó simplemente, y giró sobre sus talones para salir de la tienda.

«Otra cosa —se dijo, escrutando la oscuridad del exterior en busca de sus hombres— es que la traiga enseguida o tarde un poco más de lo que tú querrías.»

Recorrió el campamento con la mirada.

—Nern —murmuró, caminando apresuradamente entre las hogueras diseminadas por el llano. «Tengo que sacar al chico de aquí.»

Si Tianiden llegaba a comprender quién y qué era Nern... Tragó saliva. Resultaba peligroso llevar a Nern junto a la Öiyya, pero aún más peligroso sería dejarlo allí, al alcance de la mano de un rey que sólo entendía las cosas a medias.

CAMPO DE SHISYIAL (THALEDIA)

Decimoquinto día antes de Ebba. Año 569
después del Ocaso

El río Tilne fue la frontera que Thaledia y Svonda eligieron para separar sus dos reinos. Pero no pasó ni un año antes de que uno de los dos países decidiera que no le bastaba con una orilla del río. Ahora, el Tilne atraviesa la frontera siete veces desde su nacimiento hasta que muere en el mar; mañana ¿quién sabe? Puede atravesarla cientos de veces, dependiendo de a quién pertenezca tal o cual metro de tierra cenagosa.

Thaledia: seis siglos de historia

El Meandro del Tilne encerraba por tres lados la amplia ciénaga de Yial; el cuarto lateral era la frontera de Svonda. La ciénaga había cambiado de manos innumerables veces a lo largo de los siglos, y eran también incalculables los cuerpos de svondenos y thaledii que yacían bajo su superficie viscosa, hombres que habían luchado y muerto por unas yardas de tierra pantanosa, inútil y peligrosa para cualquiera que se internase en ella. Ahora, la ciénaga de Yial, delimitada por el Meandro, pertenecía a Thaledia. Pero posiblemente en menos de un siglo volvería a pertenecer a Svonda, y caería de nuevo en manos thaledii, y así una vez tras otra hasta que uno de los dos países destruyera al otro por fin o el pantano decidiera hundirse en el Abismo de una vez por todas.

Lo llamaban «el Meandro», pese a que el Tilne hacía muchas curvas tan pronunciadas como aquélla en su camino hacia el mar. Y era cierto que, desde donde Issi y Keyen estaban, se veía nítidamente la cerrada curva del río, que se separaba de la frontera de Svonda para internarse en Thaledia directo como una flecha y para después cambiar de opinión, girar sobre sí mismo y regresar a tierras svondenas. Eso si se tenía en cuenta la frontera actual, por supuesto.

La orilla del Tilne desde la que Issi y Keyen miraban la ciénaga de Yial no había pertenecido nunca a Svonda. Era uno de esos escasos puntos del río que, pese a haber visto batallas y guerras incontables, había sido siempre una frontera infranqueable para el país oriental: Svonda nunca había sido capaz de atravesar el Tilne por ese lugar. El otro punto en el que la orilla occidental del río siempre había sido thaledi era Blakha-Scilke, en la desembocadura. Si es que Blakha-Scilke se podía considerar parte de algún país, desde luego.

—¿Quién se pelearía por un lugar como ése? —preguntó Keyen con la mirada fija en la neblina malsana que impregnaba el aire mismo del pantano, en la otra orilla del río—. Me pica todo el cuerpo sólo de pensar en meterme ahí.

Issi no levantó la cabeza. Arrodillada sobre una pierna, se afanaba en atarse una serie de tiras de cuero alrededor de las pantorrillas, después de secarse concienzudamente la piel. Lo mismo había hecho un momento antes con los brazos, que ahora estaban cubiertos por completo y protegidos por anchas bandas de cuero.

—¿No te da calor todo eso? —preguntó Keyen sin interés.

Issi negó con la cabeza.

—Aunque así fuera, tengo que protegerme los brazos y las piernas —contestó, cambiando de pierna y sacando de la alforja abierta otra tira de cuero para enroscarla desde el tobillo hasta la rodilla, sujetando los calzones de paño grueso a las piernas—. Y digan lo que digan los herreros, el cuero es lo mejor para una buena lucha. Ni te cansas de llevarlo, ni deja entrar las flechas o las espadas así como así.

—Muy curado tiene que estar ese cuero —señaló Keyen, observando con curiosidad la camisa que Issi había sacado de la alforja. Era tan rígida que podría haberla puesto de pie sin necesidad de llenarla con el cuerpo de nadie. Más que una camisa parecía una coraza.

Issi alzó un instante la cabeza y sonrió.

—Te puedes hacer una sopa con él: seguro que tiene mucha más sustancia que esa jodida bazofia que hiciste el otro día con ese pobre conejo. Qué muerte más inútil, acabar en el puchero de un carroñero al que le da igual liebre que zanahoria. —Meneó la cabeza y volvió a centrar su atención en la tira de cuero que enrollaba en su pantorrilla.

—¿Y por qué te has quitado todo el maldito cuero hace un rato para volver a ponértelo? —inquirió Keyen. Se sentó en la hierba a su lado. En esa orilla del Tilne no había cieno ni barrizales, sino tierra firme, yardas y yardas de praderas verdes salpicadas de flores rojas y allí, tan cerca del río, una hilera de árboles a cuya sombra Issi y Keyen se habían detenido a descansar después de cruzar la ciénaga y el río.

Issi ató el nudo con un fuerte tirón y se levantó. Dobló las piernas una, dos veces, probando a ver si conservaba la libertad de movimientos y si las bandas de cuero le cortaban la circulación. Después alzó el rostro, volvió a sonreír y le dio una palmadita en el hombro.

—No quería hacer sopa con el cuero en esa mierda de río —le explicó—. Si voy a echar a perder mi armadura, que sea por una buena causa. Por ejemplo, comer algo decente por una vez —resopló, fingiendo una arcada.

—Armadura, bah —dijo Keyen despectivamente—. Metal, eso es lo que hay que llevar si tienes que luchar. No una maldita camisa de piel.

Issi lanzó una risa alegre.

—A ti que te den cosas que brillen, ¿eh? —se burló—. Si no se puede vender, no vale para nada.

—Exacto. —Keyen le guiñó un ojo—. Y por esa cosa —señaló la camisa de cuero que Issi acababa de coger de encima de su alforja— nadie daría dos cobres.

—Si alguien te ataca, Keyen, nadie daría dos cobres por tu vida —replicó Issi, y con un gesto indicó el jubón deshilachado de tela desgastada y las calzas de paño—. Yo misma podría matarte con una ramita de sauce.

—Ah —dijo él echándose hacia atrás y apoyando el peso del cuerpo en las palmas de las manos, posadas sobre la fresca hierba—, pero ¿quién ha dicho que alguien vaya a atacarnos? Ahora estamos muy lejos de la guerra.

Ella se pasó la camisa por encima de la cabeza y se torció para abrocharse los cordones a ambos lados del cuerpo.

—Thaledia y Svonda están en guerra —comentó—. Si estás en cualquiera de los dos países, estás cerca de la guerra. Para irte lejos tendrías que cruzar las Lambhuari y atravesar Tilhia. O cruzar el estrecho de Yintla y desembarcar en Monmor.

—No, gracias —rechazó él—. No me gusta su comida.

Se metió en la boca una hojita verde y la masticó lentamente. Hasta Issi llegó el aroma picante de la menta, un olor que la retrotrajo hasta otra época, cuando todavía era una niña y creía que Keyen era lo más maravilloso que había sobre la faz del mundo.

Apretó los labios, cogió la alforja y la cerró de un fuerte tirón.

—¿Y ahora? —preguntó al cabo de un rato Keyen, escupiendo los restos de la hoja de menta e incorporándose para observar cómo Issi acomodaba la alforja sobre el lomo de *Lena*. Junto a la yegua, inclinado sobre el remanso del río, *Imre* bebía agua con ruidosos lengüetazos.

Issi se encogió de hombros.

—El sur, creo —contestó simplemente.

Keyen arqueó las cejas.

—Al norte estará el ejército de Thaledia. ¿No quieres probar suerte con tus propios compatriotas, a ver si son más listos que los míos y te contratan?

Ella lo miró de reojo.

—¿Y tú? —preguntó—. ¿Quieres empezar a luchar contra los vivos? ¿Te has cansado de escarbar en los cementerios, Keyen el Carroñero?

Su tono de burla desmentía las palabras, que en otras circunstancias, en otros labios, le habrían resultado hirientes. Sonrió.

—Todavía me queda alguna moneda para mantenerme un tiempo, pero gracias por preocuparte por mí —respondió—. En realidad, estaba pensando en ti. Si hace más de treinta días que tu querido Dagna te negó doscientos oros, y desde entonces no has conseguido un empleo... —chasqueó la lengua—. ¿Cuánto dinero tienes ahorrado? ¿No necesitas trabajar?

Issi gruñó por lo bajo.

—Hacia el norte está Liesseyal —dijo, como si eso fuera suficiente respuesta. Y, en lo que a Keyen concernía, lo era—. El sur —insistió.

—Vale, lo he entendido. ¿Y qué hay al sur, si se puede saber?

Ella terminó de atar la alforja a la silla de *Lena* y se volvió. Con el cuerpo cubierto de cuero oscuro, el pelo castaño recogido con una cinta y la daga brillando peligrosamente en el muslo, parecía cualquier cosa menos una débil damisela.

—En el extremo occidental de la cordillera de Cerhânedin hay pasos por los que los viajeros prefieren cruzar las montañas antes que dar un rodeo de cientos de leguas para llegar a Cohayalena —le explicó, indiferente—. El Camino Real pasa por Vohhio. Muy pocos quieren alargar su viaje más de quince días para viajar más cómodos. La mayoría atraviesa por Cerhânedin.

—¿Y? —preguntó Keyen. Se levantó y se estiró ruidosamente.

—¿Y? Y Cerhânedin no es lo que se dice un lugar seguro, Keyen: caminos empinados, riscos, barrancos, ríos, cataratas, y, sobre todo, ladrones. —Le señaló con sorna—. Muchos prefieren robar cómodamente a los muertos, por increíble que pueda parecer —resopló—. Así que gran parte de los viajeros acaban dejándose sus riquezas y sus huesos en las montañas.

Keyen ignoró la pulla deliberada y se acercó despacio a su jamelgo de pelo gris. El caballo resopló amistosamente y acercó el hocico a la mano de su dueño.

—No tengo nada, *Imre* —murmuró él, acariciándole el morro—. ¿Y crees que van a contratarte para que los protejas en su excursión por las montañas?

—Lo prefiero a volver a aguantar que un imbécil como Dagna me ofrezca diez cobres por arriesgar el pellejo —le espetó ella—. Bueno. ¿Qué vas a hacer? ¿Te vienes conmigo, o te vuelves a tu jodido país con sus jodidos habitantes?

Keyen hizo una mueca.

—Por el momento, prefiero quedarme en Thaledia. No creo que los muchachos de Carleig me tengan mucho aprecio después de largarme sin avisar. —Se rascó el trasero fingiendo un gesto de dolor—. Ahora sí que soy un desertor. En este momento, Liog debe de estar afilando una estaca especialmente para mí.

Issi esbozó una sonrisa.

—No creo. Ya debe de tenerla preparada desde que te saqué de Sinkikhe. Seguro que empezó a buscar un palo en el momento en que te conoció.

—Sí, supongo que sí. —Keyen acarició a *Imre*, ausente—. ¿Cuánto tiempo se tarda en afilar una estaca?

—No mucho —respondió Issi con una mirada socarrona.

Ante el Meandro del Tilne se extendía lo que los thaledii llamaban el Campo de Shisyial: una pradera verde, lisa como un espejo y cubierta de hierba alta, la brisa agitaba su superficie formando olas de color esmeralda. *Shisyial* significaba ni más ni menos que «Más allá de la ciénaga». Los thaledii nunca se habían destacado por su imaginación, y sus geógrafos eran los menos imaginativos de todos.

Claro que, si Keyen hubiera creído en los dioses, habría dicho que la Tríada tenía aún menos imaginación. O que no se había esmerado mucho al crear el sur de las montañas de Lambhuari. Tanto Thaledia como Svonda eran llanos, aburridos, excepto por la cordillera aserrada de Cerhânedin, que partía ambos países en dos mitades. Y por el Tilne, que los separaba como un sinuoso camino azul rodeado de árboles, vegetación y barro pegajoso.

—Kamur me dejó marchar sin hacer ni una sola pregunta —dijo de pronto Issi, y lo miró a los ojos. Keyen frunció el ceño. Ella pasó la mano por el lomo de *Lena*—. No es que pareciese confiar a ciegas en mí —continuó—, es que parecía deseoso de que me largase, y no precisamente por lo que le dijo a ese soldado. Kamur no se tragó eso de que una manta con forma de hombre era una alforja y un par de botas —negó Issi—. Y eso me dio muy mala espina.

—¿Qué estás intentando decirme, Issi? —inquirió Keyen, desconcertado—. ¿Que puedo volver tranquilamente y pedirle a Kamur que me deje luchar con ellos? ¿Eso es lo que estás diciendo?

—Yo lo haría —contestó ella, y suspiró—. Yo quería hacerlo. Pero no: lo que me estaba preguntando es si Kamur sabía que tú estabas escondido debajo de la manta, y si te dejó marchar por algún motivo. Nada más. —E hizo un gesto de disculpa, como si hasta para ella resultase ridículo.

Keyen no se rio. Quizás en otro momento, días antes, habría pensado que Issi estaba paranoica, que veía segundas intenciones donde no había nada. Pero eso habría sido antes, antes de haber visto cómo una niña pequeña era capaz de tatuar un símbolo desaparecido hacía siglos en la piel de la frente de Issi con un solo dedo. Se apoyó en *Imre* y la miró.

La expresión grave de Keyen era tan impropia de él que a Issi se le puso la carne de gallina. De repente, sin saber muy bien por qué, sintió un escalofrío que recorrió toda su columna vertebral.

—En Zaake —comenzó él— fui a ver a una amiga. Una... adivina. Una bruja, más bien —explicó en tono de disculpa.

—Tije —dijo ella. Keyen arqueó las cejas, interrogante—. La conocí. Me dijo que habló contigo. —«Y que hizo algunas cosas más», pensó con rencor. Pero no dijo nada.

—Tije. Sí. —Él vaciló un instante antes de continuar—. Ella sabe cosas... Sabe muchas cosas. Sabía lo que significaba tu tatuaje. Yo se lo pregunté.

«Y te dio la respuesta a cambio de un revolcón. —Issi se sonrió—. Igual debería pensar en hacerme pitonisa, ahora que lo de ser mercenaria se ha puesto difícil. Parece que es un trabajo interesante.»

—¿Y bien? —preguntó bruscamente—. ¿Qué significa?

Keyen esbozó una débil sonrisa.

—Me dijo que el dibujo es un Öi.

—¿Un qué?

—Öi. No sé exactamente lo que es, pero parece que es el símbolo de la Öiyya.

—Vale. Me lo has dejado clarísimo —dijo Issi, socarrona; sin embargo, algo bailaba en su mente, algo que la molestaba como el zumbido de un mosquito que se le hubiera metido en la oreja. Öi.

—La Öiyya —repitió Keyen—. Una... una especie de sacerdotisa, o algo así. Del culto a la Muerte.

—¿Los öiyin? —exclamó Issi de pronto, y Keyen se volvió para mirarla, sorprendido. Ella hizo una mueca—. Nací en Liesseyal, Keyen. Al oeste de las Lambhuari todavía queda mucha gente que recuerda a los öiyin y su religión. —Sacó la lengua en un gesto de asco—. Demasiada sangre para que se olvide así como así.

—Ya, bueno, pues por lo poco que me dijo Tije, parece ser que la Öiyya era la sacerdotisa suprema o algo parecido. La reina de los demonios, creo que dijo. —Se estremeció visiblemente—. La Portadora del Öi.

Issi se quedó quieta, estupefacta. El escalofrío que la había hecho temblar un momento antes se intensificó. De pronto sintió frío, un frío intenso, muy impropio de la época del año, de la zona en la que se encontraban.

—¿Crees —preguntó—, crees que...?

Él asintió.

—Kamur nació en las Lambhuari. Muy cerca del Skonje. Y ese tatuaje, según Tije, señala a Ahdiel... que estaba también muy cerca del Skonje.

Issi sacudió la cabeza, aturdida.

—Espera, espera —murmuró—. ¿Kamur, un simple soldado, iba a saber más del... del Öi, o comoquiera que se llame, que...?

—¿Que quién? —la interrumpió Keyen, exasperado—. ¿Una niña en un ejército, en mitad de una batalla? ¿Un soldado que asegura que la niña era un arma? ¿Un tatuaje dibujado con un dedo? ¿Y crees que es raro que un oficial del ejército deje partir a una mujer del campamento? —Negó con la cabeza—. Kamur no sabía que yo estaba debajo de la manta, y si lo sabía no le importaba una mierda.

Ella no pudo contenerse. Soltó una carcajada histérica, y después se llevó la mano a la frente.

—Estás desvariando —murmuró—. ¿Por qué iba...?

—A dejarte salir a ti —dijo Keyen—. A ti, Issi. En todo esto, yo no importo nada. Menos que nada.

—¿Y por qué iba a dejarme salir a mí, si sabía lo que era el Öi? —insistió Issi—. ¿No sería más lógico que me hubiera retenido allí, para usarme, como tú has dicho, como a la hijaputa de la niña que me hizo esto? —Señaló el tatuaje con el dedo, con tanto ímpetu que estuvo a punto de metérselo en el ojo—. ¡Pero si ni siquiera tú sabes lo que es! ¿Cómo...?

Una explanada ensombrecida por altísimas montañas... El suelo lleno de cadáveres grises. Sangre. Silencio: el único sonido, el crujido de la tierra bajo sus botas. Y un gemido. Una niña, un vestido azul, una mancha acuosa en el mundo gris, ensangrentado. Dolor, terror, el mundo se disuelve a su alrededor y no queda nada, excepto el infinito gris, el vestido azul. Y una palabra. Öi.

Y, llenando el mundo, la Muerte.

«El Öi no puede utilizarse, la Öiyya no puede ser utilizada, del mismo modo que no se puede utilizar aquello que no se conoce, que no se comprende, que se teme tanto que, antes que entenderlo, el hombre pasa toda su vida luchando contra ello, negándolo incluso. No se puede manejar aquello que se odia.»

Las baldosas blancas y negras estaban tan pulidas que el arco de cristal se reflejaba en ellas. Excavado en la roca de la montaña, el arco apuntado, tallado en el cristal más puro, casi se diría hecho de diamante. Parecía guardar la entrada a la oscuridad de las entrañas de la tierra, impedir el paso, y, al mismo tiempo, era tan invitador, tan tentador...

El rostro de Keyen volvió a aparecer ante sus ojos, una imagen tan nítida que estuvo a punto de gritar.

Desconcertado, Keyen se acercó a ella y posó una mano sobre su hombro. Issi se la sacudió e irguió la cabeza, tratando de ocultar el miedo, la estupefacción y la feroz alegría que, irracionalmente, vibraba en el interior de su pecho, unida al deseo irrefrenable de buscar la ladera de la montaña, el arco de cristal. Tomó aire.

—Tije... Tije tiene razón —dijo, y ensayó una sonrisa insegura—. Es el Öi. Es lo que dijo la cría cuando... cuando...

Calló. Sobre sus cabezas, el sol se había apagado. En su lugar, una bola de un brillo mortecino acertaba a alumbrar apenas lo que Issi sabía que eran un prado verde, un agua azul, un mundo vivo. Ante sus ojos, todo era gris.

Un rostro joven y lleno de muerte. Unos ojos azules, vivaces, la miraban con el brillo del deseo de matar. El ser alargó una mano de uñas resquebrajadas y manchadas de sangre, los dedos crispados por el ansia de cerrarse alrededor de su garganta. Y una voz muerta, llena de odio:

—Öiyya.

Issi gritó y cayó al suelo, mientras el mundo entero se desmoronaba a su alrededor, oscureciéndose, y dejando sólo el brillo enfermizo de los dos ojos azules, enmarcados por una enmarañada mata de cabellos dorados.

—¿Qué pasa? ¡Issi! ¿Qué..? ¿Qué ha ocurrido?

Una vez más, el rostro de Keyen apareció ante sus ojos. Una vez más, Issi estaba demasiado aturdida como para hablar. Abrió y cerró la boca, aterrada, y balbució:

—Antje...

ALDEA DE CIDELOR (SVONDA)

Decimoquinto día antes de Ebba. Año 569
después del Ocaso

> Pues tener contacto con la Öiyya es como tener-
> lo con la propia Muerte, y así toda vida queda conta-
> minada por su toque mortífero y maligno.
>
> *Regnum Mortis*

Despertó como de un sueño prolongado, un sueño que hubiera durado toda una vida. Un sueño del que no era capaz de escapar, en el que había gritado pidiendo auxilio, había sollozado de desesperación, en el que los hombres habían ignorado sus súplicas y la habían dejado hundirse más y más en el abismo de su propio dolor.

Pero finalmente había comprendido, y aquella comprensión le había dado un objetivo, y el objetivo la había ayudado a despertar.

Y había visto que el mundo ya no era el mundo, sino una horrible parodia de lo que había sido, igual que ella se había convertido en una copia corrompida de la joven que fue cuando aún estaba viva.

Un animal gañó a sus pies. Un perro. Ojos grandes, redondos, suplicantes, entre la maraña de pelo largo y gris. Volvió a gemir cuando ella alargó la mano, pero no hizo nada por impedirle aferrar el grueso cuello cubierto de pelo y apretar hasta ver cómo se apagaba el brillo de sus ojos.

Una copia corrompida de la joven que fue hasta que llegó ella. Hasta que llegó la mujer del tatuaje de plata. «Mío.»

—Öiyya —murmuró, con los ojos fijos, muy abiertos, que ya no veían lo que había ante ellos, ni el perro desplomado a sus pies, sino lo que el Signo, la joya de la frente de la Öiyya, había puesto en su mente.

CAMPO DE SHISYIAL (THALEDIA)

Decimoquinto día antes de Ebba. Año 569
después del Ocaso

> Ocúltense los hombres a sí mismos sus propios
> temores, sus propios fallos, sus propias debilidades;
> la Luz siempre sabe, la Luz siempre ve, la Luz siem-
> pre juzga.

Liber Vitae et Veritatis

Keyen tragó saliva, sin saber muy bien qué hacer. A sus pies, Issi se agitaba violentamente, como si le hubiera dado un ataque. Se arrodilló ante ella, titubeó y después levantó una mano y le propinó una fuerte bofetada.

Con la cabeza ladeada por el golpe, los ojos cerrados, Issi se quedó quieta.

—Antje...

Con la respiración agitada, abrió los ojos y lo miró. Keyen retrocedió. Había miedo en aquella mirada, miedo, incomprensión, duda y algo más, que fue incapaz de identificar pero que le hizo echarse a temblar de repente.

Issi se incorporó, agitó la cabeza sin dejar de mirarlo y después, sin decir una sola palabra, levantó el brazo, lo echó hacia atrás y le golpeó con el puño cerrado en la mandíbula.

—¡Auch! Pero... ¿Estás loca? —exclamó, tambaleándose, y se llevó la mano al rostro. Dolía—. ¿Qué coño haces?

—No vuelvas a pegarme, Keyen. —Tranquila, tan serena como si estuvieran hablando del tiempo, se levantó de un salto y se alejó de él.

Keyen se palpó el mentón e hizo una mueca dolorida. «Cuando esto empiece a hincharse voy a estar guapo de verdad. Maldita gata rabiosa.»

—¿Qué querías que hiciera? ¿Dejarte ahí tirada, gritando como una perra? ¿O ahorrarte el sufrimiento y tirarte de una vez al río antes de que te cayeras tú?

Ella no dijo nada. Se acercó a *Lena*, rebuscó en la alforja y sacó un espejo brillante, nuevecito. Se miró y soltó un hondo suspiro.

—Sigue ahí —apuntó Keyen, tocándose la mandíbula con cuidado—. ¿Creías que había desaparecido de repente?

Ella guardó el espejito.

—Tenía esa esperanza, sí —contestó al cabo de un rato. Acarició el flanco de la yegua. Se la veía triste, preocupada, y la expresión grave de su cara la envejecía tantos años que parecía tener varios siglos de edad en vez de los veinticinco que Keyen sabía que tenía.

—Issi —dijo—, oye... ¿Qué ha pasado? ¿Qué es lo que...?

Ella le acalló con un movimiento brusco. No sonreía. Su rostro parecía incapaz de sonreír, parecía no haber sonreído jamás.

—Vámonos —zanjó Issi—. Cerhânedin está a diez jornadas de aquí. Quiero llegar cuanto antes.

Keyen no se atrevió a replicar. Se levantó aprisa, ignorando las punzadas de dolor que lanzaba su mandíbula por toda su cabeza, y se dirigió al lugar donde *Imre* pastaba tranquilamente. Sin embargo, no pudo evitar volverse con una sonrisa vacilante hacia ella, que ya había montado sobre *Lena* y aguardaba con expresión inescrutable.

—¿A que ahora desearías que el tatuaje hiciera referencia al tamaño de tu escote? —preguntó. Y se sintió extrañamente aliviado cuando ella puso cara de fastidio y masculló entre dientes una blasfemia.

COMARCA DE CIDELOR (SVONDA)

Decimoquinto día antes de Ebba. Año 569
después del Ocaso

Normalmente, los reyes prefieren a los súbditos
muertos. Al menos, ellos no pueden hablar.

Política moderna

Rhinuv paseó la mirada por las calles desiertas. Había percibido
el olor de la muerte mucho antes de entrar en la aldea, tan pequeña e
insignificante que ni siquiera merecía el nombre de «población».
Menos aún ahora, que no había ningún ser vivo que lo poblase.

«Es lo malo que tienen las zonas de guerra: nunca hay suficientes hombres vivos para informarte.» Demasiada gente moviéndose, demasiada gente muriendo. No se veían cadáveres,
pero Rhinuv sabía que habían estado allí. Alguien había hecho
desaparecer los restos de todo aquel pueblo. Las llamas habían
enviado a aquellas almas a la Otra Orilla, y habían dejado únicamente una mancha ennegrecida en la tierra apisonada para hablar de lo que había sucedido. A Rhinuv le bastaba. Se puso en
cuclillas y pasó los dedos por la ceniza que se mezclaba con la
tierra, y miró a su alrededor, pensativo, a las casas vacías, a las
puertas abiertas, algunas destrozadas, otras colgando de los goz-
nes, a las ventanas que lo observaban como cuencas vacías de
unos rostros que no podían verlo.

La niña había pasado por allí. No era exactamente una joven, sino una cría de unos diez años, según la anciana de Shidla. Viajaba con el ejército de Svonda. Sólo eso ya era suficiente para hacer que Rhinuv frunciese el ceño, escamado. «Han ido hacia el norte, hacia las montañas.» Pero el rastro ya estaba frío: hacía mucho que el ejército de Svonda había desaparecido en los llanos de Khuvakha. ¿Quién había arrasado aquella aldea? ¿Otro ejército? Se rascó la comisura de la boca, pensativo. ¿Y con ese ejército estaba la niña, la que el rey de Thaledia llamaba «la joven del tatuaje plateado»?

CAMPO DE SHISYIAL (THALEDIA)

*Decimoquinto día antes de Ebba. Año 569
después del Ocaso*

> ¡Cuántos creyeron que entendían lo que la Öiyya
> decía, cuántos confiaron en ella! Pero sólo la Öiyya se
> comprendía a sí misma, pues sus pensamientos no
> eran suyos, sino de Aquella Que Siempre Triunfa. Y
> así cayó Ahdiel, sin que nadie supiera por qué la Öiy-
> ya sonreía de aquella manera.
>
> *Reflexiones de un öiyin*

El resto del día pasó como envuelto en una niebla blanca por
la mente de Issi, que creía estar inmersa en un sueño del que no
podía despertar. Sabía que era fruto de su imaginación, pero
sentía palpitar el tatuaje plateado en su frente como un pajarillo
aleteando en su nido, exigiendo comida a la madre que se había
alejado volando en busca de un gusano o una semilla que depositar en el pico abierto, ansioso, de su hijo hambriento. Pero en
su caso el gusano la asqueaba, por mucha hambre que pudiera
tener; en su caso, el gusano, Antje, la hacía sentir ganas de llorar
y de gritar y, a la vez, de nutrirse de él hasta dejar tan sólo la
muerte que el gusano, la muchacha, parecía anhelar.

«Sirve a la Muerte —había dicho Tije—. ¿Quieres saber?»

No. No quería saber. Sólo quería llegar a la cordillera de Cerhânedin y poder olvidar el horrible sueño en el que Antje la había mirado con los ojos muertos, llenos de odio, y a la vez implorantes, suplicándole algo que ella no sabía y no quería darle.

A su lado, Keyen permanecía mudo. Issi notaba cómo su mirada se desviaba constantemente hacia ella. «Tiene miedo. ¿Y quién no?» Antje, que parecía temer más la vida que a la muerte.

El Tilne se había alejado de ellos, de vuelta a territorio svondeno. A su alrededor, los árboles ensombrecían el inexistente camino. Era el lindero del bosque de Nienlhat, quizás el único bosque merecedor de tal nombre que había en la península. Era preciso atravesarlo para llegar directamente a Cerhânedin, pero ningún camino serpenteaba entre los robles, ningún sendero mostraba la forma más corta de salir al otro lado de la enorme arboleda, puesto que muy pocos viajeros se tomaban la molestia de internarse en Nienlhat, pudiendo viajar más cómodamente por la inacabable pradera que era Thaledia sin necesidad de desviarse de su ruta.

El bosque de Nienlhat, encerrado en el triángulo formado por el Tilne, Cerhânedin y el extremo oriental del llano de Adile, era el camino más corto desde el lugar donde Issi y Keyen habían cruzado la frontera hasta la cordillera de Cerhânedin. Pero la mayoría de los viajeros, si no todos, provenían del Skonje. ¿Por qué iban a atravesar el bosque? Como mucho pasaban por el borde occidental de la foresta, permitiendo que los árboles los protegiesen del viento y, cuando llegaba el otoño, de la lluvia. Como hicieron Keyen y ella aquella misma tarde.

Ebba se acercaba, y con ella la cosecha y el final del verano. Al norte, junto a las Lambhuari, el invierno estaba ya a punto de llegar; más al sur, donde estaban ellos, todavía hacía calor y el sol lucía la mayor parte del tiempo pese a que las noches eran cada vez más largas y los días más cortos, y el sol se iba enfriando jornada tras jornada cada vez más blanquecino, sus rayos menos cálidos, cada día las sombras más largas y la brisa más fresca.

Ese día, las nubes se habían ido acumulando paulatinamente

sobre el bosque de Nienlhat y el Tilne, oscuras, plomizas, hasta que al fin descargaron lo que parecía una catarata sobre sus cabezas. Ellos siguieron cabalgando, desdeñando el agua que empapaba tanto a ellos como a sus monturas. Conforme caía la tarde, sin embargo, empezaron a darse cuenta de que no iba a dejar de llover, al menos no en las siguientes horas. Finalmente Keyen gritó que estaba harto del agua, harto del frío, harto del olor a caballo mojado, harto de tener hambre y harto de todo el maldito bosque y la maldita lluvia. Y ella accedió a detenerse bajo el dosel formado por tres robles muy juntos, pese a que, como le había advertido, aquello no iba a librarlos del agua, del frío ni del olor a caballo mojado.

Sentada con la espalda apoyada contra el tronco de un árbol, observó, divertida, los intentos de Keyen de encender un fuego bajo la persistente cortina de agua que caía del cielo negruzco. El hedor del cuero empapado se adhería a sus fosas nasales, al igual que el cuero mismo se pegaba a su piel. Pero no la molestaba, como tampoco podía incomodarla su propio olor. Estaba demasiado acostumbrada a él. Demasiados años llevaba vagando por Thaledia y Svonda, durmiendo al raso y viviendo en la grupa de *Lena*, como para exasperarse por un poco de lluvia.

Keyen estornudó ruidosamente y ladró una maldición. Ella se tapó la boca con la mano para que no la viera reír. Mordió una manzana roja como la sangre y dejó que el sabor dulce de la carne de la fruta se le pegase al paladar.

Al pie del roble crecían los primeros hongos del año, del color del polvo. A su lado, formando un contraste impactante, un grupo de tréboles de un intenso color verde se arracimaban en un círculo perfecto. Issi los miró sin interés, pensando en las setas y en lo que Keyen diría si las viera. Un manjar tan exquisito al alcance de su mano, y sin poder encender un fuego decente en el que cocinarlo... Sacó la daga de la vaina, pensando en coger un par de ellas para prepararlas cuando dejase de llover.

Uno de los tréboles llamó su atención. Era un ejemplar grande, que destacaba entre sus compañeros por la redonda delicadeza de sus tres hojas, unidas al débil tallo en perfecta simetría, formando una alhaja verde engastada en una filigrana amarillenta. Siguiendo un impulso, Issi bajó la mano y cogió las hojas con los dedos, cuidando de no arrancar el frágil tallo.

Sobre las pequeñas hojitas redondeadas, los nervios amarillos formaban palabras. Tan claras como escritas en tinta negra sobre un pergamino, una escritura fluida que Issi, pese a ser analfabeta, leyó con una facilidad que la asombró aún más que el hecho de estar viendo letras escritas en una planta.

Todas las cosas vivas mueren.

Parpadeó, asombrada, y posó los ojos en el trébol que crecía pegado al que tenía entre los dedos. Allí, también, la nervadura de las hojas se transformó ante ella en una frase escrita con una letra afiligranada:

Todas sirven a la Muerte.

Las palabras saltaban de las hojas redondeadas hasta sus ojos sin que ella tuviera que esforzarse por verlas, por leerlas.

Sólo el hombre quiere escapar a ese destino,
y sólo el hombre lamenta, por tanto,
tener que rendirse al final a él.

Estaba escrito en todas partes: sólo había que saber leerlo. En los tréboles. En los hongos. En las retorcidas raíces del árbol, que surgían del suelo como dedos rígidos, muertos, pero que llevaban la vida hasta el grueso tronco y, a través de él, a las ramas cubiertas de hojas alzadas hacia la luz y la lluvia.

Sirve a la Muerte.

«Tije.» Asustada, Issi se apartó del roble, pataleando. Perdió el equilibrio y rodó por el suelo cubierto de hojas y barro, empapándose incluso más de lo que ya estaba. Tropezó con algo duro y soltó un quejido.

—Issi...

—Lo siento —murmuró, levantando la cabeza para mirar a Keyen con un gesto de disculpa. Y se quedó boquiabierta al ver que no era Keyen el dueño de las piernas con las que había chocado.

Las gotas que caían sin tregua del cielo, colándose entre las hojas que formaban el techo verdoso del bosque, mojaban el pelo rubio del hombre, pegándolo a su rostro picado de viruela. Hasta ella llegaba el olor a sudor rancio, que la lluvia no había sido capaz de lavar. El hombre sonrió, mostrando unos dientes desiguales, amarillentos. Era joven, y la miraba con una sonrisa despectiva. En sus manos sostenía la alforja de Issi, la que había dejado sobre *Lena*.

—Mira qué bien —dijo en voz alta sin dejar de observarla.

Ella se arrastró unos pasos hacia atrás. La daga se había quedado al pie del roble. Su espada colgaba, inútil, de la silla de la yegua. «Mierda.» Y el hombre enarbolaba un hacha corta, oxidada, que sin embargo era muy capaz de matarla de un solo golpe.

—¿Es una mujer? —preguntó otro hombre.

Issi miró hacia el lugar de donde surgía la voz, y contuvo otra maldición al ver el sucio cuchillo apoyado sobre la garganta de Keyen. Él la miró con una sonrisa temblorosa, sin moverse.

—Eso parece —dijo el primer hombre, el que se erguía sobre ella. El gesto de su cara desfigurada no daba lugar a equívocos, pero aun así él se ocupó de despejar toda duda—. Qué suerte la nuestra —añadió, relamiéndose de anticipación.

—Lo siento, Issi —musitó Keyen—. Creo que, una vez más, no he podido protegerte.

Ella cerró los ojos.

¿Estás sola, niña?

Se mordió el labio, insegura. «Indefensa. Otra vez.» Tantos años luchando por no volver a sentir esa horrible sensación... Y Keyen, con la cabeza echada hacia atrás, y un cuchillo posado sobre la nuez. Podía acabar con el hombre que la amenazaba a ella con las manos desnudas, pero Keyen...

—No necesito que nadie me proteja —respondió, con todo el desdén que fue capaz de reunir. Levantó el rostro y miró al hombre que inmovilizaba a Keyen—. Suéltalo —le espetó.

Él soltó una carcajada.

—Vale, putita —dijo el otro, mirándola con una sonrisa malévola y alzando el hacha—. Empieza a quitarte esa mierda de ropa que llevas, y rápido, o tu amigo va a tener dos sonrisas en lugar de una.

¿Y dónde está tu... acompañante?

Pero, en lugar del miedo y el asco que esperaba sentir ante la idea de desnudarse para ellos, una rabia incontrolable explotó en su interior. No. Le devolvió la mirada, furiosa. Un hombre joven, feo, que olía mal, y la miraba con una sonrisa siniestra. *Bien*, dijo cuando ella señaló hacia la fuente del río.

No.

—¡No! —gritó, temblando de ira. Una luz plateada explotó ante sus ojos, mientras sentía que toda su sangre, su carne y su alma se concentraban en la frente tatuada, y surgían hacia el exterior como un torrente de lava ardiente y líquida que brotase de un volcán en erupción. Sintió miedo, pero el calor la envolvió y ahogó el terror y la furia, convirtiendo ambos sentimientos en ansiedad, en anhelo, y finalmente en euforia, cuando la energía emergió como de un surtidor y, obedeciendo sus deseos, salió de su cuerpo.

Exultante de alegría y embriagada por el poder, por el calor, Issi rio alegremente. Y entonces lo comprendió, y se asustó, y gritó, y volvió a negar, pero lo que había empezado no podía detenerse hasta llegar al final: siguió absorbiendo la energía de los cuerpos cada vez más fríos que se erguían ante ella, y cuando esa energía, esa fuerza vital, entraba en su propio cuerpo, el placer la recorría en oleadas, electrizando su cabello, hormigueando por toda la extensión de su piel, acariciando suavemente cada una de sus terminaciones nerviosas. El placer fue tan intenso que se tambaleó y estuvo a punto de caer al suelo; pero fue incapaz de detenerlo, incapaz de contener el impulso que la hizo echar la cabeza hacia atrás y gritar de éxtasis. «No. ¡No!», quiso aullar, pero la voz se ahogó en su garganta y sólo pudo emitir un gemido de placer mientras negaba con toda su alma, asqueada, temblando de gozo. Y cuando la última oleada de placer desapareció, dejando su cuerpo tembloroso y débil como el de un niño, sintió cómo todo su ser se rompía en pedazos, cómo por los poros se le escapaba hasta la última gota de vitalidad, hasta la última migaja de humanidad, mientras aullaba, horrorizada, al ver lo que su alma y su cuerpo eran capaces de hacer.

Los dos hombres cayeron al suelo. Grises. Muertos. *Sirve a la Muerte.*

Issi bajó la vista, estupefacta, y se miró las manos.

—Coño —murmuró.

Se dejó caer de rodillas, con las palmas apoyadas en tierra, la cabeza colgando entre los brazos, y se echó a llorar.

ALDEA DE CIDELOR (SVONDA)

Décimo día antes de Ebba. Año 569 después del Ocaso

> Aunque las zonas más alejadas de la frontera entre ambos países siempre han creído no tener nada que temer, ¿quién puede asegurar que la guerra y la Muerte no opinen lo contrario?
>
> *Breve historia de Svonda*

Más muertos.

Al menos, éstos todavía estaban allí para contar lo que les había ocurrido. Y, por lo que Rhinuv veía en sus caras y en sus cuerpos, lo que les había ocurrido no debía de haber sido nada agradable.

—Esto no lo ha hecho ninguna niña —murmuró, estudiando los rostros casi descompuestos, los cuellos deshaciéndose en una nube de olor dulzón, donde todavía podían verse las marcas amoratadas y las heridas abiertas, que hacía mucho que habían dejado de sangrar.

Nadie se había preocupado por enterrar o incinerar los cadáveres. Los pocos habitantes de la aldea de Cidelor, extramuros, no se atrevían a acercarse a aquella zona. Decían que estaba hechizada, maldita, que un fantasma comedor de carne, un vampiro, un demonio del Abismo, se había instalado allí y asesinaba cruelmente a cualquiera que se acercase a la casucha.

—Un monstruo, señor —había explicado, temblando, una chiquilla a la que Rhinuv había acorralado contra las murallas de la ciudad—. Una alimaña. Mata a sus víctimas con las garras, y después se come su carne y se bebe su sangre.

Nadie se había alimentado con la carne de aquel hombre y de aquella mujer, ni había probado siquiera un pedacito del gran perro lanudo despatarrado en mitad de la cabaña. «Al menos, nadie con demasiada hambre», pensó Rhinuv, irónico. Había dejado demasiado para los gusanos, para que se pudriera en el ambiente cálido y seco de la cabaña.

Pero las huellas del caballo que había visto salir del pequeño pueblo muerto le habían llevado hasta allí, hasta los cadáveres cuya carne no aprovechada se desmenuzaba, roída por las moscas. «Ninguna niña habría cabalgado hasta aquí a esa velocidad», la velocidad que señalaba la distancia entre las huellas de cascos que había seguido por todo el camino hasta Cidelor. «Una joven con un tatuaje plateado.»

¿Habría dos mujeres con el mismo dibujo en la frente? ¿Una niña y una joven? Preguntas. A Rhinuv le gustaba cazar. Sonrió, aspirando el hedor de la descomposición, un aroma mucho más tenue y dulce de lo que aquellos que jamás lo habían olido habrían podido imaginar.

COHAYALENA (THALEDIA)

Sexto día antes de Ebba. Año 569 después del Ocaso

El trono sólo es la cima de la montaña. Pero la cumbre haría bien, antes de dejar que su mirada se perdiera en el cielo, en comprobar que sus laderas no deseen convertirse, a su vez, en la parte más alta de la montaña.

Política moderna

Thais se detuvo en seco antes de llegar al recodo del pasillo que la separaba de las voces que susurraban justo al otro lado. Alzó una mano para impedir que las dos damas que la seguían continuasen caminando, y se apretó contra la pared, sujetando con la mano el vuelo de la falda de raso, mordiéndose el labio cuando ésta crujió audiblemente al rozarse contra la piedra grisácea del muro. Contuvo el impulso de asomarse por la esquina para ver a los propietarios de los susurros y apoyó la mejilla sobre el tapiz de lana áspera que cubría en parte la pared.

—... ya es bastante evidente, Stave —oyó—. Deberíamos haberlo hecho mucho antes. Todos sabíamos que estaba encinta.

—Podría haberlo perdido —argumentó otra voz, también masculina. Thais reconoció a su dueño y frunció el ceño. Stave de Liesseyal, señor de un trozo de tierra pegado a las montañas de Lambhuari, era vasallo de Adhar. ¿Qué hacía hablando con ellos?—. Podría haber muerto ella solita. Todavía podría morir: muchas mujeres mueren en el parto.

—Podría —asintió la primera voz, y Thais reconoció también a su propietario: Hopen de Cerhânedin, el único señor del continente que prefería no tener nada que ver con sus tierras. Ni siquiera poseía una residencia en su señorío, y llevaba años luchando por lograr que Adelfried le cediese otro lo más alejado posible de la cordillera que le daba nombre—. Y también podría no hacerlo. Si queremos apartar a Adelfried del trono, tenemos que librarnos de ese crío, Stave.

—Todavía no ha nacido.

—Pero nacerá —insistió Hopen—. ¿Quieres matar a Adelfried y encontrarte con que tienes un Adelfried en miniatura, manejado por esa mujer? ¿A quién prefieres en el trono, a Adelfried o a Thais?

—A ninguno de los dos —admitió Stave, renuente—. Él nos ha quitado todos los privilegios, y nos ha sangrado con el fin de conseguir oros para su maldita guerra. Pero ella no va a devolvérnoslos. Seguro que ni siquiera tiene idea de lo que los nobles thaledii tienen derecho a tener —gruñó.

—Antes de casarse con Adelfried ya era una dama noble.

—Las mujeres no entienden de esas cosas —masculló Stave—. No, tienes razón. El crío no puede estar vivo para heredar el trono cuando matemos a Adelfried. Y ella tampoco... sin niño, la heredera de la corona es ella, supongo.

—Supongo —dijo Hopen—. Bien, entonces estamos de acuerdo, ¿no...?

—¿Has hablado con Atran y con Ziolis? —preguntó Stave—. ¿Y con Rianho? ¿Están de acuerdo ellos también?

—Atran está de acuerdo, y Ziolis es vasallo suyo, de modo que también lo estará —contestó Hopen—. Hablaré con Rianho, aunque creo que está en Denle... Habla tú con Malm. Es tu vasallo, al fin y al cabo.

—Malm ha ido al norte a visitar a su madre —masculló Stave con impaciencia—. Soy su señor, como tú has dicho, así que tomaré la decisión por él.

—De acuerdo —asintió Hopen.

—De acuerdo —coreó Stave, en un tono práctico y desapasionado que hizo temblar a Thais.

«Nobles traviesos», los había llamado. Sabía que conspiraban contra Adelfried, y que era muy posible que su propia cabeza estuviera en la lista de las cabezas que los conspiradores querían clavar en picas sobre las murallas del palacio de Cohayalena. Pero escucharlos hablar de su muerte así... Thais contuvo un escalofrío.

Nobles traviesos. Stave de Liesseyal, el vasallo de Adhar, y sus vasallos... Atran de Shisyial y los señores que pertenecían a su señorío, como Ziolis de Vika... Rianho de Denle, y Hopen de Cerhânedin... «Bien —suspiró—, al menos Kinho de Talamn no forma parte de su grupo de nobles traviesos.» Con Vohhio y Talamn de su parte, o de parte de Adelfried, tal vez, sólo tal vez, podría conservar la cabeza sobre los hombros lo suficiente como para dar a luz al heredero del rey. Vohhio y Talamn ocupaban más de la mitad de Thaledia. Vohhio y Talamn serían suficientes. «Siempre que Stave de Liesseyal sea el único que conspira contra su rey a espaldas de su señor...» ¿Habría algún otro vasallo de Adhar, o de Kinho de Talamn, que estuviera alineado con los nobles traviesos? Temblando, Thais se apartó de la pared, giró sobre sus talones e hizo un gesto a sus dos damas de compañía, instándolas a imitarla en silencio. Se alejaron rápidamente del recodo del pasillo y de las voces, sujetándose las faldas con las manos para evitar el crujido de las sedas y el tintineo de las joyas bordadas mientras caminaban con paso raudo hacia sus aposentos privados.

CORDILLERA DE CERHÂNEDIN
(THALEDIA)

Sexto día antes de Ebba. Año 569 después del Ocaso

> Todo conduce al Signo. El Öi. ¡Ah! Pero ¿cuántos, aparte de nosotros, han llegado a saber, han intentado siquiera comprender, lo que realmente significa?
>
> *Reflexiones de un öiyin*

Keyen no había abierto la boca más que dos o tres veces al día desde que salieron del bosque de Nienlhat. Y no podía reprochárselo, ni podía recriminarse a sí misma sentirse agradecida por ello. Tampoco ella tenía ganas de hablar.

No ayudaba el silencio opresivo, roto sólo por el silbido del viento entre las cumbres escarpadas de Cerhânedin, ni el paisaje desolado de las laderas casi desnudas de las montañas, ni los dos pequeños pueblos que habían atravesado desde la salida del sol, desiertos, abandonados por completo.

—¿Alguna enfermedad? —preguntó Keyen lacónicamente mientras recorrían el primero de ellos.

Issi negó con la cabeza.

—La guerra. Los hombres han ido a la guerra, las mujeres habrán ido a vivir a algún lugar más grande.

—Y más acogedor —tembló Keyen.

«¿Y no es la guerra la peor enfermedad que puede asolar un país, un pueblo?» Hombres, mujeres, niños, animales domésticos y ganado, todos habían abandonado aquella zona y la habían dejado al dominio de las plantas, las zarzas, musgo, moreras y arbustos repletos de bayas que empezaban a enseñorearse del lugar. De los animales salvajes, felinos, aves cazadoras, algún que otro oso hambriento. De los bandidos, ladrones, asesinos y otros parásitos aún peores.

No había muerte en las faldas de Cerhânedin, no más que en cualquier otro sitio; y a Issi aquello no le servía de consuelo. «Porque soy yo la que lleva la Muerte dentro.» Se estremeció, como había hecho tantas veces en los últimos días. No había muerte, pero tampoco había vida, no como ellos la entendían. Y donde no había vida, no había trabajo; al menos, no para ella. «Para Keyen puede que sí», se dijo con animosidad, pero ya ni siquiera sentía esa pequeña satisfacción que antes la embargaba cuando se burlaba de él. Y allí tampoco había muertos esperándolo a él.

Öi. Se rascó la frente de forma inconsciente. Después retiró la mano, en cuanto se dio cuenta de lo que estaba haciendo. Miró de reojo a Keyen. Como siempre, él desvió la mirada y la clavó en el infinito.

Öiyya.

Ahora, los ojos de Antje se le aparecían también cuando estaba despierta. Sabía que no eran reales, que eran algo que su propia mente imaginaba, pero de todos modos la hacían sentirse mal, como la imagen de los dos hombres cayendo al suelo sin vida por orden suya.

«¿En qué me estoy convirtiendo?», gritaba en su interior, sin atreverse a decirlo en voz alta. Keyen tenía miedo. Podía verlo, palparlo, olerlo. Pero, por primera vez en mucho tiempo, Issi necesitaba su compañía, aunque fuera muda.

—No me dejes sola —había implorado—. No te vayas.

«No me abandones con esta... esta... agonía.» Y Keyen se había quedado, y la había cuidado cuando ella no era capaz más que de sollozar y de mirarse las manos, y volver a llorar, mientras del cielo caía la lluvia golpeando rítmicamente el dosel de hojas y ramas. La había cubierto con la manta, la había abrazado para ayudarla a conservar el calor, y la había arrullado durante toda la noche, murmurando en su oído, como solía hacer cuando era una niña y algo la asustaba.

Öiyya.

Ahora no había monstruos acechando entre las sombras, no había espíritus antiguos, almas en pena, engendros de las primeras eras, anteriores al hombre. No había seres malignos ni espectros de los Antiguos vagando por la oscuridad, esperando a que ella se durmiera para atacarla y arrastrarla al Abismo. Ahora, el monstruo era ella.

Sirve a la Muerte.

El viento aullaba al colarse entre los riscos, agitaba los arbustos y los árboles ralos, las crines de los caballos, el cabello negro de Keyen, su propio pelo, que ocultaba el Öi cubriéndolo piadosamente con una mata de rizos castaños. Y Keyen seguía sin hablar, respondiendo al silencio de Issi y al silencio de la cordillera.

«¿Y no es en Cerhânedin donde se dice que moran los espíritus de los adoradores de la Muerte?» Las cumbres grises se erguían, amenazadoras, sobre ellos; imponentes, más bajas pero a la vez más majestuosas que las Lambhuari. Pero, por lo que ella sabía, no quedaba allí ningún öiyin, ni vivo ni muerto. «¿Y realmente quiero encontrarme con alguno?» ¿Qué iba a hacer, preguntarles qué era, qué significaba el signo que llevaba engastado en la frente, y cómo podía librarse de él?

—Issi —dijo Keyen de pronto, deteniendo a *Imre* con un breve tirón de las riendas. Ella lo imitó—. Issi, aquí no hay nadie. En la cordillera, quiero decir. No vas a encontrar un empleador.

Ella negó con la cabeza.

—Pensaba seguir hasta Delen —murmuró. En las montañas, y con los escasos poblados de las laderas abandonados, los únicos seres humanos que quedaban, si es que se los podía llamar así, eran los bandidos. «Y ésos no contratan a una mercenaria.»

Keyen asintió, y azuzó a *Imre* para que siguiera trotando delante de *Lena*.

YINAHIA (MONMOR)

Quinto día antes de Ebba. Año 569 después del Ocaso

> Antes del Ocaso, Monmor miraba al norte con admiración, casi con sobrecogimiento, admitiendo su evidente superioridad. Pero cuando Ahdiel se hundió en el Abismo y la península se dividió en dos países, Monmor empezó a vislumbrar una posibilidad de extender su recién nacido Imperio más allá del estrecho de Yintla.
>
> *Enciclopedia del mundo*

—... y, según nuestros informes, Alabado, Tilhia avanza hacia el Paso de Skonje. Invadirá Svonda en las próximas jornadas —finalizó el sheidan con una respetuosa inclinación, y se quedó quieto, con el cuerpo doblado, esperando.

El emperador de Monmor fingió no haber escuchado ni una palabra y siguió jugando con el caballito de madera, haciéndolo cabalgar por el brazo del inmenso trono de oro. Remedando el sonido de los cascos con la boca, bajó la cabeza para ocultar el brillo especulativo de sus ojos. Tilhia. «Esto es cosa de Thaledia —pensó—. Y si Thaledia vence finalmente a Svonda y su alianza con Tilhia se afianza...»

—Alabado —recomenzó el consejero, alzando la cabeza lo suficiente para mirarlo. Los sheidan eran los únicos que podían mirarlo directamente, y sólo en ocasiones muy determinadas, y cuando su pueblo no podía verlos mirando a su Ensalzado, Glorioso, Divino e Inmortal Emperador—. Alabado, no podemos permitir que Thaledia conquiste Svonda.

—... clop-clop-clop-clop... ¿Por qué no? —preguntó, levantando la vista e imprimiendo en su mirada toda la inocencia del niño que su rostro decía que era—. ¿Qué nos importa? ¿No eres tú el que dice... cómo era? Ah, sí —esbozó una sonrisa deslumbrante—: «Si las manzanas chocan entre sí, cuando las recolectas están más dulces. Por cierto, no entiendo esa frase —admitió. El caballito se encabritó entre sus dedos—. Iíííí. Me gustan las manzanas verdes.

El sheidan se inclinó de nuevo.

—Alabado —dijo—, Svonda es vuestra aliada natural, además de familiar vuestra. Y si Thaledia ocupa toda la península y se confirma su alianza con Tilhia, que es lo que tememos —hizo énfasis en el plural; para el emperador fue evidente que ese «-mos» no le incluía a él—, os será mucho más arduo reconquistar la península. Una Thaledia fuerte y con aliados en el norte... —dejó la frase en suspenso.

—... clop-clop-clop-clop...

Sonrió secretamente al ver que el hombre ocultaba el rostro. Al sheidan le crispaba que hiciera eso. «¿No es lo que quieres, que sea sólo un niñito y te deje jugar a ti con mi Imperio?» Al emperador, sin embargo, le divertía más aún jugar con los sheida'ane. Volvió a encabritar el caballito. Iíííí. Y el Imperio, pensaran lo que pensasen, era suyo.

—Tenemos que reafirmar vuestra alianza con Svonda, Alabado —finalizó el sheidan al ver que su soberano estaba enfrascado en una lucha imaginaria a caballo—. Su rey, Carleig, fue quien os envió ese juguete —apuntó. «¿Tengo pinta de ser tan desmemoriado como una almeja, hombre...?» Escondió su exasperación tras otra cabalgada frenética por el brazo del trono.

—... clop-clop-clop... Oh —suspiró—. Pero el rey de Thaledia me envió una flota de trirremes que navegan de verdad...

¿Los viste en el estanque de las ranas? —palmoteó, contento, sin soltar el caballo.

—Las vi, Alabado. Me gustó cómo las hundisteis ordenando abrir el desagüe.

—El Remolino de Hindlezen —gorjeó el emperador—. No quiero atacar Thaledia. Su rey me cae bien. Alfred, ¿no?

—Adelfried —corrigió el sheidan amablemente.

—Ése. Atacad a otro. A Tilhia, por ejemplo —apuntó, indiferente—. Clop-clop-clop...

«Deja en paz Thaledia por el momento. Para Thaledia tengo otros planes mucho más interesantes. ¿O no se te ha ocurrido que ahora es cuando Tilhia es más débil, imbécil?», pensó, impaciente.

DELEN (THALEDIA)

Cuarto día antes de Ebba. Año 569 después del Ocaso

> Al pie de la cordillera de Cerhânedin, justo en su extremo occidental, viven los que, expulsados de los lugares donde viven los thaledii decentes, todavía conservan un pequeño rastro de humanidad, que les hace indignos de reunirse con los malhechores que pueblan las montañas.
>
> *Thaledia: seis siglos de historia*

Delen era justo lo opuesto a Zaake, aunque, como ella, se encaramaba a la falda de una montaña. Una ciudad pequeña, de piedra gris y paja sucia, las calles por las que Issi y Keyen avanzaban estaban cubiertas de barro y excrementos, y ni siquiera eran calles propiamente dichas. Se habían limitado a desbrozar el espacio que separaba las casuchas de paredes irregulares, y en muchas de ellas la maleza empezaba a ganar terreno al ser humano.

También la gente era distinta, y no por el hecho de ser thaledii, mientras que los habitantes de Zaake eran svondenos: donde en Zaake las personas hacían su vida en las calles, relacionándose con sus vecinos y con los viajeros que bajaban del Paso de Skonje o se dirigían hacia él, en Delen cada uno parecía ir a lo suyo, sin molestarse en intercambiar más que un breve saludo con sus vecinos, sin lanzar más de una mirada rápida a los intrusos que recorrían su ciudad a caballo. Tan aislados los unos de los otros como su ciudad lo estaba del resto de Thaledia, los delenos usaban la calle para ir de un lado a otro, no para relacionarse.

Las calles embarradas no eran llanas, sino que se hundían en el centro formando una especie de canal por el que corría un arroyo de agua sucia, cieno, estiércol y ratas muertas. Cada pocos pasos había un tablón de madera medio podrida que salvaba el riachuelo, conduciendo de uno a otro lado de la calle o, en ocasiones, hasta la misma entrada de las casas, muchas de ellas de piedra y madera, otras un simple conjunto de postes y vigas de palo cubiertas de paja, que parecían a punto de desmoronarse. Los niños conduciendo cerdos de pelo áspero se mezclaban con las mujeres que acarreaban agua, cubos con brasas o brazadas de leña, las gallinas picoteaban entre el barro en busca de grano perdido o lombrices, los hombres parecían desplazarse sin objetivo alguno en mente, cual si fueran los dueños de la calle, pero todos, sin excepción, acababan dirigiéndose a algún lugar en concreto. Allí, uno que entraba en un establo; allá, otro que se detenía en el umbral iluminado de la herrería. Un poco más allá, un hombre permanecía de pie, ocioso, apoyado contra el poste del batán; pero el brillo agudo de sus ojos y las órdenes que mascullaba por la comisura de la boca desmentían su aspecto indolente.

El único lugar en el que parecían olvidar la necesidad de aparentar indiferencia hacia quienes los rodeaban era, como no podía ser de otra manera, la taberna. Donde en Zaake proliferaban las cantinas, las posadas y los prostíbulos como los hongos abundan en los bosques entre Ebba y Yeöi, en Delen un único establecimiento cubría todas las necesidades de los hombres de la localidad. Hombres, porque no había ni una sola mujer en su interior, salvo las que se encargaban precisamente de cubrir algunas de esas necesidades.

Ruidosa, llena de humo y apestando a sudor y a humedad, la taberna de Delen era grande en comparación con el resto de las casas de la ciudad, y estaba abarrotada incluso a esas horas, en mitad de la tarde, cuando el sol apenas había empezado a declinar y la vida debería estar en los campos y en las calles.

Pese a ser la única mujer que había entre la clientela de la taberna, Issi se alegró al comprobar que los parroquianos sólo le dirigían un par de miradas curiosas antes de volver a centrar su atención en lo que quiera que hicieran en esos momentos: la mayoría de ellos beber, muchos charlar animadamente entre ellos, unos pocos jugar a las tabas, un par de ellos timarse con las mujeres no tan jóvenes que lanzaban insinuaciones procaces a diestro y siniestro.

Aquel día no tenía ganas de explicar su presencia en un antro exclusivamente masculino. Por eso agradeció la compañía de Keyen, que la acomodó en una mesa arrinconada y se encargó de que les trajeran aguardiente y cerveza sin apartarse un instante de ella. «No me abandones.» Y él no la había abandonado.

Probó el aguardiente y torció los labios. Seco, un poco avinagrado, era muy distinto del licor dulzón que Larl le había servido y Antje había destilado, allí lejos, en el norte de Svonda, en un pueblo sin nombre que ahora sólo recordaban los muertos.

En la mesa de al lado un hombre se levantó de un brinco, tropezando con la silla de Keyen, que estaba pegada a la suya; gritó una soez imprecación a sus compañeros de mesa y se alejó a grandes zancadas, furibundo, dirigiéndose a la puerta entreabierta de la taberna y saliendo a toda prisa. Los hombres que llenaban la sala común ni se molestaron en mirarlo.

—*Kasch* —murmuró Keyen al ver el gesto interrogante de Issi—. Los hay que no saben perder.

Ella asintió. El juego de cartas más popular, tanto en Thaledia como en Svonda, y el que más amistades y cabezas había roto en las últimas décadas. Se llevó de nuevo el vaso a los labios, observando sin interés la sala abarrotada. El que parecía ser el dueño de la taberna mantenía una animada charla con un grupito que se había reunido alrededor de una mesa llena de vasos y jarras vacías. Un juglar, un juglar auténtico, tañía apáticamente las cuerdas de una estropeada lira, sin mirar a nada ni a nadie. En el rincón opuesto, un adolescente hurgaba ansioso entre las ropas de una mujer mucho mayor que él.

—Eh, amigo —dijo uno de los hombres de la mesa de al lado, dirigiéndose a Keyen. Issi lo miró. El hombre le devolvió la mirada sin mucho interés—. Amigo —repitió—. ¿Sabes jugar al *kasch*?

Obviamente, la brusca partida de su compañero les había dejado un hueco no sólo en la mesa sino también en la partida, y querían llenarlo cuanto antes. ¿Por qué Keyen? «Tal vez porque ya conocen a todos los demás», se dijo Issi; y ya sabían cómo hacía trampas cada uno de ellos.

—Puedes traer a tu puta, si quieres —ofreció amistosamente el hombre, señalando a Issi con un gesto.

Keyen la miró, indeciso.

Del mismo modo que no tenía ganas de explicar qué hacía allí entre tantos hombres, tampoco tenía ganas de socializar. Por eso hizo un gesto desganado con la mano y esbozó una sonrisa radiante, cuyo impacto Keyen acusó abriendo mucho los ojos.

—Ve tú —le dijo, fingiendo una animación que no sentía—. Yo estoy bien, no te preocupes. Ve y desplúmalos —sonrió, señalando la mesa casi pegada a la suya.

Keyen parpadeó, le devolvió la sonrisa, dubitativo, y se sentó en la silla más cercana a la mesa en la que Issi se había quedado, bebiendo con lentitud el áspero aguardiente.

Issi nunca había llegado a dominar el *kasch*, sobre todo porque nunca le habían interesado los juegos de azar. Cuando a su alrededor los hombres sacaban los dados, las tabas o las cartas, ella rehusaba indefectiblemente participar: porque no le gustaba arriesgar el poco dinero que tenía en lo que consideraba una chiquillada, y porque sabía, pese a los vanos intentos de la mayoría de los hombres en mostrarle amistad, que en realidad ninguno quería que ella participase en lo que consideraban algo reservado a los machos.

A ella no le importaba. «Que piensen lo que quieran. También creen que la guerra es algo de hombres, y sin embargo me pagan para que mate con ellos, o para que mate en su lugar.» O le pagaban, antes de que todo se fuera al carajo.

Comparado con la relativa simpleza de la mayoría de los juegos, el *kasch* era complicadísimo. Tal vez por eso era el juego favorito de Keyen, a quien nunca le habían gustado las cosas sencillas. O quizá fuera porque las apuestas eran altísimas, y porque, sin excepción, cada partida de *kasch* acababa con varios jugadores contusionados, algunas narices y cejas sangrantes y, cuando el juego se ponía interesante, incluso algún que otro muerto.

El *kasch* recordaba al regateo de un mercado repleto de gente, tanto en las reglas básicas como en la tensión, los alaridos e incluso en la violencia con que transcurría el juego. De lo que se trataba era de lograr el mejor precio posible, tanto para el vendedor como para el comprador. Pero allí, en lugar de intercambiar cinturones o gallinas por dinero, se intercambiaban jugadas. La pareja que hacía la apuesta tenía que intentar que quien tenía enfrente ofreciese el máximo precio posible por su jugada. La que ofrecía, tenía que intentar pagar lo menos posible, o bien intercambiar su jugada por la del apostador. El juego discurría a gritos y, en muchas ocasiones, a golpes; volaban sillas, mesas, vasos y jarras, pero, cosa curiosa, nunca volaban los mugrientos pedacitos de cartón que llamaban pretenciosamente «cartas». Jamás un jugador de *kasch* había tirado sus naipes. Como mucho, había notado Issi en alguna ocasión, robaba alguna con disimulo del montón y se la escondía en la manga, intentando, seguramente, mejorar su jugada saltándose las reglas.

La relativa tranquilidad de los hombres que habían ofrecido a Keyen un lugar en su mesa se acabó en cuanto empezaron a repartir la mano.

—Pero ¿a qué juegas, Tolde, saco de mierda? ¿Y a qué viene esa carta?

—Es la que tengo...

—¡Me sacas flechas en lugar de bueyes! ¿Para qué te echo yo bueyes, para bailar una dietlinda, o qué?

—¡Tengo cuatro flechas y dos bufones! ¿Qué quieres, que me tire el bufón y me quede sin cartas?

—¡Dos bufones, una mierda! ¡Aquí el único bufón eres tú! ¿Cuántos bufones hay en la baraja, imbécil? ¡Me haces tirar el caballero de bueyes y después me echas un dos de flechas! ¡Piensa un poco, Tolde, que no se te va a gastar el cerebro! Si dejases de mirar a la fresca de Shalla a lo mejor lograbas hacer algo.

—Haber tirado la dama de granos.

—¡La dama de...! ¡Tolde! ¡Me cago en mi vida! Te voy a...

—*Doble kasch* —intervino Keyen con voz calmada—. Dama de arados, juglar de bueyes, bruja de flechas y bufón de granos.

El compañero de Tolde se puso rojo como la grana.

—¿Y la quinta? —preguntó.

—Juglar de granos.

—Me cago en mi vida —repitió el jugador colorado, tirando las cartas sobre la mesa.

Keyen sonrió.

—Reparte —pidió, intentando no parecer demasiado complacido consigo mismo. Su compañero, un muchacho lleno de pecas, con más granos que la baraja y de grasiento pelo rubio, se encogió, tratando de pasar desapercibido. Probablemente a Keyen no le importaba. Si las reglas no lo impidiesen, Keyen siempre jugaría solo.

—¡Tres a bueyes!

—Ocho a flechas.

—Jo, jo, jo, el niñato cree que los delenos nos acojonamos con nada. ¡Una mierda, tienes! ¡Ja, ja, ja! ¡*Kasch* y apuesto!

—Doblo y sexta a bueyes.

Parecía que el hombre no podía ponerse aún más rojo. Fulminó con la mirada a su compañero de partida.

—¡Despierta, Tolde, que hay un *doble kasch* y una sexta! ¿Qué tiras?

—Bruja de arados.

—¡Bru...! ¡Me cago en mi vida, Tolde! Pero ¿a qué estás jugando? ¿A pasa la cabra? ¡Esto es *kasch*, joder! ¡Dama!

—El rey la cubre.

—¡Será si se deja! ¡Ja, ja, ja! ¡La muy puta! ¡Arrastro!

Issi dejó de prestar atención al juego cuando algo cambió repentinamente en el ambiente del salón. Pasó desapercibido para el resto de los hombres y mujeres que hablaban a gritos, pero ella lo notó como una ráfaga de aire helado en la nuca. Una brusca oscuridad, un frío súbito, la habitación comenzó a dar vueltas a su alrededor. Mareada, miró a Keyen en busca de apoyo, pero sus ojos se posaron en el muchacho que hacía las veces de compañero de juego de éste.

Se quedó helada cuando vio su rostro.

Gris. Habían desaparecido los granos y espinillas, y la piel, opaca, cerúlea, estaba cubierta de pústulas y grietas por las que rezumaba una sustancia blancuzca. El brillo animado de sus jóvenes ojos había sido sustituido por un fulgor mortecino, antinatural.

Cerró los ojos, asqueada. «No. No, por favor. Otra vez no. Por favor, no.»

Sin darse cuenta, empezó a pronunciar las palabras en voz baja. Keyen se volvió hacia ella.

—¿Qué ocurre? —preguntó en un susurro sorprendido.

—Por favor, no. Por favor. ¡Por favor!

—¡Eh, muchacho! ¿Te despistas justo cuando yo canto triple *kasch*? ¿Quieres que te rompa la cara, o qué?

—Issi, ¿qué te pasa? —insistió Keyen sin hacerle caso.

Ella negó con la cabeza sin atreverse a abrir los ojos, por miedo a ver el hermoso rostro de Keyen convertido en una máscara putrefacta.

La puerta de la taberna se abrió, y por ella entró una ráfaga de aire helado. Abrió los ojos y pestañeó repetidamente hasta que su vista se aclaró.

Tres hombres acababan de entrar en la estancia. Tres hombres jóvenes, de apariencia sana y robusta, mucho más que la mayoría de los habitantes de Delen. Issi reconoció a uno de ellos al instante. Se quedó tan perpleja que fue incapaz de reaccionar. «Kamur.» El teniente del ejército de Svonda. Vestido como un campesino cualquiera, al igual que sus dos acompañantes; sólo las espadas que portaban rompían el disfraz.

Kamur esperó un instante hasta que sus ojos se habituaron a la luz del interior, lanzó una rápida mirada con la que recorrió todo el salón, dedicó un gesto a sus dos compañeros y se dirigió directamente hacia ellos, haciendo caso omiso de las escasas miradas de curiosidad de la concurrencia.

Sin pedir permiso, sin una palabra de saludo, se sentó en la silla que Keyen había dejado libre para jugar al *kasch*, rechazó al tabernero con un ademán y se inclinó hacia delante, mirando fijamente a Issi con una sonrisa torcida, los ojos negros brillando como carbones encendidos a la luz del fuego. Apoyó los codos en la mesa.

—Mujer —dijo en voz baja—. Me alegra mucho ver que no siempre finges ser lo que no eres. —Hizo un gesto vago hacia la escalera irregular que conducía al piso superior de la taberna, y su sonrisa se ensanchó—. No me apetecía tener que ir a buscarte arriba, ni interrumpir lo que no se debería interrumpir. El hombre podría acabar incapaz para el resto de su vida...

—No trabajo aquí —contestó Issi bruscamente—. Sólo estoy de paso.

—Ya. —Alargó la mano, cogió el vaso y olisqueó el aguardiente. Hizo una mueca—. Tampoco trabajabas en el campamento. El comandante no te contrató, ¿no es cierto?

Issi hizo una mueca despectiva.

—Si lo sabes, ¿por qué preguntas?

Kamur juguteó con el borde del vaso, recorriéndolo con el dedo extendido, sin dejar de mirarla.

—Siento curiosidad por saber por qué una mercenaria se hace pasar por una prostituta para salir de un campamento en el que no estaba obligada a quedarse. Aunque quizá nuestro amigo Egis podría aclarármelo. —Se volvió a medias en su asiento y clavó los ojos en Keyen, que parecía estupefacto por verlo allí—. ¿Eh, juglar? Keyen de Yintla, ¿verdad? ¿Saqueador?

—Teniente...

—No hace falta que te disculpes —rechazó Kamur con un gesto—. Lo sabía desde el principio. Pero me divirtió mucho ver cómo te esforzabas por componer canciones, cuando es evidente que tienes un oído enfrente del otro.

Keyen pareció ultrajado. Haciendo caso omiso de las pintorescas protestas de sus compañeros de juego dio media vuelta y se sentó mirando directamente a Kamur.

—¿Y por qué me llevaste a Sinkikhe, entonces? —inquirió con el ceño fruncido—. Podías haberme dejado en paz.

—Por ella —dijo Kamur. Y volvió a sonreír en dirección a Issi—. Sabía que a la larga iría a buscarte. Isendra siempre vuelve donde está su querido Keyen, ¿no?

Ella le sacó la lengua, y sorprendentemente se sintió mucho mejor después del gesto infantil. Rio, una risa queda.

—Ahí te equivocaste, gilipollas —dijo, procurando poner en su voz todo el desdén del mundo—. Si fui al altiplano, fue por mí misma. Ni siquiera sabía que Keyen estaba allí.

Kamur se encogió de hombros.

—Lo que sea. El caso es que apareciste.

—Y tú me dejaste marchar. ¿Por qué? ¿Y por qué has venido ahora? Si querías tomarte un aguardiente conmigo, el de Svonda es mucho mejor que éste. —Levantó el vaso y volvió a dejarlo sobre la mesa.

Kamur soltó una risita alegre.

—No me gusta el aguardiente. Y no quería que estuvieras bajo la supervisión del ejército. No todavía. No ahora. No con ese imbécil de Tianiden como comandante supremo. —Torció la boca—. Y ahora, Isendra —añadió, mirándola sin parpadear—, respóndeme a esto: ¿vendrás conmigo, o me vas a montar un número? Lo digo porque no tengo ninguna gana de sacar la espada, ¿sabes?

Issi trató de no mostrar su desconcierto. «¿Primero me deja irme, llevándome a Keyen, y después me persigue por medio mundo para recuperarme? ¿Está loco?» Pero Kamur siguió mirándola, y en sus ojos negros no había locura, ni siquiera la locura normal de un hombre que vive para matar. *Sirve a la Muerte.*

—¿Por qué...? —empezó, pero Kamur la interrumpió, como si supiera exactamente lo que iba a preguntarle.

—Mis señores exigen que los honres con tu presencia, Isendra —respondió—. Y yo he aceptado encargarme de que no desprecies esta invitación.

«¿Que los honre...?» ¿El comandante, o el rey de Svonda? ¿Para qué? «¿Y por qué, si yo estaba metida en mitad de su ejército, me dejaron largarme y después me han seguido hasta aquí para llevarme ante él?» Issi no se había preocupado jamás por las intrigas de ninguno de los dos países, nunca había estado en la corte de Tula ni en la de Cohayalena, ni había tomado parte en ninguna de las vueltas y revueltas que los reyes, nobles y militares daban para obtener algo que, al menos en apariencia, podía conseguirse con mucha más facilidad yendo en línea recta. Pero incluso a ella, totalmente virgen en lo que a tramas políticas se refería, aquello le parecía rizar el rizo.

—Estamos en Thaledia —intervino Keyen con voz tranquila—. Carleig no tiene jurisdicción aquí, Kamur. No puedes llevártela.

—¿No? —preguntó suavemente el soldado, recostándose sobre el respaldo de la silla—. ¿Crees que los delenos van a defenderos, Keyen? ¿A dos proscritos de Svonda?

—Ella es de Thaledia —señaló Keyen.

—Ella no es de ninguna parte —corrigió Kamur—. Igual que tú. Pero no me costaría nada hacer creer a todos éstos —indicó con la cabeza la taberna en general— que sois del mismísimo centro de Tula. Con ese acento...

—No le debemos obediencia a Carleig —insistió Keyen—. ¿Por qué íbamos a aceptar ir contigo?

—¿«Íbamos»? —repitió el teniente—. ¿Tú? ¿Por qué? ¿Para qué? ¿De qué me sirve un carroñero que ni siquiera sabe cantar?

Se levantó con un movimiento pausado y alargó una mano hacia Issi, sin dejar de sonreír ampliamente.

—¿Vienes, Isendra de Liesseyal? —preguntó—. ¿O tengo que luchar una vez más para ver cumplidos los deseos de mis señores?

«La niña era un arma.» Issi se quedó inmóvil, mirando la mano extendida de Kamur. Él pareció percibir sus dudas.

—No quiere hacerte daño —dijo con voz cálida—. Sólo quiere hablar contigo.

Los dedos se crisparon súbitamente. Issi levantó la mirada, sorprendida. Se asombró aún más al ver a Keyen de pie, con la punta de su pequeño cuchillo apoyada en el cuello de Kamur, justo donde palpitaba la yugular.

—Si quiere hablar con ella —susurró Keyen—, que venga él y la invite. Y vosotros —añadió en voz más alta, dirigiéndose a los dos compañeros de Kamur, que permanecían de pie junto a Issi—, ni un movimiento o vamos a acabar todos chapoteando en sangre. ¿Entendido?

La respuesta de los dos hombres fue unánime: ambos desenvainaron las espadas a la vez, ambos avanzaron un paso hacia Keyen.

—¡No! —exclamó Kamur. Al mismo tiempo, alguien gritó. Los hombres sentados en la mesa de al lado, que todavía esperaban a Keyen para seguir con su partida de *kasch*, se levantaron ruidosamente, soltando imprecaciones a cuál más burda y grosera. Uno de los soldados disfrazados, el más joven, se asustó. Fue hacia los tres hombres, con el rostro pálido y tenso, y, sin mediar palabra, alzó la espada y atravesó al que tenía enfrente.

El muchacho. El chico cubierto de granos que había jugado al *kasch* como pareja de Keyen.

Se desplomó sobre la mesa sin un quejido cuando el soldado extrajo la espada de su pecho. Issi cerró los ojos mientras a su alrededor los gritos arreciaban hasta convertirse en una algarabía ensordecedora. «No. No, otra vez no, por favor, no...» Pero cuando abrió los ojos el cuerpo del muchacho seguía allí, desangrándose encima de la mesa y de las cartas desperdigadas por la superficie de madera, y su rostro iba adquiriendo rápidamente un tono ceniciento.

—No —gimió, agarrándose la cabeza con ambas manos. Un zumbido agudo ahogó sus pensamientos, combinándose con los aullidos y los golpes, y, por encima de todo, el silbido metálico de las armas...

—Issi. ¡Issi, ayúdame! —oyó gritar a Keyen.

Entreabrió los ojos. No había matado a Kamur, que ahora estaba un poco más lejos de la mesa, fuera del alcance de Keyen, tratando de contener a los pocos hombres que no habían huido de la refriega. Keyen se enfrentaba al soldado mayor, un hombre de mediana edad que blandía la espada con el rostro inexpresivo, armado únicamente con su daga corta. «Cuántas veces le habré dicho que se quede una de esas jodidas espadas que vende», habría pensado Issi si todavía hubiese sido capaz de pensar.

En esas circunstancias, sin embargo, su cuerpo reaccionó sin necesidad de que su mente se lo ordenase. Se echó hacia delante como en un sueño y se llevó la mano al hombro izquierdo, donde sobresalía la espada que no había querido descolgarse desde hacía días, desde el bosque de Nienlhat. Los dedos se cerraron alrededor de la empuñadura. Y entonces despertó, cuando sintió algo frío en la mano y el cuello.

—No lo hagas —suplicó el soldado más joven, el que acababa de matar al muchacho de los granos. El mismo que había estado a punto de impedir su salida del campamento del ejército, allá en Sinkikhe. Temblaba con violencia—. No quiero que tu cabeza y tus dedos acaben encima de esa mesa.

Una gota de sangre todavía caliente cayó desde la hoja de acero y correteó por su piel, bajando desde el hombro y por todo el brazo. La sangre del chico de los granos. Issi cerró los ojos. «¿De cuántas formas podría matarlo antes de que se diera cuenta de lo que está pasando?» ¿Y tenía algún sentido hacerlo?

Sirve a la Muerte.

—¡Issi!

Keyen.

Despegó lentamente los dedos de la empuñadura y bajó la mano, sumisa. El tembloroso joven no se movió. Daba la sensación de ser incapaz de creer lo que estaba haciendo. Ella se posó la mano en el regazo y, con un movimiento rápido, desenvainó la daga que llevaba atada al muslo y la clavó sin vacilar en la mano que empuñaba la espada que amenazaba su cuello.

El soldado gritó y soltó el acero, que cayó al suelo con un tintineo. Issi se levantó de un brinco, sacando al mismo tiempo la espada de la vaina amarrada a la espalda, y apartó la silla de un manotazo. La silla se estampó contra la pared y cayó al suelo con un fuerte golpe, rodando hasta tropezar con los pies del soldado, que se agarraba la mano, todavía atravesada por la daga de Issi, y aullaba de dolor. Ella lo ignoró. Se lanzó hacia delante, esquivando la mesa, hacia el soldado mayor, el que amenazaba a Keyen con su arma.

Sintió un fuerte golpe en la cabeza y cayó al suelo, y todo se oscureció.

DELEN (THALEDIA)

Cuarto día antes de Ebba. Año 569 después del Ocaso

> En Tula y en Cohayalena, en Yinahia y en Dal-
> maviha, es difícil saber quién está de parte de quién,
> quién apoya al rey, quién a tal o cual noble, quién se
> apoya sólo a sí mismo. Por eso muchos prefieren el
> ejército: porque allí sólo hay que obedecer.
>
> *Política moderna*

Kamur chasqueó la lengua y bajó la espada.

—Parece mentira —dijo, sacudiendo la cabeza—. ¿Cobran-
do doscientos oros cae en un truco tan viejo?

Miró con incredulidad a la desmayada Issi. Keyen también
cometió ese error. El soldado aprovechó su descuido para dar
un paso hacia delante y, con un breve golpe, lo desarmó. Keyen
gimió internamente. «Ahora sí que estás listo.» Clavó los ojos
en los de Reinkahr.

—¿Hoy no me ofreces cerveza? —musitó. El hombre risueño
que había conocido en el campamento del altiplano de Sinkikhe
ni siquiera sonrió. Alzando la espada, lo obligó a retroceder hasta
que su espalda se apoyó contra la pared, y después posó la punta
del arma en su esternón y empujó el pomo con las dos manos,
preparándose para ensartarlo.

Keyen cerró los ojos involuntariamente.

—No —dijo Kamur. Keyen abrió un ojo, sorprendido, para ver al teniente del ejército svondeno acercarse a él con lentitud. Kamur sonrió—. En realidad, me cae bien. Y no canta tan mal.

—Rio—. No, llevémoslo a él también. Así a lo mejor esa gata comprende que para su amigo es mejor que venga con nosotros de buen grado.

Señaló al suelo, donde había caído Issi. Reinkahr envainó la espada y se agachó junto a ella, sacando de las calzas una cuerda enrollada. Keyen se separó de la pared, con la mirada fija en él, observando cómo levantaba a Issi a medias y comenzaba a atarle las muñecas con la cuerda. Dio un paso hacia la puerta. Kamur levantó de nuevo la espada.

—Ni lo pienses siquiera —murmuró, estudiándolo con los ojos brillantes; Keyen se quedó inmóvil—. No puedes salir de aquí vivo, y mucho menos con ella. Así que quietecito. Nern —añadió, exasperado, por encima de su hombro—. ¿Quieres hacer el favor de callarte de una puta vez, joder?

—Te-teniente... —sollozó Nern, sujetándose la mano por la muñeca. El extremo de la daga de Issi sobresalía por el dorso, la empuñadura por la palma. Un fino reguero de sangre caía hasta el suelo.

Kamur resopló de impaciencia.

—¿Has terminado, Reinkahr?

—Casi, teniente —contestó Reinkahr desde el suelo.

—Bien. Cuando acabes, sácala afuera. —Señaló a Keyen con la punta de la espada—. Andando, carroñero. Nern, o te callas hasta que estemos fuera de aquí o te doy una leche.

Gimiendo débilmente, Nern caminó tropezando con sus propios pies hacia la puerta. Keyen lo siguió, obligado por la espada desenvainada de Kamur; dirigió una última mirada de súplica hacia el salón abarrotado. De uno en uno, todos los hombres apartaron la vista.

Había bebido con ellos, había jugado al *kasch* con ellos, habían acudido a Delen dispuestos a echarles una mano si tenían problemas con los bandidos. A cambio de dinero, claro, pero... Y, excepto el pobre muchacho cuya sangre goteaba desde la mesa cubierta de cartas manchadas hasta el suelo, ni uno solo se había movido para ayudarlos.

Reinkahr salió poco después, llevando a Issi en brazos y con la espada de la mercenaria colgada de un hombro. Kamur ya sostenía las riendas de tres caballos castaños, tres hermosas bestias de aspecto brioso pero que se dejaban conducir por Kamur de forma sumisa. El teniente obligó a Keyen a montar en uno de ellos; Reinkahr subió a Issi a otro, al que también se encaramó Kamur para sostener a la desmayada Issi, mientras el soldado más joven montaba en el tercer caballo, sin dejar de gemir por lo bajo, y cogía las riendas con la mano izquierda. Finalmente Keyen tuvo que soportar que Reinkahr montase detrás de él. Al menos, se dijo intentando consolarse, el hombre no olía a ajo ni a aguardiente, sólo un poco a sudor.

Kamur espoleó a su caballo, con los brazos alrededor de la cintura de Issi, y los otros dos animales le siguieron, dejando a *Imre* y a *Lena* atados a la puerta de la taberna.

Apenas habían recorrido una legua cuando Nern se cayó del caballo y se quedó tendido en el suelo del camino, inmóvil. Kamur maldijo a voz en grito y ordenó hacer un alto.

Issi despertó mientras el teniente del ejército de Svonda se afanaba en extraer la daga de la mano de Nern. Habían encendido un fuego para cauterizar la herida, y el muchacho, que contra todo pronóstico seguía consciente, chilló durante todo el proceso como si le estuvieran destripando. Finalmente la daga salió, cubierta de sangre. Kamur la miró un instante y la tiró a un lado.

—Esa daga es suya, Kamur —murmuró Keyen, señalando a Issi con la cabeza; le habían dejado apoyado contra una roca, al lado de la mercenaria—. A lo mejor quiere recuperarla más adelante.

El teniente gruñó sin hacerle ningún caso.

Fue entonces cuando Keyen se dio cuenta de que Issi había recuperado el sentido. Recostada en la roca, miraba hacia la ladera del monte junto al que discurría el camino, a un lado la cordillera, al otro un riachuelo que bajaba, crecido por las lluvias del final del verano, de las montañas.

—¿Estás bien? —preguntó él en voz baja, arrastrándose hasta ella. Issi tenía las manos atadas en el regazo. Keyen, por el contrario, las tenía amarradas a la espalda.

Ella asintió de forma imperceptible, pero no dijo nada. Keyen lo comprendió al instante, en cuanto pudo ver bien su rostro bajo los últimos rayos del sol poniente. Tenía la piel verdosa y los ojos hundidos. «Seguro que, si abre la boca, me vomita encima.» Pocas veces se había desmayado de un golpe en la cabeza, pero recordaba muy nítidamente el malestar que se sentía al despertar. Teniendo en cuenta el ruido sordo que había hecho el pomo de la espada de Kamur al caer sobre su cabeza, debía de tener un chichón del tamaño de un huevo de gallina.

—Tendríamos que empalarlo —gruñó Reinkahr, revolviendo la pequeña fogata con un palitroque. Kamur no levantó la cabeza. Siguió vendando meticulosamente la mano de Nern, que se había puesto tan pálido como la luna llena—. Teniente —insistió Reinkahr—, ahora sí que es un desertor. Se largó del ejército cuando ya era un soldado. Tendríamos que empalarlo —repitió.

—Déjalo —respondió Kamur enrollando la venda en la muñeca del muchacho—. Aunque no lo parezca, nos ha servido bien.

Terminó de anudar la venda y sonrió a Nern, que parecía estar también a punto de vomitar. Le dio una palmadita en el hombro y se levantó, dejando que el joven se arrebujase en su capa; entonces, Kamur dio media vuelta y miró a Issi con un gesto divertido.

—Es difícil rastrearte, Isendra —dijo, inclinándose en una reverencia burlona—. Eres buena. Pero rastrearle a él... —Señaló a Keyen y rio—. Él ha dejado tantas pistas y huellas de su paso que casi juraría que lo ha hecho a propósito.

Se estiró conteniendo un bostezo y se dirigió a los tres caballos, amarrados a un matorral, con la clara intención de cepillarlos, mientras Reinkahr, su subordinado, refunfuñaba en voz baja y miraba a Keyen con un brillo en los ojos que prometía buscar una estaca afilada en cuanto tuviera la oportunidad.

ZAAKE (SVONDA)

Primer día antes de Ebba. Año 569 después del Ocaso

> Como una enfermedad, el fervor que los öiyin
> sentían por la Muerte se extendía, hinchándose como
> una pústula infectada en el corazón del mundo.
>
> *El triunfo de la Luz*

No recordaba haber caminado, ni haber dormido, ni haber comido. No recordaba de dónde provenía la sangre seca que manchaba su falda verde, que apelmazaba los despeinados cabellos que caían sobre su rostro, que cubría sus manos, sus brazos, su cara, como una costra marrón. En su mente surgían a veces imágenes inconexas: una calle llena de cuerpos muertos, una muralla de piedras del mismo color gris que los rostros de los cadáveres, el cielo, los árboles, la hierba cenicienta, la hoja descolorida que cae de una rama agitada por el viento, el agudo relincho de un caballo asustado, una ciudad gris enclavada en una montaña gris, las botas pisoteando la arena incolora de un camino en mitad de una pradera sin color, la expresión horrorizada de un hombre, la piel amoratada de las mejillas de un niño, sus uñas hundiéndose en la suave piel de la garganta de una mujer. El Signo de plata medio oculto por una maraña de rizos.

A veces también veía lo que tenía ante sus ojos. Una plaza bañada por la luz grisácea del sol, gente corriendo, barro gris manchando sus pies descalzos y ensangrentados, una mujer de pelo rojo como la sangre.

«Color.» Sangre.

Una sonrisa.

—Pobre niña. No estás ni de un lado ni del otro, ¿verdad? Muerta, no puedes morir... pero sin el Signo tampoco estás viva.

Rojo. «Sangre.» Un Signo de plata ocultando todo lo demás.

—Öiyya.

—No la encontrarás aquí, niña. Ni a ella, ni el descanso. Porque para ti ya no hay descanso, ¿me equivoco?

Su propia mano, las uñas rotas, la sangre coagulada entre la uña y la carne de los dedos. La garganta blanca de la mujer. «Sangre.»

—No, niña.

Una mano que sujeta la suya. Fría, blanca como la piel de su cuello. Unos labios rojos, del color de la sangre.

—Busca el Signo. Tu Signo.

Un Signo de plata en la piel de la frente de una mujer.

—Öiyya.

COHAYALENA (THALEDIA)

Primer día antes de Ebba. Año 569 después del Ocaso

> Las reglas del *jedra* son sencillas: su juego, sin embargo, es complicado. Y lo más difícil no es vencer, sino lograr acabar la partida.
>
> *Enciclopedia del mundo*

Adelfried se quedó inmóvil en el umbral, sorprendido, y después, encogiéndose de hombros, entró en la habitación sin molestarse en cerrar la puerta a su espalda y avanzó a grandes pasos hacia la cama que ocupaba gran parte del centro de la estancia. Se detuvo justo al lado del lecho, cuando sus rodillas rozaron el cobertor de seda dorada sobre el que los dos cuerpos desnudos se agitaban sin preocuparse por la colcha que se arrugaba bajo ellos, o por las manchas de sudor que resaltaban incluso en la penumbra del dormitorio. Cruzó los brazos sobre el pecho y enarcó una ceja mientras observaba, fascinado, los movimientos rítmicos del cuerpo del hombre sobre la mujer. La piel de él, la piel de ella, relucían, húmedas de sudor, a la luz de las velas; con cada movimiento, los músculos de las piernas, las nalgas y la espalda de él se contraían, mostrando ante la mirada curiosa de su rey que, por mucho que llevase meses alejado de la guerra, el comandante seguía teniendo uno de los cuerpos mejor formados de todo su ejército. La redondez del vientre de la mujer contrastaba agradablemente con el estómago plano que apenas la rozaba cuando el hombre embestía entre sus piernas; ella tenía los ojos cerrados, los labios entreabiertos, y su rostro blanco flotaba en un mar de cabello tan dorado como la seda sobre la que reposaba su cuerpo.

Cuando ella gimió suavemente, Adelfried chasqueó la lengua y sacudió la cabeza.

—Si no os importa, Vohhio —dijo, sonriendo amablemente—, me gustaría hablar con mi esposa. ¿Podéis dejar eso para luego?

Adhar de Vohhio se levantó de un salto y se alejó de la cama con los ojos desorbitados y una expresión de sorpresa pintada en la cara, sin preocuparse de ocultar su desnudez. «Si yo tuviera ese cuerpo, iría desnudo hasta cuando ofrezco audiencia —pensó Adelfried, nostálgico, observando con estudiado detenimiento los músculos en tensión, los brazos fuertes, el abdomen marcado, la virilidad que todavía no había tenido tiempo de aplacarse tras la interrupción de su acto amoroso—. Un hermoso ejemplar, el que se ha buscado mi esposa.» Y seguía ofreciéndole sus servicios aun cuando la reina estaba tan gorda que apenas podía trasladarse de la silla a la cama, de la cama a la silla. «Ah, no puede ir de un sitio a otro, pero mientras está en uno de los dos lugares...» Se tragó la amargura y se permitió el lujo de sonreír al ver la zozobra en los ojos oscuros de Adhar. «¿Porque le he pillado en el acto, o por cómo miro su cuerpo?» A Adelfried aquello le tenía sin cuidado. Señaló con un gesto el montón de ropa arrugada a los pies de la cama.

—Podéis vestiros fuera, Vohhio —dijo plácidamente—. La reina os avisará cuando podáis... eh... continuar vuestra charla amistosa.

Ruborizado, Adhar de Vohhio se apresuró a recoger su ropa y salió de la habitación con toda la dignidad que le restaba, que no era mucha. Adelfried dejó que su mirada reposase un instante en las nalgas perfectas de aquel hombre. Después, se volvió hacia la reina.

—Tiene un culo bonito —comentó, sentándose en el borde

de la cama. Thais ni siquiera se había molestado en cubrirse con la colcha. Despreocupadamente desnuda, miró a Adelfried con el rostro cubierto de rubor. «No de vergüenza —adivinó él—. De pasión.»

—¿Qué es lo que quieres, Adelfried? —preguntó Thais, arqueando la espalda, lánguida, y suspirando sonoramente—. ¿Crees que estoy en condiciones de cumplir contigo, con esta tripa?

—¿Acaso eso te ha impedido cumplir con Vohhio? —inquirió él, cáustico.

—Es él quien cumple conmigo, esposo —dijo ella con una sonrisa soñadora.

Adelfried volvió a chasquear la lengua.

—Y muy bien, por lo que parece —respondió. Posó la mano sobre el hinchado estómago de ella. Thais lo miró con los ojos entrecerrados, pero no dijo nada—. Dime, esposa mía —continuó, acariciando la abultada redondez—, ¿cómo vamos a llamar a nuestro hijo?

Thais abrió la boca, incrédula, y la cerró de golpe.

—¿Y para eso has venido a estas horas? —exclamó—. ¿No podrías haber esperado hasta mañana?

«Claro. Pero me apetecía verlo con mis propios ojos. ¿No vas a dejarme al menos que cometa alguna travesura de vez en cuando, mujer?» Negó con la cabeza.

—¿Hay algo más importante que el nombre de un rey? ¿Ahora que parece que no vas a tener problema alguno para traerlo a este mundo? —preguntó, recorriendo su abdomen con los dedos.

Thais se estremeció.

—Me haces cosquillas —protestó—. Adelfried, me da igual cómo quieras llamar al niño. Elige tú. Como si quieres ponerle el nombre de tu capitán —añadió, punzante.

—¿Y Vohhio no tiene sugerencias? —preguntó él.

Thais frunció el ceño.

—El niño es tuyo, Adelfried —le advirtió—. Eres tú quien debe ponerle nombre.

Él no pudo contener una carcajada mordaz. «Bueno —pensó—, al menos me deja participar en toda esta historia, aunque sea un poco.»

—En realidad, no había venido sólo a decirte eso —dijo en voz baja—. Aunque me alegra haber obtenido semejante recompensa por haber pensado en hablar contigo a horas tan intempestivas. —Rio amargamente—. No, había venido a advertirte.

—¿Advertirme de qué? —inquirió ella, entrecerrando los ojos en un gesto de enojo que divirtió a Adelfried casi tanto como la expresión avergonzada que Adhar de Vohhio había tenido pintada en el rostro al salir del dormitorio.

—Ten cuidado, Thais. —Suspiró, apesadumbrado—. Tal vez deberías empezar a bajar a cenar conmigo de vez en cuando, querida. Dejar claro que ese niño es mío puede ser el único escudo que te proteja de... de algunos peligros —articuló con prudencia.

Thais siguió estudiándolo con los párpados entrecerrados.

—Yo creo que puede ser precisamente lo contrario, Adelfried —respondió también en voz baja—. Que es tu nombre relacionado con el niño el que atrae los peligros, en primer lugar.

Adelfried asintió.

—Es posible. Pero ahora que mi nombre, el tuyo y el suyo van juntos, meter otro nombre en la ecuación sólo puede perjudicarte. Me refiero al nombre de Vohhio —explicó, sin ocultar la burla de su voz.

Los ojos de Thais relampaguearon de rabia.

—Como te he dicho, Adelfried —siseó—, el niño es tuyo. Elige tú su nombre. Elige todos los nombres que quieras que estén relacionados con el suyo. Me importa una higa.

Adelfried volvió a suspirar.

—Que descanses, querida. —Se levantó y le lanzó una última mirada—. Ahora te mando a Vohhio. Dile de mi parte que sea un poco más discreto: hasta Beful me ha venido con el cuento de lo bien que os lleváis vosotros dos. —Se estiró y sonrió—. Aunque siempre he dicho que prefiero alentar las conspiraciones internas, no sea que mis nobles tengan que ir a buscárselas fuera. En el caso de los amantes, querida, es lo mismo. —Se inclinó, tomó su mano y la besó suavemente en el dorso.

—Vete al cuerno, Adelfried —masculló ella con una mirada fulminante.

—Hay que ver —suspiró él—, qué desagradecida puede llegar a ser una esposa cuando su esposo sólo se preocupa por su bienestar.

Inclinó la cabeza y salió de la habitación. En la puerta, luchando por ponerse una bota sin sentarse para ello, esperaba Adhar de Vohhio. Levantó la cabeza al oír la puerta, miró al rey con ojos asustados, perdió el equilibrio y, con un gemido, cayó al suelo de lado, con las manos todavía aferradas a su pie.

—Lástima —murmuró Adelfried, ignorando al noble y bajando por el pasillo que llevaba a sus propias habitaciones—. Me habría encantado ver la cara de Thais si hubiera visto eso.

Con una breve sonrisa, siguió caminando sin hacer caso de los ruidos que hacía Vohhio al forcejear con su calzado.

—Mis nobles, sus siervos, los triastas, mi esposa... —Suspiró—. Como diría el emperador de Monmor, todos son piezas de una partida de *jedra* que no tengo intención de perder. —Rio y después agitó la cabeza, divertido.

ZAAKE (SVONDA)

Ebba. Año 569 después del Ocaso

En la cacería, tanto con perros como con halcones, es imprescindible tener paciencia, y, sobre todo, tener suerte.

Enciclopedia del mundo

Incluso a Rhinuv, que hacía mucho tiempo que no deseaba a mujer alguna que no fuera la Muerte o la Fortuna, esa hembra le dejó boquiabierto. Nunca había visto un pelo del color del fuego, ni unos ojos de ese tono indefinido, irisado. Tenía el rostro tan lleno de imperfecciones, la nariz recta y un poco respingada en la punta, los ojos tan rasgados, la boca tan llena, que, en conjunto, era perfecto. Y su silueta...

Tragó saliva.

—Sé a quién buscas... —canturreó ella, con una sonrisa retozona llena de dientes blancos. Le pasó un dedo por el pecho—. ¿Estás seguro de que quieres encontrarla? ¿No te gusto más yo? —añadió, con un mohín que hizo desear a Rhinuv envolverla entre sus brazos y borrarle el gesto a besos.

Apretó los labios y se apartó de ella precipitadamente.

—¿Sabes dónde está? —inquirió, hosco.

—Claro —dijo ella, dando un paso para acercarse. Él descubrió que era incapaz de apartar los ojos de los pozos multicolores que le atravesaban con la mirada—. Pero yo no seguiría adelante —agregó, pegando su cuerpo al de él—. Yo no tentaría a la suerte.

Y se echó a reír, acariciando el dorso de su mano y la marca de la golondrina, la *scilke*.

COHAYALENA (THALEDIA)

Segundo día desde Ebba. Año 569 después del Ocaso

> Nunca des la espalda a un perro. Puede ser un lobo disfrazado.

Política moderna

—¿Matarlo? —exclamó Adhar, sobresaltado.

—¡Chsss! ¡No hace falta que se lo digas a él! —chistó Thais—. No ahora, tonto. Antes tiene que nombrar heredero del trono al niño. Si no, podríamos provocar una guerra civil.

Adhar se la quedó mirando, incrédulo. Había esperado algo así la otra noche, cuando regresó al dormitorio de la reina tras la irrupción del rey. «Matarlo, ahora que nos ha descubierto, antes de que tenga tiempo de decidir si nos corta la cabeza o simplemente nos destierra.» Pero ahora que ya era evidente que Adelfried no tenía intenciones de hacer ninguna de las dos cosas...

—No quiero matar a mi rey —se lamentó en voz baja—. Ya soy bastante indigno por acostarme con su esposa. ¿Tendría perdón si además conspirase para acabar con su vida?

—¿Y para qué necesitas el perdón? —preguntó Thais.

—¿Y para qué necesitas tú matar a Adelfried? —inquirió Adhar con el ceño fruncido—. Eres la reina, tu hijo va a ser el rey, y... y me tienes a mí, amor mío —añadió, acariciando levemente su mejilla. No se atrevió a hacer nada más. Allí, en el saloncito de la reina, podía entrar alguien en cualquier momento.

—Sí —admitió ella—. Sí. A ti. Pero quiero tenerte de verdad, y no sólo por la noche, cuando entras en mi cama como un ladrón.

—Es que soy un ladrón —musitó él amargamente—. Lo que hay en esa cama no es mío.

—Oh, sí —susurró Thais—, sí es tuyo. Tu esposa, esposo mío. Pero quiero serlo de nombre, y no sólo de hecho.

—Son los hechos los que importan —se defendió Adhar.

—Precisamente por eso. Hechos, Adhar. Hagámoslo —imploró—. Cuando nazca el niño, y Adelfried lo nombre. Mi esposo, mi rey.

—Mi rey podría haberme cortado la cabeza, y sin embargo me ha dejado vivir —rechazó Adhar—. Y me ha dejado seguir traicionándolo. No merece que yo piense siquiera en matarlo. No, Thais —la interrumpió antes de que ella tuviera tiempo de protestar—. Ya es suficiente. Estamos vivos, y estamos juntos. ¿Qué más quieres?

—A ti —contestó ella simplemente.

—Pero si ya me tienes... —Sonrió cuando ella le pasó un dedo por la mejilla, prometiéndole tantas cosas con una sola mirada que Adhar tuvo dificultades para mantener la compostura.

—Te convenceré —dijo ella, y sonrió, revoltosa.

Adhar tragó saliva. «Me convencerá. Es capaz de convencerme de que baje al Abismo y le traiga una piedra de la mismísima Ahdiel. —Negó con la cabeza—. Pero de esto, no. De esto no me vas a convencer, preciosa mía. Mi reina.» Se inclinó y posó un rápido beso sobre sus labios. Thais se estiró en la silla con un gesto lánguido.

—No es necesario que seamos nosotros, ¿sabes...? —dijo de pronto, mirándolo con esa media sonrisa que conseguía hacer brincar su bajo vientre—. Hay muchos nobles en esta corte. Y muchos de ellos preferirían librarse de Adelfried. Algunos, de hecho, ya están buscando un modo de hacerlo. Los nobles traviesos...

Adhar frunció el ceño.

—Sí, lo sé —respondió con cautela—. Liesseyal, Denle, Shisyial... y Cerhânedin, creo —añadió, pensativo—. Todos quieren quitarle la corona a Adelfried cortándosela por debajo de la garganta. Pero no pienso hacerlo, Thais. No voy a unirme a unos bastardos que sólo odian a su rey porque los ha obligado a financiar una guerra que ni siquiera declaró él.

Thais suspiró y negó con la cabeza, impaciente.

—Sabes quiénes son, pero no sabes lo que quieren —murmuró—. ¿No se te ha ocurrido pensar, oh, señor de Vohhio, que antes de matar a Adelfried tienen que matar a su heredero?

Adhar abrió la boca para replicar, y volvió a cerrarla, asombrado.

—¿Qué quieres dec...?

—Quiero decir —continuó Thais en tono tenso— que no puedes denunciarlos delante del rey, porque no tienes pruebas de que estén conspirando contra él. Y que no puedes acabar con ellos sin arriesgarte a enfrentarte tú también con Adelfried. Quiero decir, Adhar —siguió, irritada—, que ellos van a intentar matar a tu hijo. Antes de que nazca —murmuró, y bajó la vista para esquivar sus ojos llenos de alarma—. No tienen más remedio. Si Adelfried nombra heredero a nuestro hijo, su muerte sólo hará que tengan un rey distinto, y una regente, que seré yo. Tienen que matarnos a los tres. —Se incorporó lo suficiente para alargar los brazos y encerrar el rostro de él entre las manos—. Adhar —susurró—, tú eres un buen hombre, pero no todos son así. Si quieren destronar a Adelfried, tu hijo y yo estamos tan muertos como él.

—Por eso quieres matar a Adelfried tú misma —musitó Adhar, incrédulo.

—Quiero asegurarme de que nuestro hijo accede al trono —negó ella con la cabeza—. Pensaba matar a Adelfried antes de que ellos, o él, nos maten a nosotros. Pensaba hablar con ellos —admitió, renuente—. Decirles que el niño es tuyo. Que pueden dejarlo con vida, o... O incluso coronarlo, y nombrarme regente, y ser ellos los gobernantes de... Adhar —dijo de pronto, aferrándose a él con fuerza—. Únete a ellos. Eres el señor más poderoso de Thaledia... Diles... Diles la verdad. Diles de quién es el niño. Si te unes a ellos, accederán a...

—¿A qué? —preguntó Adhar bruscamente—. ¿A dejarme con vida?

—A dejarnos con vida a todos —respondió Thais—. Si te unes a ellos... Si matan a Adelfried, si coronan a nuestro hijo... Tú puedes casarte conmigo, con la regente, y asegurarles que, a través de ti, serán ellos quienes gobiernen Thaledia.

Adhar apretó los labios al ver la mirada suplicante de Thais.

—¿Cederías el control de Thaledia a esos idiotas? —inquirió abruptamente, apartándola lo justo para poder mirar su expresión con claridad.

Ella tragó saliva y asintió.

—Sólo quería estar contigo, Adhar —susurró—. Casarme contigo, y tener a tu hijo. Pero soy una reina. —Cerró los ojos y suspiró—. Las reinas no pueden simplemente casarse con un señor y desaparecer. O reino, o muero. No tengo más opciones. —Abrió los ojos y trató de sonreír, sin éxito—. Si intento reinar sin ellos, moriré igual. Si accedo a reinar con ellos, a que sean ellos quienes reinen, estaré viva... Viva, casada contigo, criando a nuestro hijo. Sí, Adhar —dijo, y una expresión de seriedad que jamás le había visto sustituyó a la vacilante sonrisa—. Cedería el control de Thaledia. Voy a hacerlo, de hecho.

—Y la vida de tu esposo —añadió él con dureza.

—Y la vida de mi esposo —asintió ella—. Llámame egoísta, pero prefiero que sea su cabeza a que sea la nuestra.

Adhar la miró fijamente.

COHAYALENA (THALEDIA)

Tercer día desde Ebba. Año 569 después del Ocaso

> Y no subestimes a nadie... Hasta los que parecen
> meros adornos de una corte pueden demostrar al fi-
> nal que son los principales jugadores. ¿Y no es ven-
> cer en el Juego el objetivo de todo gobernante...?
>
> *Política moderna*

—¿Mi señor? ¿Qué te ocurre?

Adelfried suspiró. Sentada en su cama con las piernas cruzadas en una postura impúdica, Loto había dejado a un lado el collar de zafiros que acababa de regalarle y jugueteaba con el lazo
rojo que había adornado el envoltorio. El rey sonrió, se inclinó
y besó su mejilla.

—Me preguntaba por qué siempre prefieres los lazos a lo que
éstos guardan. El regalo era el collar, chiquilla —señaló.

Loto le devolvió una sonrisa radiante.

—Me gustan las cosas que sólo sirven para hacer bonito
—respondió. La mirada que le dirigió, tan impropia de una muchacha de su edad, decía a las claras que no se refería tan sólo a la
cinta roja, sino también, y sobre todo, al propio rey.

Adelfried volvió a suspirar.

—El collar también es sólo para hacer bonito —insistió,
aunque sabía que Loto acabaría soltando el lazo y poniéndose la

joya. Una prostituta no podía ir por la calle adornada con un collar digno de una reina, pero Loto era la prostituta del rey, y como tal tenía en las calles tanto poder como Thais en palacio.

Pese a que Thaledia entera suponía que Adelfried jamás había gozado de Loto. Y era cierto, aunque no por lo que sus súbditos creían. «El capitán de mi guardia —bufó internamente—. Pobre Cralho.» Si quisiera escoger un amante, probablemente preferiría acostarse con Cralho antes que con Thais. Pero hacía años que Adelfried había dejado de intentar mantener una relación sexual. Y prefería que creyesen de él que le gustaban los hombres. «Eso es mejor que saber que su rey es un inútil.»

—¿Es por eso que estás tan nervioso? ¿Porque no me he puesto el collar? —preguntó Loto. La única plebeya que se atrevía a tutear a su rey. «¿Y por qué no, si sabe más de mí que mi propia esposa?»

—No. Pero no es nada que deba preocuparte, chiquilla —contestó él amablemente, despeinándole el cabello rojizo con un gesto afectuoso—. Son cosas de reyes.

Loto enredó los dedos en la cinta roja y volvió a sonreír.

—¿Y para qué sirve una prostituta virgen, si no es para escuchar las cosas de los reyes que no quieren desflorarla? —preguntó, incisiva. Su sonrisa no llegó a amortiguar por completo el tono corrosivo, pero Adelfried lo pasó por alto. Loto siempre insistía en cumplir la tarea por la que Riheki le pagaba, probablemente porque sabía que Adelfried jamás accedería a ello—. Es por Svonda, ¿verdad? —dijo de pronto—. ¿Por qué te aflige, señor? Si el rey Carleig es un inepto, tanto mejor para ti...

—¿Para qué quieres hablar de tonterías? —dijo, riendo—. Ponte el collar. Te va a quedar precioso con ese pelo que tienes.

Loto hizo un mohín, cogió el collar de zafiros y se lo abrochó con un gesto impaciente. Después lo miró, desafiante, con esos extraños ojos multicolores que elevaban su precio hasta una cifra que nadie, excepto la Corona, podía pagar.

ALTIPLANO DE SINKIKHE (SVONDA)

Tercer día desde Ebba. Año 569 después del Ocaso

> Si quieres saber algo de un ejército, pregúntale al hombre que lleva la intendencia, o al que lava los calzones de los oficiales.
>
> *Política moderna*

Rhinuv apretó los puños. El soldado, que hacía las veces de cocinero, lo miró sin interés y siguió cortando metódicamente el nabo que tenía entre las manos.

—¿Y dices que se han ido? —insistió Rhinuv—. ¿Todos?

El cocinero ni se molestó en levantar la vista una segunda vez. Rhinuv no estaba acostumbrado a esa reacción. La impaciencia dio paso a la curiosidad. Estudió el rostro curtido del soldado, sus manos hábiles, que despedazaban con destreza los ingredientes del rancho de los oficiales que, a buen seguro, holgazaneaban en el interior del suntuoso pabellón que se alzaba a pocos pasos de distancia.

—Vino una moza —comentó al cabo de un rato, sin mirarlo. Echó los trozos de nabo en un caldero abollado, que borboteaba alegremente—. Ya te lo he dicho. Parecía una mujer de armas tomar —añadió, indiferente—, pero resultó no ser más que una buscona de las muchas que vienen por aquí a ofrecer sus servicios al comandante. —Sacó la lengua en una mueca de desdén—.

Al final se largó con el juglar. Las hay que se conforman con nada y menos.

—¿Y dices que tenía un tatuaje en la frente? —preguntó Rhinuv.

El soldado asintió.

—Al principio pensé que era una joya que le colgaba del pelo, como dicen que se ponen las señoras —contestó, revolviendo el contenido de la olla—, pero no parecía una señora, ni mucho menos. —Sonrió—. Lo tenía pintado. Eso sí, en color plata. Dicen que en Monmor saben hacer dibujos de ésos, que parecen de oro y plata y piedras preciosas. Aunque hay que estar muy loco para ponerse una cosa de ésas en la frente, si te interesa mi opinión.

«No, no me interesa en absoluto.»

—Si se fue del campamento, alguien debió de verla marchar —dijo Rhinuv en tono casual.

—Alguien, sí —respondió el cocinero—. Pero el teniente Kamur se lo llevó a buscarla. Es alto secreto —añadió en tono socarrón—, pero el comandante parecía muy interesado en encontrar a esa potra. Envió a Kamur, y él se llevó al soldado que había estado de guardia cuando ella se largó. Nern, creo que era. Un chaval con cara de niña. Seguro que se lleva un par de azotes en el culo —bufó—, o algo peor, si de culos y de Kamur hablamos. Por dejar escapar a la puta que tanto le interesaba al comandante. —Se encogió de hombros—. Algunos hombres son así, y el comandante es uno de ésos. No le interesa gozar de una mujer hasta que no se la ha tirado medio campamento. Le gusta. Yo no me meto en esas cosas —agregó antes de que Rhinuv tuviera ocasión de preguntar—. Si al comandante le pone tan cachondo como para enviar a uno de sus mejores oficiales, espero que la moza valga el esfuerzo.

—¿A uno de sus mejores oficiales? —preguntó Rhinuv sin mucho interés. La joven del tatuaje ya no estaba allí. El resto le daba igual.

El soldado esbozó una sonrisa perversa.

—Seguramente, Tianiden escogió al teniente Kamur para

asegurarse de que la chica llega a sus brazos descansada —dijo en un susurro cómplice—. Si de algo puede uno estar seguro, es de que Kamur no va a tocarle un pelo a esa desgraciada. Ahora —añadió con una risita—, si yo fuera el joven Nern, el que se fue con él, tendría mucho cuidado de no darle la espalda. —Y soltó una carcajada malévola antes de volver a centrar toda su atención en el caldero burbujeante.

COHAYALENA (THALEDIA)

Cuarto día desde Ebba. Año 569 después del Ocaso

> Cómo llegar a saber si lo que hacemos buscando
> un beneficio no nos reportará, al final, un perjuicio
> más grande de lo que podíamos imaginar, de lo que
> creíamos merecer... Si el hombre conociera su futu-
> ro, probablemente no haría nada.
>
> *Enciclopedia del mundo: Prólogo*

La sonrisa de Stave de Liesseyal trataba de ocultar la cautela
con que observaba a su señor mientras éste se dejaba conducir
por el sirviente hacia el enorme hogar de piedra tallada donde
Stave lo esperaba. Su gesto precavido divirtió a Adhar de Vohhio, a quien él había jurado lealtad al mismo tiempo que al rey
cuando murió el anterior señor de Liesseyal y heredó su título
y sus tierras. Adhar siempre había sido un señor fácil de servir:
el comandante del ejército de Thaledia había pasado prácticamente toda su vida adulta en la frontera de Svonda, luchando
por conquistar o reconquistar un palmo de tierra cenagosa aquí
y allá; sin embargo, desde hacía poco más de un año el señor de
Vohhio parecía haber descubierto las comodidades de la corte
de Cohayalena, y Stave había empezado a temer que, algún día,
reparase también en la presencia de sus vasallos en la misma corte y les exigiera que cumplieran sus juramentos. En forma de

hombres, en forma de oros, o en cualquier otra forma que a Stave le resultase igualmente ingrata o incómoda.

Adhar le dedicó una amplia sonrisa. Pese a la escasa relación que habían mantenido desde que eran niños, todavía podía leer a Stave como si el señor de Liesseyal tuviera pintados sus pensamientos con tintura roja en la frente. Stave temía que el señor de Vohhio le exigiera dinero, o le ordenase participar de forma directa en la batalla que su rey le había ordenado preparar. Si Stave supiera lo fácilmente que Adhar leía su rostro y sus ojos, probablemente sus temores habrían sido otros.

—No esperaba que me honraseis con vuestra presencia esta noche, señor —saludó Stave, apartándose del hogar y dejando la copa de fino cristal sobre la repisa de mármol—. ¿Queréis un poco de vino? Es tilhiano —explicó, esbozando una animada sonrisa—. Cosecha del sesenta y dos. Magnífico.

—Por supuesto —aceptó Adhar, desabrochándose la capa con un gesto rápido y permitiendo que el criado recogiese la prenda antes de que ésta cayera al suelo.

Stave se volvió hacia la repisa, cogió una copa limpia de una bandeja de oro que descansaba sobre el hogar y escanció con gesto experto el líquido de color sangre de una jarra también de cristal tallado. Todo en aquella habitación hablaba de riqueza, desde las alfombras de diseño monmorense que ocultaban las losas de piedra del suelo hasta los cortinajes y tapices que vestían las paredes con sus colores vibrantes. En el centro, una enorme mesa de roble dominaba la estancia, convirtiéndola en un comedor lo suficientemente grande como para acoger a una treintena de personas, demasiado para una casa urbana, aunque fuera la de un noble de alto rango: ni siquiera Adhar poseía en su residencia de Cohayalena un comedor como ése, y estaba seguro de que tampoco Kinho de Talamn, el segundo señor más poderoso de Thaledia, habría tenido la osadía de hacerse construir uno en la suya. A Stave de Liesseyal le gustaba el lujo, y le gustaba la ostentación. Y le gustaba saber que sus bienes estaban más a la vista que los de su señor, y que su señor los estaba viendo en esos momentos, preguntándose cuánto sería simple alarde y cuánto au-

téntica riqueza. «Pero si sé perfectamente lo rico que eres, Stave...
—Adhar paseó la mirada por la estancia y se encogió de hombros—. Si lo que quieres es que te dé el gusto, aquí me tienes.»

—Tomad, señor —dijo el señor de Liesseyal, tendiéndole la copa llena de vino. Él la aceptó con una leve inclinación de cabeza.

—Adhar será suficiente, Stave —respondió con una sonrisa—. Ya tenemos que preocuparnos por las formas en palacio. Deja que una visita informal sea tan sólo eso, una visita informal.

—Como desees —concedió Stave graciosamente, y la sonrisa de Adhar se ensanchó antes de posar los labios en el borde de la copa y probar el vino. El líquido bajó como un torrente cálido y dulce por su garganta; sabía a fruta, a madera, a sol y a verano. Adhar contuvo el impulso de cerrar los ojos para saborearlo mejor.

—Magnífico, sí —murmuró.

—Los vinos de Tilhia son los mejores de todo Ridia —asintió Stave, bebiendo de su copa sin dejar de mirar fijamente al señor de Vohhio—. Por mucho que le pese a ese estúpido de Cinnamal.

—Hace años que no pruebo un vino del señorío de Cinnamal —suspiró Adhar, y su pesadumbre no fue del todo fingida—. Antaño resultaba más fácil conseguirlo, pese a la guerra. Pero ahora...

—Teniendo un vino tilhiano, ¿quién quiere uno svondeno? —preguntó Stave, agitando la copa para hacer bailar el líquido en su interior. El fuego que ardía en el hogar arrancó destellos sanguinolentos a la copa de cristal—. Aunque tienes razón: Adelfried vigila demasiado las fronteras de Svonda. Como si un ejército pudiera colarse por ellas sin que lo viéramos. —Rio alegremente.

—En realidad —sonrió también Adhar—, soy yo quien vigila las fronteras de Svonda, Stave.

—Por orden de Adelfried, comandante —dijo Stave, como si eso bastase para disculpar el horrible comportamiento de Adhar.

—Por orden de Adelfried, desde luego —asintió Adhar, y

bebió otro sorbo de vino antes de acercarse lo suficiente a la chimenea para depositar la copa sobre la repisa—. ¿No obedecemos todos las órdenes del rey...?

La sonrisa de Stave no vaciló.

—Siempre, señor. —Hizo un gesto de saludo.

Adhar suspiró, sacudió la cabeza y volvió a coger la copa que acababa de dejar. «Thais tiene razón. No estoy hecho para las intrigas... —El vino le ayudó a contener el nuevo suspiro que amenazaba con brotar de sus labios—. No sabes disimular, Adhar.» Cerró los ojos, vació la copa y los abrió de nuevo, mirando directamente a Stave.

—No siempre —dijo en voz baja—. No siempre cumples las órdenes del rey, Stave.

Stave de Liesseyal enarcó una ceja sin dejar de agitar la copa entre los dedos.

—No sé de qué me estás hablando, Adhar.

—Te estoy hablando —siguió él, sabiendo que su expresión sombría no hacía sino divertir a Stave todavía más, pese a la cautela que todavía brillaba tras los ojos pardos del señor de Liesseyal— de tu pequeño grupo de nobles traviesos. —Repetir las palabras de Thais le provocó un nudo en el estómago. ¿Quién era él para recriminarle nada a Stave, siendo como era el que había traicionado a Adelfried metiéndose en la cama de la reina, concibiendo a su hijo, accediendo a unirse precisamente a aquellos a los que ahora mismo estaba censurando? Suspiró—. Sé quiénes sois —continuó en el mismo tono sombrío—. Sé lo que planeáis.

—No sabes nada, Adhar —replicó Stave, y bajó la mirada hacia la copa.

—Por supuesto que sí —dijo él, y dejó la copa vacía sobre la repisa con un golpe que le arrancó un agradable tintineo—. Atran de Shisyial, Rianho de Denle, Hopen de Cerhânedin... Sé quiénes sois —repitió—, y sé lo que planeáis. Por la Tríada, si debe de saberlo toda Cohayalena —se burló—. Excepto Adelfried, por supuesto. Si no, haría mucho que vuestras cabezas estarían adornando sus almenas.

Stave vaciló un instante antes de volver a sonreír.

—No te olvides de Kinho de Talamn —dijo en el mismo tono animado y casual que había empleado para hablar del vino—. Él tampoco lo sabe. Ni esto, ni nada.

—Ya —asintió Adhar con un gesto condescendiente—. Kinho sólo ve lo que Adelfried quiere que vea. Y lo que Adelfried no ve...

—... Kinho tampoco. Ya. —Stave se llevó la copa a los labios, esbozó una mueca al ver que estaba vacía y se giró de nuevo hacia la repisa para coger la jarra. Hizo un gesto con ella en dirección a Adhar, y éste le tendió la copa para que se la llenase—. ¿Y tú cómo te has enterado, Adhar...? —preguntó, levantando la jarra sin mirarlo.

—Eso da igual, ¿no crees? —replicó Adhar, y esta vez permitió que su voz mostrase toda la seriedad que sentía, sin engaños, sin disfraces—. Escucha, Stave. Sé que estáis planeando matar a Adelfried. Y sé que estáis planeando matar a la reina antes de que dé a luz.

Stave le alargó la copa llena.

—Lo sabes, ¿eh...? —murmuró animadamente—. Bien, pues lo sabes. ¿Y qué vas a hacer al respecto? ¿Vas a denunciarnos, Adhar? Porque ni siquiera Adelfried se pondría de parte de uno de sus señores, aunque sea el más poderoso de su reino, si éste le va con un cuento que no puede demostrar.

La amenaza estaba implícita en su tono calmado. Adhar lo miró sin pestañear por encima de su copa.

—Pensaba proponeros un cambio de planes —dijo al fin, indiferente, antes de tomar un nuevo sorbo de vino, que le supo tan bien como el primero.

Stave le dirigió una mirada sorprendida.

—¿Un cambio de planes? —repitió, interrogante—. ¿Qué quieres decir?

—Quiero decir —respondió Adhar— que, como ya deberías saber, cuantos menos objetivos tengas más sencillo es conseguirlos, Stave.

La expresión desconcertada del señor de Liesseyal le hizo sonreír.

—Queréis matar al rey, a la reina y al niño. Son tres objetivos, Stave —explicó pacientemente—. ¿Y para qué? ¿Para poner en el trono a alguien a quien podáis manejar, o a uno de vosotros para que todos podáis gobernar? ¿No sería más sencillo reducir los objetivos a uno solo?

Stave frunció el ceño.

—¿Qué quieres decir, Adhar? —repitió—. ¿Estás hablando de unirte a nosotros?

—Claro que sí —dijo Adhar, poniendo los ojos en blanco—. No iba a darte un consejo para después decirle a Adelfried que te lo he dado... Escucha, Stave: lo que queréis es poner en el trono a alguien que esté de vuestra parte. A uno de los vuestros.

—Por supuesto, pero no entiendo qué tiene eso que ver con...

—Poner en el trono a uno de los vuestros —remarcó Adhar—, o ponerlo detrás. Detrás del trono, Stave —insistió, como si hablase con un niño incapaz de aprehender el significado de las cosas a la primera—. Bien, pues aquí me tienes —añadió, e hizo una parodia de reverencia que dejó a Stave con la boca abierta.

—¿T-tú? —exclamó, asombrado. Sacudió la cabeza, abrió la boca para volver a hablar y la cerró de nuevo, optando finalmente por levantar la copa y vaciarla de un trago. Se enjugó los labios con la manga de brocado de su casaca, alargó el brazo para coger de nuevo la jarra y lo miró con incredulidad mientras vertía el líquido rojo en la copa—. Adhar... Adhar, no sé por qué crees que...

—Porque soy el señor más poderoso de Thaledia, después del rey, y tu señor —respondió Adhar antes de que Stave pudiera seguir hablando—. Porque sabes que, si digo que estoy con vosotros, es porque es cierto. Porque nunca he faltado a mi palabra en mi vida. Y porque el hijo de Adelfried, ese al que queréis matar, es hijo mío.

Stave pareció a punto de decir muchas cosas; abrió la boca varias veces, mirándolo con los ojos muy abiertos, tomó aire bruscamente y al final sólo fue capaz de decir una cosa:

—Oh, joder...

Se llevó la copa a los labios y la vació sin respirar. Adhar se permitió el lujo de esbozar una sonrisa divertida al ver su expresión.

—¿Entiendes ahora? —susurró—. Si dejáis viva a Thais y a mi hijo, si conseguimos que coronen al crío después de la muerte de Adelfried, yo seré el padre del rey... el consorte de la reina regente. Uno de los vuestros, Stave —recalcó, mientras Stave rellenaba su copa por tercera vez—. ¿No es mejor eso que buscar a un títere cualquiera al que el pueblo puede rechazar por no ser de sangre real? ¿No es más sencillo dejar que el niño herede el trono, y que Thais y yo seamos los regentes y gobernemos en su nombre y según vuestros deseos?

—¿Te prestarías a ser tú ese títere, Adhar? —inquirió Stave bruscamente.

—Te prestaría a mi hijo para que lo fuese, Stave —contestó Adhar en el mismo tono.

—El hijo de Adhar de Vohhio seguiría sin ser de sangre real —masculló Stave—, por muy noble que sea su padre. Señor —añadió en un tono mucho más respetuoso—, no creo que sea lo más...

—Es que ese niño sería, a todos los efectos, hijo de Adelfried —explicó Adhar pacientemente—. En lugar de una revolución sangrienta, te estoy ofreciendo lo que quieres sin derramar más sangre que la del rey, Stave. Una transición tranquila y pacífica de Adelfried a su hijo. A mi hijo. Y la corona en la cabeza de Thais y de su esposo, que formarán parte de vuestro grupo de nobles traviesos. —Sonrió—. El pueblo aceptará al hijo de Adelfried en el trono, y a su esposa como regente. Y me aceptará a mí como consorte si soy lo bastante prudente como para esperar un tiempo antes de contraer matrimonio con la reina.

Stave se quedó pensativo durante lo que a Adhar le parecieron horas. Contuvo el impulso de llenar el silencio llenándose la copa sin ayuda del señor de Liesseyal y probando a juguetear él también con el líquido púrpura, que relucía como rubí líquido a la luz de las llamas. Finalmente, Stave suspiró.

—No es mala idea —murmuró—. Pero tendríamos que esperar a que Adelfried nombrase al crío heredero de la corona, por supuesto.

—Habéis esperado muchos meses. ¿Qué son unos cuantos más? En Tihahea, Adelfried presentará a su heredero. Podéis matarlo ese mismo día, si tanta prisa tenéis.

—¿Podemos? —repitió Stave, y arqueó una ceja burlona—. ¿Nosotros? —Chasqueó la lengua—. Si realmente quieres formar parte de nuestro grupo de... ¿Cómo lo has llamado? ¿Nobles traviesos? —Rio quedamente—. Si quieres ser uno de los nuestros, tú también entras dentro de ese «podemos», Adhar. Si puedes meterte entre las piernas de la reina, muy bien puedes también participar en la muerte de su esposo. Señor —añadió como una ocurrencia de última hora, inclinando la cabeza en señal de respeto.

Adhar cerró los ojos, apesadumbrado, y volvió a abrirlos casi al instante. Asintió de forma imperceptible.

—Tienes razón —respondió en voz baja—. Aunque preferiría no añadir ninguna traición más a la lista de los pecados por los que tendré que responder ante la Tríada.

Stave rio suavemente.

—Pero si la muerte de Adelfried va a ser también responsabilidad tuya, aunque no seas tú quien utilice la espada, Adhar...

—Hay formas de matar a un rey menos aparatosas que con una espada —murmuró Adhar.

—Pero son menos espectaculares.

—Precisamente por eso. Si quisiera un espectáculo, habría llamado a Riheki. Se le da muy bien organizarlos.

Stave se encogió de hombros.

—Como quieras. En realidad, tienes razón. —Posó un dedo sobre el borde de la copa y empezó a hacer círculos despacio, extrayendo un sonido grave y continuo al cristal finamente tallado—. Si pudiéramos hacer que la muerte de Adelfried pareciese accidental, o incluso una muerte natural, sería más sencillo coronar a tu... a su hijo. —Sonrió—. Está bien, Adhar. Lo comentaré con los demás, a ver qué les parece.

Adhar asintió, vació la copa y la dejó de nuevo sobre la repisa de mármol, junto a la jarra casi vacía. Stave hizo una seña al siervo que aguardaba, invisible e inmóvil, junto a la entrada.

—Mantenme al corriente, Stave —dijo Adhar, y esta vez sí permitió que su voz sonase tan autoritaria como para no dejar lugar a dudas acerca de quién era el señor de quién en aquella habitación. «Si voy a acabar siendo su líder, ¿por qué no empezar cuanto antes?», pensó cínicamente mientras cogía la capa que el sirviente le tendía y se la colocaba al descuido sobre un hombro.

—Por supuesto, señor —respondió Stave, dirigiéndole una mirada que dejaba entrever que a todas luces había entendido el mensaje.

Adhar asintió una vez más y siguió al siervo hacia la entrada del salón, y hasta la puerta de madera de roble que separaba la vivienda urbana del señor de Liesseyal de las calles de Cohayalena. Otros dos siervos esperaban junto al umbral para abrir la puerta rápidamente y hacer una apresurada reverencia al señor de su señor, que salió al aire fresco de la noche otoñal y respiró una, dos veces, hasta que su corazón adquirió un ritmo normal.

«Ya lo has conseguido, preciosa mía, mi reina —pensó mientras se alejaba de la puerta de la casa señorial—. ¿Estás contenta...?»

Sus ojos se posaron en la sombra que se escabullía veloz por la boca de un callejón. Despegó los labios para soltar una exclamación, pero cuando encontró su voz, la sombra ya había desaparecido como si nunca hubiera existido.

CORDILLERA DE CERHÂNEDIN (SVONDA)

Cuarto día desde Ebba. Año 569 después del Ocaso

> Los öiyin cayeron con Ahdiel. Pero muchos de los que sobrevivieron a aquella terrorífica jornada juran haber oído decir a algunos de ellos que nadie, jamás, podría hacerlos desaparecer, igual que nadie podía vencer a la Muerte.
>
> *El Ocaso de Ahdiel y el hundimiento del Hombre*

Cruzaron de nuevo el Tilne al pie de Cerhânedin, media jornada después de volver a entrar en territorio svondeno. Nada más pisar el otro lado de la frontera, Kamur obligó a sus hombres a vestir otra vez el uniforme del ejército. Debía de sentirse más seguro, como se había creído a salvo ocultando su identidad en el país enemigo.

Se notaba que Ebba había pasado en el aire frío que soplaba desde los riscos de la cordillera, en la escarcha que cubría sus mantas y capas cuando despertaban cada mañana, en el vaho que formaba su aliento casi a cualquier hora del día, y, sobre todo, en la luz: amanecía mucho más tarde, y apenas les daba tiempo a recorrer unas pocas leguas antes de que el sol volviera a caer. Y sus rayos no calentaban, aunque, paradójicamente, eran mucho más deslumbrantes que en mitad del verano, entre Dietlinde, la Fiesta de los Brotes, y Elleri.

Si Keyen y ella habían bordeado Cerhânedin por la cara norte, esta vez Kamur los conducía de vuelta a Svonda por el sur. Aquello tenía su lógica: aunque el camino más directo de Delen a Tula era por el norte, a esas alturas del año el viento en la parte más septentrional de la cordillera era cortante, y cualquiera preferiría alargar el viaje un par de días a transitar por las laderas desoladas que Issi y Keyen habían recorrido días atrás.

Keyen la evitaba. O eso le parecía a Issi, que se iba hundiendo cada vez más en su propia miseria conforme avanzaban hacia el rey de Svonda. Cuando lo pensaba con calma, deducía que, en realidad, Keyen tenía la misma libertad de movimientos que ella, que era nula, y por tanto era muy difícil que se acercase a Issi cuando le viniera en gana o cuando ella lo necesitaba; pero no siempre era capaz de pensar con calma. Y no podía echarle la culpa al golpe que había recibido en la cabeza, porque hacía ya días que la hinchazón había desaparecido, y con ella los dolores en el cráneo y los mareos que obligaban a Kamur a sujetarla con fuerza para que no se cayera del caballo que compartían.

—No deberías haber dejado nuestros caballos en Delen —dijo Keyen una noche, mientras comían una exigua ración de carne seca y pan duro.

Kamur no levantó la vista.

—De algún modo debía pagar al tabernero por tener que limpiar todo ese estropicio —contestó—. Y por la vida de ese chico, claro.

Nern enrojeció y agachó la cabeza.

—Pero con dos caballos cargados con dos personas, no vamos a llegar a Tula hasta la víspera de Yeöi —señaló Keyen tranquilamente.

Issi lo miró. ¿Eran imaginaciones suyas, o Keyen tenía muchas ganas de llegar junto a Carleig? Sacudió la cabeza. «Estoy paranoica. Kamur sólo quería que dudase de él, nada más.» Y maldito fuera si no lo había conseguido.

—No vamos a Tula —se limitó a responder Kamur. Oyó la exclamación incrédula de Keyen, y debió de percibir las miradas atónitas de Nern y de Reinkahr, porque alzó el rostro y sonrió—. El rey no está en Tula, está en Yintla. Y allí es donde vamos nosotros. Doce jornadas, Keyen, no treinta.

Se metió un trozo de carne en la boca y la masticó con parsimonia.

—¿Por qué? —preguntó Keyen—. La corte de invierno está en Shidla... ¿Por qué Yintla? ¿No está demasiado cerca de la frontera con Thaledia?

—Y de Monmor —respondió Kamur con calma.

—Pero... además, es demasiado pronto para trasladar la corte de Tula a Shidla... o a Yintla, o adonde sea... Aún quedan más de treinta días para Yeöi —insistió Keyen.

El teniente se encogió de hombros.

—Yo cumplo órdenes, no las cuestiono.

Keyen no dijo nada más. Tampoco la miró. Nunca la miraba. «Ya no.» La evitaba. Issi creía saber por qué: porque sabía que ella se había dado cuenta de lo que había hecho. Y Keyen no quería tener que reconocerlo ante ella.

Sólo cuando lograba apartar de su mente las telarañas de la depresión que amenazaban con sumirla aún más en la oscuridad era capaz de ver que Keyen no la había traicionado, que Keyen no había provocado su captura a manos de los tres soldados de Svonda. Pero el resto del tiempo, cuando el desaliento y el desánimo la embargaban, miraba a Keyen y veía a un hombre vendido, por miedo, o por dinero; a un svondeno fiel no a ella sino a su país y a su rey, a un hombre que había olvidado la máxima que tantas veces le había repetido: «Si ningún país me guarda lealtad a mí, ¿por qué iba yo a guardar lealtad a ningún país?»

Pero, sobre todo, veía al hombre que le había prometido que no la abandonaría. Y que la había abandonado. «Igual que cuando me juró que me protegería.» Y había sido incapaz de protegerla.

Los ojos azules de Antje se le aparecían cada noche, y en ocasiones también durante las horas de vigilia. Y además, estaban aquellos otros sueños, los de la ciudad blanca y negra, que la aturdían y la dejaban temblorosa por el deseo de obedecer la llamada de la montaña.

El arco apuntado de cristal tendría unas dos varas de altura.

Dos finas columnas enmarcaban el espacio que guardaba, uniéndose con el inicio del arco a la altura de su rostro. La clave, la pieza de cristal que sostenía todo el arco, tenía unas marcas talladas que Issi tampoco pudo leer. Relucía como el diamante tallado en la roca gris de la montaña. Y al otro lado, no había... nada. Pero Issi se quedaba mirando la nada, sabiendo que no le estaba permitido entrar, y, sin embargo, deseando con todas las fibras de su ser poder atravesarlo. La oscuridad la llamaba, pronunciaba su nombre.

Se agitaba en sueños, incapaz de escapar y sin querer hacerlo, y cuando despertaba sentía bajo sus pies las baldosas negras y blancas de la ciudad.

El Tilne atravesaba la cordillera de Cerhânedin por una estrecha garganta, y salía de entre las montañas cayendo por un abrupto acantilado de unas veinte varas de altura, formando un salto de agua que bajaba, rugiente, hasta un profundo estanque rodeado de piedras musgosas y resbaladizas. Al pie de la catarata se detuvieron tres días después de la Fiesta de la Cosecha, protegidos de las salpicaduras por una roca rectangular tumbada que recordaba poderosamente a un sepulcro.

Como cada noche, Issi permitió dócilmente que Kamur atase sus manos con la fina cuerda que Reinkahr había llevado consigo, se sentó junto al fuego y se cubrió con la capa del teniente svondeno. La suya, junto con su manta, se había quedado con *Lena* en Delen. El recuerdo de la yegua castaña todavía era un picor constante en su corazón, que ya tenía bastante escocido por todo lo que estaba sintiendo en los últimos días. Rabia, tristeza, dolor, miedo, soledad, odio, y otros muchos sentimientos que ni siquiera se atrevía a analizar.

Rechazó el trozo de pan y la escudilla con sopa de nabos que Reinkahr le tendía, se envolvió con la capa, y, con la mirada perdida en las llamas doradas que chisporroteaban en la hoguera encendida con ramas húmedas, imploró a cualquier dios, diosa, ente, espíritu o fuerza de la Naturaleza que estuviera escuchando que el olvido del sueño llegase lo antes posible. Porque no podía soportar las emociones que se agolpaban en su mente, y, por encima de todo, no podía soportarse a sí misma. Desde el bosque de Nienlhat. Desde antes, incluso.

Desde que había visto los ojos de Antje. O desde que había visto los ojos de la niña del vestido azul. O, quizá, desde la primera vez que había visto los ojos de Keyen, tantos, tantos años atrás.

Kamur se levantó de un salto. Con un movimiento brusco la obligó a bajar la cabeza, hundiendo su rostro en la capa. Se inclinó y susurró en su oído:

—No te muevas. ¿Me oyes? ¡Ni un movimiento! —Y se alejó a grandes zancadas.

Issi no se atrevió a desobedecerle. Sorprendida, parpadeó varias veces para aclararse la vista y, con una imperceptible sacudida, apartó un mechón de pelo de delante de sus ojos, lo suficiente para entrever lo que sucedía.

En el borde de la laguna, justo en el límite de la luz de la hoguera, Kamur se reunía en ese momento con una figura desvaída. En un primer instante pensó que era uno de los espectros que había invocado segundos antes. Pero al rato, cuando empezó a acostumbrarse a la penumbra y sus ojos obviaron el brillo más cercano del fuego, comenzó a vislumbrar los contornos, los volúmenes, hasta que se dio cuenta de que era un hombre. Vivo.

Por lo que Issi podía ver, se cubría con una capa peluda, quizá de piel de oso, y llevaba sueltos los largos cabellos blancos. Parecía un hombre corpulento, pero tal vez no fuese más que la ilusión óptica producida por la capa, que ensanchaba su figura hasta dotarle de unos hombros el doble de anchos que los de Kamur. Hasta ella no llegaba más que el sonido profundo de su voz, y el de la voz de Kamur, pero no alcanzaba a comprender las palabras. Kamur gesticulaba mucho; el extraño permanecía inconmovible.

La conversación se extendió lo suficiente como para que Issi empezase a sentir un pinchazo en el cuello. Los músculos de su espalda protestaron por la prolongada inmovilidad en aquella postura, medio encogida, medio agachada, que el teniente la había obligado a adoptar. Finalmente Kamur se despidió del hombre con una rígida inclinación de cabeza y regresó junto al fuego, mientras el desconocido volvía a perderse entre las sombras fantasmagóricas producidas por la luz de las llamas danzarinas al chocar con las rocas cubiertas de musgo.

Kamur se sentó entre Reinkahr y Keyen, cogió la escudilla de sopa que había dejado al lado de la hoguera para que no se enfriase, y se la llevó a los labios.

Sólo después de sorber todo el caldo pareció darse cuenta de las miradas insistentes, llenas de curiosidad, de sus dos hombres y de sus dos prisioneros. Issi, segura de que el extraño se había marchado, no se atrevió, sin embargo, a alzar del todo la cabeza. Lo miraba entre los rizos que cubrían su rostro, tratando de no hacer caso a las punzadas de dolor que contraían todos sus músculos.

Kamur los miró de uno en uno, con expresión de sorpresa, y dejó el recipiente en el suelo.

—Sólo eran los habitantes de la cordillera —dijo—. Los que consideran que estas montañas son su reino, y ellos sus reyes. Pero nos permiten pasar, no os preocupéis.

Keyen arqueó las cejas.

—No tenía pinta de bandido.

—No —respondió sencillamente Kamur.

Los cuatro hombres se quedaron callados un buen rato. Los troncos húmedos de la hoguera crujieron, y el silencio podía oírse más aún, podía incluso masticarse. Harta de todo y de todos, Issi se enderezó, estiró la espalda, torció el cuello hacia uno y otro lado, dolorida, y lanzó una mirada desafiante a Kamur. Éste no reaccionó.

—He oído, y más de una vez, y de más de una persona —dijo Keyen de repente, sin mirar a ningún lugar concreto—, que en Cerhânedin los öiyin siguen practicando sus ritos. Que aquí es donde viven desde el Ocaso, donde se refugiaron los que sobrevivieron al Hundimiento de Ahdiel.

Inopinadamente, Nern empezó a temblar con violencia. Kamur le lanzó una rápida mirada y después escrutó a Keyen. Devolviéndole la mirada, éste se llevó las manos amarradas a la boca y mordió un trozo de pan mojado en sopa. El caldo se escurrió por su barbilla, y él se lo limpió con el dorso de la mano, sin dejar de mirar al teniente svondeno.

—Muy bien —dijo éste al fin, y, con un hondo suspiro, se levantó. Caminó hacia los caballos, haciendo caso omiso de las estupefactas miradas de sus compañeros; abrió su alforja, sacó un trozo de lienzo limpio y, volviendo hasta la hoguera, se inclinó sobre Issi—. Quieta —ordenó.

Ella se dejó hacer mientras él le vendaba la frente. Cuando apretó el nudo, se enderezó, cogió la daga de la propia Issi, que ahora guardaba en su cinturón, y, sin una palabra, se hizo un corte en el antebrazo. Frotó la herida contra el lateral de la cabeza vendada de Issi hasta que la sangre correteó por su mejilla.

—¿Qué estás haciendo, Kamur? —inquirió Keyen, asombrado.

El soldado se apartó de Issi y la estudió con los ojos entrecerrados, asintió y regresó a su lugar junto al fuego.

—¿Teniente? —preguntó Nern. El muchacho parecía aún más desconcertado que Keyen, y miraba a su superior con la boca muy abierta y un brillo enloquecido en los ojos.

Kamur cogió el pellejo de agua y se lavó la herida que él mismo acababa de hacerse.

—Pensaba esperar hasta salir de Cerhânedin —explicó—, hasta el Camino del Sur, antes de cambiar de rumbo. Pero —se encogió de hombros—, si de verdad queréis saber, si vais a seguir preguntando...

Clavó los ojos en Issi. Ella se estremeció y levantó la capa hasta la barbilla, tratando inconscientemente de protegerse de la amenaza que se ocultaba tras el brillo de los ojos negros.

—Voy a llevarme a la mujer al norte —dijo Kamur—. No a Carleig, ni de vuelta con el ejército. A las Lambhuari. Y ahora que ya lo sabéis —paseó la mirada por los rostros estupefactos de Nern, Reinkahr y Keyen y la expresión resignada y confundida de Issi—, no tiene sentido seguir hasta la carretera y subir hacia Shidla. Atravesaremos Cerhânedin y seguiremos el Tilne corriente arriba hasta el Paso de Skonje.

Se frotó las manos ante las llamas. A su lado, Nern lo miraba como quien levanta una piedra en busca de lombrices para pescar y se encuentra con una víbora.

—Teniente —dijo Reinkahr en voz baja. Parecía mucho más tranquilo que el joven soldado, que seguía mirando a Kamur boquiabierto, atónito—. ¿Por qué? —preguntó simplemente.

Él sonrió con frialdad.

—Porque es la Öiyya. Y si hay que atravesar el territorio de los öiyin, más nos vale que no descubran ese maldito signo en su frente.

—Quería decir que por qué. Por qué al norte. Por qué no a Yintla. Por qué desobedecer una orden directa del rey. —Reinkahr dejó entrever su desconcierto en la forma de sacudir la cabeza, en el leve temblor de sus manos, aferradas a un trozo de pan que desmigajaba compulsivamente entre los dedos.

Kamur asintió.

—Ah. Eso es más difícil de explicar. —Levantó el rostro y miró al cielo. La luna en cuarto creciente impedía ver las estrellas con claridad. Sin embargo, estaban allí, observándolos con sus ojos fríos, distantes—. Es una cuestión de lealtad. Pero —repitió— si vais a seguir preguntando...

Suspiró y cerró los ojos.

—¿Cuántos reyes ha tenido Svonda desde su fundación? ¿Cuántos han tenido Thaledia, Monmor, Tilhia? Y todos se creen con poder sobre las vidas de sus súbditos. Y sobre las de los súbditos de sus enemigos. —A la luz de la luna, el color de su piel desaparecía, sustituido por un enfermizo tono blancuzco, casi gris. A Issi se le revolvió el estómago. Kamur abrió los ojos y siguió hablando—: A todos se les olvida que la única dueña de la Vida es la Vida misma.

Keyen soltó un silbido prolongado.

—Vaya —dijo, mirando a Kamur con una sonrisa torcida—. Un ianïe. Quién lo iba a decir, teniente —añadió, enfatizando la última palabra con una inflexión burlona.

Nern ahogó una exclamación de incredulidad y horror.

El oficial svondeno bajó la cabeza con humildad.

—Aún no se me considera digno de servir al Ia, pero obedezco a la Iannä, sí —contestó—. Ella me ordenó sacarla del poder de Svonda y llevársela. Y es lo que yo voy a hacer —añadió con un leve tinte amenazador en la voz calmada.

Reinkahr agachó la cabeza y no dijo nada. Nern parecía incapaz de hablar. Keyen, por el contrario, rio suavemente.

—¿Y qué podría querer la Iannä de ella?

—Eso —Kamur hizo un gesto vago desechando la pregunta— es cosa suya. De la Iannä, y, por supuesto, de la Öiyya —señaló a Issi con un gesto—. No en vano, son iguales. Diferentes, pero iguales.

Keyen asintió.

—Para creer que son iguales, Kamur —dijo, inclinándose hacia delante—, has tratado a Issi de un modo muy distinto al que habrías utilizado con tu Iannä...

—Sirvo a la Vida —dijo Kamur con fervor, y miró a Issi de soslayo—. Pero respeto a la Muerte. Y a ella la he respetado. He hecho lo necesario para hacer lo que la Iannä me pidió que hiciera, pero la he respetado.

«Me has dado tu capa, pasando frío por las noches en mi lugar. Me has sostenido en el caballo cuando estaba demasiado débil para permanecer montada. Incluso te has cortado el brazo tú mismo para ocultarme, en lugar de herirme a mí», pensó Issi, confusa. Pero también la había perseguido, la había golpeado, la había obligado a salir de nuevo de su país contra su voluntad.

—Si querías llevarla a las Lambhuari —continuó Keyen—, ¿por qué la dejaste marchar de Sinkikhe? Estabas a pocas jornadas de viaje del Skonje... Pero has permitido que llegase hasta aquí, ¿y ahora quieres volver a llevarla al norte?

—Yo cumplo órdenes —repitió Kamur fríamente—, no las cuestiono.

Miró a Nern y a Reinkahr. El soldado mayor sostuvo su mirada con tranquilidad, mientras el más joven parecía no saber dónde esconderse. Los ojos de Kamur se entretuvieron en el rostro de Nern. La expresión del teniente era indescifrable, la del joven soldado estaba preñada de terror.

—Y vosotros también —finalizó con voz dura—. Vosotros también cumplís órdenes.

Reinkahr asintió.

—Cumplimos órdenes, mi teniente —contestó.

Sin una advertencia, sin un gesto que traicionase sus intenciones, se abalanzó sobre Kamur y lo tiró al suelo.

Issi no reaccionó al ver a los dos hombres rodar por el suelo. Keyen tampoco hizo nada. Se limitó a observarlos sin dejar que por su expresión pudiera saberse lo que pensaba de la escena, mientras Kamur y Reinkahr se agarraban el uno al otro, uno intentando estrangular al otro, el otro sujetándose de las manos que se aferraban a su garganta, ambos gruñendo palabras ininteligibles. Rodaron hasta el borde de la laguna, tan estrechamente abrazados que más parecían dos amantes que dos hombres luchando, los gruñidos que emitían en su esfuerzo fácilmente confundibles con los gemidos de placer que dos enamorados habrían dejado escapar.

Cayeron al agua con un fuerte chapoteo. Nern se levantó de un brinco y se acercó al borde de la laguna, indeciso, ansioso, incapaz de decidir qué hacer. Issi no podía evitar sentir lástima por él. ¿A quién debía obedecer, a su teniente, o a su rey? Nern gimió, con los ojos clavados en la agitada superficie del agua, justo en el mismo momento en que las cabezas de Reinkahr y Kamur volvían a salir a la superficie.

Sujetando todavía a Kamur por la garganta, Reinkahr lo empujó para estrellarle la sien contra la roca afilada del borde, una, dos, tres veces, hasta que Kamur se agitó y pataleó en el agua para liberarse. Levantó la mano y clavó el dedo en el ojo del soldado. Reinkahr aulló de dolor, pero no soltó al teniente. Del párpado destrozado brotó un chorro de sangre que empapó el rostro de Kamur. Él cerró los ojos. Y Reinkahr, enloquecido por el dolor, volvió a estamparle la nuca contra la roca, una, dos, tres, cuatro veces, hasta que la cabeza de Kamur cayó hacia delante y el agua oscura del lago se tiñó de rojo.

Tuvo que contener el impulso de apartar la mirada cuando Reinkahr soltó a Kamur y el cuerpo de éste se quedó flácido, flotando boca abajo en el agua. Pero no lo hizo. Siguió mirando, incrédula, mientras el soldado de mayor edad trepaba por la orilla rocosa para salir del lago, completamente empapado de agua y sangre. «Kamur.» Aquel cuyo rostro se había vuelto gris a la luz de la luna. Ahogó un sollozo histérico, con los ojos fijos en el cuerpo inerte del teniente, hasta que Reinkahr la agarró con violencia del brazo y la obligó a levantarse.

—Vamos —gruñó. Tenía el párpado destrozado, la cuenca del ojo convertida en un amasijo de carne y sangre. Pero no parecía importarle. La sacudió con fuerza cuando ella lo miró, atónita—. Hay que irse de aquí. Ya.

—¿Q-qué...? —balbució.

Él la arrastró hasta donde Nern desataba los caballos. Keyen ya estaba allí, dispuesto a montar en el caballo que había pertenecido a Kamur. Nern no dijo nada.

—Nosotros siempre obedecemos las órdenes que recibimos. Siempre, ¿entendido? —ladró Reinkahr, y la obligó a montar en su propio caballo. Subió detrás de ella, la envolvió rudamente con la capa de Kamur, que ella todavía tenía sobre los hombros, y espoleó al animal, dejando atrás la fogata casi extinta, las escudillas medio llenas de sopa de nabo y el cuerpo de Kamur, flotando con los brazos abiertos y el rostro hundido en el agua de la laguna, bajo la catarata del Tilne.

COHAYALENA (THALEDIA)

Quinto día desde Ebba. Año 569 después del Ocaso

> Confianza... La confianza no existe; sólo las ganancias que uno pueda obtener al otorgársela a alguien.
>
> *Política moderna*

Stave de Liesseyal giró sobre sí mismo y se encaró con el hombre que lo observaba con los ojos entrecerrados, sin disimular su enojo. Hopen de Cerhânedin sostuvo su mirada sin pestañear, permitiendo que la desconfianza brillase en sus iris grises, del mismo tono acerado que sus cabellos y su barba. Pese a su edad y su experiencia, el señor de Cerhânedin era tan transparente que a Stave le inspiraba un sentimiento muy cercano a la compasión.

—No me gusta —masculló Hopen, desviando la mirada y posándola en uno de los tapices que adornaban el salón de la vivienda urbana del señor de Liesseyal, el mismo en el que, noches atrás, el señor más poderoso de Thaledia había perdido su honor a cambio de un trono para su hijo.

—Eso es evidente —replicó Stave—. Lo que me estaba preguntando es por qué.

Hopen se humedeció los labios con la lengua, miró a Stave de reojo y suspiró.

—El Adhar que yo conocí no traicionaría jamás a su rey —negó con brusquedad.

—El Adhar que tú conociste era un simple escudero, Hopen —respondió Stave, haciendo un gesto a su lacayo para que trajese más vino—. El mejor amigo de tu escudero, si no recuerdo mal.

Hopen asintió, y se permitió esbozar una breve sonrisa.

—Kinho, sí. Buen muchacho.

—Ese «buen muchacho» es ahora el hombre de confianza de Adelfried, y tiene más tierras de las que tú y yo podríamos soñar tener en esta y otras diez vidas —dijo Stave—. Adhar también ha cambiado, Hopen. Sigue siendo leal hasta la náusea, pero sus lealtades han cambiado.

—¿Y así, de repente, ha dejado de ser leal a Adelfried y nos ha jurado lealtad a nosotros? —inquirió Hopen, incrédulo.

Stave chasqueó la lengua, impaciente.

—Adhar no nos es fiel a nosotros, ni a nuestra causa. Adhar le es fiel a Thais. Y por ella y por su hijo, sería capaz de darlo todo, incluso su honor. Ya lo ha hecho, ahora que lo pienso.

—Ya —rio Hopen sin pizca de alegría—. No le debe de quedar mucho honor después de haberse metido en el lecho de la reina a espaldas de su rey. Y dejarla preñada, por la Tríada... —Sacudió la cabeza suavemente—. No me gusta —repitió—. Si ha traicionado su palabra una vez, puede hacerlo otra. Puede vendernos a Adelfried sin pestañear. Y Adelfried nos cortaría la cabeza también sin pestañear.

Stave aprovechó la llegada del lacayo con la jarra de vino para hacer una pausa y disimular su impaciencia. Hopen era inteligente, pero a veces resultaba tan complicado hacerle cambiar de idea... Y estaba convencido de que Adhar era leal a Adelfried en cuerpo y alma. Hacer que esa imagen del señor de Vohhio cambiase en la mente de Hopen podía resultar dolorosamente difícil.

—Adhar no le iría con el cuento a Adelfried —contestó al fin, yendo hacia el hogar encendido, sobre el cual las sempiternas copas descansaban sobre la bandeja de plata, esperando a que su dueño tuviera a bien utilizarlas.

—¿Por qué estás tan seguro?

—Porque —dijo Stave en tono ligero, sirviendo una generosa cantidad de vino en una copa y tendiéndosela a Hopen con un gesto elegante— su traición podría ser considerada tan grave como la nuestra, si no más. Tendría que decirle a Adelfried cómo se ha enterado de nuestro... eh... deseo de destronarlo. —Sonrió, y se volvió para servir vino en una segunda copa.

—Puede mentir. —Hopen se encogió de hombros antes de llevarse la copa a los labios.

—Adelfried es muchas cosas, pero no se puede decir que sea un imbécil. Y no iba a creerse que hemos accedido a cederle a Adhar la corona de regente por su cara bonita. —Dejó la jarra sobre la repisa y se alejó del intenso calor de las llamas que ardían en el hogar de piedra—. Siendo el señor más grande de Thaledia, lo normal sería que unos... nobles traviesos —rio quedamente— como nosotros desconfiásemos de él. No que le entregásemos más poder, y lo hiciéramos con una sonrisa en la cara. No, Hopen: Adhar era sincero. Quiere a Adelfried muerto, y quiere a su hijo en el trono. No mentía.

Hizo una mueca de impaciencia al ver la expresión desconfiada del señor de Cerhânedin.

—Oh, por la Tríada —masculló—. Piensa un poco, Hopen. Si queremos que esto tenga éxito, si queremos estar seguros de que nuestras cabezas no acaben adornando la puerta de Cohayalena, necesitamos todos los apoyos que podamos conseguir. De acuerdo, somos muchos —concedió, interrumpiendo la réplica de Hopen con un ademán brusco—, pero ni siquiera entre todos alcanzamos a ser tan poderosos, a tener tantos vasallos como Kinho de Talamn. Y Adelfried cuenta con el apoyo de Kinho. —Sacudió la cabeza—. Si Adhar también apoyase a Adelfried... Si Adhar se congraciase con Adelfried, más nos valdría empezar a pensar en cómo cruzar la frontera sin ser vistos. No, Hopen: si Vohhio se une a nosotros, si Vohhio nos ofrece su apoyo y el de la reina, no podemos perder. De la otra manera... —Negó con la cabeza, sombrío.

—Precisamente por eso no me lo creo. —Hopen alargó un

brazo para tenderle la copa vacía—. Adhar ha estado al lado de Adelfried desde que heredó su señorío. No me entra en la cabeza que ahora quiera traicionarlo.

—Ya lo ha hecho, como tú muy bien has señalado. —Stave se encogió de hombros—. El amor convierte a los hombres en idiotas.

—El sexo, más bien.

—Como sea. —Stave hizo un gesto evasivo antes de coger la copa de Hopen y posarla sobre la repisa—. Adhar ha puesto a la reina y a su hijo por delante de Adelfried en lo que a sus lealtades se refiere. Y todos sabemos que las lealtades de Adhar son lo más importante para él. —Sonrió con sorna—. Ahora, por Thais, sería capaz de entregarle la corona de Adelfried al mismísimo emperador de Monmor. Pegada a su cabeza.

Hopen le dirigió una mirada suspicaz.

—Confías demasiado en Adhar.

—Confío muy poco en Adhar —replicó Stave.

—Ya es demasiado.

CAMINO GRANDE (SVONDA)

Décimo día desde Ebba. Año 569 después del Ocaso

> Lo difícil es mantener el juego entre dos, e impedir que aparezca un tercero.

> *El arte del cortejo*

A lo lejos se veía la silueta recortada de Shidla, la Ciudad de la Encrucijada. Timko escrutó el horizonte, deteniendo la mirada en las altas murallas, en las achaparradas casas de piedra amarillenta, en las elevadas torres erizadas de almenas del palacio de invierno de Carleig, rey de Svonda. «Aún no es demasiado tarde —pensó, tratando de animarse a sí mismo—. Todavía estamos a tiempo. Todavía no es tarde...» Espoleó su caballo y se inclinó sobre su cuello para protegerse del repentino viento cuando el animal se lanzó hacia delante.

—Un último esfuerzo, amigo —murmuró, dirigiéndose al mismo tiempo al caballo y a sí mismo—. Hay que llegar al rey. Está ahí al lado, ¿lo ves? —animó al animal, se animó él—. En Shidla, en la corte de invierno, como siempre en esta época del año...

En su mente bailaban las palabras de Tianiden, su comandante, al entregarle el pliego sellado y lacrado con el rostro congestionado y una expresión de terror en el rostro.

—¡Dile al rey que es Tilhia! —había gritado el comandante

al entregarle el pliego, con tanta premura que ni siquiera se había detenido a decirle dónde debía llevar la misiva—. ¡Los Indomables! ¡Vienen a cientos, a miles, hacia el Skonje! ¡Díselo!

«Por si se me pierde la carta», pensó Timko con un ramalazo de ira. Como si nunca hubiera llevado un mensaje al rey. Aunque, por una vez, Tianiden había actuado correctamente. No sería la primera carta que Timko se comiera para impedir que cayese en las manos equivocadas.

Se pegó al cuello del caballo y lo instó a correr más clavándole los talones en los flancos. «Está ahí mismo. En Shidla.» Afortunadamente, la corte de invierno estaba mucho más cerca que la capital; si hubiese tenido que ir a Tula, no habría llegado a tiempo. Pero iba a conseguirlo, y Carleig sabría qué hacer para impedir que Tilhia infligiera a Svonda una derrota aún peor que la de Khuvakha.

YINTLA (SVONDA)

Decimocuarto día desde Ebba. Año 569
después del Ocaso

> ¡Cuán orgullosos son los reyes de los hombres, cuánto los poderosos! ¡No son capaces de ver que, por muchos que sean sus bienes y su poder, están condenados a morir, igual que el más humilde de sus siervos! La Muerte todo lo iguala, todo lo asimila, todo lo ata.
>
> *Reflexiones de un öiyin*

Reinkahr murió cinco días después de dejar el salto de agua y cruzar el Tilne, cuando todavía no habían salido de Cerhânedin. No les sorprendió: hacía mucho que su rostro se había vuelto del color de la ceniza, y todos, y no sólo Issi, pudieron prever su muerte mucho antes de que acaeciera. La cuenca del ojo se le había llenado de pus, y el olor que despedía era insoportable. Y había renunciado a comer y beber días antes de dejarse caer del caballo y quedarse allí tumbado, incapaz de moverse, esperando el final que él también sabía cercano.

—Los cuervos se pelean ya por sus ojos —dijo Keyen, apartándose del cuerpo tembloroso del soldado.

—Por éste, no. —Issi hizo un gesto de desagrado cuando la cuenca purulenta quedó a la vista—. Pero la está palmando, sí.

Su propia indiferencia la asqueaba más aún que el olor y el aspecto del ojo de Reinkahr.

—Su puta madre —susurró el hombre al fin, respirando entrecortadamente—. Me ha matado. Cabronazo.

Y expiró. Nern se tapó el rostro, que había adoptado una mueca permanente de asombro y duda, y suspiró hondo.

—Bien —musitó, dirigiéndoles una mirada desvalida—. Bien —repitió, cuadrando los hombros y apretando los labios—. No quiero ni una sola broma, ¿de acuerdo? Vamos a seguir hasta Yintla, y al que se mueva le demuestro que no sólo sé tocar la vihuela sino también metérsela por el culo a quien me toque los cojones.

Era tan obvio, tan evidente que sólo intentaba darse ánimos a sí mismo que Issi no pudo evitar sonreír. Miró a Keyen de soslayo; él estaba pensando lo mismo. ¿Cuánto tiempo podría Nern, un simple muchacho, impedirles escapar y seguir su camino como si nada hubiera sucedido...?

Sorprendentemente, Nern se las apañó muy bien. De hecho, logró arrastrarlos a los dos hasta la costa del mar de Ternia, hasta la ciudad portuaria de Yintla, sin necesidad de herir o matar a ninguno de los dos, y sin tener que sacrificar su amada vihuela por el bien mayor. Y entró en la ciudad por la puerta del este, la más transitada, con los aires de un gran rey cuyo séquito estuviera formado sólo por dos personas.

Llegaron dos días antes de lo que habían calculado en un principio, sin cansar demasiado a los caballos ni cansarse demasiado ellos mismos. Ahora que sólo eran tres no tenían necesidad de compartir montura, y eso, sin embargo, no había ayudado a que Issi y Keyen pudieran dar esquinazo al omnipresente Nern. Convertido en el líder de la expedición, el joven soldado había desarrollado una personalidad muy diferente de la del muchacho apocado e inseguro que había cabalgado a las órdenes de Kamur y de Reinkahr.

—Casi diría que tiene madera de oficial —gruñó Keyen después de una sarta de órdenes a voz en grito y ladridos mezclados con insultos, con los que Nern había demostrado su insospechada capacidad de mando—, si no fuera porque es muy probable que no sobreviva para ser nombrado teniente.

—Tiene muchos más huevos que Tianiden, eso no se lo discuto —le respondió Issi por la comisura de los labios, agachando la cabeza sumisamente ante Nern—. Pero si se le sube un poco más a la cabeza va a acabar con la calabaza clavada en una pica.

—Un bonito adorno para las almenas de Carleig, ¿no? —preguntó Keyen alegremente.

Issi, que en aquel momento se sentía casi tan animada como antes de que todo empezase a torcerse, rio.

—O de Adelfried. A cualquier rey de buen gusto le gustaría tener una cabeza tan linda encima de sus muros.

—Lo que pasa —comentó Keyen en tono conversacional, siguiendo al adusto Nern con la mirada— es que, cubierta de brea, seguro que pierde mucho.

Issi volvió a reír, y se mordió el labio cuando Nern giró la cabeza y la asaetó con la mirada; en sus ojos, detrás de la severidad, brillaban otras muchas emociones. Issi descubrió la inquietud, el terror, y también, por extraño que pudiera parecer, el deseo. Sacudió la cabeza, desconcertada. «Intenta ser firme, pero se le nota que está muerto de miedo.» ¿Y por qué no iba a estarlo? «¿Y por qué sí?»

¿Y por qué ella estaba tan alegre, cuando su situación no sólo no había mejorado, sino que no hacía más que empeorar conforme se acercaban a Yintla por el transitado Camino del Sur? Tal vez porque sentía que, en cualquier momento, Nern cometería un error, se despistaría, se olvidaría de vigilarlos, y ellos podrían largarse con los dos caballos que amablemente el muchacho había puesto bajo sus nalgas. Y entonces podría volver a Cerhânedin y buscar al öiyin que había hablado con Kamur, y preguntarle, y suplicarle que la librase de la maldición engastada en plata sobre su frente.

Pero su ánimo volvió a decaer cuando surgieron ante ellos, como una inmensa ola cubierta de espuma que se elevase en el mar, las murallas deslumbrantes de Yintla. Pese a que, en cualquier otro momento, la belleza de la ciudad la habría impresionado hasta robarle el aliento.

—¿Y tú naciste aquí? —preguntó a Keyen, levantando la mirada hacia los torreones blancos como las cumbres de las Lambhuari, relucientes como cristales a la luz del sol otoñal.

—Tanto como pude haber nacido en cualquier otro sitio —dijo él encogiéndose de hombros—. Yintla es el primer lugar que recuerdo. Nada más.

Issi sólo había pasado una vez por Shidla, pero, al margen de la importancia que ésta pudiera tener como ciudad enclavada en una encrucijada, creía poder asegurar que Yintla era mucho más apropiada para acoger a un rey y a todos sus cortesanos. La ciudad blanca, que parecía flotar en las aguas intensamente azules del mar de Ternia, brotaba de la misma orilla y se alzaba en vertical, dominante, tan alta que ocultaba de la vista el mismo sol; los pináculos de sus torres se elevaban hasta que parecían rascar el cielo. Y sus murallas, que en la distancia parecían pequeñas y achaparradas en comparación con las torres que escondían en su interior, eran, desde cerca, unos muros imponentes de piedra blanca, de al menos quince varas de altura, tres o cuatro brazas de grosor. Sólidas y robustas, no desmerecían sin embargo junto a los edificios de apariencia delicada que se alzaban tras ellas, sino que los complementaban de alguna manera formando un conjunto tan armónico y hermoso que incluso Issi, en su lúgubre estado de ánimo, se quedó mirando a su alrededor con la boca abierta.

Pero lo más destacado de todo era el olor. En Cidelor, en Zaake, en Cohayalena, incluso en Tula, el aire era denso, cálido, una mezcla del olor de los caballos, ovejas, gallinas, cerdos y mulas, el hedor de la forja, la curtiduría, el batán, el matadero, el establo y, por encima de todo, el sudor, el aliento y los excrementos de miles de almas apiñadas en un espacio pequeño. En Yintla no. En Yintla el aire olía a mar, a pescado fresco, a piedra pulida y a limpio.

Excepto por el olor y la impoluta y regia blancura de sus edificios, sin embargo, Yintla era exactamente igual que todas las ciudades grandes que Issi había visitado en su vida. Podía no oler, pero la muchedumbre estaba allí, y con ella su suciedad, sus animales, sus negocios. Y a los habitantes habituales y a los habituales visitantes de la ciudad portuaria —pescadores, carpinteros, toneleros, remendones; vendedores de frutas, verduras, animales vivos, redes, pescado en salazón y carne salada; miembros de la guarnición de la ciudad, comerciantes, ladrones, recaudadores de impuestos, traficantes y asesinos—, se unían eventualmente los hombres del rey, sus soldados, la guardia real, los guardias de sus nobles, que permanecían encerrados en el complejo palaciego, y los cortesanos de menor dignidad y sirvientes en general, que pululaban por las calles como hormigas vestidas con telas de colores brillantes.

También por primera vez en su vida vio Issi una procesión de triakos, humildes monjes vestidos de blanco que caminaban con las cabezas gachas, encabezados por el triasta de Yintla, al que se distinguía entre la multitud por sus ricos ropajes de seda y terciopelo y su alto bonete rematado en tres picos, que simbolizaban cada una de las cabezas de la Tríada. El triasta avanzaba muy erguido, con la frente alta y un gesto de orgullo en el rostro arrugado. Como segundo triasta del reino después del de Tula, el líder espiritual de Yintla encabezaba el culto a los Tres Dioses en todo el oeste de Svonda, desde la costa del mar de Ternia hasta el Paso de Skonje. Y en su expresión se leía, incluso desde la distancia, que no era inmune a la dignidad de su posición.

Tuvieron que esperar, como el resto de la muchedumbre, hasta que la procesión se perdió en dirección al Tre-Ahon. La enorme cúpula del templo se veía desde varias calles de distancia. Pero finalmente Nern hizo un gesto brusco e instó a su caballo a avanzar, y no tuvieron más remedio que seguirlo, mientras la gente se apartaba para dejarlos pasar, como se habrían apartado de cualquiera que recorriese las calles estrechas y saturadas de gente a caballo.

Yintla no poseía un palacio real, como Shidla y, por supuesto, Tula. El rey se había instalado con toda su corte en el complejo que ocupaba normalmente el señor de Yintla, al que habían relegado a una casona en la zona residencial del puerto, una mansión demasiado humilde para el monarca y los nobles del reino. «También tiene que ser demasiado pobre para un hombre que viva en un sitio como éste», pensó Issi, observando las altísimas arcadas, las torres afiligranadas, la piedra tallada como delicado encaje blanco, centelleante. ¿Cómo sería el palacio de Tula, la residencia habitual de Carleig, si una casa confiscada como medida de urgencia era tan... abrumadora?

—Recio —dijo Keyen en respuesta a la pregunta susurrada por Issi—. Mucho más bajo, resistente, cuadrado. Tiene almenas —añadió, con una sonrisa de disculpa por su falta de vocabulario—. Y es de piedra gris. El palacio de Tula está preparado para resistir un ataque o un asedio. Pero éste... —Señaló hacia arriba—. Si le pones delante una catapulta, te lo cargas de una pedrada.

En realidad, según comprobaron cuando los guardias les permitieron entrar en el ancho patio que guardaban las puertas de madera y hierro, harían falta unas cuantas pedradas más para derrumbar el palacio del señor de Yintla. Pero Keyen tenía razón al decir que era muy difícil defender un complejo de edificios tan ligeros, elevados y, sobre todo, diáfanos. El palacio del señor miraba al mar, y sólo tenía como defensa su propia ciudad y su puerto.

Tampoco pudieron recrearse en la contemplación de la disposición táctica del palacio. Apenas habían desmontado de sus monturas, nada más traspasar la arcada de acceso al patio, cuando tres soldados con el tabardo azul de la guardia real se acercaron rápidamente y se detuvieron ante el cansado y desaliñado Nern. Issi y Keyen no pudieron oír lo que decían, aunque no era muy difícil de imaginar: el joven frunció el ceño, contrariado, pero al mismo tiempo sus labios se curvaron en una sonrisa agradecida y aliviada. Después del largo viaje desde el altiplano de Sinkikhe hasta Delen, y desde allí hasta Yintla, Nern debía de estar simplemente agotado, y la responsabilidad de los dos prisioneros debía de ser en gran medida culpable de esa extenuación.

Los guardias no les dieron tampoco la oportunidad de estudiar el palacio del señor de Yintla. Los condujeron a toda prisa al interior del edificio principal, un enorme conglomerado de mármol blanco y escayola coronado por una aguja que brillaba como un espejo cónico, y una vez dentro los obligaron a caminar rápidamente por un vestíbulo alargado y a torcer antes de pasar a un amplio salón, que con toda probabilidad haría las veces de Salón del Trono, hasta salir a un largo pasillo de techo bajo. Issi sólo percibió imágenes fugaces: tapices y estandartes azules, plateados y bermellones, suelos cubiertos de alfombras y, conforme se alejaban de las estancias principales, de juncos y paja sucia. Muchos soldados. Parecía no haber más que hombres de armas en aquel palacio. ¿Dónde estaban los nobles, dónde los cortesanos, dónde los siervos?

Los tres guardias los llevaron hasta una puerta pequeña, de madera lisa, y uno de ellos se adelantó y llamó quedamente.

Desde el interior se oyó una voz amortiguada por la hoja de madera. El guardia abrió la puerta, se cuadró y, cogiendo a Issi por el brazo, la obligó a entrar en la habitación.

En un primer vistazo, Issi pensó que los habían llevado a la zona de la servidumbre para que se asearan, o incluso para dejarlos encerrados hasta que el rey se dignase hablar con ellos. El pequeño cuarto era tan humilde que hasta el más humilde de los cortesanos habría rechazado entrar siquiera. Pero cambió su primera impresión cuando vio a las dos personas que esperaban en el centro de la estancia, y a los cuatro guardias reales que se apostaban en cada una de las cuatro paredes, erguidos, inexpresivos.

—Ah.

Uno de los dos civiles se acercó a ella observándola con expresión de curiosidad. No muy alto, pero corpulento y de porte regio, tenía el cabello y la barba casi completamente grises y profundas arrugas alrededor de los ojos y de la comisura de los labios. La capa de tela basta no lograba ocultar del todo su casaca de terciopelo, ni las calzas, ni el sobretodo de evidente calidad, ni mucho menos las botas con hebillas de plata o el cinturón engastado en rubíes como huevos de paloma. No llevaba corona alguna, pero no era necesario: nadie podría haber dejado de reconocer a Carleig, rey de Svonda.

—¿Y el teniente Kamur? —preguntó el rey a los guardias que los habían escoltado hasta allí—. ¿Dónde está? Quiero recompensarle por el excelente trabajo que ha hecho...

El guardia que había llamado a la puerta se apostó junto a Issi y alzó la cabeza hasta que ésta temió que se le dislocaran las vértebras.

—Sólo ha regresado uno de los tres soldados, Majestad —respondió sin mirar directamente al rey, posando los ojos al frente, en ningún lugar en concreto—. El más joven. Dice que Kamur ha muerto, y también el otro soldado, no recuerdo cómo se llamaba...

—Ah —repitió Carleig.

No parecía impresionado, ni triste, ni siquiera decepcionado. Siguió mirando a Issi como si fuese un insecto de alas translúcidas, un bicho al que hubiera que mirar varias veces para descubrir su belleza. Estudió su rostro, la venda manchada de sangre que cubría la parte superior de su cabeza, y después su mirada bajó recorriendo todo su cuerpo, la estropeada y medio rota coraza de cuero, la camisa desgarrada y mugrienta, los pantalones de cuero pegados a la piel de las piernas.

—Cúbrete, mujer —le espetó.

Aquello, curiosamente, la sacó de su ensimismamiento y la enfureció lo suficiente como para hacerla recuperar, siquiera por un momento, su insolencia.

—Estoy vestida —respondió en el mismo tono brusco que había empleado el rey.

El otro hombre, que no era sino el triasta de Yintla, al que momentos antes habían visto dirigirse al templo que se erguía en el extremo opuesto de la ciudad, pareció turbado. La miró y apartó la mirada con expresión azorada.

—Una Öiyya debe vestir siempre con dignidad —murmuró.

—¿Por qué? —preguntó ella, desafiante—. ¿Quién lo dice?

—Pues... —El triasta la miró, desconcertado; no parecía saber muy bien qué decir.

—¿Has conocido a alguna otra Öiyya? —inquirió Issi.

—¡No! —exclamó él rápidamente, escandalizado—. Es decir, yo... no... desde el Ocaso...

—¿No? —insistió ella. El triasta bajó la mirada. Era tan transparente... Sonrió, sardónica—. Revisa tus fuentes, viejo —dijo, mientras la imagen de una niña moribunda de largos cabellos negros azulados se aparecía en su mente con tanta claridad como si todavía estuviera en el campo de batalla gris, rodeada de muertos grises. Una niña que, estaba segura, aquel anciano había conocido—. Pero, como yo soy la única Öiyya, soy yo la que debe decidir hasta dónde llega mi dignidad.

El rey no dijo nada. Se limitó a adelantarse un paso y abofetearla con tanta fuerza que la hizo caer al suelo. El golpe la dejó atontada, y reavivó el molesto zumbido que últimamente reinaba en el interior de su cabeza. Después, Carleig se agachó ante ella, adoptando una postura muy poco digna de un monarca.

—Muestra respeto por el triasta, moza —masculló.

Issi levantó la vista y clavó los ojos en los suyos. Los de Carleig tenían un tono líquido, del azul sucio de un lago bajo un cielo tormentoso.

—Disculpadme, viejo —dijo en dirección al sacerdote, que parecía no saber cómo reaccionar. Se limpió la sangre del labio roto con el dorso de la mano—. Pensaba que el triasta estaba ahora mismo dirigiendo los rezos de sus triakos en el Tre-Ahon. No se me había ocurrido que la Tríada os diera poder para estar en dos lugares al mismo tiempo.

El rey frunció los labios, pero pareció preferir pasar por alto la burla que preñaba la voz de Issi. Tampoco la ayudó a levantarse. En vez de eso alargó la mano y le arrancó la venda de la cabeza, el trozo de lienzo rígido por la suciedad y la sangre seca de Kamur que, después de tantos días, se había quedado pegado a su piel y a su cuero cabelludo. Issi ahogó un gemido de dolor.

—Ah —dijo de nuevo Carleig, y tiró a un lado la venda. Las arrugas de las comisuras de sus ojos y sus labios, las líneas horizontales que señalaban su frente, se suavizaron visiblemente mientras estudiaba el Signo incrustado en la de Issi, el tatuaje bañado en plata.

Ella soportó su escrutinio con paciencia, sin atreverse a moverse. No por miedo a la reacción del rey; lo que sentía en los últimos tiempos, lo que la petrificaba y la hacía temblar hasta que tenía que controlarse para no salir corriendo del lugar en el que estuviera o para no tirarse al suelo y quedarse hecha un ovillo, tiritando violentamente, era el miedo que se daba a sí misma.

—¿Es igual que el de la otra? —inquirió Carleig, todavía con la mirada prendida en la frente de Issi.

El triasta se acercó a pasitos cortos y se inclinó.

—Sí, Majestad. —El sacerdote, al contrario que el rey, parecía asqueado al verse obligado a mirar a Issi. Apretó con la mano izquierda el triángulo de oro que colgaba de su cuello, pidiendo protección a sus dioses.

—Bien. —El rey se enderezó y se volvió hacia sus guardias. Su aparentemente inconmovible seguridad en sí mismo flaqueó un instante al ver a Keyen—. ¿Y éste quién es? —preguntó, desconcertado.

—El acompañante de la mujer, Majestad. —Uno de los guardias agarraba a Keyen por el brazo. El carroñero observaba la escena con tanto interés que ni siquiera parecía notarlo—. Según nos informó el soldado que los trajo, ha viajado con ella desde el altiplano de Sinkikhe.

Carleig frunció el ceño.

—No tiene ningún signo —murmuró—. ¿Por qué?

—Majestad —dijo el triasta, que vigilaba a Issi como si ésta pudiera convertirse en cualquier momento en un monstruo lleno de garras y dientes—, por lo que sabemos de las creencias heréticas de los öiyin, el Signo sólo puede llevarlo una mujer...

—Heréticas, por cierto —comentó Carleig estudiando a Keyen sin demasiado interés—. ¿Una mujer? ¿Y qué sentido tiene eso, si puede saberse?

Aferrado a su triángulo dorado como si fuera la cuerda de la que colgaba sobre un abismo infinito, el triasta se apartó de Issi sin dejar de mirarla.

—Sólo puede haber una, y siempre tiene que haber una —musitó. Su tono quejoso se asemejaba más al balido de una oveja desamparada que a la voz de uno de los Padres de la Fe—. Herejía, mi señor —añadió.

—Una herejía que necesito, triasta —dijo broncamente el rey—, así que ahórrate tus sermones. O, mejor, ahórramelos a mí. —Recorrió a Keyen con los ojos con el desdén bailando en los labios—. ¿Qué eres tú, un ladrón, un mendigo? ¿Mereces una muerte digna, una muerte deshonrosa, o no mereces la muerte?

Keyen le devolvió la mirada con una tranquilidad que Issi no pudo sino admirar. Inclinó apenas la cabeza ante su soberano.

—Yo no he cometido ningún crimen que no haya cometido otro, señor —dijo escuetamente.

—Ah. Ya. —Carleig desvió la vista e hizo una seña a uno de sus guardias—. Lleváoslo. Ya veré más tarde lo que hago con él.

Y, haciendo un gesto que decía a las claras lo poco que Keyen le interesaba y lo menos todavía que le preocupaba su destino, se giró hacia Issi.

Ésta no había hecho siquiera el intento de ponerse en pie. En ese momento, sin saber muy bien por qué, no le parecía que mereciese la pena el esfuerzo. Luchó por levantar la cabeza cuando el rey se inclinó una vez más sobre ella.

—Necesito tu Signo, mujer —dijo, señalando vagamente su frente.

«Quédatelo.» Issi no contestó.

—Majestad...

—Ya —interrumpió Carleig al triasta con un gesto—. Ya sé que no se puede tener el Signo sin tener a la mujer. Pero a ella la tengo, ¿no es cierto? Ahora —se quedó repentinamente pensativo—, la cuestión es: ¿debo llevarla al norte, o al sur...?

El silencio con que el triasta respondió a la pregunta demostró que, en realidad, el monarca se había hecho la pregunta a sí mismo. Se quedó callado unos momentos, cavilando, y por fin chasqueó la lengua y sacudió la cabeza.

—Tendré que tratarlo con el Consejo. Aunque —miró a Issi de reojo y después volvió a ignorarla— será al norte.

Issi abrió y cerró la boca, y después negó con un ademán.

—No.

—¿No? ¿No qué? —preguntó Carleig, parpadeando. Daba la impresión de estar más divertido que enojado.

—No —repitió ella. La imagen del cuerpo ensangrentado de la niña, de la horrible herida de su vientre, apareció ante sus ojos tan nítida, tan real, que por un instante olvidó dónde estaba. El llano cubierto de cadáveres grises, el vestido azul revoloteando al viento... «Si vas a perder una batalla, nunca permitas que tu enemigo se haga con tus armas más poderosas.»

Fueron ellos, fue él, quien la mató. ¿Y querían que ella ocupase su lugar?

—Vas a hacerlo, mujer. —El tono del rey no admitía réplicas. Él mismo no parecía un hombre muy dispuesto a permitir que nadie le negase nada. Y ésos eran los hombres que menos le gustaban a Issi.

—Vete a tomar por culo —escupió, y cerró los ojos antes de recibir un segundo golpe.

YINTLA (SVONDA)

Decimocuarto día desde Ebba.
Año 569 después del Ocaso

La guerra sería perfecta si las armas no fuesen
hombres. Al contrario que una espada, una flecha o
una lanza, el hombre puede sentir miedo, dolor, ira;
el hombre puede pensar.

Política moderna

Carleig contuvo un gruñido de ira. ¿Cómo, por qué no habían salido las cosas como él confiaba? ¿Cuál era el motivo de
que todo tuviera que torcerse al final?

«¿Y qué esperabas?» ¿Que la Öiyya se postrase a sus pies y
declarase su más honda lealtad y su anhelo de servirlo en lo que
al rey más le apeteciese? Volvió a gruñir. Aquella mujer no era
como él había supuesto. No se parecía en nada a la otra, a la
niña... y la entrevista no se había parecido en nada a como Carleig la había imaginado durante los largos días que había pasado
encerrado en el palacio del señor de Yintla, esperando...

Había recorrido la pequeña habitación una, dos, tal vez cien
veces. Ni siquiera le había dedicado una segunda mirada, después del indiferente vistazo cuando el guardia le condujo a ella.
Las paredes desnudas, los suelos cubiertos de juncos no demasiado frescos y la absoluta falta de mobiliario no impulsaban
precisamente a una inspección más detenida.

Pese a todo, sabía que muchos de sus nobles habrían tenido verdaderos problemas para soportar una estancia tan prolongada en aquel lugar. Al menos él había pasado temporadas acampado con sus ejércitos; cuando sabía que no había peligro inminente, cuando veía que era necesario subir la moral de sus tropas o atar corto a sus mandos, Carleig había hecho de tripas corazón y se había avenido a acudir al campamento, eso sí, llevando consigo a un ejército de sirvientes para asegurarse de que su visita fuera soportable para sí mismo.

—Majestad, han traído a la Öiyya.

Carleig tuvo que contener una amplia sonrisa. «Por fin.» Asintió con toda la solemnidad que pudo en su estado de ánimo ansioso y ávido y se quedó erguido mientras el soldado se apostaba junto a la puerta, con el rostro pétreo y una postura aún más rígida que la del rey.

La introdujeron en la habitación sin que ella mostrase signo alguno de reticencia o desobediencia. «Perfecto.» Lo que menos necesitaba era tener que lidiar con una hembra histérica. La miró con curiosidad, y se acercó a ella, pensando que no podía haber peligro alguno en una mujer tan mansa. ¿Mercenaria? Sería del amor, porque no podía haber nadie menos apto para las armas que aquella joven. Pero les había costado días traerla hasta él...

—¿Y el teniente Kamur? —preguntó—. ¿Dónde está? Quiero recompensarle por el excelente trabajo que ha hecho...

Como si le importase realmente. ¿Veinte cobres serían suficientes para Kamur? Aunque, a juzgar por las palabras del guardia, incluso esas pocas monedas iba a ahorrarse... ¿Habría sido aquella hembra la que había acabado con sus vidas? La curiosidad de Carleig se acrecentó. ¿Cómo alguien tan... apático podía tener la fama que tenía? La venda sucia y llena de sangre seca que rodeaba su frente le daba un aspecto patético. Sus ojos no le decían nada. Y en cuanto a su cuerpo...

Frunció el ceño. Recordaba vívidamente el vestidito azul de la niña, la única vez que la había visto, allá en Tula. Un atuendo apropiado para una joven damita, para una sacerdotisa, aunque fuera de una creencia tan herética como peligrosa. Pero aquello... Aquello no debía de ser de buen gusto ni en los burdeles del puerto de Yintla.

—Cúbrete, mujer —gruñó.

Ella lo miró. Fue entonces cuando Carleig vio el brillo en los ojos del color del mar a medianoche, un breve chispazo de rebeldía que le hizo volver a tener ganas de sonreír.

—Estoy vestida.

Hubo un frufrú de sedas a su lado. Carleig casi había olvidado la presencia del triasta. Cerró los ojos, impaciente; pero no podía increpar al triasta de Yintla, a menos que quisiera recibir una queja formal de su superior, que se había quedado en Tula. Ya había tenido bastantes quejas por parte del triasta de Tula para llenar dos o tres vidas.

El triasta la miró de arriba abajo y después apartó la mirada como si quisiera ocultar su propio deseo. «Qué imbéciles pueden llegar a ser estos hombres.» Y qué inútiles sus esfuerzos por controlar sus propios apetitos.

—Una Öiyya debe vestir siempre con dignidad —murmuró el sacerdote.

—¿Por qué? —preguntó la mujer con brusquedad—. ¿Quién lo dice?

Carleig apretó los dientes, impaciente, al oír el balido confuso del triasta. Sin embargo, la actitud desafiante de la mujer le gustó menos aún. Una cosa era no querer cargar con una idiota, y otra descubrir que lo que había creído una lombriz era, en realidad, una víbora.

—¿Has conocido a alguna otra Öiyya? —preguntó ella al triasta. No parecía impresionada por los opulentos ropajes del sacerdote ni por la dignidad que señalaba su sombrero de tres picos.

—¡No! —exclamó el triasta—. Es decir, yo... no... desde el Ocaso...

«Imbécil.» ¿Tan corto de miras era, que no había adivinado aún que aquella mujer sabía lo de la niña? Tenía que saberlo, si el triasta de Tula estaba en lo cierto y había sido la cría aquella la que le había traspasado el Signo a la mujer que tenía delante...

Para asombro de Carleig, la mujer sonrió con la burla y el desdén brillando en sus ojos como dos lámparas.

—Revisa tus fuentes, viejo. Pero, como yo soy la única Öiyya, soy yo la que debe decidir hasta dónde llega mi dignidad.

Carleig estuvo a punto de echarse a reír al ver la expresión horrorizada del sacerdote. Pero se contuvo. Al menos en apariencia el triasta tenía poder sobre el alma de todos los mortales, la de su rey incluida. ¿Debía permitir que una mujerzuela se burlase de uno de los Padres de la Fe? Antes incluso de hacerse la pregunta le llegó la respuesta: no. Aunque sólo fuera porque el apoyo de la Fe era imprescindible para conservar el trono.

Levantó la mano y estampó la palma abierta en la cara de la mujer. Ella cayó al suelo sin ofrecer resistencia. Carleig se puso en cuclillas y la obligó a levantar la cabeza. «Espero que comuniques este gesto a Tula, sacerdote», pensó, mientras estudiaba el rostro confundido de la mujer. Ella alzó la cabeza y clavó los ojos en los suyos. Pese a su aparente aturdimiento, las pupilas le brillaban de rabia.

Carleig frunció los labios al escuchar la socarrona disculpa de la Öiyya, pero no dijo nada. «Paciencia.» Al final, el carácter cáustico de aquella mujer podía jugar en su favor. «No envíes a un hombre a la batalla con una espada embotada. Si tienes un arma, afílala todo lo que puedas.» Siempre, desde luego, que la mujer fuese el arma que había estado esperando.

Alargó la mano y le arrancó la venda de la cabeza, y con ella un buen mechón de pelo y un trozo de piel que se había quedado pegada al lienzo. Ella gimió de dolor.

Allí estaba. El Signo. «Qué hermoso...» Un dibujo perfecto, un bajorrelieve bañado en plata en mitad de la frente tersa de la joven. Su llave hacia la victoria.

—¿Es igual que el de la otra? —preguntó Carleig observando el símbolo con los ojos entrecerrados.

El triasta se acercó para verlo bien.

—Sí, Majestad.

—Bien.

Carleig se enderezó y se volvió hacia los guardias que esperaban inmóviles junto a las cuatro paredes. Y se quedó desconcertado por un instante al ver al hombre sucio y de aspecto cansado que se sostenía apenas de pie entre dos de los soldados.

—¿Y éste quién es? —preguntó, sorprendido.

—El acompañante de la mujer, Majestad —contestó el guardia que agarraba al hombre del brazo. Carleig observó que en realidad, y pese a su horrible aspecto, era un joven alto y aparentemente sano, y que en sus ojos verdosos brillaba el interés por la escena que se desarrollaba delante de él.

El rey de Svonda frunció el ceño. Había recorrido medio mundo con la Öiyya, según el guardia... ¿Significaba eso que era uno de ellos, un öiyin?

—No tiene ningún signo. ¿Por qué?

—Majestad —dijo el triasta con voz débil—, por lo que sabemos de las creencias heréticas de los öiyin, el Signo sólo puede llevarlo una mujer...

—Heréticas, por cierto —comentó Carleig mientras estudiaba a Keyen. ¿Sabría algo de ella, o del Signo que adornaba su frente? ¿Algo que pudiera ser útil?—. ¿Una mujer? ¿Y qué sentido tiene eso, si puede saberse?

—Sólo puede haber una, y siempre tiene que haber una —murmuró el triasta—. Herejía, mi señor.

Carleig se enfureció. «Ya estamos.» Otra vez los triastas y su maldito deseo de ser los únicos, de que su fe fuera la única Fe. «Si la Tríada tuviera el mismo poder destructivo que las que llevan el símbolo este, quizás incluso lograrían convertirme a su Fe.»

—Una herejía que necesito, triasta, así que ahórrate tus sermones. O, mejor, ahórramelos a mí. —Estudió al hombre detenidamente. La barba de varios días, la suciedad y el polvo disimulaban un rostro sereno, con arruguitas en la comisura de los labios y los ojos, tal vez marcas producidas por la risa. El joven lo miró con tranquilidad e inclinó levemente la cabeza en un gesto de sumisión.

—Yo no he cometido ningún crimen que no haya cometido otro, señor.

Carleig desvió la vista e hizo una seña a uno de sus guardias.

—Lleváoslo. Ya veré más tarde lo que hago con él.

Devolvió toda su atención a la Öiyya, que seguía tirada en el suelo. Su expresión desafiante había vuelto a desaparecer, sustituida por la misma mirada vacía que había mostrado al principio. Sin embargo, levantó la cabeza para mirarlo cuando él se inclinó de nuevo.

¿Dónde sería más necesaria? ¿Había estado en lo correcto al suponer que el ataque de Thaledia al sur no era más que un señuelo? ¿O se estaba equivocando...? ¿Tenían razón los que le decían que la batalla definitiva, la que inclinaría la balanza hacia uno u otro lado, se libraría en el sur? Chasqueó la lengua y sacudió la cabeza.

—Tendré que tratarlo con el Consejo. Aunque será al norte —añadió, desafiante. Thaledia iba a atacar por el norte. Estaba seguro.

La mujer negó con la cabeza.

—No.

—¿No? ¿No qué? —preguntó Carleig, sorprendido, y también, tenía que reconocérselo a sí mismo, un poco divertido. «Qué voluble es el carácter de esta mujer... Parece un gatito, y al momento siguiente da la impresión de querer aparentar ser un tigre.»

—No —repitió ella.

Carleig tuvo que contener una carcajada: en ese momento no era lo más apropiado. Lo mejor era intentar amedrentar a la Öiyya. Que supiera que el rey de Svonda no era alguien que permitía la desobediencia. Ya tendría tiempo de pulir esa violencia que podía ver relucir en sus ojos, de afilar el arma que era para enviarla a la guerra.

—Vas a hacerlo, mujer.

—Vete a tomar por culo —escupió ella.

Carleig suspiró y alzó la mano para volver a abofetearla.

Los guardias se la llevaron. Él se quedó allí de pie, luchando por contener la risa, hasta que, de pronto, se dio cuenta de que no estaba contento en absoluto. La última mirada que le había dirigido la Öiyya no le había gustado nada. Acostumbrado a la desesperación, a la angustia, al enojo y a la impotencia, Carleig descubrió de repente que no le hacía ninguna gracia que alguien a quien tenía a su merced le mirase con los ojos llenos de lástima.

—Quiere ser indomable —murmuró Carleig—, pero un rey tiene muchos modos de doblegar a las mujeres como ella.

—¿A una Öiyya? —preguntó el triasta, sorprendido.

—Hay un modo, ¿verdad?

El triasta bajó la mirada y no respondió.

—Da igual —dijo el rey—. Búscalo.

CIÉNAGA DE YIAL (THALEDIA)

Decimocuarto día desde Ebba. Año 569
después del Ocaso

> ¿Qué esperabais? ¿Que todo ocurriera según vuestros deseos, que el Azar se rindiera a vosotros y os colmara de bienes, estrechándoos entre sus brazos, sin pedir nada a cambio?
>
> *Enciclopedia del mundo: Comentarios*

Rhinuv aulló de rabia por primera vez desde que le habían marcado con la *scilke*. Dos días. Dos días recorriendo aquel maldito lodazal, con las piernas hundidas hasta los muslos en el barro, que olía mucho peor que los cadáveres que había encontrado, putrefactos, en Cidelor. Olía mucho peor que cualquier cosa que hubiera olido antes, y había olido cosas realmente desagradables.

Había tenido que matar a un animal que, si hacía caso de lo que la chiquilla le había dicho aquel día, encajaba como un guante en la descripción del monstruo que los había matado. También ese bicho olía peor que las víctimas del fantasma caníbal de Cidelor. Y tenía más dientes. Torció el gesto.

Y eso no era lo peor. Lo peor era que en aquel maldito pantano no había quien encontrase las huellas del caballo que venía siguiendo desde Sinkikhe. La joven del tatuaje de plata podía muy bien estar a miles de leguas de distancia, o haberse hundido en el cieno en el mismo sitio donde él estaba en ese instante, sin dejar rastro. «Probablemente eso último», se dijo, fastidiado, levantando un pie con esfuerzo. El barro tiraba de él hacia abajo, tratando de absorberlo hasta el fondo y cubrirlo con su superficie viscosa.

—Si piensas que voy a dejar que me chupes, vas listo —gruñó, retrocediendo con cuidado y tanteando entre el lodo en busca de tierra firme.

YINTLA (SVONDA)

Decimocuarto día desde Ebba. Año 569
después del Ocaso

> Blakha-Scilke es la ciudad de los asesinos. Pero
> Yintla es el lugar que los ladrones llaman hogar.
>
> *Enciclopedia del mundo*

Aburrido, Keyen observaba la luna entre los barrotes oxidados que, en teoría, debían impedir que escapase de su celda. Si es que a aquello se le podía llamar «celda». Para un profesional como él, que había visto mazmorras de todo tipo en su vida, había sido evidente desde el primer momento que el señor de Yintla no estaba acostumbrado a alojar prisioneros durante mucho tiempo. «Para empezar, si no quieres que alguien se escape, no le des una ventana con vistas a la calle», pensó, ahogando un bostezo.

La habitación más parecía una bodega en desuso, de no ser por la absurda ventana, que estaba fuera de lugar cualquiera que fuese la utilidad que se le quisiera dar a la estancia. Al nivel del suelo, construida en piedra y de techo bajo y abovedado, faltaban las barricas repletas de mosto para que cualquiera se sintiera encerrado entre las existencias de vino de algún noble o comerciante. «Y cualquiera daría las gracias si le dejasen un suministro ilimitado de alcohol.» Y cualquiera estaría mucho más predispuesto a confesar lo que fuera ante carceleros tan amables.

Keyen no le haría ascos a un trago del vino envejecido en las inexistentes barricas, aunque su gusto se decantaba más por la cerveza. Allí no había nada de beber, nada para comer, y nada que hacer; sin embargo, tenía la esperanza de poder salir muy pronto del palacio del señor de Yintla, y entonces pensaba beber, comer y hacer lo que se le antojase hasta caerse redondo al suelo. «Y entonces dormiré por lo menos hasta Kertta —se dijo—. Pero ahora no. Ahora no...»

Bajó la mirada de la luna mordida, que casi había alcanzado el cuarto menguante y le miraba, amarillenta y enfermiza, sin devolverle la sonrisa; su luz se reflejaba en los adoquines húmedos que empedraban las calles alrededor del complejo palaciego. Había tanta riqueza en Yintla... «Tanta, que hasta se permiten empedrar las calles.» Tanta, que lo raro era que aún se extrañasen de la existencia del floreciente gremio que prosperaba a la sombra de sus torres, de las blancas murallas, de los mástiles de los barcos.

Si Blakha-Scilke tenía a los asesinos mejor entrenados de la península, Yintla se enorgullecía de poseer el gremio de ladrones más profesional del mundo conocido.

«Bueno, tanto como enorgullecerse...»

Keyen estudió el trozo de calle que veía desde su ventana. Cada seis minutos pasaban por delante de él dos pies enfundados en botas de cuero negro, recias, pero mal cosidas, con las costuras torcidas y bien visibles. Como todas las botas que usaban los militares, eran relativamente buenas, pero no aguantarían un invierno correteando por las Lambhuari. «Los reyes y nobles invierten en que estén guapos, pero no en que tengan los pies calentitos», rio Keyen para sí.

Seis minutos. Exactos. Si él había podido calcularlo en tan poco tiempo y prestando tan poca atención, sólo como mero entretenimiento, cualquiera que estuviera un poco pendiente podría hacer lo mismo. «Y seguro que hay alguien pendiente.» En Yintla, siempre había alguien pendiente.

Y por si acaso, Keyen se había asegurado de que así fuera.

Un silbido largo, tres cortos, un silencio. Otro silbido largo. Y esperar, esperar a que su llamada fuera atendida.

YINTLA (SVONDA)

Decimocuarto día desde Ebba. Año 569
después del Ocaso

> Dicen que conocerse a uno mismo es lo mejor
> para sobrevivir, y para conservar la cordura... Pero
> no comprenden que hay mentes que no son capaces
> de soportar sus propios pensamientos.

> *Enciclopedia del mundo: Comentarios*

El suspiro de alivio seguía adherido a sus labios aun entonces, horas después de haberlo dejado escapar. Al mismo tiempo que había dejado que la Öiyya se alejase de él. «Por fin. Tan pronto...»

Nern volvió a darse la vuelta en el lecho, tiró de la áspera sábana y optó por quedarse tumbado boca arriba, con los ojos muy abiertos en la oscuridad, clavados en las sombras informes de lo que debía de ser el techo del barracón. Las cobijas, el colchón relleno de lana, demasiado blando y lleno de bultos, hacían que le resultase imposible ponerse cómodo. Acostumbrado a dormir al raso, tanto en el campamento del ejército como en su desastroso viaje junto al teniente Kamur, su cuerpo protestaba a voz en grito por la postura antinatural, por la blandura irregular bajo su espalda, por el temblor que sacudía sus miembros y el deseo que se enroscaba en su estómago como un monstruo viscoso, acechante, esperando su oportunidad para saltar y morderle las entrañas y devorar lo poco que quedaba del Nern que había sido. Que había creído ser.

—Vergüenza —murmuró en dirección al techo. Aquella palabra le había acompañado tanto tiempo... Tanto como el sentimiento al que hacía referencia. Vergüenza de su propio miedo. Vergüenza de su debilidad, vergüenza de su propia sangre. Vergüenza por haber vuelto a dejarse engañar, por no haber comprendido antes que Kamur era un ianïe, él, que percibía la influencia del Ia a distancia. Vergüenza por saberse capaz de notar también el Öi; vergüenza por no encontrar ese roce, esa caricia, tan repugnante como debería.

La Öiyya. La reina de los demonios. La mujer que le habían enseñado a odiar, a temer. La Elegida de la Muerte.

Una mujer hermosa, valiente; una mujer asustada. Nern gimió y se tumbó de lado, tapándose la cabeza con la sábana enrollada que le servía como almohada.

—Debería inspirarme odio —murmuró—, y lo único que puedo sentir ante ella es...

¿Qué? ¿Curiosidad? ¿Terror? ¿Admiración? ¿Compasión? ¿Deseo?

Öi.

—No —gimió, cerrando los ojos con fuerza—. No. Öiyin, no. Ianïe. ¡Ianïe!

La Öiyya era la enemiga del Ia. «Mi enemiga.» Un engendro, un monstruo, una alimaña... «Una mujer hermosa, valiente, asustada.»

«Tan asustada como tú», susurró una voz en su mente. Nern pateó para librarse de la sábana que amenazaba con asfixiarlo y se sentó en el borde del jergón irregular, ocultando el rostro entre las manos.

—Sirve a tu Señora —susurró contra las palmas de sus manos—. Pero ¿a cuál? ¿A la Iannä, que ha sido mi Señora desde que nací, o a la Öiyya, que intenta hacerse con mi lealtad utilizando mis propias dudas?

«Monstruo.»

—No tanto como tú —sollozó, desesperado—, con la devoción por ambas fluyendo por tus venas... Ianïe. Öiyin.

Y ella, el demonio, el súcubo, la Öiyya, le había mirado con tristeza, con miedo, con valentía, y sin una pizca de odio o maldad en sus hermosos ojos azules. «Y yo, un ianïe, sigo vivo después de viajar con ella por media península.»

Levantó la cabeza y se puso en pie, tembloroso.

DELEN (THALEDIA)

Decimocuarto día desde Ebba. Año 569
después del Ocaso

> Después del Ocaso, otros muchos pensábamos
> que la Vida había triunfado sobre la Muerte. Qué
> equivocados estábamos... Pues el Ocaso, que debió
> ser la derrota definitiva de la Muerte, supuso más
> Muerte de lo que nadie podía haber imaginado.

El Ocaso de Ahdiel y el hundimiento del Hombre

El silencio inundó la taberna como una nube de tormenta, llenando el aire de electricidad estática y de olor a ozono. Tolde frunció el ceño y levantó la mirada de la carta que acababa de tirar a la mesa.

—¡Me cago en mi vida! —explotó Jido—. ¿Una dama de granos? ¡¿Pero qué hago yo con una...!?

La voz de Jido se fue perdiendo hasta que desapareció, y sólo quedó su eco resonando en el denso silencio de la taberna llena de gente. Tolde miró a su alrededor, y sus ojos se posaron en la figura que acababa de entrar por la puerta. La luz de las llamas iluminaba apenas su cuerpo delgado, vestido con una falda y una blusa desgarradas y cubiertas de polvo, barro y unas manchas parduscas de lo que parecía sangre. El pelo revuelto, sucio, le caía sobre los hombros en dos trenzas completamente deshechas. Iba descalza, y tenía los pies llenos de heridas, algunas recientes, otras cubiertas por una costra reseca, algunas supurantes.

Soltó un respingo cuando vio su rostro.

Uno de los hombres que se sentaban más cerca de la puerta se levantó de la silla y se encaró con ella, tambaleándose ligeramente, medio ebrio.

—¿Adónde vas, preciosa? —preguntó, arrastrando las palabras. Porque la figura, aunque no fuera evidente a primera vista, era una mujer.

La desconocida avanzó hacia él. Tolde se estremeció al ver la mirada fija, desapasionada, de sus ojos hundidos. Alargó una mano, rodeó con los dedos largos la garganta del hombre y hundió las uñas en su cuello.

Entre los gritos, el ruido de las sillas al caer al suelo y su propia estupefacción, Tolde vio, como en una pesadilla, el chorro de sangre que brotó de la herida abierta en la yugular del hombre. «Con los dedos. Lo ha hecho con los dedos.» Aturdido, tuvo que forcejear para no caer al suelo cuando alguien empujó su mesa y la volcó. El pánico de algunos contrastaba con la furia de otros, que se abalanzaron sobre la mujer. Ella dejó caer el cuerpo del hombre al suelo.

Un instante después había tres muertos más a sus pies. La mujer se aferró a un cuarto y le hundió los dientes en el cuello; cuando echó la cabeza hacia atrás, le arrancó un pedazo de carne ensangrentada. Tolde se dobló y vomitó.

—¡Tolde! —gritaba alguien en su oído—. ¡Tolde, joder, levántate!

—Ella... ella... —musitó, limpiándose el vómito y la saliva de la boca con la manga.

—¡Levántate, me cago en mi vida!

Se dejó arrastrar, mareado, sin enderezarse. Un grito de rabia se convirtió en un gorgoteo. Tuvo que hacer verdaderos esfuerzos para no volver a vaciar su estómago. Ocho, nueve cuerpos en el suelo. Un décimo cayó sobre ellos, con la cabeza casi arrancada de cuajo.

YINTLA (SVONDA)

Decimocuarto día desde Ebba. Año 569
después del Ocaso

> Todos los hombres tienen recovecos, estancias
> ocultas y pasadizos secretos, desconocidos por to-
> dos excepto por ellos mismos.

Política moderna

Despertó aullando de dolor.

Se incorporó, empapada en sudor, en el lecho de paja sucia.
El corazón le palpitaba como un pájaro enloquecido que quisiera escaparse de su pecho, aleteando contra sus costillas. Sentía
sus latidos en las sienes, en el cuello, en las muñecas, en las yemas de los dedos. Tenía la garganta en carne viva, como si llevase
horas gritando de angustia.

Pero no había gritado. Al menos, no en voz alta. Nunca lo
hacía. Aunque todas las fibras de su ser chillaban de agonía por
lo que acababa de ver, de sentir.

—Antje —sollozó, presionando los dedos contra las sienes.
«¿Qué estás haciendo?»—. ¿Por qué? —gritó.

«¿Por mi culpa?»

A su alrededor, todo era muerte. Muertos en los llanos, muertos en el poblado sin nombre. Antje, viva, sembrando de muertos
toda la península... ¿Por qué? ¿Tan dañada había quedado su
mente por la experiencia que le había tocado vivir?

Öiyya.

Antje la estaba buscando. Antje, a quien había dejado en Cidelor, muda, sorda y ciega, encerrada en sí misma mientras se restañaban las heridas que el ataque a su poblado había dejado en su alma. ¿Tan profundas eran esas heridas, que habían transformado a la muchacha en semejante engendro?

«No es por ellos. Es por mí.» Antje la estaba buscando, y en su camino había matado ya a decenas de personas, sin siquiera detenerse a pensar en lo que estaba haciendo, sin llegar a pensar en ningún momento, porque aquel ser ya no tenía mente: sólo le movía el ansia de matar y la búsqueda infatigable de la mujer que tenía el Signo en la frente.

Todo lo que Issi tocaba, lo que miraba, lo que hacía, se convertía en polvo entre sus dedos, hasta que sólo quedaba muerte. Había visto la muerte de los hombres del pueblo de Antje, y no había podido, o no había sabido, evitarla... Había sacado a Antje de allí, sólo para que la joven se convirtiese en un monstruo que sembraba de cadáveres ensangrentados todo lugar por el que pasaba... Y había matado a aquellos hombres, en el bosque de Nienlhat. Con sólo una mirada.

Sentía el sabor de la bilis en la boca.

—Tengo miedo.

Se pasó los dedos por el pelo, tratando de deshacer los nudos y enredos que convertían su cabello en una masa desordenada y llena de paja y ramitas. «Necesito un baño.» Se echó a reír, histérica, cuando el peregrino pensamiento cruzó su mente embotada por el terror y el sentimiento de culpa. Sus carcajadas agudas, dementes, resonaron en el reducido espacio de la celda en la que la habían encerrado, esperando, quizá, que la incomodidad la predispusiera a obedecer de mejor grado las órdenes del rey de Svonda. ¿Y entonces qué? ¿Usar el símbolo para qué?

¿Para matar en nombre de Svonda?

—Öiyya.

Dio un brinco, sobresaltada. A su alrededor sólo había oscuridad; la pequeña celda no tenía ventana, y no le habían dejado lámpara ni antorcha alguna. Parpadeó, tratando de aguzar la vista, pero sólo pudo vislumbrar los desvaídos contornos de las paredes desnudas y la puerta que la impedía salir de allí.

—¿Öiyya? —preguntó la voz—. ¿Estás despierta?

Issi se incorporó. Ahora podía ver el débil resplandor que señalaba el cuadrado enrejado que rompía la monotonía de la puerta, la abertura por la que sus guardias podían comprobar con sus propios ojos que ella todavía estuviera dentro. Alguien sostenía una lámpara al otro lado de la puerta.

—¿Quién eres? —inquirió. Se acercó a la puerta; si la rejilla servía para que la vieran a ella, también Issi podía utilizarla para ver a quien estuviera en el exterior.

Su interlocutor permaneció en silencio. Ella se asomó con cautela y miró. El largo pasillo estaba plagado de sombras, que se hacían más oscuras en contraste con el charco de luz de la lámpara de aceite que alzaba un soldado con la mano temblorosa.

Al principio no fue capaz de distinguir nada. Poco a poco, sin embargo, sus ojos se fueron acostumbrando a la débil luminosidad, hasta que vio con claridad el rostro del soldado.

—¿Qué haces aquí? —preguntó Issi con brusquedad—. ¿A qué has venido?

Nern se quedó callado un buen rato. En el silencio de los sótanos del palacio sólo se oía el apagado chisporroteo de la lámpara, y la respiración entrecortada del joven. Tanto tiempo estuvo en silencio que Issi ya había empezado a retroceder hacia el fondo de la celda cuando Nern volvió a hablar.

—Venía a preguntarte...

Issi lo miró y esperó, impaciente.

—¿Qué? —exclamó al final.

El muchacho retrocedió un paso. La luz de la lámpara osciló, creando sombras vivas en el corredor desierto. Parecía muerto de miedo. Tragó saliva.

—Venía a preguntarte por qué no me has matado —fue capaz de articular al fin.

Issi se quedó boquiabierta. «Y lo pregunta en serio», pensó, asombrada. Lo miró, abrió la boca, volvió a cerrarla, y después se echó a reír a carcajadas.

—¿Y por qué iba a matarte? —preguntó sin dejar de reír—. Si no me pagan nada por ello...

El joven se mordió el labio. Visiblemente azorado, evitó su mirada antes de volver a abrir la boca.

—Eres la Öiyya —contestó, como si eso fuera respuesta suficiente.

—¿Y qué? —ladró Issi—. ¿Crees que por ser la Öiyya me dedico a matar gente sólo por diversión? ¿Que voy a matarte sólo con mirarte? ¿Eso es lo que creías?

Nern la miraba con los ojos desorbitados.

—Por la Tríada —murmuró Issi—, ¡lo creías en serio!

El soldado frunció el ceño.

—¿Juras por la Tríada? —preguntó—. ¿Por qué?

Issi no pudo evitar sonreír con tristeza.

—Que tenga un puto tatuaje en la frente no significa que ahora de repente tenga que renegar de tal o cual dios y adorar a otro. Pero eso da igual —descartó con un gesto—. ¿Qué has venido a hacer en realidad, Nern?

—Yo... —El joven vaciló, y después la miró, no al tatuaje sino directamente a los ojos. Temblaba, pero se notaba a la legua que estaba haciendo un verdadero esfuerzo por sobreponerse al miedo que, a todas luces, le inspiraba Issi—. He venido a... a preguntarte...

—Por qué no te he matado, sí, eso ya lo has dicho. —Issi tomó aire—. ¿Querías saber algo más? ¿O has venido también a darme conversación?

Nern parpadeó, y abrió y cerró la boca como un pez asfixiándose encima de una roca, coleando en un vano intento de volver al mar.

—Dijeron que la Öiyya sólo existía para matar —dijo al fin—. Ellos... dijeron que la Öiyya era un demonio, un súcubo horrible, un...

—Ya lo he entendido, gracias —le cortó Issi—. No hace falta que te recrees diciendo lo hijaputa que puedo llegar a ser. O que ellos, sean quienes sean, dicen que puedo llegar a ser.

Lo peor era que esos *ellos* podían tener razón. Issi apretó los dientes y sostuvo la mirada de Nern. El joven esbozó una sonrisa vacilante.

—¿Y ya no te lo crees? —inquirió Issi destempladamente.

Nern negó con la cabeza, una, dos veces.

—No me has matado —respondió tan sólo. Y de nuevo, en sus ojos, acompañando al terror, brilló la fascinación, el deseo.

—¿Y cómo sabes que no voy a matarte ahora? —«¿Cómo sabes que puedo evitar matarte, aunque no lo desee?»

El muchacho abrió la boca para contestar, pero se quedó repentinamente mudo. Los ojos se le abrieron tanto que parecía que fueran a saltar de sus órbitas. Extrañada, Issi entrecerró los ojos.

A la luz de la lámpara de aceite que Nern sostenía con las manos temblorosas brilló una hoja de acero. La punta del puñal se apoyaba, hundiendo apenas la piel, en el cuello de Nern, justo donde palpitaba la vena.

—Las orejas no sirven para mucho —comentó Keyen en tono casual—, pero jode un montón cuando te las cortan.

Entró en el campo de visión de Issi. Tranquilo, con los ojos brillantes y el pelo revuelto, parecía tan sosegado y sereno como si, en lugar de estar prisioneros en el palacio del señor de Yintla y en poder del rey de Svonda, estuvieran en una taberna pidiendo un par de jarras de cerveza.

—¿Estás bien, Issi? —preguntó sin dejar de mirar el cuello de Nern, donde mantenía apretado el extremo del cuchillo.

Ella asintió.

—Sí —dijo cuando comprendió que Keyen no había visto su gesto—. Un poco encerrada, pero nada más —añadió fingiendo una risotada.

Keyen sonrió y se echó a un lado sin soltar el cuchillo.

—Din, Ikival, ¿podéis...?

Oyó un tintineo metálico y después un ruido de arañazos, como si alguien raspase la madera con una zarpa afilada; un par de tintineos más, una maldición ahogada y un suave clic, y la puerta se abrió con un chirrido agudo.

—Al señor nunca le ha importado la seguridad de las cerraduras de sus celdas —murmuró una voz desconocida, infantil—. Ni siquiera suele utilizarlas. Prefiere ejecutar a la gente directamente.

—Es más rápido, eso no se lo discuto —dijo una segunda voz—. Y más limpio.

—Y más barato.

—Claro. Eso también.

Ante ella, al lado de Keyen, había dos hombres: uno, muy bajito, rechoncho y de rostro arratonado; el otro, tan joven que apenas podía considerársele un hombre, larguirucho, delgado y con el pelo pajizo y lacio. Era el muchacho el que sostenía la ganzúa que Issi había oído hurgando en la cerradura de su celda. Sonreía ampliamente, mostrando unos dientes grandes y torcidos, y cuando Issi avanzó hasta colocarse bajo el influjo de la lámpara de Nern, le lanzó una descarada mirada de apreciación y un silbido apagado.

—Es demasiado mayor para ti, Din —comentó Keyen con el mismo tono sereno y sin apartar los ojos de Nern—. De hecho, podría ser tu madre.

—Y lo habría sido si mi padre le hubiera puesto las manos encima —contestó Din mientras guardaba la ganzúa en un pliegue de su mugrienta camisa—. Le gustaban las tías así. De eso pueden dar fe la mitad de las mujeres de Yintla.

—Si tu padre hubiera intentado ponerme las manos encima, tú no habrías tenido la oportunidad de nacer, chico —replicó Issi, y esbozó una amplia sonrisa, no sin esfuerzo—. Keyen, ¿te has traído a unos amigos para que montemos una fiesta, o debo pensar que esto es un rescate?

—No, sólo pasábamos a saludar. —Keyen la miró por fin, y guiñó un ojo con expresión de diversión—. ¿Qué hago con éste? ¿Me lo cargo?

Issi chasqueó la lengua, escéptica.

—¿Desde cuándo matas a gente, Keyen?

—Desde que la gente no se muere sola, cariño —contestó Keyen.

El hombre con cara de rata soltó un bufido.

—¿Vamos a quedarnos mucho tiempo aquí? —preguntó—. Si lo llego a saber, me traigo un pellejo de vino y una baraja de cartas. Igual todavía podía sacarle un par de platas aquí al amigo Keyen. —Se volvió hacia él—. Recuerdo que no tenías ni puta idea de jugar al *kasch*.

—Más tarde, tal vez, Ikival —desechó Keyen con un breve gesto de cabeza—. Pero creo que los sótanos del señor de Yintla no son el mejor sitio para echar una partida...

—Ah. —El tal Ikival mostró una sonrisa con escasos dientes—. No te puedes ni imaginar las cosas que se pueden hacer en los sótanos del señor, muchacho. No te lo puedes ni imaginar —rio.

Keyen le devolvió la sonrisa.

—Tengo mucha imaginación, Ikival.

Issi carraspeó, impaciente.

—Eh... Insisto: ¿habéis venido a montar una fiesta, o vamos a salir alguna vez de este puto sitio?

—Sí. Din —dijo Keyen, dirigiéndose al chico, que no tendría ni siquiera catorce años, pese a lo cual lucía arrugas alrededor de los ojos y una leve cojera en la pierna izquierda—, ¿por dónde se sale? ¿Por donde habéis entrado?

—Claro —respondió el chico con voz alegre—. Una cosa es que los guardias sean unos inútiles, y otra que vayan a ser tan gilipollas como para dejar que haya dos caminos para entrar y salir de esta mierda de palacio.

—Gilipollas son —sentenció Ikival lúgubremente.

—Claro, pero no tanto. —Din señaló el corredor que se abría a su izquierda, y que se alejaba de la entrada al sótano por la que los guardias habían conducido a Issi aquella misma tarde—. ¿Fuera del palacio, o de la ciudad? —preguntó.

Keyen miró a Issi. Ésta se encogió de hombros.

—De la ciudad, supongo —dijo—. Cuanto más lejos del rey estemos, menos peligro habrá de que nos vuelva a coger.

—Vale. Es más fácil, aunque el camino es más largo, claro —comentó Din, dando un paso hacia la oscuridad del pasillo.

Keyen le detuvo con un gesto.

—¿Y éste? —preguntó.

Nern temblaba como una hoja. La lámpara oscilaba en sus manos como un farol bajo un vendaval. Issi miró al joven soldado un instante. Sorprendentemente, el muchacho clavó los ojos en los de ella, desvalido, suplicante, pidiéndole apoyo. «¿A mí?» ¿A la Öiyya, que tanto miedo le provocaba?

Se encogió de hombros.

—Suéltalo —respondió—. Que venga con nosotros hasta que salgamos de aquí, y luego lo dejamos con tus amigos para que no nos joda avisando de que nos hemos ido.

Nern parecía más asustado que nunca. Negó con la cabeza y soltó un quejido cuando la punta del cuchillo de Keyen se le clavó en la piel.

—No... no voy a decir nada —farfulló—. No quiero...

—Ya, vale, que venga, pero que se calle —gruñó Ikival, siguiendo a Din hacia la oscuridad—. Si hay alguien que me caiga peor que un guardia, es un soldado.

—¿Por qué? —preguntó Issi con curiosidad, arrebatándole a Nern la lámpara de entre los dedos.

—Porque los soldados se las dan de defensores de la patria y eso, pero no son mejores que nosotros.

—Y huelen peor —añadió Din alborozadamente desde delante de ellos.

Keyen empujó a Nern para que avanzase, y partió él también en pos de Din, siguiendo al soldado de cerca.

—Mejor no hablemos de olores —dijo Ikival, y su voz sonó entre ominosa y resignada en los oídos de Issi.

Apenas habían caminado cien pasos cuando Din se detuvo en seco. Issi estuvo a punto de chocar con su espalda, y Nern, que cerraba la marcha, se golpeó contra ella antes de darse cuenta de que se había detenido. Din se agachó en mitad del pasillo.

—Es tan fácil que no entiendo cómo no lo han pensado todavía —explicó el chico, señalando el suelo. Allí, incrustada en la piedra, había una pequeña rejilla metálica. Issi sonrió. El joven tenía razón. Era tan obvio que probablemente los guardias y los habitantes del palacio ni siquiera habrían pensado en ello.

—Una alcantarilla —murmuró Nern.

—Claro —rio Din, y, sin esfuerzo aparente, arrancó la rejilla del suelo—. Hace mil siglos que hemos quitado la argamasa de aquí para poder entrar y salir. Sólo hay que dejarla otra vez como estaba cuando pases. —Levantó la cabeza y los miró de uno en uno a la luz de la lámpara que Issi sostenía—. No hay nadie gordo, ¿verdad?

Issi entendió perfectamente por qué hacía aquella pregunta en cuanto se coló por el agujero detrás de Din. Era tan estrecho que hubo un momento en que creyó que no podría bajar, y aún hubo otro peor, cuando se quedó encajada y pensó que no podía ir ni para delante ni para atrás.

—Es lo malo de tener caderas, preciosa —la alentó Keyen desde el corredor de los sótanos.

Issi le maldijo a él y a todos sus antecesores hasta llegar al Ocaso.

Cuando bajó hasta donde Din la esperaba no pudo ver nada salvo el pequeño cuadrado del techo por donde había pasado. Parecía un pasillo exactamente igual al que había encima, salvo por el techo, que era un poco más bajo, y la impenetrable oscuridad. Tuvieron que esperar hasta que bajase Ikival con la lámpara para ver algo. Entonces, tanto Din e Issi como Nern y Keyen levantaron la vista y miraron a su alrededor con curiosidad.

Decepcionada, Issi sacudió la cabeza. Como había esperado, era igual que el corredor que acababan de dejar: de piedra el suelo, de piedra las paredes y de piedra el techo abovedado, no había nada que lo diferenciase de lo que tenían encima.

—Ale, vamos allá —dijo Din, cogiéndole la lámpara a Ikival y encabezando la marcha túnel abajo.

La humedad del ambiente aumentaba a cada paso que daban. Las piedras negruzcas de los muros estaban cubiertas de moho, y entre las junturas crecían hierbajos, desmenuzando la argamasa que mantenía unida la estructura. Se notaba al respirar; la sequedad de los sótanos se transformaba paulatinamente en un aire de olor picante, que parecía adherirse a la piel y recubrirla con una pátina pegajosa.

—Aquí huele como el culo —gruñó Keyen desde atrás.

Din volvió a reír, y sus carcajadas crearon ecos fantasmagóricos en la oscuridad. Detrás de Issi, Nern se estremeció.

Desde luego que olía mal. Conforme avanzaban, el olor a humedad se iba acentuando, pero también se iba percibiendo un hedor a descomposición, a podredumbre y a excrementos realmente asqueroso. Aunque era de esperar... Por lo que Ikival les había contado, aquello conducía ni más ni menos que a las cloacas de Yintla, que a su vez desembocaban en el foso que rodeaba la ciudad.

—Aún te puedes dar con un canto en los dientes, señorita —se burló Ikival dirigiéndose a Keyen sin dejar de andar—. Esta parte está más o menos limpia porque el señor la hizo desecar hace mucho. Parece que a él tampoco le gustaban los malos olores —resopló, sardónico—. Verás luego qué bien.

El desagüe del palacio conducía a un ramal del alcantarillado, y desembocaba cincuenta brazas más allá, aproximadamente, en lo que sería la calle principal si las cloacas fueran una ciudad. Y a decir verdad lo parecían: rectos, bien construidos, más sólidos que muchas edificaciones de la ciudad superior, había incluso túneles tan grandiosos que parecían naves del Tre-Ahon de Tula. Sólo desmerecía su magnificencia el caudal de aguas fecales que fluía manso por el centro de todas y cada una de sus calles. Ellos caminaban cómodamente por un repecho de piedra que, cual si fuera una acera, les permitía avanzar sin necesidad de meterse entre los excrementos y los desperdicios, que despedían un hedor nauseabundo.

—¿Y dices que esta guarrería va directa al foso? —preguntó Keyen, tapándose la nariz con los dedos y arrugando la cara por el olor—. Pues no me extraña que no haya voluntarios para hacer guardia en las murallas... tiene que ser repugnante.

—No seas simple, Keyen —contestó Ikival—. Hay un filtro de arena. El agua cae al foso, y la mierda se queda aquí abajo. La limpian cada cierto tiempo, o eso dicen. —Se encogió de hombros—. Pero yo me pregunto quién iba a querer hacer un trabajo tan asqueroso como ése.

—¿Los presos? —aventuró Issi, con los ojos clavados en los tobillos de Din. Lo que menos le apetecía en esos momentos era tropezarse y caer de cabeza en el río de suciedad que fluía a su lado.

—Na, no hay presos en Yintla —le recordó Din sin volverse—. Si te atrapan, pueden pasar dos cosas: o que te ejecuten, o que te obliguen a escaparte para que no les des problemas. Aunque tienes que pagarles una multa para que te dejen escaparte, claro. Yo normalmente les mando a mi madre —rio.

—¿A cuál de ellas, Din? —inquirió Ikival desde atrás, cáustico.

—A la que más le pique el bollo ese día, Iki —gritó Din alegremente.

Ikival bufó. Issi meneó la cabeza, sin poder evitar sonreír. Sabía que aquellos dos eran ladrones, no podían ser otra cosa, pero eran tan... efervescentes, que no podía evitar sentir simpatía por ellos. Al menos, por el chaval. El otro era un poco seco, pero tampoco podía hacerle ascos a una compañía que la había sacado de una celda y de entre las garras de Carleig, rey de Svonda.

Según Ikival, el foso que rodeaba la muralla de Yintla se abastecía de agua por dos canales: la cloaca por la que ellos estaban escapando, y otro túnel que unía la ciudad con un manantial que nacía en una pequeña colina a unas dos leguas de Yintla. El agua de ese manantial bajaba por ese canal, que se dividía en dos justo antes de llegar a la ciudad: un ramal desaguaba en el foso, el otro entraba en Yintla y abastecía de agua a los habitantes.

—¿Y no podíamos haber salido por ése? —protestó Keyen—. Seguro que huele mucho mejor...

—Los defensores de Yintla son gilipollas, pero no tanto —negó Ikival—. Hay rejas impidiendo el paso por todas partes, y ésas sí que las comprueban de vez en cuando. Y más desde que llegó Carleig. Pero claro, no quieren que se les meta un ejército hasta el patio del palacio sin que ellos se den cuenta...

—¿Y el túnel de la mierda no lo comprueban?

Ikival negó con la cabeza.

—Deben de creer que nadie en su sano juicio entraría por aquí.

—En eso tienen razón —murmuró Keyen.

Ikival rio.

—Creía que estabas acostumbrado al olor de la carroña, Keyen... —dijo Issi, repentinamente cansada de sus lamentos.

—Pero es que en los campos de batalla se puede encontrar mucho oro, bonita. Aquí sólo hay porquería.

Tardaron cerca de tres horas en llegar al muro de arena que había descrito Ikival, y que bloqueaba parcialmente la boca del túnel que daba al foso; por los agujeros abiertos a intervalos regulares en el borde de la salida redondeada, allí también había habido una reja, pero hacía tiempo que debía de haberse caído.

Siguiendo a Din, treparon por el montón de arena húmeda, cubierta de suciedad.

—Ahora, silencio —les conminó Din, posándose un dedo en los labios—. Siempre hay guardias patrullando por encima de la muralla. No suelen mirar al foso, pero si nos oyen estamos jodidos.

El foso tenía bastante agua para ser otoño. Cuando bajaron con cuidado por el terraplén de arena y tierra suelta, Issi comprobó que le llegaba el agua por la cadera. «Al menos, está bastante más limpia que la de ahí dentro», suspiró en silencio, y levantó la mirada hacia el cielo. La luna menguante estaba justo encima de sus cabezas. No alumbraba tanto como si hubiera estado llena, pero desde lo alto de la muralla se les vería perfectamente.

A unas dos brazas de distancia en línea recta, justo enfrente de la boca del túnel que salía del alcantarillado, se abría otro hueco muy similar en tamaño y forma: el túnel que traía agua desde el manantial. De él brotaba un débil hilillo de líquido, que goteaba ruidosamente en la superficie lisa del foso. Y tampoco tenía reja protectora.

—Son gilipollas, ya te lo había dicho —susurró Din a su oído. Ikival le dio un silencioso capón en la cabeza.

Vadeando el brazo de agua fueron avanzando en fila hacia la entrada del segundo túnel. El agua penetró enseguida por las perneras de cuero de sus pantalones. Issi se estremeció. Hacía frío, y no se oía ni un sonido en la noche, excepto los ruidos apagados que provocaban ellos mismos al luchar contra el agua a cada paso. La boca del túnel estaba tan cerca... Y más allá, la libertad.

Oyó un chapoteo apagado y giró la cabeza, sobresaltada. Nern había dejado caer su alforja al agua, y la bolsa empapada se había hundido como una piedra. El soldado sostenía un instrumento musical sobre su cabeza y se mordía el labio, contrito.

—No quería que se mojase —murmuró, con expresión de culpabilidad.

Keyen se acercó y le cogió el instrumento, mirándolo con interés.

—Había olvidado lo horrible que es tu vihuela, chico —musitó. Cegó las cuerdas con la mano abierta para evitar que sonasen; en el silencio de la noche, una cuerda vibrando habría resonado como un grito.

Nern lo miró con el ceño fruncido.

—¡Devuélvemela! —chilló, enojado. Su grito retumbó como una campana en la oscuridad.

—Nern, ¡maldito gilipollas! —exclamó Keyen, y le estampó la vihuela en la cabeza. El soldado puso los ojos en blanco y cayó al agua con un fuerte chapoteo.

Issi contuvo el aliento y miró hacia arriba. «Tal vez no lo hayan oído, tal vez...»

—¿Quién va? —gritó una voz desde las almenas. Antes de que nadie hubiera podido responder sonó un zumbido, y una lanza se hundió en el agua a una vara de distancia del cuerpo de Nern.

—Joder —gruñó Ikival—. ¡Aquí se nos ve más que a una virgen en un puto burdel! ¡Corred!

Issi vaciló, y después siguió vadeando a toda prisa hacia el túnel. Estaba tan cerca... Una lluvia de flechas cayó sobre sus cabezas. Se agachó y trató de ignorarlas, centrando toda su atención en la boca del túnel, que se abría ante ella como un bostezo del talud.

Trepó apresuradamente detrás de Din y de Ikival y se refugió en la oscuridad. Cuando miró hacia atrás, vio que Keyen avanzaba por el agua arrastrando el cuerpo inerte de Nern.

—Déjalo —musitó, ansiosa—. Déjalo, Keyen...

Pero Keyen no lo dejó. Issi se asomó por la abertura, se tumbó sobre la tierra mojada y alargó los brazos.

—Trae —susurró. Keyen alzó la cabeza—. ¡Tráelo, joder! —insistió Issi.

Keyen levantó a Nern con los brazos. Issi aferró las muñecas del joven soldado y tiró de él con todas sus fuerzas. El cuerpo del muchacho se arrastró por el terraplén con dificultad, hasta que Keyen hizo pie y lo empujó bruscamente. Sin saber muy bien cómo, Issi se encontró tirada de espaldas en el túnel, encima del hilo de agua, enredada en el cuerpo desmayado de Nern.

—¡Vámonos! —los urgió Ikival, tirando de ella—. Dentro de nada esto se va a llenar de guardias hambrientos...

Issi se levantó a tiempo de ver a Keyen entrar por el agujero. Estaba empapado, pero parecía ileso. Volvió a levantar a Nern, se lo cargó sobre los hombros y echó a correr a trompicones.

—¡Así no podemos recorrer dos leguas! —exclamó Issi—. ¡Ikival! ¡Tenemos que escondernos en algún sitio!

El ladrón gruñó sonoramente y siguió corriendo. Delante de él avanzaba Din, tambaleándose.

—¡Por aquí!

En lugar de seguir ascendiendo por la suave pendiente que hacía el túnel, Ikival torció por un segundo túnel que se abría a su izquierda, y alargó la mano para arrastrar a Din consigo. Issi dobló el recodo tras ellos. El túnel, idéntico al que subía hacia el manantial, estaba bloqueado por una reja de hierro medio oxidada. Pero quedaba espacio suficiente entre la verja y la encrucijada para que se ocultaran hasta que los guardias pasasen de largo. «Si es que no miran hacia aquí...»

Keyen torció el recodo detrás de ella, con Nern todavía sobre su grupa, y chocó contra su espalda. El cuerpo del soldado se deslizó de sus hombros y cayó al suelo.

Jadeante, Keyen apoyó una mano contra la pared.

—Ikival —dijo sin resuello—. Ikival... ¿Quién te... ha... dicho... que se puede ver a una... virgen en... algún... burdel?

Ikival rio quedamente. En ese momento, Din resbaló por la pared en la que se apuntalaba y se quedó tumbado en el riachuelo que entraba en la ciudad atravesando la verja de hierro.

—Chico, ¿crees que es el mejor momento para echarse a dormir? —renegó Ikival.

Din no se movió. Parecía profundamente dormido.

Issi se sentó en el arroyo, demasiado aturdida como para preocuparse por el agua que volvía a mojar sus ya empapados calzones. Miró a Din sin demasiada curiosidad. El muchacho se rebulló y gimió.

—Ikival —dijo Issi en voz baja, monótona, mientras el hombre arratonado apagaba la lámpara y los dejaba sumidos en la oscuridad—. Din tiene una flecha clavada en el estómago.

La sorprendió el tono desapasionado de su propia voz. Ikival soltó una maldición y se agachó a su lado. No volvió a encender la luz, sino que tanteó en la penumbra, rota tan sólo por el débil haz de luz proveniente de la boca del túnel, en busca de la saeta que Issi acababa de entrever en las tripas del ratero. Volvió a maldecir.

—Din —dijo—. Din, ¿estás despierto?

Issi negó con la cabeza, pero nadie pudo ver su gesto.

—No tiene remedio, Ikival —susurró—. Una flecha en el vientre... —Chasqueó la lengua.

—No. —Ikival siguió tanteando el cuerpo de Din—. No, se la podemos sacar, todavía... Din, ¿vas a contestarme, joder?

Issi posó la mano sobre la frente de Din. Estaba ardiendo. El chico abrió los ojos ante su contacto y dirigió la mirada vidriosa hacia el techo del pasadizo. En la casi completa oscuridad, sus pupilas dilatadas se veían como dos lámparas.

—¿Iki? Ikival, ¿estás ahí? —murmuró Din.

—Estoy aquí, Din...

—Iki, no te veo... No...

—Estoy aquí, Din —repitió Ikival agarrando su mano—. Estoy aquí...

Din se aferró a la mano de Ikival con desesperación.

—Tengo miedo —confesó.

Issi tragó saliva, pero no apartó la mano de la cabeza del muchacho. Ardía de fiebre, pero estaba cubierta de sudor frío. Su cuerpo se estremeció.

—No te voy a dejar, Din —dijo Ikival en voz baja—. No te voy a dejar, estoy aquí contigo... Te sacaremos de aquí, ¿de acuerdo?

—¿Iki? —preguntó Din—. No puedo verte...

—Estoy contigo, Din... Din, escucha, estoy aquí, ¿vale?

—Iki, tengo miedo —lloriqueó débilmente Din.

Issi notó un hormigueo en las puntas de los dedos. Extrañada, bajó la vista, pero en la penumbra no vio nada anormal en la mano apoyada sobre la frente de Din. Y, sin embargo, el hormigueo se extendía, ascendiendo por sus brazos, por su pecho, su cuello, el rostro, hasta llegar a la frente. Trató de separar los dedos de la cabeza de Din, pero fue incapaz: se le había quedado pegada la piel a la frente sudorosa del muchacho.

El Signo incrustado encima de sus ojos comenzó a arder. Issi contuvo un quejido y se llevó la otra mano al Öi, pero la volvió a retirar, asustada, cuando se dio cuenta de que lo que sentía no era dolor, sino... placer, extendiéndose desde sus dedos e invadiendo todo su cuerpo. De nuevo la oleada de éxtasis que se extendía desde sus entrañas hasta sus miembros, de nuevo el ardor que viajaba rápidamente por sus venas, acelerando los latidos de su corazón; la oscuridad se llenó de luz, e Issi comprendió que era su cuerpo el que brillaba, extrayendo la energía del cuerpo húmedo de Din. El placer siguió creciendo, pulsando en su vientre, en su entrepierna, en su pecho, como si todo su cuerpo estuviera conectado y la vida que escapaba de Din penetrase en ella como el cuerpo de un amante experto. Echó la cabeza hacia atrás y cerró los ojos, tratando de permanecer inexpresiva, de no demostrar el éxtasis que la atravesaba, de la cabeza a los pies, como un escalofrío pero mil veces más intenso. Se mordió el labio y sacudió la cabeza, pero no pudo impedir que de sus labios escapase un gemido de placer.

—Está muerto —murmuró Keyen, ahogando el martilleo de los latidos de su corazón en sus oídos.

Aturdida, Issi abrió los ojos. Din la miraba fijamente, pero en sus ojos ya no había expresión alguna, ya no brillaba la vida. Estaba muerto.

Apartó la mano de la frente todavía caliente de Din y se la pasó por la suya. Estaba empapada en sudor; el símbolo grabado en su piel palpitaba suavemente. Cuando lo rozó con los dedos, un último estremecimiento de placer sacudió todo su cuerpo.

«Dioses, ¿en qué clase de monstruo me he convertido?»

—¿Issi? ¿Qué te pasa?

Negando con la cabeza, se volvió para que Keyen no pudiera ver su rostro.

YINTLA (SVONDA)

*Decimoquinto día desde Ebba. Año 569
después del Ocaso*

> Por mucho tiempo que dediques, siempre habrá
> algo que escape a tu control: eso es lo más sublime, y
> también lo más perverso, de la vida: el azar.
>
> *Enciclopedia del mundo: Comentarios*

Carleig despertó de golpe al oír el ligero crujido de la puerta al entornarse. Abrió los ojos no sin esfuerzo. Últimamente dormía mal, y se levantaba con la cabeza pesada, dolorida, y los ojos inyectados en sangre. «La mala conciencia», creía oír cada vez que el triasta de Yintla le miraba con reprobación. «La inutilidad de mis siervos, más bien.» Se incorporó a medias y miró el resquicio abierto, el débil haz de luz que penetraba en el dormitorio desde la antesala de sus estancias privadas. «Las estancias privadas del señor», se corrigió, medio dormido.

Escuchó con toda la atención que le permitió su cabeza llena de algodón, todavía a medio despejar. Un paso, un leve roce casi inaudible contra el suelo cubierto de mullidas alfombras. «¿Un asesino?», se preguntó, repentinamente alerta. Inmóvil, el corazón latiéndole con fuerza en la garganta, metió despacio la mano bajo la almohada y asió la empuñadura de la daga que siempre lo acompañaba en su sueño, a la que llamaba *Esposa*, disfrutando con el descontento de los ultrajados maestros de armas, que consideraban que una hoja tan pequeña no era digna de tener nombre, y de Drina, que se ofendía cada vez que decía que prefería estar en la cama con la daga que con ella.

—Majestad. —Un susurro junto a su lecho: su asistente personal. «El asistente personal del señor.»

Carleig soltó la hoja.

—¿Qué ocurre? —inquirió, pasándose la mano por la cara para despejarse—. Como no sea algo importante ya puedes empezar a rezar a todos los dioses conocidos y desconocidos —gruñó. «Precisamente ahora que había logrado dormirme...»

—Majestad —volvió a comenzar el lacayo. Carleig empezó a ver con cierta claridad conforme sus ojos se acostumbraban a la penumbra. El sirviente del señor de Yintla, un hombre apocado, encogido, con la espalda torcida y el cabello ralo y grisáceo, era probablemente una de las visiones más desagradables que un hombre podía tener nada más despertarse—. Majestad, un soldado desea veros.

«¿A estas horas?» Carleig abrió la boca para ordenarle que le dijera al soldado que volviese cuando el sol no fuese algo sólo insinuado y brillase realmente en el cielo; sus palabras se ahogaron en un bostezo. Tuvo que contenerse para no maldecir.

—Es... dice que acaba de subir de los sótanos, Majestad.

El bostezo se convirtió en un ataque de tos. Carleig se atragantó, pensó durante un instante de pánico que iba a asfixiarse, y pugnó por enderezarse y tomar aire ansiosamente. Miró al sirviente, furioso.

—¿Los sótanos? —repitió. Volvió a toser—. ¿Qué quieres decir...? ¿Dónde está?

El criado hizo un breve gesto hacia la puerta. Por la ancha rendija que había dejado tras de sí, el rey pudo ver al joven soldado plantado junto a la entrada, en su antesala.

Carleig se levantó de un brinco e, ignorando la exclamación de sorpresa del sirviente, se abalanzó sobre la puerta y la abrió de un tirón. El soldado dio un respingo, los ojos desorbitados, y se cuadró ante él, tembloroso.

—¿Qué es? ¿Qué ha pasado? —demandó. Su primer impulso fue aferrarlo por la camisa, pero el peto de la armadura se lo impidió. Lo agarró por los brazos y sacudió con fuerza.

—M-Majestad, la mujer... la prisionera...

—¿Qué? —chilló Carleig, sin dejar de sacudir al soldado.

El joven tragó saliva.

—Ha... ha escapado, Majestad —dijo al fin, temblando como una hoja.

Carleig lo vio todo rojo. Empujó fuertemente al soldado, estampándolo contra la pared.

—¿Que ha escapado? —masculló en voz baja—. ¿Que ha escapado? ¿Cómo?

—No lo sabemos, Majestad... —empezó el soldado, pero una mirada del rey bastó para que enmudeciera de nuevo.

Carleig lo soltó y se volvió hacia su asistente. El asistente del señor de Yintla. Cogió la bata que éste le tendía y se la colocó sobre los hombros con un rápido movimiento, apretando los dientes, luchando por controlar su enojo, el miedo que, de repente, le robaba todo el aire de los pulmones y debilitaba sus piernas...

Corrió hacia la entrada de la antesala y salió al pasillo.

—¡Buscadla! —gritó, furioso, sin molestarse en volver la vista hacia el soldado—. ¡Traédmela! ¡Y traedme al señor de Cinnamal!

—Sí, Majestad —contestó el soldado.

Carleig lo ignoró. Siguió caminando a grandes zancadas por el pasillo mal iluminado, en dirección al estudio del señor de Yintla, el que ahora consideraba *su* estudio. La Öiyya... «¡Maldita sea! ¡No puedo perderla! ¡No ahora...!»

Forzó la puerta de la habitación de una patada y entró; la hoja de madera se estampó contra la pared y rebotó, rozándole un brazo antes de volver a encajarse en el marco con un fuerte golpe que hizo temblar las paredes de piedra.

Un criado abrió la puerta tras él con cuidado y correteó hacia el hogar apagado todo lo silenciosamente que fue capaz. Carleig giró sobre sus talones y le asaetó con la mirada. El hombre se quedó petrificado, agachado sobre las brasas casi apagadas, con el brazo extendido hacia el atizador.

—¡Fuera! —aulló, yendo hacia él y enseñando los dientes como un perro rabioso—. ¡Fuera!

El sirviente se encogió, con los ojos desorbitados, y huyó como un conejo asustado, sin llegar a incorporarse siquiera antes de llegar a la puerta. Carleig llegó a la entrada justo cuando ésta se cerraba detrás del criado. Golpeó la hoja de madera oscurecida con el puño. El dolor no le sirvió de consuelo; se frotó el costado de la mano, frunciendo el ceño, luchando por controlar su propia rabia. «Descargar tu enojo con un siervo no es digno.» ¿Quién le había dicho aquello? ¿Su padre? ¿Su esposa? ¿Y qué importaba eso ahora? La Öiyya... La Öiyya, a quien tenía en sus manos, se le había escapado como un pececillo entre los dedos. Abrió y cerró la mano, como si con ese simple gesto pudiera volver a atraparla.

—Ahora que había decidido enviarla al norte... —murmuró, ahogado por su propia e infrecuente desesperación. Recorrió el estudio una, dos, tres veces, a grandes pasos, con las manos aferradas a la espalda—. La necesito en Sinkikhe. Ahora que había ordenado que volviera mi ejército al altiplano... Ahora que... que...

Calló de pronto cuando su mirada se posó sobre la enorme mesa de roble que ocupaba la mitad de la amplia habitación. Carleig se quedó petrificado al ver el pergamino sobre una pila de papeles, liso, sin firma ni sello, mirándolo inocentemente desde su superficie emborronada con la letra prolija de Laureth, el único de sus nobles que no precisaba de secretario para escribir cartas. «El mensaje.» El mensaje que debía haber enviado días atrás, que *creía* haber enviado días atrás.

A Tianiden, Comandante de Todos Nuestros Ejércitos: Nos, Carleig, Soberano de Svonda, Señor de Khuvakha, Príncipe de Cinnamal y Teine, Lord Protector de las Montañas de Lambhuari y el Paso de Skonje y Señor de Cerhânedin Oriental, por la presente misiva, anulamos Nuestras órdenes anteriores, y os ordenamos que regreséis al Altiplano de Sinkikhe con todas Nuestras tropas en el menor tiempo posible. En Yintla, el día nueve desde Ebba, año del Ocaso de 569.

Por la situación del sur era evidente, y así se lo había hecho saber Laureth, que Adelfried realmente tenía intención de atacar por el norte. Había un ejército en la frontera suroeste, sí, y a primera vista parecía bastante poderoso, pero llevaba allí demasiado tiempo, a la vista de todos los svondenos que quisieran acercarse a Cinnamal para verlo, como para ser una fuerza de ataque real. «Un señuelo.» Como el que él mismo había utilizado en Khuvakha.

—El mensaje —murmuró, aturdido.

Ahogó un grito de furia. ¿Cuándo atacaría Adelfried? ¿Habría tiempo de enviar a un mensajero, de volver a reunir al ejército en Sinkikhe antes de que Thaledia se decidiera de una vez por todas? Se maldijo por haber escuchado al triasta cuando éste aseguró que Adelfried se disponía a invadirlos por el suroeste. «¿Qué demonios sabe un sacerdote de estrategia?», aulló en su mente. ¿Y dos? El de Tula, que le había convencido de ir a Yintla para estar cerca de un posible frente en caso de que se produjera la batalla, y así no tener que aguardar días a que le llegasen las noticias de su curso; y el de Yintla, que le había convencido de que trajese a su ejército al sur. «Absurdo.» Pero el triasta había sido tan convincente... los dos.

Igual que Laureth. Sólo que Laureth tenía razón, y el triasta, los dos, ya podían ir buscándose un lugar solitario para vivir el resto de sus vidas de retiro espiritual. Y Carleig se aseguraría de que con los sacerdotes fuera también Minade, la maldita bruja que le había insinuado igualmente que Adelfried iba a atacar por allí, por Yintla. Ella y sus malditos ojos de todos los colores, que parecían saberlo todo. «Como Adelfried ataque por Zaake, vais a acabar los tres con la cabeza en una pica», se juró a sí mismo, buscando el sello para estamparlo sobre el goterón de lacre que acababa de derramar sobre el pliego.

CERCANÍAS DE YINTLA (SVONDA)

Decimoquinto día desde Ebba. Año 569
después del Ocaso

> ¿Quién conoce lo que hay realmente en el corazón del hombre? Sólo los dioses. Y en ocasiones, ni siquiera la Tríada puede asegurarlo.
>
> *Epitome Scivi Tria*

Cuando salieron de nuevo a la superficie ya había amanecido. Un pájaro trinaba sobre la rama de un árbol, justo encima del manantial del que provenía el agua que había mojado sus ropas durante toda la noche; la salida del túnel no era una boca perfectamente redonda, como las dos que se abrían al foso de Yintla, sino un agujero irregular practicado en el techo del pasadizo, por el que entraba el agua que brotaba de la colina.

Issi salió por el pequeño pozo y miró a su alrededor. La hierba estaba verde pese a lo avanzado de la estación, pero las hojas de los árboles se habían tornado de un radiante tono dorado, y se agitaban levemente bajo la brisa. El sol se elevaba sobre las copas de los árboles, confiriéndoles un brillo lustroso, dorado; a lo lejos se alzaban las torres de Yintla, de un deslumbrante color blanco, tan puro como el de las conchas nacaradas que a veces el mar depositaba sobre la arena de la playa. Cerró los ojos y tomó aire. Ante ella, la oscuridad del interior de sus párpados se fue aclarando hasta formar una escena tan nítida que, por un momento, pensó que había vuelto a abrir los ojos.

La oscuridad, la nada que había al otro lado del arco, la llamaba, pronunciaba su nombre. Pero Issi no podía entrar. Sobre su cabeza, a ambos lados de ella, el cristal resplandecía como un diamante montado en la ladera rocosa de la montaña. Quería entrar. Pero, al mismo tiempo, lo que había en su interior la aterrorizaba, la hacía desear salir corriendo, volver a las calles pavimentadas en negro y blanco, a la sombra de las altísimas torres enmarcadas en la cordillera de montes bajos.

Abrió los ojos y jadeó. Se apartó el pelo de la cara con un fuerte manotazo.

Detrás de ella salió Ikival. Issi lo miró. El hombre seguía teniendo cara de rata, pero parecía haber envejecido media vida allí abajo, las arrugas más hondas, las ojeras más marcadas bajo los ojos apagados. Decaído, se sentó a la sombra del árbol.

Keyen salió del agujero detrás de Nern. Él también tenía ojeras, al igual que el soldado, que se quedó de pie sin mirar a ningún sitio en concreto con una expresión de compunción pintada en el rostro.

—Yo no quería... —murmuró, clavando los ojos en Issi y desviándolos casi al instante—. Yo no quería que pasara esto. Tienes que creerme, yo...

Issi sacudió la cabeza. Estaba tan aturdida que ni siquiera era capaz de sentir tristeza. Parecía aletargada, insensible a todo: a la belleza, al dolor, al llanto silencioso de Ikival, al arrepentimiento que se leía en la cara de Nern.

—No quería —repitió el soldado. Así, sucio, empapado, despeinado y ojeroso, no parecía tan joven ni tan lozano como la mañana en que le había visto por primera vez, cuando se le insinuó de una forma tan burda para sacar a Keyen del campamento del ejército—. Fue un impulso, nada más, no quería gritar, no quería que nos oyeran...

—Cállate, Nern —le interrumpió Keyen—. Cállate.

Issi se acercó a Keyen y le dirigió una mirada interrogante. Él no sonrió.

—¿Y ahora qué? —preguntó.

Issi hizo un gesto mudo hacia Ikival. El hombre seguía allí sentado, en silencio. Ya no lloraba; de hecho, parecía resignado, más que triste. Miraba las torres lejanas de Yintla con los ojos brillantes.

Keyen se agachó delante de él.

—Ikival...

—Ya sé lo que vas a decirme, Keyen —dijo él—. Que no tienes ni puta idea de lo que vais a hacer, y que no sabes adónde vais a ir, pero que me vaya con vosotros. ¿O no?

Keyen sonrió débilmente.

—Te debemos la vida, Ikival —contestó—. Y Din... Din —repitió, buscando las palabras—. Un ladrón del gremio no puede seguir sin su compañero.

Ikival sacudió la cabeza.

—Me vuelvo a la ciudad, Keyen —dijo, pesaroso—. Tengo que ir a decirles a las madres de Din que el chico está... que está...

No logró terminar. Sin embargo, Issi no pudo contenerse y se adelantó un paso.

—¿Las madres? —preguntó, extrañada.

Ikival levantó la cabeza y la miró, y, sorprendentemente, le guiñó un ojo.

—Nunca han estado muy seguras de cuál de ellas era la madre del chico —contestó—. Pero se llevan bien, Sanna y Yegura. Se llevan bien. —Y rio amargamente. Después, se levantó, estiró los músculos y volvió a mirar a la ciudad blanca—. Cuídate, Keyen —murmuró, dirigiéndole una sonrisa torcida—. No siempre vamos a estar ahí para sacarte de los líos en los que te metes. Y no te dejes encerrar en más palacios, que no todos tienen las alcantarillas tan limpias como éste.

Saludó a Issi con una breve inclinación de cabeza, ignoró a Nern y comenzó a andar en dirección a las torres de Yintla, sin atender a las llamadas de Keyen, ni a la petición de Issi de que, al menos, descansase un momento antes de partir.

—Cabezota —gruñó Keyen, volviéndose hacia Issi.

Ella se encogió de hombros.

—Lo que no acabo de entender es cómo pueden dudar dos mujeres de la maternidad de un niño —indicó—. Dos hombres, vale, pero dos mujeres...

Keyen rio con alegría, y después se volvió hacia Nern.

—Bueno, chico —dijo, acercándose al abatido soldado—. Ahora tú también eres un desertor, ¿te has dado cuenta? —Y sus labios se curvaron en una sonrisa malévola—. En cuanto te descuides, tu amigo Liog estará afilando una estaca sólo para ti.

Se notaba que Nern estaba desorientado por todo lo que había sucedido aquella noche. «Y por qué no, si fue anoche a ver a una prisionera y amanece siendo un fugitivo...» El joven negó enérgicamente con la cabeza.

—No. No soy un desertor —contestó con expresión ausente—. No he hecho nada, yo...

—Te has escapado de Yintla con dos prisioneros y dos ladrones, Nern —dijo Keyen; por extraño que pareciera, no había burla en su voz—. ¿Crees que alguien va a preguntarte tus intenciones antes de hacerte cosquillas con un palo?

El chico siguió negando sin decir nada. Keyen suspiró.

—¿Y qué vamos a hacer con él, Issi? —preguntó, yendo hacia ella, que se había alejado de ambos y permanecía de pie, quieta, mirando el mar que se extendía, inmensamente azul, tras la ciudad de Yintla—. ¿Podemos fiarnos de él? —añadió en voz baja—. Fue él quien nos trajo hasta aquí, y quien nos metió en ese maldito palacio... ¿El miedo a la estaca será suficiente para que no haga más tonterías?

Issi no dijo nada. Keyen miró en la misma dirección que ella: era hermoso, el mar rompiendo contra las rocas del acantilado, y las torres de la ciudad, tan blancas como la espuma de las olas...

—Yo votaría por librarnos de él en cuanto podamos —dijo Keyen en voz baja, y se colocó delante de ella para obstaculizarle la vista. Se frotó el hombro con una mueca de dolor—. La humedad me sienta fatal... Issi, ¿adónde vamos? —insistió—. ¿Volvemos a Thaledia? En diez días podríamos estar otra vez allí... Quince, si no podemos robar ningún caballo.

Ella lo miró a los ojos. Toda la agitación de la noche, la emoción, el miedo, la ansiedad y el horror habían desaparecido. En esos momentos, Issi sólo pudo sentir tristeza, una pena enorme, cuando clavó la mirada en los iris verdes con motitas doradas de Keyen y negó con un gesto.

—Llévatelo, Keyen —dijo, apenada—. Al menos, hasta que estéis lejos de Yintla. Si lo dejas aquí, acabará colgado de un árbol. Y quizá tú también.

Keyen pestañeó. La expresión divertida de su rostro se derritió como una figura de nieve bajo el sol de Elleri.

—¿«Llévatelo»? —repitió—. ¿Tú no... no vas a venir?

Ella volvió a negar.

—No, Keyen —contestó tristemente—. No voy a ir contigo. Esta vez no.

Él bajó la mirada. Parecía dolido, más triste de lo que Issi le había visto jamás.

—Todavía me culpas, ¿verdad? —preguntó él en voz baja—. Todavía no me has perdonado.

Issi negó con la cabeza.

—No —contestó en un susurro. Alargó la mano y le acarició la mejilla, esbozando una sonrisa apenada—. No, ya no te culpo. En realidad, nunca te culpé.

Keyen cerró los ojos y apoyó el rostro en la mano de ella.

—Sí lo hiciste —dijo—. Pero no más de lo que me culpaba yo a mí mismo. —Y la angustia que se adivinaba en su voz llenó a Issi de desazón, más que los recuerdos que estaba desenterrando, y que ella habría preferido mantener encerrados en lo más hondo de su mente hasta el fin de sus días.

Issi le pasó la mano por el pelo negro como la noche.

—No es por eso, Keyen. Sabes que no es por eso. Sabes por qué tengo que irme.

Sin abrir los ojos, él asintió.

—No confías en mí —contestó.

—No. —«No, no es por eso. En quien no confío es en mí misma.» Pero no dijo nada.

Keyen tomó aire y después suspiró. No separó los párpados.

Quizá porque no quería verla. O porque no quería verla marchar. Pero, aunque fuera ella la que se alejaba, él ya la había abandonado hacía tanto...

—Vete —dijo él simplemente.

Issi sintió unas repentinas ganas de llorar al comprender que él no creía que fuera a hacerlo de verdad. «Nunca piensas que voy a marcharme, y sólo lo entiendes cuando ya es tarde, cuando ya me he ido.» Lo miró unos instantes, pero él no abrió los ojos.

Apartó la mano de su pelo, se dio la vuelta y se alejó, tomando el mismo camino que Ikival había emprendido momentos antes.

Durante las largas horas que pasó caminando no pensó en nada. Cerró su mente, negándose a dejar entrar o salir nada que no fuese el paisaje, más árido conforme se acercaba a la costa, o la luz del sol, que se hallaba ya en su cenit y caía perpendicular sobre su cabeza. Se fue alejando de Yintla y del Camino del Sur, andando directamente hacia la costa, hacia el mar, que la atraía como un imán, como si la llamase con su voz monótona y constante.

Al fin llegó a la playa, una pequeña cala desierta de arena tan blanca como las torres de Yintla. Con la mirada fija en las olas que rompían suavemente en la arena, Issi avanzó, sin pensar en nada, y se metió en el agua. Y siguió andando hasta que las olas la cubrieron por completo.

Quería limpiarse. No sólo de la suciedad de la cloaca de Yintla, sino también, y sobre todo, de la suciedad que manchaba su propia alma. El agua se llevó la primera, pero la inmundicia de su interior estaba tan adherida a ella que ya formaba parte de su ser.

Salió del agua despacio, caminando entre las olas y finalmente sobre la arena húmeda, la ropa pesada, empapada, el pelo pegado a la cara, los ojos llenos de sal. Se dejó caer sobre la arena, negándose a pensar, sin poder evitar sentir.

«No me abandones.»

Pero la había dejado marchar. Y ella se había vuelto a quedar sola, aunque ahora la acompañaba el Signo, que seguía latiendo en su frente; la acompañaba la Muerte, y sabía que iba a estar a su lado eternamente. Se había quedado sola porque así lo había decidido, pero eso no lo hacía menos doloroso. «No me abandones.» No quería estar sola. Y aun así tenía miedo del mundo, miedo de sí misma, miedo de hacerle daño a Keyen. Lloró y lloró hasta quedar agotada, y después siguió llorando, sintiéndose sola, utilizada, sucia, condenada. Y cuando se le agotaron las lágrimas se hizo un ovillo y comenzó a gemir suavemente, abrazada a sus propias rodillas.

Alguien acarició su hombro.

Levantó la mirada y la clavó en los ojos claros, brillantes, de un hombre.

—¿Tú también vas a abandonarme? —sollozó, y se colgó de sus brazos, implorante. «No me abandones.»

Él negó con la cabeza y sonrió con una sonrisa perfecta.

COHAYALENA (THALEDIA)

Decimosexto día desde Ebba. Año 569 después del Ocaso

> Los matemáticos aseguran que todo es ponderable, que todo se puede calcular, medir, dividir, multiplicar. Pero ¿alguna vez habéis encontrado a un matemático capaz de tener siempre en mente, a cada momento, todas y cada una de las variables existentes?
>
> *Enciclopedia del mundo: Comentarios*

Adelfried frunció el ceño, pensativo, intentando por todos los medios abstraerse de las exclamaciones de alegría y de las efusiones de los nobles que abarrotaban su Salón del Trono. «Chiquillos. Son como chiquillos.» En una extraña asociación de ideas, sintió de repente el impulso de enviar a Riheki a buscar a Loto. Gruñó de impaciencia cuando Adhar de Vohhio se arrodilló ante él para rendir homenaje al rey que, según pudo colegir de sus palabras, los había librado de los piratas monmorenses, que habían huido «por miedo a disgustar a tan poderoso señor». «¿Y a ti eso de disgustar a tan poderoso señor te toca las pelotas? ¿O más bien es mi mujer quien te las toca, cretino?», bufó.

—¿Kinho? —llamó, ignorando las alabanzas de Vohhio—. Kinho, ¿podéis repetirlo?

El señor de Talamn, que, a juzgar por su expresión, todavía no se había acostumbrado a que el rey le hiciera el honor de llamarlo por su nombre en presencia de su corte, se adelantó un paso.

—Los piratas pasaron de largo la Punta de Lire, Majestad —dijo con voz temblorosa—. Durante la noche. Hace diez días. Los centinelas aseguran que pusieron rumbo al norte.

—Eso no tiene sentido —caviló Adelfried—. Llevan atacando esas costas desde los tiempos de Jede, la Tríada la tenga consigo. Atacan a la luz del día, en verano y en invierno, cuando les apetece o cuando no tienen nada mejor que hacer. ¿Por qué ahora pasan de largo?

—También pasaron de largo por las costas de Vohhio, Majestad —intervino Adhar, zalamero. Adelfried no lo miró—. Os lo dije hace días...

«No, no me dijiste nada, idiota —pensó—. Seguramente se te olvidó en tu prisa por volver a vestirte.» Le lanzó una mirada rápida. Vohhio cerró la boca de golpe, inclinó la cabeza y se apartó del trono.

—¿Habéis retirado la guarnición de la Punta de Lire? —preguntó a Kinho.

Éste negó con la cabeza.

—No, Majestad. He encomendado a mi esposa la vigilancia de la costa. Ella sabe sacar de los soldados lo que ni siquiera vuestro comandante, el señor de Vohhio, aquí presente —sonrió, suavizando la pulla soterrada—, sabría sacar.

«De los soldados, no.» Adelfried sonrió también, irónico.

—La hermosa Adanna de Talamn sería mucho mejor comandante que yo, eso nadie en su sano juicio podría dudarlo —aceptó Vohhio con un gesto galante.

«Seguro. Al menos, ella no relegaría el mando en sus subalternos para vivir en la capital y tirarse a la reina.» Adelfried suspiró. Si fuera un esposo normal, habría enviado al ejército al otro extremo de la península con tal de alejar al amante de su esposa, aun a riesgo de perder la guerra. «Pero ¿quién ha dicho que para ser un buen rey haya que ser un buen marido?»

—¿Al norte, habéis dicho? —preguntó en dirección a Kinho, percatándose de pronto de ese detalle—. ¿Y también han pasado de largo Vohhio?

—Sí, Majestad.

Adelfried gruñó, esta vez en voz alta. «Al norte. Maldición.»

—¿En dirección a Tilhia? —insistió con voz débil. Ni siquiera vio los gestos de asentimiento de los dos nobles. «Tilhia.» Los corsarios de Monmor habían pasado de largo Thaledia para atacar Tilhia.

¿Y cómo reaccionaría Klaya si los piratas del Imperio de Monmor, que contaban con todo el apoyo de su emperador y que, de hecho, actuaban a sus órdenes, comenzaban a hostigar unas costas que su reina había dejado desprotegidas para invadir Svonda? ¿Respetaría Klaya de Tilhia el tratado si sus propias tierras eran blanco de los ataques del Imperio...?

—Joder —maldijo Adelfried en un murmullo inaudible. Ni siquiera las expresiones de sorpresa y consternación de Kinho de Talamn y de Adhar de Vohhio le consolaron un poco.

DALMAVIHA (TILHIA)

Decimonoveno día desde Ebba. Año 569
después del Ocaso

El poderío de Monmor comenzó cuando Svonda
y Thaledia dejaron de mirar más allá de sus fronteras y se centraron en su lucha particular por la frontera que compartían. Monmor no era más que un
desierto, poblado por pastores y nómadas, pero tenía
un arma que superaba el poder militar de cualquiera
de los países de su vecindad: sus piratas. Cuando sus
gobernantes lo comprendieron, y empezaron a utilizar a los corsarios, Monmor dejó de ser un territorio
pobre y débil y se convirtió en un Imperio.

Enciclopedia del mundo

Su Majestad, Klaya, reina de Tilhia y de un montón de sitios
más, mordisqueó el extremo del pañuelo de encaje blanco, nerviosa.

—¿Sólo han atacado la costa oeste? —preguntó una vez
más—. ¿Sólo Entilhea y Haldha?

—Me temo que no, Luz del Norte. Los corsarios de Monmor han sido vistos también bordeando el cabo de Kophva.

—¿En el mar de Ternia? —Klaya retorció el pañuelito entre
los dedos, tratando de contener el temblor de sus labios. «¿En el
este también?»—. ¿Cuándo?

—Luz del Norte... —comenzó el consejero, vacilante.

Klaya tiró del pañuelo de encaje. El ruido ominoso de la tela al rasgarse dejó repentinamente mudo al hombre. Éste cerró la boca y tragó saliva.

—¿Cuántos? —inquirió Klaya en voz baja—. ¿Cuánto daño pueden hacernos?

El consejero enrolló el pergamino que había estado leyendo, y suspiró.

—Mucho. Lo que han hecho en Entilhea y en Haldha lo pueden hacer en cualquier otro lugar de la costa. Ellos son muchos, y las ciudades costeras apenas cuentan con los efectivos suficientes para garantizar la seguridad en sus calles. No tienen ninguna posibilidad ante un ataque de los corsarios.

Klaya asintió, mordiéndose el labio inferior. «Dos ciudades arrasadas, cientos de muertos. Mujeres y niños llevados a Monmor, esclavizados por el emperador...» Y sus piratas hostigando las dos costas de Tilhia, dispuestos a hacer lo mismo en todas y cada una de las ciudades que encontrasen a su paso. «Sólo en Tilhia. Han pasado de largo Svonda por el este y Thaledia por el oeste.»

—¿Por qué? —murmuró, ansiosa—. ¿Por qué Tilhia?

El consejero jugueteó un instante con el rollo de pergamino, abrió y cerró la boca, y, finalmente, volvió a suspirar.

—El emperador de Monmor es familiar del rey de Svonda —explicó innecesariamente—. Su sobrino, creo.

—Eso ya lo sé —atajó Klaya, fastidiada—. Es sobrino de la reina, no del rey. ¿Y qué? Si Monmor quiere participar en la guerra entre Svonda y Thaledia, ¿no sería más lógico que atacase a Adelfried? Sólo tiene que atravesar el estrecho de Yintla para acampar en la misma puerta de Cohayalena...

El consejero sonrió tristemente.

—Carleig está perdiendo la guerra, Luz del Norte. Por vuestra alianza con Adelfried. —Logró disimular el reproche en su voz, pero Klaya lo percibió como un pellizco, como un pinchazo en el estómago—. Si tanto Svonda como Monmor atacasen Thaledia, vos podríais ayudar a Thaledia desde la retaguardia. El emperador de Monmor no es tonto, y Carleig de Svonda tampoco. Tiene que librarse de vos antes de acabar con Adelfried.

«Tiene que obligarme a traer a los Indomables de vuelta a Tilhia.» Klaya mordió el pañuelito antes de darse cuenta de lo que estaba haciendo. Lo miró, un trozo de tela arrugada y húmeda, con el ceño fruncido.

—Según el tratado que firmé con Adelfried, Thaledia se compromete a venir en nuestra ayuda en caso de que Monmor nos invada por mar...

—Pero no lo hará, Luz del Norte. —El consejero volvió a enmascarar el reproche con una pátina de respeto y devoción—. No puede hacerlo, estando como está en mitad de una guerra con Svonda.

—Siempre está en mitad de una guerra con Svonda —replicó Klaya con sorna. Una socarronería que no ocultó su nerviosismo. Miró al consejero, desvalida—. ¿Podemos rechazar a los corsarios de Monmor?

—¿Con los efectivos de que disponemos? —preguntó el hombre, escéptico—. No. Vuestros Indomables están todos en Svonda, Luz del Norte. Aquí, en Tilhia, no tenemos soldados suficientes ni para proteger Dalmaviha, en el supuesto de que Monmor nos invadiese. Cuánto menos todas las ciudades del reino...

Calló, inseguro, al ver la mueca de dolor del rostro de Klaya. El pañuelo de encaje se rasgó por otro extremo. Klaya forcejeó consigo misma por mantener la expresión impávida, y fracasó por completo.

—Tenéis que traer a vuestro ejército, Luz del Norte —dijo finalmente el consejero en voz baja—. Adelfried no va a venir en vuestra ayuda, y si Monmor descubre lo débil que estáis...

«¿Y crees que no lo sabe ya? —quiso gritar Klaya—. Maldito idiota. Monmor nos ha atacado porque sabe de sobra que no podemos defendernos.» Contuvo un gruñido. La única duda que tenía era si Monmor querría realmente invadir Tilhia o sólo pretendía obligar a Klaya a replegarse de nuevo al interior de sus fronteras, dejando en paz a Svonda.

—Que es lo que voy a tener que hacer —musitó. «¿O me arriesgo a adivinar las intenciones de ese maldito niño? ¿Si convoco de vuelta a mi ejército, Monmor no pasará a mayores? ¿Sólo quiere que deje en paz a Svonda, o quiere Tilhia?»—. Y, aunque no pretenda más que obligarme a retirarme de la guerra, ¿no aprovecharía mi debilidad para invadirme?

—El emperador de Monmor quiere expandir su territorio, Luz del Norte. Y Tilhia sería un lugar espléndido para emprender la conquista de la península.

«Y Monmor tendría Tilhia, Svonda y Thaledia.» Klaya sacudió la cabeza. Fuera o no su intención, Monmor aprovecharía la oportunidad para invadir Tilhia. Era un bocado demasiado apetecible para no morderlo.

—De acuerdo. —Se levantó bruscamente, tirando a un lado el pañuelito inservible—. Hacedlo, consejero. —Quizás algún día lograría recordar su nombre. Suspiró—. Traed a mis Indomables. Ya veré cómo se lo explico a Adelfried cuando llegue el momento.

—El rey de Thaledia tendrá que entenderlo, Luz del Norte —contestó el consejero, haciendo una breve reverencia antes de salir de la habitación.

—Una cosa es que lo entienda, y otra que no tome represalias —murmuró Klaya—. Si es que quedan una Thaledia y un rey que puedan vengarse, después de que Svonda y Monmor vayan a llamar a su puerta.

Vaciló antes de agacharse para recoger el pañuelito que había caído al suelo, desmayado y arrugado, empapado en lágrimas de miedo.

YINTLA (SVONDA)

Vigésimo día desde Ebba. Año 569 después del Ocaso

> Tan sólo enfrentarse cara a cara con la vida es un claro síntoma de valentía.

> *Reflexiones de un öiyin*

Estaba tan aturdido que ni siquiera reaccionó cuando el mensajero salió corriendo de la habitación para llamar a un triakos enseguida. «Al triasta, no», distinguió entre el revoltijo enredado en que se habían convertido sus pensamientos. Si posaba los ojos en el sacerdote, era capaz de matarlo con sus propias manos.

Se dejó caer en el suelo cubierto de gruesas alfombras, con el pergamino todavía en la mano. Por un momento temió estar a punto de echarse a llorar. «Soy el rey de Svonda —se dijo, furioso—. Los reyes no lloran.» Aunque hubiera perdido a la Öiyya, aunque hubiera perdido su reino.

—Rey de Svonda —murmuró, con la mirada perdida. «¿Por cuánto tiempo?»

El pergamino —la carta que le había entregado un mensajero agotado que decía haber tenido que pasar por Shidla antes de averiguar que su soberano estaba, en realidad, en Yintla— le quemaba en las manos. «Informo a Vuestra Majestad de que Tilhia ha atravesado Vuestra frontera norte...»

Y había enviado tarde el mensaje. El mensaje. La orden al Comandante de Sus Ejércitos. «Regresad al norte.» Tarde. El mensajero que envió el decimoquinto día desde Ebba aún no habría llegado a Shidla, y el ejército de Tilhia ya había atravesado las montañas... «¿Y mi ejército?», sollozó, estrujando el pergamino entre sus manos. Ya debía de estar a medio camino entre Zaake y Yintla, perdido en mitad de la nada, inservible, ni en el norte ni en el sur, ni frente a Tilhia ni frente a Thaledia, que había empezado a avanzar hacia allí, hacia Yintla, desde la frontera suroeste...

—No es Thaledia —musitó, desesperado—. En el norte. No es Thaledia, es Tilhia.

«Tilhia y sus Indomables.» Cientos, miles de ellos, avanzando por sus tierras... y Thaledia en el sur, no un señuelo, el ejército de Adelfried al completo, todas sus fuerzas, todas, no una fracción mínima, no un cebo, un ejército... Igual que la Öiyya, su reino se le escapaba entre los dedos, y por mucho que abriera y cerrase la mano no se sentía capaz de volver a atraparlo.

—Estoy varado en una isla de viento en mitad de una tormenta —susurró.

Y la tormenta llegaría en pocas jornadas. Y Carleig, rey de Svonda, estaba atrapado en Yintla, sin más posibilidad que huir a Tula y dejar que Thaledia y Tilhia se repartieran su reino hasta que llegasen a las puertas de la capital y se repartieran también sus ropas.

Lo mismo que harían si se quedaba en Yintla. Lo mismo que harían si huía a cualquier otra ciudad.

—No seré recordado como el rey que perdió Svonda —se dijo, limpiándose las inoportunas lágrimas de un manotazo. No, la Historia le debía algo mejor. Cualquier otra cosa sería mejor. Se llevó la mano al cinto y cogió la daga enjoyada que utilizaba para cortar la carne—. Prefiero ser recordado como el rey que se mató a sí mismo para no tener que rendir el puma al león —susurró.

COSTA DEL MAR DE TERNIA (SVONDA)

Decimonoveno día antes de Yeöi. Año 569
después del Ocaso

> Los deseos de los hombres no son algo que pue-
> dan controlar. ¿Y qué son, en realidad, sus deseos,
> sino un reflejo de lo que son ellos mismos?
>
> *El Ocaso de Ahdiel*
> *y el hundimiento del Hombre*

No había pronunciado ni una sola palabra, ni siquiera para decirle su nombre. Issi le llamaba Aubreï, que significaba «rega-lo» en el idioma que hablaban en Monmor, justo al otro lado de las aguas que lamían perezosamente sus pies cuando paseaba por la playa. Un idioma que era un regalo para los oídos; y aquel hombre era también un regalo, el regalo perfecto.

A Issi no le importaba que no hablase. Él respondía cuando ella le llamaba, parecía gustarle el nombre que había escogido para él. Lo expresara Issi en voz alta o no, Aubreï siempre se aseguraba de hacer lo que Issi quería, y siempre, siempre, esbo-zando aquella blanca sonrisa, aquella sonrisa perfecta, con aque-llos ojos perfectos brillando hacia ella, los ojos perfectos engas-tados en un rostro perfecto.

—No me lo puedo creer —se decía, como si repitiéndolo su mente pudiera llegar a habituarse a la idea y empezase a asumirlo.

En ocasiones, Issi se preguntaba si no estaría soñando. Había huido del mundo tan aterrorizada, tan triste, tan llena de angustia... Estaba dispuesta a hundirse entre las olas y a forzarse a sí misma a no volver a emerger. El agua, que había limpiado su cuerpo, se llevaría toda la podredumbre que había invadido su mente y su alma, y libraría al mundo del horror que Issi había traído, inconscientemente, cuando había decidido seguir viva pese al Signo de plata que relucía sobre sus ojos y que sólo significaba Muerte.

Pero había tenido miedo. Había vuelto a salir del agua. «Tengo miedo de morir, y tengo miedo de vivir.» Y se había sentido aún peor, sabiendo que, ahora, su cuerpo era un recipiente, un crisol, un conducto por el que la Muerte penetraba en el mundo, que lo único que guardaba en su interior era Muerte y más Muerte, pero que era una cobarde, que era incapaz de darse muerte a sí misma, aunque fuese sabiendo que el mundo se alegraría si ella daba unos pasos más y se hundía entre las aguas azules de la cala para no volver a salir.

Había dudado, había tenido miedo y había seguido viva contra su voluntad. Y los dioses, los Tres, el Uno o quienesquiera que fuesen, le habían enviado un regalo a cambio.

Aubreï. ¿Querría aquello decir que los dioses deseaban que siguiera con vida, y estaban contentos con su cobardía, con su indecisión? ¿Qué dios la castigaría enviándole un regalo? ¿Qué dios demostraría su enojo con ella otorgándole su mayor deseo?

Cuando Aubreï la miraba, a Issi no le cabía duda de que era una mujer, por muy desgreñada, cubierta de prendas masculinas de cuero y armada de acero que estuviera. «Bueno, armada de acero ya no», se dijo con tristeza, echando de menos su espada, que se había quedado en Yintla. Aubreï decía con sus ojos perfectos que era, sin paliativos, una mujer, una guerrera: todo lo que el resto de la humanidad ponía en duda, lo que incluso ella había llegado a dudar alguna vez. Aubreï era el acompañante perfecto, el amigo perfecto, el hombre perfecto.

«Confiésalo: siempre quisiste tener un hombre que estuviera pendiente de ti a cada instante», sonrió para sí, observando cómo el cuerpo perfecto de Aubreï emergía de entre las olas, brillante de agua salada. El dios que le hubiera enviado debía de quererla mucho.

Aubreï era como un bálsamo para su corazón dolorido. Si Issi tenía que alejarse del mundo, que huir del resto de la humanidad para no seguir rodeada de Muerte, ¿qué mejor compañía que una compañía perfecta?

SHIDLA (SVONDA)

Decimosexto día antes de Yeöi. Año 569
después del Ocaso

> ¿Y qué sabrán ellos acerca del destino, de la pre-
> destinación, de los hados, cuando todas las cosas su-
> ceden por azar?
>
> *Enciclopedia del mundo: Comentarios*

Keyen sacudió la cabeza, atontado, y levantó el vaso para lle-
várselo a los labios. Ella seguía sonriendo ampliamente, con esa
sonrisa suya que decía tantas cosas y ocultaba aún muchas más.

—¿Por qué te resulta tan extraño, Keyen? —preguntó—.
¿Acaso eres de los que juegan al *jedra* manteniendo todas las fichas en sus casillas, para controlar su posición a cada momento?

Keyen bebió. No le gustaba el aguardiente, pero en aquel
momento lo estaba necesitando, y mucho.

—¿Qué demonios estás haciendo aquí? —repitió una vez
más.

—Las fichas tienen que moverse, Keyen —contestó ella—. No
se puede tener todo bajo control: hay que dejar actuar al azar.

Rio entre dientes, como si sólo ella entendiese su propio
chiste.

—Y ha sido el azar el que nos ha hecho encontrarnos aquí
—añadió—. No te quepa duda.

En eso, Keyen tenía que darle la razón. Si le hubieran preguntado cuando salió de Yintla, probablemente nunca se le habría ocurrido señalar Shidla como su siguiente destino.

Había accedido a ir directamente hacia el norte sólo por Nern. Era mucho más peligroso, puesto que el camino a Shidla, el Camino del Sur, era el más transitado de aquella parte de Svonda. En Shidla se unía al Camino Grande y ascendía hasta el Paso de Skonje, y era por tanto la ruta que utilizaban, por un lado, todos los mercaderes y comerciantes, y por otro, los ejércitos de Carleig, que se estaban concentrando en el altiplano de Sinkikhe. No había ruta más peligrosa para dos desertores como ellos, pero Nern se había negado en redondo a cruzar de nuevo la frontera hacia Thaledia. De modo que Keyen había aceptado viajar a Shidla, eso sí, sin pisar el camino, para dejar allí al soldado. «Y que se las arregle como pueda», pensó con impaciencia. «Lo único que me faltaba: tener que hacer de niñera del soldado que me ha tenido secuestrado desde Ebba.»

Lo había hecho porque Issi se lo había pedido. Como siempre. Desde que era una niña asustada, Issi había conseguido que Keyen hiciera lo que ella quería. Incluso cuando no se lo pedía directamente. «Y no sólo porque me sienta culpable.» No, Issi se había salido con la suya incluso antes de que Keyen tuviera un motivo para albergar sentimiento de culpa alguno.

Sólo habían regresado al camino ante las murallas de Shidla, y únicamente porque no podían entrar en la ciudad más que por las puertas del sur, del este y del oeste; y todas ellas conducían a una de las vías principales de comunicación: el Camino Grande, que se dirigía a Zaake; el Camino del Sur, que bajaba hacia Yintla, y el Camino del Rey, que llevaba directamente hasta Tula.

Él mismo debía reconocer que habían tenido mucha suerte desde que partieron de Yintla: aquella misma tarde Keyen había podido hacerse con dos caballos que amablemente puso a su disposición un grupito de viajeros descuidados, y había conseguido también algo de ropa para sustituir la que había quedado casi inservible tras su periplo por Thaledia, por el sur de Svonda y por las cloacas de Yintla. Le había costado un poco más convencer a Nern de que se deshiciera del uniforme del ejército svondeno. El muchacho era suave como una niña, pero también podía enfurecerse como una arpía y ponerse cabezón como la esposa de un pescadero cuando quería. Y quería conservar su uniforme.

Había logrado convencerlo describiéndole el dolor que producía que te insertaran una estaca por donde acababa la espalda. Afortunadamente, Nern había convivido lo suficiente con Liog y con Gernal como para poder hacerse una idea. Lo más probable era que sus dos compañeros hubieran desarrollado descripciones mucho más pintorescas, porque Nern palideció en cuanto Keyen empezó a hablar y estuvo a punto de vomitar un par de veces durante su monólogo. Y Keyen no era tan bueno con las palabras como para provocar semejante reacción.

Habían entrado en Shidla vestidos de comerciantes no demasiado ricos y sin cargamento alguno, con la única carga de dos jamelgos renqueantes que más que aportar su ayuda lo que harían sería retrasar la marcha de cualquier caravana que recorriese los caminos. Una vez más Keyen lamentó que Carleig hubiera decidido trasladar la corte de invierno a Yintla; la multitud los habría ayudado a pasar desapercibidos, pero las calles de Shidla, la magnífica Ciudad de la Encrucijada, estaban prácticamente vacías. La guerra y la ausencia del rey habían afectado tanto a la ciudad que no parecía la misma, y la que era de costumbre una urbe llena de vida y de colorido se había convertido en una ciudad encerrada entre las paredes de sus casas de piedra amarillenta.

El agobiante ambiente de Shidla hizo mella también en sus estados de ánimo. Nern parecía desalentado, y él mismo empezaba a sentir que aquello no tenía ningún sentido, que sólo era cuestión de tiempo que les cayera encima todo el peso del ejército que ambos, por motivos distintos, habían abandonado.

—¿Y por qué diablos tuviste que venir con nosotros a las cloacas? —refunfuñó Keyen en más de una ocasión—. ¿No podías haberte escapado? Si ni siquiera te hice un arañazo en ese jodido cuellecito que tienes...

Nern nunca contestaba. Keyen empezaba a preguntarse si sería conveniente dejarlo en Shidla: el joven parecía incapaz de abrocharse las hebillas de las botas, mucho más de sobrevivir él solo en un país que le consideraba un traidor. Parecía mentira que fuese el mismo que los había conducido a base de gritos e improperios hasta Yintla, a Issi y a él. Suspiró. «Yo quería viajar con Issi... y he acabado con un mocoso pegado a las faldas.» Porque Issi había querido. «Perra vida.»

Prefería no pensar en lo que habría sido de Issi. La conocía lo suficiente como para saber que no habría permitido que él la siguiera, pero había visto algo en sus ojos, un brillo extraño, que todavía le inquietaba días después. Issi no parecía Issi. Y eso a Keyen le ponía francamente nervioso. «Pero me pidió que me fuera, que la dejase irse...» Y por mucho que protestase, Keyen siempre acababa haciendo lo que Issi quería. «Perra vida», repitió para sí.

Estaba pensando en abandonar a Nern en mitad de la calle y huir con uno de los caballos por los intricados callejones hasta perderse de vista cuando ella se asomó por una puertecita de madera, exactamente igual que las puertas que flanqueaban toda la calle a derecha e izquierda, y, sin darle tiempo a reaccionar, lo arrastró hasta el interior de una casa.

—¡Hay un establo al otro lado de la calle, chiquillo! —gritó desde dentro en dirección al desconcertado Nern—. ¡Llévate allí a los caballos y luego distráete un rato!

Asombrado, Keyen sólo acertó a balbucir un tembloroso «¿Q-qué?». Ella soltó una risita malvada y cerró la puerta.

—No te preocupes. Phodia se pasa el día en ese establo. Tu muchachito no lo va a tener difícil para entretenerse. —Y le guiñó un ojo—. Me atrevería a decir que le va a venir muy, muy bien, con esa cara de pasmado que tiene, pobre chaval.

—¡Tije! —exclamó finalmente Keyen, tan sorprendido que estuvo a punto de caerse al suelo de la impresión, osciló y acabó sentado en una silla de madera que, por fortuna, descansaba sin motivo alguno junto a la puerta. Ella volvió a reír, y, con un gesto descuidado, atrajo hacia sí una segunda silla, una mesita redonda y baja y una botella de líquido rojizo.

—¿No te alegras de verme, Keyen de Yintla? —preguntó con voz suave.

Keyen no fue capaz de contestar, porque se le había quedado desencajada la mandíbula en una expresión idiotizada.

El aguardiente le había cerrado la boca y había devuelto la movilidad a sus párpados, pero todavía no había conseguido aclararle la mente. Y Tije no era de mucha ayuda. Ella y su maldito capricho de responder a las preguntas con acertijos... ¿Tan difícil era decir simplemente «Estoy aquí porque...», nada más? Pero no: Tije no. Tije nunca contestaba si podía evitarlo. Era Tije la que hacía las preguntas, Tije la que decía lo que quería sólo cuando quería decirlo, Tije la que jamás se molestaba en dar explicaciones.

Vació el vaso de un trago y pidió más con un gesto suplicante. Ella levantó la botella y le llenó el vaso de aguardiente.

—El azar —repitió Keyen estúpidamente.

—Cuando buscas a alguien, sólo lo encuentras si la suerte está de tu lado —contestó Tije.

—¿Y tú me buscabas?

Ella asintió.

—¿Por qué?

Tije alargó una mano y acarició con expresión ausente su propio vaso. Aquella habitación se parecía tanto a la que la adivina tenía en Zaake que por un instante Keyen pensó que la mujer se había trasladado a Shidla con casa y todo, o que había atraído a Keyen hasta las montañas de Lambhuari utilizando alguna de sus brujerías. «Pero una cosa es encender luces, o levantar objetos, y otra viajar cientos de leguas en un parpadeo...»

—¿Por qué has dejado ir a tu cachorrita? —inquirió Tije en lugar de responder. Seguía jugueteando con el vaso, rascando el cristal con la uña larga y pulida, sin mirar a Keyen.

Él bajó la vista. Hacía tiempo que había dejado de asombrarse cuando Tije aparentaba saberlo todo, incluso cosas que no tenía forma de saber.

—Ella quería irse —respondió—. Y cuando Issi quiere algo...

—... tú se lo das. Sí, lo sé. —Tije levantó los ojos y los clavó en él. Brillaban, multicolores, entre las espesas pestañas.

Keyen fue incapaz de identificar su expresión.

—No quería decir eso —murmuró.

—Pero yo sí. —Los ojos de Tije tenían una cualidad, y era que lograban hacer desaparecer todo lo que había a su alrededor. En ese momento, para Keyen, no existían ni la mesa, ni los vasos, ni la habitación, sólo los dos círculos irisados ornados de pestañas oscuras, con un leve tinte rojizo—. Te envié a buscarla por algo, Keyen —dijo al fin, y se echó hacia atrás, liberándolo del contacto de sus ojos—. ¿O creías que era sólo porque me daba pena la carita de borrego que ponías al hablar de ella?

Keyen no contestó. Miró a su alrededor, pero, como en Zaake, Tije también se había rodeado allí de penumbra, y los objetos que abarrotaban la habitación apenas eran perceptibles entre las sombras.

—Me has obligado a viajar hasta Shidla, Keyen —continuó ella con la misma voz tranquila, con el mismo tono de diversión implícito en sus palabras—. No me importa. A veces Zaake llega a ser aburrida. Aunque Shidla es aún peor, no hay más que verla. —Sacó la lengua en una mueca despectiva—. No suelo viajar para perseguir a un hombre, así que más te vale escucharme.

Él asintió. ¿Qué otra cosa podía hacer? Tije nunca había sido una mujer como las demás. Ella exigía, y los hombres obedecían. «Igual que Issi —pensó—, al menos en mi caso», y estuvo a punto de sonreír con amargura.

—Te dije que el Öi no era un dibujito que le hubieran hecho a tu moza en una feria —dijo Tije—. Te expliqué que corría peligro. Y eso sigue siendo así, o más, aunque ella haya decidido desaparecer y darse la buena vida en una playa, con la música de las olas de fondo y un macho de los que quitan el hipo emborrachándola a base de marisco, agua de mar y besos.

Se inclinó hacia delante y apoyó los codos sobre la mesa, el rostro sobre las manos.

—Keyen —añadió en voz baja—. Esto no se trata sólo de pasarlo bien, ni siquiera de sobrevivir. Esto es mucho más serio.

Aquello asustó a Keyen mucho más que cualquier otra cosa que Tije pudiera haber dicho. La palabra «serio» en los labios de Tije sonaba tensa, antinatural, tan fuera de lugar como la misma Tije en Shidla. Si decía que aquello era serio, entonces podía estar hablando de un segundo Ocaso, por lo menos.

Tije asintió.

—Tu cachorrita es la Öiyya, Keyen. No es solamente un título para hacer bonito, y ella no puede ignorarlo y aislarse del mundo esperando que el mundo se olvide de ella. No puede arrancarse el Öi, como no puede arrancarse el alma. Al menos —murmuró para sí—, apuesto a que no podría arrancársela. Y no apuestes nunca conmigo, Keyen. —Sonrió ampliamente—. Hago trampas.

—No entiendo... —empezó Keyen, pero ella le interrumpió con un gesto.

—No necesito que lo entiendas. Escucha —dijo ella, impaciente—. Muchas veces, nuestros deseos pueden volverse en contra de nosotros mismos. Desear venganza, por ejemplo, puede hacer que se incline la balanza y mueran miles de personas. Desear reconocimiento puede hacer que obtengamos más poder del que somos capaces de manejar, del que nunca habríamos deseado. Y en ocasiones, ni siquiera es necesario que el azar intervenga para que un deseo se convierta en una pesadilla.

Keyen seguía sin entender ni una palabra, pero no dijo nada. Volvió a beber. En esos momentos, lo único que existía en el mundo era el vaso de aguardiente, que sujetaba mientras los ojos de Tije amenazaban con arrastrarlo hasta un lugar desconocido.

—A veces, hay que dejarse llevar para mantenerse en el sitio —murmuró Tije. Chasqueó la lengua y sonrió en dirección a Keyen—. Cuando manejas muchas fichas, alguna puede escaparse de entre tus manos. Dime, Keyen: ¿podría alguien haber previsto que Reinkahr atacaría a Kamur en la cordillera de Cerhânedin? No —se respondió a sí misma—, porque sucedió por azar. Pero lo que el azar deshace también puede rehacerlo.

—Kamur servía a los ianïe —dijo Keyen, desconcertado.

Tije rio.

—Kamur me servía a mí, aunque creyese estar a las órdenes de la Iannä. —Le lanzó una mirada sugestiva—. Tengo muchos guerreros a mi servicio, Keyen de Yintla. Algunos lo saben, otros no, pero todos me sirven.

Keyen la miró, boquiabierto.

—¿Querías traerla aquí? —preguntó—. ¿O a Zaake? ¿Para qué, Tije, si ya la habías tenido en tus manos y la habías dejado marchar?

—Qué vista tan limitada —dijo ella con un mohín—. No quería traerla aquí, ni a Zaake, ni a mí.

—¿Entonces...? ¿Qué querías? ¿Por qué me enviaste a mí a buscarla, a ella a buscarme a mí y a Kamur a buscarnos a los dos? ¿Qué pretendías, Tije?

—Eso —contestó ella— es cosa mía.

Se levantó con movimientos lentos y se irguió sobre él. Keyen tragó saliva. Había olvidado lo imponente que podía ser aquella mujer, su silueta esbelta, de alta estatura, cubierta de terciopelo negro como la noche.

—Pero no es necesario que te diga nada más, Keyen —dijo, y por una vez no sonrió—. Sabes lo que quiero que hagas. Y sabes que tú también quieres hacerlo.

—Issi —respondió él.

Ella asintió.

—¿Quién iba a decir que un hombre viajaría de Yintla a Shidla y después retrocedería sobre sus pasos? —dijo en voz baja—. Nadie.

—Tú eres la adivina —masculló Keyen—. Tú sabrás.

—Ah —rio Tije—. Sí, yo soy la adivina, la echadora de cartas, la que dice la buenaventura a las personas que acuden a mí. Ésa es una de las mejores bromas que le he gastado jamás al mundo. A ningún mundo.

Keyen tragó saliva. ¿Por qué había momentos en que aquella

mujer, hermosa hasta llegar a ser indescriptible, simpática, divertida, era capaz de ponerle los pelos de punta? Se revolvió en su asiento, incómodo. Tije se inclinó sobre él. Pudo percibir el aroma dulzón que emanaba de su piel, y que no se parecía a ningún perfume que hubiera olido nunca. Tije sólo olía a Tije: a peligro, a pasión, a aventura, a juego.

—Todo sucede por casualidad, Keyen, e incluso las decisiones que tomamos son, muchas veces, cuestión de azar.

Los ojos de todos los colores y de ninguno relucían en la oscuridad. Keyen no entendía nada, pero, al mismo tiempo, sentía que comprendía perfectamente lo que Tije estaba diciendo.

—Recuerda, Keyen —continuó—: tienes que ayudarla cuando menos lo merezca. Porque será entonces cuando más lo necesite. Cuando más lo necesitemos todos.

Keyen bajó la mirada a su vaso, perturbado.

—He pasado directamente de estar sobrio a tener resaca —murmuró.

CERCANÍAS DE YINTLA (SVONDA)

*Décimo día antes de Yeöi. Año 569
después del Ocaso*

Un hombre sediento beberá agua hasta saciar su sed. Pero un alma sedienta... Un alma sedienta nunca llega a saciarse.

El triunfo de la Luz

La Öiyya había entrado en la ciudad. Pero ya no estaba allí.
No podía entrar. Había algo en su interior, una voz, un chispazo de lo que había sido, que la instaba a no acercarse siquiera a las puertas. Había dos guardias. Dos hombres. Jóvenes. *Sangre.* Tan dulce, tan cálida...
No entres.
Sangre. *Sed.* Quiero entrar. «No.»
Allí. Junto al muro, la pared enorme, cuya altura la asustaba. No, a ella no: asustaba a la muchacha que forcejeaba, encerrada en su interior. Dos casas. Tres, cuatro, estaban tan juntas que no sabía con seguridad cuántas eran. Un pueblo, más pequeño que el del animalillo aterrorizado que chillaba en su mente, ahogado en sangre.
—Öiyya.
No estaba allí. Ni había estado. Pero había gente, hombres, mujeres, niños...

Sed. *Sangre*. Déjame probarla, déjame beber, tan dulce...

El rostro asustado de un niño. Miedo, como el de la voz que retumbaba en sus sienes. «Cállate.» Sangre. El miedo, picante, la sangre, dulce, tan dulce... Se escurre, roja, entre mis dedos. Cálida, sed, ojos vacíos, sin vida.

Sangre. Öiyya.

COSTA DEL MAR DE TERNIA (SVONDA)

Décimo día antes de Yeöi. Año 569 después del Ocaso

> Da vida a tus sueños: los sueños alimentan el espíritu. Da vida a los sueños que ocultas en tu corazón, no los constriñas, no los rompas, o ellos romperán tu alma.
>
> *El triunfo de la Luz*

Issi se tumbó en la arena junto a Aubreï y suspiró de contento. Dieciséis días. Dieciséis días perfectos. Volvió a suspirar y rio cuando él se irguió y sacudió la cabeza, lanzando una miríada de gotitas de agua salada sobre su cuerpo desnudo. «Juguetón como un cachorrillo.»

Una perfección que no se empañó cuando Aubreï empezó a hablar, sino, tal vez, todo lo contrario. Al principio, sólo sabía preguntar: «¿Quieres?», y «¿Te gusta?». Más tarde, comenzó a utilizar frases más y más largas. Pero siempre, siempre, usaba el lenguaje para asegurarse de que Issi era feliz.

Y lo era. Vaya si lo era. Aubreï era perfecto. No había sabido decirle quién era, ni de dónde venía. «Un mal golpe en la cabeza», pensó Issi, un trauma que le había hecho olvidar todo su pasado. Pero a Issi no le importaba. Casi lo prefería. Estaba harta de hombres que sólo sabían hablar de sí mismos, ellos eran tal o cual, ellos tenían tal o cual cosa, ellos hacían esto o lo otro, ellos, ellos, *ellos*. Aubreï no. Para Aubreï, sólo existía Issi, el bienestar de Issi, la risa de Issi, la felicidad de Issi.

Y había algo más que diferenciaba a Aubreï, y que Issi agradecía, aunque no había querido confesárselo a sí misma. Él no la miraba como los demás. Ni había desprecio, ni había incredulidad, ni había lascivia en sus ojos azules como los de un niño. No la cuestionaba por ser mujer, ni intentaba llevársela a la cama por el mismo motivo. En Aubreï no había deseo, pero eso no frustraba a Issi, sino todo lo contrario: demasiadas veces había tenido que alejarse de un hombre y de la obvia lujuria de su mirada. Estaba hastiada de todo aquello, y Aubreï la hacía olvidar que alguna vez tuvo que luchar contra la incontinencia de los hombres, contra su desdén, contra un mundo que, de repente, se había vuelto del revés.

La cala estaba desierta. Nadie había aparecido por allí durante sus dieciséis días de paraíso. No había más vida que ellos dos, y, en consecuencia, no había muerte. Y ella estaba tan cansada de la Muerte...

Aubreï se alejó corriendo. Ella cerró los ojos y disfrutó de la tibia caricia del sol en su piel. El aire era cálido, demasiado para la época del año. No había una nube en el cielo. Oyó el chillido de una gaviota, y un frenético aleteo encima de ella. Sonrió.

Un instante después Aubreï había regresado. Issi abrió los ojos cuando su alta figura le tapó el sol. El hombre sonreía. Era la única expresión que su rostro parecía conocer: la sonrisa. Le tendía una enorme piña marrón oscura, con las escamas leñosas dispuestas en perfecta simetría, mostrando los piñones que se ocultaban en su interior.

—¿Y cómo voy a abrirlos? —preguntó Issi, risueña, cogiendo la piña.

—¿Te gusta? —inquirió Aubreï.

Ella se apresuró a asentir.

—Luego busco una piedra —murmuró, dejando la piña a su lado con cuidado de no llenarla de arena—. Los piñones hay que partirlos, ¿sabes? No tengo los dientes tan duros.

Aubreï volvió a sentarse a su lado, y ella se protegió los ojos

con la mano para mirarlo a gusto. Era tan agradable mirarlo...
Un cuerpo perfecto.

—¿Tienes frío? —preguntó Aubreï.

Ella negó con un gesto breve.

—Aquí nunca hace frío —murmuró—. Siempre hace una
temperatura perfecta.

Los días se sucedían sin que Issi supiera a ciencia cierta cuándo era un día y cuándo el día siguiente. Perdió la cuenta cuando
habían pasado dieciséis. Pero era tan absurdo, tenía tan poco
sentido contarlos... Todos los días eran idénticos: salía el sol, un
sol radiante, que no llegaba a quemar su piel pero caldeaba el aire
y el agua del mar hasta convertir la estancia en la cala desierta en
una delicia. Igual que descansaba por la noche, Issi descansaba
por el día. Por primera vez en su vida podía pasar todas las horas
que quisiera tumbada al sol, sin hacer nada. Aubreï se encargaba de que no pasase hambre ni sed, de que no tuviera frío ni calor, de que no se aburriese ni un instante.

«¿Cuántos días?», pensó, desperezándose nada más despertar. Estaba a punto de amanecer; el cielo tenía esa tonalidad vio-
lácea que precedía al primer rayo de sol, deslumbrante, que haría que el agua, los árboles, la arena, las rocas y el cielo estallasen
en un calidoscopio de colores indescriptibles. Bostezó. A su
lado, Aubreï parecía tan despejado como si no hubiera dormido, o hubiera despertado hacía horas. Se separó de su pecho,
sobre el que había apoyado la cabeza durante la noche, y se incorporó. «Se me ha dormido la pierna.» Incluso aquello la hizo
reír. Se levantó y dio una patada al suelo para que la sangre volviera a circular por sus venas. El enervante cosquilleo la hizo
fruncir el ceño, pero no dejó de sonreír.

Cuando desapareció el picor, Issi dejó caer su ropa al suelo y
se estiró. El mar, liso como un espejo, de un intenso color azul,
la llamaba, invitador, tentándola a que se hundiera entre sus
aguas y se librase de los últimos vestigios del sueño...

Bajó la mirada y se sorprendió al ver a Aubreï doblando cuidadosamente la camisa de algodón, deshilachada y remendada
tantas veces que había más costuras que tela.

—¿Qué haces? —preguntó, sorprendida.

Aubreï le dirigió una de sus amplias sonrisas.

—Tiene que estar así —contestó—. Mejor, ¿no?

Al día siguiente comprobó que Aubreï hacía lo mismo. Y también el día después de aquél. Extrañada, lo observó colocar con cuidado sus ropas encima de una roca lisa que había al fondo de la cala. Se escurrió el pelo para quitarse el agua sobrante. Cómo le gustaba bañarse en el mar justo después de despertar... La impresión que causaba el agua fría en el cuerpo medio dormido era maravillosa.

—Llevo años durmiendo con esa ropa puesta —le dijo alegremente—. ¿Crees que vas a conseguir salvarla por doblarla un par de días?

Cuando él simplemente volvió a sonreír, se encogió de hombros y se dio la vuelta hacia el mar.

Él la sujetó de la muñeca.

—No te bañes ahora —dijo Aubreï—. Acabas de salir... Se te va a quedar arrugada toda la piel.

Issi rio y se tumbó en la arena.

—La Tríada me libre de que se me arrugue la piel —murmuró.

También había descubierto durante esos días, ¿diecisiete? ¿dieciocho?, que adoraba el contraste entre la temperatura de su cuerpo cuando permanecía horas tumbada al sol y la del agua, que siempre estaba agradablemente fresca. Casi le gustaba más que al amanecer. Tener la piel ardiente por tantas horas de sol y brisa y arena caldeada, y zambullirse entre las olas...

Issi había nacido en Thaledia, al pie de las Lambhuari, muy alejada del Tilne y de la orilla del mar de Hindlezen. Nunca había podido disfrutar del agua cuando era una chiquilla, y la vida le había impedido hacerlo cuando llegó a la edad adulta, mucho antes de lo que habría deseado. Pero ahora... El beso de las olas, el fulgor del sol que jugaba con la superficie cambiante, creando brillos espejados, y la sensación del sol cayendo sobre su rostro empapado cuando surgía del fondo del mar, después de bucear, ingrávida, rozando el fondo cubierto de arena y conchas... Reía de puro placer ante la simple salpicadura del agua, ante el escozor de la sal en los ojos.

—¡Sal! —gritó Aubreï. Issi parpadeó. Las gotitas de agua que se aferraban a sus pestañas creaban estrellitas saladas ante su rostro. Miró a la orilla y lo vio, de pie, haciéndole señas con la mano levantada—. ¡Sal ya de ahí! —Sorprendida, Issi nadó en su dirección hasta hacer pie, después vadeó, tambaleándose ante el empuje de las olas, y se acercó a él.

—¿Qué ocurre? —preguntó, desconcertada. Aubreï cogió su mano y le dio la vuelta para poner la palma hacia arriba.

—Mira —dijo, enseñándole sus propios dedos. Tenía las yemas arrugadas. Issi lo miró, turbada, pero la sonrisa de él era tan amplia como siempre, y no pudo evitar echarse a reír.

—De acuerdo, saldré —accedió, y lo siguió por la arena húmeda hasta la parte más alta de la playa. Cogió la camisa de encima de la piedra y la desdobló para ponérsela por encima de la cabeza, pero Aubreï la detuvo sujetando su muñeca.

—¿Qué? —preguntó Issi frunciendo el ceño, con la camisa suspendida sobre su cuerpo.

—Sécate primero —contestó él—. Si no, puedes constiparte... Y se te va a arrugar toda la camisa —añadió.

—Qué perra tienes con las arrugas —murmuró Issi, pero volvió a dejar la camisa sobre la piedra y se tumbó al sol para esperar a que desapareciese de su piel toda la humedad.

Curiosamente, también le gustaba la sensación pegajosa que dejaba la sal en su cuerpo cuando el sol evaporaba toda el agua. Le hacía gracia tocarse la piel con un dedo y notar cómo se resistía a despegarse, y el sabor salado de sus propios labios, que le recordaba al sabor de las lágrimas pero, al contrario que éstas, sabía a alegría, a sol y a una felicidad perfecta.

Y le gustaba que la arena se pegase al agua y a la sal y cubriese su cuerpo como una costra. No se sentía sucia. Pese al caparazón de color tostado que muchas veces cubría sus piernas, su espalda y sus brazos, se sentía más limpia que nunca.

—Toma.

Aubreï se sentó a su lado y extendió las manos, que tenía

vueltas hacia arriba formando un cuenco. En su interior guardaba un montoncito de moluscos, almejas, berberechos y mejillones, que parecían recién arrancados de las rocas del acantilado que cerraba la cala por un lateral. Issi los miró, desganada.

—No tengo hambre —murmuró.

Aubreï acercó aún más las manos.

—Come —dijo con voz grave. Esbozó su deslumbrante sonrisa—. Hay que comer. El sol está arriba. —Señaló con un gesto de cabeza—. Es hora de comer.

Issi se limpió una mano de arena y agua frotándosela en el hombro, cogió un mejillón medio abierto y le quitó la concha. Estaba lleno de agua de mar. Se lo metió en la boca y mordió la carne rojiza.

—¿Te gusta? —preguntó Aubreï.

Ella asintió. El mejillón estaba rico, pero ella no tenía hambre. Comió un par de ellos más y después se levantó y se sacudió la arena que había quedado adherida a su piel.

—¿Adónde vas? —preguntó él.

—A bañarme. Tengo calor.

Él negó con la cabeza, sin dejar de sonreír.

—No puedes bañarte ahora. Acabas de comer —dijo—. Espera un rato. Siéntate. Come un poco más. Hay que comer —repitió.

Issi lo miró, molesta, pero se encogió de hombros y se sentó de nuevo.

Cuando se sentía borracha de sol y de agua se refugiaba bajo los árboles que los aislaban del mundo. También aquello le gustaba: los pinos, erguidos y orgullosos como soldados que nunca han visto una masacre ni han participado en una batalla, daban una sombra agradable, lo suficientemente fresca como para devolver a su cuerpo una temperatura más llevadera. Le encantaba pasear bajo los árboles, sentir en las plantas de los pies las cosquillas de las agujas que formaban una alfombra sobre la tierra, acariciar los troncos rugosos. Y nunca ninguno de ellos le dio un mensaje escrito, como había sucedido en el bosque de Nienlhat.

Una de las cosas que más le gustaban era tumbarse en la arena, dejar que los rayos del sol relajasen sus músculos y la obligasen a cerrar los ojos, e ir quedándose poco a poco dormida, sin preocuparse de nada, ni del frío, ni del hambre, ni de los extraños que pudieran verla en su sueño y aprovechar la situación para atacarla. Después de toda una vida de inseguridad e incertidumbre, aquella sensación era tan confortable, tan distinta...

—Despierta —dijo Aubreï en su oído—. ¡Despierta!

—¿Qué pasa? —preguntó ella, sobresaltada.

Aubreï sonreía, como siempre, mostrando sus dientes perfectos entre sus labios perfectos.

—Todavía hay sol —contestó él—. No es hora de dormir. Ya dormirás luego.

Ella gruñó y se desperezó sobre la arena. El sol colgaba como una bola rojiza a un palmo del horizonte, creando reflejos dorados y sanguinolentos en las aguas tranquilas. Las gaviotas chillaban más que nunca; la marea había subido, y el agua lamía perezosamente sus pies.

—Tengo hambre —murmuró Issi, soñolienta.

Aubreï se incorporó.

—Todavía no es hora de comer. Ven —dijo, levantándose y tirando de ella para que hiciera lo mismo—. Vamos a bañarnos.

Issi se dejó arrastrar, divertida, hasta la orilla.

—A ti no hay quien te entienda, ¿sabes? —Rio—. Si me baño, porque me baño; si no me baño, porque no me baño...

Aubreï siguió sonriendo mientras la remolcaba mar adentro. El agua estaba fresca, limpia, tan clara que podía verse los dedos de los pies hundiéndose en la fina arena del fondo. Aubreï avanzó hasta que el agua le llegó a la cintura, se volvió, con su eterna sonrisa iluminando su rostro, y, con un rápido movimiento, la cogió y la zambulló.

Riendo, Issi emergió con el pelo y la cara chorreando agua, y se abalanzó sobre él para intentar, infructuosamente, hacerle lo mismo.

Tuvo que armarse de paciencia para permanecer allí sentada, con las piernas cruzadas, mientras Aubreï desenredaba sus cabellos con los dedos.

—¿Y qué importa que se me hagan nudos? —preguntó por enésima vez, fastidiada—. Si aquí sólo estamos nosotros... ¡Au! —exclamó cuando Aubreï le dio un fuerte tirón que arrancó lágrimas de sus ojos.

—¿No te gusta estar guapa?

—Me importa un caraj... ¡Ay! —volvió a gritar—. ¡Ten cuidado!

—Sí te gusta —afirmó Aubreï.

Era cierto que le daba igual. Por mucho que Aubreï le desenredase el pelo, la sal seguía pegada a sus rizos castaños, y en cuanto se tumbase sobre la arena ésta formaría una capa crujiente sobre el cabello encrespado. Pero a Aubreï le encantaba peinarla, o tal vez le gustaba creer que a ella le encantaba, y ella, en medio de una nube de felicidad, no quería tener que ver la desilusión pintada en el rostro habitualmente inexpresivo de su hombre perfecto.

Se quedó tumbada, con los brazos detrás de la cabeza, observando con expresión soñadora la luna amarilla, casi llena, que flotaba sobre el mar, creando un camino de plata en el agua. Era hermoso. Issi sonrió levemente al descubrirse admirando el fulgor de la luna, el vaivén de las olas que jugueteaban con su brillante luz. «¿Adónde conducirá ese camino?» Un camino de plata... Sin darse cuenta, se rascó la frente.

—Duérmete —murmuró Aubreï a su lado.

—No tengo sueño. —Le gustaban los brillos efímeros de amarillo oro y blanca plata sobre el mar negro como la tinta, la suave brisa con olor a sal que agitaba sus cabellos.

—Es de noche —dijo Aubreï—. Duérmete.

Cerró los ojos, más para dejar de oírle que para disfrutar de la caricia de la brisa sobre su rostro.

Se hallaba de nuevo de pie entre las montañas, en mitad de la ciudad de piedra negra y blanca. Allí, ante ella, estaba el arco apuntado, cristalino, incrustado en la roca de la ladera. No era de noche ni de día. A media luz, miró a su alrededor, sorprendida. «Creía que había dejado atrás todo esto...»

Se acercó con cautela al arco de cristal, que relucía, palpitante, como si tuviera vida propia. En la clave seguían grabados los mismos signos, las mismas letras, que no comprendía pero que creía poder llegar a entender.

Tropezó con algo.

Miró hacia abajo, y se quedó horrorizada al ver el cuerpo tendido, los miembros retorcidos en ángulos extraños, el rostro ensangrentado. *Muerte.* Siempre Muerte. *Sirve a la Muerte.*

—No —murmuró.

La luna llena iluminó de pronto todo el paisaje, arrancando destellos deslumbrantes al arco de cristal, dando volumen a las montañas, bañando en plata la roca, los edificios, la hierba fresca y húmeda, desvelando los rasgos del cuerpo que yacía a sus pies.

—Keyen...

—¿Quién es Keyen?

Despertó de golpe y se incorporó. La luna pálida se mojaba los pies en el agua negra del mar. Hacía frío. Se estremeció, por primera vez desde hacía... ¿Cuánto? ¿Diecisiete, dieciocho, veinte días? Se frotó los brazos con las manos.

—¿Quién es Keyen? —repitió Aubreï.

Issi lo miró, atontada. «Keyen está muerto, muerto...» Pero no, sólo había sido un sueño, como todos los demás. Un sueño. Suspiró, temblorosa.

—Un amigo —contestó—. Keyen es un amigo.

Aubreï la miraba sin sonreír. A la luz de la luna sus ojos azules parecían charcos de plata líquida, su piel cubierta de plata. Como el Öi engastado en su propia frente.

—¿Un amigo? —repitió él—. ¿Como Aubreï?

«No, como tú no...» Keyen podía ser muchas cosas, pero no se parecía en nada a él. Posó la mano sobre su rodilla.

—Como Aubreï, sí.

Él le regaló una sonrisa radiante y volvió a tumbarse en la arena.

—Duerme —dijo—. Tu amigo no está. Ahora sólo está Aubreï. Y es de noche —agregó, cerrando los ojos.

Issi se recostó sobre la arena, pero no fue capaz de volver a conciliar el sueño. Estaba inquieta, nerviosa, y no sólo por la pesadilla que acababa de tener. No, Keyen estaba bien, sólo había sido un sueño. No sabía muy bien cuál era el motivo de su inquietud. Sin embargo, cuando volvía a hundirse en el sueño se dio cuenta, intranquila, de que Aubreï había hablado por primera vez de sí mismo.

Él llegó a la pequeña cala cuando el sol ya había salido hacía rato. Estaba sucio, cubierto de polvo y despeinado, y parecía haber cabalgado toda la noche, a juzgar por su aspecto cansado. Arrastraba a dos caballos de las riendas, dos caballos que Issi no conocía. Ninguno de ellos era *Lena*. Sintió una breve punzada de añoranza, pero la desechó casi al instante.

Por algún motivo desconocido no se sorprendió al verlo. De alguna manera había estado esperándolo. Había algo en el aire, en el rugido apagado de las olas, en el tímido sol que había despuntado un rato antes, algo distinto, algo que había cambiado irremisiblemente la perfección de la recóndita playa. Y cuando él apareció, trajo consigo el mundo exterior, todo lo que Issi había dejado fuera al encerrarse en su cala con Aubreï, su regalo. Pero, curiosamente, no le importó.

—Keyen.

Sin saber muy bien por qué, se alegró al ver su sonrisa torcida, su mirada siempre burlona.

—Issi. —La recorrió con la mirada de arriba abajo—. Tienes buen aspecto.

Ella frunció el ceño, extrañada, y después, cuando entendió lo que él quería decir, abrió mucho los ojos, soltó un gritito y le dio la espalda, buscando frenéticamente la roca, la maldita roca... «¿Dónde...?» ¡Allí! A diez pasos de distancia, su ropa descansaba pulcramente doblada. Tan lejos...

Echó a correr y se lanzó casi de bruces sobre su camisa, la cogió y se la colocó por encima de la cabeza, pensando, por un loco instante, en lo que diría Aubreï si la viera arrugar la prenda de aquel modo. Después dio media vuelta, regresó rápidamente adonde permanecía Keyen mirándola sin disimular y le dio una bofetada.

—¿Qué? —preguntó él, escandalizado, pero con el brillo de

la risa brillando en los ojos verdes y dorados—. Me refería a lo bien cuidados que tienes los pies...

—¡Eres un cerdo, Keyen de Yintla! —exclamó Issi, girando sobre sus talones y regresando a la roca para ponerse rápidamente los calzones y las botas.

—Y tú eres una histérica —contestó él, siguiéndola de cerca—. Te he visto desnuda cientos de veces.

—Cuando sólo era una niña, imbécil —dijo ella airadamente, abrochándose con torpeza la hebilla de la bota izquierda. Hacía tanto que no se calzaba... ¿Cuánto, dieciocho, diecinueve días?

—Pero tú parecías tan a gusto desnudita al sol... —rio Keyen—. ¿Quién soy yo para recordarte lo que es la decencia?

Issi lo miró, furiosa.

—Tú no sabrías lo que es la decencia aunque se pusiera a bailar una dietlinda delante de tus narices —le espetó.

—Bueno —Keyen se encogió de hombros—, si bailase desnuda...

Ella soltó una maldición y terminó de abrocharse la bota. Después se irguió, mirándolo con una mueca de disgusto.

—Vale —concedió él, sacudiendo la cabeza y sin dejar de reír—. Ya no eres una niña. Como si fuera posible confundirte con alguna —murmuró para sí.

Ella prefirió ignorar ese comentario. Miró a su alrededor, repentinamente consciente de la ausencia de Aubreï. ¿Dónde habría ido? ¿A por más mejillones?

—¿Dónde estará? —musitó, extrañada.

—¿Quién? —inquirió Keyen, sentándose encima de la roca plana donde solía estar la ropa de Issi.

Ella siguió oteando el horizonte.

—Aubreï —respondió—. ¿No lo has visto?

Keyen negó con la cabeza.

—¿A quién tenía que ver?

—A Aubreï. Un hombre. Alto, de pelo rubio. Guapo. Perfecto —murmuró.

Keyen chasqueó la lengua.

—Tú no has visto un tío así en tu vida, Issi. Ni en sueños. —Sonrió—. ¿Tan aburrida has estado, que has tenido que inventarte a un hombre para que te hiciera compañía?

Ella apretó los puños. ¿Por qué tenía la cualidad de enfurecerla siempre? ¿Por qué?

—No me he aburrido, idiota, y no me he inventado a nadie —gruñó—. Se habrá ido a buscar comida. Siempre me trae frutas y moluscos —alardeó, y se sintió horriblemente infantil en cuanto hubo pronunciado las palabras—. Ya volverá —añadió.

Keyen se encogió de hombros y miró al mar, a la playa, al bosquecillo de pinos que delimitaba la cala que Issi consideraba suya.

—Es bonito esto —murmuró, ausente—. Aburrido, pero bonito.

—¿A qué has venido, Keyen? —preguntó ella, y, después de vacilar un instante, se sentó a su lado en la roca plana. Estaba caldeada por el sol, y suave por el constante roce de la arena, que la había pulido hasta convertirla en un bloque redondeado por los lados y completamente liso por arriba.

—¿No puede haber sido sólo porque te echaba de menos? —bromeó él; ella puso los ojos en blanco—. Está bien, no. No sólo por eso, al menos —dijo—. Me ha enviado Tije.

—Tije —repitió ella, inexpresiva. Y Keyen siempre obedecía a Tije. «Maldita zorra»—. ¿Y te ha mandado a por mí antes o después de follarte? —preguntó, cáustica.

Él la miró con expresión de sorpresa y parpadeó varias veces, incrédulo. Después se echó a reír.

—¿Y a ti qué te importa lo que haga yo con Tije? —preguntó—. Da igual —la interrumpió con un gesto cuando ella abrió la boca para mandarle a la mierda—. No hace falta que contestes. Déjame un ratito con la ilusión, mujer. —Rio bajito.

—Sigue soñando, Keyen —le espetó ella, e hizo ademán de levantarse. «Gilipollas.» Él la retuvo agarrando su muñeca. Sorprendentemente, a Issi aquello le pareció más una caricia que otra cosa. Se quedó inmóvil.

—Si he venido es porque estoy de acuerdo con Tije —dijo en

voz baja. La furia de Issi se enfrió cuando notó que la risa había desaparecido de su voz—. No porque me haya agasajado con una tarde de sexo.

—Cosa que también habrá hecho, como regalo de la casa —masculló ella.

Keyen volvió a sonreír.

—No puedes seguir escondiéndote aquí, Issi. Así lo único que vas a conseguir es hacerte daño a ti misma.

Tal vez fuera porque ella misma se sentía culpable, en cierto modo, o porque la presencia de Keyen había roto por completo el hechizo de la cala desierta. O quizás, aunque no quisiera reconocerlo, porque ella también creía que Tije había acertado. O por curiosidad, por saber, por entender de una vez qué había pasado con su vida. O porque el mundo, del que había huido, la atraía como un amante olvidado que abriera los brazos ante ella. O simplemente porque había echado de menos a Keyen. Pero Issi escuchó lo que él decía en voz baja, seria, y antes de que hubiera terminado de hablar ya había tomado su decisión.

Quizás había sabido desde el principio que aquello no iba a durar eternamente. O quizá no quería que durase eternamente. Miró a Keyen. Él no sonreía. Le devolvió una mirada grave y guardó silencio.

—Hace tiempo que no me miro —dijo Issi—, pero el Öi no ha desaparecido, ¿verdad?

Su voz sonó desesperada incluso a sus propios oídos. Keyen negó con la cabeza. Issi suspiró, y recorrió con la mirada todo cuanto la rodeaba: la arena, la línea más oscura provocada por la humedad y por las olas que avanzaban y retrocedían en un ritmo lento, hipnótico. El agua, la espuma blanca, los pinos altos, que formaban la frontera del que había sido su pequeño reino. De ella y de Aubreï.

El otoño parecía haber alcanzado por fin aquel lugar, expulsando al verano, que, perezoso, se había entretenido en la cala. La arena parecía más oscura, el mar ya no era azul sino gris. Los pinos parecían negros desde donde ellos se sentaban. Y el sol ya no calentaba tanto, no llegaba a amortiguar el azote de la fresca brisa marina. «Se ha acabado. —Suspiró, y cuadró los hombros—. Que no se diga que Isendra de Liesseyal ha huido, que es una cobarde.»

Pero Aubreï...

Inquieta, volvió a estudiar el paisaje, los acantilados, la playa, el horizonte. No había rastro de él. «¿Dónde habrá ido a por comida, a Yintla?», se preguntó, y frunció el ceño. ¿O estaría por allí, escondido, esperando a que Keyen se marchase? ¿Le habría asustado la presencia de un desconocido? Estuvo a punto de echarse a reír. La idea de Aubreï asustándose tan fácilmente era ridícula. Y sin embargo...

—Keyen —dijo—. Keyen, espérame en el camino. Por favor.

—¿Vas a venir conmigo? —preguntó. Parecía tan sorprendido que Issi comprendió que no esperaba convencerla, al menos no con tanta facilidad.

Ella asintió enérgicamente.

—Sí. Pero espérame allí. —Señaló la hilera de árboles que ocultaban la cala de la vista de cualquiera que pasase por el camino de la costa, el que unía Tula con Yintla—. Tengo que... tengo que hablar con él. Con Aubreï —explicó.

Él la miró, escéptico, pero no dijo nada. Se levantó, fue hacia los dos caballos que esperaban pacientemente a la sombra del pino al que los había amarrado, y, al cabo de un instante, se había perdido entre las sombras del bosque.

Estaba segura de que Aubreï no iba a aparecer hasta que estuviera sola de nuevo. Y había acertado: surgió de repente de detrás de uno de los árboles, muy cerca de donde Keyen acababa de desaparecer. Se acercó a ella sin dejar de mirarla. Había algo raro en él, o tal vez era ella la que ya no veía las cosas del mismo modo. Keyen había traído el mundo exterior a la playa, y con él había venido, también, la sombra que había hecho escapar a Issi.

—¿Quién es ese hombre? —preguntó Aubreï. Si su rostro hubiera sido capaz de expresar emociones, Issi habría pensado que estaba desconcertado, y también un poco enojado.

—Keyen. Mi amigo —respondió ella—. Escucha —añadió Issi rápidamente—. Escucha, Aubreï. Voy a irme de aquí. Y tú conmigo —dijo, y sonrió—. Nos vamos. A otro sitio. Éste ya lo conocemos, y está empezando a quedárseme pequeño... ¿Quieres? ¿Quieres que nos vayamos?

Aubreï no contestó inmediatamente. Se la quedó mirando, tan inexpresivo como siempre.

—¿Con él? —dijo al fin. Issi asintió—. ¿Por qué?

Suspiró. «A ver cómo te explico esto.» Hablarle del Öi estaba descartado: era demasiado complicado. Tampoco podía hablarle de Tije. Aquello era más complicado aún. No era que Aubreï fuera tonto, pero tenía una mente simple, dedicada tan sólo a pensar en la comida de Issi, la bebida de Issi, el sueño de Issi, la ropa de Issi, el bienestar de Issi.

—Es mi amigo —empezó, y se quedó asombrada cuando Aubreï negó con la cabeza. Un gesto rígido de un cuello que jamás lo había realizado, pero una negación, al fin y al cabo.

—Él no es tu amigo —respondió—. No ha estado contigo.

—No. Conmigo has estado tú —dijo Issi—. Pero, Aubreï...

—Él no te hace feliz. Yo sí.

El «yo» resonó como el tañido de una campana. Issi miró a Aubreï, extrañada. Él no sonreía. Su rostro no parecía el mismo sin la ancha sonrisa. Turbada, bajó la cabeza y posó los ojos en sus propias botas.

—Tengo que irme —dijo. «Si no lo hago, jamás podré librarme de esta mierda de signo que me está amargando la vida.» Se frotó la frente—. Ven conmigo.

Aubreï volvió a negar. Esta vez le salió mejor. Lo hizo con tanta energía que su cabello rubio ocultó en parte su rostro, y tuvo que apartárselo de un manotazo.

—Por favor —suplicó Issi.

—No te vayas.

Fue una frase tan simple, expresada sin sentimiento alguno, que Issi supo lo que iba a ocurrir antes de que sucediera. Lo miró con tristeza. «Tan perfecto...»

—Tengo que irme —repitió—. Ven conmigo.

Repentinamente, como si se hubiera puesto una máscara sobre la cara, Aubreï volvió a sonreír.

—No puedes irte —dijo—. El sol está alto, es hora de comer.

Abatida, Issi le devolvió la sonrisa.

—Ya comeré después.

—No.

Ella arqueó las cejas. «¿No?»

—El sol está arriba —señaló Aubreï—. Hay que comer.

—Me voy, Aubreï —respondió Issi—. ¿No vienes conmigo?

La sonrisa volvió a desaparecer del rostro perfecto de Aubreï.

—Hay que...

—¡No tengo hambre! —exclamó ella, enojada—. ¡Te estoy diciendo que te vengas conmigo, joder, deja de hablarme de la puta comida! ¿Vienes o qué?

Aubreï se quedó inmóvil, mirando al cielo. No parecía haber escuchado el exabrupto de Issi. Seguía con los ojos fijos en el sol, que brillaba débilmente justo encima de su cabeza.

—Vale —gruñó ella, exasperada—. Quédate aquí, come cuando tengas que comer, y duerme cuando tengas que dormir. Yo volveré cuando... cuando tenga que volver.

Comenzó a andar hacia los árboles, pero antes de alejarse se volvió para mirarlo. Él seguía sin sonreír. Pero continuaba siendo perfecto.

—¿Estarás aquí cuando regrese? —preguntó—. ¿Me esperarás?

Él no asintió. «A lo mejor todavía no ha aprendido a hacerlo.» Issi le saludó con un gesto vacío y fue hacia los árboles, hacia la sombra bajo la cual Keyen había desaparecido.

ALTIPLANO DE SINKIKHE (SVONDA)

Décimo día antes de Yeöi.
Año 569 después del Ocaso

En los años posteriores al Ocaso, la confusión
fue tal que ni los reyes sabían dónde acababa su reino y dónde empezaba el vecino. Ahdiel volverá a
resurgir cuando las fronteras se tambaleen de nuevo,
pues los límites entre países son reflejo de los límites
que separan el mundo y el inframundo.

Profecías

El comandante Tianiden enrolló el pergamino hasta convertirlo en un fino cilindro amarillento. El pabellón de mando parecía vacío sin los tapices, baúles, cortinajes, alfombras, sillas y
mesas, que habían sido retirados con premura a una orden suya
y guardados con sumo cuidado en las carretas de suministros.
Los criados permanecían en el exterior, aguardando a que con-
firmase la orden de desmontar la tienda, que había dejado en
suspenso cuando llegó el mensaje del rey.

—¿Al sur? ¿A Cinnamal? —había exclamado, asombrado, al
leerlo. «¿Este hombre se ha vuelto loco?»

Alzó la cabeza, con el pergamino todavía en la mano, y miró
de hito en hito a sus oficiales, que se habían quedado mudos.

—Este mensaje nunca ha llegado a este ejército —dijo en

tono de advertencia, clavando por turnos los ojos en el rostro de cada uno de ellos.

De uno en uno, todos sus capitanes fueron asintiendo, unos tímidamente, otros con el desconcierto pintado en la cara, pero todos ellos aceptando con premura la sentencia del comandante. Tianiden fue el último en hacerlo, rubricando con su gesto un acuerdo que jamás admitirían que hubiera existido, antes de acercar el pergamino a la temblorosa llama de la lámpara de aceite.

—¿Entonces, señor? —inquirió Dagna, nervioso.

Todos lo estaban. Desobedecer una orden directa de su rey, ocultar incluso que hubiera existido dicha orden... Si Carleig llegaba a enterarse de aquello, sus cabezas acabarían siendo un mero adorno colocado sobre las murallas de Yintla con la única sujeción de una pica.

Con el rostro impávido, fingiendo una tranquilidad que estaba muy lejos de sentir, Tianiden observó cómo las llamas consumían el pliego con el sello real hasta convertirlo en un montón de cenizas arrugadas sobre el suelo de tierra apisonada, tan liso como el piso de un salón de baile, tras días y días soportando el peso de la alfombra monmorense y los pies que habían pisado sobre ella. Después levantó la mirada.

—Partimos hacia el Skonje —dijo tajantemente—. Estoy seguro de que el rey estaría de acuerdo conmigo si ya le hubiera llegado la noticia.

—Sí, comandante.

—No pienso llevar este ejército al sur, teniendo a Tilhia en la puerta. Si quisiera que un tilhiano me diera por culo, me habría comprado uno.

SEÑORÍO DE CINNAMAL (SVONDA)

Quinto día antes de Yeöi.
Año 569 después del Ocaso

> Cuán peligroso es dejar que la mujer obtenga
> todo lo que desea... Pues cuanto una mujer desee
> será, por la propia naturaleza de las hembras, perni-
> cioso para el hombre.

Liber Vitae et Veritas

Keyen la miraba con extrañeza cuando creía que ella no le
veía; Issi procuraba ignorarlo. Keyen la había sacado de su paraíso perfecto, la había llevado de vuelta a un mundo que Issi no
quería volver a ver en su vida, y encima se atrevía a mirarla como
si estuviera chiflada. «Pues que le jodan. Que le jodan mucho.»
En cuanto hablasen con los öiyin, en cuanto tuviese la frente lisa
como el culo de un bebé, Issi tenía toda la intención de regresar
a la costa del mar de Ternia con Aubreï, con su provisión ilimi-
tada de piñas y almejas y su calita soleada y desierta.

Todavía no tenía muy claro por qué había aceptado ir con él
hasta Cerhânedin, pero la inquietud que había ido enseñoreán-
dose de ella los últimos días tenía mucho que ver. La molestaba
el Öi. Era como si tuviera una araña agazapada sobre la frente,
un bicho cuyo roce pudiera sentir pero que se negase a marcharse de su cómoda guarida sobre los ojos de Issi. Y odiaba la incó-

moda sensación de tener unos ojos pegados a su nuca, estudiándola permanentemente, observándola, siguiéndola y juzgándola por su decisión de haberse encerrado a salvo de todo un mundo. De alguna manera, no podría haber seguido viviendo allí. «Pero volveré. Cuando hable con ellos, cuando me libre de este puto tatuaje, volveré.» Y pensaba quedarse allí, y si Keyen no quería quedarse con Aubreï y con ella, pues que no lo hiciera.

Keyen pensaba que Issi se había inventado a Aubreï. «Imbécil.» ¿Iba ella a pasar veinte días ideando a un hombre, por si acaso a él se le ocurría aparecer, no fuera a pensar que había estado sola? Ni siquiera Keyen podía encontrar la lógica en aquella idiotez.

—Nunca subestimes a una mujer sola —había dicho él, sardónico—. Nosotros no podemos ni imaginar de lo que es capaz.

Y Aubreï, maldito fuera, no ayudaba nada. Cuando acamparon en las colinas que se alzaban al norte de Yintla para pasar la noche, Keyen se perdió entre las sombras, alegando que había ciertas cosas que un hombre tenía que hacer a solas. Riendo ante el resoplido de Issi, había desaparecido tras una elevación que habían escogido para protegerse del viento frío del norte. Y Aubreï hizo acto de presencia casi al momento.

—¿Al final has decidido venir? —preguntó Issi, apretando los labios. No estaba de demasiado buen humor, y la sonrisa de Aubreï no contribuyó a mejorarlo.

—Vuelve —contestó él escuetamente.

Ella hizo una mueca.

—O sea, que no has venido a unirte a nosotros. Vale —dijo—, ya te he dicho esta mañana que volveré. Pero no ahora. Antes tengo que... que hacer una cosa.

—¿Con tu amigo? —preguntó Aubreï. No había ni una pizca de acritud en su voz.

Issi puso los ojos en blanco.

—Sí, Aubreï: con mi amigo. Y contigo, si quieres. —Exhaló aire lentamente. En las escasas horas que había pasado separada de él, se le había olvidado lo perfecto que era. Y lo inexpresiva que podía llegar a ser una sonrisa—. Ven con nosotros. Conmigo.

Aubreï negó con la cabeza. Y se alejó para volver a desaparecer entre las sombras justo cuando Keyen regresaba de su excursión en busca de privacidad.

—¿Estabas diciendo algo? —preguntó, abrochándose el cordón que ataba las calzas a su cintura. El deseo de intimidad que le había entrado de repente no parecía tan grave como Issi había temido en un principio.

—Hablaba con Aubreï —contestó, y le lanzó una mirada desafiante.

Keyen la miró, abrió la boca para hacer algún comentario, pero prefirió no decir nada.

Al día siguiente se internaron en las tierras de Cinnamal, una amplia extensión de campos de labranza situada al norte de Yintla, que unía la capital del sur de Svonda con la parte meridional de la cordillera de Cerhânedin, donde los cultivos se perdían en un bosque mucho más pequeño que Nienlhat en el que Laureth, el señor de aquellas tierras, y otros muchos señores y damas de la corte de Carleig solían organizar grandes partidas de caza con tanta pompa, suntuosidad y derroche que lo único que lograban era gastar grandes cantidades de oro, enojar a los campesinos que vivían en los alrededores y espantar a todas y cada una de las piezas de caza.

Las tierras de Laureth de Cinnamal presentaban un aspecto desolado en esa época del año, a tan sólo cuatro días de Yeöi. Hacía mucho que los labradores habían recogido toda la cosecha; la tierra rojiza desnuda, dura, se levantaba en terrones compactos bajo la presión de los cascos de sus caballos, removiendo lo que los campesinos sembrarían en primavera, después de la fiesta de Letsa. A cada palmo que recorrían, Issi iba siendo más consciente del vacío que se agrandaba en su interior, conforme se alejaba de la calita escondida en la costa del mar de Ternia, y de la sensación de desilusión que la embargaba desde que había comprendido que su paraíso se había perdido, su ilusión y su felicidad con Aubreï habían desaparecido y sólo había quedado, una vez más, el Öi.

Se sacudió de encima la tristeza que amenazaba con desmenuzarla como los cascos de los caballos pulverizaban la tierra del suelo. Los öiyin sabrían explicarle de una vez qué era. Y cómo librarse de él. «Y, si no, me desuello la frente, y se acabó.»

Keyen trotaba a su lado sin hablar, mirándola con el ceño fruncido cada vez que ella suspiraba o refunfuñaba. Issi sacudió la cabeza y guio al caballo para acercarlo un poco al de él.

—Tres jornadas —murmuró Keyen—. Hemos hecho bien al alejarnos del camino. En otras tres jornadas habremos llegado a Cerhânedin.

—Si hubiéramos venido antes de la cosecha, habríamos tardado por lo menos quince —señaló Issi.

—Sí, pero es que hay que ser muy tonto para pasar por aquí antes de la cosecha —sonrió él—. Si no quieres tener problemas con los campesinos, mejor rodear todo esto —hizo un amplio gesto con la mano— y llegar al Tilne para subir hacia la cordillera.

O viajar por el Camino del Sur, como habían hecho a la ida, cuando se dirigían a Yintla. Nadie se atrevía a cabalgar por los campos sembrados de Cinnamal: sus labriegos tenían fama de tener el peor temperamento y las horcas más afiladas de toda Svonda. Y su señor, Laureth, no tenía ningún sentido del humor.

—Por cierto, ¿dónde está Nern? —preguntó Issi, acordándose de pronto del joven soldado.

Keyen soltó una risita.

—Tije se encaprichó de él —contestó—. Mejor no preguntes.

Issi no preguntó. Sonrió, y espoleó a su caballo, al que de repente decidió llamar *Teara*, «capricho». «El capricho de Tije.» Rio alegremente por primera vez desde hacía días.

Había poco refugio en unas tierras como aquéllas. Pasar la noche al raso, con la única protección de las mantas ásperas que Keyen había llevado consigo en los caballos, era un contraste demasiado brusco con las noches estrelladas que había pasado en su cala, y que ahora recordaba como si hubieran sucedido en otra vida, o a otra persona.

—¿Hago yo la primera guardia? —bostezó Keyen, rascándose los riñones después de acomodar a los animales y de masticar con desgana un trozo de carne seca. Siempre carne seca.

«¿Por qué cuando viajo siempre acabo comiendo lo mismo, noche tras noche?», pensó Issi, sintiendo una dolorosa nostalgia al recordar los mejillones aderezados con agua salada que Aubreï traía en el cuenco de sus manos.

—No —contestó ella, malhumorada—. Yo no tengo sueño. Duerme tú.

Aunque en aquel despoblado, como Keyen había asegurado la noche anterior, tampoco sería necesario que uno de los dos se quedase en vela; pero estaban todavía tan cerca de Yintla, y de Carleig, que Issi no era capaz de relajarse lo suficiente como para hacerle caso.

Keyen se durmió casi al instante. En el llano desprotegido Issi no se había atrevido a encender una hoguera, pero la noche antes había sido luna llena y la luz era tan intensa que se veía perfectamente aun sin la compañía de las llamas.

No tuvo que esperar mucho tiempo. Aubreï se sentó a su lado cuando Keyen apenas había empezado a roncar suavemente.

—¿Por qué sigues viniendo? —preguntó ella en voz baja, mientras él observaba a Keyen.

Aubreï se volvió y sonrió. Siempre sonreía.

—¿Has cenado? —inquirió en lugar de responder.

Issi asintió. «Carne seca.»

—¿Has cambiado de opinión? ¿Vas a venir con nosotros?

Aubreï miró de nuevo a Keyen, y luego se inclinó hacia ella y pasó la mano por sus rizos enredados en una caricia fría.

—¿Por qué él duerme y tú no?

Issi gruñó.

—No tengo sueño —contestó. ¿Entendería lo que quería decir si le explicase que no todos los lugares eran tan seguros como su cala?

Aubreï levantó la cabeza y posó los ojos en la luna casi perfectamente redonda.

—Es de noche —dijo, lacónico—. Es hora de dormir.

—Te he dicho que no tengo... —comenzó Issi, pero él la tomó por los hombros y la obligó a recostarse sobre el suelo. Cogió la manta y la arropó, como si fuera una niña.

—Duerme —dijo—. Hay que dormir.

Issi se enfureció.

—No quiero dormir —exclamó—. No tengo sueño, y...

—Duerme —insistió Aubreï. Por algún motivo que no fue capaz de comprender, Issi cerró la boca y asintió.

Aubreï se levantó.

—¿Vas a venir con nosotros? —preguntó Issi en voz baja.

Él negó con la cabeza, y ella suspiró, aliviada, cuando él desapareció de nuevo entre las sombras. Y se durmió antes de darse cuenta de que había cerrado los ojos.

La ciudad negra y blanca contenía el aliento, expectante. El arco de cristal se abría ante ella, ominoso y a la vez tan tentador que apenas podía resistirse a su llamada. Se levantó un viento huracanado, y después cesó tan repentinamente como había aparecido. El aire se llenó de ceniza, suspendida como copos ingrávidos de nieve gris, que revoloteaban a su alrededor, posándose en su pelo, en sus mejillas, cubriendo la planicie herbosa de la llanura. Y todo temblaba, la tierra, el cielo, el aire mismo, al son de un rugido continuo que parecía surgir de todas partes y a la vez de ninguna, un bramido ensordecedor, que hacía vibrar sus huesos, temblar sus músculos, burbujear su sangre.

Y entonces todo quedó en silencio. Un silencio opresivo, antinatural, más ruidoso que el rugido que segundos antes inundaba el aire... Y el mismo mundo pareció contener el aliento.

El mundo estalló.

Donde antes había piedra, hierba, árboles, torres, se elevó una nube negra, tan densa que ocultaba todo lo que había tras ella. Entre las formas oníricas que el humo y la ceniza formaban, brotó, como de un surtidor, una enorme fuente de agua sanguinolenta, ardiente como el fuego. Y de aquella fuente nació un río de la misma sustancia del color de la sangre coagulada, cubierto de costras negruzcas entre las que brillaba el rojo del fuego, que avanzó con cruel lentitud, cubriendo la tierra, inundando las calles empedradas, matando toda la vida a su paso.

La tierra se resquebrajó, partiéndose en dos y tragándose la ciudad entera sin un sonido. El río formó una catarata de fuego líquido al caer al abismo de la grieta abierta. La fuente se había convertido en un monte negro, sucio, por cuyas laderas fluía el líquido sangriento, bajo la nube de humo negro. Un nuevo temblor sacudió el suelo. La tierra empujada al abrirse la sima se plegó sobre sí misma y se alzó, más y más alto, hasta rozar el cielo, formando una cordillera imposible.

La única montaña que quedó intacta fue la que albergaba el arco de cristal.

Issi despertó empapada en sudor. «El Ocaso de Ahdiel.» El Ocaso... Se estremeció, preguntándose si realmente estaba soñando o se estaba volviendo completamente loca.

El paisaje que atravesaron al día siguiente era igual de monótono que el del día anterior. Tierra rojiza, cielo gris, y un horizonte llano y pelado, sin árboles, con algún que otro matorral esquelético como única muestra de lo que, en verano, era un lugar cubierto de tallos verdes y dorados, pleno de vida, de actividad, de gente.

Irritada, Issi permaneció al trote junto a Keyen, sin molestarse en mirar a su alrededor. Todavía seguía tensa por la actitud de Aubreï. «¿Qué es lo que quiere, que vuelva, que duerma, que coma...?» ¿Y qué quería ella? ¿Regresar con él? ¿O que él viajara con ellos, pero sin esconderse, abiertamente? Se sorprendió cuando su boca hizo una mueca de disgusto que ella no había tenido intención de esbozar. Pero era tan protector, tan...

Gruñó. ¿Para qué había empleado su vida en asegurarse de no necesitar a nadie, para tener que aguantar ahora a una maldita niñera pendiente de todos sus movimientos?

—¿Por qué haces eso? —preguntó, impaciente, cuando esa noche Aubreï se empeñó en peinarla con los dedos una vez más.

—Si no te cuido yo, ¿quién va a cuidarte?

Issi bufó.

—Llevo toda la vida cuidándome yo solita, muchas gracias —protestó, apartándose de sus manos.

Él sujetó su cabeza con firmeza y volvió a enterrar los dedos entre sus rizos.

—Tienes que bañarte —dijo Aubreï con esa voz sin inflexiones, en la que no se percibía ni asomo de la sonrisa perpetua de sus labios.

—Estoy viajando, Aubreï —le explicó ella con toda la paciencia que fue capaz de reunir—. Cuando viajas, te bañas menos. O no te bañas. Depende de la prisa que tengas. Y no nos hemos cruzado con un jodido río desde que partimos.

Aubreï tironeó de un mechón especialmente rebelde. Ella ahogó una exclamación de dolor.

—Pero a ti te gusta bañarte —señaló Aubreï—. Siempre te ha gustado.

—Sí, pero...

—¿Es por tu amigo? —la interrumpió él con un brusco tirón—. ¿A él no le gusta bañarse?

Issi se mordió el labio. «Ahora sé por qué nunca me peino. Joder.»

—Te he dicho que no hemos encontrado agua, Aubreï. Tenemos la justa para beber, y eso porque Keyen se preocupó de desviarse para ir a un manantial antes de...

—Vuelve conmigo —susurró Aubreï en su oído. Issi se estremeció—. Allí hay agua. Y puedo peinarte todos los días.

«Pues lo que me faltaba», pensó Issi poniendo los ojos en blanco.

—No —respondió—. Todavía no. Antes tengo que hacer esto. —Se volvió y lo miró directamente a los ojos. Aubreï no pareció sorprenderse—. Ya sé que no eres capaz de entenderlo, pero no puedo volver hasta que no lo haga.

Impasible, él la obligó a darse la vuelta y siguió desenredándole el cabello.

—Quieres librarte del dibujo de tu frente —dijo de pronto. Issi se estremeció. «¿Cómo lo sabe? ¿Cuándo se lo he dicho?»—. Pero es bonito. A mí me gusta.

«A mí.»

—No se trata de que sea bonito o no, se trata de que no quiero tenerlo ahí —murmuró. Y de repente deseó que Aubreï se marchase, y quedarse de nuevo a solas con sus pensamientos y con el durmiente Keyen.

Aunque Keyen la tratase como si estuviera completamente loca. Issi optó por dejar de hablarle de las visitas nocturnas de Aubreï. Si Keyen no iba a creerla dijera lo que dijese, ¿para qué molestarse en hablar? Hasta que no viese a Aubreï con sus propios ojos seguiría pensando que Issi se lo había inventado para no admitir que había pasado tantos días a solas. «O para ponerle celoso», resopló, indignada.

Las tierras de labranza fueron dando paso poco a poco a un terreno más abrupto y aún más árido. La silueta de la cordillera de Cerhânedin se hizo visible en el horizonte, abrupta, escarpada, mucho menos elevada que las montañas de Lambhuari pero, de alguna manera, más impresionante. Cerhânedin, que se había convertido en una leyenda tras el Ocaso, cuando se empezó a rumorear que algunos öiyin habían sobrevivido y se habían instalado entre sus cumbres, fundando en la cordillera una segunda Ahdiel. Un sitio aterrador, una pesadilla, un mito. «El lugar donde encontraré las respuestas que busco», pensó, sin querer hacerse muchas ilusiones al respecto. ¿Desde cuándo las leyendas y los rumores cuchicheados las noches de invierno por unos campesinos asustados tenían que decir la verdad...?

—No tengo ganas de hablar, Aubreï —dijo aquella noche, levantándose para dar un paseo. Cualquier cosa con tal de no quedarse sentada allí, sintiendo su mirada fija, insistente, clavada en ella. La manta cayó al suelo y se quedó tirada a sus pies.

Issi estiró las piernas. Las rocas y árboles que habían ido cubriendo poco a poco el terreno los protegían del viento otoñal, mucho más frío allí, en las cercanías de la cordillera. Caminó hasta donde Keyen permanecía dormido, y giró sobre sus talones. Y se quedó petrificada al ver a Aubreï inclinado sobre el suelo, doblando con esmero la manta que ella acababa de dejar caer.

—Se iba a arrugar —explicó con sencillez, sonriendo ampliamente.

Issi sintió un escalofrío.

—Márchate —susurró, nerviosa—. Márchate, Aubreï. Déjame en paz.

Él acabó de doblar la manta y se irguió.

—Vuelve conmigo —dijo—. Allí sigue haciendo calor. No necesitas una manta.

Ella se mordió el labio.

—Después —le aseguró—. Cuando acabe todo esto, volveré. Te lo prometo. Pero ahora márchate.

La noche siguiente Aubreï no apareció.

Al principio intentó preocuparse por su ausencia, pero después hasta ella misma tuvo que reconocer que era un alivio. Incluso se quedó adormilada, sentada al lado de Keyen, hasta que él despertó un instante y le dijo que hiciera el favor de tumbarse y dormir como las personas normales. Con el cuello rígido y dolorido, Issi se acomodó a su lado, se cubrió con la manta y se quedó profundamente dormida, arrullada por el canto de los grillos y del viento entre las hojas de los árboles.

Al día siguiente, Keyen insistió en detenerse antes de que el sol se hubiera ocultado por completo.

—Queda por lo menos una hora de luz, Keyen —dijo Issi, contrariada.

—No pienso entrar de noche en Cerhânedin. Y mucho menos esta noche.

—Ya has estado de noche en Cerhânedin —expuso ella, pero Keyen sacudió la cabeza.

—No tuve mucha opción, ¿verdad? Y tú tampoco. Cualquiera le decía a ese chalado de Kamur que se desviase de su ruta —murmuró—. Pero esta noche no.

Issi tuvo que conformarse y desmontar de *Teara* al ver la aprensión reflejada en la cara de Keyen. Tampoco la extrañó demasiado. Eran muchos los que sentían temor al ver los picos recortados de Cerhânedin. El supuesto hogar de los öiyin, que servían a la Muerte. Y aquella noche era Yeöi, la Noche de los

Muertos. La noche en que se abrían las puertas a otros mundos, vedados a los vivos.

Sorprendentemente, Keyen no tuvo ningún problema en dormirse en cuanto se tumbó en el suelo, al abrigo de un círculo de rocas cubiertas de musgo. Fue Issi la que se desveló, dando vueltas y vueltas sobre la tierra helada al tiempo que los pensamientos giraban en su mente, hasta que optó por levantarse y sentarse con la espalda apoyada en una de las rocas, frente a la primera de las montañas de Cerhânedin, que se erguía a menos de una legua de donde habían parado a pasar la noche.

Cerhânedin. El hogar de los öiyin, los que servían a la Muerte, los seguidores del Öi, los siervos de la Öiyya. Mareada, miró hacia el cielo. La luna casi había alcanzado su cuarto menguante, y le devolvió la mirada, amarillenta, lejana, indiferente. Como el mundo. ¿Alguien, excepto Keyen y Aubreï, sabía siquiera que Issi estaba allí?

El Öi era una maldición, una pesadilla. Pero también la distinguía del resto de la humanidad. «¿Y eso te gusta?», preguntó una vocecilla en su interior. Negó con la cabeza, pero la vocecilla rio, burlona, y por un momento su risa se pareció demasiado a la de Keyen.

Sirve a la Muerte.

Aubreï se sentó a su lado. Ella ni siquiera bajó la vista. La luna, cortada limpiamente casi por la mitad, sonreía tan mordaz como Keyen.

—Estoy cansada, Aubreï —admitió Issi despacio, agachando la cabeza—. Cansada de que siempre me digas lo que tengo que hacer y cuándo, cansada de que me cuides, de que me mimes. Estoy harta.

Asqueada de la risa de la luna, bajó la cabeza y se volvió hacia él. Aubreï no la miraba.

—Es lo que has deseado toda tu vida —dijo él—. ¿No? ¿Que alguien se preocupe por ti? ¿Que alguien esté pendiente de ti? ¿Que alguien viva sólo para ti?

Keyen masculló algo e incorporó la cabeza, con los párpados casi cerrados, hinchados por el sueño.

—¿Qué? —murmuró, adormilado. Issi frunció el ceño. Keyen la miró un largo instante, se encogió de hombros, volvió a apoyar la cabeza en su fardo y cerró los ojos.

«¿No lo ha visto?», se preguntó, asombrada. Miró a Aubreï. Era claramente visible a la luz socarrona de la luna, allí sentado, a su lado, con la espalda apoyada en la misma roca que ella y la cabeza gacha.

—Te decías a ti misma que no necesitabas a nadie —continuó Aubreï como si no hubiera existido ninguna interrupción—. Pero soñabas con tener a alguien que te protegiera. Que te hiciera compañía. Que estuviera siempre pendiente de ti. Y desde que tienes el Öi esa sensación se ha incrementado, y luchas contra el deseo de protección y contra el deber de proteger a los demás de lo que eres, o de lo que crees que eres.

Asombrada, Issi se quedó mirándolo con la boca abierta. Pero Aubreï no la miraba, no la había mirado desde que se había sentado a su lado. En su postura había algo inquietante, algo que no acababa de estar bien.

—Huiste del mundo queriendo en realidad huir de ti misma —siguió él, implacable, más locuaz de lo que Issi había siquiera imaginado que podía llegar a ser—. Pero no soportabas la idea de volver a estar sola. Temías el Öi, pero lo usaste, lo usaste aunque no supieras lo que era ni lo que tú eras con él. Me usaste a mí.

«A mí.»

Entonces, Issi lo comprendió. «Soy yo.» Aubreï. Era ella misma. «Yo lo creé: es mi deseo, mi sueño.» Abrió la boca, sobrecogida, pero Aubreï no la miraba, y había algo en su inmovilidad que impulsó a Issi a volver a cerrarla sin decir nada.

«He creado una vida.» Una vida... Pero estaba rodeada de muerte. *Sirve a la Muerte.* Todo lo que hacía, lo que tocaba, moría, se deshacía, se corrompía, porque ella seguía estando manchada de muerte. ¿Y había creado...?

—Vete —musitó—. Vete, Aubreï. Ya no quiero que estés conmigo. No quiero que existas.

Él no levantó la mirada. «¿Creías que iba a ser tan fácil...?»

—Ya no te deseo —insistió, repentinamente asustada. Todo

lo que miraba se convertía en ceniza, en podredumbre. ¿Aubreï también? «Lo he creado yo...» Una vida, cuando lo único que ella era capaz de crear era Muerte.

Él siguió inmóvil, con la cabeza gacha. No parecía triste. Aubreï era incapaz de demostrar sentimiento alguno. Sólo parecía confuso, aunque también eso era fruto de su propia inexpresividad.

Por un instante, sólo por un instante, Issi sintió lástima por él.

—No puedes destruir lo que has creado —murmuró Aubreï. Su voz era distinta: más grave, tenía una sonoridad diferente, un zumbido extraño que se mezclaba con los armónicos de su voz en una mixtura antinatural—. Como no puedes destruirte a ti misma.

Levantó el rostro y sonrió. Issi ahogó un grito. La sonrisa era la misma, pero no lo era: el gesto, que tan pródigamente le había dedicado durante tantos días, se había convertido en una mueca maligna; los iris azules habían desaparecido, junto con las pupilas negras. Aubreï la miraba con los párpados entrecerrados, y entre ellos sólo se veía la córnea blanca.

—¿O crees que puedes hacerlo? ¿Destruirte a ti misma? —preguntó Aubreï.

La ausencia de iris y de pupila, curiosamente, dotaba a su rostro de una expresividad que no había poseído antes. Ahora, Issi podía asegurar que sabía lo que Aubreï sentía. Y lo que sentía era... odio. El odio que ella sentía por sí misma.

—Vete —susurró, arrastrándose para alejarse de él sin dejar de mirarlo—. Márchate. No te acerques.

—¿Por qué debería hacerlo? —inquirió Aubreï. Los ojos lechosos ocupaban casi todo su rostro. Casi. No llegaban a ocultar la sonrisa, que ahora se le antojaba el gesto más siniestro que había visto en su vida—. ¿Por qué debería irme, madre? —añadió con dureza.

Y entonces Issi lo entendió. «Me odia por haberlo creado, por haberlo sacado del olvido, y por no querer conservarlo a mi lado.» La odiaba por Keyen, por la costa del mar de Ternia, por no ser ya el único hombre en su vida. Pero, sobre todo, la odiaba por haberle obligado a existir.

Oyó un grito ahogado, pero fue incapaz de apartar los ojos de la mirada vacía y sin embargo llena de rencor de Aubreï. «Keyen puede verlo.» Keyen lo veía, por eso había gritado. «¿Por qué? ¿Por qué ahora sí?»

—Porque ahora sí que lo deseas —contestó Aubreï—. Lo deseas a él, no a mí. Quieres que te crea. Quieres su compañía. Y quieres que yo desaparezca.

—Vete —repitió Issi. La sonrisa de Aubreï se ensanchó. Issi pensó que no podía haber un gesto más lastimero y a la vez más perverso que aquél.

—Tú me has deseado —dijo él en voz baja—. Tú me has creado. ¿Significa eso que debo obedecerte?

—S-sí —tartamudeó ella.

—¿Cuando tú no te obedeces a ti misma? —preguntó Aubreï. Con un movimiento rápido alargó la mano y la agarró por la garganta, con tanta fuerza que Issi creyó que iba a romperle el cuello. Aubreï acercó el rostro al suyo. Los ojos completamente blancos relucieron, fosforescentes—. ¿Por qué? —volvió a preguntar.

—Suéltame —farfulló ella, luchando por respirar.

Aubreï rio. Era la primera vez que lo oía reír. Una risa maligna, que, sin embargo, contenía una súplica, un grito desesperado, un deseo de cariño, de amor.

—¿Estás sola, niña? —dijo Aubreï suavemente.

Issi sintió que el horror congelaba su sangre, que una mano helada oprimía su corazón. «Lo sabe.» Lo sabía todo. Él era ella misma. Intentó gritar de terror, de furia, de odio.

Aubreï la soltó bruscamente, tanto que ella perdió el equilibrio, cayó de espaldas y se golpeó la cabeza contra la roca en la que se había apoyado.

Tratando de contener su asombro, Keyen miró de frente a la figura que se alzaba junto a Issi, intentando por todos los medios no dejarse llevar por la creciente sensación de alarma al ver que ella no volvía a levantarse. Sintió un escalofrío al verle los ojos: no tenía pupila, ni iris, sólo una superficie blanca e inexpresiva que, sin embargo, reflejaba todo el odio del mundo. Dirigido hacia él.

—Joder, Keyen —murmuró—, si es que te metes en todos los charcos...

Aubreï se inclinó para tomar a Issi entre sus brazos.

—Aléjate —dijo Keyen en voz queda—. No la toques.

Sorprendentemente, el hombre se quedó inmóvil, y volvió a mirarlo. Sin pupila, sin iris, una malévola mirada blanca. Se irguió. Era una cabeza más alto que él. Y comenzó a andar en su dirección a grandes pasos.

Keyen retrocedió.

—No eres real —balbució—. Sólo eres una sombra, una fantasía. Ella te ha imaginado. No eres más que un sueño.

Aubreï sonrió. De algún modo, aquella sonrisa fue lo más aterrador que Keyen había visto jamás, los dientes perfectos reluciendo bajo los ojos fantasmales, la curva maligna de los labios, el odio que emanaba de él en oleadas hasta alcanzarle.

—Eres la pesadilla de Issi —insistió mientras caminaba hacia atrás, rezando por que no hubiera nada con lo que pudiera tropezar—. Su pesadilla, no la mía. ¡No la mía! —gritó.

Aubreï se detuvo. No dejó de sonreír con malignidad, ni dejó de mirarlo con aquellos ojos escalofriantes. Pero, pese a que su expresión no había cambiado, parecía pensativo, inseguro.

—¿Así de fácil? —musitó Keyen. Temblaba violentamente, y no se atrevía a apartar la vista de Aubreï, pese a que su mera imagen le resultaba terrorífica.

Aubreï torció la cabeza en un movimiento lento y clavó los ojos en las montañas, o quizá más allá. Después asintió y lo miró de reojo. Un fulgor blanquecino hizo que Keyen se estremeciese sin poder evitarlo.

—Pero ella es mía —susurró Aubreï con una voz que parecía contener todos los horrores del mundo, todos los monstruos que se ocultan en la oscuridad y desaparecen con la luz del sol. Y entonces, sin previo aviso, su figura se fue haciendo más y más translúcida hasta que finalmente desapareció por completo.

ZAAKE (SVONDA)

Yeöi. Año 569 después del Ocaso

> Los hombres son las marionetas con las que jue-
> gan los dioses cuando se aburren.
>
> *Axiomas*

Tije rio calladamente, con la mirada perdida en el infinito.

—Qué suerte has tenido, Keyen... —murmuró. Y volvió a reír.

CORDILLERA DE CERHÂNEDIN (SVONDA)

Yeöi. Año 569 después del Ocaso

> Del mismo modo que el hombre encuentra placer con su esposa legítima en el tálamo, la Öiyya halla placer conduciendo al hombre a la Muerte. Pues no hay ser más repugnante que la Öiyya, porque sólo el monstruo más inhumano, el demonio más despreciable, goza con la Muerte de otras criaturas.
>
> *Regnum Mortis*

Keyen corrió hacia Issi y se arrodilló a su lado, ignorando el pinchazo de dolor en las rodillas al rasparse con la roca desnuda y el matraqueo de su corazón al golpear violentamente contra sus costillas.

—¿Issi? —exclamó con ansiedad—. Issi, respóndeme...

Issi se rebulló y torció la cabeza. Su rostro se contrajo en una mueca de dolor.

—¿*Estás sola, niña?*

Issi miró al hombre, enfurruñada. Era feo: joven, sucio, con los dientes marrones. Olía mal. Y sonreía de una forma que a Issi no le gustaba nada.

—No —*contestó bruscamente.*

—*Ah.* —*El hombre se acercó aún más, y soltó la mugrienta bolsa que cargaba, y que parecía bastante pesada, llena de bultos informes*—. *¿Y dónde está tu... acompañante?*

Issi señaló al río, que saltaba y brincaba sobre las piedras cubiertas de musgo, recién liberado de la montaña que lo retenía. El rugido de la fuente del Tilne se escuchaba amortiguado por la distancia. Mejor así: no quería tener que oír las risitas de Keyen, ni las de la chica con la que se había ido. A bañarse en el río. Ya.

—Bien —dijo el hombre, y su sonrisa se le antojó siniestra.

Se agitó, luchando por despertar.

—No. ¡No! —gritó, pero las garras de sus recuerdos la arrastraron de vuelta a la inconsciencia.

Un empujón, y cayó al suelo. Un golpe, otro. Un corte en una pierna, cuando él rasgó su ropa con un cuchillo, o una navaja, o una piedra. Su rostro contra la hierba húmeda de rocío, fría al tacto. No podía respirar. Su cuerpo delgado aplastado bajo el peso del hombre, incapaz de moverse. El olor a sudor, a ajo, a barro y a aguardiente estuvo a punto de hacerla vomitar. Sus manos la hicieron desear estar muerta. Y el dolor...

—*Keyen* —*dijo, bajito, las lágrimas mezclándose con el rocío. La primera embestida del hombre fue tan violenta que creyó que no se podía sentir más dolor. La siguiente fue una pura agonía. Después, Issi dejó de contarlas. Mordió la hierba, sollozando en silencio, sin atreverse a moverse, a gritar, a hacer nada, salvo quedarse allí, inmóvil, con el rostro hundido entre las briznas de hierba, mientras el hombre le clavaba los dedos en las caderas, tirando de ella cada vez que penetraba en su cuerpo.*

—No —gimió.

Cada movimiento del hombre era una tortura. Incapaz de soportarlo, Issi hundió los dedos en la hierba y, por primera vez en su vida, rezó, rezó porque acabase pronto, rezó porque terminase el dolor, rezó por poder morir, porque la hierba verde fuese lo último que vieran sus ojos. El hombre la agarró por el pelo y tiró, echándole la cabeza hacia atrás, y ella tuvo que levantar el rostro surcado en lágrimas hacia el sol naciente.

—No...

Y repentinamente el hombre gritó y se desplomó sobre ella, y sintió algo cálido derramándose sobre su espalda, y comprendió, cuando el hombre cayó y rodó por la hierba, que el líquido que la empapaba era sangre.

—No... —manoteó a ciegas, buscando algo a lo que asirse, algo que la sacase de aquel valle, de aquel sueño, del recuerdo que pugnaba por arrastrarla hasta el fondo de su mente enloquecida.

Keyen se quedó de pie ante ella, con el cuchillo ensangrentado en la mano, mudo, mirándola con la boca abierta, los ojos llenos de horror. Sobre su cabeza, en las ramas del árbol a cuya sombra Issi había decidido esperarle, trinaban los pájaros.

—Issi. Issi...

—No...

—¡Issi! ¡Despierta!

Abrió los ojos, desorientada, parpadeando rápidamente y luchando todavía por desasirse de los hilos que la ataban al sueño. Suspiró de alivio cuando se dio cuenta de que había podido escapar de las garras del recuerdo. Sobre ella se inclinaba Keyen, con el ceño fruncido y un brillo preocupado en los ojos verdes. Preocupado, no horrorizado, no culpable. En su mano no había ningún cuchillo ensangrentado. Había escapado del sueño, del recuerdo.

«Los sueños pueden convertirse en pesadillas.» Aubreï.

Se incorporó rápidamente, y tuvo que volver a tumbarse cuando el bosque, las montañas y el suelo empezaron a girar de manera vertiginosa ante sus ojos.

—Eh, tómatelo con calma, ¿vale? —le advirtió Keyen—. Casi te abres la cabeza. No tengas tanta prisa.

—Aubreï... —murmuró.

—Se ha ido —dijo Keyen, pasándole el brazo por debajo del cuello para ayudarla a sentarse—. Ya no está, no te preocupes.

«Se ha ido.» Pero no era Aubreï quien la asustaba en esos momentos. No, era ella misma, era lo que Aubreï había desenterrado con tanta facilidad, con una simple mirada de sus ojos blancos, con una simple frase.

Hasta el cielo parecía reflejar su estado de ánimo. Encapotado, de un color gris plomizo, apagaba los colores del bosque y convertía los amarillos, los pardos, los verdes, los azules y los marrones en un mismo tono de gris ceniza.

La boca también le sabía a ceniza. Ceniza, como lo que había acabado siendo su vida.

Tembló, con la mirada prendida en el árbol que se alzaba, raquítico, frente a ella. El sol estaba a punto de ponerse. Lo notaba en la piel, en los huesos, pese a que el astro se ocultaba tras la densa capa de nubes y la luz era idéntica a la que había iluminado el mundo a mediodía. Se acercaba el ocaso. «¿Sentirían lo mismo los hombres, hace seiscientos años, cuando Ahdiel estaba a punto de hundirse...?»

Keyen la rodeó con el brazo y la obligó a apoyar la cabeza sobre su hombro. Ella se resistió un instante, pero después dejó descansar los músculos de su cuello, y, sin poder evitarlo, lloró silenciosamente.

—¿Mejor? —preguntó él con voz amable un rato después. Ella asintió. Keyen bajó la mirada hacia ella, y después posó suavemente los labios sobre su frente—. Cuando te pica una serpiente —dijo, sin esperar una respuesta por parte de Issi—, tienes que sacarte el veneno cuanto antes. Tú llevas años dejando que ese veneno te corra por las venas, Issi. Y eso te está matando.

Ella volvió a asentir. Tragó saliva. Y después empezó a hablar.

Era como abrirse una herida infectada. Dolía, dolía de forma insoportable, pero era necesario limpiarla para que no empeorase todavía más. Ella tenía el pus acumulado en su herida desde que era una niña. Incluso sus palabras olían a descomposición, a enfermedad. Pero había que limpiarla. O moriría a causa de la infección y del veneno.

Cuando terminó, Keyen tenía una expresión de infinita tristeza pintada en el rostro. Tal vez él también había necesitado sacarse la ponzoña de dentro. Tal vez para él también aquello había sido una herida purulenta, que hacía años que tenía que haber abierto para drenar la infección.

Issi suspiró, y, por primera vez desde que había empezado a hablar, desvió la mirada de sus ojos.

—Yo... —vaciló, también por primera vez—. Yo quería que hubieras sido tú. Entre el asco, el miedo, el dolor, la vergüenza, también había pena, pena porque hubiera sido aquel... escuerzo, y no tú. Y eso me hacía sentirme aún más culpable, aún más sucia, aún más despreciable.

Keyen siguió mudo. Ella bajó el rostro y dejó que su mirada se paseace por la roca desnuda, la tierra seca, la oscuridad que poco a poco caía sobre ellos. El cielo había vuelto a despejarse; un último rayo de sol cayó sobre ellos, convirtiendo el liquen en sangre seca, los árboles en joyas de oro y esmeralda, el mismo color que los ojos de Keyen.

—No podía soportarme a mí misma —confesó—. Y tampoco podía soportarte a ti. Cada vez que te veía, veía a aquel hombre, muerto, y su sangre manchando tu cuchillo...

—Por eso te fuiste —murmuró Keyen.

—Por eso me fui —admitió ella—. Para no verte. Y para no volver a necesitar que nadie me protegiera. Fíjate en qué ha acabado todo esto —añadió, e hizo un triste intento de sonreír—. Al final siempre acabas defendiéndome.

—No muy bien —dijo él.

Ella forcejeó y se apartó de él.

—Todo eso —finalizó en voz baja—, todo ese desprecio, todo ese dolor, toda esa rabia, fue lo que creó a Aubreï. Lo siento —añadió, y volvió a mirarlo.

Él la abrazó.

—No necesitabas irte, Issi —musitó—. No necesitabas a Aubreï. Yo...

—Conmovedor. Es realmente conmovedor —dijo una voz, y ambos dieron un brinco, sobresaltados.

ZAAKE (SVONDA)

Yeöi. Año 569 después del Ocaso

> Cuando se huye de algo, ese algo suele perseguirnos hasta que nos alcanza. Por eso es preferible ser el perseguidor.
>
> *Política moderna*

Nern dio un salto cuando ella entró en la habitación sin llamar. Se alejó todo lo que pudo de la puerta, apretándose contra la pared opuesta. La mujer lo miró, sonrió, divertida, y avanzó hacia el centro de la estancia. Con un gesto, atrajo hacia sí dos sillas y una mesita baja, en cuya superficie hacían equilibrios un par de copas de bronce y una jarra. Otro gesto, y Nern sintió que una ráfaga de aire lo separaba de la pared, alzándolo en el aire, y, después de un corto vuelo, depositaba su cuerpo sobre una de las sillas.

—Yo... vos... —tartamudeó Nern, tembloroso.

—Tije, ¿recuerdas? —dijo ella tranquilamente. Cogió la jarra y vertió en las copas el líquido transparente.

«Agua.» No, agua no: desde donde estaba podía oler el aroma dulzón.

Tije le tendió una copa de aguardiente.

—¿Todavía no sabes por qué estás aquí, pajarito? —preguntó, risueña. Nern negó con la cabeza—. Verás —siguió ella, sentándose enfrente de él—, estás aquí por quien eres. O, más bien, tándose enfrente de él—, estás aquí por quien eres. O, más bien, por qué eres. Ianïe. Öiyin.

—No soy un öiyin —murmuró Nern, levantando la copa.

Tije sonrió ampliamente.

—¿O creías que Kamur te había elegido para esta misión tan especial por tus encantos? —inquirió, burlona.

«¿Kamur?», se preguntó Nern. Pero no dijo nada más. Todavía estaba aturdido. Todavía no se había acostumbrado a la idea de que estaba al pie de las Lambhuari, en Zaake, cuando aquella mañana había despertado en Shidla. En la cama de *ella*. Se ruborizó.

—Kamur, sí —dijo Tije—. Ese al que juraste obedecer, que después descubriste que servía a aquellos a los que habías jurado obedecer. Dime, pajarito —continuó, clavando los ojos en los suyos hasta que Nern sintió que no podría moverse aunque quisiera—: ¿Volviste a sentir vergüenza cuando descubriste que te habías dejado engañar, o fue porque Kamur sí había sido fiel a su juramento a la Iannä, mientras que tú habías huido de ella? ¿Te avergonzaste al convencerte a ti mismo de que debías concluir la misión que Carleig le había encomendado a Kamur, cuando la mitad de tu ser te instaba a llevarla junto a la Iannä, y la otra mitad quería rendirle pleitesía? ¿Fue vergüenza lo que sentiste cuando empezaste a ser realmente un öiyin?

—No soy un öiyin —insistió Nern, tozudo.

Tije lo miró atentamente, con esa sonrisa ambigua que se le subía a la cabeza más rápidamente que el vino.

—No eres un öiyin —repitió—. ¿Entonces por qué le haces el amor a la Öiyya cada vez que me tocas, pajarito?

Rio al ver su expresión abochornada, y se llevó la copa a los labios sin dejar de sonreír.

—¿Sabes qué significa ser la Öiyya? —preguntó. Nern negó con la cabeza—. Ella tampoco —se contestó a sí misma con voz afilada—. Pero tú sabes mucho, ¿me equivoco?

Nern volvió a negar. «No. No sé nada. Lo he olvidado todo.» Ianïe. Öiyin. Bebió para ocultar su embarazo.

—El hogar de los ianïe, el que fue tu hogar... sus oraciones, sus cánticos, sus rezos. Sus creencias. Y las de los öiyin. Las de la que fue tu madre. Ellos te dieron su sangre, ellos te criaron, ellos te hicieron quien eres. Sabes mucho —repitió—, pero no entiendes nada.

Se levantó de la silla con movimientos lentos, y se acercó a él, insinuante. Rodeó su asiento e, inclinándose hasta apoyar su cuerpo contra la espalda de Nern, le pasó el brazo por el cuello, abrazándolo por detrás.

—Pero lo entenderás —susurró. Su aliento rozó su oreja. Nern sintió un escalofrío—. Cuando tengas que entenderlo. Cuando ella lo entienda. El Ia, y el Öi, ¿recuerdas...? —Le acarició el lóbulo de la oreja con la lengua. Nern notó cómo su cuerpo se endurecía—. Mezclados. En tu sangre. —La palma cálida en su pecho, y los labios en su cuello. Nern cerró los ojos—. Qué ironía, que quien tiene la respuesta sea quien menos preguntas se hace.

CORDILLERA DE CERHÂNEDIN (SVONDA)

Yeöi. Año 569 después del Ocaso

No podemos dar la espalda a las estrellas ni a la tierra. Si las estrellas rigen el destino de los hombres, la tierra misma es la fuente del poder para cambiarlo. Y los hombres siguen festejando los días en que el poder de las estrellas y el de la tierra se unen en uno solo: el día en que la luz vence a la oscuridad, Cheloris; el día en que es la luz la que se inclina ante la negrura, Kertta; dos días en que la luz es igual que la oscuridad, Letsa y Ebba. Y cuatro noches mágicas: Tihahea, Dietlinde, Elleri y Yeöi. Incluso los hombres saben que lo que sucede esas noches tiene su reflejo en el cielo y en las entrañas de la tierra.

Profecías

Rhinuv ni siquiera se sintió alegre al ver finalmente a su presa allí, ante él, al alcance de su mano, después de llegar a pensar, siquiera por unas pocas horas, que tendría que confesar su fracaso al lakh´a y dejar que le cortasen las manos por fallar en su cometido, la lengua por faltar a su palabra y la piel del pecho por no conservar su lealtad a Blakha-Scilke: las normas eran las normas, y Rhinuv nunca había incumplido una norma, ni había desobedecido una orden. Claro que tampoco había dejado de llevar a término un contrato. La breve punzada de euforia se apagó como las brasas de una hoguera al derramar agua sobre ellas. Quinientos oros. Y se había dejado medio año en aquel asunto.

Tampoco sintió interrumpir lo que, a todas luces, era una escena reservada para ella y para su acompañante, en la que no necesitaban testigos, y mucho menos interrupciones.

—Ahora vamos a hablar tú y yo, moza —continuó, observando impasible las expresiones de sorpresa y alarma en los rostros de la joven del tatuaje de plata y del hombre; el dibujo resplandecía en la noche incipiente, reflejando y purificando la luz de la luna menguante que acababa de asomar. No había duda: era ella, la que le habían ordenado encontrar. ¿Qué otra mujer podía tener ese dibujo en la frente?—. Y tú, quietecito —añadió en dirección al hombre, que lo miraba con el ceño fruncido pero sin apartarse de ella—. No me pagan por matarte a ti, pero siempre puedo subir el precio a última hora.

—¿Hablar? —preguntó ella con retraso.

Una vez pasada la impresión inicial, no parecía asustada. «Mejor.» Quizás incluso sería interesante; Rhinuv notó cómo su mente comenzaba a relegar el hartazgo que le embargaba después de perseguir a la mujer por toda la península. No le gustaba la sensación de haber perdido su rastro, ni descubrirse deseando volver al gremio pese a la amenaza de tener que someterse al castigo por no haber matado a quien había prometido matar.

—Sí, hablar —dijo, y esta vez sí esbozó una sonrisa—. Hacía mucho tiempo que quería conocerte, mujer.

Ella se apartó unas pulgadas del hombre y se inclinó hacia delante, mirándolo sin parpadear. Él parecía inquieto, quizás hasta asustado. Pero ella...

—Vale —contestó bruscamente—. Pues ya me has conocido. Y ahora, largo.

Rhinuv enarcó una ceja. Eso ya le resultaba más familiar. «Insegura. Se siente insegura, y reacciona atacando.» Bien.

—¿Sabes? —comentó, acercándose a ellos con lentitud. Ninguno retrocedió; ni siquiera hicieron ademán de ponerse en pie para intentar huir—. Tenía otro tipo de escena en mente. Algo más... prolongado.

—Márchate —murmuró el hombre que la acompañaba.

Curiosamente, cuando se revolvió, intranquilo, no miró a Rhinuv, sino que lanzó una mirada de reojo a la mujer. Rhinuv frunció el ceño, extrañado. Esa reacción no era como la esperaba. «Mírame a mí —exigió en silencio—. Yo soy la amenaza. Mírame a mí.» Muy despacio, apartó uno de los faldones de la camisa y sacó la daga, que relució como una hoja de plata fundida en la oscuridad.

La mujer se retrajo visiblemente. «Bien.»

—Vete —dijo ella—. No hagas esto. Por favor.

«¿Ahora suplicas?» Rhinuv rio silenciosamente, sin dejar de caminar. Rodeó una de las rocas caídas que formaban el refugio improvisado de aquellos dos.

—Verás —comentó con voz tranquila—, es que me han pagado para que te mate. Comprenderás que no puedo irme sin hacerlo... No después de haber desperdiciado tanto tiempo buscándote.

—¿Buscándome? —La mujer parpadeó, y lo miró fijamente. Por un instante Rhinuv creyó ver la furia reluciendo en sus ojos azules, pero el brillo desapareció tan aprisa como había aflorado y en su rostro sólo quedaron el mismo miedo y la misma inseguridad que había visto antes.

—Me llevabas mucha ventaja —dijo Rhinuv.

—¿Ventaja? ¿A ti? —rio ella, y Rhinuv creyó oír la amargura en su carcajada. Decididamente, aquella mujer no era como se la había imaginado. Frunció el ceño.

De pronto, ella sonrió. En su gesto Rhinuv adivinó la misma angustia que había creído ver antes, y también satisfacción, y resignación. Desconcertado por primera vez en su vida, que pudiera recordar, Rhinuv vaciló, y ella clavó en él sus pupilas, sin parpadear.

—La Muerte está tan convencida de su victoria que te deja toda la vida de ventaja.

Rhinuv entrecerró los ojos, confuso. ¿Aquella mujer era una sacerdotisa? Porque la frase le había sonado como los sermones de los triakos que, recién ordenados, acudían a Blakha-Scilke para intentar convertir a los pervertidos y degenerados habitantes de la ciudad.

—Ningún enemigo es invencible —arguyó él—. Ni siquiera la Muerte. Sólo hay que estar preparado para enfrentarse a ella.

—Ah —contestó ella—, pero es que a la Muerte no la ves, no la intuyes. No se deja sorprender. La Muerte no. La Muerte siempre aparece sin molestarse en avisar.

Rhinuv soltó un exabrupto cuando las figuras blanquecinas, espectrales, brotaron a su alrededor entre las rocas que formaban el círculo en el que la mujer y su hombre habían decidido pasar la noche. Y después sintió que la sangre se helaba en sus venas al comprender quiénes eran. Cerró los ojos, tratando de controlar el terror que, por primera vez en su vida, amenazaba con convertirlo en un idiota balbuceante. Öiyin.

Muerte. «Nunca, nunca, te acerques a un öiyin. Si fueron capaces de destruir el mundo, ¿qué no le harán a un solo hombre, aunque sea un scilke?»

Ahogó un gemido y alzó la daga. Su mano temblaba tanto que estuvo a punto de soltarla.

Issi había sentido su presencia mucho antes de verlos. La habían saludado, se habían dado a conocer, incluso le habían enviado una imagen mental, una reverencia realizada por varias decenas de hombres al unísono.

—Öiyya.

Sintió sus miradas clavadas en ella antes de que pudiera ver sus ojos, y percibió su humildad, su respeto, cuando el asesino y Keyen todavía estaban estudiándose el uno al otro. No le hizo falta verlos para saber quiénes eran.

Öiyin. Los seguidores del Öi. Los hombres y mujeres que habían causado el Ocaso, que habían cambiado la faz de la tierra hasta hacerla irreconocible, que poblaban las pesadillas de todos los hombres y mujeres de Thaledia, de Svonda, de Tilhia y Monmor, del mundo entero. Los antiguos habitantes de Ahdiel, los reyes no coronados de Cerhânedin. «Los hombres y mujeres a los que he venido a buscar.»

—Os saludo, öiyin —dijo sin llegar a hablar, y sin hacer nada conscientemente. Una parte de ella estaba muerta de miedo; la otra cantaba de regocijo al saberse rodeada de sus fieles.

Uno de los hombres avanzó y se internó en el círculo de piedras. No miraba al asesino, que temblaba con tanta violencia que parecía estar blandiendo la daga desesperadamente. Tenía los ojos clavados en Issi.

—Öiyya —repitió, esta vez en voz alta.

El silencio de las figuras que se concentraban a su alrededor fue como un eco de su reverencia. Issi le devolvió la mirada, y no se sorprendió al descubrir que lo conocía.

—Larl —murmuró. Y sonrió cuando él hizo una leve inclinación de cabeza. «Sabía que no estabas muerto, viejo.» Y el hombre que se alzaba ante ella estaba vivo, sin duda, aunque no se pareciese en nada al Larl que la había agasajado con aguardiente de zarzamoras. Un öiyin. Estuvo a punto de echarse a reír.

—Me cago en la puta —dijo el asesino en voz baja. Él tampoco parecía el mismo hombre que un instante atrás había aparecido, sereno e impávido, el dueño de la situación, el amo del mundo. La expresión malsonante no era sino el reflejo de la inquietud, o tal vez el miedo, que sentía.

—¿Querías matar a quien sirve a la Muerte? —Issi ni siquiera le miró al decir esas palabras. Tenía los ojos fijos en Larl, y el hombre la miraba como quien se encuentra ante un rey, ante un dios.

Larl hizo un gesto casi imperceptible. Los hombres que rodeaban el círculo de piedra se movieron a la vez. Atravesando los huecos entre las rocas, avanzaron hacia ellos y, sin esfuerzo aparente, desarmaron al asesino y lo inmovilizaron. Él apenas se defendió. La daga cayó al suelo y se quedó allí, brillando tenuemente. Keyen miró a derecha e izquierda, se agachó y la recogió.

—Nunca se sabe —comentó en voz baja, sólo para los oídos

de Issi. Se la guardó en el cinturón, cubriéndola con los faldones del jubón.

—Öiyya —dijo Larl por tercera vez, y por tercera vez hizo una breve reverencia—. Seguidnos.

La orden imperiosa sonó en los oídos de Issi, sin embargo, como una súplica, como una petición empapada en un respeto y una humildad que la dejaron confundida y también la estremecieron un poco. Miró a Keyen de reojo. Él parecía mucho más asustado que ella.

—Creía que todos los öiyin habían desaparecido en el Ocaso —musitó Keyen—. Que Kamur se había vuelto loco, ya sabes.

Larl lo miró.

—Sin Muerte no hay Vida. Sin Vida, no hay Muerte. —Y echó a andar detrás de los demás öiyin, que arrastraban al asesino sin encontrar en él ninguna resistencia. El hombre parecía lo suficientemente aterrorizado como para no protestar.

—¿No eras tú el que decía que teníamos que venir aquí? —preguntó Issi en voz baja, caminando entre Larl y Keyen.

—Sí, pero una cosa es decirlo y otra creerlo, bonita —contestó. Su habitual tono burlón sonaba opaco por el evidente nerviosismo que sentía.

—¿No fue Tije la que te lo dijo? —Issi no pudo evitar que la sorna también fuese obvia en su voz—. ¿No creías en Tije?

Keyen la miró, lastimero.

—En Tije no se cree, Issi: a Tije simplemente se le sigue la corriente. Maldita sea —murmuró.

«Tiene miedo», se dijo Issi. Y tampoco esta vez se sorprendió. Ella misma no estaba demasiado tranquila, pese a la veneración de los öiyin, pese a haber sido capaz de percibirlos antes de que sus sentidos descubriesen su presencia. O quizá precisamente por eso.

Los öiyin los condujeron hasta el pie de la primera montaña de la cordillera de Cerhânedin, un cerro no demasiado elevado pero sí escarpado, y siguieron avanzando ladera arriba, escogiendo con cuidado el camino, un sendero invisible a la luz de la anémica luna y seguramente también a la luz del sol. A primera vista daba la impresión de que era imposible que nadie, ni siquiera las cabras, pudiera andar por allí. La abrupta senda zigzagueaba entre rocas, matorrales esqueléticos y hondas grietas, internándose en la cordillera y ascendiendo hacia las cumbres recortadas contra el cielo estrellado.

Después de caminar durante casi media noche, los öiyin se detuvieron bruscamente. Issi se puso de puntillas para escrutar el sendero que se extendía ante ellos y se encontró con el vacío.

Sorprendida, avanzó entre las figuras cubiertas con capas de pieles; los öiyin se retiraron, abriendo respetuosamente un camino para ella, y para Keyen, que tras un instante de duda la siguió. Llegó hasta el borde de una grieta ancha, donde los öiyin habían detenido la marcha, y se asomó.

La grieta era, en realidad, un hondo cañón abierto en la cordillera como un enorme hachazo de varas y varas de profundidad. Issi estaba de pie en el borde de un precipicio cuyo fondo se perdía en la oscuridad de la noche, y frente a ella, a una legua de distancia, otro reborde rocoso dominaba una pared vertical exactamente igual que la que los sostenía a ellos en esos momentos. Entrecerró los párpados para agudizar la vista, y al fin percibió, en el fondo del cañón, una infinidad de lucecitas parpadeantes, como una telaraña cubierta de rocío. Parecía que el cielo plagado de estrellas se hubiera trasladado al valle, bajo sus pies, un mar de negrura salpicado de puntitos de luz titilante. Sintió vértigo, y durante un horrible instante creyó que iba a caer hacia arriba, hacia el cielo que yacía a sus pies. Retrocedió.

—Qué de gente —comentó Keyen, asomándose por el borde. Su tono era ligero, pero a Issi no la engañó: seguía igual de intranquilo.

—Öiyin. —Issi tiró de él para alejarlo del borde y se volvió hacia Larl—. Se os ve demasiado como para que hayáis podido permanecer ocultos tantos siglos.

Larl esbozó una sonrisa que a Issi le recordó vagamente a la del hombre que había acariciado los cabellos de Antje mientras le explicaba los motivos de la guerra entre Thaledia y Svonda.

—Esta garganta es inaccesible —respondió, señalando hacia el precipicio—. No hay paso para bajar, ni por esta pared, ni por la de enfrente, ni por las otras dos que la cierran por el este y el oeste. Es un desfiladero cerrado, sólo pueden vivir allí los árboles, sólo pueden bajar las cabras y los pájaros. O eso creen —añadió con una sonrisa aún más amplia—. Han intentado llegar hasta allí cientos de veces, y nadie lo ha logrado. Así que debe de estar completamente desierta, ¿no es cierto?

Había risa en la voz de Larl, una risa irónica, sin alegría. Les explicó que durante el Ocaso habían muerto decenas de personas en Cerhânedin, cuando el suelo se abrió, las montañas se alzaron y el paisaje cambió bruscamente, como había sucedido en muchos otros lugares. La garganta de los öiyin había aparecido en el Hundimiento de Ahdiel, su inaccesibilidad había hecho de ella un lugar desconocido para los hombres, y finalmente se había convertido en una leyenda.

—¿Y las luces? —preguntó ella.

Larl se encogió de hombros.

—Espíritus, hadas, demonios, las almas de los que murieron cuando se abrió esta tierra durante el Ocaso... La imaginación de los hombres no tiene límites.

Los pastores y campesinos se habían alejado de Cerhânedin, temerosos de los fantasmas, los espíritus, los trasgos y duendes que poblaban el valle, y los bandidos habían alimentado ese miedo para hacer de la cadena montañosa su reino. Pero nunca, jamás, habían logrado descender hasta el hogar de los öiyin.

—Ellos también creen que no hay forma de acceder —explicó Larl—. Y también ellos se asustan de los aparecidos, los engendros y los monstruos. Si oyerais las historias que cuentan alrededor de sus hogueras, Öiyya, os estaríais riendo hasta Kertta.

Issi asintió y esbozó una sonrisa de compromiso. Ella misma había oído muchas historias acerca de Cerhânedin, y no todas tenían a los espectros como protagonistas.

Los öiyin que encabezaban la marcha continuaron andando por el borde del precipicio y de repente desaparecieron.

—¿Qué dem...? —exclamó Keyen, asombrado.

Larl los instó a avanzar tras ellos; uno a uno, los öiyin se fueron desvaneciendo en el aire.

Cuando llegaron al lugar en el que los hombres y mujeres se habían evaporado, Issi comprendió que no había magia, hechicería ni sortilegios que hubieran intervenido en aquello: tan sólo una grieta en la pared de roca sobre la que se apoyaba el reborde del precipicio, una raja prácticamente invisible oculta tras una piedra suelta del tamaño de un caballo, en la que se habían ido introduciendo uno tras otro.

Detrás de la grieta se abría una cueva, un estrecho túnel en tinieblas en el que, curiosamente, soplaba una leve brisa que agitaba los cabellos de Issi, arrastrando un intenso olor a humedad, a tierra removida y a hierba mojada. Larl les hizo seguir andando. Uno de los öiyin que estaban a la cabeza encendió una antorcha, a la que siguieron otras cinco o seis, repartidas por toda la fila, hasta que el túnel quedó completamente iluminado.

Era una galería excavada en la piedra gris de la montaña. Si extendía los brazos, Issi podía tocar las dos paredes, a derecha e izquierda; el techo quedaba a un palmo de su cabeza. De hecho, Keyen tuvo que agacharse un poco para no golpearse la coronilla. El suelo estaba alisado por los años incontables de incontables pisadas, y descendía en una ligera pendiente que los öiyin bajaban trotando sin decir palabra.

Se adentraron en el pasadizo, que hacía giros en redondo, daba vueltas y revueltas, torcía y se enroscaba sobre sí mismo, pero siempre hacia abajo, hacia las entrañas de la montaña.

—¿Lo construyeron los öiyin? —preguntó Keyen en voz baja. Issi se encogió de hombros, pero fue Larl quien contestó.

—No. Se construyó él mismo durante el Ocaso. Las montañas se alzaron, el suelo se agrietó, y se formó un valle aislado, y el único acceso se excavó a sí mismo en la roca, oculto a todos excepto a aquellos que debían verlo.

Ella enarcó una ceja, interrogante. Larl hizo un gesto que señalaba el túnel, el valle, la cordillera entera.

—Vos, más que nadie, deberíais saber a qué me refiero, Öiyya.

Issi se quedó desconcertada. «¿Yo, más que nadie...?»

—Nuestro valle —le explicó Larl— tiene forma de Öi. Sus trazos son las paredes verticales que formó la roca. Es un Öi perfecto tallado en la faz de la tierra, en Cerhânedin, las arrugas de la frente del mundo, como el Öi grabado en la frente de la Öiyya. —Señaló a Issi con un dedo—. Y la grieta, la entrada, está justo aquí. —Y posó la yema del dedo en el punto del Signo en el que confluían todas las líneas, sobre los ojos de Issi.

Hubo un destello plateado que los cegó durante un instante. Larl apartó la mano de golpe, soltando un aullido. Issi sintió un fuerte hormigueo en la frente, un picor insoportable. Se llevó la mano al tatuaje, que pulsaba como un pequeño corazón que latiese junto a su cerebro.

—Es que no le gusta que la toquen —dijo Keyen, sardónico.

Issi frunció el ceño y lo miró con furia. Keyen hizo un gesto de burla. «Pero sigue nervioso.»

—Lo siento, Larl —se excusó, rascándose el Signo engastado en su cabeza.

El öiyin sacudió la mano y se chupó los dedos. En la yema del dedo índice relucía una enorme ampolla redondeada.

—Es un honor, Öiyya —respondió, e hizo una reverencia ante ella.

Siguieron caminando por el túnel, que en ningún momento llegó a ampliarse ni un palmo, hasta que Issi estuvo completamente desorientada: ya no sabía lo que era el norte, el sur, arriba o abajo, sólo veía la roca negra por todas partes y las luces parpadeantes de las antorchas de los öiyin.

—Issi —susurró Keyen a su lado. Ella se volvió hacia él—. Issi, ¿lo oyes?

—¿El qué?

Él hizo un gesto con la cabeza.

—El agua... ¿No la oyes?

Issi torció la cabeza, desconcertada. Lo único que oía eran los pasos de los öiyin y los apagados ecos de éstos en el espacio cerrado.

—Es un... un río —insistió Keyen—. ¿No lo oyes?

Issi se detuvo, y Keyen la imitó. Y cuando los öiyin se alejaron un poco, ella también lo oyó: un suave murmullo, un rumor apagado, como el de una conversación escuchada de un extremo a otro de una calle en silencio. Issi miró a Keyen.

—¿Un río? —repitió—. ¿Un manantial?

Era ambas cosas. Cuando hubieron avanzado otra media legua detrás de los öiyin vieron que el túnel seco y gris se ensanchaba hasta alcanzar una braza de anchura, y que el suelo que pisaban desde que habían penetrado en la montaña por la grieta en el barranco se retiraba hasta convertirse en un escalón de un pie de ancho pegado a la pared; el resto del túnel lo ocupaba el agua, que caía por un hueco perfectamente redondo practicado en el techo del pasadizo. El murmullo se había transformado en un rugido ensordecedor.

—Tendríais que verlo en primavera, Öiyya —le dijo Larl a voz en grito, acercándose a su oído para hacerse escuchar—. Desde Letsa hasta Dietlinde no se puede transitar por el túnel. Hay demasiada agua.

—¿Por el deshielo? —preguntó Issi, también gritando. El ruido del agua le golpeaba la mente como el martillo de un herrero.

Larl asintió, y le hizo señas de que le siguiera por el saliente de piedra que avanzaba junto al río recién nacido.

—No deja de ser irónico —murmuró Keyen a su oído, mientras caminaba con cuidado detrás de ella—. Los öiyin no pueden salir de su valle durante los meses que pertenecen a la Vida y a la Luz...

Issi asintió. Sin embargo, al ver el agua y la acera de piedra por la que tenían que seguir avanzando, no pudo evitar acordarse de las cloacas de Yintla, del hedor, de las ratas, de Nern, de Ikival y, sobre todo, de Din. Tragó saliva y se obligó a clavar los ojos en la espalda de Larl.

El río corría, espumeante y agitado, encauzado por el pasadizo que horadaba la montaña. Y junto a él caminaron al menos otra hora, hasta que Larl miró hacia atrás y sonrió.

—Ya casi hemos llegado, Öiyya —dijo. El rugido del agua se

había apagado considerablemente al alejarse de la fuente, y había vuelto a ser un gorgoteo alegre producido por el agua que chocaba contra las paredes de piedra de la acequia formada por la galería subterránea.

El riachuelo, que, como había dicho Larl y a juzgar por las marcas blanquecinas que se veían en la roca, bajaba mucho más caudaloso en otras épocas del año, surgía de la montaña por otro hueco y caía cinco varas hasta el suelo del valle, donde, entre las salpicaduras y la espuma, Issi entrevió un pequeño estanque rocoso. El mismo agujero por el que brotaba el agua era el final del túnel, y se encontraron de nuevo al borde de un precipicio, mucho más bajo que el que dominaba la garganta pero igualmente impresionante, tal vez por la catarata que rugía a su lado mientras miraban al fondo, de pie sobre un palmo de roca. O por la oscuridad que los rodeaba. O por la cercanía de las estrellas que inundaban el valle, que ahora parecían al alcance de su mano.

—Por aquí, Öiyya —le indicó Larl.

A pocos pasos del salto de agua había unos escalones labrados en la misma roca grisácea de la montaña. Issi y Keyen siguieron a los öiyin tanteando con cuidado la escalera desgastada, en una bajada que se les hizo interminable. Issi oyó un poco más abajo una imprecación y un gemido ahogado. El asesino. Casi se había olvidado de él... «Sin embargo —pensó—, estaba dispuesto a matarme.» Sintió un escalofrío al darse cuenta de que nunca, en ningún momento, se había asustado ante la idea, ni siquiera cuando el hombre había aparecido de pronto de entre las sombras. Cuando había comprendido que era una amenaza, había sentido miedo, sí... pero de sí misma. Del brusco tirón del Öi en su frente, del deseo del Signo que ardía en su frente. Se estremeció. «Es el símbolo el que quiere matar, es el símbolo el que deseaba que yo le arrancase la vida a ese hombre.» Perdió el equilibrio y estuvo a punto de caer sobre Larl; Keyen alargó una mano y la sujetó por la muñeca.

—Cuidado. —Issi lo miró. Keyen sonreía, pero el gesto seguía siendo intranquilo, preñado de nerviosismo.

Los öiyin habían instalado su hogar muy cerca de la laguna,

al pie de la montaña que acababan de atravesar. Por las luces que había visto desde las alturas, Issi supo que en realidad vivían diseminados por toda la garganta, entre los árboles que cubrían el fondo de la hondonada rodeada de verticales paredes de roca; pero al parecer aquel lugar, el pequeño claro que se abría junto a la entrada del valle, era el que habían elegido para celebrar sus reuniones y, sobre todo, para sus ceremonias de alabanza a la Muerte.

Eso era lo más evidente. Fue en ese momento cuando Issi descubrió que todo lo que se decía sobre los öiyin, todos los cuentos, mitos, historias de miedo y relatos de pesadilla, eran ciertos. E incluso se quedaban cortos.

En el claro, los árboles habían sido sustituidos por altas estacas. Erizado de postes, que se alzaban allí donde Issi posase la vista, decenas, tal vez cientos de ellas, estaba asimismo plagado de sombras provocadas por las antorchas que sostenían en alto los öiyin que se habían dispersado por toda su extensión, uniéndose a otros muchos que ya estaban allí antes de su llegada. Y, en cada una de las estacas, un hombre empalado, la punta del poste asomando por su nuca, la sangre coagulada empapando su cuerpo y su rostro. Decenas, tal vez cientos de sonrisas sangrientas bajo decenas, cientos de ojos vacíos, muertos.

CORDILLERA DE CERHÂNEDIN (SVONDA)

Yeöi. Año 569 después del Ocaso

> En los años previos al Ocaso, los ianïe decían que uno de los ritos preferidos de los öiyin consistía en desollar vivo a un hombre, a mayor gloria de la Muerte. Después descubrieron que era falso: los öiyin sólo desollaban a los hombres cuando querían darles una muerte rápida y fácil.
>
> *El triunfo de la Luz*

A su lado, Keyen se rebulló, inquieto. Issi tuvo que respirar profundamente para no marearse, pero estaba convencida de que su piel se veía verdosa a la luz enfermiza de la luna menguante. Larl giró sobre sí mismo, mirando a todos y cada uno de los cadáveres empalados por todo el claro con una tranquilidad que a Issi le revolvió aún más el estómago, y se giró hacia ella.

—Öiyya —dijo, y tomó una antorcha de manos de uno de los hombres que habían viajado con ellos; se acercó a Issi, él el primero, seguido de todos los demás, que también la miraban fijamente—. Los öiyin te dan la bienvenida a Cerhânedin.

Esta vez su reverencia fue mucho más pronunciada. Y, tras él, todos los hombres y mujeres que ocupaban el claro se inclinaron respetuosamente ante ella. Issi hizo un esfuerzo por sonreír, apretando las mandíbulas hasta que creyó que se iba a desgastar las muelas y apartando la mirada de la macabra decoración del claro.

Los öiyin comenzaron a cantar. Sus voces —las de los hombres, las de las mujeres o las de los niños que también, comprobó Issi, horrorizada, llenaban el claro— eran profundas, graves, monocordes. Su sonido recordaba al de los cuernos que soplaban los heraldos de los ejércitos, pero era mucho peor, más siniestro, más pavoroso. El cántico, en su terrible simpleza, le resultó escalofriante.

Aquí esperan, pacientes, los öiyin,
ocultos en el abrazo de Cerhânedin.
Pronto vendrá nuestra Dama, la Öiyya,
la que lleva a las almas a la Otra Orilla.

—Como poetas no tienen precio, ¿eh? —comentó, nervioso, Keyen, recorriendo frenéticamente con los ojos todo el claro.

Issi asintió. La canción no decía nada. Pero al mismo tiempo, lo decía todo. Su letra sencilla, casi infantil, hablaba de sangre recogida en un cuenco, de un cuchillo para sajar la carne de un hombre, de tenazas con las que se arrancaban dientes y uñas. Hablaba de gritos de agonía, de muerte. Era espeluznante.

El cántico, repetido infinitas veces sin variar ni una letra, ni una coma, ni una nota, se prolongó tanto tiempo que a Issi le pareció que lo había estado escuchando toda su vida, desde su nacimiento, y que estaría escuchándolo hasta que le llegase la muerte. «Si es que puedo morir.» Estaba empezando a dudarlo. Y, sorprendentemente, la idea no le hacía ninguna gracia.

—La puta cría murió —masculló. «Yo también podré. Aunque tenga que matarme yo misma.»

—¿Cómo? —preguntó Keyen.

Ella sacudió la cabeza y siguió mirando a los öiyin, a los árboles, al cielo negro, a la luna que se ocultaba lentamente tras los picos montañosos. A cualquier parte excepto a los hombres muertos, clavados en un macabro círculo, rodeándola.

Finalmente el canto agonizó y murió, los öiyin se quedaron

inmóviles, y Larl, que a todas luces era su líder, se acercó a Issi y se colocó a su lado.

—Hacía años que no teníamos a la Öiyya con nosotros la noche de Yeöi —dijo, mirando al resto de la concurrencia con el rostro inexpresivo—. Desde que Carleig os capturó. Es un honor, un honor —repitió.

Desconcertada, Issi no dijo nada. «¿Años...?» Carleig la había capturado pocos días antes de Ebba, cuando ya comenzaba el otoño, hacía muy poco... y ella nunca había estado antes en aquel lugar. «Ni pienso volver.» Si la dejaban salir, por supuesto. Aquellos hombres parecían capaces de cualquier cosa.

—Entonces no ocupabais el mismo cuerpo, desde luego —continuó Larl. Frente a él, los öiyin se afanaban en atar al asesino a un árbol, un enorme roble que se alzaba justo delante de Issi—. Me honráis al presentar vuestra nueva apariencia cuando soy yo quien conduce a los öiyin. Hace ya doscientos años que la Öiyya Hnvdit se presentó ante Akhos. Él se convirtió en una leyenda sólo por eso. Ahora, todos recordarán que la Öiyya Isendra se presentó ante Larl.

«Sabe mi nombre», fue lo único que se le ocurrió pensar a Issi. Confusa, miró a Larl de reojo. El hombre seguía observando la actividad de sus correligionarios, ignorando cortésmente a Issi y con algo menos de respeto a Keyen.

La Öiyya Isendra. Sólo aquel nombre ya le provocaba escalofríos, pero aún la asombraba más el sentido del resto de las palabras de Larl. La Öiyya Hnvdit. Doscientos años. «La puta cría.» Se llamaba Hnvdit. Y había vivido doscientos años... hasta que alguien, probablemente el escudero al que Issi había visto morir en los llanos de Khuvakha, la había atravesado con una espada.

¿Era ése el único modo de matar a una Öiyya? ¿Clavarle una hoja afilada en el estómago? Se encogió de hombros, ansiando poder demostrarse a sí misma que estaba tranquila. «Bueno... que te corten la cabeza tampoco debe de ser bueno para la salud.» Intentó reír, pero no fue capaz.

Alzó la mirada al cielo en busca de las estrellas, las auténticas. La luna había desaparecido, y también las estrellas; el cielo aparecía negro, perfecto, liso como un charco de tinta. A lo lejos retumbó un trueno.

Los öiyin terminaron de amarrar al asesino al árbol. El hombre parecía estar tan asustado que había perdido la capacidad de hablar: abría y cerraba la boca, pero no emitía sonido alguno, salvo algún gañido que se le escapaba de vez en cuando. Larl fue hacia él con su paso calmoso y expresión indiferente, y lo miró de frente largo rato.

—¿Tu nombre? —preguntó con voz dura.

El asesino enfocó la mirada en la suya, aunque seguía teniendo una expresión tan llena de terror que a Issi le dio pena ver sus esfuerzos por hablar.

—R-Rhinuv —dijo tras varios intentos—. Rhinuv Scilke. —Larl giró sobre sus talones y se dirigió a los öiyin, que lo escuchaban atentamente, guardando un silencio implacable.

—Quería matar a la Öiyya —proclamó, y su voz resonó por todo el claro, por todo el bosque—. Será la Portadora del Öi la que atestigüe su paso a la Otra Orilla.

A Issi se le quedó la boca seca. Con los ojos desorbitados torció la cabeza y miró a Keyen.

—¿Eso...? ¿Eso quiere decir que...? ¿Qué quiere decir eso?

—Creo que quiere decir que tienes que mirar —susurró Keyen, y señaló a Larl.

El líder de los öiyin regresaba a su lado con porte sereno y paso tranquilo, cubierto con la misma capa de pieles que el resto, pero de algún modo distinto de todos ellos. Se colocó junto a ella y miró hacia el árbol donde Rhinuv permanecía atado.

—¿Vais a enseñarme? —preguntó Issi, tratando de no dejar traslucir su inseguridad.

Larl la estudió sin parpadear.

—Ese conocimiento ya está en ti, Öiyya. —Sonrió con amabilidad, y por un instante fue idéntico al hombre que la había invitado a compartir su cena y su aguardiente una noche, poco después de Elleri, en un pueblo tan pequeño que no tenía nombre—. No se puede enseñar a la Öiyya lo que es la muerte. Sería como enseñar a un hombre cómo debe respirar.

Calló cuando uno de los öiyin se adelantó de entre la multitud. Era igual que los demás, ni muy alto ni muy bajo, ni muy grueso ni muy delgado, aunque de apariencia fornida gracias a la capa de pieles que cubría sus hombros. Fue hacia ellos, portando entre las manos un cuchillo plateado de pequeño tamaño. Sólo con verlo, Issi se dio cuenta de que estaba afilado como una navaja. Se inclinó ante ella y le tendió la hoja.

Issi vaciló, miró a todos lados y después la cogió, renuente.

—¿Qué... qué tengo que hacer? —preguntó, y cerró los ojos, temiendo la respuesta.

Larl carraspeó. El sonido la obligó a volver a abrirlos.

—Devolvédselo, Öiyya —indicó—. Con vuestra bendición.

Ella inclinó la cabeza, indecisa, y alargó el cuchillo hacia el öiyin. La daga brillante la repelía, pero al mismo tiempo ejercía sobre ella una extraña atracción, la seducción morbosa de un cadáver al que no se quiere ver pero que se siente el impulso de mirar.

—Mi... mi bendición, öiyin —musitó. La voz se le había congelado en la garganta.

El hombre volvió a saludar, recuperó su cuchillo y se alejó hacia el roble en el que continuaba amarrado el asesino.

—Sirve a la Muerte —dijo Larl en su oído, y ella se sobresaltó, sin saber, durante un instante, si había sido él o había sido la voz que se obstinaba en hablar en el interior de su mente—. El asesino —explicó Larl, como si hubiera leído sus pensamientos—. Sirve a la Muerte. Pero quería matar a la Öiyya. Debe morir.

—C-claro —murmuró Issi.

—Morirá de un modo piadoso —siguió diciendo Larl—. No en vano es un servidor de la Muerte. La servirá por última vez, como ofrenda de los öiyin en la noche de Yeöi.

Y dirigió su atención hacia el öiyin que portaba el puñal. Keyen se acercó a ella subrepticiamente y se inclinó a su lado.

—Me gustaría saber qué entienden éstos por una muerte piadosa —susurró en su oído.

Issi emitió un ronco gruñido. Intentó tragar saliva, pero no le quedaba.

El hombre del cuchillo se detuvo ante Rhinuv, y lo miró fríamente un momento. Se inclinó y, de un violento tirón, desgarró la camisa arrugada. El asesino gritó, sorprendido, y se quedó mudo cuando el öiyin clavó los ojos en los suyos. Parecía muerto de miedo.

Se miraron durante una eternidad. El silencio se hizo tangible, espeso, llenando el aire y transformándolo en una sustancia aceitosa e irrespirable. Issi jadeó, medio asfixiada por la tensión. El öiyin empuñó el arma y con cuidado, casi amorosamente, le hizo un corte en el pecho, introdujo la hoja en la herida y comenzó a levantarle la piel.

Issi apartó la mirada cuando el asesino profirió el primer grito. Conteniendo una náusea, posó los ojos en Keyen. Él tampoco parecía muy entero; sin embargo, se las arreglaba para mantener la vista fija en el macabro espectáculo.

—Míralo —susurró él por la comisura de la boca—. Míralo, Issi, por lo que más quieras... No hagas que nos maten a nosotros también.

Apretando los labios con tanta fuerza que dejó de sentirlos, Issi se obligó a mirar. Tuvo que hacer acopio de toda su fuerza de voluntad para no volver a jadear.

Mientras el hombre le despellejaba meticulosamente, Rhinuv mantenía los ojos cerrados con fuerza y gritaba sin parar. El öiyin del cuchillo detuvo un instante su labor, lo miró con el ceño fruncido, alargó la mano y, tirándole del pelo, le obligó a levantar la cabeza. Después alzó la daga y con dos rápidos movimientos le arrancó los párpados.

—Mira a la Öiyya —dijo bruscamente—. Mírala.

Sin párpados, Rhinuv posó en Issi los ojos redondos, desorbitados y llenos de sangre.

—¡Maldita puta! —gritó.

Issi tragó saliva, pero se obligó a permanecer inmóvil. El öiyin lo miró, furioso.

—Ha hablado de la Öiyya sin respeto —dijo Larl, que seguía junto a Issi.

El hombre del cuchillo asintió, abrió a la fuerza la boca de

Rhinuv, le cortó el frenillo y, empujando fuertemente con un dedo, le obligó a tragarse la lengua.

Volvió a cerrarle la boca con un fuerte golpe que hizo entrechocar sus dientes, y se inclinó de nuevo sobre él, hoja en mano.

—Los dioses condenan al que se come su propia carne —comentó Keyen, asqueado; su voz temblorosa apenas se oía por encima de los jadeos y estertores del asesino.

—Yo me como las uñas, ¿eso cuenta? —preguntó Issi, con los nervios a flor de piel, y se echó a reír, histérica, sin poder parar, las lágrimas recorriéndole las mejillas, hasta que de pronto se dobló sobre sí misma y vomitó.

Oró a todos los dioses que conocía para que le permitieran soportar aquello, y tuvo que reunir todo su valor para mirar de nuevo. Cuando levantó la vista, Rhinuv se había desmayado de dolor y colgaba, inerte, de las sogas, los ojos ciegos. El öiyin que empuñaba el arma le golpeó con fuerza en una mejilla, luego le golpeó en la otra, hasta que el asesino volvió a levantar la cabeza. Sus ojos sin párpados la miraron directamente a ella.

—Öiyya —dijo Larl—. Es vuestro.

Issi ni siquiera le oyó. Los ojos de Rhinuv retenían su mirada, cual si un hilo invisible uniese sus propios ojos con los del asesino; los dos círculos perfectos, inyectados en sangre, eran tan expresivos... demasiado expresivos pese a carecer de párpados. Ya no la insultaban, ni la amenazaban, ni siquiera le hacían ver todo el odio acumulado en el interior del hombre. Ahora eran dos globos implorantes, lastimeros, suplicantes.

—Abraza a la Muerte —murmuró Larl.

Ausente, Issi avanzó hacia el roble sin apartar la vista de Rhinuv. El Öi se inflamó en su frente cuando llegó hasta la masa sanguinolenta en que se había convertido el asesino. Siguiendo un impulso irresistible, Issi posó la mano en la frente ensangrentada. Y tuvo que cerrar los ojos cuando el placer volvió a recorrer todo su cuerpo, arrollador, como un relámpago, una descarga que sintió desde el cabello hasta los dedos de los pies.

—Abraza a la Muerte —repitió Larl.

El momento en que Rhinuv murió fue el éxtasis más intenso y violento que hubiera podido imaginar, y aún mayor. Temblorosa, jadeante, hizo un esfuerzo por apartar la mano de la frente del asesino; se sintió abrumada por el peso de un opresivo letargo, como si realmente la muerte de Rhinuv hubiera sido un orgasmo. Se volvió, temblorosa; Larl estaba frente a ella.

—¡Abraza a la Muerte!

—¡Abraza a la Muerte! —repitieron los öiyin—. ¡Abraza a la Muerte!

El arrullo de la salmodia absorbió sus fuerzas y anuló sus sentimientos, todas sus emociones, el placer, el odio, el terror, la angustia. Su voluntad la abandonó: sólo sintió una tristeza desdibujada al acercarse a Larl. Unas manos retorcidas, atravesadas por una red de venillas azules, se alargaron hacia ella; el cántico la impelía a ir al encuentro de esas manos, a asirlas, a impregnarse de la muerte de aquel hombre, también. Larl inclinó la cabeza hacia ella.

Apenas sintió una ligera sorpresa cuando una hoja afilada silbó en sus oídos, pasó por encima de su hombro y se hundió en el brazo de Larl.

Aturdida, se tambaleó y vio, como desde una enorme distancia, cómo el öiyin retrocedía. Se llevó las manos a la daga incrustada en su brazo, y se manchó de sangre los dedos, las palmas cubiertas de surcos, al chocar con la hoja. Issi sacudió la cabeza tratando de recobrarse, pero el esfuerzo era demasiado grande, estaba tan débil como si fuera ella la que había recibido la herida...

Algo tiró de su brazo, pero Issi era incapaz de moverse. Larl se extrajo la daga y levantó la mirada, enturbiada por la pérdida de sangre, pero igual de impávida que siempre.

—Hay dos cosas de las que no se puede huir, Öiyya —murmuró—. Una de ellas es el destino. La otra es la Muerte.

Volvió a sentir el tirón en el brazo. Keyen se inclinó sobre ella.

—¡Vámonos! —susurró.

Issi siguió mirando a Larl. Las gotas de lluvia comenzaron a caer sobre ellos, poco a poco al principio, con más fuerza después, hasta convertirse en un aguacero. Al tercer tirón, Issi despertó de golpe como de un sueño y miró a Larl, horrorizada; miró el cadáver de Rhinuv, que la lluvia lavaba piadosamente, enjugando la sangre y dejando a la vista las horribles heridas infligidas por los öiyin; miró a los cientos de empalados que ornaban el claro, y a los cientos de öiyin que la observaban, estupefactos. Se miró a sí misma. Y gritó de terror, de angustia y de asco, mientras Keyen volvía a tirar de ella y lograba, por fin, arrastrarla lejos del claro y de sus siniestros habitantes.

CORDILLERA DE CERHÂNEDIN (SVONDA)

Yeöi. Año 569 después del Ocaso

> Como un horrible súcubo, la Öiyya nubla la mente del hombre piadoso y le hace olvidar sus razones, sus pensamientos y su verdadero ser, hasta que, sirviéndose de su cuerpo, le absorbe el alma y deja en la carcasa vacía sólo el deseo por la Muerte.
>
> *Regnum Mortis*

Corrió y corrió, la lluvia atacándola con más fiereza que las saetas de los ejércitos de Thaledia, o de Svonda, o de cualquier país contra el que le hubieran pagado para luchar. Keyen tiraba de ella, obligándola a correr cada vez más rápido; el terror y la repulsa parecían haberle dado alas. Y el terror y la repulsa que Issi también sentía la empujaron a correr y correr tras él, hasta que le ardieron los pulmones, el corazón pugnaba por salírsele por la boca, las piernas le flaquearon y amenazaron con dejar de sostenerla.

—No... puedo... más... —farfulló—. Keyen, no puedo... más...

Keyen la miró sin dejar de correr, y siguió corriendo. Issi tropezó con sus propios pies y estuvo a punto de caer. Empapada, aterrorizada y sin aliento, apretó los dientes y corrió, implorando que el cansancio se llevase consigo todo lo que sus ojos habían visto y su mente se negaba a olvidar.

Keyen la arrastró por una empinada cuesta de roca. Dejaron atrás los árboles y su precaria protección contra la lluvia, que caía como si el cielo estuviera a punto de desplomarse sobre sus cabezas.

—Allí —jadeó Keyen, señalando con el brazo—. Un agujero.

Issi ni siquiera levantó la cabeza para mirar. Se dejó llevar por él ladera arriba, sin molestarse en alzar la mano para enjugarse el agua que corría por su rostro, pegándole el pelo a la cabeza y la ropa al cuerpo. Arrastrando los pies, subieron por la interminable cuesta hasta que Keyen se detuvo.

—Entra —dijo.

Issi se agachó detrás de él y pasó por un hueco en la roca, mucho más pequeño que el que salía de la montaña junto al claro de los öiyin. Se enderezó, y su cabeza chocó contra el techo. Sin una palabra, se dejó caer en el suelo y cerró los ojos.

Cuando volvió a abrirlos tuvo que esperar un rato a que su vista se acostumbrase a la penumbra. Se incorporó a medias, apoyó la espalda en la piedra y se quedó inmóvil; acurrucada, horrorizada, se llevó la mano a la boca y ahogó una arcada. Se limpió los ojos, los labios y la frente, y parpadeó.

No era una cueva, sino un simple agujero en la ladera de la montaña, una oquedad en la que apenas había espacio para ellos dos. La ropa mojada se adhería a su piel, la sensación de éxtasis provocada por la muerte de Rhinuv se pegaba a sus poros aún con más ahínco. A su lado, Keyen tiritó ruidosamente.

Issi temblaba con violencia, casi tanto como Keyen. Empapada, muerta de frío y de miedo, se apretó contra él, buscando su propia voz.

—Hay tanta, tanta muerte... —sollozó.

Y de repente estaba en sus brazos, y él la besaba, y ella le besaba a él, agarrándose a su cuello como un náufrago a una tabla que le ayudase a mantenerse en la superficie. Frenéticamente siguió besándolo, y él la abrazó con tanta fuerza que Issi pensó por un instante que compartían el mismo miedo, el mismo asco, el mismo terror por lo que habían visto. Enardecidos por el horror de la muerte, cayeron de nuevo al suelo húmedo y duro de la pequeña cueva.

—Keyen —dijo ella contra sus labios.

—Issi —contestó él, y a ella no le hizo falta nada más, ni un «te quiero», ni una poesía, ni una canción, ni siquiera un suspiro: sólo con pronunciar su nombre, Keyen había dicho todo lo que le hacía falta saber. Y ella había hecho lo mismo al decir el suyo.

Empezó a temblar de frío, de sorpresa. Keyen la abrazó con fuerza, acariciando su pelo, su mejilla, y la arrulló contra su pecho mientras susurraba cosas sin sentido, que sin embargo para ella tenían todo el sentido del mundo. Cerró los ojos y se dejó acunar, y finalmente levantó el rostro, con los párpados entreabiertos y los labios entornados, y él volvió a besarla.

La besó en el cuello, y bajo la oreja, y en el hombro, y acarició su pecho con la mano cálida, apartando la blusa manchada de polvo, agua, barro y sangre. Su respiración se aceleró.

—Issi —murmuró Keyen, levantando la cabeza y sonriendo repentinamente. Sus ojos brillaron como dos esmeraldas en la penumbra.

—¿Qué?

Él rio. Rio. Tenía por costumbre reír en los momentos más inoportunos. Pero el sonido de su risa actuó sobre el alma dolorida de Issi como un bálsamo.

—Ya sé que no es eso lo que significa tu tatuaje —dijo Keyen, y le pasó con suavidad un dedo sobre la marca de la frente—, pero...

—Pero ¿qué? —preguntó ella.

Volvió a reír, muy bajito, junto a su oreja.

—No sé si serán las más grandes de toda Thaledia, pero sí sé que son las más bonitas.

Ella se quedó boquiabierta un instante, sin comprender, hasta que de pronto lo entendió.

—¡Serás... imbécil! ¡Cerdo! —Intentó apartarlo de un empujón, pero Keyen la sujetó, sin dejar de reír, y la besó, primero en un pecho, luego en el otro, y después en los labios.

—Cállate, preciosa —dijo en un susurro—. Tienes que aprender a distinguir lo que digo en broma y lo que digo en serio. Lo del tatuaje era broma. Pero te aseguro que esto va muy en serio.

Y volvió a besarla suavemente, después con más insistencia, hasta que Issi dejó de retorcerse y se quedó inmóvil.

—Tengo miedo —musitó ella.

Él la miró con el rostro serio.

—Lo sé.

—Nada que pueda causar tanto miedo debería ser tomado a risa —dijo ella.

Keyen sonrió y posó los labios en la piel suave de su cuello.

Issi cerró los ojos, permitiéndose disfrutar de su caricia por un momento, y finalmente levantó los brazos y los pasó por detrás de la cabeza de Keyen, apretándolo contra sí. Esta vez fue ella quien le besó, y quien comenzó a tironear de su camisa hasta que, con un movimiento brusco, se la rasgó por la espalda.

—Mañana voy a tener que ir desnudo —murmuró Keyen contra la piel de su barbilla—. No tengo otra.

—Tengo una idea —dijo ella sin sonreír, quitándole la prenda inservible con una ansiedad que no tenía muy claro de dónde había salido pero a la que no podía resistirse—. Empieza por ir desnudo hoy. Ahora.

Keyen rio de nuevo y posó los labios sobre los de Issi, apoyando el torso desnudo sobre el pecho de ella. Y de repente ninguno de los dos tuvo ganas de seguir riendo. Issi apartó el rostro, con los ojos cerrados, y suspiró. Y el sonido pareció enardecer a Keyen, que buscó su boca y empezó a besarla con un ardor que casi asustó a Issi. Casi, porque ella también sentía la misma pasión. Lamió sus labios, le metió la lengua en la boca, y mientras tanto forcejeó por quitarse las botas empujando con sus propios pies, mientras él terminaba de desnudarla y de desnudarse con movimientos rápidos.

Keyen recorrió su cuello con los labios; Issi sintió que se le erizaba el vello de la nuca, y se aferró a sus brazos, apretando con fuerza los músculos tensos, dejándose llevar por la sensación de su boca contra su piel. Mareada, cerró de nuevo los ojos cuando un escalofrío recorrió toda su columna y se instaló a la altura de sus riñones. Se apretó aún más contra él, agradeciendo el calor de su piel, y deseando, casi implorando, poder estar más cerca.

—Keyen —gimió cuando él entró en ella, y le abrazó con fuerza, inmóvil, y suspiró, contenta, al sentir el tenue beso de él sobre su hombro. «Tanto, tanto tiempo...» Tantos años deseando aquello, deseando a aquel hombre, sin querer reconocerlo ni ante sí misma. Y entonces volvió a gemir, esta vez sin poder contenerse, cuando él empezó a moverse dentro de ella. Abrió los ojos, sorprendida, y lo miró, y él le devolvió la mirada, sin sonreír. Issi se arqueó, levantó las piernas y rodeó el cuerpo de Keyen, y, sin que su mente participase para nada, su garganta, por cuenta propia, volvió a emitir un suave gemido.

—Issi —contestó Keyen.

Ella entreabrió los labios, intentó decir algo pero, en vez de eso, echó la cabeza hacia atrás y jadeó, y en ese momento dejó de pensar. Él se hundió en ella; por un instante creyó que iba a desmayarse por el placer que recorrió todo su cuerpo como un rayo, desde la cabeza hasta los dedos de los pies. Clavó las uñas en sus brazos. Él soltó un gruñido y siguió moviéndose dentro de ella, hasta que Issi pensó que iba a morir, el placer tan intenso que casi era dolor. Sus ojos se posaron en los de Keyen; los ojos verdes, oscurecidos por el deseo, se clavaron en los suyos justo antes de que él cerrase los párpados y emitiese un gemido ahogado, echando la cabeza hacia atrás. Issi también cerró los ojos, alzó las caderas hacia él y lo sintió hundirse tan profundamente en su interior que gritó de placer. Y volvió a gritar una vez más, y su último grito se mezcló con el de Keyen.

Cuando volvió a ser capaz de pensar, él se había desplomado sobre ella, y acariciaba su rostro suavemente, jadeante. Con la respiración entrecortada, notando los latidos del corazón de Keyen sobre su propio corazón, Issi le pasó la mano por el pelo húmedo de sudor y posó los labios en su frente, aturdida.

—¿Tienes idea de lo que habría dado por una simple caricia

tuya? —susurró Keyen de pronto, cerrando los ojos—. Pero por esto... Por esto habría sido capaz de matar. O de dejarme matar.

Ella asintió, sin escuchar realmente lo que decía. Se acurrucó contra él y, disfrutando de su piel tibia, de la languidez que comenzaba a invadir todos sus músculos, se fue sumergiendo poco a poco en el sueño.

CORDILLERA DE CERHÂNEDIN (SVONDA)

Yeöi. Año 569 después del Ocaso

> ¿Qué es lo que buscas? ¿Tal vez un alma afín a la tuya? ¿O alguien que, como tú, no sea consciente de tener un alma?
>
> *Axiomas*

Confuso, desorientado, anduvo entre los peñascos sin un rumbo fijo, tratando de ahogar las sensaciones, nuevas para él, dolorosas. «Sentimientos.» La palabra se atascó en su garganta antes de darle forma con los labios, antes de pronunciarla. «No son míos. No soy yo.» Tomó aire y se detuvo junto a una enorme roca cubierta de liquen. «Yo.» Unos días atrás ni siquiera conocía ese concepto. Unos días atrás ni siquiera se conocía a sí mismo. Ni siquiera era él mismo.

Se sentía mareado por primera vez en su vida. Soltó una carcajada y se agarró la cabeza con las manos. «Vida.» Volvió a reír amargamente. No sabía lo que era la vida, no sabía lo que eran los sentimientos. «No soy nada, nadie.» Soy ella.

Dolía. «No, a mí no: a ella.» Era ella la que sentía dolor. Era él quien sufría el dolor de ella. Por ella. La Öiyya.

—Mía. —Como él era suyo. Pero la Öiyya le había apartado de sí. Su desprecio, su miedo, se habían clavado en Aubreï como un cuchillo, desgajando su alma. El alma de la Öiyya.

Ella, él. «Mía.»

El Signo de su frente. Atrayéndolo, tirando de él, desgarrando el ser que sabía que no era. El Öi. Era ella, y ella era el Öi. Y él... él no era más que ella.

El Signo. Lo llamaba, como llamaba a esa otra criatura, sin alma, como él. Un cuerpo atormentado, unos ojos que sólo la veían a ella. Öiyya.

Aubreï miró al cielo, al manto negro cuajado de estrellas, el infinito repleto de lucecitas que formaban, siempre, el Öi. Su rostro. Y lloró.

CORDILLERA DE CERHÂNEDIN (SVONDA)

Primer día desde Yeöi. Año 569 después del Ocaso

Qué hermoso sería ver al fin a los hombres comprender y aceptar la verdad... Que no somos ni mejores ni peores que ellos, los que sirven a su Signo como nosotros servimos al nuestro. Que simplemente somos. Que simplemente es necesario que seamos. Tanto los unos como los otros. Que ambos Signos son lo que son.

Pero jamás veremos, oh, cuán hermoso sería, a los hombres comprendiendo, aceptando... No. Les da demasiado miedo.

Reflexiones de un öiyin

Cuando despertó, había alguien en la entrada de la oquedad.

Completamente alerta y despejada como si no hubiera estado dormida un instante atrás, Issi no hizo ningún movimiento. Keyen tampoco se movió. Consciente de su desnudez y de la de él, se quedó mirando el agujero practicado en la ladera de la montaña, con todos los músculos en tensión. La figura agachada tampoco hizo nada, ni dijo nada, durante un rato. Notó cómo Keyen se ponía rígido a su lado.

—Öiyya —dijo al fin Larl. Fue un saludo inexpresivo, en el que no dejó traslucir lo que pensaba realmente de la escena de la noche anterior, de la herida que Keyen le había abierto en el hombro, del hecho de que la Öiyya estuviera ahora mismo ante sus ojos, desnuda, entre los brazos de un hombre.

Issi alargó la mano para coger su camisa, y encontró la de Keyen. Sin apartar la mirada del öiyin, se rodeó el cuerpo con ella. Pese al desgarrón, la prenda cubría su cuerpo casi por completo.

El anciano que no lo parecía suspiró tristemente.

—Tenía que matarte —murmuró Issi, rígida.

Larl asintió.

—Era mi derecho, el mayor honor que un öiyin puede obtener. Y vos me lo negasteis, Öiyya —le recriminó con voz suave. No parecía escandalizado.

Issi se atrevió a suponer que no era la primera vez que una Öiyya actuaba en contra de las tradiciones de sus seguidores. O quizá simplemente Larl perdía la capacidad de expresar sus pensamientos cuando se vestía con la capa peluda de un öiyin. Bajó la cabeza, perturbada. De pronto habían vuelto a ella todas las imágenes que los brazos y los labios de Keyen habían disipado, tan crudas como sus ojos las habían percibido la noche anterior. Y las sensaciones que había experimentado, el placer que la había manchado por dentro y por fuera.

Se apretó contra Keyen. Él la rodeó con sus brazos, sin perder al öiyin de vista.

—Pero él me ha librado de todo eso —dijo, y miró a Larl, desafiante—. Ya no estoy sucia. Ya no.

Larl se inclinó un poco más y se sentó en el suelo, ocupando toda la entrada con su cuerpo ensanchado por la capa de piel.

—Nunca ha habido una Öiyya que no supiera lo que es realmente el Öi, que no lo hubiera aceptado de manera voluntaria —dijo después de un rato de silencio—. El Öi no era para vos, ni vos erais para el Öi. Por eso no podéis asimilarlo.

Issi parpadeó, y de repente una idea, una imagen, surgió de su mente y se instaló en su retina. Una idea, una imagen plasmada en sangre.

—Antje —susurró—. Por eso estabas allí, en aquel pueblo condenado... Tenías que traer a Antje. Tenías que traerla a Cerhânedin.

Larl asintió.

—Pero tenéis que entender esto: sea por el motivo que sea, vos sois la Portadora del Öi, y eso es algo que no se puede cambiar. Es posible que os cueste aceptarlo, pero sois la Öiyya, ahora y para siempre.

—Puedo morir —replicó Issi.

—Podéis dejaros matar —corrigió él—. De un modo muy determinado, en unas fechas muy determinadas, pero sí, os pueden matar, si queréis. Y seguiréis siendo la Öiyya aun estando muerta, a menos que podáis nombrar a una heredera en el momento de vuestra muerte, y sólo en ese momento, cuando el Signo esté dispuesto a abandonar vuestro cuerpo. El Öi no es algo que un mortal pueda otorgar, o poseer —continuó. Su mirada incomodó a Issi, y sólo el cuerpo de Keyen, en el que apoyaba la espalda, la impidió retroceder—. El Öi, el verdadero Öi, es sólo vuestro.

Desnudó su brazo echando hacia atrás la capa de pieles. En el brazo moreno y curtido, bajo el pliegue del codo, había un tatuaje, un signo como el que adornaba la frente de Issi. Igual, pero tan distinto como la luz del sol lo es de la luz que da una lámpara de aceite: un dibujo burdo, hecho con tinta azul, un tosco remedo de la joya plateada engastada sobre los ojos de Issi.

—Tan vuestro como vuestro es el corazón que os late en el pecho, o más —susurró Larl—. Tan vuestro como lo es vuestra alma. Una parte de vos. No podéis darlo a otro hasta que él decida abandonaros, y eso sólo será en el momento de vuestra muerte. Pues el Öi es el Signo, y él elige cómo y cuándo ocupa un cuerpo, y cómo y cuándo lo abandona.

Larl la miró fijamente un siglo, o dos, y después se incorporó.

—Id, Öiyya; nadie os detendrá, ni os impedirá salir de Cerhânedin. Al fin y al cabo, este lugar es vuestro. —Estiró el cuerpo hacia el sol naciente; bajo esa luz parecía más joven, un hombre en la plenitud de sus facultades, un hombre atractivo, incluso—. Buscad la respuesta a las preguntas que os habéis planteado. Seguid al Öi, dejaos llevar por él. Os conducirá adonde debéis ir para convertiros en un ser completo: el Öi y vos, juntos. —Apretó los puños y lanzó una mirada feroz en dirección a Issi—. Y después volved y matadme, Öiyya. Me lo debéis.

COHAYALENA (THALEDIA)

Primer día desde Yeöi. Año 569 después del Ocaso

> El alma de la mujer está emponzoñada por los
> efluvios del Abismo. Ay del hombre que permita a
> una mujer actuar según su voluntad, pues nada bon-
> dadoso puede surgir de ninguna hembra.
>
> *Liber Vitae et Veritatis*

No sonrió. Por mucho que algunos le considerasen calcula-
dor, desapasionado, incluso carente de toda moralidad, Adelfried no solía alegrarse por la muerte de nadie, aunque fuese la
de su enemigo. «Una muerte siempre es un desperdicio.»

—Que la Tríada lo tenga consigo —murmuró de forma apresurada.

El mensajero se retiró, dejándolo solo con Kinho de Talamn.
El sol de media mañana, que entraba a raudales por la hilera de
ventanas que se abrían a su derecha, otorgaba al estudio una luz
intensa, demasiado cálida para lo avanzado de la estación, demasiado alegre para recibir la noticia de la muerte de un rey, aunque fuera un enemigo.

—Majestad —dijo Kinho con voz tensa—, ¿quién va a ocupar
ahora el trono de Svonda? ¿Contra quién tendremos que luchar?

Adelfried suspiró, pensativo. «¿Y eso importa? El que sea
seguirá peleando por conservar su reino.» Si es que le quedaba

un reino por el que pelear. Adelfried no se había extrañado al recibir la noticia de la muerte de Carleig, aunque el rey de Svonda hubiera muerto por su propia mano. Lo raro era que no lo hubieran matado sus propios generales. «Podría decirse que Carleig ha sido el mejor aliado que Thaledia ha tenido nunca», pensó, socarrón. ¿El siguiente rey de Svonda sería igual de inútil, o Adelfried tendría que empezar a pensar en dedicar más esfuerzos a esta guerra que estaba a punto de ganar?

—Carleig no tenía hijos —dijo, ausente—. Pero su esposa aún vive, ¿no es cierto?

—Drina de Qouphu, sí —respondió Kinho rápidamente—. Pero creo que lleva encerrada en sus habitaciones desde que se desposaron.

—No me extraña. Lo que me resulta curioso es que Carleig accediera a casarse con una monmorense, con lo desconfiado que es. Que era —rectificó Adelfried.

—Drina es la tía del emperador de Monmor, Majestad —le recordó Kinho sin necesidad alguna—. Lo normal sería que pidiese ayuda a Monmor para reafirmar su derecho al trono. Y lo normal sería que Monmor se la proporcionase.

—Eso sería lo normal, sí. —«Pero ¿quién ha dicho que haya alguien normal en ese maldito país? Países», rectificó de nuevo. Sacudió la cabeza, hastiado—. No me fío de ese condenado crío monmorense. Hay que acabar esta guerra antes de que Drina obtenga la corona. Después puede ser demasiado tarde.

—Si Monmor va a acudir en ayuda de Drina, es posible que sus corsarios se unan a su armada para hostigar las costas de la propia Svonda hasta que accedan a coronar a Drina —apuntó Kinho—. Se retirarían de Tilhia, y Klaya no tendría por qué replegarse hacia el norte para impedir la invasión de Monmor. Y la victoria sería vuestra, como habíais planeado desde el principio. —Se inclinó, sumiso.

—Ya. Sí —asintió Adelfried—, pero no puedo contar con eso, Kinho. También es posible que el mensaje llegue tarde, o que Svonda prefiera expulsar a Tilhia antes de arreglar la cuestión de la corona de forma oficial. El caso es que, por lo que sabemos, Monmor está atacando Tilhia, y Klaya debe de estar a punto de replegarse, si no lo ha hecho ya. —Suspiró—. Ahora que el sur estaba a punto de caer, tengo que ocuparme del norte. Maldita sea. Y sigo sin tener noticias del scilke... ¿Svonda tendrá a la Öiyya, o esa estúpida niña ya estará muerta? ¿Y por qué demonios sería tan importante para Carleig...?

—Majestad —dijo Kinho, acercándose a él—. ¿Por qué no continuáis invadiendo el sur?

—Porque si Klaya se retira, se nos va a echar encima todo el ejército de Svonda, hombre —contestó bruscamente Adelfried—. No puedo dejar que diez mil hombres echen abajo la puerta trasera de mi casa mientras yo llamo a la puerta principal del vecino. Me arriesgo a quedarme en la calle.

—Escuchadme, señor —insistió Kinho, apoyándose en el brazo del trono con una familiaridad fruto de la confianza que Adelfried había ido depositando en el joven señor de Talamn conforme se la iba quitando al de Vohhio—. Si el trono de Svonda no tiene dueño, es muy probable que su ejército, una vez disipada la amenaza de Tilhia, regrese directamente a Tula a prestar su apoyo a Drina o a quien sea. Puede que la misma Drina los convoque —afirmó con vehemencia—. O, en último caso, puede que se dirijan directamente al sur a combatiros.

—O que entren a invadir el norte de Thaledia, y me dejen con un palmo de narices —gruñó Adelfried.

—No dejarían que el vecino entrase por la puerta principal mientras ellos intentan abrir su puerta de atrás, señor —dijo.

Adelfried sonrió a su pesar.

—Es posible que tengas razón. ¿Y entonces? ¿Dejo el norte completamente desprotegido para invadir el sur de Svonda?

—No —contestó Kinho. Adelfried frunció el ceño, interesado—. El ejército que Carleig... que Svonda tiene en el norte está compuesto principalmente de soldados de infantería, ¿me equivoco?

—No te equivocas —dijo Adelfried—. Continúa.

—Enviad un destacamento al norte —concluyó Kinho—. De caballería ligera: los mil mejores soldados, sobre los mejores caballos. Que impidan que Svonda atraviese la frontera, y que hostiguen a su ejército hasta obligarlo a retirarse hacia Tula. No venceréis a diez mil hombres, pero al menos no tendréis que replegaros en el sur por miedo a que os invadan por el norte.

Adelfried sopesó los pros y los contras de la idea de Kinho. Tenía sentido, aunque había algo que le molestaba, como el zumbido de un mosquito que fuera incapaz de matar. Finalmente, asintió.

—Puede funcionar. Y yo obtendría el sur... —Se interrumpió cuando se abrió la puerta del salón del trono tras un golpe quedo, y por la rendija asomó una cabeza calva. Riheki, el maestro de ceremonias, se consideraba por encima de todo el ceremonial palaciego. Adelfried suspiró, desalentado.

—Majestad —dijo Riheki sin llegar a entrar en el Salón del Trono. «¿Tú crees que ésas son formas de dirigirte a tu monarca?», se encrespó Adelfried. Pero no llegó a hablar: Riheki se le adelantó—. Majestad, vuestra esposa, la reina Thais...

Kinho desvió la mirada, azorado, y esquivó también los ojos del rey. Adelfried miró unos instantes a Riheki y asintió.

—Ya. Se ha puesto de parto, no me digas más. Bueno, es lo natural —resopló—. Y ya era hora. Si llega a engordar un poco más, habría explotado.

—Majestad —continuó Riheki, ignorando la falta de protocolo de su rey—. ¿Queréis... queréis seguirme, Majestad? Os conduciré a sus habitaciones...

—No, gracias —sonrió, irónico—. No tengo ningún deseo de asistir al nacimiento de *mi* hijo. Avisadme cuando haya tenido al crío.

Kinho ahogó una exclamación de incredulidad ante su grosería, pero el maestro de ceremonias no pareció perturbado.

—Como deseéis, Majestad.

—Si la reina desea compañía en estos difíciles momentos —añadió Adelfried sin ocultar el sarcasmo de su voz—, llamad al señor de Vohhio. Estoy seguro de que estará encantado de sustituir al rey en este trance. Y en otros muchos —masculló.

CORDILLERA DE CERHÂNEDIN (SVONDA)

Segundo día desde Yeöi. Año 569 después del Ocaso

> La sangre llama a la sangre, la Muerte atrae a la
> Muerte.
>
> *Reflexiones de un öiyin*

Allí el fulgor del Signo brillaba tanto que era incapaz de ver nada más. Tan deslumbrante que parecía ocupar el mundo entero, que parecía estar caminando encima de las finas líneas de plata de la frente de la mujer, que los delicados trazos se hubieran convertido en surcos, en montañas, en países, en continentes.

Dolía.

Un grupo de hombres y mujeres. La muerte brillaba en sus rostros. La miraban sin temor alguno, sin asco, sin rehuir sus ojos. Pero sus ojos dolían aún más, se clavaban en su mente, horadando todo su ser, hurgando en busca de su alma. «No tengo un alma.» Sólo tenía el centelleo del Signo grabado a fuego en la retina.

—Muchacha perturbada, ¿buscas consuelo?

La amabilidad y la lástima en la voz del hombre fueron una herida abierta en su espíritu dolorido. Alargó las manos. *Sangre.* Sólo la sangre ahogaba el dolor.

—¿Es el Öi lo que buscas, mi niña? —preguntó la voz.

Sangre.

—Antje... Ay, Antje —siguió la voz—. Tu cuerpo está muerto, tu mente sabe que vives, tu alma no encuentra el Signo que te pertenece, al que perteneces... El Öi puede cortar los hilos que atan al hombre a la cordura, pero su ausencia...

Una caricia. Dejó las manos inmóviles. La caricia, la voz, el nombre, la hicieron temblar. *Antje*. Sangre. Lágrimas.

—Larl. —Otra caricia.

—No hay consuelo para ti aquí, chiquilla —lloró la voz, la voz de Larl—. No hay Öi. No hay Öi que pueda devolverte lo que te ha quitado.

—Öiyya.

—Búscala —susurró la voz—. Búscala, Antje, mi niña, mi pequeñita. Está en ella, todo está en ella, todo se reduce a ella. Tu cordura, y la nuestra. Tu vida, tu muerte, y la nuestra.

—Öiyya.

—Sí. Búscala.

COHAYALENA (THALEDIA)

Segundo día desde Yeöi. Año 569 después del Ocaso

En ocasiones, saber demasiado puede acabar con
la mente más frágil. A veces, también puede acabar
con el cuerpo que alberga dicha mente.

Política moderna

Adhar rompió a llorar. No le importó la expresión cariacontecida de la comadrona, ni la estupefacción pintada en el rostro del maestro de ceremonias, que permanecía inmóvil en la puerta. La matrona, alarmada, cogió el pequeño bulto que berreaba sin parar y se lo pasó a una de las damas para que lo sacase del dormitorio. El maestro de ceremonias vaciló, miró el lecho, después a Adhar, y, murmurando una rápida excusa, salió, probablemente a avisar al rey. Eso tampoco le importó a Adhar, como le dio igual la presencia de las damas de compañía de la reina y del triakos que se acurrucaba en un rincón, tratando de pasar desapercibido. Se dejó caer junto a la enorme cama, sin dejar de sollozar.

—Más de treinta horas de parto —había dicho la comadrona meneando la cabeza—. Es imposible. Estas thaledii de caderas estrechas... —Y, chasqueando la lengua, se había encogido de hombros, como si no estuviera hablando de su reina, como si no estuviera hablando de Thais.

El niño vivía. Con esos gritos era imposible creer lo contrario. Pero en esos momentos, a Adhar tampoco le importaba. Sólo le importaba Thais, su reina, que yacía en la cama, demasiado débil para levantar la mano y acariciarle el rostro lleno de lágrimas.

—Se le ha roto algo por dentro —había sido la sencilla explicación de la partera—. No puede haber otro motivo. Se está desangrando.

Y con esas pocas palabras había destrozado el mundo de Adhar, desmenuzándolo minuciosamente y esparciendo los pedazos por el infinito.

Thais abrió los ojos. A Adhar se le hizo un nudo en la garganta. Tenía el rostro tan pálido que parecía esculpido en mármol, y sus ojos color miel relucían, mortecinos, a la luz de las velas. Daba la impresión de que un soplido, una palabra, podían llevársela de este mundo.

—Adhar...

Tragándose las lágrimas, él luchó por sonreír.

—Estoy aquí —susurró, cogiendo su mano y acercándosela a la mejilla.

Thais le devolvió una sonrisa tan débil que Adhar sintió que se le encogía el corazón.

—Me queda poco tiempo... —musitó ella. Tosió e hizo un gesto de dolor—. Adhar...

Él esperó mientras ella encontraba el aliento para continuar, acariciándole la mano con la mejilla, al revés de como solía ser.

—Prométeme que harás que Adelfried lo reconozca —dijo Thais. Adhar asintió, y notó cómo las lágrimas volvían a manar de sus ojos—. Dile...

—Lo haré —le aseguró él—. No hables. —Los dedos de ella se crisparon débilmente contra su rostro.

—Adhar —gimió.

Él besó su mano, apretándola con toda la desesperación que empezaba a invadir su cuerpo como la muerte estaba invadiendo el de ella. Hizo un esfuerzo por sonreír y fracasó.

—Espérame en la Otra Orilla —susurró—. Espérame, Thais.

—Te esperaré.

Se quedó al pie de su cama, apretando la mano helada contra su mejilla, hasta que alguien se inclinó sobre ella para cerrarle los ojos. Sin decir una palabra, posó una mano sobre el hombro de Adhar y apretó afectuosamente.

—Lo siento, amigo mío —dijo Adelfried, rey de Thaledia, en su oído. Volvió a apretar su hombro con los dedos, ignorando las miradas que intercambiaban las damas, horrorizadas al ver cómo el esposo de la difunta le daba el pésame a su amante.

COHAYALENA (THALEDIA)

Tercer día desde Yeöi. Año 569 después del Ocaso

> En ocasiones, el Destino te obliga a andar por un
> camino distinto del que habías pensado recorrer. ¿O
> es el Azar...?
>
> *Enciclopedia del mundo: Comentarios*

Hopen de Cerhânedin negó con la cabeza bruscamente.

—Tendríamos que haberla matado nosotros. Tendríamos
que haber seguido con el plan original, Stave. —No ocultó la ira
que empañaba su voz; si acaso, pareció luchar por hacerla más
evidente con su gesto impaciente, con la mirada penetrante, con
la postura erguida de su cuerpo todavía ágil y fuerte pese a la
edad—. ¿Y ahora qué? Adelfried tiene un heredero. Y nosotros
no tenemos una reina a la que poner en el trono para manejarlo.

—Tenemos a Adhar —se defendió Stave, pugnando contra
el deseo de volver a llenar su copa de vino. Necesitaba tener la
mente clara, pero notaba la garganta tan seca por la ansiedad que
todo su cuerpo parecía chillar de necesidad de líquido. Se agarró
las mangas para mantener las manos ocupadas.

—¿Y de qué nos sirve? —exclamó Hopen—. A todos los
efectos, Adhar no es más que un traidor que ha perdido el favor
de su rey.

—Pero es el padre del niño.

—¡Pero Thaledia piensa que ese niño es de Adelfried! —renegó Hopen, iracundo—. Si matamos a Adelfried y el crío asciende al trono, ¿quién será el regente?

—Podemos elegirlo nosotros —argumentó Stave. Chasqueó los labios, puso los ojos en blanco y, finalmente, se rindió; se dirigió con pasos rápidos hacia el hogar encendido y cogió la eterna jarra llena de vino y una copa de cristal—. Hopen, somos lo suficientemente poderosos como para...

—Con Adhar, sí —le interrumpió Hopen—. Pero Adhar no puede participar en su propia elección como regente. Y Kinho no va a querer que Vohhio se haga con la corona del hijo de su amigo Adelfried.

—Adhar puede participar, si nosotros queremos que participe —negó Stave con la cabeza, sirviéndose vino con gesto experto—. Por la Tríada, Hopen, Thaledia es una monarquía... y si no hay rey, son los nobles los que deben coronar a uno. No tenemos Consejo, como el Imperio: si Adhar sigue con nosotros, Kinho no tendrá nada que decir en toda esta historia.

—El Imperio también es una monarquía —señaló Hopen.

—Pero el emperador tiene que contar con su Consejo, su Sheidehe o como demonios se llame. Al menos, en apariencia. En Thaledia las decisiones las toma el rey. —Bebió con avidez hasta que la copa estuvo vacía de nuevo, y suspiró de alivio—. Si Adelfried cae, habrá rey, pero no Gobierno. No hay reina, y el rey será un niño... Los nobles podremos elegir al regente.

—Kinho puede ponerse en contra de Adhar —insistió Hopen, tozudo—. Y Thaledia sabe que, de ellos dos, es Kinho el que mejor conoce la voluntad de Adelfried.

Stave llenó otra vez la copa y fijó la mirada en el líquido sanguinolento, pensativo. Le gustaba el reflejo de las llamas en el vino; la copa parecía llena de rubí líquido, una de esas gemas que, pese a su intenso color rojizo, poseen un brillo anaranjado en su interior, como si tuvieran una hoguera atrapada dentro. Se encogió de hombros, dio otro sorbo y el vino bajó por su garganta como si realmente hubiera un fuego ardiendo en el líquido carmesí.

—Hay que hacer público que el niño es de Adhar —dijo al fin, mirando fijamente a Hopen.

Éste sostuvo su mirada.

—¿Antes, o después de matar a Adelfried...? —preguntó con voz suave.

Stave enarcó una ceja, sorprendido por la rápida claudicación de Hopen; sin embargo, se tragó la réplica hiriente y volvió a mirar al líquido que, como sangre, teñía su copa de púrpura.

—Antes —murmuró al cabo de un rato—. Si lo decimos después, el pueblo puede creer que mentimos para poner la corona de regente en la frente de Adhar. Lo ideal sería que Adelfried corroborase toda la historia antes de morir.

Hopen emitió un gruñido burlón.

—Ya. ¿Y cómo le convencemos para que lo haga? ¿Se lo pedimos, sin más? «Oye, Adelfried, mira, hemos pensado que antes de cortarte la cabeza sería un detalle por tu parte decir que ese crío no es tuyo sino del señor de Vohhio...» —Rio bruscamente—. Claro. ¿Y qué más?

—Tienes la sutileza de un buey castrado con dos piedras. —Stave torció los labios y dejó la copa en el borde de la repisa que había sobre el hogar—. Estoy seguro de que hay algún modo de hacer que Adelfried reniegue de ese niño. Tal vez Adhar... —Se quedó callado un instante—. Supongo que realmente Adelfried sabe que ese niño no es suyo, e incluso que es de Adhar de Vohhio. Adelfried no es estúpido —murmuró para sí—. Lo tolera porque necesita un heredero... pero si empieza a rumorearse que no es hijo suyo, tal vez podríamos conseguir que renegase de él.

—Y que lo matase, de paso —gruñó Hopen.

Stave alzó el rostro y clavó los ojos en los suyos.

—Quien no se arriesga, no gana —replicó—. Necesitamos que Adelfried reniegue de ese crío, y que se sepa que es hijo del señor de Vohhio. Y después, necesitamos que Adelfried muera, y que Adhar ocupe la regencia como padre legítimo del rey.

—Necesitamos un milagro. —Hopen se acercó al hogar para

coger una de las copas vacías que había junto a la que Stave estaba utilizando.

Stave sonrió ampliamente.

—No. Necesitamos que Adhar deje de comportarse como una niña llorona y empiece a luchar por su hijo.

—Ya. —Hopen esbozó una sonrisa forzada—. ¿Rebelión, dices?

Stave se encogió de hombros.

—Podría llegarse a ello, supongo. Adhar quería evitar un derramamiento de sangre, pero es posible que acabemos provocando precisamente eso. Si no conseguimos que Adelfried reniegue del niño... o si, después de eso, el pueblo no acepta al niño como rey... —Volvió a encogerse de hombros—. Ser hijo de la reina y del señor más poderoso de Thaledia debería bastar para que el crío fuera coronado, aunque hubiera perdido los derechos como heredero de Adelfried. Si Adelfried reniega de él, claro. Si Adhar accede a hacer pública su... su deshonra. —Sonrió—. Si, si, si... Tantos condicionales para llegar a lo mismo. Hay que matar a Adelfried.

—¿Y quién va a decírselo a Adhar...? —preguntó Hopen con toda la intención.

Stave lo miró fijamente, y después suspiró.

—De acuerdo —murmuró—. Soy su vasallo, ¿no...? Se lo diré yo.

CORDILLERA DE CERHÂNEDIN (SVONDA)

Cuarto día desde Yeöi. Año 569 después del Ocaso

Las almas afines siempre acaban por encontrarse.

El triunfo de la Luz

Un olor idéntico al suyo. Un hombre. El olor de alguien que también veía el Signo, que también sufría por él. Que también lo buscaba. No, al Signo no. A ella.

«Öiyya.» Sangre.

No, sangre no: lágrimas. Inundando los ojos del hombre. Blancos. Como la luna, como la plata del Öi.

Lágrimas de plata anegando sus ojos, cayendo por su rostro.

Posó el dedo en su mejilla. Una gotita, transparente como el rocío, rodó hasta su yema. Se la llevó a los labios.

Salada. *Sangre*. Lágrimas.

«Öiyya.»

Ojos blancos, llorando lágrimas de plata, de sangre. Por ella. «Öiyya.»

—Mía.

No, tuya no. Tú.

Con el dedo, recorrió la forma de los labios del hombre. «Te he encontrado. Pero no a él, al Signo de plata, que abrasa tu alma como abrasa la mía.»

—Öiyya. Tú.

Un beso. Salado, mis labios en los tuyos. Lágrimas, sangre, por ella, por el Signo, por ti, por mí.

CORDILLERA DE CERHÂNEDIN
(THALEDIA)

Quinto día desde Yeöi. Año 569 después del Ocaso

> Cuando se acerca una tormenta, los pájaros dejan de volar, los animales corren a esconderse, las plantas afianzan sus raíces en el suelo, la misma tierra parece contener el aliento. Sólo el hombre es lo suficientemente estúpido como para quedarse mirando al cielo.

> *El Ocaso de Ahdiel y el hundimiento del Hombre*

Nadie intentó impedir que salieran del inmenso Öi montañoso que los öiyin habían elegido como hogar, ni que atravesasen la cordillera de Cerhânedin hasta llegar a la vertiente norte, cruzando el Tilne y la frontera de Thaledia. Ni siquiera los bandidos, que a decir de todos pululaban por las montañas y asaltaban a cualquiera que pusiera tan sólo el dedo gordo del pie en Cerhânedin. No vieron a un alma: ni öiyin, ni proscritos, ni viajeros lo suficientemente valerosos o lo suficientemente estúpidos para internarse en la cordillera, ni pastores en busca de una oveja o cabra perdida. Nadie. Sólo Keyen, Issi, y sus pensamientos.

Los días caminando sin rumbo fijo, las noches el uno en brazos del otro, el amanecer sorprendiéndola mirando su rostro y viendo a Keyen, sí, pero también, y sobre todo, las líneas desdibujadas del Signo, empañando la imagen del hombre al que había querido desde antes de saber lo que era el amor.

Si el Öi era Issi, e Issi era el Öi, ¿quién era Keyen?

¿La Öiyya podía amar?

«¿O sólo me queda la Muerte, día tras día, año tras año, hasta que el Signo me deje morir?»

Cerhânedin se alzaba, imponente, tras ellos. Y delante no había nada, salvo el camino que el Öi quisiera trazar bajo sus pies.

—¿Por qué vienes conmigo? —preguntó Issi una vez más.

—¿Por qué siempre preguntas lo mismo? —inquirió él. Se sentó a su lado, levantó un extremo de la manta con la que Issi se cubría y se arropó él también, rodeando sus hombros con un brazo—. Si voy contigo, es porque quiero ir contigo. ¿No puedes aceptar que la respuesta sea tan simple como ésa?

Issi se dejó abrazar. «La única calidez en un mundo muerto.»

—Si yo fuera tú, me iría lo más lejos que pudiera, y todavía seguiría alejándome un poco más.

—Pero como tú no eres yo —contestó Keyen—, yo elijo acercarme todo lo que me dejes. Y un poco más —añadió, rodeándola con el otro brazo por delante hasta unir las dos manos sobre el hombro de Issi, mientras la besaba suavemente debajo de la oreja—. Hasta ver lo cerca que se puede llegar —susurró.

Issi notó la sonrisa de Keyen contra su piel, y se estremeció. «La única sonrisa en un mundo fúnebre.» Cerró los ojos.

—Aubreï ha encontrado a Antje —murmuró.

—¿Y? —preguntó Keyen en su cuello—. Hacen una pareja ideal. Les deseo toda la felicidad del mundo. —Sonrió—. Pero casi me da pena Antje. Aubreï es un imbécil —continuó, alzando la cabeza para mirarla con atención—. Si yo hubiera sido él, me habría bañado en tus ojos, y que se joda el mar.

A despecho de sí misma, Issi rio.

Había sido difícil, muy difícil, contarle lo de Antje. Seguía sintiendo el horror corriéndole por las venas al recordar los cadáveres, al recordar haber visto a los muertos cuando todavía estaban vivos. Keyen la había escuchado con atención, sin interrumpir una sola vez. Y había fingido un gesto de espanto.

—¿Tan hambrienta estás, Öiyya, que tienes que ver muertos donde no los hay? —había exclamado, imitando la voz grandilocuente de Larl—. ¿No te basta con los que están muertos de verdad?

Y su risa, como siempre, había caldeado el helor que corroía sus entrañas, derritiendo el hielo, derritiéndola a ella, y, una vez más, en sus brazos, había sido Issi.

—Los dos son yo —musitó—. Aubreï, mi creación, mi otro yo; Antje, la creación del Öi, su hija. Y los dos me odian.

—Yo también te odio —dijo él despreocupadamente, acariciándole un pecho—. ¿Y qué? Déjalos que se den la mano y paseen a la luz de la luna. O lo que quiera que hagan los monstruos cuando se quieren. —Introdujo la mano por debajo de su camisa y le acarició el estómago, y dejó que sus dedos fueran subiendo poco a poco.

—¿Quieres dejar de meterme mano? —exclamó ella, apartándole con una palmada.

—Ah. ¿Quieres que te meta otra cosa? —replicó él, burlón—. Haber empezado por ahí...

Y con un empujón, la obligó a tumbarse sobre la hierba rala.

—Eres un pervertido —dijo Issi, sonriendo a su pesar cuando Keyen desabrochó el primer lazo de su camisa.

—Y tú te las das de pudorosa, pero se te oye desde Tula cuando... ya sabes. —Le guiñó el ojo—. Bonita —añadió.

—Bobo —murmuró ella, y abrió los labios pidiendo un beso.

Keyen la besó.

No fue un beso suave, sino lleno de fiereza, como si no estuviera seguro de si quería besarla o devorarla. La besó con los labios, con la lengua y con los dientes, e Issi jadeó, sin aliento, y rodeó el cuello de Keyen con los brazos; él acarició sus pechos y obligó a sus manos a bajar hasta que rodearon su cintura, alzándola hacia él hasta que su cuerpo presionó contra el suyo, y ella fue repentinamente consciente de su excitación, de su hambre, de la necesidad que se apretaba contra su estómago desnudo. Keyen siguió besándola con tanta avidez que sus labios protestaron; pero el resto de su cuerpo se arqueó hacia él, y sus piernas rodearon sus caderas por voluntad propia, presionando toda la longitud de él entre sus muslos. La sensación la hizo retorcerse bajo el torso de Keyen; rompió el beso y volvió a jadear, cerró los ojos y levantó las caderas para apretarse contra su cuerpo endurecido, cubierto todavía por la tela áspera de sus calzas. Keyen emitió un gemido ahogado, forcejeó con los lazos que mantenían la prenda atada a su cintura y se libró de ella con un movimiento frenético. Un instante después dejó caer todo su peso sobre ella, aprisionándola entre él y el suelo, y la penetró.

Sentir cómo se abría camino en su interior hasta llegar hasta lo más hondo de su cuerpo la obligó a cerrar los párpados con fuerza. Issi gritó, con la cabeza hacia atrás y los ojos cerrados, y el grito de Keyen imitó el suyo. Él se apartó lentamente, saliendo de su cuerpo; después enterró los dedos en sus caderas y la levantó hacia sí mientras volvía a entrar en ella con un movimiento que arrancó un nuevo grito de placer de su garganta. La tercera vez que se hundió en su interior Keyen gimió suavemente, y el sonido se clavó en las entrañas de Issi mientras la calidez del placer se convertía en un ardor burbujeante, ardiente, demasiado cercano al dolor. Ella gritó una vez más, hundiendo las uñas en los hombros de Keyen, y el calor se extendió por sus vísceras, dejándola sin aliento, temblorosa, y sólo pudo abrir la boca en un grito mudo y aferrarse a los brazos de Keyen mientras el placer se expandía, oleada tras oleada, por todo su cuerpo.

Keyen yacía sobre ella, respirando agitadamente, con la piel pegajosa de sudor. Issi parpadeó y alzó una mano para apartarse el pelo húmedo de la frente; lo único que podía oír en esos momentos era el martilleo de su propia sangre en sus venas, el latido acelerado de su corazón en las sienes, palpitando al mismo ritmo que el de Keyen.

—No me extraña —dijo él en voz baja, dejándose caer a su lado y cubriendo sus dos cuerpos con la manta.

—¿El qué?

Keyen tapó la cabeza de Issi con la manta y se metió también debajo. En la penumbra, cubiertos por la tela basta de lana, se miraron. Issi sólo veía sus ojos, engrandecidos por la casi completa oscuridad.

—Que se quieran —respondió, con la respiración todavía agitada—. Aubreï y Antje. Si los dos son como tú, no tenían la más mínima posibilidad de escapar.

Issi rio, la risa se convirtió en un hipido, y después, incomprensiblemente, en un sollozo. Y Keyen, sin decir una palabra, la abrazó bajo la manta, dejando que llorase hasta que ya no tuvo fuerzas para seguir haciéndolo. Issi lloró, sin motivo, o tal vez con todos los motivos del mundo, mientras Keyen acariciaba con suavidad su pelo. Y siguió llorando hasta que su respiración se calmó de nuevo, y él la abrazó con fuerza y la acunó contra su cuello húmedo por las lágrimas que ella acababa de derramar.

—Por la Tríada —murmuró él al cabo de un rato—, sabía que se me daba bien, pero nunca pensé que tanto como para hacerte llorar.

—¿De risa? —hipó ella. Se apartó de él, esforzándose por sonreír.

Keyen fingió una mueca ultrajada; Issi suspiró y apoyó la mejilla en la mano. Lo miró fijamente.

—Cuando alguien muere —dijo de pronto, sin saber muy bien por qué—, cuando muere delante de mí, cuando estoy tan cerca como para tocarlo cuando muere, siento... algo.

—¿Algo? —preguntó él—. ¿Pena? ¿Asco? ¿Miedo? ¿Hambre?

—Placer.

Por una vez, Keyen cerró la boca.

—Placer —repitió Issi—. Como cuando tú y yo... Bueno. —Se interrumpió, insegura—. No. Pero...

—No hace falta que me des detalles —dijo él bruscamente.

Issi bajó la mirada. «¿Qué esperabas? ¿Que no le importase?»

—Pero luego me da tanto miedo, tanto asco... Me doy asco —rectificó—. No me gusta, Keyen. Ni el placer, ni los sueños, ni las visiones, ni el poder. No lo quiero.

Keyen se giró hasta tumbarse boca arriba y se quedó mirando al cielo, con la cabeza por fuera de la manta. Issi no fue capaz de interpretar su expresión. Y eso la asustó aún más que las pesadillas, que las imágenes, que las sensaciones, que el Öi.

—Vámonos —dijo de repente Keyen.

—¿Qué? ¿Ahora? —preguntó ella, desconcertada—. ¿Adónde?

—No tiene que ser ahora —dijo él, torciendo la cabeza para mirarla—. Mañana. Vámonos a Tilhia, o a Monmor, o al otro lado del mar.

—¿De cuál de todos?

—Del que sea. Donde nadie sepa que tu tatuaje no tiene nada que ver con lo bonitos que son tus pechos —agregó él, juguetón.

Issi vaciló. Era tan tentador... Marcharse lejos de allí, lejos de los öiyin, de Carleig, de Thaledia y Svonda y su estúpida guerra, con Keyen...

—Pero vaya adonde vaya, el Öi vendrá conmigo —dijo. Y sintió una aguda punzada en los ojos. «Llorona. ¿Desde cuándo te has convertido en una jodida llorona?» Furiosa, se mordió los nudillos.

—El Öi...

Nunca había oído tanta amargura en la voz de Keyen. Se acercó una pulgada y posó un leve beso sobre su hombro. Él no reaccionó.

—Tengo que ir —murmuró Issi—. Tengo que hacerlo, Keyen. Tengo que saber, tengo que... Tengo que comprenderlo.

—Tienes que librarte de él —completó por ella Keyen, lanzándole una mirada aguda. «¿O ya no quieres hacerlo?», fue la pregunta que Issi leyó en sus ojos.

Bajó la cabeza, alicaída.

—Sí. Ya sabes que no lo soporto, que no quiero tenerlo.

Keyen giró el cuerpo para mirarla de frente, con el ceño fruncido. Tragó saliva.

—¿No quieres vivir para siempre? —preguntó en un susurro.

—Todos tenemos que morir —murmuró ella. Alzó la mano y acarició suavemente su mejilla—. Eso es lo que nos hace especiales, lo que nos hace únicos.

Keyen suspiró, tembloroso, y cerró los ojos.

—Si entiendes por qué es necesaria la Muerte —dijo en voz baja, triste—, ¿por qué no la aceptas?

—No quiero el Signo. No lo quiero —insistió Issi—. No quiero que me utilicen, ni un hombre, ni un rey, ni un símbolo. Pero debo entender, debo saber...

Suspiró y lo miró, desvalida.

—¿Y si Larl tenía razón? ¿Y si no puedo separarme de él? ¿Y si tengo que cargar con él para... para siempre? Tengo... tengo que ir adonde él me diga. Si hay un modo...

Él le dio una palmadita en la mano.

—Lo que tú quieras, Issi —dijo, cansado—. Siempre ha sido lo que tú has querido, y si de mí depende, seguirá siendo así por siempre. Lo que quiero que sepas, pase lo que pase después, es que te quiero.

Issi sonrió, agradecida.

—¿Me quieres? —susurró—. ¿A un demonio, a un súcubo, a un horror como yo?

Keyen se tumbó de lado y esbozó una sonrisa traviesa.

—Si tengo que querer a un demonio, ¿qué mejor que a su reina? —Enterró su rostro entre las manos y la besó brevemente—. ¿O creías que me iba a conformar con menos?

Issi se abrazó a él con fuerza.

—Gracias —musitó.

—¿Por qué? —preguntó él, besándola de nuevo. Issi sonrió y parpadeó. Una lágrima solitaria correteó por su mejilla. Keyen la besó también.

—Por ser tú —dijo—. Por estar aquí. Por estar vivo.

Keyen se pasó la lengua por los labios como saboreando la lágrima, y volvió a sonreír.

—Tres cosas que no tengo intención de cambiar —respondió—. Aunque... lo de estar aquí lo vas a cambiar tú, y, si me sigues llevando por el mal camino, también vas a cambiar eso de estar vivo. Pero —la miró fingiendo seriedad— puedo prometerte que seguiré siendo yo.

—Idiota —rio ella.

—Bonita —contestó él.

TULA (SVONDA)

Décimo día desde Yeöi.
Año 569 después del Ocaso

Pues fue la mujer la causante del Ocaso, y es ella la que, de no ser por el hombre, volvería a traer el sufrimiento y la muerte al mundo.

Liber Vitae et Veritatis

Drina de Svonda se mordió la uña del pulgar, indecisa. Hizo un gesto evasivo a la mujer que insistía en ofrecerle un refresco, y se revolvió, incómoda, en el trono que, a decir de muchos, todavía no tenía derecho a usar. Hasta el mismo trono parecía mostrarse en contra de que Drina estuviera sentada en él: el respaldo, duro y cubierto de tallas, se le clavaba dolorosamente en la espalda, y hacía horas que el trasero se le había quedado dormido, hastiado de tanto sufrir.

—¿Qué me recomendáis, Minade? —preguntó por décima vez.

La mujer del cabello rojo y el vestido negro hizo una mueca de impaciencia.

—Avisad al ejército del norte para que acuda en vuestra ayuda, Majestad —repitió—. Si Cinnamal y Teine llegan a alzarse en armas contra vos...

—Pero están luchando contra Tilhia —dijo Drina, desvalida. «¿Qué habría hecho Carleig en este caso?», pensó, como llevaba pensando varias horas, siempre el mismo pensamiento dando vueltas y más vueltas en su cabeza.

—Y vos estáis luchando contra Svonda —replicó Minade—. Vuestro sobrino acudirá, pero no podéis esperar a que decida cuál es el momento adecuado. Defendeos de la enfermedad antes de defenderos del mal tiempo, señora. Extirpad la rebelión antes de que se produzca, quitad la parte podrida y podréis comeros la fruta.

«Acabad con Cinnamal y Teine», escuchó Drina, pese a que Minade se había cuidado muy mucho de pronunciar las palabras en voz alta.

—Pero no sé si Laureth y Giarna van a rebelarse contra mí —protestó débilmente—. Eran leales a Carleig, no sé por qué iban a...

—Eran leales a Carleig, no a vos —la interrumpió Minade—. Avisad al menos al destacamento del sur. Que sean vuestros soldados quienes os protejan hasta que llegue vuestro sobrino.

—Y Thaledia...

—Thaledia no debe preocuparos en absoluto. Pronto Adelfried acudirá al norte con todo su ejército —aseguró Minade con una sonrisa tranquilizadora—. Creedme, señora: ese destacamento debe estar a vuestro lado, no al lado de Yintla. Sabiendo que Tilhia se retira del Paso de Skonje, además, deberíais convocar al ejército del norte. Vos lo necesitáis más que el Skonje, más que Zaake y más que Sinkikhe y Khuvakha. Conseguid la corona, y después asegurad vuestras fronteras. No al revés.

Minade sonrió enigmáticamente cuando Drina, anterior reina consorte y futura soberana de Svonda, asintió.

COHAYALENA (THALEDIA)

Undécimo día desde Yeöi. Año 569 después del Ocaso

> Tan bella, tan temida, tan deseada... ¿Cómo puede el hombre resistirse a la Muerte?
>
> *Reflexiones de un öiyin*

El rey le había hecho un gran honor al permitirle estar a su lado durante los funerales, de pie junto al trono que el maestro de ceremonias había insistido en trasladar al patio del palacio. Adhar había permanecido inmóvil, mordiéndose el labio para no mostrar su temblor, durante toda la procesión. Los cánticos de los triakos le habían estremecido, los llantos de las damas de la corte le habían puesto la piel de gallina, y el rostro imperturbable del rey le había puesto furioso. Se había escudado en esa rabia mientras había podido, pero, cuando los triakos atravesaron el patio cargando con el cuerpo de la reina, su voluntad se quebró.

Lágrimas silenciosas corrieron por sus mejillas, a la vista de toda la corte, mientras Thais era conducida hasta la pira elevada en mitad del patio del palacio real. Los sacerdotes depositaron las angarillas sobre la pira. A un lado del trono, Beful, el bufón contrahecho, sollozaba quedamente, sentado en el suelo, hecho un ovillo. El triasta de Cohayalena, al que se veía en palacio como mucho una vez al año, miró al rey.

Adelfried suspiró y se incorporó. En su rostro Adhar podía adivinar sin mucho esfuerzo la desgana que le embargaba. La furia volvió a escudarle de sus propios sentimientos. Entonces, sin premeditación alguna, Adhar posó la mano sobre el puño bordado del rey.

—No.

Adelfried se giró, sorprendido, y lo miró.

—Es mi deber llevar a la reina hasta su último lecho —respondió—, como la llevé hasta el primero. —La nota sarcástica era tan evidente que Adhar sintió náuseas. Volvió a negar con la cabeza.

—No —repitió—. Es mía.

Adelfried lo miró, escudriñando en sus ojos con expresión evaluadora. Adhar aguantó su mirada irguiéndose en toda su estatura. Era más alto que el rey, pero Adelfried no parecía acobardado. Al rato, el monarca se encogió de hombros y asintió.

Adhar no esperó a que Adelfried cambiase de opinión. Bajó de la tarima de un salto, se acercó con paso rápido a la pira e inclinó la cabeza ante el triasta.

—Con vuestra venia —dijo, usando un tono mucho más respetuoso que el que había utilizado para dirigirse al rey—, enviaré a *mi* esposa junto a la Tríada.

Ignorando la expresión escandalizada del sacerdote, le arrebató la tea encendida y, con demasiada precipitación, rogando por que nadie reaccionara a tiempo para detenerlo, aplicó la llama a la parte inferior de la pira.

No retrocedió de nuevo hasta el estrado donde aguardaba Adelfried, como era preceptivo. Se quedó allí, muy quieto, mientras el calor del fuego caldeaba su rostro bañado en lágrimas. Las llamas se elevaron rápidamente hasta alcanzar el cuerpo tendido de la reina, tumbada sobre los troncos apilados. Adhar la miró, observando como en un sueño cómo las llamas lamían sus pies, hasta que, dejándose llevar por un impulso irrefrenable, dio un paso, luego otro, y comenzó a trepar por la pira para subir hasta ella.

Sin saber muy bien cómo, logró llegar hasta la cima sin que

la pira se derrumbase sobre sí misma. Alcanzó el cuerpo inerte de Thais y, tumbándose a su lado, acarició su rostro pétreo, besó sus cabellos de oro y pasó el brazo sobre su vientre todavía hinchado, como solía hacer después de hacerle el amor. Lloró en silencio, acariciando su estómago, dejándose acariciar por las llamas que, insólitamente, no lo quemaban. «Porque ya no puedo sentir más dolor.»

—Thais —susurró—. Thais, ¿me has esperado?

Y toda la congoja que había intentado disimular durante los últimos ocho días, durante toda la vigilia, reventó en sus entrañas, y Adhar, señor de Vohhio, el hombre más poderoso de Thaledia después de su rey, sollozó, y siguió llorando mientras el humo empezaba a asfixiarlo.

Cerca de la pira alguien chasqueó la lengua.

—Oh, venga ya —dijo la voz de Adelfried—. Sacadlo de ahí.

COHAYALENA (THALEDIA)

Undécimo día desde Yeöi. Año 569 después del Ocaso

> Siempre, siempre, hay que perdonar a un enemigo: no hay nada en este mundo ni en ningún otro que pueda enfurecerlo más.
>
> *Política moderna*

Adelfried puso los ojos en blanco y bufó.

—Será cretino... —murmuró, apoyando el codo en el brazo de la silla y la mejilla en su propia mano—. Menudo espectáculo.

—Hay hombres que no aprenden a comportarse aunque cumplan cien años, Majestad —se mostró de acuerdo Kinho de Talamn.

Adelfried resopló.

—Vohhio debe de ser uno de ésos. ¿Cómo está, por cierto? —preguntó sin demasiado interés.

—Vivo, Majestad. Tiene quemaduras en un brazo, pero nada más.

—Demasiado poco para lo que podría haber sido —se exasperó Adelfried—. ¿Qué esperaba, marchar con ella de la manita hasta el otro mundo, o algo así?

—Algo así, supongo —sonrió Kinho.

—Sí. Bueno. —Adelfried se incorporó a medias y se masajeó el cuello—. Ya he perdido demasiado tiempo por esa desgraciada, que la Tríada la haya acogido. Tengo una guerra que ganar.

Kinho vaciló.

—Eh... Majestad...

—¿Qué? —inquirió Adelfried con impaciencia.

—¿Y el niño? Eh... Vuestro hijo...

El rey lo miró, asombrado. Meneó la cabeza con incredulidad.

—¿No me has oído, hombre? —preguntó—. Tengo una guerra que ganar. Deja que las damas de mi esposa se encarguen de él, como han hecho desde que nació. Hasta Tihahea no tengo que presentarlo, ¿no?

—No, pero...

—Pues deja que me olvide de ese mocoso hasta entonces —exigió Adelfried terminantemente—. Hablemos de temas importantes.

—De acuerdo, Majestad —asintió Kinho—. Hablemos de vuestra esposa.

Adelfried lo miró, asombrado. Kinho le devolvió una mirada plácida y esbozó una media sonrisa.

—Mi esposa está con la Tríada, y bien a gusto que me ha dejado —dijo Adelfried—. ¿Para qué querría volver a hablar de ella?

—Me refiero a vuestra futura esposa, Majestad —respondió el señor de Talamn tranquilamente. Ignoró el parpadeo desconcertado de Adelfried y continuó—: No sé si pretendéis reconocer al niño como propio, pero sí sé que el pueblo duda de vuestra paternidad. Duda de que seáis capaz de engendrar un niño.

—Como para no dudar —murmuró Adelfried, molesto—. Piensan que me follo a mis capitanes, a mis consejeros y al señor de Talamn. Y ninguno de ellos está preñado —añadió con amargura—. ¿Estás preñado, Kinho...?

—Casaos de nuevo, Majestad —dijo Kinho abruptamente, y sostuvo la mirada incrédula del rey sin pestañear—. Demostradles a todos que sí sois capaz. Que sois tan hombre como el que más.

—No sabía que mi hombría dependiese de dónde la metiera —masculló Adelfried.

—Sí lo sabíais —replicó Kinho. Adelfried abrió la boca, pasmado al oír el tono impaciente del siempre sereno señor de Talamn, pero no dijo nada. Kinho se acercó a él y frunció el ceño—. Casaos, aseguraos de que toda Thaledia sepa que os acostáis con vuestra esposa, y de que ella engendra un hijo. Y entonces dejarán de dudar de vuestra hombría y de la paternidad del hijo de Thais. Si tenéis un hijo con una mujer, ¿por qué no podríais haber engendrado otro con vuestra primera esposa?

—¿Y reconocer al crío de Vohhio? —inquirió Adelfried, pensativo.

Kinho se encogió de hombros.

—Podríais nombrar heredero al segundo, al que engendrase vuestra segunda esposa... pero eso haría dudar de nuevo de vuestra paternidad, y, si dudan de uno, pueden dudar de todos los hijos que les presentéis.

—Es que ninguno sería mío —musitó Adelfried, entristecido.

Kinho sonrió amablemente.

—De nombre, sí. Majestad —dijo en voz baja—, dejar vuestra semilla en una mujer no os convierte en padre. Uno se convierte en padre por lo que hace después. —Titubeó antes de alargar el brazo y posar la mano sobre la manga cubierta de brocado de Adelfried.

El gesto le sorprendió más que la repentina obstinación de Kinho; Adelfried volvió a pestañear rápidamente.

—¿Y quién demonios quiere ser padre? —murmuró, sabiendo de antemano que había sido derrotado.

—Lleváis años firmando alianzas, tratados y compromisos con los países que os rodean —continuó Kinho—. Ahora que la reina ha muerto, disponéis de un arma mucho más efectiva que una firma y un par de prebendas comerciales... El trono que hay junto al vuestro, y vuestro lecho. ¿Por qué no utilizarlos para ganar esta guerra de una vez por todas...?

—Mi lecho no es lo que se dice una prebenda, Kinho —sonrió tristemente Adelfried—. Más bien es una carga.

—En política, cualquier lecho puede ser un arma, Majestad

—insistió el señor de Talamn—. Casaos —repitió—. Así forjaréis una alianza fuerte con vuestro matrimonio, además de fortalecer la posición de vuestro futuro heredero al demostrar, sin duda alguna, que es hijo vuestro.

Adelfried se quedó inmóvil, pensativo, y desvió la mirada del rostro ansioso de Kinho.

—Acabar de una vez con esta guerra... —murmuró, apartando el brazo de la mano del señor de Talamn. «Crear una alianza fuerte, y acabar con la guerra.» Gruñó y alzó las manos, derrotado—. Tienes razón —admitió—. Me casaré.

Kinho sonrió ampliamente y abrió la boca para hablar, pero Adelfried le cortó con un gesto rápido.

—Soy un rey. Las alianzas se forjan entre reyes, de modo que me casaré con una reina. No me pidas que me una a una noble cualquiera porque todavía tengo una dignidad que mantener, hombre.

—No pensaba ni sugeríroslo, Majestad —murmuró Kinho sin dejar de sonreír—. Una reina es justo lo que tenía en mente.

—Una reina que no tenga rey —caviló Adelfried, sabiendo de antemano cuál iba a ser su elección y resistiéndose, sin embargo, a ponerla la primera en la lista de Kinho. Se sentía repentinamente cohibido, como un chiquillo enamorado que, temiendo ser pillado en falta, intentase disimular delante de sus amigos cuál era la protagonista de sus sueños—. Isobe de Novana está descartada: Tearate está sano como un toro, según mis últimas informaciones... Sihanna de Phanobia está casada con Nhiconi, y tampoco parece que el rey tenga intenciones de ir a morirse pronto...

—Sihanna de Phanobia no os iba a servir de nada, Majestad. —Kinho rio brevemente—. Vos fingís dar vuestro favor a vuestros capitanes, pero ella realmente se regala a sus damas de compañía. No es de las que engendran más hijos de los necesarios, y ya tiene una heredera.

Adelfried asintió.

—Dröstik no tiene reina, sólo un rey que posee a todas las mujeres que le rodean. Lo mismo puede decirse de Tríga y Hordrav...

—No creo que sea necesario que os vayáis tan lejos para forjar una alianza, Majestad —dijo Kinho suavemente.

—Ya, supongo que tienes razón —admitió Adelfried—. La emperatriz de Monmor es viuda.

—El emperador jamás os daría a su madre en matrimonio —respondió Kinho en tono práctico.

—No. Ese maldito niño sabe muy bien con quién juega y con quién no, desde luego —masculló el rey—. De acuerdo. Klaya de Tilhia es una niña, también. Y ya tengo una alianza con ella. Eso me deja sólo una opción —siguió Adelfried, ignorando la réplica que Kinho parecía estar a punto de emitir—. Drina de Svonda.

Kinho abrió la boca para contestar, pero Adelfried le lanzó una mirada dura que ahogó las palabras en su garganta.

—Svonda. ¿Qué mejor forma de acabar con esta guerra que unir los dos países de una vez por todas? ¿Cómo no se le había ocurrido antes a nadie? —murmuró.

—Supongo que sí se le habrá ocurrido a alguien, Majestad —interrumpió finalmente Kinho. Parecía decepcionado, o incluso contrariado—. Se trata de ganar la guerra, no de claudicar, mi señor. Y Drina ya no tiene edad de concebir hijos —añadió, y a Adelfried no se le pasó por alto el tono desesperado de su voz. Lo miró, interrogante, y Kinho esbozó una nueva sonrisa y se encogió de hombros.

—No digas tonterías. Drina no ha tenido hijos porque Carleig era tan inútil como yo, no porque no pueda concebirlos. Y es la tía del emperador de Monmor —añadió, como si se le hubiera ocurrido de pronto—. No nos vendría nada mal una alianza con el Imperio... Unirnos a Svonda, seguir aliados con Tilhia, y aliarnos con Monmor... ¿Quién dice que esta guerra no puede acabarse de una vez por todas? —Sonrió alegremente.

Kinho apretó los labios y asintió.

—Tenéis razón, Majestad —murmuró, haciendo una breve inclinación de cabeza.

—De acuerdo. Enviaré un mensajero a Tula —accedió Adelfried, e hizo un gesto evasivo—. Pero hasta que Drina no me dé el sí, seguimos en guerra. Kinho, ¿hiciste lo que acordamos?

—Por supuesto, Majestad —fingió ofenderse Kinho—. Mil caballeros. Están prestos a vuestras órdenes: sólo falta un capitán, mi señor.

—Ya. —Adelfried sonrió—. ¿Y dices que el comandante de mis ejércitos sólo ha recibido una pequeña quemadura después de su intento de... nadar hasta la Otra Orilla para buscar a mi esposa?

—Sí, Majestad.

—De acuerdo. —Adelfried se levantó con un gruñido. «O estoy haciéndome viejo, o debería empezar a pensar seriamente en encargar otro trono»—. Pongamos a Vohhio al frente de ese destacamento. Es un buen jinete, al fin y al cabo —ensalzó con sorna—, y un buen comandante.

—¿A Vohhio? —exclamó Kinho como si Adelfried hubiera hablado de nombrar como sucesor al mismísimo Carleig redivivo—. Pero...

—Ya, ya lo sé —atajó Adelfried—, si lo hubiera hecho hace un año, mi esposa todavía estaría aquí, en Cohayalena, dándome disgustos. Pero más vale tarde que nunca. —Sonrió—. Dejemos que Vohhio entretenga a los svondenos en nuestra puerta trasera mientras entramos a su casa por la puerta principal.

—Majestad... —Kinho tragó saliva de forma audible—. Majestad —repitió—, Adhar de Vohhio está acabado. Él lo sabe, vos lo sabéis, yo lo sé. Toda Thaledia lo sabe. ¿Por qué vais a...? —Calló al ver la ceja enarcada del rey, pero volvió a abrir la boca, vacilante, como si estuviera reuniendo valor para lo que debía decir a continuación—. Vohhio es el único que puede hacer daño a vuestro heredero —murmuró—. Si ha perdido la dignidad hasta el punto de subirse a esa pira, puede decidir hacer público que el niño es suyo. Puede... puede incluso intentar destronaros para poner al niño en el trono, Majestad. Puede...

—¿Qué tal montas, Kinho? —preguntó Adelfried estudiándose las uñas con un gesto deliberadamente indiferente.

—Bi-bien, Majestad —respondió él, desconcertado.

—Muy bien. Vas a ir con ellos.

—¿Yo? —exclamó—. Pe-pero yo...

—Piensa un poco, Kinho —le interrumpió Adelfried, levantando la vista—. Vohhio es el señor más poderoso del reino después de mí. ¿Crees que puedo dejar que se suba a una pira y se mate, así, por las buenas? ¿O que puedo matarlo yo mismo?

Kinho abrió la boca, aturdido.

—Dale una muerte noble —dijo el rey, arrellanándose en el trono—. Si es que no se la busca él, claro. Pero que sea noble: al fin y al cabo, es el padre del heredero del trono de Thaledia.

COHAYALENA (THALEDIA)

Duodécimo día desde Yeöi. Año 569 después del Ocaso

> El deseo de vivir con poder prevalece sobre el deseo de vivir. Pero ¿qué ocurre cuando ambos deseos se han desvanecido, apagados por la angustia, por la pena, por esas lágrimas que ninguna hoguera puede soportar sin extinguirse?
>
> *El triunfo de la Luz*

Adhar levantó la silla de montar con esfuerzo y la colocó sobre el lomo del caballo que esperaba pacientemente a su lado. A unos pasos de distancia, el mozo de cuadra lo observaba con la incertidumbre pintada en el rostro lampiño, vacilando entre el impulso de cumplir con su deber y ensillar él mismo la montura de su señor y su obvio deseo de apartarse y dejar que el hombre sombrío y de expresión atormentada hiciera lo que quisiera con la silla, con el caballo y con su propia vida. Junto al caballerizo, Stave de Liesseyal lo observaba también, los brazos cruzados sobre el pecho, los ojos llenos de decepción mal escondida. Su pie golpeaba el suelo de piedra rítmicamente, sin que al parecer Stave se percatase del gesto impaciente que estaba haciendo a la vista de todo el patio de armas del palacio de Cohayalena.

—Adhar, por favor —dijo una vez más, en tono de súplica. Lanzó una mirada de reojo al mozo de cuadra, e hizo una mueca de incredulidad al ver su falta de reacción. Adhar sonrió. «¿Ves lo útil que puede llegar a ser tener siervos sordos y mudos...?»

—Ya te he dicho que no, Stave —contestó, tampoco por primera vez, Adhar—. Voy a cumplir las órdenes de mi rey. Al fin y al cabo, es mi deber —murmuró, y se sorprendió al no encontrar ni pizca de amargura en su propia voz.

—Adelfried quiere que mueras, Adhar —insistió Stave—. Quiere quitarse de encima el problema de... de la ascendencia de su heredero. ¿Vas a dejar que se salga con la suya, que lo que Thais y tú...? —Calló abruptamente al ver la mirada iracunda del señor de Vohhio, y tragó saliva. Se miró sus propios pies, y pareció darse cuenta en ese momento de lo que estaba haciendo, porque dejó de golpear casi al instante los adoquines del suelo.

—Si mi rey quiere que muera, eso será lo que haga —musitó Adhar.

Stave levantó la mirada, alarmado.

—No puedes decirlo en serio, Adhar... —Sacudió la cabeza—. Adhar, escúchame: es tan sencillo... Sólo tienes que huir hacia Vohhio. Una vez allí, ni siquiera Adelfried se atrevería a intentar hacerte daño. Nosotros te apoyaremos desde aquí —continuó apresuradamente al ver que él hacía ademán de volver a interrumpirle—. La mitad del ejército es tuya, Adhar... Adelfried no tiene poder para detenerte si... si...

—El ejército es de Adelfried, Stave. Es el ejército del rey de Thaledia.

—Por favor.

—No. —Adhar ató la cincha de la silla y se incorporó lentamente para mirar a su vasallo—. No voy a hacerlo, Stave. Ya he hecho demasiado. Demasiado —repitió, exhausto, y se pasó la mano por el rostro. Tenía tantas ganas de dormir... Dormir, y no soñar. No soñar nunca más.

—Adhar... Adhar —suplicó Stave, colocándose delante del desconcertado caballerizo—. Piensa en el niño. Ya ha perdido a su madre... ¿Vas a permitir que pierda también a su padre, que... que...?

Adhar levantó la alforja que tenía a sus pies y la ató a la silla con un fuerte nudo. No miró a Stave.

—El niño es hijo de Adelfried.

Stave posó una mano sobre la alforja y lo obligó a mirarlo.

—¿Qué estás diciendo, Adhar? —inquirió, y la alarma se reflejó en sus ojos castaños como si fueran un espejo que mostrase no lo que tenían delante sino lo que se ocultaba detrás de ellos—. No puedes hablar en serio. No puedes... No puedes dejarte morir sólo porque te sientas culpable. No es... No. —Negó vehementemente con la cabeza—. No, Adhar. No lo hagas. Por favor.

—No pienso robarle nada más —murmuró Adhar—. Le he quitado a su esposa. No pienso quitarle también a su hijo.

—¿Y el trono? —preguntó Stave, desesperado.

Adhar lo miró fijamente.

—El trono también es suyo —contestó. Apoyó las manos en la silla y montó de un salto. El caballo dejó escapar un relincho apenas audible. Adhar miró una última vez a Stave—. El trono es de Adelfried, y de su hijo después de él. Larga vida al rey.

Dio un taconazo seco a los flancos del animal para obligarlo a empezar a trotar. El suave reniego de Stave le llegó como un susurro apagado.

YINAHIA (MONMOR)

Vigesimoquinto día desde Yeöi.
Año 569 después del Ocaso

> Y el amigo se convertirá en enemigo, y el cielo escupirá fuego, y los mares hervirán; y entonces, sólo entonces, los hombres empezarán a comprender.
>
> *Profecías*

—... clop-clop-clop-clop...

Un carraspeo educado. El emperador no levantó la mirada.

—¿Y cuántos años decías que tenía la reina de Tilhia, sheidan...? —inquirió, asegurándose de dejar el rostro en blanco, con los ojos muy abiertos, como si la pregunta estuviera destinada únicamente a saber más acerca de su nueva compañera de juegos.

El sheidan pareció desconcertado durante un instante. Volvió a carraspear, tratando de ocultar la sorpresa.

—Klaya de Tilhia —asintió, inseguro—. Nació hace... quince años, creo. O catorce. No lo sé con seguridad, Alabado —se disculpó, y sus ojos esquivaron la mirada del niño y se posaron en el cortinaje que enmarcaba el trono, como buscando inspiración para volver a encaminar la conversación al terreno que le interesaba.

—Catorce —murmuró el emperador sólo para sus oídos, limpiando una inexistente mota de polvo de los ojos tallados del caballito—. Ya tendría que estar casada... ¿Y con quién se casará Tilhia? Catorce —repitió, acariciando la crin del muñeco con ternura mientras hacía un rápido cálculo mental—. Interesante.

Se estiró perezosamente, aferrando el caballito entre los dedos.

—Alabado... —comenzó el sheidan de nuevo, indeciso.

El chiquillo alzó los ojos y los clavó en los del consejero.

—Sí, sheidan —dijo, fingiendo aburrimiento—. Por supuesto que iremos a ayudar a Svonda. Aunque tengamos que esperar para conquistar Tilhia. Conquistar Tilhia —repitió, luchando contra la sonrisa que pugnaba por asomar a sus labios.

—Sois magnánimo, Alabado —ensalzó el sheidan—. Sabíamos que decidiríais dejar la conquista para más adelante, en cuanto supierais los apuros que está atravesando vuestra tía, la reina Drina de Svonda. Enviaré un mensajero a vuestra armada, Alabado —dijo, haciendo una apresurada reverencia antes de retroceder hacia la puerta del salón.

—Por supuesto que dejaré la conquista para más adelante —musitó el emperador para sí, encabritando el caballito de madera sobre el brazo del trono—. Tengo que crecer un poco antes de subirme a un caballo de verdad, ¿no?... Y de hacer otras cosas, claro. —Hizo una mueca—. Tilhia puede esperar un poquito. ¿Para qué voy a intentar coger una manzana dura con un palo, si tengo una madura justo delante de los ojos...? —Sonrió—. Siempre he dicho que me gustan verdes, pero un dulce no se rechaza.

Dejó el caballito sobre su regazo y lo acarició con los dedos, ausente.

—Ay, Adelfried —dijo—. Ahora que voy a poner a Drina fuera de tu alcance, ¿hacia dónde mirarás para buscar una esposa que te dé un heredero de verdad?

COHAYALENA (THALEDIA)

Vigesimoquinto día desde Yeöi.
Año 569 después del Ocaso

> ¿Hacia dónde mirarán los hombres, creyendo
> que son ellos quienes eligen dónde se posan sus ojos?
> ¿No saben todavía que nada hacemos al margen de
> la voluntad de los dioses?
>
> *Epitome Scivi Tria*

Adelfried apartó de un manotazo todos los documentos que cubrían la superficie desgastada de la mesa de madera. Los pergaminos cayeron rodando al suelo, acompañados por la pluma de ganso manchada de tinta, que flotó suavemente antes de posarse sobre la alfombra de diseño monmorense. Desenrolló el pergamino que llevaba en la mano izquierda y lo extendió sobre la mesa. Los bordes se obstinaban en doblarse hacia arriba, intentando impedir que Adelfried descubriese su contenido; el pergamino se enrolló de nuevo en cuanto lo soltó, como una virgen pudorosa que, cohibida, cerrase las piernas en cuanto su amante se apartaba de ella. Conteniendo una exclamación de impaciencia, Adelfried cogió el candelabro de oro que descansaba sobre la mesa y lo posó sobre el borde derecho del pliego, y después sujetó el extremo izquierdo con la blanquísima piedra de mica, casi iridiscente, que Thais le había regalado tanto tiempo antes, cuando todavía le consideraba su rey y no sólo un idiota desviado.

Suspiró, cansado, antes de inclinarse sobre el mapa cuidadosamente dibujado en el pergamino y posar los ojos sobre Tilhia.

PASO DE SKONJE (SVONDA)

Decimoquinto día antes de Kertta.
Año 569 después del Ocaso

> Los Indomables de Tilhia se convirtieron en le-
> yenda en su primera batalla, y desde entonces han
> poblado los sueños, o más bien las pesadillas, de to-
> dos los soldados del continente de Ridia. Duros, im-
> placables, inflexibles, los Indomables sólo son leales
> al trono de Tilhia, y en sus mentes hechas de acero y
> sangre no hay espacio más que para una idea: matar
> por Tilhia, vencer por Tilhia, morir por Tilhia.
>
> *Enciclopedia del mundo*

Gernal luchó por contener el impulso de acercarse para escuchar con más claridad las palabras del mensajero, que ni siquiera había llegado a internarse en la tienda del comandante
Tianiden; había caído del extenuado caballo y se había arrastrado hasta tocar la lona con una mano ensangrentada, farfullando
incoherencias a voz en grito. La cara de sorpresa y consternación de Tianiden al asomarse al exterior de su tienda no había
tenido precio. «Casi habría pagado por verla más de cerca»,
pensó Gernal, aguzando el oído cuando las primeras palabras
del hombre herido llegaron hasta donde Liog y él se afanaban en
fingir que lustraban sus espadas.

—... la guarnición del Skonje —balbució el mensajero, alzando los ojos desenfocados hacia Tianiden—. Los han matado a todos... Todos. No ha quedado ni uno.

Gernal tuvo la sensación de que el hombre estaba a punto de echarse a llorar. Tianiden se recompuso rápidamente de la sorpresa, «un aplauso para él», y se inclinó hacia el soldado herido.

—De modo que Tilhia ha tomado la fortaleza del Skonje —respondió en voz baja—. ¿Cuántos son? ¿A cuántos ha dejado en la torre?

—A... a ninguno, mi comandante —susurró el mensajero. Gernal torció la cabeza para escuchar mejor—. No han dejado ni un solo hombre. Los han matado a todos, y han pasado de largo. Vienen hacia aquí —musitó, y abrió y cerró los dedos como si quisiera agarrar la manga de Tianiden con la mano—. Vienen hacia aquí, comandante. Los Indomables.

Tianiden se enderezó con una rapidez asombrosa para un hombre de su corpulencia e hizo señas a los dos capitanes que se asomaban también por el hueco que la lona abierta había dejado en la tienda de mando. Gernal frunció el ceño.

—... un cirujano —oyó el susurro de Tianiden—. Cualquier hombre puede ser valioso en estas circunstancias. Dagna, convoca al capitán de una de las unidades de infantería: quiero que al menos mil...

—Vienen los tilhianos —balbució Liog a su lado, sobrecogido, impidiéndole escuchar el resto de la conversación—. ¿Has oído, Gernal? ¡Ese hombre ha dicho que vienen los tilhianos! ¡Los Indomables!

Gernal contuvo una exclamación de impaciencia cuando los dos capitanes saludaron al comandante y se alejaron de la tienda a toda prisa. Irritado, señaló hacia la cordillera, a las laderas de las imponentes cumbres de las Lambhuari, que se cernían prácticamente sobre sus cabezas.

—¿Por qué cojones te asustas por las tonterías que dice un mensajero, si lo puedes ver con tus putos ojos? —aulló, apuntando con un dedo directamente hacia el Paso de Skonje.

Allí, justo donde las dos montañas parecían inclinarse en señal de respeto para saludar el paso de un ser superior, un río de agua plateada comenzaba a brotar, como un alegre riachuelo que se viese de repente libre del abrazo de la roca y capaz de saltar y brincar por el cauce que, sin previo aviso, se abría ante él. Las gotas de agua, adivinó Gernal al instante, eran hombres. Hombres vestidos de plata y acero.

A su lado, Liog tragó saliva audiblemente. Gernal observó con un interés aturdido cómo cientos de Indomables salían a la planicie desde el Paso, mientras a su alrededor empezaban a sonar los primeros gritos de alarma, los tintineos metálicos de miles de armas cayendo o siendo recogidas del suelo, los sonidos inconfundibles de un ejército cuando todos sus hombres se ponían en guardia al mismo tiempo, aunque fuera una guardia desordenada y sorprendida.

¿Por qué la aparentemente neutral Tilhia había decidido de pronto participar en la guerra? ¿Por qué había apoyado a Thaledia? ¿Por qué, si había atravesado el puerto montañoso y derrotado sin piedad y sin esfuerzo aparente a los svondenos apostados en el Paso, se había internado en Svonda sin molestarse en dejar un destacamento, por pequeño que fuera, en la fortaleza? ¿Por qué no parecían interesados en conquistar, sino tan sólo en pasar?

—Tilhia viene directamente a por nosotros. No necesita para nada el Skonje —comentó Liog, observando fascinado y horrorizado la marabunta de Indomables vestidos de plata que sorteaban el escabroso Paso de Skonje hacia ellos—. Le deja al maricón de Adelfried la gloria de recuperar el Paso para Thaledia.

—Pues seremos nosotros quienes recuperemos esa torre —masculló el capitán Dagna, pasando a su lado como una exhalación—. ¡Diher! ¡Dile a tu capitán que Tianiden quiere verlo! —chilló en dirección a un soldado con el rostro cubierto de cicatrices, que lo saludó con un breve taconazo antes de salir corriendo él también.

Liog se volvió hacia Gernal, desconcertado.

—¿Crees que Tianiden pretende enviar a alguien a recuperar el Paso? ¿Justo ahora que nos enfrentamos a... a...? —Hizo un gesto amplio que abarcaba a los miles de tilhianos que salían a su encuentro.

Gernal se encogió de hombros.

—Eso es exactamente lo que Tianiden pretende, soldado —masculló Dagna, mirándolo con los ojos entrecerrados—. Si Tilhia no quiere la fortaleza del Paso, ¿quiénes mejor que nosotros para poseerla?

Se alejó a grandes zancadas en dirección a la enorme tienda de mando que Tianiden instalaba allá donde su ejército se detenía.

—No van a conseguirlo ni hartos de vino —murmuró Gernal, y se encogió de hombros—. ¿Qué es lo que quiere, que rodeen a los Indomables y ocupen la fortaleza a sus espaldas como si nada? Ni siquiera los tilhianos son tan estúpidos —masculló.

Un par de horas después estuvo a punto de atragantarse con sus palabras, cuando observó cómo varios centenares de soldados de su ejército, relucientes en sus uniformes inconfundiblemente svondenos, esquivaban sin esfuerzo a la marea de tilhianos y se internaban en el Paso que los Indomables acababan de abandonar, en dirección a la fortaleza que Svonda había perdido menos de una jornada antes. La fortaleza que, según había asegurado el mensajero moribundo, se había quedado vacía, guardada sólo por los muertos de uno y otro bando.

—¿Serán capaces de dejar que recuperemos el Paso sin disparar una sola flecha? —musitó, aturdido.

Los Indomables tenían que estar viendo tan bien como ellos a los soldados svondenos que entraban en el Paso. Tal vez mejor, porque ellos estaban más cerca. ¿Por qué no los detenían? ¿Por qué, si sabían que así sólo lograrían quedarse encerrados entre dos fuerzas enemigas...?

—Preocúpate por lo que tengas que preocuparte, soldado —gruñó el comandante Tianiden, que en esos momentos pasaba entre las ordenadas filas de sus hombres, colocados delante del Paso de Skonje.

Gernal se enderezó y miró al frente sin responder.

Había una quincena de hombres entre ellos y la primera línea. Pese a estar en una llanura, el ejército svondeno había podido formar sin desplegarse excesivamente, gracias a la extraña táctica de los tilhianos, que se habían detenido antes de salir por completo del Paso; encerrados entre las dos murallas de roca y tierra, los Indomables aguardaban, en apariencia apáticos, mientras los svondenos se recuperaban de la sorpresa de verlos aparecer entre las montañas. «Otro aplauso para los vigías», gruñó Gernal para sí. El ejército de Svonda parecía compuesto por un grupo de amigos que hubieran decidido ir de excursión a la cordillera para festejar el día de Dietlinde, desde los centinelas hasta los oficiales, pasando por los cocineros y culminando, por supuesto, en el comandante.

Suspiró cuando el grupo de amigos que lo rodeaba, y del cual, muy a su pesar, formaba parte, comenzó a avanzar lentamente hacia los impávidos Indomables. Conforme se acercaban, Gernal se dio cuenta de dos cosas: la primera, que los tilhianos no iban vestidos con armadura completa de plata y acero, como había supuesto al verlos brillar como el agua en la distancia, sino que se cubrían con malla, peto, yelmo y una sobrevesta confeccionada con una tela plateada que relucía al sol como metal líquido, pero sin llegar a ser ni lo uno ni lo otro; la segunda, que la tela y la armadura incompleta debían de pesar mucho menos de lo que aparentaban, porque frente a ellos se extendía hilera tras hilera de hombres a pie, donde poco antes había habido un ejército a caballo.

—De modo que esto es lo que llaman «caballería ligera» —murmuró, irónico, sin dejar de mirar a los hombres de plata que lo esperaban—. Los nuestros tardan medio día en desmontar y colocarse en una posición medianamente vertical, y éstos lo han hecho en un abrir y cerrar de ojos. Tendré que decirle a Tianiden que se lo haga mirar —masculló, risueño.

—¿Vas a decírselo al comandante? —preguntó Liog a su lado, alarmado.

Gernal rio suavemente.

—Claro. He quedado mañana a tomar el té en su tienda, ¿no lo sabías...? —Soltó una carcajada al ver la expresión confundida de Liog.

Liog pareció pensarlo furiosamente un instante, y después

sus rasgos se relajaron a ojos vistas, tal vez cuando comprendió que Gernal bromeaba.

—De todos modos —murmuró—, no acabo de entender por qué han desmontado. ¿No es mejor combatir a caballo?

Gernal se encogió de hombros.

—Depende del terreno, supongo. Ni idea. Yo hago lo que me ordenan, como tú: la estrategia se la dejo a hombres más capaces. —Sonrió.

—¿Como Tianiden...?

—Exacto.

Ambos rieron quedamente.

A esa distancia ya casi podían distinguir los rostros de los famosos Indomables de Tilhia. O habrían podido hacerlo, si no los hubieran tenido cubiertos por los yelmos más extraños que Gernal había visto jamás, una extraña mezcla de casco y capucha que se extendía rostro abajo hasta la mandíbula, dejando sólo al descubierto los ojos y la barbilla. El rostro labrado en plata, o acero, era exótico, inexpresivo, en cierto modo inquietante. Si no hubiera sabido que venían de Tilhia, Gernal habría jurado que eran rostros monmorenses. Inmóviles como estatuas metálicas, los tilhianos seguían esperando mientras los svondenos se acercaban inexorablemente a ellos.

—¿Por qué no hacen nada...? —preguntó Liog en voz baja.

Gernal oyó en sus palabras el mismo miedo y el mismo desconcierto que sentía él en esos momentos. Abrió la boca para contestar, pero en ese instante resonó entre las paredes del Paso un ruido lejano, rítmico, que se fue incrementando hasta resultar poco menos que ensordecedor. Gernal se puso de puntillas para ver lo que se avecinaba, maldiciendo por primera y, probablemente, última vez la estatura con que la Tríada le había dotado; se arrepintió cuando vio lo que había hecho emitir un gemido colectivo a las primeras líneas del ejército de Svonda.

Jinetes. Pasaban de dos en dos por el estrecho espacio que los soldados tilhianos habían dejado entre ellos y las paredes del cañón, cabalgando como si el roce de un casco a esa velocidad no pudiera matar a tantos de sus compañeros como una buena carga del enemigo. Antes de que los svondenos consiguieran reaccionar, los jinetes plateados ya habían llegado a sus flancos y pasaban de largo junto a ellos, galopando como si realmente quisieran dejar atrás su ejército.

—¿También van a dejarnos a nosotros con un palmo de narices, como a la pobre y abandonada fortaleza del Skonje...? —comenzó a burlarse Gernal, pero calló abruptamente cuando el radiante sol de mediodía se oscureció como si, de repente, se hubiera hecho de noche. Frunció el ceño, desconcertado, pero no llegó a levantar la mirada: el soldado que estaba al lado de Liog cayó al suelo con un gemido, el ojo atravesado por una flecha rematada con un penacho de plumas de color gris plata.

—Joder —murmuró Liog.

—Ponte bien el yelmo —replicó Gernal, encogiendo el cuerpo en un movimiento involuntario cuando sobre sus cabezas comenzó a caer una lluvia de flechas plateadas.

—Nos van a dejar a todos como un acerico —insistió Liog.

Gernal contuvo un gesto sardónico al comprobar que el soldado, una vez metido en una batalla, no era tan valeroso como fingía cuando estaban sentados ante una hoguera de campamento.

—Sabía que te gustaban las costureras, pero no tanto como para hacerte experto en su oficio —sonrió Gernal, y apretó los dientes cuando los primeros gritos se extendieron a su alrededor. Exhaló el aire lentamente al comprobar que escampaba—. Mira tú, al menos alguien tendrá algo a lo que dedicarse cuando acabe esta mierda de guerra...

—Esta mierda de guerra ha durado ya seiscientos años, coño —masculló Liog, enderezándose con cautela—. No creo que me dé tiempo a volver a Yintla y poner un taller.

—No sabía que fueras de Yintla —murmuró Gernal, encogiéndose otra vez cuando una nueva andanada de flechas cayó sobre ellos.

—¡Cargad! —les llegó el grito de Tianiden desde detrás de la última fila de soldados. Si algo hacía bien Tianiden como comandante era gritar: tenía la voz tan estentórea que no necesitaba que nadie anduviese tocando el cuerno a su lado para traducir sus órdenes a sonidos que llegasen a toda la tropa. La voz de Tianiden llegaría hasta Zaake, probablemente. Y hasta Tula, si ponía empeño.

A su alrededor, el ejército de Svonda cargó. Y Gernal cargó con él.

Ningún tambor marcaba el ritmo de la marcha, pero los soldados svondenos adoptaron todos el mismo paso rápido, que no llegaba a ser una carrera, y se lanzaron hacia delante, hacia los Indomables, que los esperaban formando una hilera de escudos plateados y relucientes como espejos monmorenses, adornados por las sombras alargadas de las lanzas que asomaban sobre ellos.

Desde donde estaba, prácticamente en el centro de la carga, Gernal pudo ver cómo cada uno de los svondenos de la primera línea tenía un Indomable con el que enfrentarse, escondido tras un escudo y una lanza. Frunció el ceño. «Pero si somos muchísimos más que ellos...» La hilera de svondenos debería haber envuelto a los Indomables hasta los flancos. ¿Por qué ahora, de repente, estaban igualados?

El eco, devolviéndole amplificado el estruendo del primer choque entre ambas líneas, le dio la respuesta. «El Paso.» Svonda había tenido que reducir su línea de ataque para llegar hasta los tilhianos, porque las paredes casi verticales del cañón le impedían avanzar tan desplegada como estaba en la llanura.

—Soy capaz de comerme una montaña a mordiscos, si no ha sido por eso que nos han esperado sin mover un pelo —murmuró, deteniéndose al mismo tiempo que el soldado que tenía justo delante—. Y me apuesto las letrinas de mañana a que el numerito de los arqueros a caballo también pretendía obligarnos a cargar contra ellos cuando todavía no habían salido del Paso...

—Sabes que es posible que mañana nadie tenga que hacer las letrinas, ¿verdad? —inquirió Liog a su lado en un gruñido ahogado.

—Ya. Claro —respondió Gernal en el mismo tono. Tuvo que alzar la voz para seguir hablando cuando los ruidos del combate se intensificaron repentinamente—. Son listos, estos cabrones tilhianos. Nos han hecho perder la ventaja numérica...

—Ah, pero ¿es que teníamos alguna ventaja? —masculló Liog—. Son los Indomables. Los Indomables, joder, Gernal. Contra esos tíos, ni el emperador de Monmor con todo su ejército.

Gernal chasqueó la lengua.

—Si hay algo que me gusta de ti, Liog, es lo optimista que eres.

No veía prácticamente nada. Su estatura le protegía de lo peor de la lluvia de flechas, que, a juzgar por los gruñidos y los gritos que todavía seguían sonando en los flancos y también detrás de ellos, caía sin interrupciones sobre el ejército de Svonda.

—¿Y nuestros arqueros qué hacen?, ¿bailar una dietlinda delante de ellos? —se quejó Liog cuando una flecha le rozó el brazo antes de caer al suelo.

Gernal se encogió de hombros.

—Supongo que es difícil acertarle a un tío que va a toda leche a caballo mientras te está disparando.

—Ése es el problema de los extranjeros: no saben cómo comportarse. Un arquero tiene que estar en el suelo, quietecito y apuntando, joder, no montado encima de un caballo desbocado.

—Ya. No tienen ni pizca de clase —asintió Gernal, sonriendo ampliamente.

A decir verdad, tampoco veía la lucha que se desarrollaba delante de él, pero, a juzgar por el ruido, se acercaba peligrosamente adonde Liog y él esperaban, apretujados entre los soldados que tenían delante y los que aguardaban en la hilera que tenían detrás. Una flecha se clavó en el pecho de un soldado que esperaba a pocos pasos de distancia; un par de hombres gritaron de sorpresa y de miedo, y Gernal tuvo que contenerse para no llamarlos de todo también a voz en grito, por cobardes, por nenazas, o por asustarle a él también con sus chillidos.

Tenía que reconocer que no se sentía muy tranquilo él tampoco. Los gritos agónicos, el entrechocar de las espadas contra los escudos, contra las lanzas, contra otras espadas, y la sempiterna lluvia de flechas que no llegaban a alcanzarlo pero se clavaban a su alrededor como gotas mortíferas que una deidad llorase sobre ellos a mala uva comenzaban a alterarle los nervios. Sentía un nudo en el estómago, y empezaba a temer que, la siguiente vez que abriese la boca, tal vez fuera para vomitar hasta las tripas.

Un nuevo estruendo se sumó al que ya se clavaba en sus oídos, éste proveniente de su derecha. Gernal trató de ponerse de puntillas para ver qué era lo que provocaba el ruido, pero Liog se le adelantó, enorme en su estatura de casi dos varas de alto.

—Más caballos —gruñó, mirando a lo lejos, hacia el sonido de gritos y lucha que Gernal había intentado identificar—. Joder, no teníamos bastante con los de las flechas... Éstos van con espadas.

—¿Y también van a dedicarse a dar vueltas alrededor de nosotros? —preguntó Gernal, fingiendo aburrimiento.

—No. Éstos se han lanzado de frente contra nuestro lado derecho. Coño, pero si ya están casi a mitad de camino de aquí...

—Ah. Vaya —murmuró Gernal. Sus dedos se crisparon alrededor de la empuñadura de su espada. El sudor había convertido el cuero en una masa pegajosa de color marrón oscuro.

Un poco después, comprendió que Liog había tenido razón: la embestida de la caballería tilhiana, la que, adivinó, los Indomables habían dejado de reserva, estaba partiendo el ejército de Svonda como si fuera manteca, y ellos, un cuchillo calentado al fuego. El pánico empezó a cundir a su alrededor: ya no eran uno o dos los que chillaban de miedo, sino varias decenas los que comenzaban a retroceder, tropezando con sus compañeros, mientras los gritos se hacían más y más numerosos. Dos o tres tiraron las armas y echaron a correr; Gernal miró hacia arriba, y la parte superior de las dos murallas de roca del Paso le devolvieron la mirada.

—Estamos en un puto embudo, joder... —masculló, sin saber muy bien si apartarse para que el hombre que intentaba huir a través de su cuerpo pudiera pasar, aguantar de pie e impedirle la huida, o ensartarlo directamente con la espada para que dejase de gritar incoherencias.

Sacudió la cabeza con impaciencia y dio un paso hacia delante para que el aterrorizado soldado pudiera seguir corriendo. Y se encontró mirando directamente a los ojos a un hombre cubierto con una máscara de plata.

El Indomable le devolvió la mirada sin pestañear, y Gernal pensó, por un instante, que tenía los ojos pintados. La espada ensangrentada del hombre enmascarado se alzó en un breve gesto de saludo, y cayó sobre él en un movimiento tan rápido que apenas fue capaz de esquivarlo a tiempo.

Se repuso a duras penas de la sorpresa y levantó su arma para detener un segundo golpe, y un tercero. El tilhiano era endiabladamente rápido; Gernal empezó a comprender por qué los llamaban Indomables, y por qué su nombre provocaba escalofríos en los soldados de los ejércitos enemigos: en sólo unos minutos, el tilhiano estuvo a punto de ensartarlo una docena de veces, y todas se libró por pura suerte. Ni una sola vez la espada de Gernal se acercó siquiera a la carne cubierta de plata y acero de su oponente. El sudor comenzó a caer en hilillos por su cuello y su espalda, y Gernal perdió la noción del tiempo y del espacio. Los gritos, el entrechocar de las armas, los insultos, todo le llegaba amortiguado, como si el sonido tuviera que atravesar una gruesa cortina de lana antes de alcanzarlo. Las imágenes del caos que se había producido a su alrededor, los soldados huyendo, muriendo, se difuminaron hasta convertirse en borrones de colores apagados. Lo único que seguía viendo con claridad era la espada del Indomable, que relucía bajo el sol como si su hoja estuviera hecha de hielo.

Un sonido agudo, prolongado, resonó en el cañón; era una llamada, pero Gernal fue incapaz de reconocer el instrumento que la había emitido. Jadeante, alzó la espada para continuar luchando, pero en ese momento el tilhiano que tenía enfrente apartó el arma, giró sobre sus talones en un rápido movimiento, tan fluido que parecía haber nacido haciéndolo, y, sin una palabra, salió corriendo, dejando a Gernal tan asombrado que ni siquiera fue capaz de reaccionar y comenzar a correr detrás de él. Alzó la vista y vio, con la estupefacción creciendo en su interior, cómo todos y cada uno de los Indomables que veía desde su posición habían hecho exactamente el mismo movimiento al mismo tiempo: dar media vuelta, correr sin mirar hacia atrás. Los hombres que habían formado las últimas filas se perdían ya entre las escarpadas paredes del Paso.

Gernal bajó la espada hasta que la punta se apoyó delicadamente sobre la tierra suelta del llano. Con los ojos muy abiertos, se volvió hacia Liog.

—¿Se van...? —preguntó, desconcertado.

MONTAÑAS DE LAMBHUARI (THALEDIA)

Séptimo día antes de Kertta. Año 569 después del Ocaso

La Vida no es sino el Camino... ¿Y qué es la Muerte?

Reflexiones de un öiyin

Keyen miró de reojo a Nern, que seguía sentado en la hierba marrón con el mentón descansando en las manos; se apoyó sobre una roca cubierta de musgo y cerró los ojos, cansado. No por el esfuerzo físico, puesto que su vida entera se había reducido a viajar de un lugar a otro sin descanso, desde el mismísimo momento en que su consciencia había despertado, allá en Yintla. No: su cansancio era de otro tipo, era un agotamiento espiritual. Era su alma la que estaba cansada.

Y era Issi la causa de ese cansancio. Keyen no soportaba verla con la mirada perdida en la lejanía, viendo cosas que sólo ella podía ver, gritando angustiada ante imágenes que sólo aparecían ante sus ojos, llorando al ser testigo de escenas que Keyen no se atrevía ni a imaginar. Tampoco podía soportar el leve fulgor plateado que a veces adoptaban sus ojos, a tono con el Öi maldito, que una vez le pareció hermoso y que ahora, sin embargo, no era sino una horrible cicatriz, una imperfección, una mancha, que deformaba el hermoso rostro de Issi.

Apartaba la vista cuando ella escrutaba las hojas de los árboles, como si éstas tuvieran realmente letras escritas en su superficie amarillenta y quebradiza. Y cuando Issi miraba a alguien y cerraba con fuerza los ojos, murmurando en voz tan baja que Keyen no podía comprender sus palabras, él la tomaba del brazo y se alejaba de quienquiera que hubiera sido el causante de su turbación, seguro de que, fuera quien fuese, no tardaría en morir.

Issi estaba tan ligada a la Muerte que Keyen no podía evitar sentirse rodeado de muerte por todas partes. Nunca había sido tan consciente de su propia mortalidad como esos días pasados junto a Issi. Y curiosamente, aquello no hacía sino hacerle sentirse más vivo, y desear, por encima de todo, seguir vivo. Y junto a ella. Por muy perturbadora que fuera ahora su compañía.

Su errático deambular los había llevado a recorrer todo el norte de Thaledia, desde Cerhânedin hasta el pie de las Lambhuari; siguiendo un camino que ni él ni ella podían ver, habían atravesado de nuevo Nienlhat, el Campo de Shisyial y el llano de Adile; ciega a todo lo que no fuera el impulso del Öi, Issi ni siquiera había evitado Liesseyal, la gemela thaledi de Zaake donde había nacido. Eso había perturbado a Keyen aún más: Issi no pisaba Liesseyal desde que él mismo la sacó de allí, muerta de miedo y berreando como un carnero enojado, miles de años atrás. «El tesoro más hermoso y valioso que he sacado jamás de entre los muertos.» Pero Issi había recorrido las calles de su ciudad natal, impasible e inexpresiva, y, tal como había entrado, había salido de ella, sin hacer ningún comentario ni detenerse más tiempo en un lugar que en otro.

Aquel día Keyen se había preguntado por primera vez si Issi habría perdido la capacidad de sentir. Después habían sido otras muchas, aunque sólo se había asustado de verdad cuando habían llegado a Zaake y Tije había salido a su encuentro. Issi no había reaccionado, excepto para mirar a la adivina fijamente y esbozar una sonrisa tristona.

—¿Ya lo sabes? —había preguntado Tije con su eterna sonrisa traviesa—. ¿O sólo has venido por casualidad?

—¿Saber qué? —inquirió Keyen.

Issi no habló, ni hizo gesto alguno. Tije la estudió, arqueando las cejas.

—Sí —se respondió a sí misma—, ya lo sabes. Pero no todo, ¿me equivoco? —Se acercó a Issi y posó una mano sobre su hombro. Keyen se quedó boquiabierto al ver que Issi bajaba la cabeza y apoyaba la mejilla en el dorso de la mano de Tije, entristecida, como un gatito que maullase pidiendo una caricia de consuelo—. Ya —murmuró Tije—. Pero ¿sabes...? —acarició su rostro suavemente—. Al final, sólo al final, es cuando todos lo entendéis. Y entonces, entenderlo sirve de consuelo. Un pobre consuelo —susurró—, pero un consuelo, al fin y al cabo. Al final, todo tiene sentido. ¿Y sabes otra cosa? —añadió, enroscando un dedo en un mechón del pelo castaño de Issi—. Para ti, al ser precisamente ese final, todo tendrá mucho más sentido. Porque tú serás el sentido.

Issi tenía la mirada perdida, los ojos vacíos. Pero se dejaba acariciar por Tije sin protestar. Parecía incluso que el contacto con los dedos largos de la adivina le resultase agradable. La Issi que Keyen conocía le habría arrancado el pelo a tirones antes de que pudiera decir dos palabras. La Issi que Keyen conocía no tendría esa mirada. «Pero ¿quién ha dicho que Issi siga siendo Issi?», se preguntó Keyen, angustiado, posando la mirada en el Öi de plata; el Signo relucía bajo la luz del sol, un brillo que ya no podían ocultar los cabellos ensortijados que caían sobre la frente de Issi.

—Te voy a contar un secreto, Isendra —siguió Tije. La Tije que Keyen conocía tampoco habría empleado ese tono suave, ni habría acariciado la mejilla de Issi en un gesto así de tierno. Sintió que el mundo daba vueltas a su alrededor, irreal como las dos mujeres que se arrullaban delante de él—. Al final de todas las cosas, ese último sentido, ese sentido que eres tú misma, tiene otro significado. Y ese significado soy yo.

Keyen no estaba seguro de que Issi hubiera comprendido algo más que él, que no había entendido nada, pero lo cierto fue que la mercenaria asintió, el brillo espejado del Öi haciendo dibujos abstractos en el pavimento de la calle al captar el reflejo del sol.

—En mi casa hay alguien que os espera —dijo Tije, levantando la mirada hacia Keyen—. No salgáis de Zaake sin él.

—Nern —adivinó Keyen, y sacudió la cabeza, todavía desconcertado—. No. No, Tije, Nern no tiene que...

—Sabe hacia dónde vais —atajó ella—. Y lo que os espera. Mejor que vosotros, me atrevería a decir. —Y rio, traviesa—. Le he enseñado tantas cosas... Y había otras que ya sabía de antes.

Su sonrisa le hizo fruncir el ceño. ¿Se refería a lo que parecía que se refería? Porque cuando Tije hablaba, podía decir muchas cosas con sólo unas palabras. Se encogió de hombros y miró a Issi. Ella tenía la vista perdida en la altísima cumbre de Fêrhaldhel, que sobresalía por encima de los edificios de Zaake. No parecía haber oído ninguna de sus palabras.

No obstante, todas sus ideas acerca de la falta de sentimientos de Issi se borraban de su mente por la noche. Cuando el cuerpo de Issi se entrelazaba con el suyo. Entonces, la Öiyya desaparecía, enterrada por los susurros y las caricias, y sólo quedaba Issi. Pero esos momentos eran tan efímeros que por la mañana Keyen creía que en realidad no habían tenido lugar, que Issi nunca había tenido la frente lisa y suave, como la había tenido la noche anterior. Que dentro del cuerpo de Issi ya sólo quedaba sitio para la Öiyya.

Las contradicciones de Issi empezaban a volverle loco. Y sus propios sentimientos hacia ella ya le habían vuelto loco hacía mucho.

Issi se había dirigido directamente al camino de Tilhia al partir de Zaake. Otra sorpresa para Keyen: Issi jamás había querido volver al Paso de Skonje desde que él había matado al hombre que se había atrevido a violarla, a su Issi... una imagen que todavía le dolía al recordarla, años después. ¿Cuánto no sufriría ella? Pero le había conducido hasta el paso montañoso sin vacilar, y después hasta el árbol, desde el que se oían el susurro de la fuente del Tilne, el trinar de los pájaros, la respiración tranquila y acompasada de Issi.

«¿Te estás curando todas las heridas, Issi? —murmuró para sí Keyen, observándola, sin saber muy bien qué pensar o qué decir—. Primero Liesseyal, después el Skonje... ¿Qué estás haciendo, preciosa?»

Pero nunca llegó a preguntárselo, y ella tampoco compartió con él sus pensamientos.

Después del Paso de Skonje, Issi se dedicó a deambular por las montañas de Lambhuari sin un rumbo definido. Cada vez hablaba menos, hasta que llegó un momento en el que decía apenas dos o tres palabras al día. Y Keyen deambuló con ella, asustado y desconsolado por el día, borracho de pasión por la noche, sin saber qué buscaban, si realmente buscaban algo, o si el viaje que habían emprendido en realidad los estaba llevando por el interior del alma de Issi, o por sus recuerdos.

Nern parecía mucho menos desconcertado que él. Miraba a Issi como si fuera un milagro, o una diosa; como si fuera la visión que había estado esperando toda su vida. Era difícil apartarlo de ella. Sólo cuando, la primera noche después de salir de Zaake, Keyen le amenazó con hacerle mucho, mucho daño, Nern se avino a alejarse del lugar donde Issi se tumbaba, y se acostó a varios pasos de distancia, sin apartar la mirada de ella.

—¿Vas a seguir mirando? —preguntó Keyen bruscamente—. ¿Quieres aprender algo que Tije no te haya enseñado, o qué?

Ruborizado, Nern se dio la vuelta y fingió quedarse dormido al instante.

Tanto en el norte de Thaledia como en Svonda habían visto mucho ajetreo: movimientos de tropas, caravanas de gente que abandonaba la zona, comerciantes que se alejaban de las cercanías de las Lambhuari como si supieran que se acercaba algo, como si huyeran de una epidemia mortal. «La epidemia de la guerra», pensó Keyen, abatido. Pero en la cordillera en sí no había nadie. Desde que partieron del Skonje no se habían cruzado con un alma. A su lado, Cerhânedin bullía de vida. Las montañas de Lambhuari eran un desierto desolado, yermo, pese a su eterno verdor.

A Keyen, todas las montañas, todos los lugares le parecían idénticos. Pero Issi parecía saber en todo momento dónde se encontraba y lo que buscaba. O quizá fuera el Öi el que lo sabía. Se detenía, oteaba el horizonte, se quedaba inmóvil mirando un pico cubierto de nieve, o un valle entre montañas, entrecerraba los ojos para estudiar el paisaje con el detenimiento de un mercader estudiando una moneda para comprobar si es de oro. Seguía caminando, desechando una montaña, una garganta, un valle detrás de otro. Incansable, como empujada por un objetivo que Keyen no podía aprehender. Y él simplemente continuaba a su lado, porque, pese a su indiferencia diurna, siempre le imploraba que no la abandonase por la noche, aunque no lo dijese en voz alta y tuviera que ser su cuerpo el que se lo pedía.

Y Nern... ¿Quién sabía por qué estaba allí Nern? Tal vez ni siquiera él lo supiera. Tal vez sólo lo supiera Tije.

PASO DE SKONJE (SVONDA)

Sexto día antes de Kertta. Año 569 después del Ocaso

> El Paso de Skonje... La fruta más codiciada por
> Thaledia y Svonda, la más amarga, la que más vidas
> ha costado a uno y otro bando.
>
> *Thaledia: seis siglos de historia*

Jadeante, Gernal se recostó sobre el lomo del caballo y cerró los ojos, tratando de recuperar el aliento. «Menuda cabalgada, amigo...» No pudo evitar sonreír, pese a saberse observado por varias decenas de soldados. Si alguna mujer le hubiera permitido cabalgarla con el mismo brío que el semental castaño, Gernal jamás habría dedicado su vida al ejército.

—¿Soldado? —preguntó una voz desde poco más de un palmo de distancia.

Gernal asintió, tragó saliva y abrió los ojos.

—Capitán —saludó, prescindiendo del gesto que debería haber acompañado a su voz, el saludo debido a un oficial de mayor rango. Sacudió la cabeza para atenuar el zumbido de su propia sangre en sus oídos—. Capitán... El comandante Tianiden os ordena que enviéis refuerzos al sur. Para cubrir la retirada de nuestro ejército.

Un murmullo desalentado se elevó desde el círculo de soldados que lo rodeaba. Las voces rebotaron en la vetusta piedra, en la torre, en las murallas de la fortaleza que se alzaba, aferrada a una de las paredes del cañón, junto al abrupto camino que recorría el Paso de Skonje y que comunicaba Svonda con Tilhia.

Gernal sonrió al ver las expresiones de desaliento. «No —quiso decir, pero sólo un suspiro salió de su boca—. No nos han vencido. Pero tampoco hemos vencido nosotros. Ha sido pura suerte.» Cuando Tilhia se retiró, los soldados de Svonda no fueron capaces de creerlo, al menos al principio. Nadie pudo explicar por qué de pronto los tilhianos habían renunciado a una victoria que se prometía fácil, pero tampoco nadie protestó. Todavía resonaban en los oídos de Gernal los gritos de júbilo, en su retina aún se plasmaban los abrazos entre hombres que, en cualquier otra circunstancia, no se habrían acercado los unos a los otros ni con el buche lleno de vino. Él mismo se había abrazado a Liog, por ejemplo, cuando el soldado sólo le producía repugnancia. Tilhia se retiraba. Svonda había vencido. En el norte, al menos. Abrazos, gritos, cánticos. Los que habían temido ahogarse en sangre empezaron a buscar la forma de ahogarse en vino, ebrios de alegría por el mero hecho de estar vivos.

—¿Nos retiramos? —preguntó uno de los soldados de la fortaleza, adelantándose un paso; el capitán le lanzó una mirada de reproche, pero el joven no calló—. ¿Por qué? Tilhia ha huido... ¿Quién hace huir a nuestro ejército?

Gernal volvió a sacudir la cabeza, atontado por el cansancio. Cuando aún no habían llegado a probar el vino, Tianiden les había aguado la fiesta. El comandante recordó de pronto que tenía órdenes de regresar al sur, y, sin dejarles descansar ni siquiera un par de jornadas, ordenó a sus hombres que se preparasen para una larga marcha hacia Yintla.

Pero Gernal había recibido una orden diferente. No por ser distinto, ni mejor, ni peor, sino tan sólo por ser el primer soldado con el que se había cruzado Tianiden cuando se le ocurrió la feliz idea. «Perra suerte...» ¿Quién le mandaba estar precisamente allí en ese preciso momento?

—Ve al Skonje, muchacho —había dicho el comandante—. Y dile al capitán que nos guarde las espaldas. Quién sabe si esto no será más que una treta de los tilhianos, y no quiero tenerlos besándome el culo sin haber tomado antes unas copas con ellos, por lo menos. —Rio.

—No tendrán bastantes problemas en el Skonje, como para cubrirnos a nosotros... —refunfuñó Gernal. Sin embargo, había obedecido la orden. Y había llegado al Paso pisándoles los talones a los tilhianos, que, contra todo pronóstico, también pasaron de largo ante la fortaleza, dejando a sus sorprendidos defensores con las lanzas empuñadas y sin saber muy bien qué hacer—. Dos veces —había murmurado Gernal, desconcertado, al ver desaparecer en el cañón al último Indomable, la retaguardia del ejército tilhiano—. Dos veces han pasado por el Skonje, y las dos veces han despreciado la fortaleza... ¿Por qué?

¿Por qué los Indomables tilhianos se habían replegado de repente, en apariencia sin motivo alguno, regresando de nuevo por el Paso de Skonje y, de nuevo, ignorando la fortaleza y a sus defensores para volver a internarse en Tilhia? «¿Tanta prisa tienen?»

Afortunadamente el centinela había reconocido a Gernal al instante, porque no se sentía capaz de extenderse en una larga explicación con un simple guardia para después tener que volver a explicarse ante el capitán de la guarnición. Se había puesto tenso al ver la mirada suspicaz del soldado que guardaba las puertas; sin embargo, el joven lo reconoció, tal vez porque los miembros de la guarnición del Skonje habían luchado bajo las órdenes de Tianiden hasta pocos días antes. La fortaleza del Paso estaba guardada por los soldados que habían sorteado a los Indomables y habían recuperado el castillo que los tilhianos habían dejado vacío tras abrirse camino hasta Svonda. Esos cientos de soldados que habían pasado junto a los Indomables, saludándolos con la mano, y no habían obtenido ni una mirada a cambio. Otra de las inexplicables acciones de los tilhianos. «Al final, mi padre iba a tener razón al decir que más allá de las Lambhuari todos tienen el cerebro hecho de agua», pensó, agotado.

El centinela lo reconoció. Y Gernal entró en la fortaleza sin molestarse en desmontar del caballo, y se recostó sobre el animal, extenuado, esperando a que fuera el capitán quien se acercase a él para recibir su mensaje.

—¿Quién hace huir a nuestro ejército? —insistió el joven soldado, impertinente, tal vez asustado.

Al contrario que el soldado que le había interrogado, el capitán no pareció extrañarse al oír sus órdenes. Asintió, dio media vuelta y escogió a un hombre, un soldado mucho más curtido y de rostro impávido y marcado.

—Cien jinetes, Diher —ordenó—. Sigue el Camino Grande y después ve hacia Cidelor. Si Tianiden continúa teniendo el culo tan gordo como recuerdo, podrás alcanzarle antes de cenar.

Diher saludó con un gesto marcial y giró sobre sus talones.

—Y decidle a Tianiden que, a cambio, me envíe al menos mil hombres antes de salir corriendo hacia el sur —ordenó el capitán, obteniendo una inclinación de cabeza como toda respuesta del inexpresivo soldado—. Hace media hora que hemos avistado a un grupo de thaledii. A caballo —le explicó a Gernal al ver su mirada interrogante; el único ojo que le quedaba relucía en su rostro curtido—. Parecían dirigirse hacia nosotros, pero, por lo que dices, es posible que a Adelfried le interese más alejar a nuestro ejército de aquí, para después tomar el Paso. No voy a dejar que Thaledia le pinche el trasero a Tianiden, pero tampoco voy a vaciar mi fortaleza para que Adelfried venga y se la quede como quien sale a dar un paseo.

Gernal asintió, cansado, y apoyó todo su peso en el flanco del caballo.

PASO DE SKONJE (SVONDA)

Primer día antes de Kertta. Año 569 después del Ocaso

> Y comprended, vosotros que tanto daño hacéis a
> vuestros semejantes, que muchas veces ese daño no
> es sino un bien disfrazado de mal.
>
> *El triunfo de la Luz*

Kinho de Talamn dio un breve taconazo en el flanco de su montura y la obligó a avanzar entre los sementales detenidos, en hileras prácticamente perfectas, tan disciplinados como sus jinetes. El silencio era casi total en la planicie. Tan sólo lo rompían el aullido apagado del viento, el murmullo del río Tilne, lo suficientemente cercano como para llenar el aire de olor a tierra mojada y vegetación, y el ocasional relincho de alguno de los caballos, que piafaban, impacientes, refrenados por los jinetes thaledii.

En la parte más alta de una suave pendiente, el comandante de todos los ejércitos de Thaledia oteaba el horizonte, erguido sobre su montura y con el cuerpo aparentemente relajado, una mano en las riendas, la otra sobre el muslo, el cabello castaño revuelto por el viento y los ojos entrecerrados, clavados en el paisaje que se extendía ante ellos, al norte de la explanada que acogía a sus mil hombres. Kinho trotó hasta él y se detuvo a su lado.

Juntos estudiaron el panorama en silencio: las imponentes montañas, coronadas de nieve, recortadas contra el cielo azul blanquecino, el abrupto cañón que partía en dos la cordillera, las laderas pedregosas, el camino, grisáceo, polvoriento, que bordeaba las altas cumbres en su viaje hacia Liesseyal. La cinta plateada del Tilne surgía del valle y serpenteaba, cual si fuera la lengua del enorme monstruo del Skonje, hasta pasar rozando la pradera donde se hallaban. Sobre sus cabezas, las nubes, débiles hilillos de algodón blanco, se enroscaban unas con otras, formando imágenes imposibles, arrastradas por el fuerte viento.

—Comandante —saludó al fin Kinho, usando el rango y la deferencia que Vohhio seguía ostentando, pese a haber delegado momentáneamente el mando para liderar esa incursión desesperada en tierras svondenas.

El hombre del pelo revuelto no se giró para mirarlo. Un mero asentimiento bastó para dar a entender que había percibido la presencia de Kinho, que había oído su llamada.

—Talamn. —Ni dureza ni brusquedad en su voz: tan sólo indiferencia.

A despecho de sí mismo, Kinho sintió un ramalazo de ira, ahogado casi al instante por una repentina oleada de compasión. Intentó ocultar ambos sentimientos apretando los dientes.

—Comandante, vuestros hombres esperan —dijo, tragándose el enojo y la lástima y obligando al hombre pragmático que siempre había sido a aflorar—. Supongo que tendréis que darles vuestras últimas órdenes antes de dirigirnos al Paso...

—Suponéis demasiado. —Vohhio lo miró de reojo desapasionadamente—. No hay más órdenes que las que ya conocen. Un centenar, conmigo; los otros novecientos se quedan con vos. Ya sabéis lo que tenéis que hacer.

—Lo sé, sí —suspiró Kinho, volviéndose para observar a Vohhio mientras éste se inclinaba a un lado para meter la mano en la alforja que colgaba de su silla. El estómago le gruñó de hambre, un malestar que no lograba amortiguar los aullidos de protesta de sus nalgas, horrorizadas por la frenética marcha que el comandante había impuesto a sus hombres. Volvió a suspirar, desalentado, mirando sin ver la sobrevesta arrugada que Vohhio sacaba de la bolsa—. Comandante —continuó—, ¿estáis seguro de querer hacer esto vos mismo? Podéis enviar a otro, a cualquiera...

El señor de Vohhio endureció la mirada cuando, finalmente, giró la cabeza hacia él.

—¿Qué comandante obligaría a sus hombres a correr un riesgo que él no está dispuesto a afrontar? —preguntó. Y, pese a sus ojos gélidos, no había ni rastro de acritud en su voz.

«¿Un comandante que ha estado alejado del riesgo durante meses, cortejando a la reina, mientras sus hombres se enfrentaban a Svonda?» Kinho sacudió la cabeza.

—Pero vos seríais más útil entre los jinetes, señor —insistió, obviando el ceño fruncido de su interlocutor, su postura forzada, su evidente impaciencia—. Si seguís adelante, es posible que sea otro quien tenga que tomar el mando. El deber de un comandante es llevar a sus hombres a la victoria, no ser de los primeros en caer.

Vohhio apretó los labios.

—No me digáis cuál es el deber de un comandante, Talamn —espetó con voz tensa—. Llevo muchos años siéndolo. Y todavía recuerdo cuando sólo erais un paje al servicio del señor de Cerhânedin. No, no me vengáis con cuál es mi deber —rechazó.

—Yo también recuerdo, Vohhio —respondió Kinho—. Vos erais el escudero de vuestro padre. No estabais por encima de mí.

Y, después de pensarlo un segundo, el comandante sonrió. La sonrisa de Vohhio fue tan fugaz, tan débil, que el señor de Talamn apenas tuvo tiempo de asombrarse al verla. Pero, por un instante, el comandante le recordó vívidamente al joven larguirucho de sonrisa fácil que había sido cuando sólo era Adhar.

—¿Qué os importa a vos si soy el primero en caer, Talamn? —preguntó de repente, volviendo la vista hacia el Paso de Skonje, las montañas, el río que surgía del cañón como una carretera azulada.

—¿Perdonad?

—Si caigo, el mando será vuestro. Y el Skonje también. Claro que no necesitáis una victoria como la que obtendréis mañana para conseguir el favor del rey, ¿me equivoco? —preguntó con sorna—. No. Kinho de Talamn no necesita nada para que Adelfried Quinto de Thaledia le llame por su nombre. Pero tampoco os hará ningún mal. —Oteó el horizonte con expresión de fingida concentración—. Ni a Adelfried —añadió, como si se le acabase de ocurrir—. No, a Adelfried tampoco le vendría nada mal mi muerte.

Kinho abrió la boca, y titubeó un par de veces antes de encontrar el ánimo suficiente para hablar.

—Adhar —dijo simplemente. Apretó los flancos del caballo con los talones, obligándolo a acercarse aún más a su comandante.

Vohhio lo miró.

—Adhar —repitió Kinho, alargando la mano para posarla sobre su hombro, pero la apartó al ver la expresión atormentada del rostro de Vohhio. Sonrió con tristeza—. No lo hagas —imploró—. Pasa de largo la fortaleza, coge a tus cien jinetes y cruza la frontera. Estoy seguro de que la reina Klaya no tendrá inconveniente en acogerte hasta que... hasta que decidas volver a Thaledia —añadió intencionadamente.

Vohhio esbozó una sonrisa torcida.

—Una última oportunidad, ¿eh, Kinho? —inquirió en tono ligero, y esta vez sí su rostro y su voz fueron los del joven soldado que había sido antes de conocer a su reina. Kinho tragó saliva y asintió. Vohhio soltó una carcajada—. Por mucho que te extrañe, por mucho que os extrañe a todos, sigo siendo fiel a mi juramento. Le dije a mi rey que tomaría el Skonje, y es lo que pienso hacer. —Alisó la sobrevesta que acababa de sacar de sus alforjas, y que descansaba sobre su regazo, la sobrevesta azul con el puma de Svonda—. Y si mi rey quiere que muera haciéndolo —finalizó en tono monótono—, eso será lo que haga.

Kinho lo miró fijamente durante horas, tal vez eones; Adhar sostuvo su mirada sin pestañear.

—Tú asegúrate de cargar cuando yo te dé la señal, Kinho

—dijo Adhar con voz áspera—. Es lo único que te pido: haz lo que debas hacer.

Por un instante, Kinho creyó percibir un débil tinte de súplica en su voz. Después, el señor de Vohhio cerró los ojos y tomó aire.

—Como vos ordenéis, mi comandante —dijo Kinho imprimiendo en la frase todo el respeto que fue capaz de reunir, y se llevó la mano a la frente. «Si es así como quieres que sea, así será. A mi señor le viene igual de bien una cosa que la otra...» Contuvo el impulso de encogerse de hombros.

Adhar asintió, picó espuelas y se alejó de él sin dirigirle una mirada de despedida.

MONTAÑAS DE LAMBHUARI (THALEDIA)

Kertta. Año 569 después del Ocaso

Ten cuidado cuando tomes un camino, pues nunca sabes dónde habrá de conducirte.

Proverbios

Aquella montaña era idéntica a los cientos de ellas que la rodeaban. Keyen la miró sin mucho interés, apoyado en la roca resbaladiza por el musgo. Era elevada, mucho más que las que habían visto en Cerhânedin; las laderas estaban verdes de hierba, salpicadas de rocas, bajo la cumbre coronada de nieve.

Issi, sin embargo, se quedó muy quieta, con el cuerpo rígido. Keyen notó su tensión sin necesidad de mirarla; sorprendido, la asió por la muñeca. Era como tocar un palo, frío y sin vida. Ella ni siquiera acusó su contacto. «La Öiyya», pensó Keyen amargamente, y la soltó sin que ella se hubiera percatado de que la había tocado.

Avanzó hacia otra roca, mucho más pequeña que aquella en la que se apoyaba Keyen. Sus ojos ya no estaban vidriosos. Había en ellos un brillo febril, ansioso. Él la siguió hasta la roca rectangular, de dos pies de altura, torcida y semienterrada en la hierba y la tierra. Pese a estar mellada y profundamente deteriorada, era demasiado lisa para ser una simple piedra caída de la montaña; de pronto parecía tan fuera de lugar y al mismo tiempo tan apropiada que Keyen no pudo contener un escalofrío.

Issi acarició la superficie cubierta de musgo con la palma de la mano. Se desprendió con facilidad, como una costra seca. Keyen no se sorprendió al ver las marcas angulosas en la piedra: más parecían arañazos que letras, desgarrones hechos con las uñas de una mano inhumana. Se estremeció cuando Issi, su Issi, la Issi que jamás había aprendido a leer o a escribir, empezó a seguir las letras con el dedo.

—«Huellas con tus pies, viajero —leyó con voz monótona—, la Ciudad de las Montañas, el Santuario de la Vida y de la Muerte. Sabe que ni los dioses son dueños de su existencia en Ahdiel.»

AHDIEL

Kertta. Año 569 después del Ocaso

> Cuando un hombre mira a los ojos a la Muerte, se está viendo a sí mismo.
>
> *Reflexiones de un öiyin*

La Ciudad Maldita.

La mano de Keyen resbaló por su muñeca y la soltó.

En ese momento, el último rayo de sol cayó sobre la losa, arrancando un destello plateado a las letras negruzcas que formaban la palabra «Ahdiel».

—El Santuario de la Vida y de la Muerte —murmuró Nern, llevándose la mano a la muñeca derecha.

Keyen se volvió hacia él con expresión de asombro.

—¿Sabes leer esto? —inquirió.

Nern se encogió de hombros.

—Leo el ianii mucho mejor que el svondeno —confesó—. Me crie con este idioma.

Keyen entrecerró los ojos.

—¿Esto es ianii?

—No —contestó Issi. Recorrió con los dedos los trazos regulares que marcaban la losa gris, llenos de tierra, polvo y mugre—. No, no es ianii. El ianii no existe.

La respondió el silencio. Nern se revolvió a su lado, nervioso. «¿Tanto te cuesta olvidarte de todo lo que creíste cierto?»

—Ia —murmuró—, y Öi.

—Vida y Muerte —tradujo Nern.

Issi asintió.

—Dos letras de un mismo idioma. Y el idioma pertenece tanto al Ia como al Öi. No es la lengua de la Vida, Nern... Es la lengua de las dos.

Nern se apretó la muñeca con la mano. Algo brilló repentinamente bajo ese último rayo de sol: plata. Plata, como el Signo. El muchacho captó la mirada de Keyen, que se había clavado en su brazo, y sonrió, remangándose la camisa, mostrando una fina pulserita formada por pequeñas flores engarzadas, los pétalos de una besando los de la siguiente, el tallo unido al de la anterior.

—Tije —murmuró Keyen, absorto.

Nern asintió.

Y bajo la pulsera de plata, un tatuaje. Burdo, apresurado, en tinta azul, tan similar y a la vez tan diferente del que Larl le había mostrado que Issi estuvo a punto de soltar una exclamación.

Se rascó la frente, repentinamente consciente del Signo que brillaba sobre sus ojos. En la losa, la letra Ia era igual que la letra Öi, pero trazada justo al revés. Como en el brazo de Nern y en el de Larl. Juntas formaban un diseño idéntico al de la pulsera.

—Y «Ahdiel» se escribe con ambas —dijo para sí, levantando la mirada. Nada hacía pensar que allí se hubiera erigido una ciudad. El único elemento del paisaje que parecía puesto en ese lugar por la mano del hombre era aquella piedra. Y, sin embargo, Ahdiel estaba allí. Sentía la presencia de la ciudad como sentía el Öi palpitando encima de sus ojos.

Frente a ella se erguía la montaña. Idéntica a las demás, o al menos sin rasgo alguno que la distinguiera de los picos que la rodeaban, Issi había reconocido al instante su perfil. Y sabía lo que tenía que hacer. El Öi sabía lo que Issi tenía que hacer.

Keyen la sujetó por el codo cuando Issi ya se dirigía directamente hacia la entrada que se ocultaba en su ladera. Parecía preocupado, serio, demasiado serio para ser Keyen. Pero ya ninguno de ellos parecía ser quien era.

—Kertta es la Fiesta de la Luz, el triunfo de la luz sobre la oscuridad —murmuró él—. No vayas hoy.

Issi lo miró. Su rostro inexpresivo se suavizó al posarse en él. Keyen, el que guardaba celosamente la humanidad de Issi y se la entregaba cuando ya temía estar volviéndose loca.

—Sin luz no hay sombras, Keyen —dijo—. Sin oscuridad, la luz no sería tan brillante.

Keyen vaciló. Issi podía sentir el resquemor y la ansiedad emanando de él, como una brillante aura que rodeaba todo su cuerpo. Pero el Öi tiraba de ella con una fuerza irresistible, la empujaba hacia la ladera de la montaña. Su presión era dolorosa. Issi intentó resistirse; el Öi tensó todos sus músculos, estirándolos, amenazando con arrancarlos de los huesos. Con un enorme esfuerzo permaneció quieta, mirando a Keyen.

Alzó la mano y le acarició la mejilla. Él cerró los ojos.

—Más te vale volver pronto —musitó Keyen—. No me obligues a dormir esta noche con Nern. No me gusta nada.

Issi sonrió, se puso de puntillas y lo besó con suavidad.

—Bonita —susurró Keyen.

—Tonto —contestó ella. Hizo caso omiso de las protestas del Öi y siguió mirándolo un instante más. Keyen abrió los ojos, esos ojos verdes y dorados en los que nadaba cada noche, en los que habría deseado sumergirse para no volver a emerger. Apartando la mano de su rostro, dio media vuelta y se alejó en dirección a la montaña.

No miró hacia atrás. Sabía que Keyen se había quedado inmóvil, junto a la losa que señalaba el territorio de Ahdiel. «No entres.» No iba a entrar. Ahdiel no era lugar para los vivos. Nern tampoco iba a entrar, pese a que había ido hasta allí con ellos en busca precisamente de aquello. El terror que suscitaba la Ciudad Maldita en él era mucho más profundo que el que sentía en Keyen. Nern había crecido odiando Ahdiel y todo lo que significaba para los ianïe. ¿O acaso pensaba que Issi no sabía quién era, lo que era...?

Como esperaba, la entrada estaba allí, excavada en la roca, al final de una explanada de losas regulares ensombrecida por la cumbre nevada. Un arco apuntado, de cristal tallado, que relucía como el diamante a la débil luz del crepúsculo; dos finas columnas a cada lado, que se unían con el arco y se elevaban junto a él hasta el punto más elevado de la entrada, a dos varas de altura. Se detuvo en el umbral y levantó la vista. En la clave del arco, opacas en el fulgor del cristal, destacaban las letras cuyo significado la había eludido tanto tiempo. Issi suspiró al leerlas. Al fin.

No hay Vida sin Muerte, no hay Muerte sin Vida.

—Öiyya.

No se volvió. Como la de los öiyin, había percibido su presencia antes de que se hubiera acercado lo suficiente como para que sus ojos pudieran verlos. Su alma había tocado la de ellos, un alma herida de muerte y un alma que no existía, que se había formado a imitación de otra. Dolor, lágrimas, sangre. Miedo. Reconocía algunos de esos sentimientos, había implorado volver a sentirlos ella misma, sin necesidad de que alguien los sintiera por ella. Otros no la pertenecían, pero había sido ella quien los había provocado.

Aubreï la rodeó y se interpuso entre ella y el arco de cristal.

—No. Eres mía. No de *ellas*.

Issi clavó los ojos en los pozos blancos que rompían la perfecta belleza del rostro de Aubreï.

—Pobre criatura —dijo suavemente. En su interior se agitó algo, alguien, que chillaba de pena y angustia bajo la mirada de los ojos blancos. Pero la Öiyya se limitó a observarlo.

—No me tengas lástima —murmuró Aubreï, avanzando un paso hacia ella. Su porte amenazador se veía deslucido por la expresión dolorida de los ojos lechosos—. ¡No sientas pena! ¡No te atrevas a compadecerte de mí!

—Yo te creé —dijo tranquilamente Issi—. ¿Quién sino yo iba a entender lo que sientes?

—¿Todavía crees que puedo sentir algo? —gritó Aubreï—. ¡Tú me creaste! ¿Creaste acaso a un ser con sentimientos?

Ella asintió, serena. Aubreï dio otro paso.

—¿No es odio lo que estás sintiendo? —preguntó Issi—. ¿No es furia, rabia, dolor? ¿No lo sientes?

Abrió los brazos.

Aubreï se quedó petrificado, boquiabierto. Issi se acercó a él y lo abrazó. Cerró los ojos, se apretó contra él y tomó aire.

Y con el aire pareció respirar también la esencia de Aubreï, absorberla por todos los poros de su piel. Lo abrazó aún con más fuerza y dejó que fuese él quien, en su forcejeo, se sujetase a ella, hasta que finalmente dejó de luchar y se rindió, y su cuerpo se apoyó en el de Issi.

Issi echó la cabeza hacia atrás cuando Aubreï penetró en ella.

—El odio, la furia, la rabia, el dolor —susurró— son míos.

Cuando Keyen y ella se fundían en uno solo, Issi se sentía completa. Pero su fusión con Aubreï fue mucho más aguda, y, a la vez, mucho más suave. Porque Aubreï era ella misma. Y si decía que se sentía completa, no era más que la pura realidad. En su interior bullían los sentimientos que Aubreï había personificado. Y ella gritó de alegría al recuperarlos, disfrutando las sensaciones de odio, de furia, de rabia, de dolor, que se habían amortiguado hasta desaparecer casi por completo cuando había huido del mundo, que sólo se habían agitado débilmente en sus entrañas tras la partida de Aubreï, porque Aubreï se las había llevado consigo. Volvió a saborear su propio llanto al revivir lo que había recordado aquella noche. Y el dolor, que, pese a estar casi apagado entonces, había sido tan intenso como para hacerla temblar. Ahora era mil veces peor. «Pero es mío.» Y dolía, y hacía mucho que Issi no sentía dolor, terror, pena, no como los estaba sintiendo. «Sí —gritó—, sí, estoy sola. Y soy una niña.» Míos. Mis sentimientos, míos.

Entonces, el Signo de plata se abrió en su frente y la rodeó como ella había rodeado a Aubreï. Como una ola, cubrió su alma con una pátina helada, apagando la furia, apagando la rabia, apagando el dolor, dejando sólo el Öi.

Cuando abrió los ojos, Aubreï había desaparecido, y se estaba abrazando a sí misma.

Bajó la cabeza.

—Ya no puedo tenerte miedo, Aubreï —dijo en voz baja—. Como ya no soy capaz de tenerme miedo a mí misma.

Issi quiso llorar por lo que había recuperado y había vuelto a perder, pero en vez de eso la Öiyya levantó la mirada, impertérrita, y la clavó en la figura que pugnaba por traspasar el arco de cristal.

—Antje —llamó—. No puedes pasar, Antje. Este lugar no es para ti.

La muchacha la miró. Issi, la Issi que había sido, se habría estremecido de horror al verla, cubierta de andrajos, de barro y de sangre, con los ojos enrojecidos, hundidos en dos círculos negruzcos; el cabello dorado estaba enredado y lleno de pajitas, de polvo, de suciedad y grasa. Bajo la oscuridad creciente habría sido una imagen espeluznante, e Issi habría temblado de terror y de angustia.

La miró de arriba abajo, y no sintió nada.

Antje dejó de intentar atravesar la barrera invisible que la separaba del interior de la montaña. La miró, erguida, con una repentina dignidad que desmentía su patético estado.

—El Öi brilla en tu frente —dijo, más un gruñido que una voz que pudiera reconocerse como humana—, pero es a mí a quien ha elegido.

Por un instante pareció que iba a saltar sobre ella, que iba a tratar de clavar los dedos como garras en su cuerpo. Pero empezó a temblar y se tiró al suelo, de rodillas, y se arrastró hasta ella, hasta que se aferró fuertemente a su pierna y levantó el rostro. Las lágrimas abrían surcos blanquecinos en la carita torturada y llena de mugre.

—Líbrame de este dolor —suplicó—, líbrame de esta muerte. Líbrame de ello. Arráncamelo.

Issi sacudió la cabeza. Alguien gritó en su mente: «¿Qué es lo que quieres de mí? ¿Crees que puedo ayudarte? ¿Cómo, si no puedo ayudarme a mí misma?»

La Öiyya no dijo nada.

—Por favor —suplicó Antje, mirándola con los ojos inundados de lágrimas—. Por favor.

Ni viva ni muerta, ni libre para vivir, ni libre para morir.

—Pobre criatura —repitió.

Antje la miró con odio, con desesperación.

Issi sacudió la pierna con violencia. Antje salió despedida y se quedó tirada en el suelo como un trapo; levantó el rostro mientras Issi se dirigía al arco de cristal.

—Por favor. ¡Por favor!

«¿Quieres que te mate? ¿O que te devuelva la vida?»

—No puedo hacer ninguna de las dos cosas —dijo. No volvió a mirar a la muchacha antes de traspasar el arco de cristal que daba acceso al Santuario de Ahdiel.

El vacío la rodeó. Ni oscuro ni inundado de luz, ni muy espacioso ni reducido. Parpadeó, y un ramalazo de asombro aleteó en su interior un instante antes de ser ahogado por el abrazo helado del Öi. Paseó la mirada por el Santuario.

Fue como si la luz brotase de pronto a una orden suya, de todas partes y de ninguna. De repente aparecieron ante ella las formas, los colores, las siluetas de los objetos. Las columnas translúcidas formaban un bosque de cristal cuyas raíces se hundían profundamente en las entrañas de la tierra. Las copas de los árboles eran las nervaduras de los cientos de bóvedas transparentes, vidriadas, que sostenían el techo de cristal; las aristas talladas titilaban cual si a través de las hojas pudieran vislumbrarse las estrellas. El suelo estaba tan pulido que parecía agua, un inmenso estanque espejado que reflejaba las mismas estrellas que centelleaban en el techo. La luz era multicolor. Unía columna con columna, bóveda con pared, en cientos de arcos irreales de colores brillantes, intangibles como el aire. Las pupilas de Issi se dilataron de fascinación; la Öiyya buscó a alguien con la mirada.

—Antes no sabías quién eras —dijo una voz en su oído, una voz vieja como el tiempo y joven como una madrugada de primavera—. Una guerrera, una mercenaria, una niña asustada. Una bruja, una amiga. Una mujer, una amante. Ahora lo sabes: ahora eres, simplemente, la Öiyya.

El Öi se agitó.

—No —murmuró Issi.

—¿No? —preguntó la otra voz. Issi se volvió—. Eso no es algo que se pueda elegir, Isendra, Portadora del Öi. No es algo que decidas ser, igual que el hombre no decide nacer, ni decide morir. Es algo que eres.

Era una mujer. Un poco más baja que ella, delgada, o lo que los juglares describirían como «etérea». Su rostro, al igual que su voz, no tenía edad, ni arruga alguna que le diese expresividad. Era como la imitación de una mujer hecha en cera, o en cristal incoloro, dura como las columnas que la rodeaban. Las ropas que llevaba eran tan incorpóreas y a la vez tan sólidas como ella: de un color indeterminado, tal vez negro, la envolvían como una nube, como una ola de agua iridiscente. En la frente tersa y pálida, bajo los cabellos oscuros, lisos y brillantes como el suelo que pisaban sus pies, Issi advirtió la presencia del signo. Del Signo. Negro, engastado en la piel como una filigrana esmaltada. El Ia.

—Te he esperado mucho tiempo, hermana mía —dijo la Iannä.

La Öiyya inclinó la cabeza ante ella, en un saludo largamente esperado, largamente deseado, el saludo a un enemigo necesario, a un amigo aborrecido. Issi miró a la mujer, horrorizada. El Signo destacaba, opaco, más negro que la noche, sobre sus ojos. Se rascó el Öi palpitante y cerró los ojos, implorando... Forcejeó y se soltó del abrazo implacable del símbolo plateado que latía en su frente. «Keyen —pensó—, Keyen, sácame de aquí...»

—No —repitió Issi, retrocediendo.

—¿No? —repitió con voz suave la mujer, y esbozó una sonrisa tensa—. ¿Aún te niegas, Isendra, Portadora del Öi?...

Alargó una mano lisa de uñas largas. El Öi impulsaba a la Öiyya hacia delante, elevaba su propia mano para tomar la de aquella mujer. Issi dio un paso atrás.

La Iannä cerró el puño y apretó los labios.

—Veremos —dijo. Si sus rasgos hubieran podido expresarse, Issi habría pensado que estaba furiosa.

La mujer volvió a extender los dedos ante el rostro de Issi. En su mente afloraron de pronto imágenes, miles de ellas, que se sucedían tan rápidas que apenas era consciente de lo que veía. Por encima de todas, más nítida que las demás, se repetía constantemente una visión: el rostro de Keyen, sonriendo, los ojos brillantes de pasión, su eterno pelo revuelto. Era tan real que Issi alzó la mano para acariciar su mejilla.

Y sus dedos se enredaron en los de la Iannä.

La mujer tiró de su brazo bruscamente hasta que su rostro se pegó al de ella.

—Es esa humanidad de la que no quieres desprenderte —susurró— la que te impide convertirte en un ser completo. Y a mí. *A mí.*

Apretó su mano. Issi sintió una descarga eléctrica en los dedos. Apartó rápidamente el brazo, pero el dolor ascendió hasta su hombro y se extendió por todo su cuerpo, dejándola entumecida, anestesiada. Se instaló en su vientre y estalló.

Con un grito de agonía se dobló sobre sí misma y cayó al suelo, apretándose el abdomen con las manos. El dolor fue tan intenso que perdió la noción de la realidad. Se sumergió en una nube roja, turbia, sanguinolenta. Trató de respirar, pero cada trago de aire era como una puñalada en el vientre. Volvió a gritar. El mundo se había convertido en un puro sufrimiento, en el tormento más intenso. Y el dolor no era lo peor. Con cada punzada sentía que le estaban arrancando una parte de sí, algo que ni siquiera sabía que poseía pero cuya pérdida la dejaba más vacía de lo que había estado jamás.

Jadeó y se hizo un ovillo, con las manos apretadas sobre el regazo. Entre la nebulosa agónica notó el reguero de sangre que manaba de entre sus muslos. Aulló de angustia y de rabia.

—La Öiyya no puede crear vida —susurró la Iannä en su oído—. Su razón de ser, su ser mismo, su esencia, es la destrucción de la vida. Tú, hermana, eres la Muerte.

Se inclinó sobre ella y la agarró por el pelo. La agarró por el pelo y tiró, echándole la cabeza hacia atrás, y ella tuvo que levantar el rostro surcado en lágrimas hacia el sol naciente.

—Aprender —dijo la Iannä entre dientes—. Tienes que aprender lo que eres, Isendra, Portadora del Öi. Tienes que aprender que no se puede utilizar el poder que ahora es tu verdadero ser cuando son las emociones las que gobiernan tu mente.

Issi se soltó de un tirón y giró hasta quedar tumbada boca arriba, respirando con dificultad, gimoteando cuando el aire que entraba en sus pulmones se convertía en una daga que rasgaba sus entrañas y arrancaba de su vientre al niño cuya presencia ni siquiera había adivinado.

—Keyen —gimió. «Keyen...»

—Sí —dijo la Iannä—. Nadie puede crear vida en la Muerte. Nadie puede intentar que la Muerte sienta. Nadie puede apartar a la Muerte de la Muerte.

AHDIEL

Kertta. Año 569 después del Ocaso

Y es entonces, al final, cuando todos lo entienden.

Reflexiones de un öiyin

Odio. Una figura de pie, cerca de la entrada al lugar donde tenía que entrar, al que no podía entrar. Lágrimas. Sangre. «No.» No, ya no, ya no más sangre. Öiyya, ella... Ella arrancaría de sus ojos el Signo que la atormentaba, que se aparecía en sus sueños, que impulsaba sus manos durante la vigilia. No más sangre.

Se acercó a él. Un hombre. Hermoso. La Öiyya le amaba. Podía sentirlo en los huesos, en los tendones, en las venas. Por él, la Öiyya había renunciado al Öi. Y el Öi que la animaba a ella estaba furioso. No, el Öi no: un Signo distinto, igual pero diferente. Negro. Invertido. Lo observó con curiosidad. No era el Öi, no tenía poder sobre ella.

El símbolo oscuro la rodeó, como había hecho el Öi. La empapó. Se fundió con su cuerpo, ocupando el reducido espacio que había dejado libre el Öi. Abrió la boca.

—Ia.

El Signo negro levantó sus manos, tensó sus dedos terminados en uñas afiladas como garras y los clavó en la garganta y en el pecho del hombre que la miraba, estupefacto.

AHDIEL

Kertta. Año 569 después del Ocaso

Es al final cuando la Verdad aparece ante sus ojos...

Reflexiones de un öiyin

—No... ¡No!

La Iannä esbozó una sonrisa dura.

—¿Sabes lo fina que es la línea que separa la Vida de la Muerte...?

AHDIEL

Kertta. Año 569 después del Ocaso

... desnuda, pues la Verdad no puede cubrirse
con engaño alguno...

Reflexiones de un öiyin

La muchacha torturada lo miraba fijamente. En sus ojos brillaba la incredulidad. Keyen se asombró al descubrir que parecía más sorprendida que él. Le fallaron las piernas y cayó de rodillas sobre el pavimento de piedra gris, sin dejar de mirar, aturdido, a la joven. Después, los músculos de todo su cuerpo se licuaron y dejaron de sostenerlo. Su rostro golpeó con el suelo duro y frío, y se quedó allí tendido, atónito.

—¿Nern? —murmuró. No, Nern no había querido acercarse al arco, no había querido pasar de la losa de las inscripciones... Allí sólo estaba la muchacha. Antje. Sus ojos se fijaron en la sangre que manchaba los dedos de la joven. «¿Es mía? ¿Mi sangre?»

Pero no sentía dolor. Sólo... cansancio. Los miembros no obedecían las órdenes. No podía moverse. Postrado, tirado ante el arco de cristal, era como si se estuviera viendo a sí mismo, como si la sangre de los dedos de la muchacha fuera de otra persona, y fuera otro también el que estaba desangrándose sobre la piedra.

Un breve pinchazo en el pecho. Dolió, pero fue rápido, y

cesó. Tomó aire, y cuando lo exhaló fue como si parte de su vida se derramase también fuera de su cuerpo. Notó la sangre cálida empapando su pecho y su cuello, su hombro, su rostro. La vida se le escapaba de entre los dedos como arena, como agua.

Fue entonces cuando empezó el dolor. Un dolor blanco, ardiente, en el pecho. Otro aún más intenso en el alma. Issi. «No puedo morir.»

—La vida era hermosa... a pesar de todo —susurró—. Issi... ¡Issi!

Pero Issi no acudió. Y cada movimiento, cada inspiración, clavaba sus garras en su pecho, desgarrando músculos, huesos, carne, alma.

Dio gracias a todos los dioses por que allí no hubiera nadie, por que nadie pudiera verlo llorar de dolor.

AHDIEL

Kertta. Año 569 después del Ocaso

... ni hay tela capaz de esconder lo que, en el momento de la muerte...

Reflexiones de un öiyin

Junto a Keyen se agachaba Nern, pero Keyen no había llegado a verlo. Sus ojos se habían quedado ciegos antes. Entre las lágrimas, Issi vio al joven soldado mirando el cuerpo inmóvil con una expresión de incredulidad pintada en el rostro. Issi sintió el último estertor de Keyen como una cuchillada en su propio pecho. Jadeó.

Y entonces Nern levantó la mirada como si hubiera oído su sollozo, y clavó los ojos en los de ella. La boca del muchacho se contrajo en una mueca de furia y de aversión.

—Ha muerto —dijo Nern, la voz temblando de ira—. ¡Ha muerto gritando tu nombre! ¡Y tú no estabas!

La Iannä hizo un gesto amplio con la mano, y la imagen desapareció, dejando sólo el rostro atemporal, el Ia negro como una larva repugnante que reptase por su frente, y al fondo el techo abovedado plagado de estrellas diamantinas.

El dolor físico había desaparecido. Sólo le quedaba su recuerdo, una tenue molestia en el vientre, y la sangre que se secaba rápidamente en sus muslos, en el cuero de sus pantalones. Se levantó con esfuerzo y se irguió, temblorosa. El Öi se apartó, dejándola con su angustia, sin intentar sofocar los sentimientos que amenazaban con ahogarla en su propia miseria. Se revolvió, y permitió que la rabia asfixiase la pena que había congelado su corazón.

—No puedes devolverle la vida —dijo la Iannä con una sonrisa malévola.

—Tú tampoco podías quitársela —respondió Issi, la cólera embotando su mente—. ¿No eres la *Vida*?

La agarró por la garganta como había hecho Antje tantas veces, con tantas otras personas. Y apretó, deseando por encima de todo poder estrangularla, ver cómo la vida de la que tanto se ufanaba desaparecía de sus ojos. El Öi relampagueó. El símbolo esmaltado en la frente de la Iannä exudó una oscuridad impenetrable.

—La Vida se puede dar, y arrebatar —susurró la mujer.

—Entonces, eso también puede hacerse con la Muerte.

Issi pugnó por volver a ver a Keyen en su mente. «Vive —imploró—. No te mueras. No me abandones.»

La Iannä levantó la cabeza y, estirando el cuerpo, apoyó la frente contra la frente de Issi. Piel contra piel, Signo contra Signo, se soldaron la una a la otra, inundando el mundo de plata y de negrura.

—El hombre no es más que un hilo en el inmenso tapiz que es el Universo —dijo la Iannä—. Y un hombre... un hombre no es más que una hebra, una puntada, un puntito ínfimo en el infinito.

—No quiero vivir en un mundo en el que Keyen ya no esté —lloriqueó Issi, sin poder apartarse de ella.

—Tú ya no perteneces a este mundo. Tú eres la Portadora del Öi. Y un simple hombre no puede apartarte de tu Signo. Y menos un hombre muerto.

Con un grito inarticulado de dolor y de ira, Issi se despegó de la Iannä y retrocedió, trastabillando. Sintió un pinchazo en el vientre, pero lo ignoró. El Öi se clavó en su frente, pero también lo desechó. La furia le hacía verlo todo rojo. Tensó el cuerpo, echó la mano hacia atrás para empuñar la espada que siempre llevaba envainada en la espalda. La espada que se había quedado en Yintla.

—Ah —sonrió la Iannä—. ¿Aún sigues aferrándote a tu humanidad, Isendra, Portadora del Öi?

Issi entrecerró los ojos, colérica.

—Soy un ser humano, monstruo —murmuró.

Cerró los dedos alrededor de la empuñadura de una espada, y la desenvainó. Una espada de plata, reluciente.

La Iannä rio con malicia.

—¿Un ser humano que crea armas sirviéndose del Signo de la Muerte?

Issi apretó los dientes. La miró, furibunda, se adelantó un paso alzando el brazo con la espada en alto.

La Iannä juntó ambas manos y las separó lentamente, y en el espacio que se abría entre ellas se materializó otra hoja, un arma negra. La empuñó con ambas manos y se quedó quieta, mirándola con una mueca burlona en los labios. Issi le volvió la espalda, desdeñosa; blandió la espada de plata y, en lugar de atravesar a la Iannä, hizo un arco amplio y golpeó la columna de cristal que se erguía a su lado.

PASO DE SKONJE (SVONDA)

Kertta. Año 569 después del Ocaso

El Paso de Skonje... Que, pese a la amargura, sigue siendo la fruta más dulce para el paladar tanto de thaledii como de svondenos.

Thaledia: seis siglos de Historia

Gernal asomó el cuerpo por entre las almenas de la fortaleza. Angustiado, se echó tanto hacia delante que estuvo a punto de caer. Dio un paso atrás y exhaló todo el aire de sus pulmones, tratando de calmarse. «Nervioso como un niño pequeño la víspera de Dietlinde», se burló de sí mismo. ¿Y por qué no? Después de aquel día, podría volver al sur, a casa. «Y maldita sea si vuelvo a luchar en mi vida.» Sería capaz de desertar antes de tener que compartir otra vez la tienda con alguien como Liog.

—Vuelven prácticamente todos, mi señor —oyó que decía un soldado desde el patio cuadrado de la fortaleza.

Gernal se apresuró a bajar de las almenas por la estrecha escala de madera apoyada en la pared; tambaleándose, posó los pies en el suelo de tierra apisonada en el momento en que el capitán de la guarnición, el mismo hombre curtido, de mediana edad y tuerto que había recibido su mensaje días atrás, asentía y ordenaba abrir las puertas.

Gernal avanzó por el patio mientras las puertas de la fortaleza comenzaban a abrirse. Había visto a los soldados desde las almenas: un centenar, desmontados, algunos de ellos sosteniendo a sus compañeros. Cien, no mil. Y no tenían un aspecto muy victorioso, a menos que ahora las expresiones de victoria no fuesen como Gernal las recordaba.

—¿Qué ha ocurrido? —inquirió el capitán cuando el primero de los soldados llegó hasta las puertas—. ¿Tianiden no ha enviado ayuda? ¿Qué os ha pasado?

El soldado, un hombre alto de encrespado cabello castaño, alzó la mirada. Sostuvo la del capitán durante siglos, eones, y después, sin hablar, dio media vuelta, se llevó los dedos a los labios y silbó.

Gernal gritó cuando vio aparecer a un jinete en lo alto de la colina más cercana a la fortaleza, después dos, tres, veinte, un centenar. Varios cientos. El hombre que había silbado se volvió, esbozó una sonrisa amarga y extrajo la espada de la vaina. La hoja relució al sol mientras su dueño se quitaba la sobrevesta azul para mostrar el león dorado de Thaledia bordado en el pecho.

COHAYALENA (THALEDIA)

Kertta. Año 569 después del Ocaso

> Es extraño lo que puede albergar el corazón humano sin llegar a salir nunca a la superficie... Quien os diga que por sus actos puede conocerse a un hombre miente o se engaña a sí mismo.
>
> *El triunfo de la Luz*

El agua caliente olía a flores; nunca había logrado hacer entender a sus sirvientes que odiaba ir por la vida oliendo como un viejo petimetre rijoso. Sin embargo, la tina esperaba, curiosamente invitadora, a que el rey se desvistiera para introducir en ella su cuerpo flaco y cansado.

Adelfried tomó aire y cerró los párpados para dejar de ver los ojos intensamente dorados del niño, los ojos de Thais. El bebé gorjeaba entre sus manos, contento. Estaba recién alimentado, y olía a leche y a limpio. Un olor agradable. La piel suave de su pechito rozaba las muñecas de Adelfried, los bracitos caían a ambos lados de sus manos mientras lo sostenía por debajo de las axilas. Suspiró.

—Hay que ver —murmuró—, las cosas que todavía me obligas a hacer, mujer...

No necesitó volver a abrir los ojos para sumergir al niño por completo en la tina llena de agua caliente y jabonosa.

AHDIEL

Kertta. Año 569 después del Ocaso

... los hombres comprenden sin lugar a dudas.

Reflexiones de un öiyin

Nern temblaba tanto que sus dientes chocaban entre sí. Se mordió la lengua y chilló. Después se sentó en el frío suelo de piedra, demasiado aturdido como para pensar en otra cosa que no fuera el dolor sordo que se extendía por la lengua y la garganta, la sangre que manaba despacio inundando toda su boca. La sangre de Keyen, que hacía rato que había dejado de manar, y que formaba un charco negruzco a sus pies.

Sobre él, el arco de cristal relucía tenuemente.

Parecía brillar para él. Nern se había resistido a mirarlo; no había querido mirar a ninguna parte desde que entró en Ahdiel, desde que superó la losa que señalaba el inicio de su territorio. La Ciudad Maldita. Se estremeció. «No quiero saber, no quiero ver.» Pero el arco de cristal se alzaba sobre él. Y en el punto central, en lo que, de ser un arco de piedra, habría sido la clave, un mensaje que no había podido evitar leer.

Había oído antes aquellas palabras, las había leído infinidad de veces, en la misma lengua, con los mismos trazos, a la vez suaves y cortantes, angulosos y redondeados. Ianii. Su lengua materna. No, materna no: su lengua *paterna*. La sangre que llenaba su boca sabía a hiel.

—Nern.

Keyen estaba muerto. La muchacha que lo había matado se acurrucaba junto a la entrada del Santuario, tiritando. No había levantado el rostro, no había hecho absolutamente nada desde que enterró los dedos en el pecho de Keyen, buscando su corazón.

El horror todavía pesaba en su estómago como un yunque.

Y la oscuridad viva que se agitaba tras el arco de cristal lo llamaba por su nombre. Nern. Ianïe. Öiyin.

—No soy un öiyin —siseó. Pero se levantó con lentitud, las botas de piel resbalando sobre el pavimento encharcado de sangre oscura. ¿Y qué era, entonces? ¿Un soldado sin ejército, un amante sin nadie a quien amar? ¿El subordinado de un traidor muerto, el compañero de un hombre ahogado en su propia sangre? ¿O era un ianïe?

»No —repitió.

¿El enamorado de la Öiyya?

Alzó la vista hacia el mensaje del arco de cristal. La Öiyya ya tenía un enamorado. Muerto. «Como ella, los dos muertos: la reina de la Muerte, el muerto que la ama.» Y Nern... Nern tenía los ojos clavados en las letras talladas en el cristal, y todo su mundo, que había dejado de tener sentido en las cloacas de Yintla, se desmoronaba lentamente a su alrededor.

Ia y Öi. El Santuario de Ahdiel, de la Vida y de la Muerte. «Juntas.» Como había dicho Tije. No enemigas, no: no la Muerte sola, en Ahdiel, la Ciudad Maldita, la Ciudad de la Muerte. «Ambas.»

Dio un paso adelante.

—«No hay Vida sin Muerte —pronunció en voz alta—, no hay Muerte sin Vida.»

Y atravesó el arco de cristal, entrando en la oscuridad de las entrañas de la tierra.

Boquiabierto, estudió el Santuario mientras notaba cómo se le abrían los ojos hasta convertirse en dos círculos perfectos. Era como estar dentro de un diamante tallado en forma de bosque; enorme, perfecto, absurdo, tenía, sin embargo, todo el sentido del mundo. Una arboleda cristalizada, viva y muerta al mismo tiempo; una brisa invisible agitaba las hojas talladas en las bóvedas que hacían las veces de copas de los árboles. El bosque de cristal crecía, pero no estaba vivo. Encerrado en el cristal, sin embargo, la savia transparente fluía desde el suelo acuoso hasta las ramas, las nervaduras de las bóvedas que se arqueaban encima de su cabeza.

Y todas las columnas acababan en una curva, todas las cúpulas estaban formadas por cientos, miles de Signos: Ia, Öi.

Nern acarició una de las columnas, una de las bases del inmenso Ia que se alzaba hasta alcanzar el techo del Santuario y besar el Öi que se elevaba, simétrico, frente a él. Los ojos se le llenaron de lágrimas. «Lo entiendo. Ahora lo entiendo.» Dejó que el llanto cayese libremente, sin enjugárselo. El bosque, Vida, Muerte, Ia, Öi... armonía, equilibrio. Y, en medio, Nern. Lloró silenciosamente, apoyado en la columna lisa y fría.

PASO DE SKONJE (SVONDA)

Kertta. Año 569 después del Ocaso

Comprended, vosotros, que muchas veces vuestros semejantes también disfrazan su ansia por recibir ese bien, que vosotros consideráis un mal.

Profecías

Kinho oyó el apagado silbido resonando débilmente en las paredes de roca cortada casi a pico, en las enormes montañas que se apartaban del Tilne recién nacido para formar el cañón, la entrada a Tilhia, el Paso de Skonje. Cerró los ojos y tomó aire.

—Adhar —murmuró. ¿Por qué? «¿Por qué no has huido?» La sonrisa del que fue su compañero de la infancia apareció ante sus ojos. Kinho contuvo un sollozo cuando el gesto travieso se convirtió en una mirada de súplica. *Haz lo que debas hacer. Es lo único que te pido.*

«¿Por qué no has huido? Ellos te habían implorado que lo hicieras, yo te he implorado que lo hagas... ¿Por qué no, Adhar?»

El sollozo se transformó en un suspiro.

«Hace tanto que has vendido tu alma que casi habías olvidado lo que era la nostalgia, ¿eh, thaledi?», se burló la voz aguda de su señor en su oído. Kinho asintió, se inclinó hacia un lado y extrajo una ballesta de su alforja.

—Un arma muy poco apropiada para una carga, señor...
—Kinho había sonreído con tristeza al joven jinete de Cohayalena que había señalado la pequeña ballesta. «Pero muy apropiada para lo que mi rey me ha ordenado hacer, para lo que mi comandante me ha implorado que haga. —Entrecerró los ojos—. Para lo que mi señor querría que hiciera, si supiera que tengo esta oportunidad.»

Se enderezó y alzó la mano libre.

—Cargad —dijo.

No gritó. Sus hombres estaban tan pendientes de la orden que obedecieron al instante sin necesidad de gritos estentóreos o gestos exagerados. Como uno solo, los novecientos jinetes de Thaledia avanzaron, coronando la pequeña colina que había ocultado su presencia a los ojos vigilantes de la fortaleza del Paso.

AHDIEL

Kertta. Año 569 después del Ocaso

> Entonces, sólo entonces, es cuando el hombre comprende esa Verdad.
>
> *Reflexiones de un öiyin*

—¡No!

La columna se rompió en mil pedazos al contacto con la espada de Issi, y se derrumbó a sus pies, arrastrando consigo la bóveda que sostenía, y que cayó a su alrededor en una lluvia de fragmentos de cristal. La columna que tenía enfrente osciló, y se resquebrajó lentamente, hasta romperse por completo y hundirse con estruendo.

—¿Sabes lo que has hecho? —exclamó la Iannä, horrorizada—. Seis siglos... seis siglos...

Sobre ella se desplomó la siguiente bóveda. La Iannä chilló. Issi se quedó quieta, mientras el cristal se clavaba también en su carne, atravesando la piel como un millón de dagas afiladas. Cerró los ojos. «Keyen.»

AHDIEL

Kertta. Año 569 después del Ocaso

Y esa Verdad es la siguiente: que no hay Vida sin Muerte. Que no hay Muerte sin Vida.

Reflexiones de un öiyin

El cristal crujió. Bajo la mano de Nern brotó una grieta blanca, que se extendió por toda la columna, uniéndose a otras muchas que se iban formando en la superficie cristalina, dibujando una tela de araña lechosa en el diamante del tronco del árbol. Miró hacia arriba, sus ojos aún anegados de lágrimas. La columna se resquebrajaba, el bosque entero estaba inundado por las mismas fisuras, que correteaban por el cristal como las lágrimas corrían por sus mejillas. El techo crujió de forma ominosa.

Vio cómo se abría la bóveda sobre su cabeza, y la esquirla de cristal que caía directamente hacia él. Pero no se movió. «Lo entiendo.» Un fuerte golpe entre los ojos, algo cálido uniéndose a sus lágrimas, derramándose por su rostro. Y una capa de terciopelo negro envolviéndolo en sus pliegues suaves y cálidos, mientras Nern emitía un suspiro tembloroso.

PASO DE SKONJE (SVONDA)

Kertta. Año 569 después del Ocaso

> El Ocaso fue un cataclismo como el Universo no había visto antes, ni volverá a ver jamás. Los montes se allanaron, las llanuras se alzaron, las aguas se retiraron de algunos lugares y ocuparon otros; la misma tierra se abrió, creando cañones infranqueables, montañas de alturas imposibles, simas sin fondo. Pocos sobrevivieron al desastre: los que lo hicieron se preguntaron si realmente había triunfado la Vida, o la Muerte había engañado a su eterna enemiga para alzarse, finalmente, con la victoria.
>
> *El Ocaso de Ahdiel y el hundimiento del Hombre*

Adhar alzó la espada ante el capitán svondeno y, de un simple tajo, le cortó la cabeza.

Los cien hombres que lo seguían desenvainaron las espadas a una y se lanzaron hacia el patio abierto. Mientras se enfrentaba al soldado que había gritado al ver desplomarse a su oficial, Adhar vio por el rabillo del ojo cómo sus hombres se abalanzaban sobre los defensores de la puerta; la sangre roció una pared de piedra grisácea cuando murió uno de los svondenos que trataban, como enloquecidos, de bajar el rastrillo que tan convenientemente habían subido para ellos. No sonrió. Otro le sustituyó enseguida. Adhar le dio la espalda y siguió abriéndose paso por entre el gentío, lanzando tajos a diestro y siniestro, hacia una de las hojas de madera de la segunda puerta, que ya empujaban los defensores para clausurar de nuevo la fortaleza. Hundió la espada en el pecho de uno, dos, tres, perdió la cuenta al cabo de un momento. La sangre caliente le resbalaba por el rostro, empañando su visión. Desconcertados, los svondenos miraban a su alrededor, sin saber a quién debían atacar. Excepto Adhar, todos los thaledii llevaban en el pecho el puma de Svonda.

Por encima del griterío del patio retumbó un trueno. Se prolongó hasta el infinito, haciéndose más y más fuerte, como si las mismas nubes fueran a desplomarse sobre sus cabezas.

—¡Cerrad las puertas! —gritaban desde su derecha, desde delante de él—. ¡Cerradlas!

En el límite de su visión Adhar pudo ver cómo aparecían por la puerta, primero las lanzas, después las cabezas de los caballos, por último los animales enteros, con sus jinetes dispuestos para la lucha. Los caballeros de Thaledia, vestidos de verde y dorado, se derramaron por el patio como un torrente. Los defensores de la fortaleza se lanzaron hacia las puertas, pero demasiado tarde. «Bien, Kinho —pensó, dejándose embargar momentáneamente por un inoportuno sentimiento de orgullo—. Muy bien, muchacho.» Los jinetes ensartaron primero a los que aún intentaban bajar el rastrillo, después a los que se abalanzaban sobre ellos en un vano intento de expulsarlos del castillo. El aparente orden que reinaba en el patio cuando Adhar entró se disolvió en la marea de hombres a caballo que masacraban a los defensores de la fortaleza, creando el caos a su paso, cubriendo las losas de piedra de sangre y de cuerpos destrozados, muertos algunos, moribundos otros.

—Arriba —ordenó Adhar, tranquilo en mitad de la confusión—. Los arqueros.

No necesitó gritar. Sus hombres, los cien que habían ido con él a pie hasta la fortaleza, se dirigieron a las murallas para subir por las escalas hasta las almenas. Adhar levantó de nuevo la espada para matar al soldado que estaba más cerca, y, con el movimiento inverso, abrió el estómago de otro que se le acercaba por el otro lado. Un caballo pasó rozándolo. Osciló, luchando por recuperar el equilibrio, pero no cambió de expresión. Uno de los soldados svondenos lo miró con los ojos desorbitados, dio media vuelta y salió corriendo hacia la torre de la fortaleza.

—Son nuestros, comandante —jadeó a su izquierda uno de sus hombres, Adhar había olvidado su nombre—. El patio es nuestro.

Adhar asintió, inexpresivo.

—La torre —dijo en voz baja, señalando el achaparrado edificio cuajado de almenas.

El soldado se alejó corriendo, con la espada empuñada. Adhar levantó la mano para enjugarse el sudor de la frente con el dorso, dejando que el brazo de la espada descansase un instante, con la punta apoyada sobre el suelo de piedra.

Un fuerte golpe de frente le hizo tambalearse. Parpadeó, desconcertado, preguntándose por un instante de dónde habría venido; delante de él no había ningún soldado svondeno, ningún hombre se enfrentaba a él en la relativa calma del cuadrado de patio que había reclamado como suyo. El sudor se le introdujo en un ojo, cegándolo.

Bajó la mirada, con el ojo cerrado y el rostro crispado, y enarcó una ceja al ver el asta emplumada que sobresalía de su pecho.

—¿De los suyos, o de los míos? —dijo, levemente interesado, antes de que las piernas le fallasen, de pronto débiles como las de un niño. Cayó de rodillas sobre la dura piedra del pavimento—. ¿Has tenido el valor de hacerlo tú mismo, Kinho...?

Soltó la espada, que tintineó con fuerza, y apoyó las manos en el suelo rugoso. Tomó aire y lo exhaló, y rio al oír el borboteo de la sangre. Su cuerpo se relajó bruscamente; Adhar se dejó caer de lado, y agradeció el contacto fresco de las losas ásperas contra su rostro cubierto de sudor. Un breve pinchazo de dolor contrajo los músculos de su espalda, pero fue tan efímero que apenas tuvo tiempo de darse cuenta antes de comprender que sus miembros se habían quedado laxos a ambos lados de su cuerpo, y que no respondían a sus órdenes. Volvió a reír suavemente, y el sonido líquido de la sangre al inundar sus pulmones le sonó tan alegre como una dietlinda interpretada por el bardo más habilidoso de la corte de Cohayalena.

Pensó en su hijo, a quien apenas había visto un par de veces. Su hijo, el rey de Thaledia. Alzó el rostro hacia el cielo intensamente azul, que empezaba a oscurecerse a ambos lados de su campo de visión. Guardó en su memoria la imagen de una pequeña nube que correteaba por el mar azul sobre sus cabezas, y después, con un suspiro, cerró los ojos.

—Thais... —murmuró. Y no pudo evitar sonreír.

AHDIEL

Kertta. Año 569 después del Ocaso

Obrad cual sea vuestro parecer, pero ved, Hermanos, que al final de los días seremos juzgados, y serán los dioses quienes decidan hacia dónde se inclina la balanza que pesa nuestra alma.

Epitome Scivi Tria

A su alrededor el Santuario se hacía pedazos, y Ahdiel volvía a hundirse en el Abismo.

El Öi se inflamó en su frente. Se levantó un viento huracanado, que elevó los fragmentos de cristal como si fueran hojas secas, formando remolinos de diamantes afilados, un ciclón de cristal roto que destrozaba piel y carne y se abría paso hasta el hueso, girando alocadamente alrededor de las dos mujeres en un torbellino cortante, desgarrador. Issi sonrió. «Keyen.»

Entonces se hizo el silencio. El viento cesó y todo quedó en calma, una calma tan absoluta como la misma Muerte. Miró a su alrededor. Flotaba, ingrávida, en el vacío; el Santuario, Ahdiel, el Universo, habían desaparecido. Sólo quedaba Issi, y la Iannä, tan incorpórea como ella, perdida en un mundo vacío.

No había luz ni oscuridad. Aire, ni agua, ni tierra. Ni calor, ni frío. Sólo las dos mujeres marcadas con los dos Signos. Y, ante ellas, sus Señoras.

La Vida y la Muerte, que acababan de aparecer y a la vez llevaban allí eternamente, las miraron, inexpresivas. La Iannä se postró ante la figura vestida de negro. Issi se preguntó vagamente cómo habría sido capaz de hacerlo, sin un cuerpo que postrar ni un lugar en el que postrarlo. La otra figura, la que vestía de plata, atrapó su atención y su mirada y la sujetó con la fuerza de mil cadenas hasta que Issi flaqueó y, ella también, se postró.

—¿Dos Portadoras que luchan entre ellas? —preguntó la Muerte, la plateada. Su voz era suave como la seda, arrulladora como el canturreo de una madre.

Issi bajó la cabeza, repentinamente avergonzada.

—¿No habéis escuchado al Signo? —inquirió la Vida—. ¿Por qué pelearían dos hermanas? —La voz de la Vida, cantarina, alegre, cálida como la luz del sol, dulce como el vino, hizo temblar a la Iannä—. ¿Buscan acaso el Poder, en contra de lo que el Ia y el Öi les dictan?

—No —soltó Issi sin poder contenerse. Se mordió el labio, o lo habría hecho si aún hubiera tenido cuerpo. Fueron los ojos de la Muerte los que se clavaron en ella, dos iris tan plateados como sus ropas.

—¿Y qué buscabas, Öiyya, Elegida de la Muerte? —preguntó—. ¿Volver a vivir?

La Vida inspiró bruscamente.

—Un ser vivo no puede llevar el Signo —dijo. El cántico se convirtió en una música aguda, inquietante—. Ni el Öi, ni el Ia. Ya no estás viva, Öiyya. No desde que portas el Signo en la frente.

—No —repitió Issi. Los ojos de la Muerte penetraron en su alma como dos finas agujas que atravesaran sus ojos y su mente, hurgando en su interior. Issi lo soportó a duras penas. Tembló, o habría temblado si aún hubiera tenido un cuerpo que pudiera hacerlo—. No —insistió—. Estoy viva. O lo he estado. Con Öi o sin él.

La Muerte esbozó lo que podía considerarse una sonrisa entristecida.

—El alma humana es fuerte, Isendra. La tuya, además, es

obstinada. Creíste seguir viviendo como siempre, pero has llevado la Muerte allá adonde ibas. Y tú misma estabas fría y yerta como un cadáver. Aunque tu cuerpo buscase otro cuerpo al que robarle el calor.

«Keyen.» Negó con la cabeza.

—Aquello era real —murmuró—. Sentí. *Sentí*, ¿me oís? ¿Puede un cadáver sentir? —gritó—. ¿Lo que yo sentía?

La Muerte se acercó a ella y se inclinó, ocupando todo el Universo con sus ojos plateados.

—¿No sentiste placer ante la muerte, Isendra, Portadora del Öi, Elegida de la Muerte? —susurró—. ¿No gozaste cuando hiciste lo que está en tu naturaleza hacer?

Issi apretó los labios que no tenía y se apartó de ella.

—Puedo asegurarte —contestó— que sentí mucho más placer creando una vida que arrebatando otra.

Se llevó la mano al lugar donde, de haber sido corpórea, habría tenido el vientre. Miró a la Vida con odio, y después a la Muerte.

—Devolvedme lo que me habéis quitado —musitó. Entonces, renuentemente, clavó lo que debería haber sido una rodilla en el aire, después la otra, y se inclinó ante ellas—. Devolvedme mi vida, y la de ellos dos.

La Vida hizo un gesto vago con la mano. En su rostro pétreo se adivinaba la impaciencia.

—Todos los hombres mueren, Elegida de la Muerte —dijo—. Algunos ni siquiera llegan a nacer. Y tú no tienes derecho a preocuparte por ninguno de ellos.

—Os odio —dijo Issi sencillamente.

—No puedes odiar. No puedes sentir —le espetó la Vida—. Eres la Öiyya.

—¡No soy la Öiyya! —chilló ella, clavándose las uñas intangibles en la frente inmaterial—. ¡Sólo soy Issi! ¡Issi! Issi...

El último grito acabó en un sollozo. Apretó lo que habrían sido sus puños si los hubiera tenido, y levantó la vista al que, si estuvieran en algún lugar, sería el cielo.

—¿Esto es no sentir? —aulló—. ¿Decís que no siento? ¿Y

entonces por qué duele tanto? —clamó, cerrando los ojos que no tenía para no echarse a llorar lágrimas intangibles que abrasasen sus mejillas incorpóreas.

Alguien chasqueó la lengua junto a ella. Oyó una risita, y una mano se posó sobre su hombro. Y la sintió.

—¿Era necesario montar una escena tan desagradable? —preguntó una voz femenina, sugerente—. ¿O es que os aburríais, chicas?

Abrió los ojos. Los que habrían sido sus ojos.

Tanto ella como la Iannä eran seres translúcidos, en realidad no estaban allí, no físicamente, pues no había ningún lugar físico en el que estar; incluso la Muerte y la Vida eran etéreas. Tije, por el contrario, parecía exageradamente carnal. Sonreía, riendo de una broma que sólo ella entendía. Su vestido negro de terciopelo relucía con todos los colores y a la vez con ninguno.

—Si la Öiyya no quiere ser la Öiyya, elige a otra —dijo, mirando a la Muerte—. ¿De qué te sirve una esclava que se niega a obedecerte? —Los ojos plateados y los ojos irisados mantuvieron una lucha silenciosa, hasta que la Muerte bajó la mirada.

—Te arriesgas demasiado, vieja amiga —le advirtió.

Tije rio.

—Sabes que siempre me ha gustado jugar. Soy caprichosa. Y me encanta arriesgarme.

—No tienes nada que hacer aquí —intervino la Vida—. Esto es cosa nuestra, Tije. No te metas.

—Lo más divertido —murmuró Tije, palmeando a Issi en el hombro— es que ni siquiera habéis pensado que, si Hnvdit le pasó el Öi a Isendra, fue por puro azar. —Y se echó a reír quedamente, haciendo caso omiso de las miradas fulminantes de la Muerte y la Vida—. El Öi no la eligió a ella: eligió a otra. A esa criatura patética que gime en la puerta de vuestro Santuario —señaló, risueña—. Quién iba a decir que se iba a convertir en algo así cuando el Signo, su Signo, acabó en la frente de otra...

La figura vestida de plata ignoró a Tije y se quedó de pie ante Issi. No parecía enojada, sino más bien decepcionada.

—¿Por qué te cuesta tanto? —inquirió con suavidad—. La

Muerte es tan necesaria como la Vida. Sin la una, no hay otra. Tú cumples una función, como la Iannä. —Señaló a la figura acurrucada en lo que sería el suelo si lo hubiera—. Eres tan necesaria que, sin ti, no habría un mundo. El Öi te ha regalado la inmortalidad, a cambio de servir a la Muerte. ¿Por qué te cuesta tanto aceptarlo?

—No lo quiero —contestó Issi—. Nunca lo pedí, ni quise tenerlo.

—Siempre tiene que haber una Öiyya —señaló la Vida.

—Pero yo no quiero serlo.

La Muerte la miró atentamente.

—El Öi no es un simple signo. Es algo que transforma a su Portadora, la deshace y la rehace después a su imagen, alrededor del símbolo. Forma parte de ti tanto como tus ojos o tu corazón. Más aún, pues te sería más sencillo vivir sin un corazón latiendo en tu pecho que vivir sin el Öi.

—Me da igual —insistió Issi tercamente—. No lo quiero.

—Te arriesgas a morir —le advirtió la Muerte—. A que tu cuerpo no pueda regresar a la vida sin el Signo.

—Me da igual —repitió Issi.

La Muerte asintió.

—Sea.

Posó la mano en la frente de Issi y le lanzó una última mirada. Los ojos plateados de la Muerte la acariciaron, tentadores. «Te abrazaría con gusto —le dijo Issi silenciosamente—. Pero no voy a servirte.» La Muerte recorrió el Signo con un dedo. Por donde pasaba dejaba un rastro helado. Más parecía que estuviera acariciando su frente con un hielo.

Cuando apartó la mano el frío no remitió. El Öi empezó a temblar, a agitarse como una araña cuyas patas resbalasen por una superficie escurridiza. Extendió el frío por todo su cuerpo, primero su cabeza, después su cuello, el pecho, los brazos, el vientre, las piernas. Igual que cuando la Iannä le había arrancado del abdomen el hijo que no sabía que existía, se quedó entumecida, adormilada. «¿Esto es la muerte?», se preguntó con vaguedad, y sonrió, contenta.

El viento se levantó de nuevo y la envolvió. El torbellino la hizo girar vertiginosamente, clavando de nuevo en su carne los miles de cuchillos de cristal, los fragmentos del Santuario que había destrozado con la espada. El Öi palpitaba aún en su frente. «Todavía lo tengo», se dijo, incrédula, doblando el cuerpo y envolviéndose con sus brazos para protegerse de los cristalitos afilados que se hundían en cada pulgada de su piel. El Signo lanzaba oleadas de dolor por todo su ser, los pedazos de cristal atravesaban su rostro, sus miembros, agujereándola sin compasión. El vacío la rodeaba, pero también el templo de cristal, que moría a su alrededor y la mataba poco a poco a ella, a su asesina.

El ciclón se intensificó, el dolor con él. El Öi pulsaba violentamente sobre sus ojos. Cayó al suelo y se cortó las rodillas y las palmas de las manos. El Santuario se contrajo tanto que se hizo infinito, hacía tanto calor que ella empezó a temblar de frío. El Signo de su frente quemaba, helado, atravesando la piel y el hueso de su cráneo.

«¡Vete! —gritó, desesperada, tan fuerte que fue incapaz de oír su propia voz—. ¡Vete de mi cuerpo, déjame en paz!»

Soltó un alarido cuando el Öi desgarró su alma y la desmenuzó como ella había hecho con la columna de cristal, llenando el infinito de pedazos de ella misma, estrellas plateadas que se convirtieron en polvo. Forcejeó mientras se hundía en la negrura, agitando las manos en busca de algo a lo que asirse, algo que impidiera que el vacío se la tragase.

Una mano la agarró con fuerza por la muñeca. Issi la miró con los ojos ciegos. Una mano delgada, de dedos largos y delicadas y pulidas uñas. Una mano que terminaba en una manga negra, de todos los colores, de ninguno.

—Qué suerte has tenido —susurró una voz en su oído.

La mano tiró de ella y la arrastró hasta que los dedos de Issi tropezaron con otra mano distinta, más pequeña, con las uñas resquebrajadas, cubierta de barro y sangre seca. Esta otra mano se agitaba en la oscuridad. Fue Issi quien se cogió de ella, aferrándose desesperadamente, mientras la delicada mano que había detenido su caída se apartaba de ella. Una risa apagada en las tinieblas más absolutas.

Issi trepó por el brazo unido a la mano manchada y llena de heridas. En la penumbra apareció un rostro: con los ojos muy abiertos, las pupilas dilatadas y la expresión vacía, estaba ciega, o al menos no era capaz de ver a Issi. Se sujetaba a su mano como si fuera un tronco flotante en un océano embravecido. Antje. Sosteniendo a Issi, mientras ella la sostenía a ella, en mitad de la locura que se las tragaba a ambas inexorablemente.

Issi la miró. Y, haciendo caso omiso del dolor que asaetaba todo su cuerpo, el dolor que se la llevaba a la muerte, levantó la otra mano, la mano que no se aferraba a Antje, y posó un dedo en la frente quemada por el sol.

—Öi —susurró.

A su alrededor, el mundo se disolvió en un torbellino de estrellas cristalinas, de diamantes afilados, hasta que sólo quedó la oscuridad.

COHAYALENA (THALEDIA)

Kertta. Año 569 después del Ocaso

> Y, sin embargo, cuántas otras cosas desearíamos
> poder adivinar simplemente mirándolo a los ojos.
>
> *El triunfo de la Luz*

Los bracitos del bebé se agitaban espasmódicamente mientras luchaba por respirar. Adelfried no lo soltó, pese a que le escocían los ojos y le picaba la piel bajo la lágrima que correteaba por su mejilla; no había nada que desease más que enjugársela, pero aun así no lo soltó.

Abrió los ojos. El agua de la tina se movía y hacía olitas cada vez que el niño se sacudía, abriendo y cerrando las manos, intentando alcanzarlo con los deditos suaves, el resto del cuerpo completamente sumergido, invisible.

Adelfried suspiró, derrotado.

—Las cosas que todavía me obligas a hacer —repitió—, mujer.

Sacó al bebé del agua y lo apretó contra su pecho mientras el niño de los ojos dorados tosía y empezaba a chillar, más asustado que herido.

AHDIEL

Primer día desde Kertta. Año 570 después del Ocaso

> La Vida y la Muerte, que limitan el tiempo de
> que disponen los seres vivos, son lo único inmortal
> en el entramado del Universo: eternamente, la Una
> junto a la Otra, sin las cuales el Universo no podría
> vivir ni morir.
>
> *La leyenda de Ahdiel*

Despertó tendida en el suelo liso y resbaladizo del Santuario. Temblaba de frío y tenía los músculos rígidos, pero era por haber estado tumbada encima del cristal helado, por nada más; se miró en la media luz multicolor del templo y vio la piel lisa, sin un solo corte, sin un solo rasguño. Sobre ella, la bóveda cristalina relucía tenuemente. Las columnas erguidas, translúcidas, seguían formando el bosque de cristal, intacto e inundado de arcos coloreados. El silencio era total.

Se levantó con cuidado, ayudándose con las manos para no perder el equilibrio sobre el estanque espejado del suelo. Nada. Ni un pinchazo de dolor, ni la más leve molestia. Se llevó la mano a la frente, el corazón latiéndole a toda prisa.

Nada. Sólo piel suave y los rizos alborotados cayendo encima de sus ojos.

—No hay Öi —murmuró, aturdida—. Joder.

—¿Ahora lo echas de menos?

Miró a la mujer vestida de negro, apoyada, indolente, en una de las columnas más cercanas, con los brazos cruzados y una pierna doblada por delante de la otra.

—No estabas tan animada hace un rato, Iannä —dijo, y sonrió—. Cuando te has tirado delante de tu ama, quiero decir. Parecías un conejillo asustado. Temblabas tanto que ha habido un momento que creía que te había dado un algo.

La Iannä, sorprendentemente, le devolvió la sonrisa.

—Tienes coraje, Isendra de Liesseyal —comentó con voz alegre—. Una lástima. Habría sido interesante tenerte como hermana. —Suspiró—. Pero en fin...

—Coraje, dice —masculló Issi, quitándose una mota de polvo invisible de las faldas de la camisa—. Yo lo llamo cojones, señora, pero cada uno puede hablar como le salga de esos mismos. —Hizo una torpe reverencia burlona—. Iannä —añadió como si acabase de recordar con quién hablaba.

La Iannä siguió sonriendo. Se despegó de la columna de cristal y se acercó a Issi, y, cuando estuvo frente a ella, levantó la mano y la posó en su brazo.

—Como quieras llamarlo, Isendra —murmuró—. A ellas les gustó. Por eso mi ama te ha hecho un regalo, aunque la Vida no tenga por qué inmiscuirse en los asuntos de la Muerte.

Issi apretó los labios. Volvía a sentir cómo la furia bullía en su interior. Se soltó de la mano de la Iannä.

—No me vengas con que me ha hecho un regalo, hija de puta —susurró entre dientes—. ¿Que la Vida no se inmiscuye? ¿Y tú qué hiciste? ¿O sólo querías jugar, como los perritos?

La Iannä aceptó la reprimenda con un leve encogimiento de hombros, y se apartó un paso. Tras ella, entre las columnas, avanzaba otra mujer, vestida con una larga túnica plateada, fulgurante, que fluía alrededor de sus piernas como un mar de plata fundida, bañaba sus brazos, su pecho y su cuello de metal y se reflejaba en sus ojos serenos, con un tenue tinte azulado. Llegó hasta ella y alargó las manos para que Issi las tomara.

Issi sostuvo su mirada durante lo que le parecieron eones.

Antje ya no era la niña de las trenzas rubias que deseaba saciar su curiosidad haciendo preguntas incómodas a sus mayores, ni la muchacha encerrada en sí misma que Issi había sacado de entre los muertos y había llevado hasta Cidelor; ya no era la joven ni viva ni muerta que la había perseguido por toda la península. Ahora sus ojos brillaban plateados con el reflejo del Signo que, como una joya, se engastaba en el centro exacto de su frente. Ahora en su rostro relucía la muerte, pero no como algo corrupto o maligno sino como algo inevitable, necesario, la misma esencia de la Muerte y también de la Vida.

«Equilibrio.» Vida y Muerte, ambas tan unidas que una no podía ser sin la otra. Y eso se reflejaba en su rostro y en todo su ser. El Equilibrio.

—Öiyya —dijo Issi, e hizo una pequeña inclinación de cabeza.

Antje sonrió apenas y, con un gesto de cabeza, señaló la salida del Santuario.

—Este lugar no es para ti, Isendra de Liesseyal —respondió. Su voz ronca se había convertido en un canto suave y musical. Apretó sus manos; cálidas, limpias, no quedaba en ellas ni rastro de la sangre coagulada ni del barro que las había recubierto como una costra—. Yo lo hice. Yo lo deshice —susurró, mirándola fijamente a los ojos.

Issi asintió, apartando las manos de las de Antje. Lanzó una última mirada hacia la figura no demasiado alta, pero sí imponente, de la Portadora del Öi, dio media vuelta y se alejó entre las columnas del bosque de diamantes y estrellas.

En el suelo, tirado bajo una de las bóvedas, había un cuerpo. Issi se detuvo sobre él y lo miró. Desmadejado, con los ojos muy abiertos y una sonrisa en el rostro joven, deformado sólo por la horrible herida abierta en el entrecejo. Ya no sangraba, ni se veía por ninguna parte el arma que había acabado con su vida. Pero al ver los bordes irregulares del orificio Issi supo que había sido un fragmento de cristal. Un trozo de la bóveda que ahora cubría su cabeza como un dosel de hojas translúcidas. Intacta.

—¿Tenía que morir? —preguntó Issi, sin apartar la mirada del cadáver.

—No. Nadie tiene que morir, pero todos mueren. En su caso, murió tras comprender lo que había sido su vida. ¿Es un mal modo de morir?

Notó la presencia acercándose a ella por detrás.

—Su sangre se ha unido a la savia del árbol —dijo a su espalda Antje. La Öiyya—. Ahora fluye por el Ia, después pasará al Öi, y seguirá hasta el siguiente Ia, hasta formar parte de todo el Santuario.

Issi asintió, agachándose y cerrándole los ojos con una caricia. «Nern.»

—Creo que es lo que quería —contestó.

Antje se inclinó a su lado y pasó los dedos por el antebrazo del muchacho, donde todavía brillaba, argentina, la pulserita labrada en plata.

—La joya de la Öiyya —adivinó Issi finalmente.

Antje asintió, quitándosela a Nern con suavidad.

—Y hasta yo debo reconocer que ha vuelto a mí sólo por azar —sentenció, esbozando una sonrisa ni triste, ni complacida.

Issi atravesó la arcada de cristal, en cuya estructura, todavía brillante, destacaban las grietas y fisuras blanquecinas como telas de araña cubiertas de rocío brillando a la luz de la luna llena. Bajo sus pies crujía el cristal roto, desmenuzándose, convirtiéndose en polvo a cada paso que daba. Ahdiel, el Santuario de la Vida y de la Muerte, se había deshecho en relucientes fragmentos cristalinos. Pero ya estaba volviendo a nacer, como resurgió tras el Ocaso, cuando todos creían que se había hundido en el Abismo. La Muerte y la Vida no podían morir, ni vivir. Simplemente, eran. Ahdiel era.

De pie, justo delante de la entrada al Santuario, estaba Keyen.

Issi dio un paso adelante y se quedó inmóvil. Sobre su cabeza, un águila chilló con fuerza, sobrevolando la cordillera. El paisaje estaba bañado por la luz dorada del sol naciente, que confería un brillo suave a todo cuanto tocaba.

Volvió a avanzar un paso, luego otro, y se tambaleó. Llegó hasta él y lo miró. Y él la miró a ella.

—Te prometí que seguiría siendo yo —murmuró Keyen—. Vivo o muerto, dondequiera que estuviese.

Issi cayó de rodillas y ocultó el rostro entre las manos de él. Vivas. Keyen se arrodilló ante ella, envolviéndole la cara con los dedos, acariciando sus mejillas, su pelo, su frente.

—¿Y el tatuaje? —preguntó con suavidad, enjugando con el pulgar una lágrima que resbalaba por el rostro de Issi.

Ella negó con la cabeza. «No está. Ya no está. Sólo estoy yo.»

—Me he librado de él —contestó, intentando que su voz sonase indiferente y fracasando estrepitosamente.

Keyen frunció el ceño, torció el gesto y chasqueó la lengua. Y sonrió.

—¿Y cómo voy a demostrar ahora que tengo una mujer con las tetas más grandes de toda Thaledia? ¿Pidiéndote que las enseñes? —inquirió.

—Imbécil —sonrió Issi entre lágrimas.

—Bonita —espetó Keyen—. Es tan evidente que no hace falta que te pongas un cartel en la cara para decirlo.

Se abrazó a él. Y en ese momento supo, con tanta seguridad como sabía quién era ella y quién era él, que Keyen no era el regalo de la Vida, sino el de la Muerte. El regalo de la Öiyya. Fue como si la misma Antje estuviera susurrándoselo al oído: «Yo lo hice. Yo lo deshice.» El otro, el regalo del que había hablado la Iannä, volvía a estar en su interior, creciendo en su vientre.

—Cabronazo —rio y lloró a la vez, apretándose contra su cuerpo—. ¿Quieres saber cómo se me van a poner las tetas ahora?

EPÍLOGO

Drina chilló y se tiró del cabello.

—¿Dónde está Minade? —aulló—. ¿Dónde?

—Mi señora...

—¡Dónde está mi reino! —gritó Drina, arrancándose un mechón de pelo en su rabia—. ¡Yintla, en manos de Thaledia! ¡El Skonje y todo el norte hasta Khuvakha, también! ¡También! ¡Y Teine ocupada por mi propio sobrino! ¡Minade!

La doncella guardó silencio prudentemente y se alejó de su señora, que todavía no había sido coronada y que, a juzgar por las últimas noticias, nunca lo sería.

Junto a la puerta entreabierta, oculta de modo que su señora no pudiera verla, esperaba Minade.

—Como mucho, el emperador de Monmor le permitirá conservar el señorío de Tula —dijo, sonriente, la dama de compañía de la reina de Svonda. De la que ya no sería nunca reina de Svonda.

—¿Por qué? —inquirió la doncella, rabiosa y a la vez llena de curiosidad. Cerró la puerta tras de sí y se encaró con Minade; después vaciló, insegura, como siempre que miraba directamente a los ojos a aquella mujer de edad indefinida. Agachó la cabeza—. ¿Por qué? —repitió en un tono más respetuoso—. ¿Por qué querrías romper Svonda, dejar que se la repartan entre Thaledia y Monmor? ¿Acaso quieres que todos acabemos siendo súbditos de ese niño demoníaco? Porque es lo que va a suceder

—vaticinó, atreviéndose a levantar los ojos hacia el rostro de la dama de compañía de la reina—. Una Svonda rota no puede hacer frente al Imperio.

—Tampoco una Svonda entera, criatura —respondió Minade con una mueca condescendiente—. Uno de los dos, Svonda o Thaledia, iba a caer en manos del emperador. Mejor que fuera Svonda, que es la más débil.

—Traición —susurró la doncella, horrorizada.

—No te enredes en política —replicó Minade en tono peligroso—, y la política no te enredará a ti. Para luchar contra un gigante como Monmor, a veces hay que saber hacer sacrificios. Svonda es un sacrificio apropiado.

—¡Pero ahora somos monmorenses! —aulló ella.

—Ah, bueno —desechó Minade con un ademán—, Svonda se lo ha buscado. O sus reyes, que es lo mismo. —Sonrió, maliciosa, dejando que sus ojos multicolores reluciesen en la semipenumbra del corredor—. Cuando se juega con cosas que no se deben manipular, es posible que la suerte se te ponga en contra...

Stave de Liesseyal miró fijamente a Hopen de Cerhânedin antes de hacer una mueca y señalar con un leve movimiento de cabeza el balcón abierto, por el que entraban a raudales la luz del sol, los gritos de los hombres, mujeres y niños congregados a sus pies.

—Si matamos a un rey, tendremos otro rey —susurró.

Hopen asintió, sombrío.

—Sin un regente. —Sacudió la cabeza—. Adhar era fuerte, Stave. A Adhar lo habrían aceptado. Pero ahora... —Volvió a negar—. No aclamarán a otro rey que no sea el hijo de Adelfried. ¿Y a quién pondremos sobre el trono de regente, si sus dos padres están muertos?

Laureth de Cinnamal frunció el ceño e hizo una pronunciada reverencia delante de la mujer que se sentaba en el cómodo sillón de brocado monmorense. Ella vaciló antes de saludarle con una inclinación de cabeza.

—Siento mucho oírte decir eso, Giarna —murmuró Laureth, enderezándose hasta volver a adoptar su postura habitual, erguido y con la cabeza alta, el gesto arrogante que tantas veces había tenido que disimular delante del que había sido su rey.

—No me gusta ese crío más que a ti, Laureth —respondió Giarna de Teine con voz suave—. Pero sabes tan bien como yo que Svonda no habría sobrevivido a Carleig hiciera Drina lo que hiciese. Monmor es el menor de dos males.

—Yo creo que no —suspiró Laureth—. Formando parte de Thaledia habríamos podido conservar nuestro país, aunque sólo hubiera sido de nombre. Pero siendo una provincia del Imperio...

—Monmor es fuerte. Monmor nos protegerá de Thaledia y de Tilhia, de Phanobia, de Dröstik e incluso de Novana.

—Monmor nos convertirá en nada, y Svonda dejará de ser Svonda.

Giarna parpadeó antes de sonreír con tristeza.

—¿Prefieres Thaledia, entonces...?

Laureth asintió.

—Vete, Laureth —dijo Giarna sin dejar de sonreír—. Te prometo que no permitiré que Drina destruya tus tierras antes de verlas en manos de Thaledia.

—Mis tierras —repitió él con amargura—. Entiendes por qué tengo que irme, ¿verdad, Giarna...? —añadió en tono suplicante—. Seguir siendo señor de Cinnamal, conservar mi señorío aunque sea en nombre de otro rey, o convertirme en uno de esos idiotas que besan las zapatillas del emperador, esperando a que les ceda otro trozo de tierra que gobernar... —Sacudió la cabeza—. La elección es tan simple que no tengo elección.

Giarna asintió.

—Espero que Adelfried no te mate nada más verte llegar a Cohayalena, Laureth.

—Yo también lo espero, Giarna —murmuró Laureth antes

de inclinarse una vez más en un gesto cortés—. Yo también lo espero.

Kinho de Talamn tuvo que contenerse para no reír cuando vio a su rey acariciar el brazo de su prostituta delante de toda la corte. Los rostros escandalizados de sus nobles, sobre todo de las damas, divertían a Adelfried; las expresiones especulativas, desconcertadas, lo divertían aún más. Y los señores de Thaledia no sabían qué pensar. Al rey le gustaban los hombres, eso lo sabían todos, y, sin embargo... Sin embargo, había escogido a la muchacha para aquella ceremonia. Todas y cada una de las damas de su corte habrían matado por semejante honor: ocupar el lugar de la reina ante todos los thaledii podía no significar nada o podía significarlo todo. Pero su rey había optado por ignorar el protocolo, las tradiciones y hasta las buenas costumbres. «El gesto de Adhar de Vohhio en el funeral de la reina fue un mal ejemplo, desde luego...»

Kinho se tapó la boca con la mano cuando Adelfried sonrió a Loto y alargó los brazos para recibir al niño. «Tu heredero, Adelfried.» Volvió a reír disimuladamente. La muchacha esbozó una sonrisa radiante. En su regazo, el hijo de Thais y Adhar sacudía los brazos y las piernas, contento, regalando a la concurrencia con su risa desdentada.

—¿Te ríes, mi señor? —preguntó Loto en voz baja, mientras Adelfried cogía al niño para dirigirse con él al balcón bajo el cual esperaban prácticamente todos los habitantes de Cohayalena, ansiosos por conocer a Thaidhar, príncipe de Thaledia, príncipe de Adile y Shisyial, príncipe de Vohhio y de Talamn, infante de Cerhânedin y Nienlhat, protector de Qyueli y las islas de Idonhi´hen y, también, señor del Paso de Skonje.

Adelfried asintió.

—No deja de tener gracia —contestó—. Y no me dirás, chiquilla, que no ha sido una suerte que un rey impotente haya acabado teniendo un hijo...

Larl la miró fijamente.

—Öiyya —balbució.

Antje sonrió. En su frente, el Öi centelleó como una estrella caída del cielo.

—Mi predecesora —dijo con una voz que era un cántico— te debía algo.

Larl asintió. Antje avanzó con paso majestuoso hacia su servidor, sin apartar los ojos de él. Alargó las manos hacia él e inclinó la cabeza cuando él levantó las suyas con un brillo ansioso en los ojos.

—Abraza a la Muerte —susurró Antje. Larl suspiró.

APÉNDICE
CALENDARIO

El calendario vigente en Ridia en el siglo VI después del Ocaso es el que utilizaban los pueblos de la zona centro del continente, adoptado por el resto de sus habitantes en los cien años posteriores al Ocaso. El calendario ahdiélico, que se usaba anteriormente, estaba basado en los ciclos lunares; por el contrario, el calendario ridiano está fundamentado en el Sol.

Según el calendario ridiano, el año tiene 355 días. Los puntos de referencia del calendario son las ocho festividades que se celebran a lo largo del año: cuatro fiestas basadas en el Sol y otras cuatro siguiendo las estaciones.

Dependiendo de la duración del día se establecen cuatro festividades. Dos de ellas están fijadas los dos días del año en que el día y la noche duran exactamente lo mismo: Letsa, la Fiesta de la Renovación, cuando las largas noches del invierno dan paso a los días más largos de la primavera, y Ebba, la Fiesta de la Cosecha, que señala el punto del calendario en que las noches comienzan a ser más largas que los días. Kertta, la Fiesta de la Luz, es el día más corto y la noche más larga del año, en mitad del invierno. Y Cheloris, la Noche de los Espíritus, es la noche más corta. Las otras cuatro fiestas se establecen dependiendo de la estación: Tihahea, la Fiesta de la Vida, marca el paso del invierno más crudo al inicio de la primavera temprana; Dietlinde, la Fiesta de los Brotes, se celebra casi al final de la primavera; Elleri, la Fiesta de la Abundancia, tiene lugar en verano, cuando comienza la cosecha. Y Yeöi, la Noche de los Muertos, marca el inicio del invierno.

Así, se establecen en primavera las fiestas de Letsa y Dietlinde; en verano, Cheloris y Elleri; en otoño, Ebba y Yeöi; y en invierno, Kertta y Tihahea.

En la actualidad, tanto los pueblos del norte como el Imperio de Monmor han adoptado el calendario ridiano, aunque sólo lo utilizan en las relaciones diplomáticas y bélicas.